主演女優　中巻

一

易青娥《イチンオー》が西安へ発つ朝、突然秦八娃《チンバーワー》老師の顔が浮かんだ。憶秦娥《イチンオー》に改名するよう言われていた。改名、しちゃおう。というのも、彼女がこの地を離れる最後のときに見た顔が、よりによってあの廖耀輝《リャオヤオホイ》だったからだ。よし、験《げん》直しだ。名前を変えて一から出直そう。

このときから易青娥《イチンオー》は憶秦娥《イチンオー》になった。

どうか、ご記憶を。主役の名前が変わったことを。

この日、憶秦娥《イチンオー》は早立ちを決めていた。そっと姿を消したかった。すでに二日前から会うべき人には会っている。胡彩香《ホーツァイシアン》先生、料理長の宋光祖《ソングアンズー》師匠、それから朱《チュ》団長、一軒一軒訪ねて別れの挨拶をした。西安まで送ってもらう叔父以外には、今日の出立《しゅったつ》を誰にも言っていない。しかし、彼女と叔父が劇団の正門を出ようとしたとき、やはり現れた。封瀟瀟《フォンシャオシャオ》がそこで二人を待ち受けていたのだ。彼女が今日出発することをどうして彼が知ったのか分からなかった。

叔父が側にいることも気詰まりだったが、封瀟瀟《フォンシャオシャオ》は気にもかけない様子で、どうしても彼女の荷物を駅まで運ばせろと言う。叔父は封瀟瀟《フォンシャオシャオ》の好きに任せ、黙ったまま一緒に歩いた。バスの駅は劇団の近くで通りを曲がるとすぐ着いた。封瀟瀟《フォンシャオシャオ》は彼女の荷物をバスの屋根に持ち上げると、ロープでしっかりと結わえつけて降りてきた。

彼がバスの車窓に立つまで、彼らは一言も言葉を交わさなかった。叔父が一言「瀟瀟《シャオシャオ》、もう帰れ」と言ったが、彼は動かなかった。バスが動き出そうとするとき、それまで冷静でいた封瀟瀟《フォンシャオシャオ》の顔が歪んだかと思うと、突然二筋の涙が彼の頬を伝った。彼は拳で不器用に涙を拭おうとしたが、あふれる涙はとめどない。憶秦娥《イチンオー》は彼に向かってハンカチを投げた自分に気がついた。バスが動き出すと、憶秦娥《イチンオー》の目の前に厚い緞帳《どんちょう》のような水の幕が切って落とされた。彼女が振り返った視線の先に、瀟瀟《シャオシャオ》がぽつんと立ちつくしている。だが、その姿はバスのスピードと共に揺れ、遠ざかっていった。

憶秦娥《イチンオー》はさっきから自分の気持ちと闘っている。それは自分の魂をこの土地のどこかに置き去りにしたような苦しみだった。大きく蛇行する寧州河に沿ってバスは走り、なおも振り返って見続ける彼女の目に、寧州市は朝霧に霞み、やがて何も見えなくなった。

彼女には叔父に話しかける言葉もなく、ただ自分の涙を見られたくなくて前の座席に突っ伏し、袖を涙に濡れるままにしていた。

寧州県を出るとすぐ、バスは行く手を秦嶺《しんれい》の大山塊に阻まれた。果てしない九十九折《つづらお》りの道を見ただけで憶秦娥《イチンオー》は嘔吐感に襲われる。彼女は車酔いしやすい質《たち》に加えて、最近はよく眠れないまま早起きしていた。いろんな思いを心の中に折り畳み、屈曲する道に揺さぶられているうちに吐き気と共に頭の中に霧がたちこめた。ぐらりと傾《かし》ぐ上半身を叔父が支えた。車を止めて頂戴、私は歩いて西安へ行く。もうこれ以上座っていられない。彼女はそう叫びそうになるのを懸命にこらえていた。以前、旅公演に行くときは幌付きのトラックだったが、幌から顔を出せるだけまだ救われる。今彼女と叔父は窓の開かないバスの中、叔父と隣り合って後部座席に座り、右に左に揺られる度にバスの外に持っていかれそうな力に振り回されている。彼女は冷たい汗に全身をぐっしょりと濡らし、胃の腑が内臓の粘膜とこすれ合い、せめぎ合うような不快感の中で気が遠くなりかかっていた。前の座席で悲鳴に近い叫び声が起こった。

「おーい、止めてくれ。バスを、バスを、吐きそうなんだ」

運転手は慌てることなく、ゆっくりと答えた。

「バスを吐く？　バスを吐けるんなら何台でも吐いてくれ。その方がゆったり座れる」

恐らく運転手はこんな場面を見慣れているのだろう。人が生きるか死ぬかの瀬戸際だというのに、これ見よがしのハンドルさばきをひけらかし、こんなろくでもない冗談を飛ばして乗客の笑いを取ろうとしている。憶秦娥《イチンオー》は窓の外に飛び出したくなった。

本当に客の笑い声が起き、運転手はなぜか、急ブレーキをかけた。

そこは大きな曲がり道にさしかかったところで、見おろすと目のくらむような九十九折《つづらお》りの急勾配だ。バスはこんな道を登ってきたのだった。山稜から山腹へ大蛇がのたうつような光景を見て、憶秦娥《イチンオー》はほとんど絶望的な気分だった。この大山塊を抜け出るまで自分の体を持ちこたえられるか心許なかった。もし、この旅路が二百キロ近い道のりではなく、こんなに多くの荷物を抱えているのでなかったら、彼女はすぐにバスを降り、西安まで歩いていただろう。

ここで憶秦娥《イチンオー》は意外な人物を見かけた。バスの乗降口からいきなり乗りこんで近づいてきたのは、北山《ベイシャン》地区で彼女に婚約を迫った劉紅兵《リュウホンビン》だった。

劉紅兵《リュウホンビン》は誰かを探しているようだ。落ち着かない視線をさまよわせている。彼女は顔を背けようとしたが、間に合わなかった。劉紅兵《リュウホンビン》はすでに彼らの姿を認め、足早に近づいてきた。

「降りよう、これ以上乗っていられない。ゲロ吐いて死んじまう」

「大丈夫です。私、車酔いしないので」

「その顔色で大丈夫なものか。次は六十六曲がりが待っている。天まで登る梯子《はしご》だとよ。命が惜しけりゃ、ここで降りた方がいい。死ににいくようなものだからな」

憶秦娥《イチンオー》はやはり首を横に振った。

運転手が声をかけてきた。

「降りるのか降りないのか、早いとこ決めてくれ。ここで時間を食ってられないんだ」

劉紅兵《リュウホンビン》は言った。

「降りよう。僕の車なら、窓を開けられる。カーブはゆっくり曲がる。気分が悪くなったらいつでも止められるし、実はこれからの道は見晴らしが最高、ドライブ気分で行こう。車酔いなんかしっこない」

憶秦娥《イチンオー》の様子を案じていた叔父はこっそりとささやいた。

「乗せてもらおう。叔父さんがついている。大丈夫だ」

憶秦娥《イチンオー》はうなずいた。

確かに劉紅兵《リュウホンビン》の言う通りだ。「六十六曲がり」は人を拒む天険の地だが、見方を変えれば、興趣尽きない天下の奇観、奇勝と言えないこともない。断崖、絶壁、小渓、大瀑布、そして山は冬でも常緑樹が鬱蒼と葉を茂らせ、老樹、巨木、枯れた藤づるさえもこの景観に趣きを添えている。二十年後、この地は秦嶺《しんれい》山脈の中で最大スケールの景勝地として多くの観光客を呼び寄せている。当時は確かに旅人を苦しめ、怯えさせる悪路だったとはいえ、こうしてイワシの缶詰のような劉紅兵《リュウホンビン》の愛車で走ってみると、別な景色も見えてくる。劉紅兵《リュウホンビン》は曲がり角では車を止めて憶秦娥《イチンオー》を降ろし、遠景に目を遊ばせて全身の凝りとしこりを解きほぐしていった。憶秦娥《イチンオー》が行こうと言うまで辛抱強く待ち、またゆっくりと車を走らせるのだった。

劉紅兵《リュウホンビン》は今回、別の目論見《もくろみ》を持っていた。寧州の町で憶秦娥《イチンオー》を連れ去ろうとしたのだ。だが、彼女の気性を知れば知るほど、彼女の面子《めんつ》を立てなければ手ひどいしっぺ返しを受けることも身に染みて知らされていた。考えに考え抜いてこの地を選んだのだった。彼はまた憶秦娥《イチンオー》が車酔いに弱いことも知っている。それも並みの弱さではない。この〝天まで登る梯子〟まで来たら必ず息も絶え絶え、生きるか死ぬかの瀬戸際で音《ね》を上げているだろう。狙うのはこのときだ。もし、生きたいと望むなら、彼の車に乗らないはずがないと踏んだのだ。ただ、一抹の不安は、あの黒い顔をした彼女の叔父の存在だ。彼が憶秦娥《イチンオー》を知ってから、一度もいい顔を見せたことがない。彼女に触れそうなところへ劉紅兵《リュウホンビン》が手を伸ばすと、叔父の手が先回りして邪魔をする。しかし、彼には自信があった。彼女が寧州県劇団にいたときは、まるで狼の巣窟のように彼女を守る軍団が牙を剥いていた。劇団を離れたら、もうこっちのものだ。焦らず辛抱強く、そのときを待てばよい。それに、彼自身も以前とは違う。女優という瓊葩《けいは》（珍しい花）異草《いそう》を追いかける浮ついた気分ではなく、要するに本気だった。彼女と結婚できさえすれば、一生彼女に尽くし、添い遂げるつもりだった！　これまでの女遊びで日を過ごしていたころは結婚など考えてもなかったが、今度こそ妻として迎えようと考えている。

胡三元《ホーサンユアン》は劉紅兵《リュウホンビン》が姪っ子を追いかけ回していたことを知っている。だが、胡三元《ホーサンユアン》にとってこの小僧っ子はこの世で一番見たくない人種で、どこをどう見ても気に入らない。姪っ子にはおよそ似つかわしくない男で、所詮は高級幹部の馬鹿息子なのだ。つるつる、すべすべに磨き上げた態度がいかにも軽薄そうで鼻につくし、値の張りそうなブランドものでてかてか、ごてごてに固めた身なりはとても信が置けそうにない。

封瀟瀟《フォンシャオシャオ》も姪っ子につきまとっている。こちらは幾分脈がありそうだが、どの程度なのか、見当もつかない。ただ、今日見送りに来た様子では、やはりただの感情ではなさそうだ。彼の姪っ子は心のひだの奥に畳み込むことが多く、この手のこともなかなか本心を見せようとしない。封瀟瀟《フォンシャオシャオ》という若者はむしろ好漢と言うべきか。だが、姪っ子と並べてみると、何かもの足りない。何が欠けているのか、しかとは分からないが、うまい具合に今日が別れの日となった。これですべてのもやもやが雲散霧消するだろう。胡三元《ホーサンユアン》がこの二人から見て取ったのは、姪っ子が彼に好感を持っており、朝からめそめそしていたことだった。一方、劉紅兵《リュウホンビン》に対しては恐れと警戒心を持ちながらも逃げ切れないでいる様子だった。それでいいと胡三元《ホーサンユアン》は思う。姪っ子が西安という大都市に移り住んで、気がかりなことばかりだが、ただ一つ、胡三元《ホーサンユアン》にとって安心なのは、彼女がしっかり者で、自分を厳しく律することのできる娘だということだった。ハエや蚊の一匹二匹飛んできても刺されることはまずないだろう。

西安に着いたときは、とっぷりと日が暮れていた。まず今夜の泊まりを探さなければならない。西安の右も左も分からない憶秦娥《イチンオー》と彼女の叔父のために、劉紅兵《リュウホンビン》が二人の案内役を買って出た。

劉紅兵《リュウホンビン》は地元の人間みたいに西安の隅々に通じていた。まず北山《ベイシャン》地区西安出張所で二人の到着の報告と宿泊の手続きを済ませた後、二人を連れて橋梓口《きょうしこう》へ行き、ワンタンを食べた。劉紅兵《リュウホンビン》はさらに二人を連れ回そうと、鼓楼《ころう》を回って解放路の夜景を見物しようと言い出したが、憶秦娥《イチンオー》は疲労の限界だった。「休ませて！」と悲鳴を上げたので、仕方なく宿舎へ戻った。

その日の夜、憶秦娥《イチンオー》はシングルの部屋へ、叔父と劉紅兵《リュウホンビン》はツインの部屋に入った。劉紅兵《リュウホンビン》は横になったものの眠られず、胡三元《ホーサンユアン》を寝かさずに延々と自慢話を聞かせ、話題は自ずと憶秦娥《イチンオー》へ向かった。胡三元《ホーサンユアン》はぽつぽつと受け答えしながらも、劉紅兵《リュウホンビン》にそれとなく言い聞かせた。姪っ子はお前さんには気がなさそうだ。頭を冷やして思いとどまったらどうかと。

劉紅兵《リュウホンビン》は、がばっと身を起こし、そんな殺生なと泣き声になった。もう眠れない、話し相手を探しに行くと出て行ったきり、戻ってこなかった。心配になった胡三元《ホーサンユアン》はその後何度か目を覚まし、その都度、憶秦娥《イチンオー》の部屋の前に立った。一度はドアを叩いてみたが、姪っ子はすっかり寝入っているようだった。

「ドアを開けるなよ」

胡三元《ホーサンユアン》は噛んで含めるようにそうつぶやいて部屋に戻り、横になった。

二

憶秦娥《イチンオー》の赴任先の名は陝西省秦劇院《せんせいしょうしんげきいん》。同じ劇団でも「劇院」と格上の呼称になった。

彼女は翌日に到着の報告をした。

胡三元《ホーサンユアン》は行かなかった。自分のこの顔で初対面の人を驚かせたら、姪っ子も辛かろうという思いだった。

劉紅兵《リュウホンビン》がついて来ようとしたので、憶秦娥《イチンオー》はそれをぴしゃりと断った。だが、彼は正門の前まで彼女を送り、正門の前で待つと言い張ってついてきた。いくら追い返そうとしても、のらりくらりと受け流す。仕方なく、するがままに任せた。

今回の移籍は上部機関の陝西省からじきじきのお達しで否応なしに行われたものだと憶秦娥《イチンオー》は聞いていた。棒で小突かれるみたいに早々に来てみたら、まるで火のないストーブあたらされたような応対だった。事務室を探し当てて入ると、頭の薄くなった事務局長が団長は不在だと言った。蘭州（隣省甘粛《かんしゅく》省の省都）へ公演に行き、明後日にならなければ戻らないと。憶秦娥《イチンオー》は改めて自分の名を名乗り、陝西省からの通知に従って来た旨を伝えた。事務局長は冷淡だった。

「お嬢さん、山奥の劇団でお山の大将をやっていたのかもしれないが、西安に割りこんで何をやらかそうというのかねえ。田舎劇団で〝竇娥冤《とうがえん》〟や〝秦香蓮《しんこうれん》〟をやったつもりでも、ここじゃ召使い役、通行人役でも通用しないよ。嘘だと思うかね？　何とか県の何とか劇団で主役を張りましたってのが何人もやってきたが、みなぽしゃったよ。よせばいいのに、あんたみたいのが何人もぽいされた。ツテやコネを頼んでもぐりこんでも、西京（西安）の舞台は甘くない。家を離れ、友だちと別れ、亭主を捨ててまで来ても、役はもらえない、部屋ももらえない、後は首をくるしかないよ」

憶秦娥《イチンオー》は答えようがなく、ただ自分は『遊《ゆう》西湖《せいこ》（西湖に遊ぶ）』の李慧娘《りけいじょう》をやるために来たと言い、古存孝《グーツンシャオ》という老芸人はどこにいるかと尋ねた。事務局長は牛角の櫛をせっせと使って、数えるほどもない髪の毛をなでつけている。彼女の問いに、ふんと笑って話した。

「ああ、えーと……あの黄色いコートのお化け。羽織っては落とし、落としてはまた羽織る、あの爺さん。いますよ。〝入団待機組〟の宿舎に。厨房の裏に通用口があるから、そこから入るといい」

憶秦娥《イチンオー》は古存孝《グーツンシャオ》老師を訪ねることにした。

陝西省秦劇院の中庭は広く、寧州県劇団の四、五倍はあった。憶秦娥《イチンオー》は尋ね尋ね、通用口を見つけて入ると、狭く長い通り道になっていた。片側は数間続く倉庫らしく、入り口は鉄さびが浮き、窓ガラスはみな割れている。中をのぞくと、使い道の分からない機器類が乱雑に放置され、厚い埃をかぶっていた。たまたま人がいたので古存孝《グーツンシャオ》老師の住み家はどこかと尋ねると、黄色いコートを着て、いつも喉をごほごほさせている人かと聞かれ、そうだと答えると、通路の一番奥を指さして突き当たりだと言った。行ってみると、そこは部屋というより、中庭の塀に片流れの屋根を建てかけた掘っ立て小屋だった。屋根といっても牛毛のフェルト状のものにレンガ片を乗せただけのものだ。入り口を叩く前に中から古《グー》老師の咳が聞こえた。憶秦娥《イチンオー》はうれしくなって、「古《グー》老師！」と叫んだ。古存孝《グーツンシャオ》は喜色満面で彼女を迎えた。

「お嬢、とうとう来たか。心配してたぞ。また強情張って、死んでも行かないと駄々こねているんじゃないかと」

古《グー》老師はいそいそと狭く頭のつかえそうな部屋に彼女を招じ入れた。

古《グー》老師の妻はベッドに寄りかかってタバコを吸っていた。部屋の中に煙が充満し、奥さんの顔が霞んで見えた。古《グー》老師は言った。

「もう吸うな。お嬢の喉がやられる」

奥さんはタバコをもみ消した。

「昨日来たのか、今日か？」

「夕べ着いて、今日挨拶に来ました」

古存孝《グーツンシャオ》はこうなった経緯をうれしそうに話し出した。

「私がこちらへ来てからずっと劇団指導部に煽られっぱなしだ。全国大会の参加作品にすぐ取りかかれとな。秦腔《チンチアン》ここにありと、北京の奴らの心胆を寒からしめ。全国に名を上げたい一心だ。候補作がいろいろ上がったが、やはり『遊西湖《ゆうせいこ》（西湖に遊ぶ）』にとどめをさす。私が牽引役になって公演班を組むことになった。必ず〝ブラボー（ブラボー）〟を取る。これが至上命令だ。しかし、団員の顔ぶれを見ると、ベテランはみな高齢で李慧娘《りけいじょう》の激しいアクションができない。若手を抜擢しようとしたが、みな文革中の〝鉄腕女隊長〟出身で、古劇の修練がまったくなく、立ち回りの技も古劇の歌唱もこなせない。あれこれ見比べて、手っ取り早いのは、寧州県劇団から移籍した楚嘉禾《チュチアホー》だが、これもアヒルを止まり木に止まらせるような芸当（無理強いすること）だな。幸いなことにこの劇団の老幹部二人が北山《ベイシャン》地区大会の審査委員を務め、お嬢の『白蛇伝』を見ていた。お嬢の演技を持ち上げ、しきりに団長に吹きこんでいた。私がお嬢を推薦すると、この二人は諸手を挙げて賛成し、残るは陝西省の指導部をどう説得するかだが、これもうまいことに、彼らはみな陝西省の人間で秦腔《チンチアン》を愛することでは人後に落ちない。『遊西湖』を候補作に上げるると、彼らは一も二もなく助成金を確約してくれた。それだけでなく、団長が寧州県劇団から主演女優を引き抜きたいのだがと水を向けると、その場で受話器を取り、その場で即決した。ただ、私はお嬢の性格を知っている。お嬢は山育ちで世間知らず、この世に欲も得もなく、寧州から出たくないと叫んでいた。半ば諦めていたんだが、来てくれて本当にありがたい。百人力だよ。私も自信満々、『遊西湖』で団長に目にもの見せてやろう。ブラボーを叫ばせてやろう」

「そんな、買いかぶらないでください。それよりも、ここの劇団は人を使うだけ使って、まともな住み家も用意できないんですか。全身全霊、芝居に打ち込もうとしている人に、ランプかロウソクを灯すような暮らしをさせて平気なんですか。大きな仕事をしてほしいのなら、まずすきま風の吹きこまない部屋の一つも支度して、奥さまの足を凍えさせない配慮をするのが筋ではありませんか？」

古存孝《グーツンシャオ》の妻はベッドの上でぶつぶつ不平を言い立て始めた。

古老師《グー》はあわてて手を振って妻を制した。

「黙らないか。今大事な仕事の話をしている。口を挟まないでくれ。劇団はたとえ掘っ立て小屋でもちゃんと一間《ひとま》用意してくれ、でっかい天地に遊ばせてくれているではないか」

「あんたは騙されているんだよ。団長は部屋が開き次第、引っ越させてくれると言った。ところが、ここじゃ空き部屋があっても、劇団が分配するのではなく、早い者勝ちで勝手に入りこんで居座っている。あんたが意気地なしだから、人に先を越されてるんだよ」

痩せた老婆はなおも抗弁をやめない。古老師《グー》は癇癪を破裂させた。

「静かにしないか。我々は芸術を語っているんだ。お前さんの石頭には聞かせても分からないだろうがな」

「ええ、どうせ分かりませんよ」

老婆はぴたりと口を閉ざした。

憶秦娥《イチンオー》は老師の奥さんを見ているのが辛くなって立ち上がった。古老師《グー》は外まで見送って言った。

「ここは大劇団だ。有象無象《うぞうむぞう》がとぐろを巻いて、隙あらば牙を剥いてくる。お嬢を見る目も人それぞれだ。法界悋気《ほうかいりんき》といって、人は自分に関係のないことにもねたみ、嫉妬する。だが、恐れることはない。『遊《ゆう》西湖《せいこ》（西湖に遊ぶ）』をやりさえすれば、問題は一挙に解決する。掘っ立て小屋であろうと牛小屋であろうと、思い煩うな。そのときが来れば、ちゃんとした部屋を用意してくれるだろう。わが妻の歯のようにぴかぴかな部屋をな。だが、そのときが来たら、忙しくなって引っ越す時間がないかもな」

憶秦娥《イチンオー》は笑った。師匠の奥さんの歯がぴかぴか？　どこをどう見ても、たばこのヤニで黒ずみ、黄ばんでいる。古《グー》存孝《ツンシャオ》老師はやはり俗界を超越している。これを洒脱というのだろうか？　世の中を楽観する達人だ。言うことなすこと、実に味わい深い。

憶秦娥《イチンオー》は早々に〝入団待機組のたまり場〟から出た。楚嘉禾《チュチアホー》や周玉枝《チョウユィジー》の顔も見たかったのだが、古老師《グー》は言った。

「この二人がどこに住んでいるか分からない。劇団には部屋がないから、新採用組は外で部屋を借りることになる。

劇団は一人に月十数元の家賃補助をしているから心配することはない。私の掘っ立て小屋は特例だよ。団長が総務課に命じてあの物置を空けさせたんだ。稽古が始まったら、この方が便利だからね。大丈夫だ。どこかの部屋が空いたら、いの一番にもらえることになっている」

楚嘉禾《チュチアホー》と周玉枝《チョウユイジー》には会えないことが分かったので、憶秦娥《イチンオー》は宿舎に帰ることにした。劉紅兵《リュウホンビン》が正門で待っていた。彼女が戻ったのを見て喜び、東大街《ドンダージエ》の見物に誘った。彼女はそれに耳を貸さず、叔父が心配しているからと断り、劉紅兵《リュウホンビン》は彼女を宿舎に連れ帰った。

叔父はずっと宿舎で彼女の帰りを待っていた。彼女の話を聞いて、もう二日西安に滞在し、諸事情が落ち着くのを見届けてから帰ることにした。憶秦娥《イチンオー》はこの宿泊所を出たいと叔父に相談した。劉紅兵《リュウホンビン》の世話になりっぱなしでは心苦しいと言うと、叔父も納得して劉紅兵《リュウホンビン》に話した。彼は絶対駄目だと猛反対した。無闇な気遣いをするものではない。それに西安は最近また魏振海《ウェイジェンハイ》（強盗殺人、麻薬販売の常習犯で一九九〇に死刑）が出没し、田舎者がうかうか歩いているとどんな目にあわされるか分からないという。憶秦娥《イチンオー》と叔父はしゅんとなって宿替えを諦めた。

陝西省秦劇院の団長がやっと蘭州から戻った。団長は敬意をもって憶秦娥《イチンオー》を迎え、事務局長もにこにこ顔の接待に変わった。各所の幹部を呼びつけて話を通し、万端の手はずを整える中、憶秦娥《イチンオー》の住み家は総務課が物置の一つを片づけて使うことになった。主演女優のために稽古の便宜を図ったという。古存孝《グーツンシャオ》老師の近くだったのはよかったが、掘っ立て小屋であることに変わりない。その夜、憶秦娥《イチンオー》は叔父と一緒に宿泊所から荷物を運びこんだ。古存孝《グーツンシャオ》老師は、さあ、歓迎会だ、ぱっとやろうと、キュウリのサラダを作り、落花生を炒めた上、酒まで用意した。

憶秦娥《イチンオー》は劉紅兵《リュウホンビン》に新しい住み家を知られたくなかったので、北山《ベイシャン》地区の出先事務所をこっそりと引き払った。叔父は謝礼のメモを残したが、行き先は書かない。しかし、二人が新居を片づけ、叔父と古《グー》老師が酒を飲み始めたとき、劉紅兵《リュウホンビン》がいきなり顔を出した。入るなり、あれも駄目、これも駄目と文句をつけ始め、ここは人の住むところではない、犬小屋の方がまだましだと言った。古存孝《グーツンシャオ》老師は気分を害して言い返した。

「一々文句の多いお人だ。諸国巡察のお目付役ですか？　この西安ではどこの職場でも新入りにベッド付きの部屋を用意するのは、それなりに大事に思い、厚遇しているからです。それともお付きの者を侍《はべ》らせ、夜は尿瓶《しびん》を持たせて次の間に控えさせろということですか？」

劉紅兵《リュウホンピン》も負けていない。彼に友人がいて、この近くに住んでいる。家に空き部屋があるから、そこを借りてはどうだろうか。彼女がどうしてこんなひどい仕打ちを受けなければならないのかと。しかし、憶秦娥《イチンオー》はその申し出をきっぱりと断った。こうなったら、梃子でも動かない彼女だった。

叔父が寧州へ帰ってからも、劉紅兵《リュウホンピン》は彼女につきまとった。毎日やってきては居座りを決めこむ。今日、プラスチックの腰掛けを持ちこんだかと思うと、翌日は電気炊飯器を運びこむ。ついに「海燕」印のテレビを買いこんだ。さすがに憶秦娥《イチンオー》は顔色を引きしめ、返させようとしたが、彼は申しわけなさそうに包装を空けると、ベッドに斜めに寄せかけてスイッチを入れ『上海灘《シャンハイタン》』（一九八〇年香港で制作され、中国本土でも放映されて大人気となったテレビドラマ）に見入っている。憶秦娥《イチンオー》はテレビを外に引っ張り出すと、彼は今度は自分の家のようにまた運び入れ、彼女は処置なしとなった。

その後、劉紅兵《リュウホンピン》の仕事が北山《ベイシャン》地区輸送隊から西安出張所へ配置替えになったと聞かされた憶秦娥《イチンオー》は、また厄介ごとを抱えこむことになった。

三

楚嘉禾《チュチアホー》はまさか易青娥《イチンオー》が西安、しかも陝西省秦劇院にやってきて、その上、憶秦娥《イチンオー》と改名しているとは夢にも思っていなかった。これを聞いたとき、わざわざ憶秦娥《イチンオー》を名乗るのは、秦腔《チンチアン》の世界に打って出ようとする魂胆に違いないと思い、せせら笑った。そうでなければ「憶《イ》江南」でもいいではないか？（李白の詩『憶秦娥』と白居易の詞『憶江南』を比べたもの）それにしても憶秦娥《イチンオー》がこんなに突然、こんなに早く陝西省秦劇院に乗りこんでくるとは一体、背後に何があったのだろうか？　数ヵ月前、陝西省の数劇団が各地の人材を公募したとき、易青娥《イチンオー》の『白蛇伝』が人気を独占し、どの劇団も喉から手が出るほど彼女を欲しがっているのは彼女も知っていた。しかし、彼女は寧州を離れないと繰り返し人に聞かせていた。朱継儒《チュジールー》団長も彼女を手放すつもりはないと言明し、彼女は報恩謝恩の念に厚い少女で、寧州県劇団をわが家と思っているといろいろな会合の席で吹いて回っていたはずだ。その舌の根も乾かぬうち寧州県をさっさと逃げ出してきたのはなぜか？　楚嘉禾《チュチアホー》にとっては一番来て欲しくない時期だった。今劇団は『遊《ゆう》西湖《せいこ》（西湖に遊ぶ）』の稽古に入ろうとしている。主役の李慧娘《りけいじょう》は楚嘉禾《チュチアホー》がダブルキャストのA班に内定している。彼女の母親がこの数日内務課に働きかけ、その根回しをしている最中だった。そこへ憶秦娥《イチンオー》がいきなり天から降ってきたのだ。これにはあのくたばりそこないの古存孝《グーツンシャオ》が一枚噛んでいるらしい。老いの一徹で憶秦娥《イチンオー》を推し、何が何でもA班に入れようとしているに違いない。楚嘉禾《チュチアホー》は悔しくて、この数日眠れない夜を過ごしていた。

楚嘉禾《チュチアホー》が憶秦娥《イチンオー》を見たのは稽古場で開かれた劇団の部会だった。憶秦娥《イチンオー》が単仰平《ダンヤンピン》団長に伴われて稽古場に入ってきたとき、ほとんどの団員の目が釘づけになった。彼女は意外にも稽古着に身を包んで現れた。前髪は額で切りそろえられている。ある団員は「おっ」と息を呑んで言った。

「オードリーと瓜二つ。混血か?」

楚嘉禾《チュチアホー》はぞっとするほどの不快感に襲われた。竈番《かまどばん》の泣き虫女がいつの間にか人を押し分けてのし上がってきた。

変わらないのは身なりを構わないことと、稽古場では着た切り雀で通すことだ。彼女がちょっといい顔したら、軽薄な男たちはたちまち腑抜けになってしまうだろう。楚嘉禾《チュチアホー》の近くに立っていた女性は恋人が憶秦娥《イチンオー》にうっとりとなっているのを見て、その前に立ちふさがり視線を遮って言った。

「そのいやらしい目。とろけて落っこちそうだよ」

単仰平《ダンヤンピン》団長は足を引きずっている。何年か前、『杜鵑山《とけんざん》』（上巻八二ページ参照）で主役の雷剛《らいごう》を演じたとき、党代表の柯湘《かしょう》を助けようとして高台から転がり落ちて片脚で三ヵ所の骨折をした。骨はつながったものの、普通に歩くことはできなくなったという。団長が上半身を揺らしながら歩く後を憶秦娥《イチンオー》はついて歩いた。団長は机にたどり着いて座ると、彼女にも座るよう手招きした。団員のほとんどが立っているのを見て、憶秦娥《イチンオー》は座る勇気を失った。

憶秦娥《イチンオー》は頭を低く垂れ、そのまま自分の足の甲を見続けた。顔を上げても目のやり場がなく、いつものように手の甲で口をさすっている。

単仰平《ダンヤンピン》団長は彼女の紹介を始めた。

「憶秦娥《イチンオー》同志。十九歳。漢族。もと寧州県劇団副団長。国家第二級俳優。寧州県政治協商会議常任委員。かつて『楊《よう》排風《はいふう》』『白蛇伝』で主演を務めた。今、我が団に新しく赴任した。みんな仲よくやってくれ！」

拍手はまばらだったが、楚嘉禾《チュチアホー》と周玉枝《チョウユイジー》は独身の男たちがやけに強く手を打ってのをはっきりと聞き取っていた。

憶秦娥《イチンオー》の正式受け入れを周知させた後、業務課長が『遊西湖《ゆうせいこ》（西湖に遊ぶ）』の配役を発表した。

李慧娘《りけいじょう》A組は憶秦娥《イチンオー》、B組はこれまでの主演女優、C組は楚嘉禾《チュチアホー》、それからD組、E組まであり、周玉枝《チョウユイジー》はF組だった。

単仰平《ダンヤンピン》団長は最後に話を締めくくった。

「今回、李慧娘《りけいじょう》はダブルキャストとして六人を選出しました。当劇団の女形《おんながた》全員に平等な機会を提供したわけです。現在ＡＢＣＤＥＦの差違はありません。誰がこの役に一番ふさわしいか、その結果が出るのはこれからです。皆さんの努力と競争によって、最もよく演じたものが、真っ先に舞台に呼び出され、李慧娘《りけいじょう》の〝見得《みえ》〟を切るのです」

この後、『遊西湖《ゆうせいこ》』公演団の発足が正式に確認された。
演出家は古存孝《グーツンシャオ》。演出補として劇団から二人が指名された。

部会が終わると、憶秦娥《イチンオー》は自分から楚嘉禾《チュチアホー》と周玉枝《チョウユイジー》の前に歩み寄った。楚嘉禾《チュチアホー》は内心を隠し、率先して歓迎の素振りを示し、憶秦娥《イチンオー》を抱きしめた。以前憶秦娥《イチンオー》が〝竈番《かまどばん》の小間使い〟を務めていたときは、決して与えられることのなかった歓待だった。一人の飯炊きの少女が突然一人の女優として大きく面《おも》変わりし、様変わりして、いや一種の異貌さえ帯びて楚嘉禾《チュチアホー》の前に立ち現れたのだ。楚嘉禾《チュチアホー》はそれを認め、受け入れざるを得なかった。それに、自分と周玉枝《チョウユイジー》が先に西安に来たのだから、後からきた同期の研修生に向かって心を開き、鷹揚なところも見せておかなければならなかった。彼女たちは約束した。お昼は楚嘉禾《チュチアホー》と周玉枝《チョウユイジー》の宿舎へ行って、とき卵と櫛《くし》切りトマトの麺炒めを作って食べることを。

公演団第一回の顔寄せのとき、早速問題が浮上し、演出家同士の対立があらわになった。古存孝《グーツンシャオ》が古劇の伝統と型を守り、一点一画おろそかにしないことを打ち出したのに対し、一人の演出家はそれは伝統の墨守《ぼくしゅ》だと反論し、一部新解釈、新機軸の導入を求め、もう一人は伝統に対して全面的な革新を主張したのだった。初めての顔寄せは大荒れとなって散開した。単仰平《ダンヤンピン》団長は足を引きずりながら会場の入り口にやってきて、演出家たちを引き止めにかかったが、誰一人戻るものはなく、業務課長は俳優たちに台本の研究と読み合わせをするよう言い渡した。

顔寄せが散会になったので、楚嘉禾《チュチアホー》は憶秦娥《イチンオー》と周玉枝《チョウユイジー》を伴い、彼女たちの宿舎へ行くことになった。

二人が借りている部屋は劇団に近く信義巷《しんぎこう》と呼ばれる一画で、西安に何世代も住み着いている住民が多かった。以前は全世帯が野菜農家だったが、今は都市化の波に呑まれて全域が現代風な住宅街に変わっていた。農家は部屋の賃貸収入で暮らし、家主は建物の一階に居を構え、上階はすべて賃貸に出している。楚嘉禾《チュチアホー》と周玉枝《チョウユイジー》が住んでいる家は十数室を賃貸に回し、入居者は近くの劇団や出版社など文芸団体の勤務者が多く、遠く浙江省からやってきて絹織物を商っている者もいた。

楚嘉禾《チュチアホー》は憶秦娥《イチンオー》を自室に案内するとすぐ尋ねた。

「どこに住んでるの？」

憶秦娥《イチンオー》は待機組宿舎の裏に狭い一室をあてがわれたことを話すと、楚嘉禾《チュチアホー》は不満げな表情を浮かべ、冗談口に紛らした。

「へえ、いい牛は待遇が違うのね。劇団の中に小屋がもらえるんだから」

憶秦娥《イチンオー》は慌てて弁解した。

「ただの掘っ立て小屋よ。牛皮《ぎゅうがわ》の屋根にレンガの重し、すきま風がぴゅうぴゅうなんだから」

「同じ牛でも私たちは劇団の外で放し飼い。勝手に草を食ってろってのよ。いつお払い箱になるかも分からない」

周玉枝《チョウユイジー》はどっちつかずの言い方をした。

「主役が振られてるんだから、そりゃ、待遇が違うわよ。うらやましいわね」

憶秦娥《イチンオー》は何と答えていいか分からず壁に目をやると、「大衆映画」から切り抜いたスターの写真がいっぱいにピンナップされ、窓からは吹き抜けの空間に陽が射している。

「きれいなところね。私も住みたい。駄目かしら？　越してきたら」

「私たちに見せつけようっての？　Ａ組がＣ組、Ｆ組に」

「そんなんじゃない。ただ一緒に住みたいだけよ」

「私たちはもう別の世界に住んでるのよ。だってあなたは劇団が引っこ抜いてきた第一号の主役なんだから」

憶秦娥《イチンオー》は言った。

「本当よ。本当にそう思っているのよ」

「本当も糞もない。ねえ、ちょっとお願いしていいかしら。あんたは飯炊き上がりなんだから、今日のトマトと卵炒めはあなたが作るのよ。ね、料理長さん」

楚嘉禾《チュチアホー》は憶秦娥《イチンオー》の痛いところを一突きしたかっただけだが、彼女が本当に袖をまくって臊子麺《サオズミエン》を作り始めるとは思ってもいなかった。楚嘉禾《チュチアホー》はさらに追い討ちをかけた。

「寧州県劇団の臊子麵《サオズミエン》はいつ食べても本当においしかったわね。だって、あのやくざ者の廖耀輝《リャオヤオホイ》が料理長だったんだから。これも師匠が手取り足取り、じきじきのお仕込みってわけね」

憶秦娥《イチンオー》の顔にぱっと紅《べに》が散った。

楚嘉禾《チュチアホー》はどうだと言いたげに周玉枝《チョウユィジー》の反応をうかがった。周玉枝《チョウユィジー》は「ちょっと水汲みに」と階下へ逃げ出した。

楚嘉禾《チュチアホー》は周玉枝《チョウユィジー》の背中を見送って、含み笑いをした。ふん、ずるめ。

憶秦娥《イチンオー》は何も言わずに背筋を伸ばし、せっせと小麦粉をこね始めた。

周玉枝《チョウユィジー》が水汲みから戻るのをまって、楚嘉禾《チュチアホー》は憶秦娥《イチンオー》に聞いた。

「ねえ、あなた。調理場に長年いたんだから聞くけど、宋光祖《ソングアンズー》と廖耀輝《リャオヤオホイ》はどっちが料理の腕は上なの？」

周玉枝《チョウユィジー》は咎めるような目で楚嘉禾《チュチアホー》を見た。だが、彼女は手をゆるめない。憶秦娥《イチンオー》は答えた。

「どちらも上手よ」

戻ってきた周玉枝《チョウユィジー》はこれ以上楚嘉禾《チュチアホー》の話を聞きたくなかったので、割って入って話題を逸らした。

旧友再会の会食は、憶秦娥《イチンオー》にとって気まずいものとなった。

憶秦娥《イチンオー》が帰った後、周玉枝《チョウユィジー》は楚嘉禾《チュチアホー》を責めた。

「嘉禾《チアホー》、あなた、いくらなんでもちょっとやり過ぎよ」

「何がやり過ぎなのよ？」

「憶秦娥《イチンオー》に対してやり過ぎよ」

「何さ、あの子はいきなり来て私たちの仕事を取っちゃったのよ。それでも平気なの？」

「平気じゃないけど、来たものは今さら言っても、しょうがないじゃない。それに、来るには来るだけのことがあったんでしょう。大したものだわ」

「大したものって、私たちはどうなのよ？」

「大したものよ。どっちもね」

四

その日、楚嘉禾《チュチアホー》と周玉枝《チョウユィジー》のところから戻った憶秦娥《イチンオー》は、打ちひしがれる思いだった。自分が人にどんな悪さを働いたというのか？　それなのに、どうしてみんなから毛嫌いされ、爪弾きされるのか？　部屋に帰ってベッドに身を投げ出し、気を静めようとしたが、ざわざわと体の奥底から騒ぎ立ってくるものがある。そうだ、もう四、五日、稽古をしていないんだ。体がなまっている。どこか場所を見つけて練習を始めよう。彼女は自分にそう言い聞かせた。身体を動かしさえすれば、煩わしいことは何もかも忘れていられる。劇団の稽古場はまだ勝手が分からないので、この部屋でやるしかない。テーブルに足を乗せてストレッチングを始めて間もなく、劉紅兵《リュウホンビン》が部屋に入ってきた。手にナイロンの大きな網袋を提げている。

「あーあ、こんな狭いところで。尻がはみ出しちまう。練習にも何もなりやしない。いつまでも強情を張ってないで部屋を変えよう。人の言うことは聞くもんだ」

憶秦娥《イチンオー》は劉紅兵《リュウホンビン》のこんな話しぶりが気に入らない。知らない人が聞いたら、変に疑われるだろう。彼女はぶっきらぼうに言った。

「劉紅兵《リュウホンビン》、いろいろ気を遣ってくれてありがとう。気持ちだけいただいておくわ。何遍も言ったでしょう。無理なものは無理なの。私はまだお嫁入りする年じゃないし、劇団だって許すはずがない。せっかく西安に出てきたんだから、何を置いても本分を尽くさなくちゃ。今は芸の基礎を固める大事な時期なのよ」

「君の修行の邪魔はしないよ！　今すぐ結婚しようなんて僕は言ってない。君の修行を応援したいだけだよ！　部屋を換えようというのも、少しでも要件のいい部屋で心置きなく休み、心置きなく稽古に打ちこむ、そうしてほしいからだよ」

劉紅兵《リュウホンビン》は話ながらナイロンの網袋から品物を取り出した。それは派手な原色に塗られたプラスチックの組み立て部品だった。

「何なのよ?」

「化粧台さ。本当はちゃんとしたものを備えつけたいところだけれど、ここには入らない。とりあえず間に合わせということで」

そう言いながら彼はプラスチックの部品を組み立て始めた。

「だから、いらないって言ってるでしょう。持って帰ってよ。本当にいらないんだから、放り出すしかない。やるったらやるわよ」

困《こう》じ果てた憶秦娥《イチンオー》は強気に出るしかなかった。

劉紅兵《リュウホンビン》は何を言われようと、されようと決してめげない。憶秦娥《イチンオー》が放り出したものを抱えてテーブルの上に乗せる。憶秦娥《イチンオー》はそれを持って外へ行き、また放り出す。劉紅兵《リュウホンビン》はまた持ち帰る。これを数回繰り返して、とうとう憶《イ》秦娥《チンオー》が音《ね》を上げた。それというのも、劉紅兵《リュウホンビン》は恐いものなしだが、憶秦娥《イチンオー》には面子《めんつ》も体裁もある。入団早々こんなことを繰り返していたら、隣に住んで麻雀を打っている老人たちの耳をそばだて、あらぬ噂をまかれかねないからだ。彼らはこれを若夫婦の痴話げんかと見ているらしく、憶秦娥《イチンオー》は一人の老人から意見されている。

「若夫婦はとかくわがままが出がちだが、とにかく辛抱、辛抱が第一だ。あんたの旦那はなかなかよくできた男だ。あんたがヒスを起こして投げたものを、文句一つ言わずせっせと拾い集めている。わしがもし口うるさい年寄りで、今度またあんたが物を投げたりしたら、カナヅチを頭に一発お見舞いするところだ。せっかくの新婚生活が台なしだろうが」

憶秦娥《イチンオー》は弁解のしようがなく、物を捨てるときは夜、人のいないの見澄まして遠く離れたゴミ捨て場まで運ぶことにした。

劉紅兵《リュウホンビン》は相変わらず涼しい顔で、捨てられたらまた拾い、見つからなかったらまた買ってくる。これを繰り返していたら、彼女の方が先に憤死してしまうだろう。憶秦娥《イチンオー》が一つ気づいたのは、彼は生活面の目配りが実に細かく、行き届いているといってもよかった。壁につけたい棚、ドアの後ろにほしいフックなどがいつの間にかついている。床《ゆか》の汚れ、特に黄土高原の土ぼこりを嫌った彼はレザーシートを敷いてマホガニーのような風合いに変えた。次に彼が気になったのは、牛皮がむき出しになった天井の傾斜だった。印花布《いんかふ》を貼り、さらに別の印花布を格子状に貼ると、これがまた悪くない。素人の目利きとも思われない。このやり方は友人から教わったという。手を変え品を換え、この掘っ立て小屋はすっかり様相を変えた。この間、憶秦娥《イチンオー》は何度も癇癪を起こし、レザーシートを捨て、印花布を引き裂いたが、劉紅兵《リュウホンピン》は何度でも買い直し、何度でもやり直した。憶秦娥《イチンオー》がドアに鍵をかけると、どこをどうするのか、いつの間にか入りこんでいる。自分の家としか思っていないようだ。

ある日、劉紅兵《リュウホンピン》はこともあろうに彼女のために尿瓶《しびん》を買って帰った。公衆便所はここから八百メートル以上もあるし、夜は特に不便だから、彼女にこれで用を足せと言った。痴漢の真似はやめてと彼女は怒鳴った。劉紅兵《リュウホンピン》はなぜ痴漢なのかと聞き返した。彼女は言った。

「何て下品なの。こんなものをあてがわれて女の子が喜ぶと思っているの？」

劉紅兵《リュウホンピン》はあわてて弁解した。

「夜出かけるのは不便だし、不用心だから。悪い人に出会わないとも限らない」

「悪い人はあなたでしょう。ほかに悪い人はいません」

「分かりました。僕は悪い人です。君のおしっこのことはもう考えません。これでいいんだろう！」

「ほら、やっぱり、あなたは痴漢だ。出てって、出てってよ」

言い終わると、憶秦娥《イチンオー》は尿瓶を外に投げ捨てた。派手な花模様の尿瓶が通路を転がっていく音がした。この日初めて劉紅兵《リュウホンピン》は目を怒らせ、立ち上がって言った。

「分かった。君は本当に難しい女の子だ。おしっこの話が何だよ。おしっこしない人間がいるのかよ。おしっこをしないのは鶏か鴨だ」

「出てって！」

その日、劉紅兵《リュウホンビン》は本当に腹を立てて出て行った。劉紅兵《リュウホンビン》の〝親切ごかし〟と〝おためごかし〟はとめどがなく、憶秦娥《イチンオー》はもうこれまでだと思った。きっぱりと手を切ろう。余計なお世話の正体が見えた。ろくでもない気配りが馬脚を現した。これ以上は彼女の力ではもう抑えようがない。劇団という組織の助けを借りるしかないと思った。寧州には叔父がいた、胡彩香《ホーツァイシアン》先生もいた。これまでは大概のことは朱《チュ》団長が乗り出して解決してくれた。しかし、ここには相談できる人がいないだけでなく、組織といっても右も左も分からない。下手するとまた笑いものにされるのがオチだ。しかし、黙っていてはどうにもならない。考えあぐねて駆けこんだ先は、やはり古存孝《グーツンシャオ》老師だった。きっと劉紅兵《リュウホンビン》を追い払う方法を考えてくれるだろう。古《グー》老師は言った。

「お嬢、この話は一概に悪いとばかりは言えないぞ。お前がどう見るかだ。確かにお前はまだ十九歳、これからいよいよ登り坂というとき、惚れた腫れたで気を散らすひまもなかろう。まして結婚というものにはそもそも目安《めやす》というものがない。私が若かったころはもう十八、九で結婚し、子をなした。私の初めての子どもは十八歳のときだった。前の妻が産んだ子だ。今の妻はまだ生まれてなかったころだよ」

古存孝《グーツンシャオ》老師がこの話をしているとき、タバコ吸いのあの奥さまはこの場にいなかった。二番目の人だと初めて分かった。古《グー》老師は話を続けた。

「我々のこの業界には不幸な結婚が多い。若気の至り、味噌も糞も一緒さ。お嬢の追いかけグループの中に、まともな奴が何人いる？　お前が人気絶頂のときはほいほい寄ってきて、靴下を脱がせ履かせてもくれようが、落ち目になったら、さっさと逃げ出すだろう。人というのは分からないものだ。劉紅兵《リュウホンビン》のことについては今のところ何とも言えない。というのは、お嬢は今真っ盛り、人気に火がついているからだ。だが、劉紅兵《リュウホンビン》が実《じつ》のない男かというと、そうでもなさそうだ。まあ、今私が言えるのは様子を見ることだな。追い払うことはない。人間、好きも嫌いもない。ただ縁があるかないかだけだ。縁があれば、追っても追ってもついてくる。縁がなければ、追うまでもなく逃げていく」

古《グー》老師の話はどうも煮え切らない。憶秦娥《イチンオー》は言った。

「あのう、私が言いたいのはそういうことではなく、私は……あの人がどうしても好きになれないんです。たとえあの人がいい人でも、私はその気になれないんです」

古存孝《グーツンシャオ》は言った。

「お嬢、お前の気持ちを当ててみようか。これでも一応、経験者だからな。お嬢の心の中に……あの封瀟瀟《フォンシャオシャオ》がいるのではないか？」

憶秦娥《イチンオー》の顔はすぐ真っ赤になった。

「いえ、そんなんじゃないんです。私は誰のことも思っていません。私はただ……このことを考えたくないんです」

「瀟瀟《シャオシャオ》はいい青年だ。だが、西安には来られないんだよ！ 私も彼を推薦したものの、省の劇団に小生《シャオション》（二枚目の男役）は十分足りていると言われてしまった。彼の才能は申し分ない。ただ、喉に不足を言う人もいる。ここだよ。西安の劇団が引き抜きをかけるときは、飛びきりの才能しか目もくれないんだ。それともう一つ、彼を強力に推す実力者がいなかったことだ。あれやこれやで、彼がここへ来るには壁が高かった。だからお嬢、瀟瀟《シャオシャオ》とはこの先、一緒にはなれないんだ」

「私は別にそんな意味で……私は……」

「もう何も言わなくていい。お嬢、私が、ここで劉紅兵《リュウホンビン》を見捨てずにしばらく様子を見ようと言ったのはこういうわけだ。彼がちゃんとした男なら、相手として不足はない。まめに働く男だ。気配りができ、機転が利く。お嬢は心置きなく舞台に専念でき、劉紅兵《リュウホンビン》は内助の功でお嬢に尽くすだろう。これは天の神さまが「董永《とうえい》」をお前に差し遣わしたのかもしれないぞ」

董永なら、憶秦娥《イチンオー》も知っている。『天仙配』に登場する男の主人公で、天界の仙女「七仙女」が愛に殉じ、また愛ゆえに復活するという物語だ。

（注）天仙配　漢の時代、董永《とうえい》という働き者の農民がいた。貧しい暮らしの中、父を亡くし、その葬式を出すために地主に身売りして作男となる。天界からこれを見ていた玉皇《ぎょくこう》大帝は、董永の親孝行を愛《め》で、七番目の娘「七仙女」を人間界に降ろ

し彼を助けよと命じる。人間界の愛と幸せに憧れていた七仙女は、槐樹《えんじゅ》（アカシア）の木の下で董永と出会い、二人の間に愛情が芽生えた。七仙女は地主の邸でせっせと働き、わずか一晩で十匹（二十反）の「雲錦」を織り上げる。十年もあった年季をわずか百日に繰り上げ、二人は董永の家に帰って結婚しようとする。だが、天界には人間と結婚してはならないという掟があり、父の玉皇大帝は娘に直ちに天界へ帰るよう厳命を下す。さもないと董永に厳罰を下すという。七仙女はすでに董永の子どもを身ごもっていたが、最初に出会った槐樹の木の下で泣く泣く別れを告げる。明代伝奇の『織錦記』と同じ素材。

なぜ董永という貧しく働き者の農民を劉紅兵《リュウホンビン》の引き合いに出すのか理解できず、憶秦娥《イチンオー》は思わず吹き出してしまった。劉紅兵《リュウホンビン》は彼女にとって暇を持て余しているただの〝遊び人〟に過ぎなかった。働こうとせず、飲み食いに意地を張り、金にあかせて遊び呆けている。この手の男は、叔父に言わせれば、自分勝手で頼りにならない。叔父は別れしなに彼女に厳命した。劉紅兵《リュウホンビン》を二度と相手にするなと。彼女も頑なに彼を家から追い払おうとしている。

古存孝《グーツンシャオ》老師は最後に禅問答のような秘策を授けた。

「お嬢、分かったな。たとえ親しくしても、手を握らせるな。結婚しそうになっても、指一本触れさせるな。こうすれば、お嬢の値打ちが上がる。本当に手を握られたら、有り難みが増すだろう」

憶秦娥《イチンオー》が家を出る際、古《グー》老師はまたつけ足して言った。

「彼の気前のよさに乗せられるな。お嬢はけちけち、しみったれていけ。相手の調子をわざと外すんだ。もし、彼が与太話をしたら、たった一言、お里が知れますよ。いや、これじゃ長すぎる。短く言うんなら、やっぱり、出てけの一言かな。あはははは」

憶秦娥《イチンオー》もつられて笑った。いい手がなかったら古《グー》老師のやり方に倣おう。

彼女の心は封瀟瀟《フォンシャオシャオ》でいっぱいだった。あの日の早朝、彼と別れてから何日も、彼女の心は悲しみに閉ざされ、そこにずっと瀟瀟《シャオシャオ》が寄り添っていた。幾晩も彼の夢を見た。瀟瀟《シャオシャオ》と一緒に舞台に立っている。素晴らしい相手役だ。余計な話はしなくても呼吸がぴったりと合い、そこにいつも彼の思いやりが感じられた。たとえば、上演の最中、喉の調子がおかしかったら、いつもの場所に薬が突然置いてあったりする。稽古や上演時間、食事の時間が押した（遅れた）とき、口に合う飲み物や食べ物が決まった場所にちゃんと置いてある。最初は受け取るつもりはなかったのに、それがいつの間にか慣れてしまい、最後は喜んで受け取るようになっていた。今思い起こすと、どんな些細なできごとも、さりげない仕種《しぐさ》や表情もかけがえのないものになっていた。時々自分に尋ねてみる。もしかしてこれが愛なのか？　彼女はずっと予感していた。瀟瀟《シャオシャオ》が必ず西安へ会いに来てくれることを。そして、今もすぐ近くに瀟瀟《シャオシャオ》の気配を感じている。だが、振り返ると、そこにいたのは劉紅兵《リュウホンビン》で、彼女は現実に引き戻される。

劉紅兵《リュウホンビン》は機嫌を損ねて帰ってからまだ一日にも経っていない。それなのに平気な顔をしてまた入ってきた。憶《イ》秦娥《チンオー》は無視しようかと思ったが、古存孝《グーツンシャオ》老師の処方箋に従って、不機嫌な顔を見せないようにした。この若者は取り入る隙をうかがっていたかのように、また尿瓶を持ち出した。

「蓮の花弁の模様の、きれいな模様だったのに割れてしまったからね。もったいなくて、また買ってきた」

「買ってきてもまた捨てるわよ」

「君がおしっこをしないとは信じられない」

「下品な話はやめて下さい」

「おしっこは下品じゃない」

「そこが下品なのよ」

「分かったよ。下品だ。憶秦娥《イチンオー》はおしっこをしない」

「出てって！」

「分かったよ。もう言わない。勝手におしっこすればいい」

「出てって！」

このとき、憶秦娥《イチンオー》はふと背後の人の気配を感じた。しかも彼女が肌身近く慣れ親しんだ息づかいと温かみだ。彼女は胸が苦しくなって振り返った。そこに封瀟瀟《フォンシャオシャオ》が立っていた。

憶秦娥《イチンオー》は呆気にとられた。

封《フォン》瀟《シャオ》瀟《シャオ》も茫然と立っている、入ることもできず、立ち去ることもできないでいる。

劉《リュウ》紅《ホン》兵《ビン》は落ち着き払い、親しげな口調で言った。

「封《フォン》瀟《シャオ》瀟《シャオ》じゃないか？　いつ来たんだい？　一声かけてくれたら、憶《イ》秦《チン》娥《オー》と迎えに行ったのに。よく来たな。座ってくれよ！　狭いところで身動きもできないけれど、おい、憶《イ》秦《チン》娥《オー》。何ぼんやりしてるんだ。瀟《シャオ》瀟《シャオ》に座っていただきな。飯食ったか？　ちょうどよかった。摻《チャン》麵《ミエン》（五目そば）を作ろうとしてたところだ」

憶《イ》秦《チン》娥《オー》は慌ててその後を追い、叫んだ。

劉《リュウ》紅《ホン》兵《ビン》が言い終わらないうちに、封《フォン》瀟《シャオ》瀟《シャオ》は身を翻して飛び出していった。

「瀟《シャオ》瀟《シャオ》、瀟《シャオ》瀟《シャオ》！」

封《フォン》瀟《シャオ》瀟《シャオ》は次第に速度を上げ、劇団の中庭を走り抜けた。

憶《イ》秦《チン》娥《オー》は入団待機組宿舎の入り口近くまで追いかけたが、すでに封《フォン》瀟《シャオ》瀟《シャオ》の姿を見失っていた。彼女はさらに寧州行きのバス停車場まで走った。今日は寧州行きが発車すると聞いていたのだが、もう全便が出発しており、残りは明朝の出発だった。がっかりして部屋に帰り、劉《リュウ》紅《ホン》兵《ビン》に憤懣をぶちまけた。劉《リュウ》紅《ホン》兵《ビン》を怒鳴ったりしたのは、これが初めてだった。

「劉《リュウ》紅《ホン》兵《ビン》、この馬鹿。勝手なことを言わないで」

「別に馬鹿なことを言ってない。君の同期生が来たんだ。心をこめて出迎えただけだよ。まさか彼に飯も食わせないつもりか？」

「劉《リュウ》紅《ホン》兵《ビン》の馬鹿、嫌い、嫌い、大嫌い！」

「分かった。分かった。機嫌を直してくれよ」

憶《イ》秦《チン》娥《オー》は尿瓶を劉《リュウ》紅《ホン》兵《ビン》目がけて投げつけると、頭にこつんと当たって落ちた。

「出てって、出てって！」

「出て行くよ、出て行くよ」

出ようとした劉紅兵《リュウホンビン》目がけて憶秦娥《イチンオー》は尿瓶を蹴飛ばし、尿瓶は彼の背中にぶつかった。

麻雀を打っていた老人の一人が二筒《リャンピン》をつまみ、平和《ピンフ》・自摸《ツモ》（上がり）の手が空中に止まったところで、花模様の尿瓶が麻雀卓に落ち、牌が全部崩れた。

二筒《リャンピン》の主はその牌《ぱい》を放そうとしなかった。しかし、別のメンバーはさっさと彼を見捨て、牌をがらがらとかき混ぜて自分の手を積み始めた。二筒《リャンピン》の主は収まらずに怒鳴り始めた。

劉紅兵《リュウホンビン》はぺこぺこ腰を曲げて謝って回った。

「ご免なさい、すいません」

誰かが彼をいたわった。

「おい、大丈夫か。怪我しなかったか？」

劉紅兵《リュウホンビン》はまるで一家の主のような威厳をとり繕って言った。

「大丈夫、大丈夫。内輪のことですから、どうってことありません」

憶秦娥《イチンオー》は部屋の中で大泣きに泣き始めた。

翌日の早朝、憶秦娥《イチンオー》はバスターミナルへ行った。もしかしたら、封瀟瀟《フォンシャオシャオ》の姿があるかもしれないと一縷《いちる》の望みをかけたのだが、バスは三便とも出発した後だった。

憶秦娥《イチンオー》の目の前から瀟瀟《シャオシャオ》の面影がぼんやりとうるんで消えた。

五

『遊西湖《ゆうせいこ》（西湖に遊ぶ）』の稽古がついに始まった。誰にも想像できなかったことだが、稽古場は戦場と化した。戦いは省都西安と地方出身者の間で繰り広げられた。西安勢は二人の演出家中心とし、〝地方勢力〟は主席演出家古《グー》存孝《ツンシャオ》を代表としていた。

陝西省秦劇院は外県《よそ》からの転入組を以前からひとからげに〝おのぼりさん〟と見下していた。〝おのぼりさん〟はおしなべて田舎くさく、世間が狭く、野暮ったく、出稼ぎ根性と出世欲丸出しで、古都西安の水で洗われ、〝品よく〟育った連中にはうとましく、鼻持ちならないところがあった。西安人は生まれついての優越感を持っている。たとえ彼らが西安っ子ではなく少し前に〝上京〟した組だとしても、子どものときから西安で芝居の修行をしているというだけで、〝おのぼりさん〟より頭一つ上だと思いこんでいる。外県《よそ》からきた連中は確かに抜きん出た才能を持っているかもしれないが、陝西省秦劇院の門をくぐったその日から山出しの駆け出し扱いになる。

一般に劇団の副団長になるのは仕事の上では、切れ者、やり手とされる人物が多い。だが、副団長は「弼馬温《ひつばおん》」とも呼ばれる。かつて孫悟空がその身分を「馬小屋の番人」と知って大暴れした役職だ。馬や牛の「口取り」、「手綱《たづな》引き」とも呼ばれて軽視されるが、この弼馬温が馬鹿にならないのは、観音菩薩が孫悟空の頭にかぶせた金輪の働きもするからだ。言うことを聞かない連中をこの金輪でぎりぎりと絞めつける。組織の管理、人材操縦の能力に長《た》けているのも副団長なのだった。

憶秦娥《イチンオー》も、ここで弼馬温の扱いを受けた。〝西安っ子〟を自称する人たちは何につけ同じ口調でこの話を持ち出す。

「あら、そう、あなた寧州では副団長だったの。立派。偉いわね。でも、それって弼馬温のことなのよ。分かってる？　馬鹿にしてないわ。立派な職なんだから。でも、西安の市民は〝科挙〟合格の秀才ってことになるわね。外《よ》県《そ》から来た人はみなその靴ひもを結ぶことから始めるのよ。馬の口取りといったって、卑下することないわ。その後ろに荒馬を従えているんだから、たとえその他大勢の兵隊役、下男下女の役でも喜んで先頭に立ちなさい。そして決してお忘れでない。劇団には西安っ子のこの私がいるってことよ」

憶秦娥《イチンオー》は来た早々、李慧娘《りけいじょう》の主役を射止めて舞い上がったが、知らぬが仏だった。彼女はとんでもない危険に巻きこまれていたのだ。

古存孝《グーツンシャオ》はこの事態を冷静に受け止めていた。特に二人の演出家はこれまでの打合せで数度の手合わせをしたが、実に手強い相手だった。その手の内を知れば知るほど、妻と口論して遊んでいるようなわけにはいかないことを思い知らされた。だが、彼とて解放前の旅公演の時代から地獄の底をかいくぐり、修羅場を見てきた自負がある。嘴の黄色い連中をいなすのも〝芸〟のうち、彼らと丁々発止《ちょうちょうはっし》、遊び通すのも演出家の仕事だ。幸い単仰平《ダンヤンピン》団長は自分を支持してくれている。何よりも自分が連れて来た憶秦娥《イチンオー》を守らなければならない。ここで気を引き締めて彼女に気合いを入れ、後ろ盾にならなければ、稽古の長丁場を持ちこたえられない。もし、彼女を支えきれなければ、せっかくの才能を若くしてつぶしてしまうことになるだろう。

二人の演出家との対立は、古劇に対する認識、芝居作りの根幹に関わることだから、一歩たりとも引くわけにはいかない。古劇（伝統劇）の型と表現術に照らしてその一つ一つを忠実に再現しなければならない。昔の芸人が演じた通りを今の舞台に蘇らせるのだ。その一つたりともおろそかにしてはならない。彼はこう自分に言い聞かせた。

二人の演出家のうち、一人はあの四人組から口移し、手取り足取りで「革命模範劇」を作りあげ名を売った人物だった。もう一人は上海から西洋演劇最先端の技法を身につけて帰っている。二人に共通しているのは、古劇を古劇のまま上演する演出方法をとらないということだった。現在の観客の好みに合わせて舞台のテンポ速め、古劇のまだるっこしい振り付けを切り捨てようとしている。音楽面でもこれまでの楽隊に加えてデジタル・サウンドの導入やジャズのドラムス・セットの採用も考えている。衣装も役柄に合わせたこれまでの様式は若い観客に奇異の念を与えるとして、見た目に分かり易い華美な新デザインを考えているようだ。「一卓二椅《い》三搭簾《とうれん》（テーブル一つ、椅子二脚、垂れ幕三張り）」といわれる象徴的な舞台構成は、彼らに言わせれば、もはや外県《よそ》の田舎芝居、草舞台の見本で、もはや西安の舞台に復活できないものと決めつけていた。今度北京で開催される全国大会は陝西人《せんせいじん》の面目がかかっているだけでなく、彼らにとっても秦腔《チンチアン》という郷土が誇る古劇のいわば興廃をかけての参加だったのだ。古存孝《グーツンシャオ》は譲るところは譲った。しかし、秦劇の根幹に関わるところは頑として肯《がえ》んじなかった。この〝老いの一徹〟が笑いの種になった。ぴりぴりした稽古場の中で、俳優はわざとずっこけ、道化のふりで満座の笑いを取る。古存孝《グーツンシャオ》は絶句し立ち往生、稽古は中断する。

出演者が登場するとき、彼は必ず「台歩《タイブ》」の歩行法を要求する。まず幕の奥で一声高く「アールヘーイ」と叫び、男は大股で靴底をひけらかし、女は舞台を滑るように歩くこと「水面を漂う蓮の花」でなければならない。二人の演出家はこの「アールヘーイ」の〝奇怪な〟叫び声を削るよう主張して譲らない。西洋演劇の理論では、出場はもたもたしたり格好をつけたりするものではなく、対立軸を明確にして、矛盾の衝突をドラマチックに見せるものでなければならず、歌唱法も最近流行の要素を加味して、節を長く引っ張りたいと言う。古存孝《グーツンシャオ》としては到底受け入れられず、憶秦娥《イチンオー》も対応できなかった。試しに歌ってみると、歌う側から人が笑う。台詞を言うと、これまた大笑いになった。腹を抱えて笑うふりをする者もいて、みんな口々に指さして言った。

「これだ、ど田舎流」

「おい、見ろ、見ろ、ど田舎流」

憶秦娥《イチンオー》もどうなっているのか分からず、ただ手の甲を口に当てて笑ったが、我ながら締まりのない笑いだと思った。こんなアホな子を引き抜いて李慧娘《りけいじょう》のA班に据えるとは劇団は何を考えているのかと公言する者も現れた。

古存孝《グーツンシャオ》も最近、家庭内が複雑怪奇な様相を呈していた。二番目の妻とは新中国成立の一九四九年以前の結婚だったから、本妻より先に結婚していたことになる。つまり、先妻であり二番目の妻だ。小旦《シャオダン》（若い娘役）の女優だった彼女は一九四九年後、古存孝《グーツンシャオ》を捨てて別の男と出奔し、また別れたと聞いた。数十年間音信不通だったが、北山《ベイシャン》地区演劇祭で当たりを取った彼の評判を聞き知って姿を現したのだった。『白蛇伝』と『楊排風《ようはいふう》』の演出で一躍名を上げた古存孝《グーツンシャオ》は得意の絶頂だった。気力充実、当たるべからざる勢いだ。「行《ゆ》くとして可《か》ならざるはなし」、こんなとき、身辺に欲しくなるのは女だった。気がつくと、この先妻とよりを戻し同居を始めていた。だが、思いもよらぬことに最近、本妻が陝西省秦劇院の掘っ立て小屋に彼を訪ねてきたのだった。本妻とは文化大革命中（一九六六〜一九七六）に離婚していた。その時期、古劇の芸人に対する「批判闘争」が真っ盛りで、関中（陝西省渭河流域）の劇団には毎日、顔に「実権派」の罪状を書かれた牛鬼蛇神《ぎゅうきだしん》の輩《やから》が引き立てられ、あの職場、この職場がそれぞれ数日間会場を借り切って吊し上げの集会を開いていた。

（注）実権派　文革期、資本主義への道を歩む〝走資派〟として打倒の対象とされた。しかし、権力の座にあるという〝実権派〟の基準はあいまいで、文化・芸術界を含むあらゆる分野の責任者が紅衛兵・造反派の攻撃にさらされた。

集会では人集めのためにいわゆる「実権派」の〝地味な〟顔ぶれより古存孝《グーツンシャオ》のような派手な存在と目された者が多く引き出され、見物人を熱狂させた。本妻はこのとき彼から引き離された。本妻の話によれば、彼女は容姿に恵まれていたため、「工人（労働者）毛沢東思想宣伝隊」の指導者から追い回されたのだという。彼女は古存孝《グーツンシャオ》と別れたのではなく、「工宣隊」の指導者が古存孝《グーツンシャオ》を〝走資派〟の槍玉に挙げて追い落としを図ったというのが真相のようだ。古存孝《グーツンシャオ》と離れ離れになった彼女はここで「工宣隊」の指導者と結ばれる。だが数年後、その指導者は癌を患って死に、彼女は一人取り残された。本妻といっても年齢は二番目とそんなに違わない。彼女はもともと塩を売る大《おお》店《だな》のお嬢さまだった。母親が死んだ後、父親が後添えを持ったので家に居づらくなり、たまたま古存孝《グーツンシャオ》が小生《シャオション》（若い男性役）を演じる舞台を何回か見て熱を上げ、夜中まで彼を追い回したのだった。当時の古存孝《グーツンシャオ》は水も滴る二枚目だったのだろう！

二番目の妻は当時の旅の一座の売れっ子花旦《ホアダン》（明るく勝ち気な女性の役）だった。縁日の興業で二つの座が同じ演目の競演となって二人は互いを意識した。目配せで意を通わせているところを親方に見つけられ、二人は無理無理一緒にさせられた。というのも、古存孝《グーツンシャオ》の親方は花旦《ホアダン》を自分の一座に引き抜く魂胆があったからだった。当時、人気俳優が二人の妻を持つことはそう珍しいことではなかった。一九四九年の新中国成立後、二番目の妻とは別れさせられた。いくら昔でも二人の女が互いに睦み合うことはなかったし、現在に至っては古存孝《グーツンシャオ》の二人の女が対面となったとき、夕食のテーブルを囲んだものの、食べ終わる前に彼の石油ストーブが中庭に放り出される騒ぎとなった。夜は狭いベッドの奪い合いとなって彼は閉め出され、床《ゆか》で一人丸まって眠ることになった。幸いにも大ごとにならなかったが、派出所の警官がいつ出動してもおかしくない危機をはらんでいた。

気が滅入ったとき、古存孝《グーツンシャオ》は寧州県劇団当時を懐かしむことがある。行った最初は鬱屈の日々だったが、朱継儒《チュジールー》が運営を任されてから彼はまさに水を得た魚のように息を吹き返した。百本を超える古劇を頭の中に叩きこんだ老芸人として運が向いてきた。三顧の礼を尽くされ、上席を与えられ、制作業務《プロデュース》と演出のすべてを任され、俳優の登場と退場、その割り振り、歌唱のリズムなどすべてを仕切った。小道具や背景、衣装にも口を出し、かぶり物、首飾り、簪の果てに至るまで、自分がこうと言えば否も応もなかった。

北山《ベイシャン》地区の演劇祭で大当たりを取り、堂々の凱旋をしてからはまるで〝帝王の師〟の如き待遇となった。朱継儒《チュジールー》団長はすべてを自分に〝下問〟し、食事の果てまで至れり尽くせりだった。食堂の食事ではもの足りなかろうと街に出て彼の好物の氷砂糖、クルミの焼き菓子、クロワッサン、バターロール、鶏の腿焼き、豚足など、口を開けて待っていれば食べたいものが口に飛びこんできた。高齢とは言え、食堂の食事では精がつかなかろうと、彼のために二斤のラードを注文し、食事のたびに柄杓《ひしゃく》で一すくい、椀の底に忍ばせてくれた。食事が終わった後も彼の椀だけは油分がたっぷりと残り、湯をどばどばと注ぐと油の花がぱっと咲いた。ふうふうと吹きながら喉に流しこむと、満たされた胃は満足のげっぷをする。

彼が特に感動したのは、彼が特に彼が愛してやまなかった黄色いコートにタバコの火でこぶし大の焼け焦げを作ってしまったときのことだった。彼にとって手放せぬ〝虎の威〟だっただけに気落ちしていると、朱継儒《チュジールー》団長はその翌日に新品を買いこんできたのだ。その夜、全団の集会があり、初日の公演に生じた問題について論議しているとき朱《チュ》団長は全員の前でそのコートを手ずから彼に着せかけてくれた。彼は満面の得意を禁じることができなかった。この勇姿は『三国志』の諸葛亮にも劣らぬ威風あたりを払ったことだろう。彼が癇癪を起こすときは怒れる獅子の如くコートの両肩をぶるっと揺する。すると、コートは身に添ってするりと滑り落ちる。癇癪がおさまると、コートは誰かの手で肩にはらりと着せかけられている。これほどの権勢がまたとあろうか！　彼の目配せ一つで全団員が神経を針のように尖らせる。毎夜の公演は劇団が全身全霊あげての体当たりだった。もし朱《チュ》団長が彼に孫悟空の如意棒の如きコートを与えてくれなければ、二ヵ月以上の長丁場はみんな油が切れて持ちこたえられなかっただろう。彼の一言は彼がコートを落とすまでもなく、肩半分揺らすだけで全員に緊張が走り、痙攣を起こすほどだった。この二ヵ月余りで寧州県劇団は近隣に名を轟かせ、憶秦娥《イチンオー》や封瀟瀟《フォンシャオシャオ》の青年俳優は一夜にしてスターダムにのし上がったのだった。

省都西安の大劇団には憧れてもいた。西安に乗りこみ、我が一声が風を呼び嵐を招き、全劇団がなびき伏すかと思っていたら、勢い余ってつんのめり、打てど響かぬ破れ太鼓の毎日だった。単仰平《ダンヤンピン》団長はよくしてくれるが、何せ団員二百人近い大所帯だ。ままならぬことが多い。二人の妻を住まわせて手狭になった掘っ立て小屋のベッドの幅を広げようとして総務課に板きれ、垂木《たるき》の手配を頼んだら、若い総務課長がいやいや足を運び、部屋を睨《ね》め回して言ったのが小憎らしかった。山の中にいればのんびり暮らせたのに、何を好んでこの陋巷《ろうこう》の廃屋に移り住み、板きれ一枚に不自由するのか。ここでは板きれ一枚といえども裏の山から拾ってくるわけにはいかない。まさか私の家の羽目板はがして担いでこいというのではないでしょうね。古存孝《グーツンシャオ》は怒りのあまり目を見開き、言葉を失った。こんな小さなことで団長を煩わせるわけにもいかない。長短不揃いの板きれを自分で拾い集め、何とか当座の間に合わせにした。

稽古場に行けば行ったで、主席演出家である彼に対する尊敬の念が薬にするほどもない。彼が口を開けば、「それは駄目ですよ」と真っ向から冷や水を浴びせられる。初めは遠慮がちだったのが、「ちょっと黙ってくれませんか」から「口を閉じて下さい」と身も蓋もない。これが新参者に対するいやがらせであり、外県者《よそもの》に対するいじめであることを知っている。しかし、彼は憶秦娥《イチンオー》のために怒りをじっと抑え、憤然と席を立つこともしなかった。

演出の二番手は封子《フォンズ》といい、鼻っ柱の強い男だった。古存孝《グーツンシャオ》の片腕になるどころか、最初から彼を「屁とも」思っていない。台本の読み合わせのとき、封子《フォンズ》は古存孝《グーツンシャオ》の発音を〝地方訛り〟とこきおろし、自分の耳のよさをひけらかすようだった。彼にとって外県者《よそもの》は芸術を解さない化外《けがい》の民（王化の及ばない野蛮人）であり、アマチュアのレベルだと思っている。憶秦娥《イチンオー》が一言話すと、みな口を揃えてその発音は違う、そのアクセントは間違っているとおどしつける。

実のところ、秦腔《チンチアン》を表看板にする劇団の幹部が秦腔《チンチアン》の発音をまったく理解していない。彼らが作ろうとしているのは秦腔《チンチアン》ではなく西安腔《シーアンチアン》、つまり西安方言だ。西安腔《シーアンチアン》は多くの発音を標準語（北京語を基礎とする漢語）に準じており、秦腔《チンチアン》本来の深みと味わいを出すことはできない。こう彼が切り出すと、稽古場はまた笑いに包まれる。〝純正〟な西安人にとってそれは土臭く古くさい方言にしか聞こえなく、笑うべき旧社会の残滓《ざんし》なのだ。いかんともし難い状態だが、古存孝《グーツンシャオ》の仕事はここから始めなければならなかった。

稽古が始まってから数日間、彼は黄色いコートを着て出た。それは彼にとって成功と幸運を招く〝勝負服〟で、ひけらかしに着るものではなかった。ただ彼が用心したのは、それをやたらに揺すったり、ずり落としたりしないことだった。こうすれば多くの反感を買うことを体験的に知っていたからだ。稽古場の記録係は言った。

「あの古《グー》さん、その黄色いコート、できれば着ないでほしいんですが。何か臭いがきつくて、それ着て歩き回られると目まいを起こしそうなんです」

業務課の湯沸かしとお茶くみの担当者も冷やかしにかかった。

「これからはコートではなく、ベストの季節ですよ。そんな毛皮を着て、汗疹《あせも》が出ませんか？」

彼の秘書であり用心棒の劉四団児《リュウスートアル》までが言う。

「叔父貴、それは着ないでほしい。でないと、俺たち、いじめに遭っちまう」

彼はついに着ることを断念した。

しかし、ついにある日、古存孝《グーツンシャオ》は怒りを爆発させた。第二演出の封子《フォンズ》が李慧娘《りけいじょう》をB組の女優にさせたいと言い出したのだ。B組の女優は劇団の生え抜きで、『紅灯記《こうとうき》』（上巻三二三ページ「李玉和」の項参照）ヒロイン李鉄梅《りてつばい》を演じたこともある。古存孝《グーツンシャオ》が呑める話ではない。李慧娘《りけいじょう》は後段で「火吹き」の技を使い、高度な身体動作を求められる。古劇の基本的訓練のないB組の女優の手に負える役ではないことを力説したが、稽古場は池で群れるカエルの合唱のようになった。憶秦娥《イチンオー》の台詞も歌も泥くさい、古くさい、ど田舎流だ、全国大会に出せる〝玉〟ではない……最後に憶秦娥《イチンオー》は稽古から外され、稽古場の端に立たされた。

古存孝《グーツンシャオ》は単仰平《ダンヤンピン》団長のもとへ走った。

団長は困った顔をしながら最終的に封子《フォンズ》と第三演出の意見を採用し、まずはB組にやらせ、駄目ならもとへ戻せばいいだろうということになった。

古存孝《グーツンシャオ》は、もはやこれまでと観念した。

B組の李慧娘《りけいじょう》は最初から古存孝《グーツンシャオ》を演出家と認めていなかった。彼には喘息の持病があって、咳きこむと苦しい息の下、ゼーゼー、ヒューヒューと気道を鳴らし、ぺっと痰を切る。記録係は苛立って言う。

「古《グー》さんの年期はたいしたものだ。踵《かかと》から頭のてっぺんまで全身が楽器だ」

B組の李慧娘は古存孝《グーツンシャオ》を呼び捨てにして大声で怒鳴った。

「ちょっと、古存孝《グーツンシャオ》、勘弁してよ。痰をするならトイレでやってくれないかしら。気持ち悪くて稽古どころじゃないからさ」

古存孝《グーツンシャオ》はテーブルを力任せに叩いて立ち上がった。

「私はここが伝統演劇の殿堂だとずっと敬意を払ってきた。だが、場末の自由市場だということがよく分かった。インチキ膏薬を売りつけ、恬《てん》として恥じない。年寄りぶっていうわけではないが、俳優である前にまず人であれ。恥を知れ。人であってこそ、芸術の神に仕えられる。曲がった根性は、曲がった垂木《たるき》同様、梁《はり》には使えない。その舞台は無残な結果に終わるだろう。これまでだ。もはや小生の力の及ぶところではない。さらばだ。諸君に決別を告げる。さらば！」

古存孝《グーツンシャオ》は肥った体を持てあまし、右に左に上体を揺らしながら歩いた。見ていると、滑稽な感じがしないでもない。出てきたばかりのリハーサル棟から割れるような歓声と拍手が彼の背中を襲った。

古存孝《グーツンシャオ》の目に老いの涙がじわっと湧いて出た。

彼は心《しん》から後悔している。西安に来るんじゃなかった。寧州にいれば、わが世の春が続いていたのではなかったか？　彼にはまだ果たさぬ一生の心づもりがあった。それは大作の幕間《まくあい》なし、ぶっ通し公演の舞台だった。台本も歌の一つ一つもすべて腹の中にためてあり、いつでも取り出して見せられる。だが、ここではがたのきた〝骨董品〟、みるもおぞましい〝ゴキブリ〟扱いだ。

彼には、はっきり見えている、B組の李慧娘は天下に大恥をさらして終わりになるだろう。やはり憶秦娥《イチンオー》が最適の人選だと思っている。だが、この役はみんなから鵜の目鷹の目で狙われている。案の定、B組にかっさわれてしまった。お嬢は本当にぼんやりな子だ。この業界では爪を研がなければネズミは捕れない。なのに借りてきた猫みたいにお上品に手を口に当てて、えへらえへらしている。本当に馬鹿か利口か分からない子だ。狼の巣にいて慌てず騒がず争わず「我がことにあらず」と涼しい顔をしている。寧州にいるときは老芸人たちが寄ってたかって世話を焼き、面倒を見、担ぎ上げて海のものとも山のものともつかぬ竈番《かまどばん》の女の子に一躍名をなさしめた。ここ西安で、古存孝《グーツンシャオ》はどんな役割を果たせばよかったのか？　どうして彼女を守り抜き、担ぎきれなかったのか？　ここで向かっ腹を立てずにじっと辛抱し、機会をうかがって憶秦娥《イチンオー》を引っ張り上げることもできたはずだ。しかし、家では二人の妻が角《つの》突き合わせ、どうにも手に負えなくなっていた。死ぬか生きるか、血を見なければ収まらない事態だ。加えて、単仰平《ダンヤンピン》団長が煮え切らず、演目の人事は古存孝《グーツンシャオ》に預けて模様見を決めこんでいる。二人の妻が掘っ立て小屋で同居していることがそろそろ噂に上っているのも感じ取っていた。ままよ、噂にさせておけ。二人の妻を一つベッドに寝かせ、彼が床に独り寝を続けても彼が辛抱しようとしたのは、憶秦娥《イチンオー》と組んで秦腔《チンチアン》界の天下を取りたかったからだ。彼は憶秦娥《イチンオー》に話して聞かせた。たとえ二人の妻が二人ともここに居座り続けるなら、自分はどっこいしょと二人を両天秤に掛けて走り続けるつもりだったと。勿論、これが通る世の中ではない。妻妾《さいしょう》同居、重婚罪、騒動罪、不法同居罪、どの罪に問われようと、すべて自ら蒔いた種だ。しかし、自分はもう年老いてしまった。仕事もぽしゃった。この上、お上のお縄になって牢屋に食らいこむなど耄碌の至り、笑止千万、沙汰の限りだ。これが年貢の納めどきか。もはや行かなければならない。どこへなりと立ち去るしかない。

その夜、彼は憶秦娥《イチンオー》の部屋を訪ね、ありのままの情況を話した。彼の思いは憶秦娥《イチンオー》を劇団に残すことだった。将来の芽を伸ばすためには、この大劇団にしがみついてでも残るしかない。

「お嬢、お前には済まないことをした。寧州から連れ出しておいて、この師匠が至らないばかりにお前を檜舞台に乗せてやることができなかった」

憶秦娥《イチンオー》はあっけらかんと言った。

「大丈夫です、古《グー》老師。B組に任せてよかったと思います。私は側で見ています。こんな大劇団に来て、私は正直、びびってたんです」

「馬鹿な子だ。これはのるかそるかの戦いなんだ。それぐらい気づかなかったのか?」

彼女は首を横に振った。古存孝《グーツンシャオ》老師は言った。

「心配してるんだ。私が行ってしまったら、お前は狼に食われてしまいやしないかと」

「え? 行くって、どこへ行くんですか?」

「妻たちと一緒に住み続けるわけにはいかない」

「一緒にいちゃ、いけないんですか?」

「本当に馬鹿な子だ。この師匠は連れ合いを騙し、不実を働いてこうなった。新社会でしてはならないことだ。私が言うのも何だが、それぐらいお前も知っておけ。要するに私の出る幕はなくなったのさ。竜は浅瀬で泳げず、小エビにも馬鹿にされる。里に下りた虎は犬にも追われる。私はもはや劇団のあの者たちと同じ空気を吸ってはいられない」

「教えて下さい。どこへ行くんですか? 古《グー》老師」

「この私を受け入れてくれるなら、どこへでも行く。思う芝居をやらせてくれるなら、どこへでも行くさ」

「それなら、一緒に寧州へ帰りましょう。寧州が一番です。私も帰りたいと思っていました。一緒に帰りましょう」

「お嬢、よい馬はな。来た道の草を二度と食わない。この古存孝《グーツンシャオ》、寧州を離れたからには、二度と戻ることはない。この私が二人の女房から尻尾を巻いて逃げ帰ったなど後ろ指指されるのはご免だからな。私はどこか遠くへ行く。甘粛《かんしゅく》か寧夏《ねいか》か、あるいは青海《せいかい》か新疆《しんきょう》か、秦腔《チンチアン》の縄張りはとてつもなく広い。到るところに青山ありだ。だが、寧州に帰ることだけはできない」

「どうして、そんな遠いところへ？」

「まだ分からないのか？　馬鹿な子だ。あの女ども、タバコをふかし、茶を飲み、肉を食らい、パーマをかけ、大麻を吸う。悪鬼羅刹《あっきらせつ》のごとき女が二人がかりでどこまでも追いかけてくる。見つかったら最後、お前の老師は小骨の果てまでしゃぶられる。だから、地の果てまで逃げるしかない。分かったか？」

「老師が逃げたら、二人の小母《おば》さんはどうなるんですか？」

「私が落ちぶれて食うにもこと欠いていたころ、あの者たちは見向きもせず、訪ねても来なかった。安心しろ。亀には亀の生き方、蛇には蛇の生きる道がある。飢えて死ぬことはない」

憶秦娥《イーチンオー》は黙ってしまった。古存孝《グーツンシャオ》は話を続けた。

「お嬢、こうなったからにはじたばたするな。お前も後ろを振り返るな。芝居のことだけを考えるんだ。いいか、ここが肝心だ。まず芝居があって、歌になる。だが、歌があっても芝居にはならない。分かるか？　ここを履き違えるな。芸の精進に妙薬も妙法もない。あるのは自前のこの腕だけと思え。なまくらな体には天の妙音は聞こえない。手練《てれん》手管《てくだ》を弄するな。客に媚びるな、客の目をごまかすな。それは下司のすることだ。私はどうやらこの劇団で使い物にならなくなったようだ。西安という町は老残の身の置きどころがない。若い人なら何をするにも、いくらでもやれる町だ。ありとある可能性に満ちている。お嬢にとっても先はまだ長い。舞台がある限り、しぶとく歌い続けるんだ。たとえ露を払い、草を枕に旅寝の夜を過ごそうと、いつか身を起こす日も来るだろう。だが、お嬢この師匠の先はもはやない。妻たちとはもう会わない。若い日の取り返しはつかず、償いもできず、先に死ぬ。この世のどこか片隅を探して、この体にたたき込んだ芝居を残らず吐き出してからこの世とおさらばだ。さもないと、閻魔さまに残らず持って行かれてしまうからな。はっはっは！」

古存孝《グーツンシャオ》はこの日の夜半、旅だった。

本妻と二番目の妻は言った。夜中に小用に行くと言って出て行ったきり戻らないと。

六

古存孝《グーツンシャオ》が行ってから、稽古場は〝外県人《よそもの》〟いじめがおおっぴらになった。憶秦娥《イチンオー》は稽古場の隅でなりをひそめて稽古を見守った。だが、楚嘉禾《チュチアホー》はじっとしていなかった。この機に外県人《よそもの》は一致団結し、〝土着民《どちゃくみん》（土地っ子）〟に対抗しようと説いて回っている。

楚嘉禾《チュチアホー》と周玉枝《チョウユイジー》は西安で「秦腔《チンチアン》劇団（秦劇《しんげき》団）」名乗る数を数えてみると、ざっと四、五十は下らないことが分かった。県、地区、そして陝西省以外から来た劇団がこんなにあるとは思ってもいなかった。しかし、生え抜きの「秦人《しんじん》（大秦国の末裔）」の目には西京以外の外来者はすべて〝もぐり〟だと言って憚らない。こうなった背景の一つは、後から来た者はここで徒手空拳、孤立無援の戦いを強いられるからだ。既成の劇団の末席を占めるにしても、強力な伝手《つて》がなければ相手にされず、門前払いにされる。その一人一人を一つにまとめ、組織化するのは土台、無理な話だった。楚嘉禾《チュチアホー》がその一人に当たりをつけ、何日も連絡に費やして会ってみたところが、最初から怖じ気づいている。何かを一緒にするより先に、志を共にしようとすることだけでも逃げ腰なのだ。失望した楚嘉禾《チュチアホー》が、とつおいつ考えて思い当たったのが憶秦娥《イチンオー》だった。彼女は外県人《よそもの》の先陣切って名をなし、秦人《しんじん》どもの劇団に引き抜かれた。彼女なら西安に〝冷や飯〟を食いに来たのではないことを証明できる。

楚嘉禾《チュチアホー》は、はっきりと悟った。憶秦娥《イチンオー》は秦人《しんじん》に負けない実力を持っていることを。その技、喉、勘、根性、機会さえ与えられれば自在に羽ばたき、高みを目指すことができる。彼女はここまで考えて、しまったと思った。憶秦娥《イチンオー》に対するこれまでの仕打ちは何だったのか。誰が見てもほめられることではない。憶秦娥《イチンオー》がその気になっても、自分に対する悪感情は残っているだろう。憶秦娥《イチンオー》は今、確かに追い詰められている。李慧娘《りけいじょう》のA組を外された。しかし、それを言うなら、C組の自分、F組の周玉枝《チョウユイジー》はどうしてくれるのか。二人の役は水の泡と消え、〝アラビアン・

ナイト〟の夢と散った。A組に取り立てられたのは秦劇院生え抜きの女優だった。演出家の封子《フォンズ》は言う。外県からの上京者は、まず演劇の基礎を学び、大劇団の風格を身につけてから配役のことを話し合おうと。〝大劇団の風格〟はいつ身につくというのか？　劇団のある俳優は入団して十数年、明けても暮れても〝外県の悪習〟を言い立てられ〝干された〟ままなのだ。これでは蛇の生殺しだ。このままじっと干物になるのを待ってはいられない。

　彼女の母親はこの道にかけてはやり手で通っている。所長を務める寧州県文化センターは絵画、文学の活動で北山《ベイシャン》地区、陝西省で高い評価を得る一方、彼女自身も歌手、舞踊家、アコーディオン奏者としても名を知られている。さらに文化センターの枠をはみ出して絵画、小説にも手を出し、プロの活躍をしていた。八面六臂の働きに秘訣はなく、「努力」の二文字があるだけという。

「努力」なら、うってつけなのが憶秦娥《イチンオー》だ。彼女にやらせよう。たとえ石に頭をぶつけようと、痛いのは彼女だ。どうせあのカボチャ頭、痛みも痛みと感じずにへらへら笑って済ますだろう。その日、楚嘉禾《チュチアホー》は周玉枝《チョウユィジー》を連れて憶《イ》秦娥《チンオー》の部屋を訪ねた。ずっと以前から訪問の意向を伝えてあったが、憶秦娥《イチンオー》は部屋が片づいてないからと渋り続け、一カ月以上待たされてやっとの招きだった。楚嘉禾《チュチアホー》は周玉枝《チョウユィジー》に言った。

「憶秦娥《イチンオー》は馬鹿なの、それとも利口なの？　それとも私たちに会いたくないのかな？」

　周玉枝《チョウユィジー》は答えた。

「そんないけずばっかり言わないで」

「そうね。でも、部屋を片づけて、私たちにラーメンを食べさせるぐらいで、何でそんな時間がかかる？　もしかして新しい部屋が分配になって、私たちにねたまれるとでも思っているのかな」

「そんなことないわよ。〝待機部屋〟あたりにはろくな部屋がないもの」

「そうかな。憶秦娥《イチンオー》には〝背後霊〟がついてる。そうでなきゃ、竈番《かまどばん》のみそっかすの灰かぶりが何で主演を取ったり、政治協商会議の常任委員、副団長になれたのよ。おまけに国家三級俳優なんて、あんまりじゃない？　いくら何でも破格過ぎるわよ」

「ついてるのよ」

「私はそんなもの信じない。つきなんて、自分が勝ちとるものよ」

そんなことを話し合いながら二人は待機部屋の近くまで来た。

辺りは廃屋に近い倉庫が並んでいた。門扉《もんぴ》はひしゃげ、屋根は抜け落ちている。道路も穴ぼこだらけで、ネズミが群れをなして溝《どぶ》から飛び出して走り回っている。

周玉枝《チョウユイジー》は言った。

「ひどい、おんぼろ屋敷もいいとこだわ」

楚嘉禾《チュチアホー》は幾分気をよくしていた。こんなところに住むぐらいなら、外で部屋を借りた方がましだ。

近づいていくと、中庭から煙の上がって着るのが見えた。むせるほどだ。

周玉枝《チョウユイジー》は言った。

「火事かしら」

「まさか、教えてあげなくちゃ」

二人は言いながら足を速め、奥の中庭に着いた。

見ると、憶秦娥《イチンオー》が火吹きの練習をしている。

老婆を交えた老人たちが麻雀の真っ最中で、ロンとかチーとかやりながら見物している。

憶秦娥《イチンオー》は長いこと火を吹き続け、吹き終わると老人たちに謝った。

「ご免なさい。煙たかったでしょう」

一人の老人が言った。

「何の。しっかり練習しなされや。ここ何十年、舞台でも見たことがない。秦腔《チンチアン》と言えば火吹きだ。誰も真似のできない十八番《おはこ》だよ。こんな若いのに、容易なこっちゃない」

「そう言われるとうれしいわ。どうもありがとう」

憶秦娥《イチンオー》はまた松ヤニの包みを口に含んだ。後ろに人の気配を感じ、振り返ると大声で叫んだ。

「嘉禾《チアホー》、玉枝《ユイジー》じゃないの。よくここが分かったわね」

楚嘉禾《チュチアホー》が言った。

「お招きがなかったけれど、図々しくお邪魔しました。いけなかったかしら？」

「よく来てくれたわね。あんな牛小屋、恥ずかしくて見せられないけれど、入ってよ」

憶秦娥《イチンオー》は二人を住まいに案内した。

外側から見ると、とても人の住まいとは思えなかったが、楚嘉禾《チュチアホー》と周玉枝《チョウユイジー》は中に入るなり、悲鳴のような歓声を上げた。楚嘉禾《チュチアホー》が言った。

「まあ、きれい。片づいてるじゃない。まるで高級ホテルよ」

「まさか、天井に印花布を貼り、床にレザーを敷いただけ」

「壁にも印花布。印花布のお店が開けそうじゃない」

「あなたみたいな田舎者がどこで見つけてきたの？　ちょっとした布地《ファブリック》に見える。なかなかのものよ」

「壁が隙間だらけで、とにかくふさがないと住めなかったのよ」

憶秦娥《イチンオー》は慌てて弁解した。

「もう、宮殿だわ。お姫さまのお部屋よ！　いいセンスしてる。掘っ立て小屋をよくここまでにしたわね。どこの名人上手が知らないけれど、プロの手が入ってる。誰にやってもらったの？　紹介してよ。私たちの部屋もお願いしたいくらい。うん、気に入った！」

楚嘉禾《チュチアホー》はそう言いながら部屋に駆けこんでベッドにごろりと横になった。

このとき、劉紅兵《リユウホンビン》がラジカセをぶら下げて入ってきた。

『わが家は黄土高原』の歌を鳴らしている。四つのスピーカーそれぞれにイルミネーションがぐるりと取り囲み、せわしない明滅を繰り返している。

楚嘉禾《チュチアホー》と周玉枝《チョウユイジー》は面食らって目を見張っている。

憶秦娥《イチンオー》もその場に立ちつくした。

劉紅兵《リュウホンビン》はにこやかに挨拶した。

「寧州のお友だち、憶秦娥《イチンオー》の同期生の方ですね？　いつお見えになりました？」

憶秦娥《イチンオー》が説明した。

「私より先に西安にお見えなの。去年の冬、入団試験を受けてこの劇団に入ったのよ」

「それはそれは、さささ、どうぞどうぞ。西安では友だちが多ければ多いほど心強い。お気に召していただけるかどうか、客人のため、プラスチックの椅子を四つ用意しました。場所も取らないのでいつも置いてあります。どうぞ、おかけ下さい。秦娥《チンオー》、白ウサギのミルクキャラメルお出しして。夕べ買ってきたんですが、お二人のために買ってきたようなものです」

劉紅兵《リュウホンビン》はまるで一家の主のような口ぶりだった。

憶秦娥《イチンオー》はここで怒り出すわけにもいかず、言われるままにした。

楚嘉禾《チュチアホー》は驚くことは驚いたが、憶秦娥《イチンオー》の〝背後霊〟がここにも出現したと思った。去年、劉紅兵《リュウホンビン》は目の色変えて寧州県劇団に入り浸り、憶秦娥《イチンオー》を追い回していた。憶秦娥《イチンオー》はそれをはねつけ、彼の面子は丸つぶれになった。ここまでやるかと誰もが思ったほど、その仕打ちは手ひどく容赦がなかった。劉紅兵《リュウホンビン》は高級幹部の息子であることはみんなが知っている。「ボルガ」の小型車を乗り回し、見るからにかっこよく、楚嘉禾《チュチアホー》はすっかり気に入っていた。残念なことに、劉紅兵《リュウホンビン》は『白娘子《はくじょうし》』の舞台を見ても、その他大勢組で出ていた楚嘉禾《チュチアホー》まで目が届かなかったのだろう。楚嘉禾《チュチアホー》は、憶秦娥《イチンオー》が封瀟瀟《フォンシャオシャオ》を愛していると思っていたのに、それからどれほどの時間が経ったというのだろうか。

劉紅兵《リュウホンビン》とまるでままごとの若夫婦のような暮らしを送っている。確かにテレビが毎日言っている通り「世界は素晴らしい！」のかもしれない。

憶秦娥《イチンオー》は楚嘉禾《チュチアホー》と周玉枝《チョウユイジー》に弁解らしい弁解もせず、劉紅兵《リュウホンビン》のおしゃべりにも口を挟もうともしなかった。

劉紅兵《リュウホンピン》は言った。

「秦娥《チンオー》の強情なことにはほとほとまいりましたね。僕は口を酸っぱくして外で部屋を見つけたらと勧めたんですがね、頑として聞かない。僕は西安に友人がたくさんいますから、いい空き部屋はいくらでも見つけられる。でも、彼女はこの物置がいいと言い張るんです。僕はこのぼろ小屋をせっせと片づけて、飾り立てて何とか見られるようにした。そうでなけりゃ、とても人の住めるところじゃ……」

「もういい加減にして」

憶秦娥《イチンオー》はたまりかねて劉紅兵《リュウホンピン》のおしゃべりを制止した。しかし、彼はしゃべりやめない。

「彼女は部屋のことをあれこれ言われるのがいやなんです。僕は部屋より大事なものはないと思っています。だって、部屋が悪けりゃ一分間たりとも眠れませんからね」

楚嘉禾《チュチアホー》と周玉枝《チョウユイジー》は、ははんと目を見交わした。聞けば聞くほど、この二人は一緒に住んでいるとしか思えない。

楚嘉禾《チュチアホー》の顔に薄笑いが浮かんだ。

憶秦娥《イチンオー》は言い訳したそうな顔をしていたが、劉紅兵《リュウホンピン》はまた話をずらした。

「あなた方、今どこに住んでいるんですか？　劇団からの分配なのかな？」

楚嘉禾《チュチアホー》が答えた。

「私たちの待遇は秦娥《チンオー》に比べたら、ものの数じゃない。劇団が一室分の手当てを出してくれるから、外に借りたのよ」

「どんなひどい部屋も、ここに比べればましってもんだ」

憶秦娥《イチンオー》は劉紅兵《リュウホンピン》が言い終わるのを待たずに話を遮った。

「せっかくお客が来てくれたのに、余計な話で邪魔しないで」

「分かりましたよ。ご免なさい」

劉紅兵《リュウホンピン》はいいながら自分の口をぴしゃりと叩いた。

楚嘉禾《チュチアホー》と周玉枝《チョウユイジー》の二人は今度こそはっきりと見て取った。二人の関係は一線を越えていると。

　彼らは座ってこれまでの積もる話に時を過ごし、やっと本題に入った。楚嘉禾《チュチアホー》がまず憶秦娥《イチンオー》のためと言って、現状の不平不満を並べ立てた。自分や周玉枝《チョウユイジー》のことはどうでもいい。どうせダブルキャストのC組とF組なんだから、お手当なんて、あってなきが如し。でも、憶秦娥《イチンオー》はそうはいかない。陝西《せんせい》省が力ずくで憶秦娥《イチンオー》を引っこ抜いたのは何のため？　李慧娘《りけいじょう》をやらせるためでしょう。北京の全国大会に出場させるためでしょう。それがいっぱい食わされた。とんだだまし討ちよ。泣き寝入りする前に、そのわけを聞かせてもらおうじゃないのと、楚嘉禾《チュチアホー》は気色ばんだ口調でまくし立てた。

　そのわけってどういうことと、劉紅兵《リュウホンビン》がすかさず割って入り、身を乗り出して尋ねる。楚嘉禾《チュチアホー》は即座に答える。陝西省の幹部じきじきのご指名で憶秦娥《イチンオー》を引っ張り出したのに劇団の演出家は彼女を使わないと言い出した。どうしてくれるの？　陝西省はこのこと、知ってるの？　楚嘉禾《チュチアホー》はここで憶秦娥《イチンオー》に矛先を向けた。

「秦娥《チンオー》、あなたは陝西省に顔が利くんでしょう？　何とかしてもらいなさいよ」

　楚嘉禾《チュチアホー》は切り口上で畳みかけるが、憶秦娥《イチンオー》は口を押さえて笑うばかりだった。楚嘉禾《チュチアホー》は言った。

「馬鹿な子ね。笑ってる場合？　あなたの首が切られるかどうかの瀬戸際でしょう。人ごとじゃないのよ」

「どうってことない、お安いご用だ。わが家から省の幹部に顔を利かせようか？」

　劉紅兵《リュウホンビン》はぽんと膝を叩き、請け合って見せた。

「馬鹿なこと言わないで」

　憶秦娥《イチンオー》は笑い顔を引っこめて言葉を続けた。

「あなたとは何の関係もない。私は無理して李慧娘をやろうなんて思わない。やりたい人にやらせて、私たちはこちら側で見て勉強すればいいのよ」

　楚嘉禾《チュチアホー》は言った。

「秦娥《チンオー》、いい子ぶって嘘をつくのをやめたら。私たちは騙されないわよ。あなたがやりたくないんなら、何でこんなところでこっそりと火吹きの練習をしているのよ？」

「それはね、苟存忠《ゴウツンチョン》老師が火吹きの技を教えながらおっしゃったから。普段も練習を怠るな。時間が経つと、腕が鈍《なま》り、火が言うことを聞かなくなるって」

「それじゃ、やっぱりやりたいんじゃないの。やりたくないんだったら、練習なんかすることないわ。練習するのは何のため？　生きるためよ。飲まず食わず生きていけると思っていたら、あなたもよっぽどおめでたいわね」

楚嘉禾《チュチアホー》はさらに言葉を継いだ。

「やりたいんだったら、やり方を考えないとね。劇団にいる分からず屋、人を〝外県人《よそもの》〟扱いし、目の敵にしている連中を見返してやるのよ。ぶっ叩いてぺちゃんこにへこましてやるのよ」

劉紅兵《リュウホンビン》は言った。

「それはいい考えだ。我々三人は寧州から来た。寧州っ子は互いに助け合わないとな。郷友会を作ろう。〝寧州幇《ばん》（ギャング）〟血の結束だ。もう誰にも馬鹿にさせないぞ」

「私と玉枝《ユイジー》はあなたの助けになり、あなたの力になり、あなたを主役にしてみせる。私たちはもうあなたにかなわないことを知っている。技、喉、演技力、どれをとっても李慧娘《りけいじょう》はあなたしかいない。でも、これからは、あの老芸人たちはもういない。誰もあなたに指図しない代わり、誰もあなたの生き方を決めてくれない。たとえ間違っていたって自分で決め、自分でやるしかないのよ。分かる？」

楚嘉禾《チュチアホー》の話は憶秦娥《イチンオー》の内心を語る真実の声でもあった。自分は劇団で李慧娘の役を争い、勝ちとることができなかったのは本当だ。B組にいたあの女優と技や喉の優劣はつけられず、ただ自分が少し若いというだけだった。しかし、あの女優は劇団の正規の劇団員として養成されたエリートであるのに対し、自分は山出しの外県人《よそもの》で、いわば草鞋《わらじ》を履いた野戦の八路軍（人民解放軍の前身）だ。たとえ、あのまま李慧娘を演じつづけたとしても、結果は今と同じように弾き出されるかもしれない。だから問題は憶秦娥《イチンオー》や楚嘉禾《チュチアホー》ら個人の上にあるのではない。病巣は深く、外県人《よそもの》の田舎役者は西安で主役を取れないという〝神話〟にあるとしか言いようがない。憶秦娥《イチンオー》が先頭切ってこの神話を打破しない限り、閉塞状態にある彼女たちの突破口は見い出せないだろう。

劉紅兵《リュウホンビン》はどこから手をつけるか、楚嘉禾《チュチアホー》に繰り返し尋ねている。彼女は言った。

「無闇に仕掛けても駄目よ。蛇の急所は〝七寸〟にありっていうでしょ。劇団の七寸はずばり、演出家の封子《フォンズ》。彼が猛威を振るい、劇団を牛耳っているのよ。単仰平《ダンヤンピン》団長は封子《フォンズ》の顔色をうかがっているだけ。まず封子《フォンズ》に先手を打つことね」

劉紅兵《リュウホンビン》は聞いた。

「封子《フォンズ》はタバコを吸うの？」

楚嘉禾《チュチアホー》は答えた。

「吸う」

「銘柄は？」

「フィルター尽き」

「酒は飲むの？」

「飲むわ。二度ばかり見かけたけれど、稽古場で耳まで真っ赤だった」

劉紅兵《リュウホンビン》は腕を高く上げ、ぱちんと指を鳴らして言った。

「よし、いただきだ」

七

楚嘉禾《チュチアホー》と周玉枝《チョウユイジー》が帰ると、憶秦娥《イチンオー》は抑えに抑えていたものが大爆発をした。劉紅兵《リュウホンビン》にずるずると出入りを許したのがいけなかった。彼は二人の関係をわざと既成事実化させようとしている。楚嘉禾《チュチアホー》と周玉枝《チョウユイジー》のあの含み笑いを見れば、それは明々白々だ。憶秦娥《イチンオー》は怒るに怒れず、劉紅兵《リュウホンビン》の演技をするがままにしてしまった。見送りに出た憶《イ》秦娥《チンオー》に、楚嘉禾《チュチアホー》はいつ結婚するのかと尋ねた。釈明しようとする彼女に楚嘉禾《チュチアホー》はおっかぶせるように言った。

「言いわけ無用。隠せば隠すほど現れるのよ、恋の道は。私も玉枝姐《ユイジーねえ》も恋はしたことないけれど、もう見え見え、ばればれ。あなたたち似合いの若夫婦よ。幸せに暮らしなさい。スイート・ルームも素敵だし、ベッドもふかふか、せいぜい新婚生活を楽しむことね。うふふ」

二人はくっくっくと笑いながら走り去った。憶秦娥《イチンオー》は濡れ衣を着せられたような悔しさで、廃工場の前に立ちつくした。

憶秦娥《イチンオー》は部屋に帰るとすぐ劉紅兵《リュウホンビン》に突っかかった。すぐ出てって。劉紅兵《リュウホンビン》は、何でだよ、わけ分かんないと食い下がったが、

「私たち、何でこうなるのよ。ざまったらないわ」

「俺たちは愛を語っているんだ」

劉紅兵《リュウホンビン》は駄々をこねるように言った。

「勝手に語ってなさいよ。誰もあなたとは語らない。もう私の評判はさんざん、いい笑いものだわ。出てって、出てってよ！」

言いながら憶秦娥《イチンオー》は劉紅兵《リュウホンビン》を押し出そうとしながらくるりとかわされて、自分が外に出てしまった。劉紅兵《リュウホンビン》はどっかとベッドに腰掛けて彼女に、にこにこと笑いかけてくる。憶秦娥《イチンオー》は彼に向かって怒鳴るしかなかった。

「お邪魔虫！　図々しいったらありゃしない。どこまで面の皮が厚くできてるの」

「見たことないだろう。俺の面の皮は城壁ぐらい厚い。いや、それよりも厚いかな。城壁が曲がるとこ、見たか？あそこぐらい厚いぞ」

そう言いながら彼は自分の頬の肉を引っ張った。

「はい、はい、お邪魔虫！」

そう言いながら劉紅兵《リュウホンビン》は麺をこね始め、彼女のために餃子を作った。

食べ終わると劉紅兵《リュウホンビン》は出かけ、帰ってくると、大きなナイロンの網袋をぶらさげている。中には酒やタバコ、オレンジ、缶詰類がぎっしり詰めこまれていた。彼はそれをテーブルの上に並べ終えると、

「さあ出かけよう。夜はなかなかつかまらないからね」

「どこへ？　何しに？」

「いかれ演出家のところに決まってるだろう」

「私、その人よく知らないし、会ってどうするの？　恥ずかしいだけだわ」

「君は利口と言えば利口だ。特に僕をやっつけるときはね。でも、馬鹿と言えば、どうしようもない馬鹿だ。君の仲間が言う通りなんだよ。ここで手を打たなければ、一生君の出る幕はない。こんなときどうする？　よく研究《イエンジョウ》しよう。答えは煙酒《イエンジョウ》（煙草と酒）さ。君のお粥じゃ、効き目がない。早く行こう！」

「私は行かない。そんなこと、できっこない」

「やればできる。生まれつきできる人間はいない。人間は感情の動物だからね。しょっちゅう顔出していれば、今回駄目でも次回は必ず振り向いてもらえる。分かる？　この手のことは任せとけ。僕はプロだ。安心してついてくればいい」

「私は行かない。私にだって面子《めんつ》があります」

「これが面子をなくすことか？　相手は喜び、君の面子も立つ。もし行かなければ、それまでだ。二度と主役を張

ることなく、群衆その一かその二、せいぜい侍女役で一生が終わり。せっかく身につけた技が泣くぞ。迷うことないさ。行こう。部屋はもう調べた」

劉紅兵《リュウホンビン》はこのために半日を費やしたという。彼女は不承不承立ち上がった。

憶秦娥《イチンオー》は本当に行きたくなかった。以前は何か品物を買い整えて苟存忠《ゴウツンチョン》老師や叔父、胡彩香《ホーツァイシアン》先生を訪ねたことがあったが、それ以外に気を遣う人はいなかった。彼女が舞台で人気を取ってから朱継儒《チュジールー》団長が何くれとなく目をかけてくれ、叔父が団長に何かしら付け届けをするときでさえ、彼女はついていったりしなかった。しかし、今日は劉紅兵《リュウホンビン》と喧嘩した挙げ句に無理無理連れ出されてしまった。

会う相手は演出家の封子《フォンズ》だった。劇団には上役の呼び方に変な習慣がある。団員は肩書きの「長」を端折《はしょ》りたがる。単仰平《ダンヤンピン》団長なら「単団《ダントウアン》」。封子《フォンズ》は演出家（導演家《ダオイエンジャー》）だから「封導《フォンダオ》」となる。

封導《フォンダオ》は一戸ごとにトイレ、浴室、洗面所、台所が組みこまれた部屋に住んでいた。劇団に一棟しかない建物だ。ここに住めるのは、指導部と功労のある老芸人、主演クラスの俳優だけだった。彼女はおどおどしながら封導《フォンダオ》の玄関口に立ち、ノックをためらい続けた。突然、階下から足音が上がってくる。慌てて上階へ駆け上がり、しばらく息をこらして人の気配が消えるのを待った。戻るとすぐ、今度は誰か上階から降りてくる。彼女はまた慌てて階下へ駆け下りた。こんなことを繰り返しているうちに本当にノックする勇気を失っていた。また上階から人が降りてきたので、彼女は一気に一階まで駆け下りた。劉紅兵《リュウホンビン》は品物がまだ彼女の手の中にあるのを見た。憶秦娥《イチンオー》は彼に尋ねる隙を与えず、品物を彼の手に投げ渡すと一目散に逃げ帰った。

「一体、どうしたんだよ？」

追いかけてきた劉紅兵《リュウホンビン》は息を切らして尋ねた。憶秦娥《イチンオー》は言った。

「もういや。あなたが言い出したことでしょ」

「いいよ。そんなら俺が持っていく」

憶秦娥《イチンオー》は慌てて呼び戻した。

「ちょっと待って。あなたが持っていってどうするの？」

「どうするかって、ここで持っていかなければ、お前が一生すかを食うってことだよ。分かってるのか？　本当に馬鹿なんだから。こういうのを、芝居のことしか分からない〝芝居馬鹿〟って言うんだよ。行けよ。ドアを叩けよ。思い切って入るんだよ。相手は言う。こんなの、いいただけませんと。これは決まり文句なんだ。いくら言われても、そうですかって持って帰っちゃいけない。そこへ置く。相手からこれっきりにして下さいよと言われたら、次もまた持ってきなさいということだ。分かるか？　これが世の中なの。裏を読まなくては生きてはいけないんだ。本当に馬鹿なんだから」

彼女は相手に全部言わせなかった。

「二度と馬鹿、馬鹿言わないで。あんたは自分を何だと思っているの？　ろくなことしかしないくせに」

「分かった、分かった。お前は馬鹿じゃない、お利口さんだ。早く行けよ！　俺がついていく」

彼女を促そうとする劉紅兵《リュウホンビン》の手を振り払って憶秦娥《イチンオー》は言った。

「触らないで」

「分かった、触らないよ」

「ついてこないで」

「分かった。行かないよ」

憶秦娥《イチンオー》はまたのろのろと階段を上がった。ドアの前まで行ったが、どうしてもノックできない。ためらっていると、後ろからいきなり手が伸びてドアを叩いた。彼女が振り返ると、やはり劉紅兵《リュウホンビン》だった。彼女がにらみつけようとしているところでドアが開いた。後ろからどんと押す力を感じたとき、彼女はもう中に入っていた。

ドアを開けたのは、腫れぼったい瞼《まぶた》をした中年の女性だった。ふて腐れたような口調で言った。

「何のご用？」

「あの、封導《フォンダオ》に……」

憶秦娥《イチンオー》は口ごもりながら言った。

「封導《フォンダオ》に会ってどうしようというの？　自宅にまで乗りこんで何のおねだりかしら？　名前を言ってごらんなさい」

憶秦娥《イチンオー》はいきなり棒で小突かれ、足払いをかけられたような感じがした。しかも聞き取れないような早口だ。

「憶《イ》……憶秦娥《イチンオー》と申します」

「何、何、娥《オー》？」

「憶秦娥《イチンオー》です」

「変な名前だこと。どこから、何しに来たの？」

「私は劇団から、あの、入ったばかりなんですけど」

「ああ、分かった。移籍組ね、何とか県から」

憶秦娥《イチンオー》はうなずいた。

女性の目にかすかに軽侮の色が浮かんだ。

「それで裏口から頼みたいことがあると、こういうわけだ。外県《いなか》でお上手《じょうず》言われてその気になって、西安の劇団に割りこんだはいいけれど、こんなはずじゃなかった……よくある話よ。そりゃ病気にもなるわね。ちょっと待って。封子《フォンズ》。あなたにお客よ」

その女性はにこりともせず奥に声をかけた。

西安人がまさかこんな態度、こんな物言いをするとは思ってもいなかった。女性までが慇懃《いんぎん》無礼《ぶれい》どころか、いきなり相手にびんたを食らわすようなものだ。言いにくいことをここまであけすけに言われた方はたまったものではない。憶秦娥《イチンオー》は満面に朱がさすのを覚えた。進むもならず退くもならず、立ちすくむ彼女に、その女性はさらにまくし立てた。

「ちょっとちょっと、土足で入らないで。靴を脱ぐのよ。その荷物は持って入らないで。ドアの後ろに置く！　そこ、そこ、そこよ」

その女性は足の先でドアの後ろのゴミ箱を何度もつつく素振りをした。憶秦娥《イチンオー》が荷物をそこに置いたところでドアがばたんと閉まり、その音の高さに彼女は飛び上がった。

そこへ封導《フォンダオ》が出てきた。憶秦娥《イチンオー》をちらと見て、またドアの後ろの荷物に目を走らせると、ぼそっと言った。

「入りなさい」

憶秦娥《イチンオー》は封導《フォンダオ》に従って中へ入った。後ろをその女性がモップを持ち、彼女の歩いたところをごしごしと拭きながらついてきた。

招《しょう》じ入れられた書斎はそんなに広くなく、三面を書棚に囲まれていた。壁や床、机の上は舞台美術の設計図、俳優たちの動線図で埋め尽くされていた。舞台装置の配置図は封導《フォンダオ》が自分で画いたものだと言い、台本の余白に描きこんだ図もあった。憶秦娥《イチンオー》は知っている。それは『遊西湖《ゆうせいこ》（西湖《せいこ》に遊ぶ）』の図面だった。封子《フォンズ》が稽古場に持ちこんでみんなに見せていたものだった。

憶秦娥《イチンオー》は演出家に勧められるまま本棚の前の小さな椅子に座った。

瞼を水疱のように腫らしたその女性は、彼女が座った途端に彼女の足の下にモップを入れて拭き始め、ぶつぶつ言っている。

「役者で飯を食うんなら、堂々と舞台で勝負すりゃいいじゃないか。裏口でこそこそ、何のおねだりしているんだか」

聞きながら憶秦娥《イチンオー》はひたすら恥じ入るばかりだった。

彼女は床掃除の邪魔をしないよう、ひっきりなしに足を上げている。だが、腹いせのようにぶつかってくるモップを避けきれず、靴がからまってしまうこともあった。床掃除を終わるのを見すまして、封導《フォンダオ》はやっと口を開いた。

「何の用かね？」

たちまち彼女は言葉に詰まった。

「別に……何でもないんです」

しばしの停滞があって、演出家がまた口を開いた。

「君は寧州から来たんだね？」

憶秦娥《イチンオー》はうなずいた。

「師匠は古存孝《グーツンシャオ》だったね？」

憶秦娥《イチンオー》はまたうなずいた。

「君の基礎は一応できている。だが、悪い癖がついてしまった。武術の技が勝ちすぎて、観客の受け狙いに流れがちだ。昔の旅の一座ならそれもよかろう。だが、現代には通用しない。演劇で大事なのは人物像の造型だ。その一挙一動はすべて人物の性格から発し、論理的に説明できるものでなければならない。技巧のための技巧をひけらかしていては、大道芸と何ら変わるところがない。人間の内面の動きをとらえ、それ表現するのが現代の演劇なんだ」

演劇論、演技論を語るとき、封導《フォンダオ》はいつも演劇青年のような真面目さ、ひたむきさをこめ、恂々《じゅんじゅん》と憶秦娥《イチンオー》に説き聞かせようとする。彼は稽古場でも彼女の動作の不合理な点をいくつか指摘していた。封導《フォンダオ》がさらに話を進めようとしたとき、またあの女性がモップを持って現れてごしごし拭き掃除を始め、何度も室内を回っている。封導《フォンダオ》は声をひそめて憶秦娥《イチンオー》に話した。

「彼女《あれ》は病気なんだ。何年も外に出ていない……」

これを聞いたとき、この女性は封導《フォンダオ》夫人なのだと憶秦娥《イチンオー》は確信した。

後になって憶秦娥《イチンオー》が聞いたことだが、封《フォン》夫人はもと小花旦《シャオホアダン》（娘役、侍女役）の女優だった。ある年、外県《いなか》から来た女優に主役の座を奪われてから眩暈《めまい》を発症し、走行時の平衡感覚を失った。以来、団地の階段の昇降にも支障をきたしているという。症状は持ち直したものの快癒に到らず、劇団を休んだままついに再起はかなわなくなった。そのうち彼女は一種の潔癖症にとらわれ、いつもモップと布巾、雑巾が手放せなくなっていた。来客があると、決まって床掃除が始まり、客が帰ると今度は家中の清掃に半日かけるという。特に見慣れない女性、目障りな女性が帰った後は、ぶつぶつと何ごとかをつぶやきながら洗剤一袋を全部使い切るまで部屋を拭き清める。封導《フォンダオ》を訪ねる劇団関係の女性は家ではなく、外で落ち合うことになっていると聞かされた。

憶秦娥《イチンオー》は何も知らずに地雷原に踏みこむか、銃口の真ん前に立ちふさがったことになる。

封導《フォンダオ》はあまり多くを語らなかった。よく学び、劇団の風格《スタイル》を身につけ、歌唱は勿論、台詞《せりふ》回し、所作、演技力すべての規範を自分のものにするよう求めた。封導《フォンダオ》はまた古存孝《グーツンシャオ》にも言及した。〝外県風《いなか》〟などと言われなくなったとき、配役についてまた話し合いを持とうと言ってくれた。古劇のすべてを諳《そら》んじ、その序幕から終幕までたちどころに再現して見せる記憶力は、一種の身に蓄えてきた。古劇のすべてを諳んじ、その序幕から終幕までたちどころに再現して見せる記憶力は、一種の膂力《りょりょく》とさえ思わせるものがある。一方、旧社会叩き上げの芸人根性とあくの強さ、裏社会の幾多の修羅場をくぐり抜け、地獄も見たであろう、その打たれ強さ、したたかさは今なお多くの人の語り草となっている。荒野を行く獣のような野太さ、開き直って牙を剥いたときの凄みは到底、新社会の規範に収まるものではなく、省や国家が主管する舞台には似つかわしくない。世知に長《た》け、変わり身の速さ、身勝手さは、一度言い出したら最後、もはや誰の話も耳に入らない。演出家はさらに省の劇団と県の劇団の違い、特に稽古場風景の相違について話してくれた。演出家が俳優に一つの所作を演じさせると、その俳優は必ず聞き返す。なぜこの所作なのか。その心理は何に依拠しているのか。どんな必然性があるのかと。古存孝《グーツンシャオ》はしばしばこの種の質問を浴びせられ、彼らの望む返答を与えられず、さらに問い詰められていた。最後に封導《フォンダオ》は話題を変えた。

「聞くところによると、古存孝《グーツンシャオ》は二人の妻を持ち、一つのベッドに寝かせていたそうですね。命知らずとしか言いようがありませんね。今劇団の中で、鍋をひっくり返したような騒ぎになっています。劇団内部だけでなく、陝西省のほかの文芸団体にも鈴を振り鳴らして触れ歩く人が出ています。この放縦、放埒《ほうらつ》、乱倫、昔の旅の一座にいたころの夢を追っているのでしょうかね」

封導《フォンダオ》は話しながら含み笑いをしている。

憶秦娥《イチンオー》は受け答えのしようがなく、黙って聞いていた。封《フォン》夫人がモップを持って五度目の清掃に現れた。憶秦娥《イチンオー》はさすがに居づらくなって席を立とうとすると、夫人はまた容赦のない口を挟んできた。

「芸のない役者には奥の手がある。その目に物言わせて取り入って、主役をおねだりすることさ。あんたも正体が見えてきた。尻に挟んでいるのは箒《ほうき》じゃなくて狐の尻尾だよ」

封導《フォンダオ》も苦笑するしかなかった。

ドアを出ようとした憶秦娥《イチンオー》に封《フォン》夫人が大声を浴びせてきた。

「あらあらあら、こんなもの、とっとと持ち帰って下さいな」

封《フォン》夫人はゴミ箱の側に置かれた礼物をモップで掃き出すような仕種をした。

「あの……封導《フォンダオ》と奥さまのお気に入るかどうか分かりませんが……」

「いらない、いらない。あんたの魂胆は分かってるんだ。封導《フォンダオ》は煙草をやらないし、私は酒を飲めない。あの人はなりはでかいけれど、見かけ倒しの病気持ちさ。心臓は悪いし、腎臓はもっと悪い。どこもかしこも悪いところだらけ、芝居のほかは何もできない人なのよ。あんたたち、性根入れ替えてやんなさいよ。特にあんたは外県人《よそもの》だ。田舎くささがぷんぷん臭うよ。やるにこと欠いて姑息な手を使ってさ。能なし、芸なしが身の程知らずのことしちゃ、お笑いだよ。こんなところでうろうろしてないで、さっさと帰った、帰った。ほら、こんなもの、持って帰りな。とっとと持って帰るんだよ！」

憶秦娥《イチンオー》はどうしていいか分からず、ぼんやりと立ちつくした。封《フォン》夫人は品物の入ったナイロンの袋を足でつついて言った。

「持って帰らないのかい？　入らないんだったら、捨てちゃうよ」

封導《フォンダオ》が出てきて言った。

「お嬢さん、持って帰りなさい。私は受け取れない。君は芝居のことだけ考えていればいいんだ」

封《フォン》夫人はまた大声で叫びだした。

「何が〝お嬢さん〟だ。いやらしい。何か後ろ暗いことでもしてるのかい。呼ぶんなら〝同志〟だろう。革命の隊列では一律、同志に決まってるんだ。何ごともまず関係を正すことから始めるんだよ。分かったか」

言い終わると封《フォン》夫人は品物を憶秦娥《イチンオー》の懐に押し戻し、彼女をドアの外へ突き出した。上体を宙に泳がせた彼女は思わずドアのノブにすがろうとした。だが、ドアは彼女がノブに触れるより先にばたんと力任せに閉じられた。

憶秦娥《イチンオー》は全身の衣服がはぎ取られたかのような恥辱に身を震わせ、ドアの前に立っていた。このとき突然、劉《リュウ》紅兵《ホンビン》が姿を現した。

「どうした？　何かあったのか？」

「あったも何もないわよ！」

憶秦娥《イチンオー》はナイロン袋の品物を力任せに劉紅兵《リュウホンビン》の足元に投げつけた。

八

『遊《ゆう》西湖《せいこ》（西湖に遊ぶ）』の稽古は詰めの段階に入ったが、A班女優の演技は仕上がりにほど遠いというより古典劇の基礎がないのは誰の目にも明らかだった。それでも演出家には交代させる意志がなさそうだ。そうなれば、憶《イ》秦娥《チンオー》にも見込みはないと楚嘉禾《チュチアホー》は思ったが、自分や周玉枝《チョウユイジー》にはもっと見込みがない。楚嘉禾《チュチアホー》は途端にやる気を見せなくなった。借りてきた猫じゃあるまいし、稽古場で〝お客様〟をやっているのも馬鹿馬鹿しくなったのだろう。朝稽古場にちょっと顔を出すと、中庭をぶらぶらし、その足で街をぶらつくようになった。憶秦娥《イチンオー》は正直に稽古を見学しながら待機し、空き時間に自分でちょっと練習してみる。

憶秦娥《イチンオー》を贔屓《ひいき》にしている若者がいた。彼女に気を取られ、しょっちゅう視線を走らせている。見ているうちにふと思った。舞台で李慧娘《りけいじょう》を演じている女優よりも憶秦娥《イチンオー》の方がずっといいかもと。彼は仲間と語らい、それとなく封導《フォンダオ》の焚《た》きつけにかかった。

「憶秦娥《イチンオー》の演技を見ましたか？　憶秦娥《イチンオー》にちょっとやらせてみたらどうでしょうか？　このままじゃらちがあきませんよ」

封導《フォンダオ》は返事をせず、その女優を使い続けたが、勿論、憶秦娥《イチンオー》の動きにも怠りなく目を走らせている。こんな声が聞こえてくると、舞台の李慧娘は当然、面白くない。最初は憶秦娥《イチンオー》をにらみつけているだけだったが、人を遣《や》って彼女を脅しにかかった。

「外県人《いなかもの》がでっかい顔して。のさばっててんじゃないよ。どこにおべっかつかってんだ」

憶秦娥《イチンオー》はおびえて稽古場の練習をやめた。なぜやめたのかと聞く人もいたが、彼女は手の甲を口に当てて笑うばかりだった。しかし、彼女は毎日稽古場に通うのをやめず、湯を沸かしたり、茶を入れたり、雑用の手伝いをして舞台の李慧娘に茶の注ぎ足しをしたりしていた。あるとき、その李慧娘は憶秦娥《イチンオー》が入れた茶をみんなの見ている前で痰壷にぶちまけた。

稽古場で練習するのをやめた憶秦娥《イチンオー》は、家で休むことなく練習を続けた。ほかにすることが何もなかったからだ。練習しないと体が不調を訴える。横になっても落ち着かない。眠っても体がうずく。街をぶらついても心は楽しまない。彼女がいつも好んで行く場所があった。筋肉や関節を伸ばしたり、発声練習をしたりしていると、生き返る心地がするし、何よりも劉紅兵《リュウホンピン》の顔を見なくて済む。一日中そばで粘られると、うっとうしくてならない。劉紅兵《リュウホンピン》に背中を推されて演出家の家を訪ね、封《フォン》夫人の辱めを受けた後、彼女は劉紅兵《リュウホンピン》に対して強硬な談判に及んだ。劉《リュウ》紅兵《ホンピン》との間に一定の距離を保ち、彼女に一人だけの時間を作るということ、これが譲れない一線だった。彼女はいくつかの条件を出し、これが受け入れられないなら警察に訴え出ると決意を示したのだ。劉紅兵《リュウホンピン》はぬらりくらりと逃げを打ったが、憶秦娥《イチンオー》の〝最後通牒〟とうとう押し切られた。

彼女にそうさせたのは、あの日演出家がほのめかした話に、首筋を冷たい風が吹き抜けるような恐れを抱いたこともあった。封導《フォンダオ》は古存孝《グーツンシャオ》が二人の妻と同じ部屋に住んでいることをすでに知っており、それとなく彼女自身を牽制した。彼女の年齢を聞いた上で、はっきりと彼女に釘を刺したのだ。芝居の道を進むからには、ほかに心を乱すものがあってはならない。志を立てて西安に出、若い身空で〝放縦・放埒・乱倫〟に身を任せるようなことがあったなら、あたら人生を棒に振るだろうと。彼女は顔を赤らめると同時に、顔から血の気が引くのを覚えた。肝に銘じなければならないのは封導《フォンダオ》の次の話だ。

「私たちの劇団は若い団員が早々と恋愛関係に陥ることを認めておりません。過去にも数人の団員がそのために除籍になりました」

憶秦娥《イチンオー》は全身に冷たい汗が噴き出すのを感じた。家に帰ると、彼女は劉紅兵《リュウホンピン》に「八つの不許可」を言い渡した。

一、勝手にここに来ないこと。来るときは必ず私の同意を得ること。勝手に家の鍵を開けるなど、もってのほか。私がいないとき、無断で入りこんだときはあなたに首絞めの技をかける。

二、これ以上、ものを買いこまないこと。もし買ったら、それをハサミで切り刻み、ハンマーで叩き割る。

三、これ以上、食料品を買いこまないこと。もし買ったら、ゴミ箱に捨てる。
四、ここでお金を放置しないこと。もし放置したら、私が破り捨てる。
五、人前で勝手な話をしないこと。私たちに何かの関係があるかのような話をしたら、ビンタの刑。
六、劇団の中庭を勝手に歩き回らないこと。出会った人に自分が憶秦娥《イチンオー》の彼氏であるかのような話をしないこと。
七、劇団の人と関係を持たないこと。彼らの前で私の話をしないこと。そのようなことが私の耳に入ったら、飛び蹴りの技。
八、劇団の稽古場に勝手に入らないこと。もし入ったら、包丁で一刀両断。

その日、彼女は気が上昇しており、きつい話し方になった。また、泣くほどに余計、心が昂ぶった。劉紅兵《リュウホンビン》はその勢いに気圧されたかのように、すべてを諾《うべな》った。最後に二人が同意したのは、会うのは一週間に一回、それも日曜日のお昼の三十分だけ許されるというものだった。しかし、一週間経たないうちに劉紅兵《リュウホンビン》は辛抱できなくなり、その誓いが破られた。憶秦娥《イチンオー》は本当に彼が買ってきた食料品をゴミ捨ての穴に捨てた。捨てても彼は取りに走らなかった。また、彼が買ってきたテレビ、録音機もひと思いに捨てた。捨てながら大声で泣いた。泣きながら、劉紅兵《リュウホンビン》は人のことを少しも考えないと責めた。劉紅兵《リュウホンビン》は恐れをなして、しばらくは顔を出さなくなった。

この期間、憶秦娥《イチンオー》は集中的に練習に打ちこんだ。

秦腔《チンチアン》（秦劇《しんげき》）の台詞は少しずつ土語《どご》、方言の訛《なま》りから抜け出し、洗練の度を加えて涇陽《けいよう》、三原《さんげん》、高陵《こうりょう》の二県一区の口語に則るのが正統とされるようになった。これぞ「八百里秦川」すなわち「大秦《だいしん》」の誇りを受け継ぐものとされたのだ。

（注）涇陽、三原、高陵　陝西省中部、涇河《けいが》下流の広大な関中平原（渭河《いが》平原）で隣接する二県と一区。涇陽県と三原県は咸陽市に、高陵区は西安市に属する。涇河は寧夏回族自治区に発して南東へ流れ、涇陽を経て高陵で渭河に注ぐ。肥沃

な黄土、網の目の水路《クリーク》――関中平原は古代秦国以来、中国文明揺籃の地、歴代王城の地として栄え、「八百里秦川《しんせん》」の沃土と称してその誇りを現代に伝えている。その深部にある涇陽は南東の西安まで車で三十分という地の利にも恵まれている。

憶秦娥《イチンオー》は秦腔《チンチアン》の標準音で台詞を学び取る訓練に加え、節回しは「正調」とされる李正敏《リージョンミン》の録音を模範とした。彼は秦劇の女形《おんながた》で十一歳から修行を始め、その人気は二十歳にならずして関中平原を席巻したという。一九二〇年代から三〇年代、上海の百代公司が『秦腔《チンチアン》正調李正敏《リージョンミン》』のレコーディングを行い発売している。それをカセットテープにダビングし、朝から晩まで繰り返し聴いた。聴くほどに李正敏《リージョンミン》との出会いをありがたく思った。聴き、歌い、その傍ら、松ヤニ粉を包み、火吹きの訓練を重ねた。吹くほどにその技が身に馴染んできた。一包みで三十六回吹くのを目標にして、ついに三十六回を達成した。ただ、劇団の中庭で練習していると、いつも風が起こり、風に巻かれた炎が彼女の顔や体に降りかかる。頭髪は羊の尻尾のように縮れ、眉毛はひげそり後のようになった。鏡で見ると、おかしくてたまらず、ぷっと吹き出してしまう。しかし、彼女はさらに苛酷な目標を自分に課した。一包みで四十八回吹こうというのだ。一口また一口増やし、ついに四十八回に達した。やった！　彼女はまたさらに高い目標を掲げた。

ある日、練習している最中に後ろの方で拍手の音が聞こえた。振り返ると、演出の封子《フォンズ》と単仰平《ダンヤンピン》団長だった。

封子《フォンズ》は誰から教わったかと聞いた。

彼女は師匠から教わったと答えた。

封子《フォンズ》はさらに聞いた。その師匠は今どこにいるかと。

彼女は答えた。師匠は前回の公演で火吹きを演じ、舞台の上で死んだと。

演出家と団長は、はあとため息をつき、彼女の掘っ立て小屋へ向かった。

小屋に入るなり、演出家は言った。

「仰平《ヤンピン》、これはひどいな。西安で最悪だ。何とかしてやれよ！」

「分かった。何とかするよ。今度の北京大会で一発ぶち上げたら、部屋の一つや二つ、どうってことない。しかしまあ、この小さな部屋をよくもこんなこぎれいにしているもんだ」

「やっぱり女の子だなあ」と演出家は言い、さらに言葉を続けた。「秦娥《チンオー》、我々がここに来たのはどうしてか分かるか？」

憶秦娥《イチンオー》は手の甲を口に当て、次いで焦げた眉毛を隠して恥ずかしそうに首を横に振った。演出家は言った。

「いろいろ考えたんだが、やはり君を李慧娘《りけいじょう》のA組に持っていくことにした。仰平《ヤンピン》、団長から言ってくれ」

「やっぱり君から言ってくれ」

演出家は憶秦娥《イチンオー》に笑いかけて言った。

「つまり、こういうことだ。君をA組から降ろしたのも僕で、またA組に引き上げたのも僕の意志だ。今日発表することも僕からお願いした。『遊西湖《ゆうせいこ》（西湖に遊ぶ）』は秦腔《チンチアン》の中で一番の難物だ。劇団のあの子にはやはり荷が重すぎた。革命模範劇で育っているから、突然李慧娘《りけいじょう》をやれと言われても、どうしても李鉄梅《りてつばい》（『紅灯記《こうとうき》』の主役）、小《しょう》常宝《じょうほう》（現代京劇『智取威虎山《ちしゅいこざん》』の主役）の殻をかぶっている。火吹きに至っては手も足も出ない。やれというのも酷な話だ。並大抵の苦労じゃないからな。稽古はここで止まった。そこで君を想いだしたわけだよ。誰かが君の火吹きはなかなかのものだと言っていた。今見せてもらったが、なかなかどころではない。すごい、の一言だ。この目で見るまでは信じられなかった。もっと早く見るべきだったが、今決断した。やはり君に李慧娘をやってもらう。仰平《ヤンピン》、もうぐずぐずしていられないぞ」

単《ダン》団長はうなずきながら憶秦娥《イチンオー》に向かって言った。

「君はまた劇団に大騒動を起こすんだ。私も楽じゃない。劇団内の競争が激しい中、まず秦娥《チンオー》に決まったのは、省の指導部の強力なお声がかりがあったことと劇団の先輩が北山《ベイシャン》で君の舞台を見て太鼓判を押してくれたこと、そして古存孝《グーツンシャオ》の強力な推しがあって、私もすんなり同意した。だが、劇団の外県人《よそもの》嫌い、排外思想がこれほどまでとは思わなかった。寄ってたかって君を引きずり下ろしてしまったんだからな」

団長がここまで話したとき、演出家が割って入った。

「いや、それは僕にも責任がある。僕は古存孝《グーツンシャオ》の芝居作りが鼻についてならなかった。古くさくて、細部の詰めが甘い。昔ながらの大芝居で役者に見得ばかり切らせる。人物の造型をないがしろにして、舞台芸術としての完成度は二の次になっている。人間的にも問題がある。妻妾同居《さいしょうどうきょ》という言葉があるが、何と二人の妻を一つのベッドで寝かせるなんてことがこの時代、この社会にあろうとは我が目を疑ったね。劇団としても到底、受け入れられることじゃない。まあ、僕も大いに劇団員を煽ったがね。憶秦娥《イチンオー》は言ってみれば古存孝《グーツンシャオ》の犠牲になったようなものだ。これは勿論、僕にも責任がある」

演出家は言い終わると、笑って憶秦娥《イチンオー》の肩をぽんぽんと叩いた。団長は言った。

「君たちはみな個性が強いというか、アクの強い連中ばかりだ。私は身の細る思いだよ」

「団長さん、頼りにしてますよ。僕たちは揃いも揃って芝居作りしか能のない連中だ。あのとき、この子を降ろしたのは、台詞が田舎訛《なま》りで聞き取れないところがあったし、観客はもっと聞きづらいだろうと思ったからだ。節回しも大時代の大芝居と来た。これでもかと節をひっぱり、やたらと小節《こぶし》を回す。そこで僕は彼女に李正敏《リージョンミン》の録音をとことん聴かせた。何日か前に前に歌わせてみたら、着実に自分のものにしている。決め手になったのは『遊西湖(西湖に遊ぶ)』の火吹きの場だ。まさかここまでやってのけるとは思ってもみなかった。これで『遊西湖』はどこに出しても恥ずかしくない。火吹きが画竜点睛《がりょうてんせい》の一筆になるんだからな!」

演出家は話しながら興奮を抑えきれないようだった。

だが、団長は依然、心配そうな表情だ。

「秦娥《チンオー》がこの劇団でこれからというときに、いきなり主役を降ろされた。この子はおとなしく降ろされた。降ろされても熱心に稽古を見学し、練習に励んでいた。だがな。わが劇団で李慧娘を張り通すのは生やさしいことではないぞ」

「だから、A、B、Cの三組に分かれている。これから上がりもすれば下がりもするんだよ!」

演出家は自説を譲らなかったが、団長は頭を振りながら言った。

「二人の俳優を降ろすということは、その人間の将来を左右し、つぶすことさえある。ときには命にも関わる問題になる」

「そんな深刻に考えることはない。思い過ごしだよ」

演出家も頭を振りながら言った。

「団長の身にもなってみろ。言うに言えない苦労がある」

憶秦娥《イチンオー》は言った。

「そんなに困ることはないでしょう。私はB組でいいんです。何なら『殺生《せっしょう》』（上巻二四七ページ『遊西湖』の項参照）の場だけ私が代わって火を吹いても構いません。ほかの場はほかの方にお任せするのはいかがですか？」

団長は目の前がぱっと開けたような表情で言った。

「うん、それも一つの方法だな」

演出家はしばらく考えてから言った。

「まあ、とりあえず試してみよう。しかし、君は全幕通しの準備だけはしておいてくれよ。それにあの女優の李慧娘《りけいじょう》はほかの場面でも今ひとつ気が入らない。『鬼怨《きおん》』（上巻二四七ページ『遊西湖』の項参照）の場でも臥魚《がぎょ》の場でも体がついていかないいんだ。あれもこれも、考えると頭が痛いよ」

翌日の朝一番、封子《フォンズ》は出演者全員を前にして憶秦娥《イチンオー》の『殺生《せっしょう》』の場起用を発表した。

この決定は陝西省秦劇院にまた一悶着を起こすことになった。

九

楚嘉禾《チュチアホー》がこの決定を聞いたとき、ほとんど自分の耳を疑った。がやがやしていた稽古場はぴたりと静まり返った。西安〝土着民《ネイティブ》〟に対する〝外県人《よそもの》〟の長期戦を仕掛け、煽り立てた張本人は楚嘉禾《チュチアホー》で、その先兵となるのは憶秦娥《イチンオー》のはずだった。その憶秦娥《イチンオー》があっさりと敵方に取りこまれてしまった。というより、憶秦娥《イチンオー》が〝通し狂言〟の主役を取ってしまったことに楚嘉禾《チュチアホー》の心が波立ったのだ。しかし、この展開を内心面白がっているのもまた楚嘉禾《チュチアホー》だった。彼女は最近稽古場に待機していることが少なくなっていた。李慧娘《りけいじょう》C組を命じられると同時に、宮廷の腹黒い高官賈似道《かじどう》の「側妻《そばめ》若干名」の一人も掛け持ちになっていた。要するに「その他大勢」だ。早朝に上演組が集合し、群衆シーンがないときはさっさと街に出て有名店を梯子していた。しかし、憶秦娥《イチンオー》が『殺生《せっしょう》』の場を奪ってから、いっときも稽古場から離れられなくなった。何かが起こると彼女の直感が教えている。そのときをこの目で見届けなければならない。

憶秦娥《イチンオー》が『殺生』A組に返り咲いた日、楚嘉禾《チュチアホー》は李慧娘A組のあの女優から目を離せなくなった。これは劇団誰しもの思いで、みんな気がかりな視線をちらちらと送っている。

この李慧娘A組の女優は龔麗麗《ゴンリーリー》といった。三十歳を超えたばかりで、普段から肌や体形の保持《ケア》を心がけ、李鉄梅《りてつばい》（『紅灯記』の主役）、小常宝《しょうじょうほう》（『智取威虎山』の主役）を演じて時めいたときは、求愛者が門前市をなしたという。しかし、今は劇団の音響技師と結婚している。音響技師の名前は皮亮《ピーリアン》。がたい（体格）が図抜けて大きく、俳優志望で入団したのもうなずける。だが、〝アヒルのだみ声〟と陰口されるほどの悪声で、『紅灯記』で「研ぎ師」を演じたとき、二言《ふたこと》三言の台詞が何度やっても調子外れ、楽屋はその都度、蜂の巣箱で一斉にうなり出すような笑いに包まれた。声の悪さは俳優にとって致命的で、彼は音響技師に転じることになった。ただ、この若者は子どものときから喧嘩っ早《ばや》く、龔麗麗《ゴンリーリー》も喧嘩で勝ち取ったと劇団中が噂した。皮亮《ピーリアン》が龔麗麗《ゴンリーリー》の恋人として名乗りを上げてから、龔麗麗《ゴンリーリー》に近づく者はみな、わけの分からない口実でこっぴどく打ちのめされ、以後劇団で色恋の喧嘩沙汰がぴたりと止んだのも彼のお陰だとされた。この男は見るからに快男児で、一メートル八十六センチの巨躯でのし歩くと、人はみな道を空ける。劇団では誰も龔麗麗《ゴンリーリー》に意地悪できない。そんなときは皮亮《ピーリアン》がちょっと目配せをするだけでみんなしゅんとなった。麗麗《リーリー》は美しく育ち、胸も尻も人の目を奪う。だが、うっかりちょっかいを出したり、悪い冗談口の一つも叩こうものなら、どんな結果を見るか。握ってはならない男性の部分を握られて悶絶したり、巨躯から繰り出される拳骨で血尿を出した者さえいた。

『遊西湖《ゆうせいこ》（西湖に遊ぶ）』の稽古に入ったとき、最初龔麗麗《ゴンリーリー》に割り振られたのは李慧娘《りけいじょう》B組だった。皮亮《ピーリアン》は単仰平《ダンヤンピン》団長と演出の封子《フォンズ》をつかまえ、ねじ込もうとしたが、龔麗麗《ゴンリーリー》に止められた。彼女はこのとき、憶秦娥《イチンオー》という新入りの女優の素性をまだ知らなかったからだ。数日後、稽古入りして龔麗麗《ゴンリーリー》の目に映った憶秦娥《イチンオー》は山出しのあか抜けない小娘だった。ちょっと見には可愛い顔をしているが、口を開いた途端にお里が知れた。台詞も歌もまるで田舎の素人演芸会だ。稽古場はたちまち、のけぞるほどの笑いに包まれた。龔麗麗《ゴンリーリー》の情緒不安はぴたりと収まった。

この数年、陝西省秦劇院は若い人材を育成しようと外県《よそ》からの移籍に道を開いていた。楚嘉禾《チュチアホー》や周玉枝《チョウユィジー》の受験組のほか、少なからぬ人員が伝手《つて》、情実を頼り、あるいは偽装をこらして入りこんでいるのも確かだった。一方、これに反撥するグループも数を増やし、〝排外勢力〟として存在感を高めようとしていた。昼も夜もことごとに連絡を取り合い、追い落としの機会を狙う中、龔麗麗《ゴンリーリー》と皮亮《ピーリアン》は演出の封子《フォンズ》と古存孝《グーツンシャオ》の対立に乗じ、仲間と語らって憶《イ》秦娥《チンオー》のA組追放にみごと成功を収めたのだった。

だが、わずか一ヵ月で状況は一変し、憶秦娥《イチンオー》がまさかの巻き返しに出た。『殺生《せっしょう》』の場だけの起用といっても、『殺生』は『遊西湖』の最高潮《ハイライト》、まさに心臓部なのだ。ここを憶秦娥《イチンオー》に掘り返され、自分の足元を崩された。一体、憶《イ》秦娥《チンオー》は何を企んでいるのか？　本当の狙いは何なのか？　皮亮《ピーリアン》はまた団長と演出家をつかまえ、騒ぎ立てようとしたが、これを止めたのは龔麗麗《ゴンリーリー》だった。

龔麗麗《ゴンリーリー》が考えるに、あの田舎者の小娘が『殺生』を演やるのは必ずしも悪いことではない。火吹きの難度は滅茶苦茶高い。危険ですらある。下手すると、松ヤニ粉で喉を燻《いぶ》し、声帯を痛めたら、役者生命は終わりだ。だが、そうは言っても、皮亮《ピーリアン》の腹の虫はおさまらない。顔を引きつらせて一日中、稽古場棟の周りをぐるぐる回っている。彼はもともと笑い顔を作るのが不得意で、何かことがあるとすぐ顔に出る分かり易い質《たち》だった。

楚嘉禾《チュチアホー》はじっと見ていた。劇団中の人間が皮亮《ピーリアン》の腹の中をうかがい、単仰平《ダンヤンピン》団長がどう出るか、目を凝らしている。普段の稽古に団長が出てくることはまずない。しかし、『殺生』の場の役者差し替えは自らの裁断とあって、団長の稽古場通いが始まった。歩行が不自由な団長は、心の揺れが足に出る。歩き方がとても辛そうだ。ある人は、団長の足は劇団の〝晴雨計〟だと言った。体がさほど揺れないとき劇団の気象は平穏無事、足の乱れが激しければ劇団が風雲急を告げるときだ。ここ数日、団長の足は心労の大きさを如実に語っている。

もし、憶秦娥《イチンオー》の出番が『殺生』の場だけだったら、ことは何とか収まったかもしれない。しかし、ある日突然、演出の封子《フォンズ》が『鬼怨《きおん》』の場まで憶秦娥《イチンオー》に任せると言い出したから、劇団の雲行きがややこしくなった。

その日、『鬼怨』の稽古が始まったとき、龔麗麗《ゴンリーリー》が白紗の衣装（李慧娘《りけいじょう》はすでにこの世のものではなく、霊魂、怨霊に化したことを表している）で登場、舞台は凄愴《せいそう》の気を帯びる。舞台をすり足でぐるりと回るのは「圓場《ユアンチャン》」と呼ばれ、舞台空間がここで一変したことを観客に告げる。龔麗麗《ゴンリーリー》の演技に、封導《フォンダオ》はあからさまな不満を表明した。歩幅が大きすぎる。頭や肩が揺れてはならない。無明《むみょう》の闇をさまよう霊魂のはかなさ、浮遊感が表現できていないと言うのだった。圓場《ユアンチャン》の歩き方は苟存忠《ゴウツンチョン》師匠が米蘭《ミーラン》に何度も駄目を出したことを憶秦娥《イチンオー》は覚えていた。

さらに臥魚《がぎょ》の場面でも演出家の駄目が出た。臥魚は仰向けに身をしならせながら全身で円弧を描く秘技だ。龔麗麗《ゴンリーリー》はその辛抱ができなかった。一分間と保《も》たず、体がへなへなと崩れ、ぐにゃりとばらけてしまう。演出家は、それでは「魚」ではなく、束の解けた「薪《たきぎ》」だとこきおろした。封子《フォンズ》の要求はせめて三分間は身じろぎもせず「魚」になりきらなければならない。過去に名優と呼ばれた役者は、ゆうに「煙草を一袋吸う」時間、たっぷりと見せたというのだ。龔麗麗《ゴンリーリー》にはその訓練がないから、注文をつける方にも無理があった。たまりかねた封導《フォンダオ》は憶秦娥《イチンオー》を促して臥魚をやらせてみた。劇団員たちは彼女がそれをやれるとは誰も思っていない。だが、彼女は魚の姿となって五分間を耐えきった。まず両足を開いて仰向けに体をそらす。下肢から大腿部、腰、背中、頭まで、弓なりの弧を描きつつ円弧を閉じる。それは水中に身を翻す魚の姿だった。憶秦娥《イチンオー》がこれをやりきったとき、稽古場から一斉に拍手が沸き起こった。誰から強制されたものでもなく、外県人《よそもの》と土地っ子の隔てもなく、一つの至芸に接したときの自然な反応ではなかったか。だが、演出家が次回から憶秦娥《イチンオー》を『鬼怨《きおん》』の稽古に参加させると言い渡したとき、稽古場が凍りついた。

楚嘉禾《チュチアホー》が盗み見た龔麗麗《ゴンリーリー》の表情は水に沈む枯葉の色だった。周玉枝《チョウユイジー》は楚嘉禾《チュチアホー》の腕をつついて言った。

「外県風《いなかふう》が西安風《みやこふう》を制したわね」

楚嘉禾《チュチアホー》は一言も発しなかった。このときの気持ちはもっと複雑だったが、憶秦娥《イチンオー》が外県人《よそもの》の鬱憤を晴らしてくれたことは間違いない。楚嘉禾《チュチアホー》が昨年入団して以来、龔麗麗《ゴンリーリー》は彼女にいい顔一つ見せず、二言目には〝外県流《いなかりゅう》〟、〝どさ回り〟、〝草舞台〟、〝村の演芸会〟、外県人《よそもの》は片脚が長くて片脚が短い、歩けばよちよち歩き、話せば関中平原の牛飼い程度、歌えば葬式の泣き女、通行人の役をすれば舞台もろくに歩けない下手っぴー、外県《いなか》芸人は省の劇団のレベルを落とすなど、さんざんな言われようだったが、それはみな劇団の生え抜き組がおいしい役を独り占めし、その他大勢役を〝出稼ぎ組〟に押しつける算段ではなかったか？　ついに一人の外県《いなか》芸人が西安《みやこ》風を吹かす主役の鼻をへし折った。これは憶秦娥《イチンオー》一人の勝利にとどまらず、外県人全体の勝利だ。この日の夜、外県人が集まって遅くまでビールと焼き肉で気勢を上げた。誰かが憶秦娥《イチンオー》も誘い出そうとしたが、彼女は体調が悪く、下痢腹という口実でこれを断っている。

翌日、とんでもないことが起こった。

楚嘉禾《チュチアホー》が朝早く稽古場へ行くと、皮亮《ピーリアン》が長椅子に座って稽古場の入り口をふさいでいた。中には憶秦娥《イチンオー》一人しかいない。彼女はいつも一時間以上早く来て練習していた。皮亮《ピーリアン》は朝から酒気を帯びて、怒鳴り散らしている。槍玉に上がっているのは、稽古場の中にいる憶秦娥《イチンオー》、稽古場の外の単仰平《ダンヤンピン》団長と演出の封子《フォンズ》だった。周りに人がどんどん集まってきた。単仰平《ダンヤンピン》団長は皮亮《ピーリアン》を連れ出しにかかったが、皮亮《ピーリアン》は口汚い罵りをやめるどころか、団長を〝単《ダン》びっこ〟呼ばわりして、団長の〝釈明〟を求めた。彼の妻が『鬼怨』から外されたのはなぜか。憶秦娥《イチンオー》からどんな鼻薬をかがされたのか。外県《いなか》芸人風情に主役をやらせるのは西安の劇団の名折れ、面汚しではないか。まして自分の妻を公演前に降ろされたとあっては黙っていられない。「臥魚《がぎょ》」の芸が何だというのだ。三分間の辛抱だって？　それがどうした。皮亮《ピーリアン》はなおも呂律《ろれつ》の回らない口でわめき立る。

「天人ともに許さざる悪行、天に代わって道を行う。天誅だ！」

彼は憶秦娥《イチンオー》のいる稽古場に押し入ろうとした。ここで単仰平《ダンヤンピン》団長が怒りを発し、大声で皮亮《ピーリアン》を制止しようとした。

「皮亮《ピーリアン》！　憶秦娥《イチンオー》に指一本でも触れたら警察に突き出すぞ。いいか！」

「やれるものならやってみろ」

中から皮亮《ピーリアン》が叫び返した。

単仰平《ダンヤンピン》は全身の力をふりしぼって稽古場に飛びこんだが、皮亮《ピーリアン》の巨体を押しとどめることができなかった。このとき封子《フォンズ》が駆けつけ、大声で皮亮《ピーリアン》を叱りつけた。

「皮亮《ピーリアン》！　馬鹿なことをするな。ここは国家の劇団だ。旅の一座ではないぞ。役を差し替えようがどうしようがお前の出る幕ではない。狂ったか。引っこめ」

「引っこむのはお前だ。俺が狂ってるだと？　瘋子《フォンズ》（狂人）はお前、封子《フォンズ》だ。路《みち》に公平ならざるを見れば、抜刀して相《あい》助く（水滸伝の英雄たちの好んだ言葉）だ。俺は今日、この劇団にお手本を見せてやる」

言いながら皮亮《ピーリアン》は憶秦娥《イチンオー》に殴りかかろうとした。

憶秦娥《イチンオー》は何も気づかずに臥魚の状態に没入している。単仰平《ダンヤンピン》団長は叫んだ。

「憶秦娥《イチンオー》、お前何してる。逃げるんだ」

団長と封導《フォンダオ》は二人がかりで皮亮《ピーリアン》にむしゃぶりつき、憶秦娥《イチンオー》を逃がそうとした。

憶秦娥《イチンオー》はこんな場面を見たことがある。寧州にいたとき郝大錘《ハオダーチュイ》から追いかけられ殴られかかったが、彼女は逃げなかった。なのに今日、どうして私が逃げなければならないのだろうか？　団長は身を挺して彼女を逃がそうとしている。やはり逃げなければ申しわけない。彼女は逃げることにした。

なぜか稽古場の前にはすでに多くの人が集まっていた。彼女はできるだけ人を驚かさないように走り抜けようとしたが、稽古場の前をふさいでいる長椅子に足を取られ、稽古靴の片方が脱げてしまった。これでは遠くまで逃げられない。脱げた靴をはき直してまた走り始めた。彼女の側で見物人が手を叩いて叫んでいるのを彼女は見ながら走った。

「速く逃げて、狼が来る！」

たくさんの人が一緒に騒ぎ立てていた。

「山の子は狼なんか馴れっこ、怖くないのさ」

どっと笑い声が起こり、ピーと口笛の音も聞こえた。

これは、屈辱だ。恥だ。彼女はいっそのことこの世から消えてなくなりたかった。

やっと掘っ立て小屋のある廃工場まで逃げ帰ると、心臓がぱくぱくして口から飛び出しそうだった。彼女は泣きたくなった。西安に来たことをつくづく後悔した。叔父の言うことなんか聞くのではなかった。西安の劇団は上手が百人に下手が百人、その下手も寧州の立て役者よりはるかにうまい。しかし、彼女は寧州へ飛んで帰りたかった。寧州でたとえ〝大根役者〟、〝馬の足〟といわれようと、西安で立て役者を張るよりずっとましだ。主役を取るために、こんな立ち回りを演ずるぐらいなら、寧州で埋もれて暮らしたい。

掘っ立て小屋の部屋でベッドに身を投げ出していると、楚嘉禾《チュチアホー》と周玉枝《チョウユィジー》が来た。この二人を追って数人の外県人《よそもの》グループもついてきた。みんな憶秦娥《イチンオー》のベッドに腰掛けたり、床にあぐらをかいて口々にしゃべり出した。やはり中途入団者に対する不公平、差別の憤懣だ。〝笈《きゅう》（本箱）を負い故郷を後にする〟からには、みんな心に期し、格上の劇団に伍する志と気概を持っている。ところが来てみると、人を芝居も見たことのない山猿だと思ってやがる。地方人は片足が短いから舞台を歩くの大変でしょときた。俺たちはみな、一山《ひとやま》二束三文の歪瓜《ワイゴア》（ひねた瓜）、裂棗《リエザオ》（裂けたナツメ）だとさ。劇団生え抜きが稲だとすると、俺たちは田んぼを荒らす稗だ。早く抜いて田んぼの畦《あぜ》で干して

（仕事を取り上げて）しまえってさ。俺たちは切っても切っても地下でのさばる竹の根だとよ。放っておくと劇団の土台が危ない。使い道のない竹の根は早く切ってしまえ……。とにかく俺たちが気に食わないんだ。座っても駄目、立っても駄目、歩いても駄目、走り出してはなおさら駄目だ。一体、どうしろというんだよ」楚嘉禾《チュチアホー》は言った。

「確かに私たち外県人《よそもの》だけれど、一人一人は粒よりだから、歌だって器量だって西安の土地っ子たち負けていない。連中は劇団本科生の生え抜きというだけで私たちより頭一つ高いと思いこんでいる。だけど、龔麗麗《ゴンリーリー》だってもとは言えば魚化寨《ぎょかさい》村から転入しているってよ。小さいときに西安の学校に入って芝居の勉強を始めたらしい。禿げが自分の頭を時計台の鐘だと勘違いしているのよ。みんな気がついた？　龔麗麗《ゴンリーリー》は片目が大きくて片目が小さいの。誰が見たってそうよね！　身長だって座高高《だか》の短足じゃない。しかも両足が閉じない〝開き骨盤〟なのよ。彼女はどうして臥魚ができないか？　太腿の骨が病気なんだって」

誰かが何の病気かと聞いた。彩旦《ツァイダン》（女性の道化や毒婦役）を演じるその女性はうれしそうに笑って言った。

「何の病気って？　うふふ。マッチョの皮亮《ピーリアン》を見れば分かるわよ。一メートル九十のたっぱしてるんだもの、その〝息子〟が小さいわけないでしょ。龔麗麗《ゴンリーリー》の足は閉じる暇なしよ」

楚嘉禾《チュチアホー》と周玉枝《チョウユイジー》、そして憶秦娥《イチンオー》はまだ未婚だから、その意味がいくら考えても分からない。周玉枝《チョウユイジー》が間の抜けた質問をした。

「どうして龔麗麗《ゴンリーリー》の足は閉じる暇なしなの？」

毒婦役の女性は言った。

「馬鹿ね、どこまで馬鹿なんだか。あの馬鹿でかいカナテコでこじあけられちゃうんだから」

また長いこと考えて、やっと分かったらしい。満場、転げ回る爆笑となった。楚嘉禾《チュチアホー》は言った。

「いつまでも笑ってないで。私たち、力を合わせて一本の縄をなわなくちゃいけない。私たちを怒らせるとどんな目に遭うか、私たちの力を見せつけてやろう。もし劇団側が見解を明らかにしなかったら、私たちは稽古に出ない。四、五十人になる外県人《よそもの》がストライキをぶてば、舞台はがら空き、兵隊も下女も側女《そばめ》もいない。連中がどんな顔をするか見ものだね」

みんなは議論を重ね、楚嘉禾《チュチアホー》の意見に同意した。

まだ息を弾ませている憶秦娥《イチンオー》に、楚嘉禾《チュチアホー》は言った。

「おい、嬢ちゃん。あんた、連中に甘い顔見せたら駄目だよ。何言われてもそらっとぼけて稽古場に戻るんだ。もし、皮亮《ピーリアン》の奴があんたに乱暴したり、また龔麗麗《ゴンリーリー》をもとに戻したりしたら、私たちはただじゃおかない。劇団からあんたに一札《いっさつ》入れさせる。これまでの悪弊が改められない限り、私たちは協力しないとね」

憶秦娥《イチンオー》はまだ怯え、何も耳に入っていない。周玉枝《チョウユィジー》が尋ねた。

「一札入れさせるって、どういうこと？」

「どうして憶秦娥《イチンオー》を追い出し、どうしてまた呼び戻したか、その経緯をはっきりさせる。そして。全団集会の招集を約束させる。皮亮《ピーリアン》には断固、自己批判をさせる。その文書を集会に提出させ、これに対して団長が総括を行う。そして今後、外県流《いなかりゅう》だの外県人《よそもの》だの、こういった言辞を禁じること、これを口にした者には給与の減額を要求する」

道化と毒婦役の女優が言った。

「でも、〝法は多数に従う〟って言うでしょう。相手は数を頼んで攻めてくる。団長にあの歩き方をやめてと全劇団員が決議することだってできる」

楚嘉禾《チュチアホー》は言った。

「それじゃ、私たちは一生この劇団で冷や飯を食っていろってこと？　駄目よ、絶対駄目。今回はまあ、他人のお湯を借りて自分の麺を煮る、ものの弾みの展開だけれど、みんながはっきり認めたことがある。それは李慧娘《りけいじょう》の高難度の技は憶秦娥《イチンオー》しかものにできなかったということよ。秦娥《チンオー》以外、みんな猿回しの猿だったってこと。憶秦娥《イチンオー》がいるからこそこの芝居ができて、このお粗末な顔を舞台に並べることができるってことでしょう。ふん、外県人《よそもの》をさんざ馬鹿にしといて、外県人《よそもの》がいなければ体面一つ飾れないのよ」

みんなはまたてんでに言い合って、半日が過ぎようとしていた。楚嘉禾《チュチアホー》の気がかりは、意気地なしの憶秦娥《イチンオー》が指導部の甘い言葉に手もなく丸めこまれていることだった。楚嘉禾《チュチアホー》は憶秦娥《イチンオー》に言った。

「秦娥《チンオー》、誰か来てあんたをたぶらかそうとしても、真っ先に私たちに相談するのよ。私たちが知恵を出すから、任せといて。分かった？　あんたの頭じゃ、みんなに寄ってたかって蓮の葉でくるまれて蒸し焼きにされても、あら、〝乞食鶏《こじきどり》〟ね、いい匂いがするなんて喜んでるんだから」

みんなが帰ってから、憶秦娥《イチンオー》は一人ベッドに横たわった。心が萎え、芝居の衣装をを着けたまま眠ってしまった。彼女の前に寧州県劇団にいたときの光景が蘇る。師匠たちの顔、顔……苟存忠《ゴウツンチョン》、裘存義《チュウツンイ》、周存仁《チョウツンレン》、古存孝《グーツンシャオ》、朱《チュ》団長、宋光祖《ソングアンズー》、胡彩香《ホーツアイシアン》、米蘭《ミーラン》、彼女の叔父胡三元《ホーサンユアン》、みんなが彼女を誰よりも〝いの一番〟に考え、大事にしてくれ、かわいがり、かばってくれた。そして彼女を北山《ベイシャン》地区の演劇祭に送り出し、押しも押されぬ人気者に仕立ててくれた。寧州や北山《ベイシャン》の光景が一こま一こま走馬燈のようにめぐる中、一人の人物が突然、分け入ってきた。封《フォン》瀟瀟《シャオシャオ》だ。人知れず彼女を見守ってくれるはずだったのに、西安に来て劉紅兵《リュウホンビン》と鉢合わせし、後ろも見ずに去っていった。その後、何の消息もない。彼女は叔父に手紙を書いた。瀟瀟《シャオシャオ》のことを聞きたかったが、きまりが悪く、劇団に何か変わったことはないかと尋ねた。叔父の返信は、お前がいなくなって劇団は大黒柱を失い、朱《チュ》団長はすっかり気落ちしているが、それ以外はすべてうまくいっているという。それなら封瀟瀟《フォンシャオシャオ》も大丈夫だと彼女は思った。この騒ぎの中、自分を守ってくれるのは、ことごとに騒ぎ立て触れて回る劉紅兵《リュウホンビン》ではなく、じっと黙して語らない封瀟瀟《フォンシャオシャオ》だ。封瀟瀟《フォンシャオシャオ》が天から降りてくることをどんなにか彼女は願ったことだろう。だが、そこへがたんとドアを開けて現れたのは劉紅兵《リュウホンビン》だった。

劉紅兵《リュウホンビン》は手に警棒を持っていた。テーブルを叩くと、ごとんと重苦しくいやな音を出した。叔父が公開裁判に引き出され街を引き回されるとき、警察が手に持って構えていたのはこの警棒で、憶秦娥《イチンオー》が一番見たくないものだった。

「どうしてきたの？」

憶秦娥《イチンオー》は咎めるような口調になった。

「俺が来なければ、次はあのごろつきに君は生皮《なまかわ》を剥がれるだろう」

「どうして知っているの？」

「どうしてかって？　そりゃ、俺は劇団の真向かいに部屋を借りたからさ。何でも知らないことはない」

「どうしてそんなところに部屋を借りなきゃいけないの？」

「どうしてそんなところに部屋を借りなきゃいけないのかと聞かれると、君のためだと答えざるを得ない。君を悪い奴らから守るんだ」

「ほっといて」

「ほっといたら、君は何をされるか分からない」

「人をおどかしてどうするの？」

「君をおどかしてどうする。君は馬鹿だから、芝居するしか能がない。世の中のことは何も分かっちゃいない。どんな災難が降ってくるか分からないんだから」

「人を馬鹿呼ばわりはやめて。私を馬鹿という資格があなたにあるの？　どうして私が馬鹿なの？」

憶秦娥《イチンオー》が今一番会いたくないのが自分を馬鹿呼ばわりする人たちだった。誰も彼ももううんざりだった。

「分かった、分かった。君が馬鹿だという君の秘密は守る。君は馬鹿じゃない。馬鹿は俺、こういうこと、これならいいだろう」

「それなら、守ってもらわなくて結構。余計なことはしないで」

「だから安心しろ。俺は君の秘密を守る」

「出てって！」

「もう俺を追い出さない方がいい。西安は寧州県とは違って物騒な町だ。誰も守ってくれない。君が主役をやりたいんなら、これしかないんだ」

「言っときますけど、私は主役なんかやりたくない。これからは小間使い、側女《そばめ》でいいの。分かった？　早く出ていって。ここにあなたの仕事はないわ」

劉紅兵《リュウホンビン》は覚悟を決めたみたいに出て行こうとしない。憶秦娥《イチンオー》は叫んだ。

「出てってよ。出て行かないと警察を呼ぶわよ。〝八つの不許可〟を忘れたの？」

「しかし、情況が変わったんだ。俺は引っこんでいられない。君がちゃんと稽古できるよう、俺が警棒持って見張るんだ。誰も君に指一本触れさせない」

劉紅兵《リュウホンビン》は言いながらテーブルの脚を数回叩いて見せた。

憶秦娥《イチンオー》は本当に腹を立て、彼をドアの外へ押し出した。ちょうどそこへ単仰平《ダンヤンピン》団長と封導《フォンダオ》がやって来たところだった。劉紅兵《リュウホンビン》と単《ダン》団長がもろにぶつかった。団長が言った。

「お？　警察を呼んだのか？」

憶秦娥《イチンオー》は答えた。

「いえ……違います。田舎から出てきたんです。ちょっと遊びに……」

「警棒持って遊びにかね？　物騒だな」

劉紅兵《リュウホンビン》は出直すしかなかった。憶秦娥《イチンオー》に睨みつけられて姿を消した。

憶秦娥《イチンオー》は二人の来客を部屋に招じ入れ、座席を勧めた。団長が尋ねた。

「恋人のようだね」

「違います。田舎の知り合いです。私に……恋人なんかいません」

封導《フォンダオ》が笑って言った。

「恋人はいつかはできるだろう。だが、今はそのときではない。舞台が何よりも大事だ。いい舞台になるぞ。せっかく見通しがついたんだから、ほかに気を取られちゃいけない。これまでに見込みのある新人が何人も個人的な事情でつまずいている。解決を誤ると、子どもができて結婚して、幸せな家庭入り、それまでだ」

憶秦娥《イチンオー》は笑った。団長はまた尋ねた。

「田舎の友人か。警察じゃないんだな」

「警察じゃありません」

「どうして警棒なんか?」

「あれは玩具《おもちゃ》です」

「あの男に伝えてくれ。あんな代物を勝手に振り回すのは物騒だ。特に劇団の中庭で見せびらかすのはやめてくれ。なあ、秦娥《チンオー》、聞いてくれ。朝のできごとは我々がきちんと処理した。皮亮《ピーリアン》も過ちを認めた。前後の見境がつかなくなって、朝から酒を飲み、稽古場を騒がして申しわけないと言っている。君の怒りはもっともだが、これでこの場を収めてもらえないか。これも役をめぐる争いだ。劇団にはつきものだが、彼らのやり方は明らかに間違っていた。我々は龔麗麗《ゴンリーリー》と話し合った。彼女は君が『鬼怨《きおん》』の稽古に参加することに同意した。ただ、彼女にも時間を与えてほしい。臥魚《がぎょ》の練習をさせてほしいということだ。ものになればよし、ものにならなければ、全面的に役を降りると約束してくれた」

封導《フォンダオ》は言った。

「彼女の問題は臥魚だけじゃない。古典劇に必要な基本的技能に対応できなかった。稽古が進むにつれて私はますます痛感した。この上演グループはその訓練、習熟に決定的な遅れをとったということだ。特に彼女の場合、育児の問題を抱えており、その弱いところがもはやカバーしきれなくなった。こうなったからには、君は彼女に代わり、全幕通しの出演も覚悟してもらわなければならない。いいね!」

憶秦娥《イチンオー》は身をすくませて言った。

「いえ、いえ、とんでもない。とてもそんなことできません。火吹きの穴埋め、身代わりなら、いくらできますが、全幕通しなんてとても無理です。私には〝その他大勢〟が身に合っているんです。本当です。一生懸命やりますから」

演出家は言った。

「どうした、恐くなったのか？」

「いいえ、そちらの方が好きなんです」

団長は言った
「馬鹿なことを言うな。我々は通行人をやらせるために君をわざわざ寧州から呼んだのではないぞ。あちこち頭を下げ、手間暇かけて君に来てもらったのは、主役をやらせるためだ」

「いえ、私にはとてもやれません。ここは陝西省の大劇団です。私は欠点だらけ、台詞《せりふ》も歌も演技もまだまだ未熟です。省の劇団どころか、芝居なんかやっちゃいけなかったんです。まして主役なんか」

団長が言った。

「そんなことを言うものではない。君の演技がどうとかこうとかは、君が決めることではない。芝居の目利《めき》きが考え、観客が決めることだ。だが、目明き千人、盲千人というだろう。雑音に耳を貸すな。何かあったら演出家に言え、団長に言えばいい」

「いえ、私は本当に省の劇団の主役なんか……」

「いい加減にしなさい。もういい。劇団がこうと決めたことを、簡単に変えられると思うか？　今日の午後、稽古に出てきなさい」

言い終わると、単《ダン》団長と封導《フォンダオ》は帰り支度を始めた。憶秦娥《イチンオー》はそれに追いすがって言った。

「団長、封《フォン》先生、私、火吹きの役をやらせていただければそれでいいんです。たとえ身代わりでも構わないんです」

「本当に分からない子だね、君は。そんなことはどうでもいい。いいか。芝居の世界は昔から食うか食われるか、弱肉強食の世界だ。それが恐ければ、芝居なんかさっさとやめてしまえばいい」

封導《フォンダオ》は憶秦娥《イチンオー》の肩を叩いて言った。

「君には劇団がついている。恐がることは何もない。天が落ちても、劇団が支える」

二人は行ってしまった。

憶秦娥《イチンオー》は頭が混乱して、泣きたくなった。

二人を見送った憶秦娥《イチンオー》が部屋に入ろうとすると、入れ替わるかのように劉紅兵《リュウホンビン》がするりと部屋に入ってきた。

「あなた、どこから湧いて出たの？」

「部屋の後ろで小さくなっていたのさ。安心しろ。俺というボディガードがいるんだから」

言いながら劉紅兵《リュウホンビン》は警棒をくるくると回して見せた。

「劉紅兵《リュウホンビン》、あなたのお母さんに言いつけるわよ。恥知らず！」

「ああ、ママならすぐ電話してきてもらうよ」

憶秦娥《イチンオー》は呆気にとられてベッドに倒れこみ、布団と枕を頭にかぶせて泣き始めた。

十

憶秦娥《イチンオー》が楚嘉禾《チュチアホー》たちの同意を得ず、勝手に稽古場に戻ったことに、楚嘉禾《チュチアホー》は本気で怒った。

「馬鹿だ馬鹿だと思っていたら、ほんとの大馬鹿だった。頭のネジがゆるんでるんじゃないの。使えないガキだ、この役立たず！」

憶秦娥《イチンオー》は楚嘉禾《チュチアホー》が罵るのに任せ、口答えせずにじっと聞いていた。楚嘉禾《チュチアホー》の怒りがあまりに激しく、雑言をぽんぽんと叩きつけられて、憶秦娥《イチンオー》はいつもの笑いを浮かべているしかなかった。

楚嘉禾《チュチアホー》は憶秦娥《イチンオー》を蹴飛ばしかねない勢いだった。楚嘉禾《チュチアホー》は寧州にいたときから、この育ちの悪い少女を頭から馬鹿にしていた。厨房の下働きをしていたから、〝山まる出しのおさんどん（下女）〟を見下す目つきだった。彼女にとって憶秦娥《イチンオー》は見たことのない下等な生き物といってもよかった。それがわずか二、三年でまるで魔法の水をくぐったみたいに別人に生まれ変わった。すらりと伸びた手足の上に美人の小顔がちょこんと乗っている。ぺちゃんこだった胸板には信じられない隆起があった。それよりもその〝役者ぶり〟はまさにトゲを持つ仙人掌《サボテン》を見る思いだった。その肉厚の手足は何日も太陽の熱射にさらされながら徒長《とちょう》（無駄に伸びること）し、簇《むら》がり立っている。楚嘉禾《チュチアホー》にはそれが不吉で下賤な芸に見え、蔑み、嫌い抜いてきた。憶秦娥《イチンオー》が使っているのはあやかしの芸、まやかしの技で、正規の型ではない。彼女は下賤に堕ちた者だけが知る〝闇の力〟を使う魔女だ。そうでなければ、竈《かまど》の火起こし、飯炊きをしながらあの激しい稽古をやすやすとこなせるはずがない。最後には研修斑すべての者を追い越し、なぎ倒し、その活路をさえふさいでしまった。楚嘉禾《チュチアホー》は憶秦娥《イチンオー》との関わりをひたすら避け、逃げ回り、やっとのことで省の秦劇院に入った。ところが、憶秦娥《イチンオー》は一夜のうちに天から降り立ち、西安に姿を現した。それだけではない。主役として秦劇院に迎えられたのだ。憶秦娥《イチンオー》は目障りでたまらなかったが、いつも一歩後ろを歩いていたから、めったに彼女の視野には入らなかった。だが、今気がついたら、彼女の前をふさいで二歩も三歩も先を歩き始めている。

楚嘉禾《チュチアホー》の本心は憶秦娥《イチンオー》を外県人《よそもの》の尖兵として旗を振らせ、西安風《みやこ》を吹かす土地っ子の鼻をあかしてやることだった。ところが、憶秦娥《イチンオー》は誰の言うことも聞かず、有利と見た方に簡単に転んでしまった。その変わり身の速さは、小憎らしいとしか言いようがない。楚嘉禾《チュチアホー》は周玉枝《チョウユイジー》に憤懣をぶちまけた。

「あの馬鹿娘、劇団の口車に乗せられるなとあれほど言ったのに、二日と経たずに丸めこまれて、ほいほいと稽古場入りだよ。見損なった。見下げ果てた奴だ。これを下司《げす》と言わずに何と言う？」

周玉枝《チョウユイジー》は言った。

「きっと団長と封導《フォンダオ》に言い負かされたんだよ。あの子を言い負かすぐらい簡単だからね」

「いくら言い負かされたって、あたしたちに一言相談があってもいいだろう。皮亮《ピーリアン》があいつの面の皮をひん剥いてやればよかったんだよ」

仕方なく、みんなはまた稽古場へ行って時間をつぶした。人は以前よりも多くなっている。誰もが感じていた。遅かれ早かれ何かが起こる。誰かが言った。きっと第三次世界大戦だよ。いつおっ始まるか楽しみだ。みんなは待った。待ちくたびれて、いらいらしたが、何も起こらなかった。この合間に皮亮《ピーリアン》が何度か顔を見せた。来る度に稽古場には入らず、入り口で立ちん坊をしている。お節介焼きが口を尖らせて、みんなに注意するよう合図を送った。また別の出しゃばり屋が皮亮《ピーリアン》に煙草を一本差し出し、火までつけてやって聞き出そうとしている。

「亮《リアン》の兄貴よ。何もないよな？」

皮亮《ピーリアン》は黙ったまま、大きな煙の輪を吐き出し、彼の妻がまだ出てこない舞台の方を見やった。龔麗麗《ゴンリーリー》がまだ主役の座にあるかどうかを見届けてから姿を消すつもりなのだ。

稽古場で楚嘉禾《チュチアホー》が感じ取ったことがある。憶秦娥《イチンオー》には一種の禅定力《ぜんじょうりょく》（精神の集中力）があるのではないか？皮《ピー》亮《リアン》がうろうろしているときも心を乱すことなく自分の世界に没頭し、稽古を続けていられるのだ。あるとき、封導《フォンダオ》が憶秦娥《イチンオー》に臥魚《がぎょ》の模範演技をさせて龔麗麗《ゴンリーリー》に見せたとき、皮亮《ピーリアン》が稽古場の入り口にやってきたことがあった。誰かが「えへん」と空咳をしたが、憶秦娥《イチンオー》の馬鹿はわき目もふらず体を反らし続けていた。龔麗麗《ゴンリーリー》は憶秦娥《イチンオー》が憎くてたまらないが、憶秦娥《イチンオー》の演技を神妙に見守り、何かを盗み出そうとしているかのようだった。憶秦娥《イチンオー》が演じ終わっても龔麗麗《ゴンリーリー》は帰らずに舞台に残って稽古を続け、憶秦娥《イチンオー》は稽古場の隅に退いてこれを見ている。皮亮《ピーリアン》は表情を変えずに立ち去った。

　これには何かあると楚嘉禾《チュチアホー》は思い、後になって気づいた。皮亮《ピーリアン》を稽古場で見かけると、決まって単仰平《ダンヤンピン》団長が足を引きずって現れる。団長は辺りを見回し、椅子に腰掛けて何ごともないのを見届けると、稽古場をぐるりと回って、足取りも〝軽やかに〟帰っていく。楚嘉禾《チュチアホー》は〝秘密〟を見たと思った。これは劇団が仕組んだことなのだ！　道理で憶秦娥《イチンオー》の馬鹿が稽古に打ちこんで〝お利口さん〟をしていられたのだ。

　龔麗麗《ゴンリーリー》が舞台にとどまった時間は長くはなかった。封導《フォンダオ》は今度は憶秦娥《イチンオー》に『鬼怨《きおん》』の場をやらせた。これには封導《フォンダオ》のちょっとした企みが仕掛けられていた。まず憶秦娥《イチンオー》に模範演技をさせ、演技が終わっても彼女を引っこませずに『鬼怨』と『殺生《せっしょう》』を通しでみんなに見せたのだ。終わると、もう一人の演出補、作曲家、記録係、稽古に立ち会っていた団員の全員が思わず立ち上がり、猛烈な拍手を送った。すかさず、封導《フォンダオ》がみんなに言い渡した。

「歳月人を待たず。全国大会まであと一ヵ月と三日に迫った。我々はこれ以上、ダブルキャストで諸君を遊ばせておけない。決定を伝える。『鬼怨』と『殺生』は憶秦娥《イチンオー》に決め、ほかの場は龔麗麗《ゴンリーリー》に振る。ただし、麗麗《リーリー》が『鬼怨』と『殺生』の稽古で見るべき成果をあげたら、いつでも復帰させる。もし間に合わなかったら、北京から戻って西安で報告公演を行い、全場の通し公演に麗麗《リーリー》を主演させる。これは私が約束しよう。麗麗《リーリー》が李慧娘《りけいじょう》A組であることに変更はない。従って、字幕も憶秦娥《イチンオー》の前になる……」

　演出家の言葉が終わらぬ先に、龔麗麗《ゴンリーリー》は手に持っていた茶碗のお茶を床にぶちまけ、稽古場のドアを足で蹴り上げると、足音荒く出て行った。

　みな茫然として龔麗麗《ゴンリーリー》を見送った。封導《フォンダオ》は言った。

「稽古、続行！」

　稽古は始まったものの、みんなは〝第三次世界大戦〟の勃発を心待ちにしている。

楚嘉禾《チュチアホー》は昨夜の夜更かしがたたって、生あくびを噛み殺しながら座っていた。突然、彼女は興奮剤を打たれたみたいに目をかっと見開いた。その視線は稽古場のドア——がたが来て合わなくなった両開きのドアに吸い寄せられている。

どんと音がして、蹴り開けられ、またもどろうとしたドアを、皮亮《ピーリアン》が肩でぐいと押し分けて入ってきた。すべての視線が憶秦娥《イチンオー》に向けられた。周玉枝《チョウユィジー》は緊張のあまり、楚嘉禾《チュチアホー》の手をぎゅっと握った。憶秦娥《イチンオー》はいつもの通り李慧娘《りけいじょう》の役に没入し、恋人を切なく呼ぶ歌をやめない。

「咿咿呀呀《イーヤー》——裴《ペイ》——郎《ラン》——！」

楚嘉禾《チュチアホー》は皮亮《ピーリアン》が憶秦娥《イチンオー》を殴るものとばかり思っていたが、何と彼はつかつかと演出家の前に歩み寄り、真っ向唐竹割りの勢いで怒鳴りつけた。

「封子《フォンズ》、お前と単《ダン》びっこはちゃんと話をしたのか、それとも屁をこいただけか？　お前たちは何と言った？　一週間以内に役を差し替えると言ったな。それが変面《へんめん》(瞬時に隈取りを変える川劇《せんげき》の得意技)より早くパンツを脱いだのか？」

皮亮《ピーリアン》が封導《フォンダオ》を問い詰めているところへ、単仰平《ダンヤンピン》団長が息せき切って飛びこんできた。その足は箕《み》を振るより激しく上下している。誰かが笑い声を洩らした。

団長より早く、封導《フォンダオ》が皮亮《ピーリアン》に答えを返した。

「これは私が臨時に決定した。歳月人を待たずだ。麗麗《リーリー》はいくつかの動作が要求の水準に達しなかった。私の気持ちはまず憶秦娥《イチンオー》に決めて、麗麗《リーリー》はその後の精進を見るということだ。麗麗《リーリー》がちゃんと結果を出したら、勿論、彼女に全幕をやらせよう。もし、それができなかったら、北京から帰った報告公演でチャンスを与え、全幕通しの主役をやらせよう。俳優のやりたい気持ちは当然だし、尊重する。我々はできるだけ多くの俳優に李慧娘《りけいじょう》をやってもらいたいと願っているんだ」

「寝言は終わりか？」

単仰平《ダンヤンピン》団長は皮亮《ピーリアン》の話を猛然と遮った。

「その無礼な口は何だ。演出家は君の叔父さんの年齢だぞ。そのわきまえもないのか？」

「叔父さんだって？　叔父さんらしいふるまいをしたか？　あり得ねえ！」

このとき、封導《フォンダオ》はいきなり台本を叩きつけ、立ち上がって怒鳴りつけた。

「皮亮《ピーリアン》、つけ上がるなよ。お前の好き勝手はここまでだ。ここをどこだと思っている？　いやしくも芸術の殿堂だ。大根やニンジンの叩き売りをやってるんじゃないぞ。大きな声を出せば、みんながびくつくとでも思っているのか？」

封導《フォンダオ》はさらに声を張り上げた。

「出て行け！　たった今、消え失せろ。私はこれから稽古に入る」

まさかの一喝に、皮亮《ピーリアン》は封導《フォンダオ》を穴のあくほど睨みつけ、ふて腐れて言った。

「豚が鼻にネギを挿してやがる。その心は、気取ってるんじゃねえよ！　俺がここへ来たのは、何やらの殿堂が俺をどう追い出すかを見たかったからだよ」

言いながら皮亮《ピーリアン》は飛び上がると、封導《フォンダオ》の台本や演出データがのった机の上にその巨体の尻をでんと乗せかけた。その机は『紅灯記《こうとうき》』の主人公李鉄梅《りてつばい》が舞台で使った道具だった。間に合わせの貧弱な作りで、欠けた脚に突っ支《か》い棒をして封導《フォンダオ》が当座の用に使っていた。あまりに見場《みば》が悪いので、使わなくなった背景幕を掛けてぼろ隠しをしていた。そこへ皮亮《ピーリアン》の百十五キロ以上の体重を掛けられ、ひとたまりもなく崩れ落ちた。皮亮《ピーリアン》は頼りない悲鳴を上げて、ばらばらになった木片や木ぎれと一緒に床に転げ落ちた。稽古場は声もなく立ちすくんだ。

起き上がろうともがいている皮亮《ピーリアン》を単《ダン》団長が引っ張り起こした。引っこみのつかなくなった皮亮《ピーリアン》は足元にあった痰壷を怒りに任せて思うさま蹴飛ばした。すると痰壷は、憶秦娥《イーチンオー》が演じている臥魚《がぎょ》の尻に当たってひっくり返った。それに合わせて誰かがぴゅーっと口笛の擬音を入れた。

ちょうどこのとき、壊れた開き戸がまた蹴り上げられた。入ってきたのは警棒を持った劉紅兵《リュウホンビン》だった。

何て素敵な見ものだろうか。楚嘉禾《チュチアホー》はうれしくなって、ひそかに喝采を送った。周玉枝《チョウユイジー》は声をひそめて言った。

「あいつが何で来たの？　あいつは警官じゃないよ。何で警棒持ってるの？」

「槍でも持ってくれば、もっと面白かったのに」

楚嘉禾《チュチアホー》は言いながら、ふと憶秦娥《イチンオー》を見た。こわばったその顔は紙のように蒼白になっていた。

劉紅兵《リュウホンビン》は警棒を構えて一歩一歩前へ進んだ。

みんなは呆気にとられた。本当に警察が乗りこんできたと思ったのだ。

単仰平《ダンヤンピン》団長は飛び出して劉紅兵《リュウホンビン》を遮った。

「騒ぎに乗じて何をするか。さっさと出て行け！」

「騒ぎを起こしているのそっちだろう」

劉紅兵《リュウホンビン》は団長を振り払い、なおも前へ進んだ。

団長は後ろから劉紅兵《リュウホンビン》にしがみついて叫んだ。

「出て行け。何人たりとも稽古場に侵入することは許さん。聞こえないのか。出て行け！」

単仰平《ダンヤンピン》団長が一歩も引かず警棒と対峙しているのを劇団員たちは茫然と見つめた。

皮亮《ピーリアン》は頭がぼうっとなって、何が起きているのか分からなかった。誰かが自分に向かっている。団長が止めようとして弾き飛ばされた。男の警棒が自分の急所を狙っているのに気づいた。とっさに身をかわすと、警棒は逸れて皮亮《ピーリアン》の腹をしたたかに打ちすえた。彼は電流が流れたみたいに全身が痺れるのを感じていた。

みんなが術《すべ》もなく立ちつくしているところへ。保安課の職員が駆けつけて劉紅兵《リュウホンビン》を連れ出した。

劉紅兵《リュウホンビン》が連れ出される間隙を縫って、憶秦娥《イチンオー》は頭を垂れ、外へ飛び出した。

一瞬の空白が過ぎて、稽古場は鍋をひっくり返す騒ぎになった。何がどうして、どうなったのか、分からないまま喚き合い、香港の活劇みたい、いやもっとすごかったなどの声が飛び交う中、楚嘉禾《チュチアホー》が言った。あの警棒を持った男は憶秦娥《イチンオー》の男友達よと。

憶秦娥《イチンオー》のこの一件は陝西省秦劇院に大きな警鐘を鳴らすことになった。

十一

憶秦娥《イチンオー》は自分がどうやって稽古場を飛び出したのか分からなかった。ただ、秦腔《チンチアン》の世界の片隅に与えられた自分の居場所が劉紅兵《リュウホンビン》によって踏みつけにされ、葬り去られたのを感じていた。劉紅兵《リュウホンビン》が何かしでかしかねない恐れはあったものの、まさかこんなやり方で騒動を引き起こすとは思ってもみなかった。自分が『鬼怨《きおん》』に出ようとしたばかりにこの災いを招いたことはよく承知している。出たくないとは言ったが聞き入れられなかった。しかし、こうなってしまったからには、単仰平《ダンヤンピン》団長も封導《フォンダオ》も呆れ果て、もはや自分は相手にされないだろう。二人は彼女の身の安全を守ると保証したが、陝西省秦劇院はいやしくも国の看板を背負った機関だ。もはや彼女のために打つ手はないだろう。ここまで追い詰められたら、彼女はもはや首をくくるしかないのだろうか。この痛手、この屈辱、これまでに見たことのない景色が垣間《かいま》見えた。泥水をすすり、汚濁を漕《こ》いで渡る人生は真っ平だと思っていたが、畢竟《ひっきょう》、自分で招いた道だ。とはいえ、その深さは知る由もない。これから先、舞台に立てるかどうかは、もはやどうでもいいと思った。ただ、単仰平《ダンヤンピン》団長や封導《フォンダオ》は秦腔《チンチアン》の全国大会に出場することの大切さを繰り返し彼女に語って聞かせた。今は秦腔《チンチアン》という陝西省育ちの芝居が生き延びられるかどうかの瀬戸際であり、劇団が劣勢を挽回し一挙に全国に打って出る好機でもある。劇団員全員が新しい宿舎に住めるかどうかもこれにかかっている。それが簡単なことではないことは彼女も分かっているが、今さら彼女に何が言えるのだろうか？

皮亮《ピーリアン》。あのでこぼこの顔。あのえらの張った頬。口にあめ玉を二つ含んだみたいに頬がぷくんとふくらんでいる。あの嵩《かさ》高い巨躯。踏みしめられた地面が悲鳴を上げそうだ。あの岩石のように節くれ立った拳。その一発を食らったら、彼女の体がばらばらになるだろう。彼が稽古場に乗りこんで彼女に突進してきたとき、彼女は逃げもせず、自分の中で流れる芝居の時間に身を委ね、芝居の型の中に自分を流しこんでいた。彼女は今にして思う。もし、自分があの一発を受けていたら、ことは決着したかもしれない。だが、鼻は困る。ここは一番大事なところだから、つぶされでもしたら一生芝居はできなくなる。脚や背中、尻なら何とかなるかもしれない。彼は彼女のつんと上を向いた尻が気に入らなかったそうだから、そこなら大怪我しないで済みそうだ。だが、皮亮《ピーリアン》は上体を帆柱のように揺らしながら入ってくると、彼女には向かわず、封導《フォンダオ》に突進した。友人の一人は彼女に目配せして早く逃げろと合図してくれた。しかし、彼女は動かなかった。もし、ここを離れたら、封導《フォンダオ》が自分の身代わりとなって皮亮《ピーリアン》の滅多打ちにさらされる。

皮亮《ピーリアン》のあの向こう意気の強さはなぜなのか。劇団のみんなが話していた。彼はここ数年、音響機器の転売で随分と実入りがいいらしい。劇団の仕事なんか眼中にないというわけだ。普段、演出家に口答えしたり、刃向かったりする団員は皮亮《ピーリアン》一人だけだった。何回かの音合わせや公演で皮亮《ピーリアン》のミキシング（音作り）のバランスが悪かったり、ハウリング（スピーカーの騒音）が起きたりする。封導《フォンダオ》の叱声が飛ぶと、皮亮《ピーリアン》は劇団員の面前で「うっせえな。一々口出しすんなっちゅうの」とか言ってやり返す。彼女は封導《フォンダオ》を何とか助けたいと考えていた。そこへ思いがけず皮《ピー》亮《リアン》が封導《フォンダオ》愛用のテーブルをつぶして派手にひっくり返った。彼が無残な思いで起き上がったら、もっと居丈高な行動に出るに違いない。彼女がそう考えていると、皮亮《ピーリアン》が足元の痰壷を蹴り、彼女はその中身を浴びた。そこへ考えなしの劉紅兵《リュウホンビン》が飛びこんできた。彼女の大嫌いな警棒を振りかざして……。

その行動で何もかもぶち壊しになった。

劉紅兵《リュウホンビン》は保安課の職員に造作なく取り押さえられて連れ出され、皮亮《ピーリアン》の周りを劇団の若手集団が取り囲んで身動きを封じた。このとき、憶秦娥《イチンオー》が外へ飛び出したのは、あまりの面目なさにいたたまれなくなったからだ。彼女は劉紅兵《リュウホンビン》が腹立たしくてならない。劉紅兵《リュウホンビン》はおそらく父親の「北山《ベイシャン》区副区長」という虎の威を借りて警棒を持ち出し、自分が殴れば人はおとなしく殴られていると思ったのだろうが、意に反して手もなく押さえつけられ柿の木の根方に引き立てられた。縛り上げられた両手を上へ伸ばし、後頭部を抱かされても、彼はなお虚勢を張り、ぐずぐずと抵抗している。誰かが彼の膝の裏に痛烈な蹴りを入れると、劉紅兵《リュウホンビン》はがっくりと膝を折り、そのまま地面に跪いた。なおも抗《あらが》う素振りを見せようとしたが、自分の警棒でしたたかな突きを数発お見舞いされ、やっとおとなしくなった。

このとき、派出所からパトカーが駆けつけた。憶秦娥《イチンオー》の嫌いな赤ランプを回転させ、警官隊は鬨《とき》の声を上げながら劇団の中庭に殺到した。彼らは有無を言わさず劉紅兵《リュウホンビン》、そして皮亮《ピーリアン》に手錠を掛け、連れ去った。

憶秦娥《イチンオー》はこの一幕を見せつけられ、心が折れる思いだったが、どうにもならなかった。

彼女はこれ以上、劉紅兵《リュウホンビン》には関わるまいと決めていたが、部屋に帰ってもどうにも落ち着かない。劉紅兵《リュウホンビン》は自分のためにこの不祥事を引き起こし、今派出所に留置されている。放っておいてよいものか？　彼女は痰壷に汚された稽古着を脱ぎ、タオルで自分の体をごしごしと擦《こす》り、派出所に駆け出した。

派出所に着くと、すでに単仰平《ダンヤンピン》団長が来ており、所内を不自由な足で歩き回っていた。

彼女の姿を認めるなり、団長は言った。

「君は君の友人を引き取ってくれ。これは劇団内部のことだから、無理に連行してもらった」

憶秦娥《イチンオー》は彼を何と呼ぶか迷ったが
「〝人〟はどこにいるんですか？」

「二階だ」

このとき、劇団の保安課の職員が二階から降りてきて言った。

「団長、いらしたことを署長に伝えました。団長に会うそうです」

「分かった。憶秦娥《イチンオー》も連れて行こう」

憶秦娥《イチンオー》は団長について階段を上った。団長は階段を上るのが楽ではない。保安課の職員が踊り場から団長の尻を押しながら言った。

「あの連中、ここまで団長に難儀をかけるとは」

「奴らを牢屋に入れちまえ！」

二階に着くと、管理課の職員は団長を署長室へ案内した。署長は身を屈めて革靴を磨いていた。憶秦娥《イチンオー》も続いて入った。

保安課の職員が声をかけた。

「喬《チャオ》署長、我が団の団長です」

喬《チャオ》署長は頭を上げず、靴を磨き続けながら言った。

「おたくの劇団は団員にどんな管理をしているんですか？　え？　警棒まで玩具にしているんですか？　え？　そもそも警棒は玩具ではない。誰でも勝手に遊んでいいというものではない」

団長はあわてて弁解した。

「いや、警棒を持っていたのは団《うち》の者ではありません」

言いながら団長は憶秦娥《イチンオー》に申しわけないといった顔をした。

「あなたの人ではないとすれば、どこの人ですか？　え？」

署長はやっと頭を上げた。団長を見、そして憶秦娥《イチンオー》に目を向けると、その目は俄然、光を帯びた。

「こちらの方は？」

保安課の職員があわてて説明した。

「我が団に移籍した新しい団員、俳優です」

団長がさらに言葉を補った。

「主演女優です。『遊西湖《ゆうせいこ》（西湖に遊ぶ）』の李慧娘《りけいじょう》を演《や》るために特別に招いたんです」

「李慧娘《りけいじょう》？　誰かね？　李鉄梅《りてつばい》の妹かね？」

これは署長のユーモアなのか、それとも本当に知らないのか測りかねて、みんなしばらく口をつぐんだ。

「李慧娘は我らが古典劇の主役です。芝居の題名は『遊西湖』です」

署長は初めて分かったという風に何度もうなずいた。

「そうか、西湖か。知っている。西湖に登場するのは白娘子《はくじょうし》ではなかったかな？　またの名を李慧娘というのかな？」

団長はやむを得ず説明した。

「両方とも西湖が舞台ですが、二つとも別な作品の別な人物です」

喬《チャオ》署長は言った。

「我らが西安の物語でないことは確かだ。え？　西安に人物はいないのかね？　え？　何かというと西湖が出てくるのはどうしてかね。え？　この派出所には戸籍係の警官がいる。女性だ。何十年間、戸籍係を務め間違い一つ起こしたことはない。どうしてこれが芝居にならないのかね？　え？　私にはどうも分からない。私は間違ったことを言っているのかね？　え？」

団長は慌てて言った。

「芝居になりますよ。なりますとも。近いうち作者を見つけて書かせましょう」

喬《チャオ》署長は言った。

「この女優さんにやらせてはどうかな？　可愛い子じゃないか。みんなから愛されるタイプだ。違うかな？　我々戸籍係の婦人警官も可愛い女性だ。この方に比べたら、ちょっとばかり落ちるかな？　はっはっは」

「分かりました。台本ができあがったら、必ずこの子にやらせます」

「この子は何という名前かな？」

「憶秦娥《イチンオー》です」

「どんな字かね？」

「記憶の憶《イ》、秦劇の秦《チン》、女偏に〝我〟の字の娥《オー》です」

「記憶の憶《イ》とは、そんな変な名前があるのかね？　え？」

「芸名です。私たちの商売は芸名に凝るんですよ」

「それじゃこちらも商売、商売と。事件に取りかかるとしますか。ええと、憶秦娥《イチンオー》でよろしかったかな？」

喬《チャオ》署長は憶秦娥《イチンオー》と話したがっているようだった。

憶秦娥《イチンオー》は名指しされて恥ずかしく、手の甲で口を覆い、剥き出しになった歯を隠した。喬《チャオ》署長は尋ねた。

「どっちが憶秦娥《イチンオー》の男友だちだ？　こっちが不法に警棒を持ち歩いた男か？　え？　不法に警棒を用い暴行を働くとは、こちらの女性に似つかわしくない振る舞いだ。え？　こんな不届き者は留置場の飯を何日か喰って頭を冷やすことだな。え！」

署長の突っこみに、誰も何も言えなくなった。

喬《チャオ》所長はまた尋ねた。

「こっちの肥満体は誰だ？」

単仰平《ダンヤンピン》団長は答えた。

「我々の団で音響を担当している音響技師です」

「何技師だ？　音響とは、そもそも何だ？」

「公演するとき、俳優の声をスピーカーに通す機械を扱う専門の技師です」

喬《チャオ》署長はふふっと笑って言った。

「あんたたちのやることは、名目がやたらに多いな。要はマイクと拡声器の係だろうが。え？　我が派出所では、拡声器は門番の張《チャン》老人が兼務でやっている。押せば音が出る。また押せば音が消える。これだけだよ。音の大きさを調節するのは、また別の専門家がいるのか？　え？　やっぱり音響技師。劇団というところは何にでも〝師〟をつけるのが好きと見える。もっとましな言い方はないのかな？　蘿蔔絲《ルオボース》（千切り大根）とか（近い発音の技師の〝師《シ》〟と蘿蔔絲《ルオボース》の〝絲《ス》〟にかけたシャレ）、分かり易い名前にしたらどうかね」

言い終わると、喬《チャオ》署長はあっはっはと大笑いした。

単仰平《ダンヤンピン》団長は憶秦娥《イチンオー》、保安課の職員と顔を見合わせて返答に窮している。喬《チャオ》署長は言った。

「じゃ、ちょっと行ってみようか。二人のくそガキがどんな取り調べを受けているか。え？」

言い終わると署長は彼らを連れて二回の一番奥の部屋に案内した。

そこは部屋の奥にまた部屋があった。劉紅兵《リュウホンビン》と皮亮《ピーリアン》が奥の部屋に座っている。二人の顔を二つの電球が真正面から照らし出している。顔色は蒼白に見え、まぶしそうな目を細めに開けていた。彼らが向かい合っている暗がりに二人の取調官が座って尋問し、また記録していた。

憶秦娥《イチンオー》は感じ取った。彼らがガラスを隔てて座っている外の部屋から内部はよく見えるが、中から外は見えないのだった。

尋問は続いている。

取調官　劉紅兵《リュウホンビン》、お前が不法に持ち歩いた警棒はどこから持ち出したるものか、今一度申し述べよ。
劉紅兵《リュウホンビン》　されば、自分の家からなり。我が父の仕事は人の恨みを買うことが多ければ、父の首をねじ切ってやると広言する不逞の者が数多《あまた》おり、その用心にと父が持ち来たるなり。我が未婚妻《いいなづけ》が我に訴えて曰く。悪人ありて今まさに乱暴狼藉を働かんとす。よってこの警棒で防がんとするなり。
取調官　何を以て　それを真《まこと》とするや?
劉紅兵《リュウホンビン》　毛沢東主席の名において真とするなり。（言いながら立ち上がり、片手を高く掲げる）
取調官　厳粛にせよ。そなたの父は北山《ベイシャン》地区の奉行職（副地区長）にあるというは真《まこと》か?
劉紅兵《リュウホンビン》　真なり。老練、辣腕の高官なるぞ。疑いあれば、直ちに電話するがよかろう。劉天水《リュウティエンシュイ》といえば、泣く子も黙る名奉行。北山《ベイシャン》地区に知らぬ者なし。また、我が名を申さば、これも知らぬ者なし。
取調官　そなたは何ゆえ長期に西安を徘徊しおるか?
劉紅兵《リュウホンビン》　徘徊にあらず。職務により定住しおるは何遍も申した通り、我が未婚妻《いいなづけ》が西安に移住したれば随伴の要ありて罷《まか》り越したる次第。我らが関係はすでに北山《ベイシャン》地区西安出張所も承知しているところなり。
取調官　そなたが警棒を不法に用い、傷害に及んだるは、ここなる当事者なりや?

劉紅兵《リュウホンビン》　しかり。この者はわが許婚者を侮辱し、こともあろうに痰壷を蹴り、その中身を我が許婚者に浴びせたり。かねてより我が許婚者に敵意を抱き、折あらば暴行を働かんと公言せしは劇団の誰もが耳にせしところなり。

皮亮《ピーリアン》　何を根も葉もなき言いがかり。そなたの未婚妻《いいなづけ》などに誰が手を出すものか。たかが賤《いや》しき三文役者。触れでもしたら、こっちの手が汚れるわ。その痰壷もひとりで転んでいったのであろう。かーかっか（笑声）。

劉紅兵《リュウホンビン》　その痰壷がそなたの頭にぶつかればよかろうものを。

取調官　（驚木《きょうぼく》＝旧時、法官が犯人に警告を発するために用いた木片＝で卓上を激しく叩いて）ええい、静まらぬか。聞かれたことにだけ答えるのだ。不規則な発言は断じて許さんぞ。これ、劉紅兵《リュウホンビン》。有り体《てい》に申し述べよ。その警棒でこの者のどこを殴ったのか？

劉紅兵《リュウホンビン》　腹でございます

皮亮《ピーリアン》　またまた嘘八百。股のつけ根を狙ったのは明々白々。あっしがすかさず身をかわしたから警棒の手が逸れたまでのこと。

取調官　（また驚木を叩いて）口を挟むでない。これ、劉紅兵《リュウホンビン》、正直に申すのだ。

劉紅兵《リュウホンビン》　はい、正直に申し上げます。私は確かに股のつけ根を狙いました。

取調官　なぜそこを狙ったのだ？　打ちどころが悪ければ、命の危険もあったであろうに？

劉紅兵《リュウホンビン》　はい……おっしゃる通りでございます。ただ、私めは未婚妻《いいなづけ》を案ずるあまり……許婚者はその暴威にただただ怯えておりましたゆえ、やむにやまれず……。

取調官　うむ、暴威とな？

皮亮《ピーリアン》　言わせておけば口から出任せの逃げ口上。はばかりながら、あっしの女房《かかあ》はこんな小便《しょんべん》臭い三文役者に比べたら、そりゃ何倍もいい女でさ。

取調官　これ、皮亮《ピーリアン》。口を謹むがよい。その不埒《ふらち》な物言い二度と致さば、そちに手鎖《てぐさり》かけて入牢《じゅろう》を命ずるであろう。これ、劉紅兵《リュウホンビン》。その暴威とはいかなるものか？

劉紅兵《リュウホンビン》　その者の妻と私の許婚者は共に主役の座を争うておりました。しかし、その演技力たるや私の許婚者にはるか及ばず、その恨みを晴らすために此度《こたび》の凶行に及んだものと思料《しりょう》致します。

皮亮《ピーリアン》　よくも、いけしゃあしゃあと。外県《いなか》の草舞台でちょっとならしたぐらいで色目を使い、花の長安にしゃしゃり出るとはしゃらくせえ。聞いて驚くな、俺の女房は御上《おかみ》公認の模範劇に主演して、李鉄梅《りてつばい》（『紅灯記《こうとうき》』）、小常宝《しょうじょうほう》（『智取威虎山《ちしゅいこざん》』）で大当たりを取った大女優だ。

取調官　（荒々しく驚木を叩いて）皮亮《ピーリアン》、何をじたばた抜かしやがる。ちっとはおとなしくしやがれ。身のほど知らずもいい加減にしないか。ものを言うんなら、その口に含んだ飴玉を吐きだしてからにしろ。

皮亮《ピーリアン》　俺が飴をしゃぶってるだと？

取調官　飴じゃないんだったら、口の端《はし》のぷっくらしたのは一体何だ？

皮亮《ピーリアン》　（ぶつぶつ言って）あんたはほんとに〝二五《にご》が零《れい》（かけ算の九九の二五十《にごじゅう》も言えない愚か者の意）〟だ。俺のこれはおできだよ、飴しゃぶってんじゃねえよ。

取調官　何をぶつぶつ言っておる？

皮亮《ピーリアン》　何でもない。どうせ俺は飴しゃぶりだよ。

…………

喬《チャオ》署長は彼らを伴って取調室を出た。

喬《チャオ》署長は尋ねた。

「二五《にご》が零《れい》とはどういう意味かね？　え？」

単仰平《ダンヤンピン》団長は答えに窮して言った。

「皮亮《ピーリアン》は気が動顛していたんでしょう。供述がしどろもどろでしたからね」

喬《チャオ》署長は言った。

「二五《にご》が零《れい》はもしかして、二百五十の言い間違いじゃないだろうか？　え？　あのろくでなしは二人とも正しい言葉使いを知らないんだ。そうだろう？　え？　過ちは厳しく正さなければならない。君の考えを聞かせてくれないか。え？」

（注）二百五十　清末、銀貨五百両（英語名テール）を一封《イーフォン》（一包み）と呼んだ。したがって二百五十は「半封《バンフォン》」で、「半瘋《バンフォン》（半ばか）」と同じ発音になった。

単仰平《ダンヤンピン》団長はおずおずと言った。

「喬《チャオ》署長、おっしゃる通りです。ごもっともとは思いますが、いかがでしょう。あの二人を連れ帰って厳しく叱責し、矯正させるというのは？」

「劇団で矯正できますか？　矯正させられるものなら、劇団の人が警察に電話して、人死にが出るかもと通報しますか？　え？　警察が出動しなければ、本当に人死にが出て大事件になっていたでしょう。違いますか？　え？」

「喬《チャオ》署長には感謝あるのみです。本当にご面倒をおかけしました。それなら……私たちはいかがしたらよろしいものかと……」

「どうしたものでしょうな。あの飴玉男。え？　マイク係の何とか先生、蘿蔔絲《ルオボース》（千切り大根）か、ははは。社会秩序を乱し、自分の勤務先に殴り込みをかけて威力業務妨害。まあ、数日間臭い飯《めし》を食わせてお灸を据えましょう。そしてあの劉紅兵《リュウホンビン》。これは留置では済まされません。え？　不法に警棒を所持し、さらに不法なる暴力行為に及んだ。同一犯人が複数の罪に問われます。これは確定裁判を受けなければなりませんね。え？　そうではありませんか？」

憶秦娥《イチンオー》は驚いてその場にへたり込みそうになった。

彼女はここへ来てずっと沈黙を守り通したが、劉紅兵《リュウホンビン》のために黙っていられなかった。

「喬《チャオ》署長、彼は……彼は故意ではありません。すべて……私が悪いんです」

「自分をそんな風に責め、追いこんではいけません。そんなことより、芝居のことを考えていなさい。え？　私は、芝居というものは見ない主義できました。あなたは今度、西湖の何やらをやるとか。是非拝見したいものですな。え！　そのときにはご案内いただきたい。え？」

単《ダン》団長は慌ててその場を引き取った。

「勿論ですとも。私が必ず招待状をお持ちします」

「いや、それには及びません。足のお悪い方にご足労をかけてはなりませんからね。こちらのお方にお持ちいただければ結構ですよ。え！　こんな美しいお嬢さんを初めて見た。さぞ舞台映えのする方でしょう。え！　私は芝居を一生見ないで過ごすところだった。え？」

彼らが一階に下りると、龔麗麗《ゴンリーリー》が一人警察の中庭に立ち、涙と鼻水でくしゃくしゃになって泣いていた。単《ダン》団長を見ると、駆け寄ってしがみつき、「助けて」と哀願した。

単《ダン》団長は言った。

「大丈夫だ。しっかりしなさい。署長が驚いていなさる。喬《チャオ》署長、こちらは皮亮《ピーリアン》の妻で我が劇団の主演女優、大黒柱の龔麗麗《ゴンリーリー》です。これまでに李鉄梅《りてつばい》、小常宝《しょうじょうほう》で大当たりを取りました。どうかよろしくお見知りおきを」

喬《チャオ》署長は言った。

「何と美女が一人、また一人。劇団というところは何と、ほんまものの美女の宝庫だ。え？　心配には及ばない。二、三日の間にお帰ししますよ。だが、奥さん、旦那の管理監督、しつけをしっかりしなければいけませんな。人間、体が大きいばかりが能じゃない。何が気に食わないのか、自分の職場に怒鳴りこんで、けつをまくって大暴れする男がどこにいますかな？　大事に至らなかったからよかったようなものの、これが大事件になったら、何年食らいこまなければならないか。え？　さ、お帰りになって、ご主人のために掛け布団を運んで下さい。二晩かそこら、こちらでお過ごしいただいてから放免となるでしょう、え」

憶秦娥《イチンオー》は急いで尋ねた。

「あの、劉紅兵《リュウホンビン》にも掛け布団が必要でしょうか？」

「どうぞお持ち下さい。将来釈放されるとき、また取りにお見え下さい、え」

憶秦娥《イチンオー》は震える足で立っているのがやっとだった。

十二

どうしてこんなことが起きてしまったのか？　劇団に対して申しわけないこともあるが、警察に連れて行かれるということ自体が彼女にとって世間に顔向けならないことだった。寧州県劇団にいたとき、何につけ警察騒ぎがあった。派出所だ、公安局だ、叔父の胡三元《ホーサンユアン》はしょっちゅう警察に引っ張られていた。手錠、足枷《かせ》、警棒、銃、禍々しい記憶はすべて警察と重なり、胸に嘔吐《えずく》ような酸っぱい水がたまる。とりわけ彼女をむかむかさせていたのは劉《リュウ》紅兵《ホンビン》だ。二言目には〝未婚妻《いいなづけ》〟を連発した。〝未婚の妻〟がそんなに大事なら、自分の母親を〝未婚の妻〟とでも呼べばいいではないか？　しかし今回はそれに異を唱える場ではないと思うから、黙って見過ごした。だが、そうはいっても、劉紅兵《リュウホンビン》が引っ張られたのはやはり自分のせいだ……。

彼女は堂々めぐりの思案を引きずりながら部屋に戻った。劉紅兵《リュウホンビン》のために掛け布団を引っ張り出し、派出所へ運んだ。途中、煙草を一カートン買った。中に入ると無性に煙草が吸いたくなると叔父が言っていたのを思い出したからだ。寧州で公開裁判を受ける前、留置所に拘留されていた叔父は、毎日寝床に敷く藁《わら》の束を数えさせられていたという。当時のベッドはすべて麦藁だった。一回数えてまた数え直す。数える度に数が合わなかった。数が多いからではなく、少ないからだ。たまたま数が合ったときは、うれしくて部屋の中を跳ねて回った。看守から咎められ、監房から手を出させられて、竹べらでぴしりと打たれたという。

彼女の目に西安の派出所は暇そうに見えた。劉紅兵《リュウホンビン》が何日留め置かれるのか分からなかったが、彼女はちょっと考えてルービック・キューブを買った。派出所へ行くと当直の係官は、掛け布団は受け取ったものの、キューブと煙草はその場で突き返され、持ち帰れと言われた。彼女は喬《チャオ》署長を探し出して「どうして？」と押し問答をした。煙草は受け取ってくれたが、キューブは「お話にならぬ」と憫笑されたのだ。署長はゆっくりと答えた。留置場で悔悟と反省の日々を送らなければならない留置人がどうしてキューブで遊んでいられるのか考えてもみよと。署長は彼女に愛想がよかったので、彼女は今度は劉紅兵《リュウホンビン》に会いたいと持ちかけた。物は試しだと思った。署長はちょっと考えこんでから「ちょっとだけなら」と許してくれた。

劉紅兵《リュウホンビン》は三階の角の部屋に留置されていた。窓には剥き出しの鉄筋が格子状に填《は》められ、ベッドが横長に連なっている。ここで留置人が横一列になって寝るのだろう。ベッドの端の水道管に片手をくくりつけられている者もいた。彼女はひと目で劉紅兵《リュウホンビン》の姿を認め、皮亮《ピーリアン》も目に入った。二人とも両手は自由で動き回ることもできる。おしゃべりに興じているグループもあったが、その主《ぬし》は劉紅兵《リュウホンビン》で、聞き手を従えている。いつもの調子で得意満面、〝水飲み鳥〟のように首を振り、独り合点のうなずきを繰り返していた。喬《チャオ》署長がガラス戸を叩くと、留置者たちは一斉に視線を斜めに走らせた。劉紅兵《リュウホンビン》は彼女を見るなり表情がぱっと明るくなった。何ごともなかった普段のように「よっ」と手を振り、身を起こして窓に寄ってきた。

「ようよう、秦娥《チンオー》。俺の嫁さん、やっと面会に来たか。はっは。来ると思った。ほら、どんなもんだい、ちゃんと来ただろう。来ると言ったら来るんだよ」

話しながら彼は振り返り、ベッドでてんでに寝そべっている連中に得意そうな視線を走らせた。憶秦娥《イチンオー》はすぐにも逃げ出したかったが、じっと我慢した。何と言っていいか分からず、ただぼんやりと劉紅兵《リュウホンビン》を見つめているだけだった。喬《チャオ》署長は言った。

「未婚妻《いいなづけ》が何人いるか知らないが、泣かすにことかいて留置場に入ることはないだろう。え！　素直に供述して素直に反省しろ。ここを出たら心を入れ替えて、まっとうな暮らしをするんだ。え！　馬鹿息子ほど親の威勢をひけらかす。お前の父親がいくら偉くても、西安では副区長なんてのは掃いて捨てるほどいる。残念ながら神通力はきかないぞ。こんな馬鹿息子にこんなきれいな嫁さんがいるだけでもありがたいと思え。得心《とくしん》したか、ぼんくらめ。え！」

劉紅兵《リュウホンビン》が神妙な返事をした。

「おっしゃる通りです。こんなきれいな未婚妻《いいなづけ》がいなかったら、親爺の警棒を盗み出し、世の不法を正そうとはしませんでした」

喬《チャオ》署長は彼の鼻先に指を突きつけて言った。

「不法を正すだと？　不法を働いたのお前だろう」

「はい、不法は私でした。私は不法にも警棒を持ち出しました。政府の寛大なご措置をお願いします。素直に自白すれば、お上《かみ》にも情けがあるということですからね」

劉紅兵《リュウホンビン》はにこにこしながら、わざとらしく頭を下げ、憶秦娥《イチンオー》は思わず笑いそうになった。この図々しさは彼女がいつも見せつけられている光景だ。この吹けば飛ぶような軽薄さはいかにも、劉紅兵《リュウホンビン》らしい。彼女が帰ろうとしたとき、劉紅兵《リュウホンビン》が大声で呼び止めた。

「おい、俺の嫁さん。ちょっと内緒話があるんだがね」

憶秦娥《イチンオー》は思わず言い返しそうになった。誰があなたの嫁さんなのと。しかし、彼は今、自由のきかない身だ。彼女は怒りを抑えた。

「言え。手短にな」

喬《チャオ》署長は気を利かしたつもりなのか、これだけ言い置いてさっさと先に出て行った。劉紅兵《リュウホンビン》は待ってましたと小声でささやいた。

「ママに電話してくれ。早くここを出してくれと」

彼は電話番号を二度言うと、またわざと大声を出した。

「おい、秦娥《チンオー》、心配するな。ここはいいところだ。意地悪な兄貴分もいるが、警察は礼儀正しく法を執行している。せいぜい両足を蹴飛ばされるぐらいだから、そんなに痛くない。大丈夫だ。安心して行ってくれ。ここで退屈しないよう、また来てくれよな」

憶秦娥《イチンオー》が三階から下りてくると。喬《チャオ》署長は一緒に歩きながら言った。

「君の未婚のあの夫、一見すると、ふやけたろくでなしだが、なかなかどうして憎めないところがあるな　え？」

あの人は私の未婚妻《いいなづけ》ではありませんと出かかる言葉を彼女は抑えた。喬《チャオ》署長は彼に好意らしいものを持っているようだし、派出所の人たちもできれば彼によくしてほしかったからだ。

派出所を出てから彼女はずっと考え続けた。劉紅兵《リュウホンビン》の母親に電話したものかどうか。電話したら、自分をどう名乗ったらいいのか。あの女性は北山《ベイシャン》地区の公演で見かけたことがある。こてこてに着飾り、権高《けんだか》い振る舞いが印相に残っている。短髪に切りそろえた頭をいつも振り上げ、〝高官夫人〟の気位を周囲に見せつけていた。北山《ベイシャン》副地区長の後光を背負った女性に、一介の役者風情が息子から言い寄られ結婚させられそうになっていると言ったら、はっ飛ばされるかもしれない。

彼女がどうしても好きになれないちゃらんぽらんな若者が、どういう風の吹き回しか、当時人気絶頂だった彼女に勝手に熱を上げた。彼女は舞台に打ちこむひたむきさ、少女らしい潔癖さで彼の勝手な求婚にいい加減な折り合いをつけようとはしなかった。これに加えて、封瀟瀟《フォンシャオシャオ》がずっと彼女の心の一角を占めているというのに、別人から追い回され、逃げ道もふさがれようとしている。そしてまた、どういう風の吹き回しか、彼女はこんな落とし穴にはまってしまい、もがけばもがくほど這い上がれなくなり、それどころか、自分から彼の実家に電話する羽目に追いこまれている。彼女が今一番したくないことだ。しかし、どう考えても別の方法が思い浮かばなかった。自分のために留置所入りし、数年の実刑さえ科されそうな彼を見殺しにもできない。それはやはり良心が咎めることだ。

彼女は鐘楼の郵便局へ行き、劉紅兵《リュウホンビン》に教えられた番号をダイヤルした。

「どなたですか?」

憶秦娥《イチンオー》はその口調から劉紅兵《リュウホンビン》の母親だと直感した。

「あの……」

彼女はどうしても自分から言い出せなかった。

「どなた?」

「あの、聞かないで下さい。私は……」

「かけ間違いでしょう」

先方はがちゃんと電話を切った。

憶秦娥《イチンオー》はしばらくしてまた電話した。

「言ったでしょう。かけ間違いだと。何でやたらに電話してくるんですか？　ここをどこだと思っているの？」

憶秦娥《イチンオー》に何も言わせようとせず電話を切ろうとする相手に、彼女は言った。

「おばさん！」

「誰なの？」

「私は……劉紅兵《リュウホンビン》の知り合いです。劉紅兵《リュウホンビン》は……事件を起こしました……」

「何をしたと言うんです？　早く言いなさい！」

「彼は……警察に連れて行かれました。」

「何ですって？　警察だって？　どこ、どこの警察なの？」

「西安市文化路の派出所です」

「何をしたの？　何でうちの子が引っ張られなきゃならないの？」

「劉紅兵《リュウホンビン》は警棒で……人を傷つけました」

「そんな馬鹿な。道理であの人はここ何日も警棒が見当たらないと探していた。やっぱりあの子が持ち出していたんだ。それで、あなたは……」

「聞かないで下さい」

「もしかして……」

憶秦娥《イチンオー》は急いで電話を切った。

その日の夜中過ぎ、眠れないでいた憶秦娥《イチンオー》がようやくうとうとしかけたころ、いきなり慌ただしくドアを叩く音に飛び起きた。冷たい汗がにじんできた。

彼女はびくびくしながら声をかけた。

「どなた?」

「劉紅兵《リュウホンビン》の母です。北山《ベイシャン》から今着いたばかり。開けなさい。一体どうなっているのか聞かせて頂戴」

憶秦娥《イチンオー》はドアを開けた。

その女性は勢いこんで入るなり、気負い立った口調で一気にまくし立てた。

「劉紅兵《リュウホンビン》の話だと、あなたは才能を買われて西安の劇団に引き抜かれた。このぼろ屋がその住み家なの? これが人の住むところ? あなた方二人して、よくこんなところにいられるわね。よくもまあ、こんな狭いベッドで!」

この女性のほかに二人いて、続いて入ってきた。憶秦娥《イチンオー》は恥ずかしさのあまり憤然として言った。

「ここは私一人の部屋です。劉紅兵《リュウホンビン》はここには住んでいません」

「ここに住んでいないって、じゃ、どこに住んでいるの?」

彼の母親は不審そうに尋ねた。

「知りません」

「あの子は言ってましたよ。あなたたちはずっと以前から一緒に住んでいて、今年の暮れには結婚するって」

「誰が彼と結婚するんですか? ありえません」

憶秦娥《イチンオー》はきっぱりと言い切った。

しばらく黙りこんだ彼の母は、ようやく劉紅兵《リュウホンビン》が捕らえられたわけを尋ねた。憶秦娥《イチンオー》は一部始終をありのまま話した。彼の母親は口調を引きしめていった。

「やっぱり、元はと言えば、あなたじゃないの。あなたのためでなければ、あの子が父親の警棒を盗み出すはずがない。あなたのためでないとすれば、あの子が狂ったとでも言うの? 勝手に人の稽古場に乗りこんで乱暴を働くかしら? ああ情けない。馬鹿息子を持った父親は死んでも死にきれないわね。分かった。もういい。あなたはここまで。これ以上、どうしようもない。引っこんでいて。後は私たちが手を打ちます」

言い終わると、彼らは慌ただしく立ち去った。

劉紅兵《リュウホンビン》の母親が帰った後、憶秦娥《イチンオー》はまんじりともせず朝を待ち、稽古場に出た。

芝居はぼろぼろ、気分はずたずた、憶秦娥《イチンオー》はつくづく稽古に嫌気がさしていた。しかし、単《ダン》団長はやると言い、封子《フォンズ》先生も芝居がかった台詞《せりふ》をはいた。ここまで来たら、もう引っこめない。たとえ地獄の火坑《かきょう》（火の穴）が立ち塞がろうと飛び越えるまでだ。〝極まれば則ち変じ、変ずれば則ち通ず〟というからな。災い転じて福となすだ。憶秦娥《イチンオー》には破れかぶれにしか聞こえないが、団長や演出家に逆らい、我を通すことはできなかった。彼らがそこまで腹をくくっているからには、彼女もやるしかない。

彼女は背中に感じ取っている。後ろ指を指す人の何と多いことか。聞こえよがしの笑い話も耳に入る。

「これから主役を狙うには、砲兵部隊の兵隊さんを恋人にしなければね。いざとなったら、手榴弾持って乗りこませるのよ」

みんなのけぞって笑い、椅子ごとひっくり返った者もいる。憶秦娥《イチンオー》は何を聞いていても聞こえないふり、分からないふりをして肋木《ろくぼく》に向かい、懸垂や腹筋の鍛錬に励んだ。全身の筋肉がほぐれたところで、封子《フォンズ》先生が稽古の開始を告げた。しかし、龔麗麗《ゴンリーリー》が来ていないと記録係が言う。団長は制作部員を呼びに走らせた。部員はすぐ戻ってきて、彼女の部屋に鍵がかかっており、病院へ行ったらしいと報告した。病院へ行くなら、何で休暇届を出さないのかと演出家が尋ねると、稽古場は一瞬静まったが、誰も答えられる者はいなかった。単《ダン》団長は封子《フォンズ》先生と額を寄せ、とりあえず『鬼怨《きおん》』と『殺生《せっしょう》』の場を復習《さら》うことになった。団長は病院に向かい、封子《フォンズ》先生はぱんぱんと手を叩いて稽古に入った。

憶秦娥《イチンオー》は一旦稽古に入ると、芝居の世界に没入した。冷やかし半分の団員たちも彼女の技、見せ場のすごみをまざまざと見せつけられると口をつぐむしかなかったようだ。熱の入った稽古が続いたが、単《ダン》団長は午後になっても龔麗麗《ゴンリーリー》を探し出せなかった。もうすぐ退勤時間になるというときに、団長がやっと戻った。しかし、龔麗麗《ゴンリーリー》は顔を見せない。団長と演出家が声をひそめ、深刻そうな話をしているのを見て、団員たちは次々に稽古場を出て行った。

憶秦娥《イチンオー》は稽古用の上着や袖なしの外套、火吹き用の松ヤニ粉を片づけ、帰ろうとしていると、団長から呼び止められた。

「秦娥《チンオー》、お前、心の準備はできているかな？」

憶秦娥《イチンオー》は団長のいっている意味が分からず、彼女の頭をかすめたのは劉紅兵《リュウホンビン》の身に何か起きたのかということだった。ぽかんと口を開け、団長の顔を見守った。

封子《フォンズ》先生が笑って言った。

「災い転じて福となすと言っただろう。何だと思う？」

憶秦娥《イチンオー》はますます分からなくなった。団長は続けて言った。

「昼過ぎに龔麗麗《ゴンリーリー》とじっくり話し合った。彼女も真剣だった。もし『鬼怨《きおん》』と『殺生《せっしょう》』の場に出られないのなら、この芝居から降りたいと言うんだ。芝居の心臓部分を人に持っていかれて意欲をなくしたというのが本音だろう。さっき封《フォン》君と相談したんだが、全幕を君にやってもらうことにした。君にしかできないんだ」

「いえ、私にはできません！」

憶秦娥《イチンオー》は弾かれたように立ち上がった。これが彼女の本当の気持ちだった。今日の稽古でも彼女は思い詰め、いっそのこと足を挫くか、本当は骨折が一番いいのだが、とにかくこの八方ふさがりの状態から抜け出すことばかり考えていた。そしてまた、思わぬ一場《いちじょう》が幕を上げようとしている。彼女はこれ以上火に油を注ぐような真似をしたくなかった。団長は言った。

「これは君の個人的な問題ではない」

「いえ、いやです」

憶秦娥《イチンオー》の気持ちは固かった。不承知を押し通すしかない、彼女はこう思い定めた。だが、封子《フォンズ》先生は言った。

「これはすごいことなんだ。秦娥《チンオー》！『鬼怨』も『殺生』も俳優となったら誰しも一度は踏んでみたい名舞台なんだ。役者冥利に尽きることではないか。君は精進の甲斐あって陝西省を代表する劇団に入り、今度はこの大作、秦腔《チンチアン》の名舞台をひっさげて、しかも全国大会という北京の檜舞台を踏む。一躍、その名を全国に轟かすまたとない機会になるんだぞ。とんとん拍子の出世じゃないか。それとも何か心理的な問題があるのか？」

「いえ、どうしてもいやなんです」

同じ言葉を繰り返す憶秦娥《イチンオー》に単《ダン》団長は尋ねた。

「どうしていやなんだ？」

「だから、どうしてもいやなんです」

封子《フォンズ》先生が尋ねた。

「皮亮《ピーリアン》がまた何かしでかすか、それが心配なのか？　今は留置場入りだ。もう手出しはできないよ」

「私はとにかくいやなんです」

単《ダン》団長はどうにも分かりかねて言った。

「さっぱり分からん。この子の強情なことは分かったが、何を考えているのか、それが分からない。私たちが君の力になり、君を支えようとしているんだ。恐れることは何もない」

「私は何も恐れていません。でも、駄目なんです。私が出ないで火吹きをする人がいなくて困るのであれば、私が代役で出ます。その代わり、照明を暗くして私と分からないようにして下さい」

憶秦娥《イチンオー》の話に封子《フォンズ》先生はふっと笑って言った。

「君がまだ私を演出家と認めているんだったら聞いてくれ。私はこう決めた。君は全幕に出演する。もはや退路はない。君にはその力がある。私たちが君を見込んだんだからな」

演出家の言葉が終わらないうちに、憶秦娥《イチンオー》は突然大声で泣き出した。泣きながら一歩も引かなかった。

「できないといったら、できないんです。殺されてもできません」

単《ダン》団長と封子《フォンズ》は憶秦娥《イチンオー》の強情にほとほと手を焼き、もてあましていた。この子の性格がこれほどのものとは思ってもみなかったのだ。

単《ダン》団長はこのままでは歯が立たないと見て、この場を収めるしかなかった。

「分かった、分かった。今日はこれまでにしよう。今夜はゆっくり休みなさい。じっくり考えて明日また話し合おう」

憶秦娥《イーチンオー》は稽古場を出るとき、団長と演出家に言った。

「誰か代役を探して下さい。私は出ません。どうしてもとおっしゃるんでしたら、私は寧州へ帰ります」

こう言い終わるなり、彼女は走り去った。

十三

憶秦娥《イチンオー》の今回の決意は、通し公演の全場面に出ないということだ。

どこに主役を望まない俳優がいるだろうか。名作よ名場面よと謳《うた》われた舞台に立ちたくない俳優、特に全幕通しの大芝居を演じたくない俳優がいたら、お目にかかりたいものだ。しかし、この劇団で主役を争うことは危険なこと、間違ったことのように思われた。憶秦娥《イチンオー》自身、主役を演じて大当たりを取り、得意の絶頂にいるとき、その危うさを骨の髄まで思い知らされたからだ。主役のかく汗は臭い。人の何十人分もの汗だから。主役は馬鹿だ。誰にも頼まれない馬鹿力しか出せないから。稽古を始めてから身も心もすべて舞台に捧げてきた。一本の芝居に三百、四百の台詞、歌詞があり、台本の半分以上を占める。稽古場の鏡に映る我が身は猿回しの猿ではないか？　〝調子こいて〟何を歌い、何を語っているのか？　とんでもない調子っぱずれをやらかしているのではないか？　とくとくとしゃべる台詞《せりふ》は誰の台詞だ、どこの言葉だ、意味は通じているのか？　劇団員が時間で〝退勤〟し、街に出たり、麻雀したり、美容院に通ったり、洗濯しているとき、主役の意地を張ろうとするなら、それどころではない。明けても暮れても芝居芝居芝居、夜の目も寝ず、闇に目を凝らして芝居芝居芝居、芝居漬けの毎日だ。昼日中ぼうっとしていたら、悪意、中傷の飛つぶて礫が前から後ろから飛んでくる。鶏より早く起き、犬より遅く眠る。ハリネズミより神経の針を尖らせていないと、いつ舞台から引きずり下ろされるか分からない。こちらは息も絶え絶えに初日を迎えても、女優たちは涼しい顔だ。あれこれ家の用足しをして開演二十分前に楽屋入りし、てきぱきメイクを済ませ、「ほいっ」とばかりに舞台に上がる。しかし、主役は初日の幕が上がって数日間は「開演五分前」の声を聞きながらなお台詞をぶつぶつと口の中で唱え、頭の片隅で歌のさびのおさらいをする。胸のつかえ、喉のいがいがを感じながら台詞を噛み（とちり）そうないやな予感に悩まされる。食べ物にも気をつけなければならない。公演中に腹を下そうものなら、命がいくつあっても足りない。着るもの、睡眠にも用心を重ね、風邪でもひいてふらふらし、台詞の切れ、声の張りを欠こうものなら、たとえどんな重病であっても観客は容赦しない。公演の当日は〝お産〟の方がまだ楽だろうと思う。その日は動物のように物陰になりをひそめ、声を発さず、吸う息吐く息、喉の調子を気遣い、その日の演しものが立ち回りなら、舞台より先に稽古場へ行って高難度の技を何度もおさらいする。昼食を終えたら、昼寝を欠かせない。眠れないときは睡眠導入剤の助けを借りる。午後四時を過ぎたら楽屋に入る。鬘《づら》をつけて頭をきりきりと締め上げ、メイクし衣装を着ける。これに少なくても三時間をかける。ほかの女優たちは、はしゃぎながらおしゃべりに興じる。メイク時はひときわかまびすしく華やかだ。家庭のこと、夫のこきおろし、娘の自慢、浮気、麻雀、ファッション、映画、香港や台湾の芝居、化粧品……、聞かされる方はたまらずにその場を逃げ出し、台詞と歌詞を反芻しながら芝居の世界に没入する。幕が上がると、みなうち揃って兵士役の旗指物を掲げ、かけ声を合わせてぞろぞろと舞台を一周し、楽屋に引っこむとまた果てしないおしゃべりが続く。

　彼女の体がやっと動き出す。足さばき、身ごなしがほぐれ、喉が温まってくる。一段歌ってまた一段、一句語ってまた一句、殺陣《たて》を一差し舞ってまた一差し、彼女はすっくと立って見得《みえ》をきる、と見るや、その素早さは布施の飯をかっさらう餓鬼さながらに、退場口に身を躍らせ、舞台裏を走りながら衣装を取り替え、槍を帽子に、しとどの汗にメイクを整え、次の舞台の登場口に突進する。裏方が彼女に槍を手渡そうとしてし損なう。また別の裏方が追いすがり、四、五人が立て続けにしくじったとき、舞台は恐慌を来《きた》している。主役の登場まで間を持たせなければならない。次の場の歌い出しを受け持つ楽隊の序奏が始まり、焦燥、激怒、激昂の旋律をことさら長引かせて時間を稼ぐ。この間に最後の腰回りの一枚を身につけ、靴を履き、たちどころにしゃんとして何ごともなく威風凛凛《りんりん》、英姿颯爽《さっそう》と登場口から姿を現して戦いの場に身を躍らせる。舞台がはねた後、人々は三々五々ひっそりと夜食をとって帰っていく。彼女は鬘をほぐしながら、ちぐはぐだった今日の舞台の失敗を脳裏に蘇らせて部屋に帰る。水を飲む以外、身体は何も受けつけない。ベッドに横になっても、体の芯がちりちりと興奮して寝つけない。ちぐはぐだった今日の舞台での失敗は「事故」と見なされ、指導部は不機嫌な顔を見せ、俳優たちは口々になじる。彼女の演技に賞金が出たとき、俳優たちはまた不愉快な顔で「それほどのものか」と口角泡を飛ばす。故郷の北山《ベイシャン》地区でぶっ通しの公演が二ヵ月以上続き、やっと定休日がきたとき、彼女は朱《チュ》団長にどれほど言いたかったことか。せめて二、三日休んで体にしこった疲れをほぐしたいと。しかし、チケットはすでに数日前に売り切れている。もはや誰にも予定は変えられない。このとき彼女は全劇団員があげて彼女を盛りたてていると思っていた。不平一つこぼさず、彼女のために下支えしてくれていると思っていた。しかし、このころから腹痛とか見え透いた仮病で舞台を休む俳優が出始めていた。年端もいかぬ女の子の思案に余ることだった。なぜ、ここまでしなければならないのか？

　主役とは何があっても張り続けなければならないのか？　特に師匠の苟存忠《ゴウツンチョン》が舞台の上で往生を遂げるのをその目で見届けたとき、これは生きながらの過労死だと思った。彼女は夜ごとにその場のできごとを思い出し、全身に冷たい汗をかいていた。なぜ、そこまでして李慧娘《りけいじょう》を演じなければならないのか？　もし、苟《ゴウ》師匠がそれをやらなければ、心臓の発作を起こすこともなく、今も生きながらえていたはずだ。この役をやりたい一心で、移り気な「好《ハオ》」のかけ声、通り雨ほどの拍手をとりたいばかりに、みすみす命を棒に振ってしまった。李慧娘。こんな疫病神は二度とご免だ。やると必ず悪いことが起きる。やりたい奴が勝手にやればいい。決めた。死んでもこの舞台には立たない。そう腹をくくると、気がすっと軽くなった。今流行っている騾馬市（鐘楼の東南）に出かけブラジャーを二つ、イヤリング一対、柄の可愛いパンティーを色違いで数枚買うと、『白蛇伝』の白娘子《はくじょうし》の一節をふんふんと鼻歌で歌いながら部屋に帰った。

　まさかのことに、劉紅兵《リュウホンビン》の母親が彼女を待ち構えていた。憶秦娥《イチンオー》がテレビドラマの挿入歌を歌っているのを聞いて嫌みを浴びせかけた。

「のんきなものね。兵兵《ビンビン》が暗いところで泣いているというのに」

　憶秦娥《イチンオー》は口を押さえてもじもじした。

　部屋に入ると、紅兵《ホンビン》の母親はさっさとベッドに腰を下ろして話した。

「もう大丈夫。手は打った。警察には手を引かせる。劇団には目をつぶってもらう。あの子にはあと二、三日辛抱してもらって、あなたがもらい下げに行くって寸法」

憶秦娥《イチンオー》は紅兵《ホンビン》の母親に茶を出そうとしたが、茶筒がすぐには見つからない。劉紅兵《リュウホンビン》が持ってきたのを覚えており、やっとビニールの袋に入れてある茶筒を見つけ出した。

紅兵《ホンビン》の母親はそれを見て、くすりと笑った。

「やっぱり。あの子ったら、何でもかでも家から持ち出してあなたのところに運んでいたんだ。これだってただの竜井茶《ロンジン》じゃない。穀雨（二十四節気の一つ、穀物を潤す雨の季節）の前に摘んだ最上等、とっておきの茶葉なんだから。パパのお友だちから杭州土産にもらって、飲むのを惜しんで、いや、一度飲んで好《ハオ》、好、好、三回うなって大事にしまっていたら、缶ごとみえなくなった。羽を生やしてここへ飛んで来てたんだ」

「私は普段、緑茶は飲まないんです。胖大海《パンダーハイ》が喉にいいから」

「それそれ、その胖大海《パンダーハイ》よ。以前、あなたが北山《ベイシャン》で白娘子《はくじょうし》をやったとき、あの子は街中の螃大蟹《パンダーシエ》（カニ）を買い占めてあなたにプレゼントした。私は螃大蟹《パンダーシエ》が何だか知らなかったから、衛生局の局長に聞いたわよ。局長は首を傾げて何に使うのかと聞いてきた。あの子は喉の特効薬だと言ってたから、その通り伝えたら大笑い。それは胖大海《パンダーハイ》で、螃大蟹《パンダーシエ》じゃないって。あなたに山ほど送り届けたでしょう。覚えているかしら？」

憶秦娥《イチンオー》は笑った。はっきりと覚えている。劉紅兵《リュウホンビン》は街中をかけずり回って劇場にどっさり運びこんだ。彼女は絶対に受け取れないと断ったが、結局、朱継儒《チュジールー》団長に全部引き取ってもらい、劇団員の胃袋に収まった。

「あの子は本当にあなたを愛しているんだわ。でも、どんな男だって、美人には目がないわね。このおばさんだって若いときにはそこそこ美人だったわよ。兵兵《ビンビン》のパパは当時、地区委員会幹部の秘書をしていて、私たちの公社の視察にやってきた。私を一目見て、ほの字になって、四六時中追いかけとつきまといが始まった。私にだってつき合っていた人がいたのよ。それなのに、私から離れない。とうとうその人を追い払って、私は海賊船に拉致されてしまった」

劉紅兵《リュウホンビン》の母親は得意そうに笑いながら言った。

「そんなことより私が言いたいのは、あの子のやり方は父親そっくりだということ」

憶秦娥《イチンオー》はこの女性にそれほどの好感を抱いていなかったが、このあけすけな話に親近感を持ち、遠慮がちに言った。

「おばさまはおきれいでいらっしゃるから」

「もうだめよ。あなたたちの若さには勝てないわ。そんなことよりねえ、あの子は本当にここに住んでいないの？」

「まさか、あの人がどうしてここに住むんですか？」

「あなたたち……、その、恋愛してるんでしょう？」

「私……、恋愛してません」

「変ねえ。気に入っていた外車を運転しなくなり、どうしても西安事務所に転勤させろと言われて、そうさせたけれど、事務所の宿舎には住んでいない。職員の話だと、あなたの所に住んでいると言うから、てっきりそうだとばかり思いこんでいたのに。じゃ、どこに住んでいるというの？」

憶秦娥《イチンオー》はとうとう腹の中にためておけなくなった。

「この近くに部屋を借りているそうです」

「この近くで？　そこであなたの番人をしてるってこと？」

憶秦娥《イチンオー》はやむなく説明した。

「何て子だろう。こうなったら、私も正直に言うわ。私たち夫婦はあの子を甘やかし過ぎた。あの子があなたに熱を上げたとき、私たちは反対だった。別に他意があってのことじゃない。ただ……私たちのような家庭に演劇界の人を迎えるのはちょっと……演劇界がどうのってわけじゃないけれど……ちょっと遠い世界のような気がして。でも、あの子はあなたを見初めてしまった。私と夫はあなたの舞台を見て分かった。あなたは得難い才能と美貌の持ち主であることがね。当時、あなたは北山《ベイシャン》地区で人気絶頂、きらきら輝いていた。北山《ベイシャン》の地区委員会や行政公署の職員たちも出勤するなり、あなたの噂でもちきりになった。もう誰もかもあなたにめろめろ。このような美女がわが家の嫁になることに誰が反対できるだろう。あの子はおおっぴらにあなたへの追いかけを続け、私たちも胸を熱くして応援した。私もついつい出しゃばって、あなたに余計なお世話を焼いたわね。でも、父親はもっとその気になって息子をせっついた。どうだ、うまくいってるか？　息子ときたら、おおぼら吹いて、ああ、首尾は上々、もうすぐ新居を構えるから準備をしっかりと、親が逆に励まされる始末ですからね。もう大丈夫、狙った獲物は担いで帰るなんて言ってるうちに、あなたは西安へ出て行った。あの子もすぐその後を追った。私たちはもうあの子の言いなりよ。何日かすると、あの子はまとまったお金を要求してきた。あなたのために部屋の備品を揃えるんですって。しばらくして次はスタンド式の扇風機、テープレコーダー、テレビを買うとか、私たちは言われるまま金を与えた。そうこうしていると、あの子は家に帰ると父親の腕時計を盗み出した。友人から外国土産にもらった高級品ですよ。これを売って新居の家賃にするとか言ってから、私たちはてっきりあなたと一緒に住んでいるとばかり思っていた。まさか……あの子がこんな長い時間かけて、あなたを追いかけて……あなたがこんな独り暮らしをしているなんて……」

ここまで話を聞いて、憶秦娥《イチンオー》は劉紅兵《リュウホンビン》の両親に対して申しわけない気持ちでいっぱいになった。劉紅兵《リュウホンビン》がこんなおびただしい金品を費やしても、二人の間には彼女が認める恋愛関係は成立していないのだ。この一連のできごとは一体何だったのか？　彼女は自分の目の前にうずくまっている女性に対して、正視を憚る後ろめたさを感じながら話を別に振り向けた。

「今、紅兵《ホンビン》についてお話になったこと、警察に話してみてはいかがでしょうか？」

「もう話したわ。本当は今日にでもあの子を引き取るつもりだったけれど、喬《チャオ》署長がどうしても承知しない。このような超法規的処理は自分の権限を超えるだけでなく、世の中に対して申しわけが立たないと、こうですよ、あの頑固者。私は引き下がらずに、あと五日間の収監と一週間の自宅謹慎ということで折り合いをつけた。私は待ちきれない思いだったけれど、あの子の顔を見ると、落ち着いた様子だったのでまあ、一安心よ。でも、一番の心配はあなたたち二人のことですよ！　どうして、ぐずぐずとこんなことになってしまったのか、これから一体どうするつもりなのか、本当のことを話して頂戴！」

この一軍の将の舌鋒は鋭く、憶秦娥《イチンオー》は返答に窮し、まだ話題を別に振り向けた。

「とにかく話はここまで来たわけですから、ひとまず落ち着いて、ここに数日間いらしたらどうですか？」

「そんな暇はありませんよ。あの子の父親が家でおろおろして、電話で何を話しても上の空、何をするにも手がつかない。情けないけれど、子ゆえの闇。下手すると病気になって寝こみかねない。でも、憶秦娥《イチンオー》や。不幸中の幸いというか、あなたの今度の公演、前評判が高いわよ。西安で当たりをとれば、あなたの人気は今度こそ本物、押しも押されぬ大スターになる。私はあなたのために本当に喜んでいるのよ」

憶秦娥《イチンオー》は答えた。

「私、今度の舞台には立ちたくないんです」

「何を言い出すかと思ったら。そうそう、あなたに報告しようと思っていたのよ。今日の午後、あなたの団長のところへ行って、話を聞いてきた。団長の意向は、あなたの出演に手助けをよろしく、ということだったわ」

この話に憶秦娥《イチンオー》の棟がざわついた。

「どうして……どうして団長のところへいらしたんですか？」

「来たからにはあなたの劇団にも顔を出して、情況をつかんでおこうと思ったのよ。まして、今回の件はあなたの劇団に端を発しているんですからね。責任者の顔をとくと見て、自己批判をしてもらわなくちゃ、間尺に合わないわよ。私の家を甘く見ない方がいい。ことをうやむやにされ、あることないこと言いふらされてたまるもんですか。あの警棒にしたって、あの子の父親が勝手に持ち歩いているんじゃない。破壊分子の威嚇を受けたとき身の安全を慮《おもんぱか》って、組織が特例として携帯させてくれたものですからね。私の家が不法にこの種のものを持ち歩くはずがない。さてと、このことはこれぐらいにして、大事なのはあなたの仕事のことよ。あなたのために随分といい条件を出してくれたそうじゃない。『遊《ゆう》西湖《せいこ》（西湖に遊ぶ）』の通し公演、あなたが主役を張るのよ。出なきゃ駄目。分かる？　役者稼業も役所勤めも似たようなもんだわ。誰が人の上に立つか、その他大勢に回るか、考えてもご覧なさい。誰が村の娘その一かその二で一生を終わりたいものか！　でも、主役の衣装の下には無数の傷痕が隠されている。人の恨みの咬み傷よ。打ち上げパーティーの祝杯には赤い蛇がとぐろを巻いている。人のねたみの蛇よ。あなたのパパ、いや、兵兵《ビンビン》のパパは今の役職に就くまでに満身創痍、傷痕が疼かない日はなかった。あなたは人生にちょいと苦労したからって、与えられた役を降りようというの？　あなたにもし才能がなかったら、寧州から西安には出てこられなかった。兵兵《ビンビン》がもし高級官僚の父親を持たなければ、あなたにつきまとって北山《ベイシャン》の寧州から西安まで追いかけてこられなかった。でも、あの子はあなたのために、とんだ男気を出して警棒振り回し、牢屋入りして前科持ちになった。これから一生、汚点を背負って生きることになる。あの子の父親はこれから一生、神経を病み続けることになるでしょうよ。ここでもし、あなたが主役を降りたなら、あなたのために王子様になろうとしてなり損なったお馬鹿の兵兵《ビンビン》は、本当にこの世の笑い者よね。一生、浮かぶ瀬がないわ。ねえ、秦娥《チンオー》。この世に生きている限り、人は退路を断たなければならないことがある。前へ進むしか道はないのよ」

憶秦娥《イチンオー》には思いもよらないことだった。劉紅兵《リュウホンビン》の母親から最後の〝絶唱《アリア》〟を聞かされたのだ。心を揺さぶられ、進むもならず引くもならず、答えようがなく、答えないわけにもいかない。この怪物のような女性はさらに憶秦娥《イチンオー》を追い詰めた。

「私の話は、間違っているかしら？」

憶秦娥《イチンオー》はあわててかぶりを振った。

「分かってくれたのね」

彼女はうなずいた。

「分かればいい。必ずやりなさい。必ず『遊《ゆう》西湖《せいこ》（西湖に遊ぶ）』全幕をねじ伏せてやりなさい。分かった？　これが人生、これが戦場だってこと。あなたが舞台に立つ日、私とあの子の父親、それから北山《ベイシャン》の親戚友人知人に総動員掛けて劇場は超満員、拍手喝采よ。全西安に目にもの見せてやる。大丈夫、後は任せておきなさい。秦娥《チンオー》、私はあなたを愛している。とても愛している！」

劉紅兵《リュウホンビン》の母親は言いながら立ち上がり、憶秦娥《イチンオー》を胸の中に抱き寄せた。

「あなたがたとえあの子の嫁にならなくても、私はあなたを実の娘だと思っている」

出し抜けのことに憶秦娥《イチンオー》は面くらい、少しきまりの悪い思いをしたが、相手の心を思いやって抱かれるままになっていた。劉紅兵《リュウホンビン》の母親は抱き終わると、財布から百元札を三枚を抜きだして憶秦娥《イチンオー》の手に握らせた。憶秦娥《イチンオー》はそれを返そうとして二人は少し揉み合ったが、劉紅兵《リュウホンビン》の母親が押し切った。憶秦娥《イチンオー》が劉紅兵《リュウホンビン》の母親を見送ったとき、三枚の紙幣は彼女の手の中で汗に濡れ、塊《かたまり》になっていたが、彼女はそれを丁寧にほぐして財布にしまった。

劉紅兵《リュウホンビン》の母親を見送ってすぐ、憶秦娥《イチンオー》は激しい後悔と自己嫌悪にとらわれた。老獪な手管に、してやられた。何と自分はやわな決意の持ち主なんだろう。手もなくひねられた。いっぱしの俳優気取りが聞いて呆れる。すぐ人に押し切られ、その気になってしまう。劉紅兵《リュウホンビン》の母親はまるで姑《しゅうとめ》が嫁にするみたいに長々とお説教をし、憶秦娥《イチンオー》はそれに一つ一つうなずきながら、彼女の言うがまま同意している自分に気がついた。憶秦娥《イチンオー》は『遊西湖』には死んでも出ないと決意を固めたはずだ。それなのに、話があっちに飛び、こっちに飛び、鼻面とって引き回されているうちに、彼女の言い分にも一理あると思いこんでしまった。姑が息子の嫁を抱き、いつの間にか娘にさせられていた。彼女の息子が憶秦娥《イチンオー》のために一世一代の大芝居を打って牢屋に入り、一生ぬぐえない汚名を着せられた。息子の嫁が姑の切ない願いを無にしてよいものだろうか……。

劉紅兵《リュウホンビン》の母親が帰って間もなく、単仰平《ダンヤンピン》団長と演出の封子《フォンズ》先生が来て彼女の説得にかかった。彼女は自信を失っていた。自分はどうせ山出しの小娘だ。どさ回りの役者がお似合いだ。そんなみじめな気分だった。自分の才能を認めてくれる人を相手にこれ以上理屈をこね、駄々をこねることが身のほど知らずにも思われた。彼女は首を縦に振った。

翌日、稽古が正常通り始まった。

憶秦娥《イチンオー》は『遊西湖』全幕通しの舞台に立つことになった。

十四

皮亮《ピーリアン》は三日目に保釈された。二度と稽古場に近寄らなくなり、龔麗麗《ゴンリーリー》も姿を見せなくなった。劇団仲間の噂では、龔麗麗《ゴンリーリー》は立て続けのショックに取り乱し、皮亮《ピーリアン》を留置場から引き取ったその日の夜、二人は広州行きの列車に乗った。気晴らしにでも行ったのだろうという。

この事件を機に、単仰平《ダンヤンピン》団長は劇団集会を招集した。これまでの稽古のあり方を総括し、心機一転、これからの稽古に活を入れようとするものだった。団長は力余って立ち上がり、不自由な足で歩き回って熱弁を続けようとした。これに失笑で報いた団員たちに、団長は何がおかしいと顔色を変えた。誰かが言い返した。

「団長、まあまあ、熱くならないで、座って下さいよ」

会場はどっと笑いの渦になった。演出の封子《フォンズ》先生がたまりかねて、机をばんと叩いて立ち上がった。

「お話にならん。もう駄目だ、この劇団は。陝西省秦劇院は腐りきっている。悪ふざけにもほどがある。大事な会議をおひゃらかして何が面白い？　劇団員はてんでばらばら、諸君らは、ばらけた砂だ。腰抜けのヒッピーだ。我々が何の芝居を演じようとしているか分かっているのか？　『遊西湖《ゆうせいこ》（西湖に遊ぶ）』は世紀の大悲劇だ。分かるか？　人にもなれず、往生も遂げられずに鬼になった人間の悲劇だ。我々はこの得難い名作を与えられながら、自分の手でぶち壊しにしようとしている。秦腔《チンチアン》をここまで育て、我々に残してくれた先達《せんだつ》に恥ずかしくはないか？　この稽古場を見ろ。秦腔《チンチアン》は陝西省の宝だ。そしてここは陝西省を代表する稽古場だ。今や牛やロバやラバの競り市、卵売り場とどこが違う？　我々に残された時間はもう二十数日しかない。それなのに、団長を団長と思わず、演出家を演出家と思わず、この仕事さえ仕事と思わずに、誰がこの稽古場を稽古場と思うだろうか？　団長、これだけははっきりしてほしい。このだらけきった劇団を立て直さない限り、我々は稽古には入れない。今日、私は諸君に明言する。以後、稽古に遅れた者、途中で勝手に抜け出した者はただちに役から降ろす。てめえのケツはてめえで拭けということだ！」

単仰平《ダンヤンピン》団長は続けていくつかの規律を劇団員に言い渡し、減給や自己批判の処分も明らかにしたが、その口調にはもっと峻烈な響きがこめられていた。憶秦娥《イチンオー》は知っている。今日は公演の成否を分かつ肝心要《かなめ》の日だ。どこの劇団も躍起になってネジを締めにかかる。少しでも甘い顔を見せようものなら、お調子者はすぐつけ上がり、大事な場面を台なしにしてしまう。

団長と演出家が相次いで爆弾を落とし、稽古場の空気はピンと張りつめて稽古は順調に進んだ。憶秦娥《イチンオー》は普段から稽古を脇で〝見学〟していたから、劇の進行、台詞、歌詞、節回しなど、すっかりと頭に入っており、『遊西湖（西湖に遊ぶ）』の作品世界にすんなりと入っていけた。数日のうちに立ち稽古に移って、封導《フォンダオ》は秘かに舌を巻き、団長に話した。

「この子はとんだ掘り出し物だぞ。ここ数年、滅多に見ない奇才、逸材だ！　一見、瓜瓜《ゴアゴア》（ボケナス）で、馬鹿にしか見えないが、こいつは芝居の虫で芝居のために生まれた来た〝怪虫〟だ、今に大化けするぞ」

演出付きの記録係がこの話をこっそりと憶秦娥《イチンオー》にもらしたが、彼女は別にうれしくもなかった。その訳は、この芝居をやりたくてやっているわけではなかったし、子どものころから畑のかぼちゃだの瓜瓜《ゴアゴア》だの、馬鹿だの、のろまだの言われつけ、まして〝怪虫〟呼ばわりされては喜びようがなかったからだ。寧州の朱継儒《チュジールー》団長はかつて言ったことがある。彼女の天分を何に喩《たと》えるかと聞かれたら、言葉に窮する。やっぱり芝居のほかは何も知らず、何もできない〝芝居馬鹿〟か〝芝居の虫〟としか言いようがないと。

稽古が始まって五日目。彼女は朝から気になっている。今日の夜、警察へ劉紅兵《リュウホンピン》を引き取りに行かなければならない。封導《フォンダオ》は彼女に言った。

「憶秦娥《イチンオー》、どうした？　今日は全然身が入っていないぞ」

彼女は賢明に言いつくろった。

「そんなことはありません。大丈夫です」

その実、彼女は心は上の空だ。この一週間は劉紅兵《リュウホンビン》が留置場にいてくれたから、彼女は心置きなく稽古に打ちこめた。だが、今夜出てくるのだ。どうしたものか、まったく見当がつかず、思案が及ばない。分かっているのは宙を行くロープウエーから飛び降りる術がないということだ。ほとんどの劇団員は劉紅兵《リュウホンビン》は彼女の夫か事実上の夫で、ないのは婚姻届だけだと思っている。しかし、彼女はこれだは認められない。もし、そうなら、自分と一生連れ添うことになる夫ということではないか。まさか。

午後、稽古が終わってからも彼女は一人稽古場に残って一通り今日のおさらいをし、小屋に帰ってからも火吹きの練習をしてから衣服を改め、警察へ向かった。

彼女はまず喬《チャオ》署長に面会した。

喬《チャオ》署長は数人の長髪の若者たちに向かって癇癪を爆発させていた。彼らは手錠ごと三輪のモーターバイクの車輪にくくりつけられていた。

「このろくでなしども、まだ目が覚めないのか、え？　市内でこいつを売り飛ばし、その金で何を買おうとした？ヤクだろう。このクズどもが。え、そうだろう。お前たちの父、母は泣いているぞ。いっそのこと、生き埋めになって死んでしまいたいとよ、え！　存分のお仕置きをと私に頼んできた。どうだ、え！　本官もお前たちをひと思いに銃殺してしまいたい。それが世のため人のためだ。一人前の顔して半人足《はんにんそく》の屍《かばね》さらして、生きていて何の甲斐がある？　どうしてくれようか。え？　どうしてほしいんだ？　お前たちをしょっちゅうここに呼んでいたら、署の警察犬がみんな大麻中毒になっちまう。お前たちがどうなっても構わないが、これは国家的損失だ。前科二犯、三犯、繰り返していたら先祖にも申しわけが立つまい。性懲りなく八犯、九犯、重ねたら、もう生ける屍だ。いっそのことひと思いに地獄へ行った方が楽だぞ。蒸籠蒸し、釜茹で、望みのままだ」

喬《チャオ》署長は憶秦娥《イチンオー》が傍らに立ちつくしているのを見て口を閉ざし、大麻中毒の若者たちから目を離した。彼女を執務室に案内して言った。

「さすが副区長さまのご威光はたいしたもんだ。北山《ベイシャン》から西安まで手が回った。随分長い手をしているよ。え！

この際だから、本心を言うよ。もし、こんなないたいけな、こんな可愛いらしい役者さんに出会えてなかったら、いくら副区長の羽振りをきかせる女がしゃしゃり出ても、ものの数じゃない。だが、お前さんには勝てない。取り引きではないが、舞台が始まったら一回だけ、一回だけでいいから見せてくれ。ここだけの約束だぞ。だが、お前さんたちの世界は、目にはやさしく心では冷たいというからな。本官が出かけて行っても知らんぷりだろう」

憶秦娥《イチンオー》はあわてて打ち消した。

「喬《チャオ》署長、いくら何でもそんな……」

喬《チャオ》署長は話を元に戻した。

「収監者は午後零時きっかりに釈放する。これは規則だからな。それまでここにきっちりいてもらおうか。弁務官の息子といえども例外は認められない。え、そうだろう。例外ばかり作っては例外ではなくなるからな。いいか、井戸に落ちた牛は、いくら尻尾を引っ張っても持ち上がらない。分かるか？　あの男を連れて帰っても、心を許すな。とことん鍛え直してくれ。今は警棒を振り回すだけでも、次は必ず鉄砲を持ち出すだろう。本官はここでいろんな人間を見てきた。あの男はへらへら人当たりはいいが、法を犯すことを何とも思っていない。またここに逆戻りしなければいいがな。え！」

喬《チャオ》署長の話は憶秦娥《イチンオー》の心をぐさりと刺した。

午後零時きっかり、喬《チャオ》署長は三階の留置場から劉紅兵《リュウホンビン》を釈放した。劉紅兵《リュウホンビン》が歩きながら監視の警察官に冗談口を飛ばしているのが聞こえた。

「ねえ、ここで警察犬を飼っていることが分かったけれど、ほかの動物まで飼っているとは知らなかったよ」

「何を？」

「蚊だよ。警察の蚊でなければ、あんな律儀に時間を守って行動するはずがない。暗くなったら、時間通り編隊を組んで襲いかかってくる。馬鹿の一つ覚えだよ。睾丸《たまたま》以外は全身食われちまった。署長さんに言っておきな。精勤賞ものだって」

「口の減らない奴だ！　さっさと行け！」

劉紅兵《リュウホンピン》が憶秦娥《イチンオー》の前に連れて来られたとき、彼女は思わず笑い出しそうになった。頭が剃り上げられて、磨いた瓢箪みたいに光っていた。劉紅兵《リュウホンピン》は頭をつるりとなでて言った。

「署長さん、ありがとうございます。国の経費でこんなきれいにしてもらって、てっかてか、警察はもう蛍光灯がいらない」

「おい、若造。下手な強がりはそれぐらいにして、今度来たら、カミソリでその頭をなでてやるから、そう思え」

憶秦娥《イチンオー》は劉紅兵《リュウホンピン》の腕をぐいと引っ張って警察署を出た。門を出るなり、劉紅兵《リュウホンピン》が言った。

「出迎え大儀であった。女房殿」

憶秦娥《イチンオー》は劉紅兵《リュウホンピン》目がけて数回、きつい回し蹴りをお見舞いし、彼はあっけなく倒れ伏し、また起き上がった。

「誰があなたの女房なのよ！　誰が、誰が、誰があなたの女房なのよ！　はっきりと言っておきますが、今度私の前に姿を現したら、あなたは豚よ！」

憶秦娥《イチンオー》はそう言い捨てると、さっさと向きを変え歩み去った。

彼女は決心を固めていた。劉紅兵《リュウホンピン》を迎え出したら、心を鬼にして彼とは切れる。もう二度と近づけない。さっき喬《チャオ》署長から聞かされた通り、この軽薄な男はすぐ刑務所に逆戻りするだろう。ここは一刀両断、切るしかない。しかし、彼女が宿舎に帰ると、正門がまだ閉まっていなかった。案の定、こうなったら、もう彼女の手に負えないことは前の経験が彼女に教えている。憶秦娥《イチンオー》は自分の持ち札を全部さらして勝負に出るしかなかった。

「劉紅兵《リュウホンピン》、あなたはどこまで恥知らずなの？」

「中（留置場）で鍛えられたからね。腕立て伏せは二百回を超した。誰も俺にかなわない。皮亮《ピーリアン》の奴は何回できたと思う？　あててみな。たったの三回だよ。あのでぶ、背骨をみしみしいわせて。へばっちまった。あいつは自分の女房を主役にしようと、俺の女房を脅しにかかったんだ。ちょこざいな、返り討ちだよ。あの豚を折って畳んで裏返し、ミンチにしちまった」

「口先男とはあなたのことね。私はあなたとおしゃべりしている暇はない。正直に言うわ。もう二度と私のところに来ないで。それから、ありもしないことを勝手に触れて回らないで。私はあなたとは何の関係があるの？　何の関係もない。あなたはあなた、私は私、私とあなたは何の関係も持ちようがない。関係を持つのは、誰であろうと劉紅兵《リュウホンビン》とはいわない人よ」

「それなら、俺は憶紅兵《イホンビン》になる。これならいいだろう？」

「恥知らず！」

憶秦娥《イチンオー》は何を言っても劉紅兵《リュウホンビン》に歯が立たなかった。すぐ揚げ足をとられてやりこめられる。おどしをかけても、さっぱり効き目がない。そのうち、煙《けむ》に巻かれて、彼女は自分が何を言っているか分からなくなり、地団駄を踏むばかりだった。彼女は言葉を失って黙りこみ、ぼんやりと彼を見つめた。

彼も憶秦娥《イチンオー》を見返した。じっと見合っているうちに、また彼の饒舌が始まった。

「そうだ、俺は君のために臭い飯を食ってきたんだ。お疲れさまの一言があってもいいんじゃないかな」

「頼みもしないことを勝手にやったのはあなたでしょう。誰があなたに稽古場に来てと頼んだかしら。誰があなたに警棒を振り回してと頼んだかしら。私に恥をかかせただけじゃない。私の面目は丸つぶれ。思い出しただけで、頭に血が上る。何がお疲れさまよ」

「分かった。お疲れさまじゃなかった。それじゃ、今夜一晩、ここで泊めてくれないか？　勿論、井戸水が河の水を犯すことはない」

「何、寝言を言ってるの？　出て行って。たった今、出て行って。出て行かないんなら、お湯をかけるわよ」

憶秦娥《イチンオー》はそう言いながら本当にテーブルの魔法瓶を持ち上げた。蓋を取ると、中から湯気がもうもうと吹き上がった。

「出て行くの。行かないの？　本当にかけるわよ。解放軍兵士は日本軍から唐辛子入りの水を飲まされても、たじろがなかった」

憶秦娥《イチンオー》は向こう見ずと言うより、やはり愚かな部類の少女だった。本当に魔法瓶の熱湯をぶちまけてしまったのだ。お湯は劉紅兵《リュウホンビン》のズボンの太腿を濡らし、彼は「媽《マー》！」と苦痛の声を上げて飛び上がった。憶秦娥《イチンオー》は魔法瓶を放さず、さらにどぼどぼと熱湯をあふれさせた。劉紅兵《リュウホンビン》はわあわあと叫びながら転げ回り、小屋から飛び出した。憶秦娥《イチンオー》はばたんとドアを閉め、ドアにもたれてうずくまり、口を押さえてしばらく、くっくっと笑った。外から劉紅兵《リュウホンビン》の叫び声が聞こえた。

「おい、女房よ。熱いじゃないか。熱すぎる。死んだ豚は熱湯をかけられても平気だが、身体中、かさぶただらけじゃ、花婿になれそうにない。どうしてくれる」

憶秦娥《イチンオー》は笑いがこみ上げた。笑って笑って、泣きだした。

劉紅兵《リュウホンビン》は外で泣き声を上げていたが、騒ぎを広げるわけにもいかない。やっと気分を静めて言った。

「分かった。まあ、今夜は休め。俺は行く」

憶秦娥《イチンオー》はしばらく泣きながらしゃくり上げていたが、外が静まったのを確かめて寝についた。

稽古場は緊張の度を加え、俳優たちも疲労の色も濃くしていた。憶秦娥《イチンオー》は宿舎の小屋に帰ってから廃工場で火吹きの練習をしているとき、ちょっとした不注意で小屋に火がつきそうになり、すんでのところで大事故を起こすところだった。

十五

皮亮《ピーリアン》と龔麗麗《ゴンリーリー》がぷいと劇団を飛び出し、旅先の広州からまたひょっこり帰ってきた。また一悶着起こすのではないかと危ぶむ声もあった。だが、これほどのことをしでかしておいて、けろっと平気な顔をしている。何を考えているのか、劇団員にはさっぱり見当がつかないでいた。

主役争いのしこりは後を引く。生涯の仇敵のようにお互い口をきかず、そっぽを向いている。折あらば、やらずもがなの小策を弄し、これ見よがしに淹れたてのお茶を横合いからひっくり返したり、見え見えの腹いせや意趣返しをする。この戦いは和解に至ることがない。まして皮亮《ピーリアン》と龔麗麗《ゴンリーリー》のことだ。これから二人がどう出るか、また何をやらかすか、気になることだった。二人ともこの劇団の生え抜きで、一人は音響、一人は主役を我がもの顔で守り通し、誰の手出し、口出しも撥ねつけてきた。目に余る一人天下だが、誰もどうすることもできない。憶秦娥《イチンオー》に対しては北山《ベイシャン》からのこのこ出てきた山猿が珍しい芸をするとしか見ていなかった。ところが、この山猿が狼を手先に差し向けて警棒を振り回させ、むきむきマッチョマンの皮亮《ピーリアン》をこてんぱんにのしてしまった。皮亮《ピーリアン》は釈放されても劇団に顔向けならず、女房を連れて逃避行、広州に身を隠した。当面、稽古は順調に続いているが、劇団員の多くはひそかにつぶやいている。憶秦娥《イチンオー》は〝看板女優〟気取りの振る舞いだが、これがどこまで続くかと。

寧州で憶秦娥《イチンオー》の同期生だった楚嘉禾《チュチアホー》は心中、砂を噛む思いだった。皮亮《ピーリアン》が〝退治〟され、龔麗麗《ゴンリーリー》が主役を降りたのは喜ぶべきだが、憶秦娥《イチンオー》がいとも簡単に『遊《ゆう》西湖《せいこ》（西湖に遊ぶ）』通し公演の李慧娘《りけいじょう》を射止めるなど、あってはならないことだった。彼女は鬱々と楽しまない毎日が続いていた。瓜瓜《ゴアゴア》には瓜瓜《ゴアゴア》の福があるとはいえ、何もそれらしい工作もなしに、欲しいものをあっさり手に入れてしまった。不思議だし、しゃくに障る。寧州時代の同期生数十人にとっても、竈《かまど》に立てかけられた焚き木みたいに、煤にまみれて薄ぼんやりとつっ立っていた女の子が、あれよあれよという間に北山《ベイシャン》副地区長の御曹司劉紅兵《リュウホンビン》まで狂わせて、その約束された将来まで棒に振らせてしまった。

劉紅兵《リュウホンピン》はそれでもなお懲りず、なりふり構わず彼女にまつわりついている。

楚嘉禾《チュチアホー》は憶秦娥《イチンオー》が李慧娘《りけいじょう》の役を手中にしたときの表情をじっと見守っていた。それは何の感動もない、白けたような表情だった。このとき楚嘉禾《チュチアホー》は憶秦娥《イチンオー》を恐ろしいと思った。決して見くびってはならないと肝に銘じた。この瓜瓜《ゴアゴア》のご面相は『十五貫』の婁阿鼠《ろうあそ》さながら、『水滸伝』の時遷《じせん》より凶悪だった。

(注)『十五貫』の婁阿鼠《ろうあそ》　十五貫の銭を盗んだ罪でつかまった熊友蘭《ようゆうらん》と蘇戌娟《そじゅつけん》の濡れ衣が高潔な裁判によって晴らされる。浙江省昆蘇劇団が旧作を改編して旧時代の不正と暗黒面を描き出し、一九五六年四月、北京の前門外の広和劇場で上演されて当たりを取った。さらに中南海の懐旧仁堂に招かれて毛沢東、周恩来らの絶賛を受けた。婁阿鼠《ろうあそ》はこの冤罪事件の真犯人。何食わぬ顔で時勢に取り入って護身と利益を図ろうとする人物の典型とされた。

『水滸伝』の時遷《じせん》　泥棒出身で梁山泊の英雄となった。短身痩躯、目つきの鋭い色黒の男。生まれつき身軽さで、どんなところにも易易《やすやす》と忍びこめた。その身ごなしはノミのように太鼓の上で飛び跳ねても音が出ないと噂され、「鼓上蚤《こじょうそう》」とあだ名された。

憶秦娥《イチンオー》は劉紅兵《リュウホンピン》を手先に使って婁阿鼠のように何食わぬ顔を決めこみ、時遷のように人の心に忍び入って意のままに操る心の盗人だ。そうでなければ、封導《フォンダオ》があんなにしゃかりきになって憶秦娥《イチンオー》を主役にしようとするはずがない。

楚嘉禾《チュチアホー》はある日、憶秦娥《イチンオー》に近づき、それとなく探りをいれた。

「ねえ、封導《フォンダオ》は随分とあなたにご執心だけれど、何か心づけでもしたんでしょ？」

「ええ、しようとしたら、何もいらないって返されちゃった」

ひよこの癖して何と小癪な演技だろうと楚嘉禾《チュチアホー》は思った。彼女はぷりぷりして今度は周玉枝《チョウユィジー》に話した。

「ねえ、あなた、分かった？　憶秦娥《イチンオー》は封導《フォンダオ》をまるめこんだのよ。そうでなきゃ、今度の配役、無理無理押し通すはずがない。何よ、稽古初日からでれでれして猫なで声でいやらしいったらありゃしない。これまではずっと龔《ゴン》麗麗《リーリー》様々でやってきたのに手の平を返してさ。憶秦娥《イチンオー》から鼻薬を嗅がされたのよ」

周玉枝《チョウユィジー》は言った。

「そうかしら？　封導《フォンダオ》は憶秦娥《イチンオー》を使わざるを得なかったのよ。だって、龔麗麗《ゴンリーリー》は古典の演技の基礎が全然できていない。やったとしても、せっかくの舞台がぶち壊しになるだけだわ」

楚嘉禾《チュチアホー》は言い返した。

「ご大層に言うけれど、臥魚《がぎょ》たって、たった三分間、のけぞるだけ、単純な動作をもったいぶってさ」

周玉枝《チョウユィジー》はまた言い返した。

「龔麗麗《ゴンリーリー》に三十口も五十口も火吹きができるかしら？　せいぜい三口か五口がやっと。舞台に火事を起こすのが関の山よ」

稽古が進んで、楽隊と音合わせをする「二結合」の日が来たとき、皮亮《ピーリアン》と龔麗麗《ゴンリーリー》はすでに広州から帰っており、この数日、稽古場の空気はぴりぴり張りつめていた。単仰平《ダンヤンピン》団長は一日中稽古場を見張っている。保安課の職員も狩り出されて稽古場の外を巡回し、〝敵襲〟に備えている。しかし、この二日間、龔麗麗《ゴンリーリー》は稽古場に来なかった。来ないだけでなく、毎朝、外に出かけている。誰かが彼女を呼び止めて言った。

「麗麗姐《リーリーねえ》さん、どうして稽古場に来ないの？　来たくない気持ちは分かるけど、ここ一番辛抱して、あの田舎者を見張らなくでどうするの？　舞台のど真ん中にでんと構えて、陝西省《せんせいしょう》の恥にならないか、秦腔《チンチアン》の名折れにならないか、見届けるのよ」

龔麗麗《ゴンリーリー》は言った。

「その通りよね。でも、私、今度という今度、舞台とおさらばする。心が折れた。だって恐いじゃない？　またあの警棒が飛んできたどうするの？　芝居をするのに、こんな命がけって、あり？　あのおのぼりさん、やたらコネだ、手づるだのが多いのよね。コネだけじゃない。今度は警棒でなく機関銃や大砲まで持ち出すかもしれない。おお、恐《こわ》。舞台に立つのに、命と引き換えじゃ引き合わないわよ。ばいばい、もう舞台とは手を切る。広州へ行ってやっと目が覚めた。今はこんなところで李慧娘《りけいじょう》の奪い合いをしているときじゃない。今、世の中はお金で人の値打ちが決まるのよ。みんなお金に目の色変えてる。皮亮《ピーリアン》は西安の騾馬《ラバ》の競り市で音響器具の店を開いた。私も行って呼び込みをする。〝社長〟になるのよ。芝居とはおさらば、秦腔《チンチアン》ともおさらば！　ああ、せいせいした。あなたたちは勝手に主役争いをやっていたら？　私は広州でお金を稼ぐ。そして、のんびり左うちわで過ごすのよ！」

龔麗麗《ゴンリーリー》は言い終わると、皮亮《ピーリアン》の運転するオートバイにまたがり、猛烈な排気音を残して劇団正門を飛び出していった。この話はあっという間に劇団に知れ渡ったが、「うそだろう」という声の方が多かった。龔麗麗《ゴンリーリー》は看板女優としてはまり役の李鉄梅《りてつばい》（『紅灯記《こうとうき》』の主役）、小常宝《しょうじょうほう》（『智取威虎山《ちしゅいこざん》』の主役）をやらせたら右に出る者はなく、西安で知らぬ者はいない。この名女優が舞台化粧を落として騾馬市の屋台で呼び込みだってか？　誰かが本当に偵察に出かけた。果たせるかな、龔麗麗《ゴンリーリー》は騾馬市の屋台で広州から持ちこんだ音響機器のラジカセやカセット、プレーヤー、アンプ、スピーカーの説明をしていた。

楚嘉禾《チュチアホー》もこっそりと龔麗麗《ゴンリーリー》の屋台をのぞきに行った。これを見届けると周玉枝《チョウユイジー》に言った。

「勝負あり、龔麗麗《ゴンリーリー》の負け。惨敗だ。寧州から出てきたひよっこにしてやられた。ざまみろ。こいつはめでたい、祝杯だ」

この日、楚嘉禾《チュチアホー》は周玉枝《チョウユイジー》を誘い出し、焼き肉を食べた。憶秦娥《イチンオー》も誘ったが、彼女は応じなかったので、代わりに劉紅兵《リュウホンビン》を呼んだ。

楚嘉禾《チュチアホー》の見るところ、劉紅兵《リュウホンビン》は家も育ちも申し分ない好青年だが、彼が洩らした話によると、憶秦娥《イチンオー》は彼に対してまるで邪険、寄せつけようとしないという。彼の何が不足なのか、楚嘉禾《チュチアホー》にはよく分からなかった。劉紅兵《リュウホンビン》はかなりビールの量を過ごし、話し出すと止めどがなかった。

「何が不足って？　片や歌よし、姿よし、舞台にぱっと花が咲く。花は花でも高嶺の花ってね。こちとら、みじめったらしくしょぼくれて毎日泣きの涙のウジが湧くってね。これがこの劉紅兵《リュウホンビン》、ありのままの姿です。北山《ベイシャン》にいたときは、あっけらかんとしてましたよ。ちょっと目につく女の子がいると、すぐ取り持ち役が心得顔で飛んできて話をつけてくれる。まあ、どんな女の子でもちょっとご機嫌とってやさしくすると、林の中、川のほとり、ホテル、呼び出したところにやってくる。後は……言いなり。ところが、あの小娘め……憶秦娥《イチンオー》ですよ。あんな手間のかかって、小難しい女はいない！」

楚嘉禾《チュチアホー》が水を向けるまま、劉紅兵《リュウホンビン》はぺらぺらとしゃべった。もっとしゃべらせようと、彼女はさらに酒を勧めた。

周玉枝《チョウユィジー》は言った。

「酔っぱらいの話は切りがないわ。いい加減にしましょ。憶秦娥《イチンオー》に知られたら、怒られるわよ」

楚嘉禾《チュチアホー》は言った。

「酒を飲んだときに本音が出るものよ。大丈夫。彼は自分が可哀想で、話を聞いてほしいんだから。私たちは別に彼を拷問にかけて。ムチでしばいてしゃべらせているんじゃないんだから。それに劉紅兵《リュウホンビン》が憶秦娥《イチンオー》に告げ口するわけないでしょ」

劉紅兵《リュウホンビン》は手もなくおだてに乗り、あることないこと、何人もの女たちのことまで身振り手振り、声色を真似てしゃべりまくった。帰る道すがら周玉枝《チョウユィジー》は言った。

「よくもまあ、ぺらぺらとかんなの木くずみたいにしゃべるもんだ。道理で憶秦娥《イチンオー》が劉紅兵《リュウホンビン》を見限ったわけね。やっぱり劉紅兵《リュウホンビン》はただのどら息子、女たらしの馬鹿息子だった」

楚嘉禾《チュチアホー》は言った。

「人に言っちゃ絶対駄目。憶秦娥《イチンオー》は優柔不断だから、切るに切れないでいる。せいぜい〝仏心〟を持たせて、二人の関係をだらだら続けさせるのよ」

周玉枝《チョウユィジー》は楚嘉禾《チュチアホー》をちらと見て思った。楚嘉禾《チュチアホー》は母親そっくりで、やり方がしつこくて、念が入っていると。

『遊西湖《ゆうせいこ》（西湖に遊ぶ）』の稽古は立ち稽古、楽隊（音響）、照明〝三結合〟の段階まで進んだある夜、劇団は突然の失火を出した。夜の街に消防車のサイレン音が響き渡り、楚嘉禾《チュチアホー》たちもアパートから飛び出した。街の人の話から劇団の廃工場あたりが火元と分かった。まさに憶秦娥《イチンオー》の小屋のあるところだった。楚嘉禾《チュチアホー》と周玉枝《チョウユィジー》はすぐさま駆けつけた。二人がついたときは火はすでに消し止められて、消防車が構内最深部の火元から正門へ出ていくところだった。単仰平《ダンヤンピン》団長が不自由な足で駆け回っている。事務局の職員たちが後ろか追いすがり、団長をなだめている。

「団長、もう大丈夫です。落ち着いて下さい」

単仰平《ダンヤンピン》団長は声をからして消防隊の責任者に同じ話を繰り返している。以後必ず管理を厳重にして、綱紀を引きしめ、二度と同じ過ちは犯しませんと。

楚嘉禾《チュチアホー》と周玉枝《チョウユイジー》はさらに構内の奥へ走った。見ると、憶秦娥《イチンオー》の小屋がきれいさっぱり焼け落ちている。楚嘉禾《チュチアホー》は予感していた。もしかすると、火元は憶秦娥《イチンオー》の小屋かも知れない。案の定、周囲の建物も黒い残骸を残すのみとなっていた。毎日廃工場を根城に麻雀をしていた老人たちはしきりに言い交わしている。あの娘が毎日ここで火吹きの練習をしていた。吹いて吹いて、とうとう自分の小屋まで燃やしてしまったと。

憶秦娥《イチンオー》は茫然と抜け殻のようになって、通路の角に積んだ破れたセメント袋の上に座りこんでいた。顔がこわばって小鬼のように白目を剥き、唇がめくれて白い歯がこぼれていた。そのほかは鍋底のように真っ黒に煤《すす》けている。この姿を見て、楚嘉禾《チュチアホー》は憶秦娥《イチンオー》の叔父胡三元《ホーサンユアン》が舞台で木の大砲をぶっ放して死傷者を出した事故を思い出した。二度と見たくない地獄絵だ。彼女は嫌悪感と共に鬼気迫る憶秦娥《イチンオー》の姿を見つめていた。

憶秦娥《イチンオー》は腑抜けたようにその場にへたり込み、宙を睨んでいる。見開かれた視線のその先に焼け落ちた彼女の小屋があった。木偶《でく》のような小顔の表情は消え失せ、しんと静まった顔に涙の跡もなかった。劉紅兵《リュウホンビン》はその傍らにひざまずき、慰めようとしている。ハンカチを手渡そうとした手が憶秦娥《イチンオー》に押しのけられた。そこに進み出た楚嘉禾《チュチアホー》と周玉枝《チョウユイジー》が憶秦娥《イチンオー》を抱きしめると、憶秦娥《イチンオー》は初めて声を出し、その場に泣き崩れた。

単仰平《ダンヤンピン》団長が慌ただしくやってきて彼女に声をかけた。

「もう大丈夫だ。起きたことは起きたこと、大事ない。劇団の前のホテルに予約を入れた。ひとまずそこで体を休めてくれ。後は劇団がちゃんと手を打つから心配するな。秦娥《チンオー》の任務は重い。余計なことは考えずに芝居のことだけに集中するんだ。安心しろ。劇団がお前を守る。私がついている。恐れるな！」

楚嘉禾《チュチアホー》は急いで口を挟んだ。

「秦娥《チンオー》は今夜、私たちのところで面倒見ます。私のところも玉枝《ユイジー》のところもベッドが広いから大丈夫です」

周玉枝《チョウユィジー》も言った。

「秦娥《チンオー》、私たちと一緒に行こう！」

劉紅兵《リュウホンビン》が慌てて割りこんできた。

「団長、嘉禾《チアホー》、玉枝《ユィジー》、安心してくれ。僕がいる。劇団にはこれ以上迷惑をかけない。後のことは僕が全部引き受ける。手を打つところにはちゃんと手を打つから」

「向こうへ行って！」

憶秦娥《イチンオー》は人の面前で初めて劉紅兵《リュウホンビン》にしたたかな蹴りを入れ、突き飛ばした。

劉紅兵《リュウホンビン》は引きつるような笑い声をたてて言った。

「あれま。やられた。傷は深いぞ。あ、でも、かすった程度、大丈夫です。皆さん、お先にお引き取りを。後は僕が……」

憶秦娥《イチンオー》はついに消火用のプラスチックの桶を劉紅兵《リュウホンビン》目がけて投げつけた。劉紅兵《リュウホンビン》はそれひょいと受け止めながら言った。

「みなさん、大丈夫です。どうぞお先にお引き取りを……」

後に引かない強さがあり、楚嘉禾《チュチアホー》、周玉枝《チョウユィジー》、単仰平《ダンヤンピン》団長はしぶしぶその場を立ち去るしかなかった。

十六

みんないなくなって、憶秦娥《イチンオー》は憤懣をぶちまけた。彼女はこう言いたかった。邪魔しないで。当座の身の寄せどころを単仰平《ダンヤンピン》団長がせっかく手配してくれたというのに、いきなりしゃしゃり出て余計な口を挟まないで。「僕がいるから」なんてわけが分からない。あなたは何さまなの？　あなたが私の何だって言うの？　変な恰好をつけるのはやめて……。だが、言葉にならず、劉紅兵《リュウホンピン》相手にただものを投げつけ、喚き散らすだけだった。

劉紅兵《リュウホンピン》はこれは「俺たち」「内輪」のことだから、人にこれ以上の迷惑はかけられないと言った。

誰が「俺たち」なのか、「内輪」って何？　まだ分からないの？　あなたなんか、お呼びじゃないわよ。

二人は言い争い、憶秦娥《イチンオー》はまたものを投げつけた。

劉紅兵《リュウホンピン》は彼女のするがままに任せ、笑いを繕う唇から白い歯をのぞかせて、ただ耐えている。

憶秦娥《イチンオー》は劉紅兵《リュウホンピン》の煮え切らない態度を見ながら別のことを考えていた。劇団が用意してくれた当面の住みかを、ただありがたく受けるわけにはいかない。火を出しの他のは自分の過失だ。劇団に迷惑はかけられない。団長の配慮はうれしいが、ホテルの宿泊費など、劇団に金銭的な負担をかけるのは忍びなかったのだ。劇団経営の困窮ぶりは目も当てられない。それは彼女も見てよく承知している。『遊西湖《ゆうせいこ》（西湖に遊ぶ）』の舞台美術を依頼した外部のスタッフは団長の執務室に泊まりこんで作業をしていた。あまりの待遇の悪さに、彼らは不満を漏らし、当てつけに癇癪を起こしたりしている。

楚嘉禾《チュチアホー》と周玉枝《チョウユイジー》の部屋に誘われたが、憶秦娥《イチンオー》は心安立てに飛びつけなかった。その二人にはどうしても心の隔たりを感じてしまうのだ。竃《かまど》の火の番から身を起こした自分に対し、二人は劇団正規の研修生から出発している。この数年で憶秦娥《イチンオー》が逆に彼女たちの嫉視と反感を買う立場に変わったとは言え、当時の距離感はまだ残っている。たとえ憶秦娥《イチンオー》が主役を演じようが、上演プログラムに書き出される名前の序列は彼女たちが上のように感じられるのだ。

憶秦娥《イチンオー》はやむなく劉紅兵《リュウホンビン》に同行した。

劉紅兵《リュウホンビン》は当然の如く彼女を自分のマンションに連れて行こうとしたが、憶秦娥《イチンオー》は嫌だと言った。それなら、北山《ベイシャン》地区の西安駐在事務所の招待所ならどうかと聞くと、それも嫌だと言う。劉紅兵《リュウホンビン》はやむなくホテルを提案し、憶《イ》秦娥《チンオー》も同意した。だが、ホテルのチェックインで一泊が十数元すると聞かされた憶秦娥《イチンオー》は途端に尻込みし、結局、劉《リュウ》紅兵《ホンビン》のマンションに行くことになった。

劉紅兵《リュウホンビン》のアパートは劇団の向かい側の信義村にあった。土地の持ち主たちは自分たちの土地を「刮金板《ゴアジンバン》」と呼んでいた。漢方薬の「刮金《ゴアジン》」を主に栽培していたからだが、都市開発の波に乗り、ほとんど一夜にしてビル街の一画に変じた。どの建物も奇抜さを競い、子どもの積み木のようにひょろひょろと危なっかしく宙に延びている。互いに突っ支い棒のように支え合わないとひっくり返りそうだ。窓からの眺めは隣のビルの壁に遮られている。部屋の中は昼でも灯りをつけなければならなかった。入居者のほとんどが近隣の企業や国の機関や団体の勤め人あるいは屋台など小商いの経営者たちだった。最上等の一室だという劉紅兵《リュウホンビン》の部屋は二十平米あまり、風通しのよいのが取り柄だった。彼女が後で知ったことだが、このマンションには他県から陝西省秦劇院に移ってきた俳優たちが何人も入居しており、幸いなことに楚嘉禾《チュチアホー》と周玉枝《チョウユィジー》は別のマンションだということだった。

劉紅兵《リュウホンビン》の部屋には殺風景なほど物がなかった。寝に帰るだけの〝巣〟だからという。ベッドは床に敷いたようにしつらえられ、これが日本式の〝畳〟だと教えられた。部屋の角にはビール瓶の箱、煙草の吸い殻入れ、煙草のカートンが乱雑に積まれている。

憶秦娥《イチンオー》はこの部屋に入った途端、いがらっぽい空気にむせそうになった。

劉紅兵《リュウホンビン》は慌てて窓を開けた。憶秦娥《イチンオー》はつぶやいた。

「まるで豚小屋ね」

「豚小屋だよ。君が来るとは思ってもみなかった。寝るだけの部屋だよ」と劉紅兵《リュウホンビン》は弁解がましく言った。

「もう行ってよ」

「え……どこへ?」

「どこへ行こうと、私が知るもんですか」

「こんな遅く、まさか……ヒッチハイクでもしろと?」

憶秦娥《イチンオー》は自分から外へ出ようとした。劉紅兵《リュウホンビン》は慌てて引き止めにかかった。

「分かった、分かったよ。僕が出て行けばいいんだろう。君はほんとに変な人だね」

「何が変なの?」

「変だよ。こうして一緒にいれば、一刻も早く一緒に寝るもんだろう」

「また、いやらしいことと言うのね」

「何がいやらしいの?」

「これがいやらしくないの?」

「分かったよ。いやらしかった。もう言わないよ。じゃ、ちょっとおしゃべりしたら、すぐ行くよ。それならいいだろう」

「何をしゃべるの?」

「おしゃべりだよ」

「あなたとおしゃべりすることは何もないわ」

「なあ、娥《オー》よ」と劉紅兵《リュウホンビン》は彼女の下の名前を呼んだ。

「そんな呼び方をされる覚えはないわ」

「分かった。なあ、秦娥《チンオー》よ」

「なれなれしく呼ばないで。私は憶秦娥《イチンオー》です」

「分かった。憶秦娥《イチンオー》同志、悲観することはない。火災は確かに発生したが、小火《ぼや》ですんだ。君の家財道具を焼いただけだろう。古きもの去らざれば新しきもの来たらず、禍いを転じて福となすってね。北山《ベイシャン》でも失火はしょっちゅうあって、その後には必ず立派な家が建った。まさに火は財運を開くってね。縁起がいいんだ。今度の火事は李慧娘《りけいじょう》の大当たりを暗示しているんだよ」

「はい、どうもありがとう。もう慰めてくれなくていいわ。燃えた、燃えた、盛大に燃えた。歯ブラシ一本残さずにね。もっと燃えればいいんでしょ。火は財運を招くですってね」

「僕がついている。何も恐がることはない。食べることだって、君に不自由はかけない」

「さあ、もう行って。私は疲れた。眠りたいの。明日の朝はリハーサルだから」

「憶秦娥《イチンオー》同志、こうするのはどうだろう。今日はもう遅い。今夜のところは何とか凌いで、君はベッド、僕は入り口のところで寝かせてくれないか。絶対、君の安眠は邪魔しないから」

「駄目よ。いやなら、私が出て行く」

「やれやれ。『永久に消えない電波』を見たことがあるだろう？　ニセの夫婦になりすました二人の男女が一つの部屋に寝る。しかし、何ごとも起こらなかった。これはその人間の〝思想的な覚悟〟の問題ではないのか？」

「それは映画の話でしょ？」

「実際にあった物語だよ。僕は何もしないと約束する。それを疑うのは君の心に鬼が棲んでいるからだ」

「そうよ。私の心には鬼がいる。あなたが悪い人だと言っている」

「悪い人なもんか。いつだって君のためを思って行動している」

「私のため？　しつこくつきまとうのは私のためなの？」

「これが悪いことか？　これは恋愛なんだよ」

「恋愛だなんてあなたに言わせないわ。誰と恋愛しているの？」

「君とだよ！」

「私はあなたと恋愛するつもりはありません」

「それじゃどうしてここまでついてきたんだよ？」

「私は来るつもりなんかなかった。あなたが無理矢理引っ張ってきたんでしょ。私は帰る。今すぐ帰ればいいんでしょ」

「待てよ。どうしていつもこうなんだ。もっと素直になれよ」

「それがいやなら、私に構わないで。私、帰る」

「分かった。君は悪くない。こうしよう。君はここにいる。カーテンがあるから仕切ればいいんだ。こうすれば、そっちこっちで別々だ。どうかな？」

「私は駄目だと言っているでしょ。もう、つきまとわないで。私は帰る」

「分かった。これ以上言わない。だけど、一緒の部屋に寝たからといって、それがどうだというんだよ。一つのベッドで寝たから、たとえそれをしたから、どうだというんだ？　人生、それだけのことじゃないか。君が一生、男と寝ないなんて信じられない。君が今夜男と寝たからといって、君が君でなくなるわけじゃない」

「劉紅兵《リュウホンビン》、わけの分からないこと言うもんじゃない」

憶秦娥《イチンオー》は言いながらビール瓶を劉紅兵《リュウホンビン》目がけて投げつけた。彼は怯えて部屋の外に逃げ出した。

憶秦娥《イチンオー》は部屋の鍵を下ろした。劉紅兵《リュウホンビン》は外で喚いている。

「夜、おしっこをしたくなったら洗面器に取って一階に運ぶんだ。面倒だから、俺はビール瓶にしている」

「行っちまえ！」

劉紅兵《リュウホンビン》が階段を降りる音がした。

彼を追い払った後、憶秦娥《イチンオー》は部屋の中を見渡し、窓の留め金をかけた。ドアロックは壊れていたので、ドアの後ろにビール瓶の箱を置いた。ベッドのシーツを引っ張って裏返しに敷き、その上に彼女は座りこんだ。失火を出したときの光景が一瞬にしてよみがえった。〝魂《たまぎ》消る思い〟とはこのことか、ざわつく胸にまた動悸が高まった。どうして火を出してしまったのか？　その一刻、一刻を繰り返し思い起こした。これまで数え切れないぐらい火吹きの練習をしてきたが、一度も事故を起こしたことはない。どうして今日に限って牛毛のフェルトに引火してしまったのか？

やはりこれは起こるべくして起こったことだった。今日は天気がよかったので、自分で挽《ひ》いた松ヤニ、自分で炒めたおが屑、その紙包みを全部牛毛の天井下で陰干しにしたまではよかったのだが、棚に晒《さら》したまま仕舞うのを忘れていた。吹いた火の粉が棚に飛び火すると、一気に燃え上がって炎は天井をなめ、瞬く間に床に燃え広がった。彼女が用水桶の水を運んできたときにはもはや手の施しようがなく、靴下一枚持ち出すことができなかった。引き出しに入れていた百数十元の紙幣は小さな卵ほどの大きさに燃え固まっていた。不運というより不覚としかいいようがなかった。

彼女はゆっくりとベッドに横たわり、また思う。自分はどうして今、劉紅兵《リュウホンビン》のベッドにいるのだろうか？　こんなこと、彼女が最も忌み嫌っていたはずだ。しかし、ここにこうして身を横たえているのは間違いない。煙草と酒の臭気に喉がいがいがし、吐きそうになっていた。彼女の体は綿のように疲れている。寝返り一つ打つのさえ、体がついてこない。この広い西安で、彼女が身を休める場所はここ劉紅兵《リュウホンビン》の部屋しかなかったのか？　ここでなかったとしたら、どこにあるというのか？　彼女は自嘲しながらも、劉紅兵《リュウホンビン》に対する振る舞いは間違っていたのではなかろうかと自分を問い詰める。とつおいつ考えながら、彼女の体はしびれるような疲れの中に沈んでいく。ああ、落ちていく、落ちていく。彼女は身動きできない墜落感の中でまた自分を問い詰める。ここからどうしたら立ち上がれるのだろうか？　彼女は自問しながら、いつか眠っていた。

翌日、彼女はいつものように稽古に出た。昼は即席ラーメンを買い、稽古場で湯を注いでいるとき、劉紅兵《リュウホンビン》がやってきた。四重重ねの弁当を下げ、彼女がどんな態度に出るかなどお構いなしに、すまし顔で弁当箱を開き、どの一箱でも食べろと無理強いする。彼女は本当に腹ぺこだった。食べられるものなら何でも腹に詰めこみたかった。彼女はそれを食べた。

昨夜、彼女は心に誓っていた。二度と劉紅兵《リュウホンビン》の部屋には行かないと。筆の休憩時間にホテルを予約した。一泊六元。四人部屋だった。どうせ眠るだけ、三、四日辛抱して、後はまた考えればいい。稽古が終わって劇団の正門を出ようとした彼女を劉紅兵《リュウホンピン》が待ち構えていた。正門付近は人の出入りが激しい。ここで彼と揉めるのは具合が悪いので、また彼について部屋まで行った。ドアを開けると、部屋ががらりと様変わりしている。女の暮らしに必要な調度一式が派手な化粧台まで、絵に描いたように取り揃えられていた。憶秦娥《イチンオー》はきっぱりと、こんなところに住まないと言いながら、劉紅兵《リュウホンピン》の押しの強さに負けずにどう押し返すかを考えていた。だが、彼女が言い終わるより先に、彼は自分からここを出て行くと言い、ついでに、壊れていたドアの鍵は修理したから大丈夫と仕事の引き継ぎのように言った。

憶秦娥《イチンオー》はとうとう劉紅兵《リュウホンピン》の部屋に住むことになった。

『遊西湖《ゆうせいこ》（西湖に遊ぶ）』の初日は、火は財運を招くと劉紅兵《リュウホンピン》が予言した通り大当たりとなった。その熱気は小火《ぼや》どころではない全西安に燃え広がる猛火となった。

十七

『遊《ゆう》西湖《せいこ》（西湖に遊ぶ）』は市の中心部、最も格式の高い劇場で上演された。

ゲネプロ（本番通りのドレス・リハーサル）の途中、封導《フォンダオ》は単仰平《ダンヤンピン》団長にそっと耳打ちした。

「やった！」

単《ダン》団長は客席の片隅に隠れるように身を沈め稽古を何遍も見ていたから、演出家の目利きに狂いはなかったと確信した。李慧娘《りけいじょう》は憶秦娥《イチンオー》の姿を借りて、やおら立ち上がると、舞台を制し、客席を圧した。この少女は立ち姿の花、喉ののびやかさ、所作《しぐさ》の緩急、技《わざ》の小気味よさ、中国古典劇の世界に絶えてなかった逸材だ。古典劇が息の根を止められた〝文化大革命〟の十数年間から今日に至る暗黒の中、単《ダン》団長は突如、鳳凰の羽風《はかぜ》に打たれ、麒麟の角《つの》を見たと思い、わくわくする愉悦感に胸を満たされた。芸の素地の確かさに加えて、その謙虚さとひたむきな精進、そして役への打ちこみ方は、芝居の申し子、芸の虫としかいいようがない。芝居以外はまるで無頓着《むとんじゃく》、火吹きの稽古のためには家を焼いても平気、代わりの住み処を寄こせとも言わない。単《ダン》団長は総務課に空き部屋を探すように命じたが、返事は「没有《メイヨウ》（ありません）」の一言、団長は忙しさにかまけて、彼女の部屋探しはそれきりになってしまった。

ゲネプロの夜、単《ダン》団長は劇団の退職者、ベテランＯＢたちを招待して『遊西湖』の舞台を見てもらい、忌憚のない意見を乞うた。彼らは憶秦娥《イチンオー》の演技に口を極めて誉めちぎった。陝西《せんせい》省秦劇院歴代李慧娘役の範たるものがある。粋《いき》な美しさ、巧まずしてにじみ出る飄逸さ、気品は「陝西省秦劇院を背負う屋台骨になる」と太鼓判を押し、何よりも「容姿・技芸共に抜きん出ている」と断言した。だが、別のベテランから「その色気が心配なのさ」と茶々を入れられると、単《ダン》団長はきっとなって言い返した。

「色気は俳優に対する最大のほめ言葉です。美しい舞台には〝花〟がある。それのどこが悪いのでしょうか？ たとえ演技がいくらよくても、あなた方老頭児《ロートル》を奮い立たせられなくては、演技が泣く。俳優の色気はなくてはなりません。それを認めないというなら、それは自分を欺くことで、あなた方はみなニセ君子と言わざるを得ません。たとえ齢《よわい》八十過ぎても公園で美女に出会ったら、すぐその後を追いかけるのが皆さんの真骨頂、それでも〝色〟が芸の邪道だとおっしゃいますか？　ご自分が演じられた曹操《そうそう》（『三国志』の梟雄）、董卓《とうたく》（後漢末の猛将）、高俅《こうきゅう》（『水滸伝の奸臣』）、賈似道《かじどう》（『遊西湖《ゆうせいこ》』の悪役）はいずれも艶福家ぶりを発揮し、実に板についたものでした」

老芸人たちの口角泡を飛ばしての芸談義に、居合わせた者たちは大いに笑った。

本公演が始まると、『遊西湖』人気は一挙に火がついた。

当時、西安で行われる舞台芸術の活動は低調を極め、もの寂しいものだったから、一度評判が立つと、評判が評判を呼び、指導部の耳にも届く勢いになった。単《ダン》団長は封導《フォンダオ》と相談した。もう少し場数を多く踏んで演技がこなれてから上層部に見てもらうのがよかろうということにしたが、幹部の秘書たちから電話が入り、すぐにもチケットを回せという催促が相次いだ。団長や演出家は大童で招待状を持って市内を走り回った。役所や舞台関係者だけでなく、著名な評論家、文芸家、新聞・雑誌・テレビ媒体からも注目され、ロビーは多士済々の賑わいとなった。

拍手は第一場の結末から始まり、終幕のカーテンコールまで途切れることがなかった。特に『鬼怨《きおん》』と『殺生《せっしょう》』両場の反応は凄まじく、歌の一節ごとに「好《ハオ》！」のかけ声がかぶさり、憶秦娥《イチンオー》が立て続けに繰り出す怒りの炎の一吹きごとに熱狂の拍手が高まった。鬼たちが総出となり、無辜の者を害した悪人たちが烈火の中で次々と息絶える場面で観客の興奮は最高潮に達した。

カーテンコールで憶秦娥《イチンオー》は三度引っ張り出され、深々と頭を下げた。観衆はそれでも帰ろうとせず、舞台にはさまざまな文芸団体から寄せられた花輪が並び、主演者たちには花束が手渡された。陝西省の文芸活動を主管する老幹部が登壇し、出演者一人一人と親しく握手して回った後、団長、演出家、憶秦娥《イチンオー》たちに親しく語りかけた。

「あなたたちは秦腔《チンチアン》振興の口火を切ってくれた！　我々が誇りとする地元の伝統劇が忘れ去られることなく、かくも多数の観客を動員できることを証明してくれたのです。我々はこの成果をきちんと総括しなければなりません。

秦腔《チンチアン》のさらなる発展を期すためにはどこから着手すべきか、我々はこの舞台を見てついに突破口を見出しました！」

老幹部はさらに単仰平《ダンヤンピン》団長に尋ねた。憶秦娥《イチンオー》という女優の舞台をこれまでに見たことがないのはなぜかと。団長は答えた。彼女は寧州から移籍したあの女の子ですよと。あのときお願いしたではありませんか。あのとき、手ずから寧州に電話をかけていただいたおかげで、この子がこの劇団に来れたんです。あの電話がなければ、寧州はこの子を決して手放さなかったでしょう。老幹部は自分の電話がこの子を呼び寄せたのかと驚き、喜びと興奮の色を隠せず、しばらく憶秦娥《イチンオー》の手を握って言った。

「人材は得難い、人材は得難いものだ！　みなさん考えてもご覧なさい。今夜、もしこの李慧娘《りけいじょう》がいなければ、誰がこのような盛大な拍手を送ったことでしょうか？」

老幹部は上機嫌で団長に語り語りかけた。劇団で何かお困りのことはありませんかと。単《ダン》団長の頭の中がぶーんと高速で回り始め、一度に急《せ》き上げてくるものがあった。だが、ここは慎重に言葉を選んだ。何をおいても劇団の住宅難の問題を取り上げなければならない。まず、憶秦娥《イチンオー》が住んでいた牛皮の掛け小屋の失火事件から話し始めた。火吹きの苛酷な訓練と劣悪な住環境を身振り手振り訴えた。老幹部はお付きの者に話しかけた。

「これは一考を要します！　李慧娘のような不世出の俳優が牛皮の掛け小屋に住み、しかもそこから焼け出されて行き場を失っている。信じられない！　この広い天地に行き暮れて、あたら才能をすり減らしていいものでしょうか？　安居あってこそ才能は花開くものです。この娘さんを見捨ててはなりません。至急対策を講じて報告するように」

老幹部がこの話をしているとき、周りを取り囲んでいた劇団員たちは早速楽屋へ飛んで行き、触れて回った。団長が老幹部を見送り、意気揚々と楽屋へ戻ったとき、そこはすでに喜色に包まれ、歓声で沸き返っていた。

憶秦娥《イチンオー》は楽屋でぐったりと椅子の背にもたれ、こみ上げてくる吐き気をこらえていた。劉紅兵《リュウホンビン》が背中を軽くさすっているところへ、団長と演出家がやってきて、どうしたと尋ねた。劉紅兵《リュウホンビン》が答えた。

「疲れたんです。昨夜も疲れきって帰って何度も吐いてましたから」

憶秦娥《イチンオー》はきっとなって頭を上げた。

「この人の言うことを聞かないで下さい。何でもありません。ちょっと疲れただけです。すぐよくなりますから」

言い終わると、憶秦娥《イチンオー》は劉紅兵《リュウホンビン》をにらみつけた。単《ダン》団長は言った。

「大成功だよ、秦娥《チンオー》！　さっきの話を聞いただろう。指導部は君を高く評価している。劇団に住宅を建ててくれることになった。これが正式に認可されたら、君のお手柄だ！」

劉紅兵《リュウホンビン》がまた口を挟んだ。

「これもひとえにお二方のご指導のおかげです。秦娥《チンオー》の住みかのことについては、もう心配には及びません……」

「あなたは黙っててちょうだい」

劉紅兵《リュウホンビン》が話し終わる前に憶秦娥《イチンオー》がその口を遮り、団長と演出家に弁解した。

「すみません。この人が勝手に言っているだけです。気にしないで下さい」

劉紅兵《リュウホンビン》が言った。

「分かったよ。黙ってればいいんだろう」

封導《フォンダオ》が言った、

「秦娥《チンオー》、今日は省の大物がみんな顔を揃えた。みんな口々にお前を誉めてくれた。この子はすごい。生まれながらのかんが備わっている。どこで見つけて来た。省の戯曲劇院（古典劇専門の劇団）の連中もうらやましがっていたぞ！あそこは才能の宝庫だというのに、そう言わせるものをお前は持っていたんだ。ほかの四劇団も人材にこと欠かないが、こう言った。たった一鍬《ひとくわ》で宝物を掘り当てるとは何と強運なことかと」

劉紅兵《リュウホンビン》がまた口を挟んだ。

「そうなんですよ。秦娥《チンオー》が行った後、北山《ベイシャン》区長や地区委員会の書記はみな怒り心頭、誰が彼女を手放したんだと責任の追及が始まりましたからね」

憶秦娥《イチンオー》は困り果てて言った。

「劉紅兵《リュウホンビン》、お願いだから出て行って」

「分かった。もう何も言わない」

単《ダン》団長は言った。

「よければ、病院で診てもらおう。一緒に行こう」

「いえ、もう大丈夫です」

憶秦娥《イチンオー》はいいながら、流し場でメイクを落としにかかった。団長は劉紅兵《リュウホンビン》に言った。

「まあ、面倒見てやってくれ」

劉紅兵《リュウホンビン》は立ち上がると、気をつけの姿勢で答えた。

「分かりました。たとえ彼女から踏まれようと蹴られようと、劇団のお宝、しっかりとお預かりします」

封子《フォンズ》先生は劉紅兵《リュウホンビン》の肩をぽんぽんと叩いて言った。

「こいつめ、金のお宝を掘り当てたな。しかし、独り占めはいかんぞ。秦娥《チンオー》は陝西省秦腔《チンチアン》界全体の宝物だからな」

劉紅兵《リュウホンビン》は踵を鳴らして直立不動の姿勢をとって答えた。

「ご安心下さい。劇団と秦腔《チンチアン》の観客のため、しっかりとお守りします。どうかご安心下さい」

団長と演出家は笑いながら楽屋を出て行った。

憶秦娥《イチンオー》がメイクを落としたとき、楽屋にはメイク係の女性しか残っていなかった。どっと疲れの出た憶秦娥《イチンオー》は立っているのがやっとだった。また椅子に腰を落とし、こみ上げてくる吐き気を懸命にこらえていた。メイク係が彼女を介抱しようとしたが、劉紅兵《リュウホンビン》はそれを断り、先に返した。今度は楽屋の管理人が来て、何度も消灯をせき立てた。憶秦娥《イチンオー》は劉紅兵《リュウホンビン》の助けを借りてゆっくりと腰を上げ、立ち上がったところで、いきなり胃の内容物がぴゅっと口を突いて飛び出した。一度吐くと、何だか胸がすっと軽くなったような気がした。片づけようとする彼女を劉紅兵《リュウホンビン》は力づくで押しとどめ、自分で手早く始末してモップを掛け終えた。こうして二人は楽屋を後にした。

楽屋を出ると、涼しい風が吹いてきて、憶秦娥《イチンオー》はやっと人心地ついた。

終幕まで何の異変もなく演じきった憶秦娥《イチンオー》だが、カーテンコールを終えたとき、ふと胃のあたりにざわっとえずくものを感じた。

そういえば、憶秦娥《イチンオー》には思い当たることがあった。彼女の師匠の苟存忠《ゴウツンチョン》も『殺生《せっしょう》』を演じた後、いつも嘔吐感に苦しんでいた。火吹きで一番辛いのは舞台で火を吹いているときではない。吹き終えた後に、胃の中身が上を下への大騒ぎを始めたときだと苟《ゴウ》師匠は言っていた。こいつはやっかいな症状だよ。火吹きの間に松ヤニとおが屑を飲みこんで胃にたまる。煙も吸いこんで胃を焼くのさ。やり終えてほっとしたとき、さんざん痛めつけられた胃の奴がもう堪《たま》らんと騒ぎ始める。大潮のとき河の水が逆流するあれだよ。舞台でやっているときは何ともないのに、終わった途端、五臓六腑が激流となって喉元に突き上げてくるんだと……。

憶秦娥《イチンオー》は老幹部の接見を受けているとき、懸命に口をすぼめ、胃の中身が飛び出そうとするのを抑えていた。しかし、この堰《せき》がもうすぐ決壊しそうなのを感じている。もし、自分の吐瀉物が幹部の顔に飛び散ったら、その場はどうなるだろうか。考えるだけでも恐ろしい。彼女は少しずつ後ろに退き、老幹部から距離を取ろうとしていた。だが、老幹部は話すほどに感情が高まり、じりじりと間を詰めてくる。彼女の心は恐慌をきたし、早鐘を打ち始めた。彼女は懸命になって想像《イメージ》の中で自分の喉にぴしゃりと戸を立てる。だが、彼女の記憶の中の門や扉や柵はみんなおんぼろで、役に立ちそうにない。子どものとき羊たちを囲った仕切り、生家の入り口、寧州県劇団の正門、その厨房の衝立《ついたて》、秦劇院の正門、焼けた牛皮の小屋の扉、劉紅兵《リュウホンビン》のマンションの壊れたドア、そのどれにもぴったりと鎖された仕切りは一つもなかった。どれも古いタイヤみたいに空気が抜け、ちょっと蹴っ飛ばせば、ばたんと倒れそうだ。しかたなく、自分の口、喉を引きしめ、身を固くして固唾《かたず》を呑んでいると、全身に震えがやってきた。やっと老幹部の話が終わり、それはそれほどの長さとも思えなかったが、彼女は何を聞いたのか、一つも覚えていない。ただ、老幹部を自分の吐瀉物で汚したくない一心で彼女の内臓の暴乱を静めようとしていた。

「君は本当に陝西省の秦劇界に大功を立てた。今度新しい宿舎が建ったら、君は二部屋分もらう権利がある」

劉紅兵《リュウホンビン》は上機嫌で語り、憶秦娥《イチンオー》は即座にやり返した。

「あなたの口って、どうしてそんなに回るの？」

「僕の口数が少なかったら、家は建たなかったね。君の家もね」

「私のことはほっといて」

「君みたいにいつもぼうっと抜けている人間は、誰かが面倒を見なくちゃいけないんだ」

「あなたはまた私が馬鹿だと言った」

「ご免、ご免。でもね、覚えておいた方がいい。宿舎を建てる手柄とその分配を勝ち取る力はまったく別ものなんだ。君はまだ知らない。僕のパパは役所で一日中裁断を下している。それを見てて分かったことは、どんな職場でも馬鹿でいたら、割を食うだけということさ。成績を上げたり、それなりの苦労をしたら、上役の前で大いに主張しなきゃ、何もしなかったと同じことになる。つまり、たくさん泣いた子がたくさんおっぱいを飲めるということさ。分かるか？　叫ばなければ、分け前はなくなるんだ。このお馬鹿さん！」

「まだ言うの？」

「分かった、分かった。君は馬鹿じゃない、馬鹿じゃない。馬鹿は僕だ。これでいいだろう」

「あなたはどこまで図々しいの？　楽屋には来ないでと言ったわよね。何遍言ったら分かるの？」

「僕が来なかったら。君が吐いたときどうするんだ？」

「来ていただかなくて結構です。ちゃんと面倒見てくれる人がいます。あなたが来ると、私は恥をかくだけ。友だちがみんな逃げていきます。寧州にいたときは、毎晩、同期生たちと仲よくやっていたのに」

「それは寧州の話だよ。みんな同期生だろう。ここは違う。西安なんだ。分かるか？　みんな君とは何の関係もない。君の親戚は僕一人だけ、この劉紅兵《リュウホンビン》だよ。わかるか？」

「何であなたが親戚なのよ」

「君を愛しているからだ。心底愛してる。だから君に一番近い親戚なんだよ」

「勝手なこと言わないで。聞きたくもない」

「こんな可愛い顔して悪態をついて、いつになったら分かってくれるのかな？」

「何が分からないと言うの？」

「君は何も分かっていない。芝居をすることしか分かっていない」

「出てってよ！」

劇場から彼らの住まいまでバスの駅三つ分あった。劉紅兵《リュウホンビン》はタクシーを止めようとしたが、憶秦娥《イチンオー》は意固地になってさっさと歩き始めた。劉紅兵《リュウホンビン》は仕方なく彼女の後について歩いた。

歩きながら劉紅兵《リュウホンビン》は彼女に話を持ちかけた。夜も一緒に過ごせないかと。

憶秦娥《イチンオー》はあっさりと答えた。

「部屋はあなたのものだし、泊まりたければ、どうぞご随意に。でも、私はホテルに泊まります」

劉紅兵《リュウホンビン》はむっとした口調で言った。

「そこまで言うか。病的だ」

「あなたのママほどじゃないわ」

「ああ、そうだよ。僕のママは病気だ。立派な病気だともさ」

劉紅兵《リュウホンビン》は部屋の入り口まで送って、また話をぶりかえした。閉まろうとするドアに片脚をこじ入れて中に入りこんだ。だが、憶秦娥《イチンオー》はするりとドアを抜け出した。劉紅兵《リュウホンビン》は気まずい思いでまた部屋を出て、つぶやいた。

「この子は本当に病気だ」

劉紅兵《リュウホンビン》が去った後、憶秦娥《イチンオー》はベッドに横たわったまましばらく寝つけなかった。舞台はひとまず切り抜けた。思わぬ反響だった。本当のところ、ゲネプロまでは確信がなく、舞台に立つ前、動悸がおさまらなかった。自分は〝他県〟からやってきたおのぼりさんだ。西安の檜舞台に立つなど十年、いや百年早いのかも知れない。稽古のとき劇団員から浴びせられる言葉はあれも駄目、これも駄目だった。台詞回しも歌唱の節回しも「問題あり」、やはり西安の檜舞台の〝範〟とはなり得ない。西安という古都の目の肥えた口うるさい観客の前で演じたことがない彼女にとって、雲の上を歩くような心許《こころもと》なさだった。

だが、初日を演じ抜いたとき、腹の底から自信が湧いてきた。いざ舞台に走り出ようとするとき、舞台裏で「天《ティエン》朗《ラン》、気清《チーチン》！（天高く、気は爽やかに）」の一くさりを一声高く長く引っ張る。お目見えの挨拶代わりだ。凜と響かせなければならない。観客の心をつかめるかどうかは、この先導部で決まる。李慧娘《りけいじょう》は召使いの少女霞英《かえい》に導かれ、楚々とした蓮歩《れんぽ》で進み出てきっと見得《みえ》を切る。客席の闇の底から潮が満ちるような拍手が湧いてきた。歌い続ける中、彼女は西安の観客に受け入れられたと思い、客席の熱気を肌身に感じ取った。彼女とて、すでに幾多の舞台に立ち、幾多の観客を見てきた俳優だ。観客の反応は十中七、八、過ちなく感じ取れる。後半の舞台で物語が進むにつれて、ああ、自分は観客に分かってもらっているという手応えがびんびんと伝わってきた。『鬼怨《きおん》』と『殺生《せっしょう》』は芸の基礎が試される試練の場だ。観客は自分が見たかったものをそこに見て驚喜し、拍手と歓声で応える。彼女は知った。これが西安の舞台だ、西安の観客だ。自分は今、ここに立っている。彼女は自分の身を縛《いまし》めていた田舎娘の気後れ、怯え、迷いから解き放たれ、新しい自信が漲ってくるのを感じている。すると、芸の企みが自由自在、面白いように決まった。観客は目の前に信じられないことが起きているのを見て、口々にささやき交わした。この役者は誰だ？　憶秦娥《イチンオー》？　何者だ？　どこからきた？

公演は確かに成功した。だが、彼女と劉紅兵《リュウホンビン》の関係は次第に彼女を悩ませ、苦しめた。

稽古が追い込みに入ったとき、劉紅兵《リュウホンビン》の存在が彼女の生活に大きくのしかかっていた。もし、彼がいなかったら、彼女は稽古から帰って水一杯飲めない。食事の世話も彼が細心の工夫を払い、毎日目先を変えて飲み物、食べ物を用意してくれた。ときには自分で作ることもある。彼が言うには、部屋では彼の母親が来て食事を作るということだが、母親の話になると彼はぴたりと口を閉ざす。これでは彼は憶秦娥《イチンオー》の奴隷同然で、しかも彼は喜んで奴隷に甘んじていることになる。この時期、この状態、彼女はいかんともし難く、彼が出しゃばって世話を焼くがままに任せていた。しかし、最後の一線だけは守り通している。ここを突破されたら、彼女は劉紅兵《リュウホンビン》の〝ただの女〟になってしまうからだ。それに、彼女は口に出して言わないが、劉紅兵《リュウホンピン》は彼女にとって理想のタイプではなかった。彼女の念頭を占めているのは、例えば封瀟瀟《フォンシャオシャオ》のような、お互い黙っても分かり合え、かばい合える相手だった。劉《リュウ》紅兵《ホンピン》は何でもすぐぺらぺらと口に出し、周囲に触れて回らなければ気が済まない。ことの大小に拘わらず、すぐ世界中に知らせようとする。彼女が稽古場に来るなと言っても彼は来る。劇団の人間と話をするなと言っても、彼は劇団中と友だち付き合いを始め、味方に引き入れようとする。単仰平《ダンヤンピン》団長に対しても「団長」とは呼ばず、単団《ダントゥアン》、団座《トゥアンツォ》（いずれも身内の気安い呼び方）などと呼ぶようになった。公演中の劇場に来ると、ロビー、客席、楽屋まで我がもの顔で闊歩する。劇団正門の守衛とも顔馴染みで、李慧娘《りけいじょう》を演じるあの女優の〝男〟で通り、正門はフリーパスになっている。憤激した彼女が楽屋の椅子を彼の背中目がけて振り下ろしたことも度重なったが、彼はけろっとして彼女の周囲を徘徊している。追い払ったつもりでも、一時間しないうちにまた姿を現して彼女の世話を焼き始め、まさに処置なしの状態だった。

　劇団は今度、北京公演を行うことになった。憶秦娥《イチンオー》の次の心配は、また劉紅兵《リュウホンピン》が厚かましく北京までついて来やしないかということだった。ところが、ここ数日、何を食べたかは知らないが、彼は腹を下して寝こんでしまった。憶秦娥《イチンオー》は家でゆっくり休息を取り、決してふらふら出歩いたりせず、まして北京へ行くことなど考えないよう噛んで含めるように言って聞かせた。劉紅兵《リュウホンピン》は激しい下痢が続き、顔は土気色、足が萎えて歩くのも覚束ないありさまだった。今度ばかりは観念したようで、憶秦娥《イチンオー》の言うがまま、おとなしく家で待っているという返答だった。

『遊《ゆう》西湖《せいこ》』はいよいよ首都に乗りこんだ。

十八

陝西省秦劇院はもう長いこと北京公演を行っていない。前回は一九五〇年代に遡るから、すでに二十数年経っている。北京行きの列車に乗りこんだ公演団はみな気が昂《たか》ぶっていた。一両貸し切りで九十五人座り、はみ出した十数人は切符を買って別の車輌に移った。列車が動き出すと、てんでに寄り集まって、列車の天井が抜けるほどの大騒ぎが始まった。

主演の憶秦娥《イチンオー》は単仰平《ダンヤンピン》団長、演出の封導《フォンダオ》と並んで座った。硬座《こうざ》（普通座席）だったが、車輌の中央部なので、それなりの優遇だ。団長や演出家の近くで騒ぐ者はいないので、休息を取り易かった。

みんな羽目を外して酒を飲み、麻雀をし、談笑に興じている。それぞれに飲み物、食べ物を持ちこんできた。西安市回民《ムスリム》（回族）街の名店、徳懋功《ドーマオゴン》の水晶餅《シュイジンビン》（パイ生地の中にドライフルーツが隠されたスイーツ）、老鉄家《ラオティジャー》の臘肉《ラーロウ》（旧暦十二月の寒風にさらした燻製肉）など滅多に食べない高級品、ピータン、干し柿、蓼花糖《リャオホアタン》（砂糖や白ごまをまぶしたピンポン球ほどの餅菓子）、果物、クルミ、即席ラーメンなど、口は一つしかないのに、みんなここぞとばかりに張りこみ、競うように買いこんできた。単《ダン》団長と封導《フォンダオ》には自ずと珍味佳肴の差し入れが山をなした。憶秦娥《イチンオー》も少なからぬ品物を持参している。みんな劉紅兵《リュウホンビン》が萎えた足を引きずって買い集めてきたもので、彼女も捨てるわけにはいかなかった。車輌のあちこちに劇団員たちが輪を作って気勢を上げ、ときに爆《は》ぜるような歓声が上がる。みんな上機嫌で興奮状態だ。

憶秦娥《イチンオー》は団長、封導《フォンダオ》とひとかたまりになって話しこんでいる。封導《フォンダオ》は話し上手な上、博覧強記、何でも知っていた。秦腔《チンチアン》が初めて北京入りしたときの話は憶秦娥《イチンオー》にとってこれまで知らずにいたことだった。秦腔《チンチアン》の北京入りに最も輝かしい先鞭をつけたのは魏長生《ウェイチャンション》だという（詳細は下巻三〇五ページ参照）。

「魏長生《ウェイチャンション》は清乾隆年間（一七三六―一七九六）、秦腔《チンチアン》界で傑出した大人物だった。四川省に生まれ、三人兄弟の三番目だったので老三《ラオサン》、魏三《ウェイサン》とも呼ばれた。旦《たん》（女形《おんながた》）が顔に貼りつける薄手のヘア・ピースはこの魏長生《ウェイチャンション》が考え出した。丸顔がこのおかげで面長《おもなが》の美人に一変するすごい発明だ。子どものころ家が貧しくクズ拾いで生計を立てていた。幼くして川劇（四川・貴州・雲南一帯の地方劇）の劇団に入り、十三歳のとき数人の子どもたちと一緒に劇団を飛び出して西安に流れ着き、秦腔《チンチアン》の劇団に転がりこんだ。修行の辛酸をなめながら、きっと名のある役者になってみせると幼心に固く誓った。精進の甲斐あって秦腔《チンチアン》の女形として下は蓆《むしろ》がけの芝居小屋にたむろする車引きや水売りの男たちから贔屓《ひいき》にされ、上は士大夫階級や名流人士、高貴の血筋にまで覚えめでたく、その名を天下に轟かせるに至ったという。だが、片田舎でいくら名を馳せたとて、何の誉れになるものか。皇帝のお膝元、北京の檜舞台に立ち、この人ありと世を騒がせてみたい。技の限りを尽くし、名声をほしいままにしてこそ身の栄華、大仏に目が入るというものだ。というわけで、魏長生《ウェイチャンション》もその例外ではなく、彼が次に目指すところは当然のことながら北京だった。秦腔《チンチアン》の旗を北京に立ててやるとの意気込みで一生涯に三度乗りこんだ。北京へ行くといっても、今は列車で二十数時間の旅だが、当時は馬車に乗って衣装や道具を運びながら、日ごと夜ごと他郷の舞台に立つ苦難の旅だ。黄河を越えて山西省に渡り、舞台を重ねながら河北省に入り、また舞台をこなしながら北京を目指す。一度出かければ、少なくとも半年は身過ぎ世過ぎの旅の空、浮き寝の草枕、まあ、芸人の定めだな。だが、北京ではとんでもないことが起きていた。李自成《りじせい》の軍隊が全市を埋め尽くしていたのだ。

（注）李自成《りじせい》　農民反乱を指導して一六四四年、明朝を滅ぼすが、明の遺臣呉三桂の軍によってわずか四十日で北京を追われ、自殺して果てた。

魏長生《ウェイチャンション》は彼の〝文化工作隊〟を率い、勇躍一回目の北京入城を果たしたものの、そこそこに尻尾を巻いて引き上げなければならなかった。当時、劇壇で一世を風靡していたのは昆曲《こんきょく》だった。蘇州一帯の豊かで穏やかな水郷地帯から生まれ、繊細優美な旋律と詞藻《しそう》豊かな台詞《せりふ》回しは、中国全土の文人たちの圧倒的な支持を得ていた。これとは対照的に陝西省という乾燥の黄土地帯から生まれた秦腔《チンチアン》は、明らかに異質な調べを持っている。きーんと突き抜けるような高音の節回しは今でこそ人気があるが、当時の北京人には〝屋根瓦を震わすだけ〟と耳障りなだけの代物《しろもの》だった。魏長生《ウェイチャンション》はさんざんな思いで旗を巻き、北京を退いた。だが、魏長生《ウェイチャンション》は聡明な人物だった。昆曲は遅かれ早かれ必ず壁にぶち当たると、彼はその前途を見越していた。その台詞、歌詞は確かに文学性が豊かで優雅な響きを持っている。だが、一般の人は耳で聞いてもその意味がさっぱり分からない。〝学〟のない人間は芝居を見るなということだ。また、当時は当然ながら字幕もなく、提灯や燭台を置いて台本を読み、やっと台詞を理解するということも行われていた。このようなお高くとまった芸術は必ず客から見放され、死に絶える運命にある。こう確信した彼は、西安に帰ってから新作に励み、日常の描写と男女の愛情表現を劇作に持ちこんだ。こうして二度目の北京行きとなる。

魏長生《ウェイチャンション》は再び昆曲に勝負を挑み、昆曲を打ち負かした。これが中国演劇史上に名高い「花雅の戦い」だ。「花部（または花部乱弾）」とは秦腔《チンチアン》を代表とするすべての地方劇（後の京劇もこれに含まれる）で、「雅部」は昆曲が一人孤塁を守っている。「雅部」が高尚な雅文をゆったりと歌い、一々典故や修辞の形式にこだわるのに対し、「花（俗）部」は生活感、日常性を重んじて俗語を多用する。男女間のきわどい表現も避けることがない。勝敗は明らかだった。

清の時代、文人墨客はみなメモ魔だった。魏長生《ウェイチャンション》の名声は多く彼らの記録によって今日に伝えられている。彼が最初に名をなした作品は『滾楼《グンロウ》』だった。

（注）『滾楼《グンロウ》』清代秦腔《チンチアン》の名作。黄賽花《こうさいか》は殺された父母の仇伍辛《ごしん》を討つために、藍家荘の藍秀英と会うが、酒を無理に飲まされて伍辛と結婚させられる。

これがあたりをとり、「観客はみな秦劇に流れこみ、京城の六劇団は閑古鳥が鳴き、解散に追いこまれたところもある」とある。また「魏三《ウェイサン》の名を知らぬ者は〝もぐり〟か〝変人〟扱いされた。恐るべき人気で、「今、京城には西北の風（陝西省方面から吹いてくる風）が吹き荒れている」とささやかれた。だが、好事魔多し。人のねたみ、そねみほど恐ろしいものはない。魏三《ウェイサン》の劇団をどさ回りの田舎芝居と蔑み、昆曲こそ芝居の王道、〝ご本尊〟とあがめ奉る守旧派が依然勢力を保ち、昆曲の殿堂に立てこもっていた。その中には有力者が多く、魏三《ウェイサン》など一吹きで吹き飛ばすことができる。〝見る者の劣情をそそり悪の道に走らせる猥褻な舞台〟のレッテルを貼り、〝公序良俗に反する作品〟の中傷と追い落とし工作が始まった。今でいう〝ポルノ摘発〟だ。〝ポルノ一掃〟のかけ声で、魏《ウェイ》長生《チャンション》はとうとう北京追放になってしまった……」

封導《フォンダオ》はここまで話すと、いきなり豚足を齧り始めた。回りで聞き耳を立てていた者はみな、その先を知りたがった。

「北京を追われた老魏《ラオウェイ》は揚州（江蘇省）の舞台に立つことになった。老魏《ラオウェイ》は秦腔《チンチアン》のためならどこにでも出張って一《ひと》興業打つ男で、揚州は長江と大運河の水運や塩の集散で栄え、天下の財宝と名士が集まるところだから贔屓《ひいき》の筋があったのだろう。さっさと一座を率いて旅立っていった。老魏《ラオウェイ》は〝一声、二顔、三姿〟の三拍子が揃い、それに芝居の守護神が乗り移っているから、たちまち常打ち小屋も決まり、劇団は北京を上回る陣容が整った。加えて、各地の地方劇の主役クラスが老魏《ラオウェイ》の名を慕い、食いっぱぐれのない〝鉄飯碗《ティエファンワン》〟を求めてやってくる。揚州の文人のメモ帳を見ると、彼を〝野狐《のぎつね》（美貌で人を惑わす狐）〟のはしり、花部の大立て者、一舞台値《あたい》千金などと囃し立て、その相貌を生き生きと伝えている。人気絶頂、当たるところ敵なし、全国の地方劇から彼を師と仰ぐ俳優が集まってきた。昆曲の発祥地である蘇州の劇団からさえ入門を乞うてくる。彼が創始したという〝西秦腔《シーチンチアン》〟の評判を聞きつけて、今度は徽劇《きげき》（安徽省・江蘇省一帯の地方劇）の俳優がこぞって押しかけてきた。さて、みんなも知っているだろう」と封導《フォンダオ》は劇団員たちの顔を見渡した。

「京劇はこの徽劇の劇団が北京に乗りこんで京劇を形成したことを……」

（注）京劇　国際演劇協会中国センター元主席、中国戯劇家協会の元副会長の季国平氏は次のように語っている（晩成書房刊『中国の伝統劇入門』）。「中国の戯曲（伝統劇）史上、京劇というものはない。京劇は徽劇、漢劇（湖北省一帯の地方劇）が合流し、融合して創出された副産物で、これが流行し始めたころ、人々は皮黄《ひこう》（西皮と二黄を主体とした節回し。西皮は西秦腔《チンチアン》、二黄は湖北省の声調）と呼んだ。この流行が上海に及んだとき、上海人はこれが北京からやってきたので〝京劇〟という大仰な名前を奉った」と。

封導《フォンダオ》の話は続く。

「現在の京劇界は我々の魏長生《ウェイチャンション》を京劇の祖として敬っている。老魏《ラオウェイ》が〝ポルノ一掃〟のかけ声で北京を追われたとき。さぞ悔しく、腹が立ったことだろう。だが、また北京に返り咲き、名声を挽回しただけでなく、秦腔《チンチアン》を自分が創出した新しい立脚点に導いた。これが魏長生《ウェイチャンション》の三度目の北京入城だ。このとき、彼が演じたのは『背娃《はいあ》進府《じんふ》(子を負って入府)』だった。タイトルも技法もさらに成熟の度が加わっている。だが、老いが迫った。さらにもう一度、北京を騒がせてやろうと思ったに違いないが、もうすぐ六十になろうとするとき、舞台で倒れた。過労だったという……」

(注)『背娃《はいあ》進府《じんふ》(子を負って入府)』 貧しい張元秀《ちょうげんしゅう》は従兄弟の李平児《りへいじ》の家に居候し、李夫妻は畑を耕して彼に勉強させていた。元秀《げんしゅう》の岳父は彼を見下し、辛く当たっていた。ある日、「温良玉」を拾った元秀は、これを朝廷に献上しようとした。李夫婦は旅費を工面して、北京に旅立たせた。朝廷は元秀の志を愛《め》でて「進宝状元」の位を授けたが、岳父が来て、李夫婦を辱めた。元秀は堪忍袋の緒を切った……。

封導《フォンダオ》がここまで話したとき、憶秦娥《イチンオー》は、ああとため息をついた。封導《フォンダオ》がどうしたと尋ねると、彼女の師匠の苟《ゴウ》存忠《ツンチョン》は『殺生《せっしょう》』を演じたとき、過労で倒れ、舞台で果てたと伝えた。

誰かがこれを聞きとがめた。

「縁起でもない。俺たちはこれから北京に乗りこんで『殺生』をやらかそうとしてるんだ」

憶秦娥《イチンオー》は車窓に向かって遠くを見るよう眼差しで何度か長いため息をついた。封導《フォンダオ》は言った。

「いや、そんなことはない。将軍が戦場に倒れたとき、馬の革で遺体を包むというが、役者が衣装をつけて舞台で果てることも、悲壮美の世界のできごとだ。まあ、我らの憶秦娥《イチンオー》はまだ年若い。気力にあふれている。これからいろんなものを背負っていかなければならんが、大丈夫。たとえ疲れても、またすぐ立ち上がるさ。先達が舞台で倒れるのは天寿を全《まっと》うしたということだよ」

みんな黙ったまま、その言葉を噛みしめた。ほかのグループでは拳を打ったり、麻雀をしたり、相変わらず賑やかだ。この場を単仰平《ダンヤンピン》団長が締めくくった。

「俺たちが秦腔《チンチアン》何度目の北京入りになるか知らないが、『遊《ゆう》西湖《せいこ》（西湖に遊ぶ）』でがつんと一発、目にもの見せてやりたいものだ」

誰かが言った。

「がつんといくかどうか、憶秦娥《イチンオー》次第だ」

憶秦娥《イチンオー》はこれまで感じたことのない重圧を感じた。

北京公演。彼女にとって遠い世界のできごとのようだった。公演は公演だから、ちゃんとやればいい。へまさえしなければいい。そのほかのことは団長と演出家の仕事だ。そんな受け止めだった。だが、封導《フォンダオ》から魏長生《ウェイチャンション》のことを聞かされて、彼女は突然思い知らされた。公演は、ただやればいいってだけのものではない。自分が負っている責任はもっと大きいのだと。秦腔《チンチアン》が首都進出の足場を作れるかどうかの瀬戸際なのだということも理解できた。劇団の面目にも関わる大きな問題なのだ。

彼女は途端に喉の具合が心配になった。これまで『鬼怨《きおん》』、『殺生《せっしょう》』の公演後、ほとんど毎晩のようにしつこい吐き気に襲われ、長い時間苦しめられていた。ここ数日もたしかに喉の具合が悪い。喉がいがらっぽくて、えへんえへんと咳が出て、声がかすれることもある。できるだけ話をしないようにして、胖大海《パンダーハイ》と麦門冬《ばくもんとう》を水にとかして飲んでいた。劉紅兵《リュウホンビン》がどこかで聞きこんできた処方だから信はおけないが、効き目がないことはない。

みんな瓜の種を囓ったり、笑い話に興じたり、トランプしたりしているが、憶秦娥《イチンオー》は座席にもたれて眠ったふりをしている。その実、寝つけないでいたが、この姿勢を崩さない。こうしていると、人と話さないで済むし、気持ちを集中できるからだ。北山《ベイシャン》地区で『白蛇伝』と『楊排風《ようはいふう》』を二ヵ月以上やっていたとき、厳格に守っていたことがある。夜のメイクと公演、刀と槍の朝稽古以外は寸暇を惜しんでひたすら眠ることを心がけた。誰かが彼女を「眠り姫」と呼んだが、実際、彼女はよく寝た。実は眠ることで喉の養生をしていたのだった。この間、喉の不調を感じたことはなかった。この日も彼女は眠っては醒め、醒めてはまた眠り、うつらうつらしているうちに北京に着いた。

北京での暮らしもできるだけ寝て過ごそうとして、まる一日と一晩、眠り続けた。若い俳優やスタッフたちは五、六人の相部屋となったが、彼女は主演女優の特権で、二人の女教師と一緒に三人部屋が与えられた。

二人の教師が北京に来られたのは劇団の特別な配慮、思し召しと言おうか、劇団が北京に来ることは滅多にないことだから、できるだけ多くの仕事を作り、それをできるだけ多くの頭数に割り振ったのだった。彼女たちはちょっとした背景の道具を運んだり、衣装を畳んだりの仕事が与えられた。夜寝る以外、昼間はせっせと北京市内を見物に回っている。その疲れのせいか、夜のいびきが盛大だった。鍛冶屋のふいごのように、ごうごうと火をかき立てて憶秦娥《イチンオー》を悩ませたが、突然ぴたっと止んで静寂の世界が訪れた。憶秦娥《イチンオー》は頭の中で芝居の場面を再現する。

翌朝早く、業務課のスタッフが起こしにきた。ステージ・リハーサル（舞台の通し稽古）に集合するようにとのことだった。これは初めての舞台で本番同然の通し稽古を行い、舞台の大小、舞台機構の違いに慣れておくことで、不慮の事故を防ぐためのものでもあった。一回目の通し稽古が終わると、単《ダン》団長と封導《フォンダオ》は舞台に主演者とスタッフ全員を集めて訓示した。今夜は総力戦だ。我々は栄えある「全国選抜演劇コンクール」に選ばれ、省に多大の出費をかけて参加してついに今夜を迎えた。ここで諸君に申し渡すことがある。第一、通し稽古が終わったら、直ちにホテルに帰り、休養を取ること。何人も街に出てうろついたりしてはならない。ただ、ホテルに帰って一息入れた後、仲間と三々五々、散歩に出ることは構わないと。憶秦娥《イチンオー》はすぐ眠ることにした。だが、目が冴える。そこでふるさとの山と羊たちを思い、一匹一匹数え出し、何とか眠りに入った。

午後四時、業務課のスタッフが来て、またドアを叩いた。夕食の後、車を出し、楽屋入りをするとのこと。憶秦娥《イチンオー》は眠い目をこすりながら食堂へ行き、米飯一碗を卵スープで流しこんだ。劇団の誰かが食堂の服務員と揉め始めた。見ると、楽隊で銅鑼を叩く男だ。たどたどしい〝標準語〟を使って、怒鳴っている。

「どうして白い饅頭《マントウ》を出さないのか。我々大西北《ダーシーベイ》（陝西省一帯）人は米飯を好まず、饅頭を欲する。何とかしてもらいたい」

肥ったおばさん風の女性が嘲るような口調で言い返した。

「米の飯を食わないだと？　この大きなお櫃《ひつ》二つ、どうすりゃいいんだい？　あんたたちみんな、大飯ぐらいなんだろう。たらふく食って、まだ饅頭が食いたいんなら、そういいな。大西北《ダーシーベイ》かなんか知らないが、米の飯が食いたくないんなら、食わなきゃいいだろう。饅頭はないよ。食いたけりゃ、明日にしな」

「無茶苦茶言ってる。話が違うよ。たらふく食えと言っておいて、何で饅頭は明日なんだ？　毎食食べ放題のはずだったよな」

銅鑼叩きは言いながら服務員のおばさんに詰め寄り、何人かがこれに同調した。服務員は慌てて卵スープの寸胴《ずんどう》鍋から鉄の柄杓を取り出し、振り回しながら後ずさりして言った。

「おう、おう、やろうってのかい？　ここは首都北京だ。どこの馬の骨か知らないが、西の果てからのこのこやってきてゴロまこうってか。笑わせるなってんだよ」

騒ぎを見かねた単《ダン》仰団長は足を引きずりながら人混みに割って入り、何人かの若者を引き戻し、服務員のおばさんをなだめた後、銅鑼叩きの若者と数人をこっぴどく諫《いさ》めにかかった。

「お前たちは北京に公演に来たのは何のためだ？　首都の人民に我々の日ごろの成果を見ていただくためだ。飲み食いの争いをするためではない。こんなところで食い意地を張ってるときではない。幕が上がる前から食堂の人に悪い印象を与えて、我々大西北《ダーシーベイ》の人間は普段ろくなものを食わされていない餓鬼の集まりだと思われるだけだ」

銅鑼叩きは不服そうに口を尖らせた。

「中に饅頭がちゃんと見えてる。奴らは俺たちにたくさん食われるのが嫌なんだ。あの太っちょの婆が顔をしかめて目配せして饅頭の蒸籠《せいろ》をところ構わずしまいこみやがった」

単《ダン》団長は言った。

「君子は道を謀《はか》りて（道義心を追い求めて）、食を謀らず（孔子『論語・衛霊公』）というだろう。お前も聞いたことがあるだろう。我々は北京に何しに来た？　食を謀りに来たのではない。分かったか？　今夜ちゃんと銅鑼を叩けたら、白い饅頭をたらふく食わせてやる。喉に詰まらせて死ぬな」

銅鑼叩きは笑いながら言い返した。

「それなら、肉饅頭を二《ふた》蒸籠。よろしく！」

「こいつめ、とっとと失せろ！」

単《ダン》団長は彼の尻に蹴りをいれた。

すべての準備がてきぱきと進んだ。

憶秦娥《イチンオー》はメイクを終え、鬘《づら》をきりりと締めた。楽屋の片隅で気配を消し、台詞を静かに念じている。客入りをひっきりなしに伝えてくる者がいる。入りは上々。少し置いて、客席の半分が埋まった。また少しして、みんな陝西の地元勢だ。少しして、いや、北京語も増えてきた。北京語は口の中に飴を含んでしゃべるみたいに、もごもごして陝西語みたいな〝切れ味〟がない……。またやってきた。審査委員のご入場だ。お偉方がぞろぞろやってきた。大物ばかり何十人、爺さん、婆さんばっかりだ。一ベル（開演五分前）が鳴り、そして二ベル（本ベル）が鳴った。

開幕だ。

憶秦娥《イチンオー》は心の中で自分に言い聞かせる。落ち着け。たかが芝居、やるまでのこと。されど芝居、ここは北京、全国選抜演劇コンクールだ。ここ数ヵ月、稽古が始まって言葉の端々に「北京」「全国大会」を聞く度に、劇団の誰もがびくっと反応していた。

さあ、『遊西湖《ゆうせいこ》（西湖に遊ぶ）』本番だ。

まず李慧娘《りけいじょう》の恋人役・裴瑞卿《はいずいきょう》が先に舞台に立ち、四句を唱い上げる。

今朝の空晴れ　雲一つなし
いざ門を出て　胸襟開くべし
つがいのウグイス　枝に鳴き交わし

客席はしんとしたまま深い闇の底に沈んでいる。裴瑞卿《はいずいきょう》は心空しく退場した。ここが西安なら、裴瑞卿の俳優は名優と知られ、やんやの喝采で開幕を盛り上げるところだが、今夜聞こえるのは冷めて乾いた咳《しわぶき》だ。裴瑞卿は力なく袖幕に隠れ、こほんと空咳をした。

李慧娘《りけいじょう》の出番だ。舞台裏で李慧娘の声が一声高く、虚空にきらめき、花火のように滴り落ちる。導入部の「内導板《ネイダオバン》」、ここで客の心をつかまなければならない。召使いの少女が進み出て、李慧娘をふり返る。

「お嬢さま、さあ早く……」

李慧娘は楚々と、そしてあでやかな蓮歩《れんぽ》で登場、背中を翻して、ぱっと正面で見得を切った。これが首都の劇場での初お目見えだった。

彼女がもの足りなく思ったのは、このときの拍手喝采がないことだった。確かにこの公演は馴染みの役者を見るためではなく、「全国選抜演劇コンクール」なのだ。だが、彼女は自信があった。今夜はメイクの乗りがよく、スタッフたちはわざわざご機嫌取りを言いにきた。

「お嬢、今宵はひときわ映えてますな。火吹きの前に客の心を鷲づかみだ」

よく眠ったおかげで、今夜は喉の調子もよかった。だが、観衆の反応がつかめない。冷淡なようにも思われてもどかしい。彼女は緊張を強いられながらも一つ一つの演技を念入りに決めていった。だが、客席は寂として声なし、静まり返ったままだ。彼女は演じながら冷や汗がじっとりとにじんできた。秦腔《チンチアン》の評判、名声を今、自分が台なしにしているのではなかろうか？　『遊西湖《ゆうせいこ》』は一九五〇年代、北京で圧倒的な人気を博したというのに！

第一場を終えた彼女に、周囲の声が耳に入ってきた。

「首都の連中は芝居を見るのもお利口さんぶってるのか？　それとも手枷かせ足枷をはめられているのか？」

「静かすぎる。静かすぎて恐ろしい」

「いや、今日の芝居のできが悪いんだ」

彼女は努めて冷静を装った。

一つ一つ稽古のときの駄目出しを丁寧になぞりながら、着実に場を積み重ねていった。第四場の『思念』が終わってから、ゆっくりと転機が訪れた。ついに拍手が出た。それもぱらぱらと散発的に終わったが、拍手に違いはない。拍手は観客と俳優が心を通わせる手段であり、演じる者にとってこれ以上の励ましはない。牢獄に幽閉された正義の士裴瑞卿《はいずいきょう》に心を寄せた李慧娘《りけいじょう》は、ついに君側《くんそく》の奸《かん》賈似道《かじどう》によって惨殺される。これを機に客席の空気、風向きが変わった。『鬼怨《きおん》』の場になると、拍手と歓声が次第に増えていくのを彼女は感じ取った。

この恨み　きっと晴らさでおくべきか
ああ　無辜の魂　無念の涙
はかなくも散りし花の命は
鬼火となりて　生死《しょうじ》の苦界《くがい》
ああ無明《むみょう》の長夜《ちょうや》に踏み迷う
いずこにおわす　瑞卿《ずいきょう》さま
なつかしや　紅梅の花の下
恋を語りし西湖の汀《みぎわ》
たとえこの身は果てようと
御身《おんみ》を慕う心はいや増せり
身は鋼鉄《はがね》の刃に断たれても
御身《おんみ》を思う心は断たれまじ
仰げば遙かに望む蒼穹の下

濁世《じょくせ》の悲しみに身をひたし
闇の中あてどなくさ迷えど
いずこにおわす　瑞卿《ずいきょう》さま
この身は幽鬼となり果てて
はかなき命に星暗く風寒し

彼女が「いずこにおわす　瑞卿《ずいきょう》さま」と唱い、寄る辺ない身を急歩で四方に走らせて思いを飛ばし、また、はたと動きを止めて「この身は幽鬼となり果てて　はかなき命に星暗く風寒し」と唱いながら、ゆっくりと体を沈めていった。顔を上向けて花の香りをかぐように体を撓《たわ》め、傾《かし》げ、またのけぞらし、どこまでものけぞらす「臥魚《がぎょ》」のポーズだ。三分間の長さに渡って体のすべての関節が外れて沈みこむような動作は、観客には体のどこにも無理がかかっていないように見える。このとき、彼女の体は錦織りの布のようにふわりと折り畳まれた。まるで魔法の力が加わったように床にそっと置かれ、しんと静まり返る。全身がしなやかな円弧を描き、「犀《さい》が角の上の月を望む」と呼ばれるこの困難な体形は、あたかも酒を満々と注いだ琥珀《こはく》の杯が澄み切った液体をきらきらと盛り上がらせ、揺らせながらも一滴もこぼさないという危うい瞬間を表しているかのようだった。

拍手が沸き起こった。雷鳴が轟き、稲妻が空を切り裂いた後の暴雨と狂風が客席を覆った。

続いて『殺生《せっしょう》』の場。一つの所作、一つの見得、追いかけるのももどかしく拍手が浴びせられた。いよいよ火吹きの段だ。一吹きごとの霹靂《へきれき》、誰かが舞台の袖で数えていた。この段だけで李慧娘《りけいじょう》は五十三回の拍手を勝ち得ていた。ついに秦腔《チンチアン》の古典的名作『遊西湖《ゆうせいこ》（西湖に遊ぶ）』は満場の熱狂とスタンディング・オベーションの中、幕をおろした。

舞台の袖、開け放された楽屋ではみんなが抱き合っていた。カーテンコールの終わった舞台では出演者やスタッフ、背景の小道具をちょっと運んだ人たちも含めて全員、顔を上気させて憶秦娥《イチンオー》に殺到して彼女を取り囲み、次々に彼女を抱きしめた。このとき彼女を襲ったのは嘔吐だった。口からあふれたものが数人の顔に飛び散った。

「あ……」

あまりのことに、彼女は死んでしまいたいと思った。この一瞬間、師匠荀存忠《ゴウツンチョン》の死が脳裏をかすめた。誰かが叫んだ。指導者たちが舞台に登ってきたとき、この子は懸命にこらえていたんだよ。傍目にも辛そうだった。とうとうこらえきれずにやっちまったんだ。

とめどなく突き上げてくる嘔吐感に、憶秦娥《イチンオー》は洗面所へ走った。走りながらしゃがみこみ、また吐き続けた。とうとう駆け寄った数人に支えられて洗面所に入った。

憶秦娥《イチンオー》は吐きながら泣いた。もしかしてこれを見た人は、彼女が泣いているのは舞台の成功を喜んでいるのだと思ったかも知れない。だが、彼女は舞台がただ辛かっただけだった。演じることがただただ苦しかっただけだった。主役の圧力に押し潰されそうだった。生まれかわって生き方が選べるなら、迷わず羊飼いになる。それが許されないなら、竈《かまど》の火の番と飯炊きだ。それも駄目だと言われたら、三番目に俳優になる。でも、こんな舞台は二度とご免だ。こんな無茶苦茶な演技をやっていたら、命がいくつあっても足りない。

憶秦娥《イチンオー》はトイレで吐き続け、ぐったりとうずくまっていた。腰を下ろした階段も吐瀉物にまみれている。彼女を支えて一緒に来た周玉枝《チョウユィジー》や、楽屋管理人の女性、そして衣装係の教師はまた彼女を立たせようとした。だが、彼女は立とうとするそばから体が崩れていく。トイレの外から誰かがドアを叩いて叫んだ。

「指導者たちはまだ帰らないでいる。みんな憶秦娥《イチンオー》を一目見ようと待っている」

周玉枝《チョウユィジー》が大丈夫？　と尋ねたが、憶秦娥《イチンオー》は首を振るばかりだった。彼女はただここに座っていたかった。ここだけが安らげる唯一の場所に思われた。しばらくして、また誰かがドアを叩いた。記者たちが取材と写真撮影をしたがっているという。衣装係の教師が彼女のメイクを見た。涙と汚物で顔がぐしゃぐしゃになって、とても人と会える状態ではない。教師はドアの外に向かってぴしゃりと言った。

「この子はもう死にそうだ。これから病院へ連れて行く。人に会うのは無理、写真はもっと無理だよ」

彼女が落ち着きを取り戻したとき、ドアの外の騒ぎも人声も聞こえなくなっていた。憶秦娥《イチンオー》はやっとトイレを出た。

出た途端、そこに立っていたのは劉紅兵《リュウホンビン》だった。

十九

憶秦娥《イチンオー》は秘かに思っていた。劉紅兵《リュウホンビン》がこの大騒ぎを見逃すはずがない。見逃したら、劉紅兵《リュウホンビン》ではない。北京へ出発間際の数日間、彼はひどい下痢に見舞われて、数分ごとにトイレに駆けこむありさまだった。ときには間に合わず、冴えない顔をすることがあったが、それはズボンの中に洩らしてしまったからだろう。それでも彼は公演団に同行して北京へ行くと言い張り、とうとう二日遅れながら来てしまった。げっそりやつれて目はくぼみ、白目がやたら目立っている。唇も紫色に沈んで、うそ寒い表情をしていた。憶秦娥《イチンオー》も声を出す力がなく、身体を動かすのさえ億劫だった。劉紅兵《リュウホンビン》は彼女の体を支えようと手を出したが、彼女に振り払われた。やむなく彼女の後ろに尻尾のようについて歩いた。

劇場からホテルまで、劇団はバスをチャーターしていた。一号車は楽隊とメイクを落とした兵士役、召使い役の面々で、早々と出発した。二号車はすでにほかの出演者や衣装、メイク係が乗りこんで憶秦娥《イチンオー》を待っていた。憶秦娥《イチンオー》は乗車口に足をかけようとして、足が萎えて持ち上がらないことに気づいた。劉紅兵《リュウホンビン》がその尻を押して何とか乗りこんだその瞬間、猛烈な拍手が涌き起こった。みると、単《ダン》団長と封導《フォンダオ》が率先して彼女のために拍手を送っていたのだった。

陝西省秦劇院が、劇団挙げて彼女の働きを認め、賞揚するのはこれが初めてだと彼女は感じた。単《ダン》団長は最前列の席を空けておき、彼女を座らせようとした。遠慮している彼女を封導《フォンダオ》が無理に座らせた。彼女の〝尻尾〟の劉紅兵《リュウホンビン》は彼女が座った後、後ろの座席に投げキッスを送り、近くの団員たちと握手を始め、拱手《きょうしゅ》（両手を胸の前で合わせて上下に振る挨拶）のしぐさで愛嬌を振りまいている。まるで彼が今夜、人工衛星を打ち上げ、原子爆弾の実験をしたみたいに得意然としたポーズだ。車内は大喜びで、けたたましい笑いに包まれた。単《ダン》団長と封導《フォンダオ》も劉紅兵《リュウホンビン》を〝接見〟し、握手を交わした。後部座席にも熱気が移り、親しく〝接見〟の儀式が行われようとしている。劉紅兵《リュウホンビン》は座席の前後を行き来しながら握手をして回り、いつのまにか拍手は手拍子となって彼を囃したてた。腹を立てた憶秦娥《イチンオー》は手提げで彼の後頭部を殴ってやりたくなった。車中の全員と握手を終えても、みんなは彼をけしかけ、バスの前部へ追いやる。彼がまた単《ダン》団長、封導《フォンダオ》を握手を始めたとき、バスが動き始めた。前部に彼の座る席はなかった。誰かが叫んだ、

「ほら、彼女の膝に座れ！」

「座れ、座れ」の大合唱になり、後ろに陣取った若手は総立ちになって叫んだ。お調子者の彼はすぐその気になって憶秦娥《イチンオー》の膝に座ろうとした。憶秦娥《イチンオー》はすかさず身をかわしたので、劉紅兵《リュウホンビン》は通路に尻餅をついた。みんな口笛を吹き、椅子の背を叩き、足を踏みならして大喜びだ。憶秦娥《イチンオー》が彼の尻に蹴りを入れたところで車がぐらりと揺れ、劉《リュウ》紅兵《ホンビン》は態勢を失い、バスのエンジンカバーの上に座りこんだ。

後部座席の騒ぎが静まらないのを見て、単《ダン》団長が立ち上がった。不自由な足が定まらない。劉紅兵《リュウホンビン》が慌てて手を伸ばし、団長の足を支えた。団長はパンパンと手を叩き、車内がやっと静まったのを見て話し始めた。

「今夜の公演は大成功を収めた。まさかこれほどまでとは思ってもみなかった。まさに非の打ちどころがない。封導《フォンダオ》が言うには、極上の錦織りだ。全場を通して九十七回の拍手が送られたと数えた者がいる。私は客席で見ていたが、ここぞというところは、審査委員が真っ先に手を叩き、真っ先に「好《ハオ》」を叫んでいた。ある専門家は私の手を握って断言した。秦腔《チンチアン》は希望の光を見出した。秦腔《チンチアン》は数ある地方劇の首座にあり、梆子《バンズ》劇（拍子木を用いて調子を高める劇種）の開祖であり、京劇の始祖でもある。秦腔《チンチアン》の振興はわが国伝統劇の未来を指し示すものだ。今回観劇に来た国務院各部（省庁）の幹部はみな満足の表情だった。特に在京のわが省幹部の中には〝文革〟前の『遊西湖《ゆうせいこ》』（西湖に遊ぶ）』を見ており、今回の公演はそれに比して何の遜色もないとの仰せだった。そして、憶秦娥《イチンオー》の演技は得難いものと、みなが誉めちぎっていた。秦娥《チンオー》、お前の舞台は扮装、立ち姿、歌、所作、火吹き、五拍子揃ったもので、みんなお前の顔を見たがったが、日ごろの疲れが出たのであれば、致し方ない。ここでみんなに耳寄りの知らせを伝えたい。明後日、我々は中南海の（中国国家機関の所在地）懐仁堂（昆劇『十五貫』がここで上演されている。上巻一二

八ページ参照）に赴いて国家首脳にお見せすることになりそうだ。現在上層部で検討中なので、我々は心静かに正式な通知を待つことにしたい」

バスの中はまた沸き返り、座席の背中を打ち鳴らす音がしばらく続いた。単《ダン》団長は言葉を継いだ。

「明晩は最後の公演になる。北京の文芸界の諸団体から観劇の申し入れが相次いで、今夜の申し込みだけでも数百枚になる。プロを相手に下手な芝居は見せられないぞ。諸君には足止めをお願いしする。今夜は勿論、明晩も外出を控えて十分な休養を取ってもらいたい。鋭気を養い、存分の力を振るってほしい。我々は北京に遊びに来たのではない。全国の観客に秦腔《チンチアン》の真髄を見せるのだ。事務局、業務課の諸君は目を光らせて見張ってもらいたい。もし、みだりに出歩く者がいたら、一律、減給の対象となる」

後部座席で鋭い口笛が鳴って、バス中が笑いに包まれた。

単《ダン》団長は怒りを見せて言った。

「誰だ？　口笛を吹いたのは誰だ？　劇団の決定に不満のある者は堂々と立って言え」

一人が立って言った。

「団長、口笛は車の外から聞こえたんです」

車の中はまた大笑いになった。

夜になると、あれほど厳重に言い渡されたのに、大半の者がこっそりとホテルを抜け出した。みんな天安門の夜景を見るのだという。憶秦娥《イチンオー》と同室の二人の女教師も仲間と連れだって出て行った。劉紅兵《リュウホンビン》は憶秦娥《イチンオー》と向き合って、なすすべなく座っている。憶秦娥《イチンオー》は疲れて口をきくのも億劫だった。たとえ話があったとしても、劉紅兵《リュウホンビン》とは話したくない。劉紅兵《リュウホンビン》は懸命に話題を探して話しかける。今夜の盛況を話の接ぎ穂にしようとした。彼が空港から劇場に駆けつけると、八時を十分過ぎていた。劇場に入って驚いたのは、観客がみんな死人のちんぽみたいにしぼんでいることだった。憶秦娥《イチンオー》は彼に白い目を向けた。何と品のない話し方をするのか。聞くに耐えない。劉紅兵《リュウホンビン》は言葉を補った。

「いや、本当に死人のちんぽだった」

憶秦娥《イチンオー》は彼に部屋を出るように言った。彼は言った。

「分かったよ。生きた人間のちんぽだった。こう言えばいいんだろう」

「出てってよ！」

彼はやっと言葉に注意しながら話し始めた。北京の劇場がこんなに冷静というか、ボウフラの湧いた水たまりみたいに澱んでいるとは思わなかった。第二場が終わったとき、彼は真っ先に手を叩いたが、誰一人拍手しようとはせず、前席の客から睨まれてしまった。彼は思った。もう駄目だ、今回の北京公演はこれでお終いだ。舞台上の彼女にのしかかる重圧はどれほどのものだろう。それは想像するのさえ恐ろしく、彼は全身に冷たい汗が噴き出すのを覚えた。客席は第四場の終わりごろから次第に熱気を帯びてきた。終幕に向かって過熱し、場面によっては彼が手を叩く前に客席全体から湧き出るようになった。特に『殺生《せっしょう》』の場面になってから、彼の心配は吹き飛んだ、拍手はあちこちで白波が泡立つように沸き起こり、それが大きなうねりとなって舞台に押し寄せていった。彼は叫びたかった。どうだ、見たか、恐れ入ったか、俺たちの仲間のこの名演技。みんな知るまいが、李慧娘《りけいじょう》を演じているのは、俺の女房だ、この劉紅兵《リュウホンビン》様の女房だ！

憶秦娥《イチンオー》は腹が立ち、テーブルの上の鏡をばたんと押し倒して言った。

「劉紅兵《リュウホンビン》、あなた、どこまで私に恥をかかせたら気が済むの？　少しは考えなさいよ」

「俺がいつ、君に恥をかかせた？」

「さっきの悪ふざけは何よ。誰があなたを来させたのよ。一体、何のつもり？」

「劇団のみんなは知っている。知らないのは君だけだ。どうかしてる」

「厚かましい人ね、劉紅兵《リュウホンビン》」

「どこが厚かましい？　憶秦娥《イチンオー》同志！」

「出てって！」

憶秦娥《イチンオー》は、もうこれまでだと思った。ここが肝心だ。もう後に引けない。だが、出てっての一言しか出てこなかった。

劉紅兵《リュウホンビン》にはいつも言われつけている言葉だったから、彼はちょっと照れ笑いを浮かべただけで自分のホテルに帰った。部屋に入るなり、彼は憶秦娥《イチンオー》のために買った食品類をテーブルに置いた。吐き気止めの薬は、さっき彼女の部屋で白湯《さゆ》を注ぎ、ふうふう吹いて冷まし、飲ませようとしたのだが、彼女はいっかな飲もうとせず、買ってきたものをみんな持って帰れという。いくら何でもあんまりだと思ったが、憶秦娥《イチンオー》はいらいらして言い募った。死ぬほど疲れている、ただ眠りたいと。彼は彼女のためにシーツを敷き広げ、彼女が横になるのを見届けて部屋を後にしたのだった。その背中に向かって、憶秦娥《イチンオー》は追い討ちをかけるように言った。

「劇団の人に勝手なことを言って回らないで。劇団の誰であろうと、勝手に部屋に入りこまないで。分かったわね。どっかへ行って。あなたは私の何でもないんだから。また変なこと言いふらしたら、蹴っ飛ばすから」

「分かったよ。言わなきゃいいんだろう。この口がいけないんだ」

劉紅兵《リュウホンビン》は自分の口に張り手を入れた。

憶秦娥《イチンオー》は知っている。彼に何を言っても無駄なことを。一度噛みついたが最後、雷が鳴っても離れない。その度に向かっ腹を立てている彼女だった。しかし、彼を追い払った後、彼女は思う。彼女が彼を人前で悪しざまに扱い、たとえ足蹴にしようとも、彼はけろっとしていつものように姿を現す。いくら嫌だと言ってもまたうるさく人の世話を焼き始め、ほとほと彼女を困らせる。封瀟瀟《フォンシャオシャオ》はまだましだ。自分から遠く離れ、長いこと人をほったらかしにして、うんともすんとも言ってこず、彼女を心底、がっかりさせている。もしかして、と彼女は思う。劉紅兵《リュウホンビン》をさんざんな目に遭わせておいて平気でいられるのは、彼を段々と受け入れているからだろうかと。これは仕方のないことかも。一滴の滴《しずく》が岩をも穿ち、やがて大河になるともいうし、いや、とんでもない、そんなことはご免だ。こんなことを続けていたら、好きでもなかった人を好きになり、一生を捧げてしまうことになる。彼女は考えるのが面倒になった。考えても無駄だ。段々頭痛がしてくる。もう寝よう。明日は手強い一戦が待っている。彼女は知っている。芝居の玄人である同業者を前に演ずるのは難と難儀なことか。まして首都を舞台に行われる全国大会だ。彼らの辛辣な目は病院のレントゲンのように衣服を通して五臓六腑すべてを見通し、毛ほどの傷も見逃さない。口うるさく、冷笑を浴びせかける手合いもいるだろう。今は眠るしかない。眠ることが喉を守り、精神を養い、大事な舞台を演じ抜く一番の方法なのだ。

何時になったのか、かさかさという物音で目覚めた。目をこすりながら見ると、二人の女教師が帰ってきたのだった。憶秦娥《イチンオー》が目を覚ましたのを見て、一人が言った。

「秦娥《チンオー》、よく寝る子だね！　北京に来てから、舞台と食事のほかはベッドの中だ。眠り病にならないようにね」

もう一人が言った。

「こんなに寝てばかりいるのは、眠り虫に嚙られたからだよ。ぐずぐず寝ていると、夜中に目を覚まして、寝られなくなるよ」

憶秦娥《イチンオー》が時計を見ると、まだ夜中の一時になったばかりだった。女教師は照明灯をつけた。ぼんやりとした灯りだったが、部屋の真ん中から照らされて、憶秦娥《イチンオー》は目がちかちかした。壁の方に寝返りを打って二人の話を聞くともなしに聞いていた。昼間から夜中まで出ずっぱりの北京見物で拾った話がぽんぽんと飛び交う。買いこんだ土産品をベッドや床に広げ、その整理で口も手も大忙しだ。夫や息子の嫁、孫、甥や姪は勿論、隣近所にも配らなければならない。靴や帽子、靴下、下着、ブラジャー、ショーツ、洋服、スカート、一つ一つ取り出しては体に当てながら寸法、スタイル、柄を点検し、袖や襟、脇のかがり、ボタンのつけ具合まで槍玉に上がる。互いの買い物に口を挟むから議論は果てしなく、そして、なぜか息子の嫁のこき下ろしでさらに舌鋒鋭く、集中討議は深更に及んだ。やっと灯りを消し、ベッドに横になったと思ったら、今度は明日はどこへ行こうという話になった。一人は王府井《ワンフーチン》に行きたいと言い、一人は大柵欄《ダーシラル》がいいと言い出した。大柵欄《ダーシラル》は品揃えがよく、値が安い。王府井《ワンフーチン》はものがよく、高級品の残酷なこと、「瞬きしないで人を殺すわよ」と言う。一人が何時に出ようかと問えば、朝食をとってからと一人が応じた。一人は急に心配が口を突いて出た。

「単仰平《ダンヤンピン》が言ったでしょ。明日は外出禁止だと」

「主役はホテルでしっかり休養して本番に備える。ぼろ小道具係のあなたが休養してどうするの。舞台で主役と張り合おうっての？　あなたは分相応に北京見物してればいいのよ。午後七時に劇場入りすれば、道具方に遅れることはない」

相手の返事がないのはもう寝入ったからだ。

それでも一人はなおも話しかける。

「天安門広場の国旗掲揚は何時だったかしら？　イケメンの儀仗兵の行進が可愛いってよ」

このときはいびきが部屋を圧していた。腹の底からの大音響が半開きの窓ガスを震わせる。先に寝た者が勝ちだ。

一人はたまりかねて言う。

「豚肉売り場のかけ声だ。この糞ばばあ！」

憶秦娥《イチンオー》は寝つけないまま。まだ見ぬ北京の街角を想像した。王府井《ワンフーチン》がどこにあるのか、大柵欄《ダーシラル》がどこにあるのか、六必居《リュウビジュイ》の漬け物、張一元《チャンイーユアン》の銘茶がどこで売っているのか知らないし、それを何十斤も買ってどうするのか、見当もつかない。菓子の稲香村《ダオシアンツン》は一号店が大柵欄《ダーシラル》に開店されたと聞いたが、どんな村なのだろう。二人の話からすると、お菓子の有名店らしい。西安のお菓子よりおいしい店があるのだろうか？　とりとめのないことに思いをめぐらしているうちに、彼女の頭は段々冴えてきた。二人の教師のいびきが呼応するかのように響き合い、喉を詰まらせたり、大口開けて喘いだり、一度気になると、跳ね起きて走り出したくなる。開幕から始まって悪人の賈似道《かじどう》が彼女の吹く炎に焼かれるまで、詳細に再現した。彼女は脳裏に明日の舞台を蘇らせた。まだ鞴《ふいご》の音をたてている。また最初に戻ってやり直す。どこまで進んだか、やっと眠気がさしてきた。夜はまだ開けず、二人の教師はま

団員はみな朝食を終えると、どこともなく散っていった。単《ダン》団長は事務局に命じて違反の無断外出者を調べさせている。事務局の調べには遺漏がなく、違反者は憶秦娥《イチンオー》を除いて全員ということだった。単《ダン》団長はやむなく今回は片目を開け、片目はつぶることにした。

朝食を済ませた憶秦娥《イチンオー》に、劉紅兵《リュウホンビン》はそこいらを散歩しないかと誘った。眠りを邪魔された憶秦娥《イチンオー》は気晴らしに近くを歩いてみたかったが、劉紅兵《リュウホンビン》と一緒ではいやだった。行かないと言うと、彼は図々しく部屋に居座った。彼女は仕方なく、行くわと言って部屋を出た。ホテルを出た途端、突風が襲ってきた。驚いた彼女は口を覆ってロビーに逃げこんだ。この風は喉の大敵だ。風邪をひいたり、咳が出始めたら厄介なことになる。劉紅兵《リュウホンビン》はマスクを買って出かけたがったが、彼女は部屋で休息すると言い張り、部屋に戻った。同室者はとうにいなくなっていた。劉紅兵《リュウホンビン》は部屋に座りこんで動こうとせず、初日の成功について長々と話しこんだ。あるグループは祝杯を挙げに街に繰り出し、ビールをしたたかに飲み、ホテルに戻ると派手に転んで歯を片側半分欠いてしまった。劉紅兵《リュウホンビン》は病院に付き添い、裂けた唇を縫う大怪我だったという。

憶秦娥《イチンオー》は彼にどこで泊まったのか尋ねた。彼は答えた。

「兄弟たちはみな俺と話したがって引っ張りだこになった。もててもてて一晩中語り明かしたよ。芝居のこと、そして憶秦娥《イチンオー》同志のことをね」

性懲りのない人だ。憶秦娥《イチンオー》は彼の足に蹴りを入れた。彼は慌てて弁解した。悪い話は一つもしていない、いい話ばっかりだと。憶秦娥《イチンオー》は彼を罵った。

「あれほど言ったのに。私のことはほっといて。何がいい話よ。どこかで大人しく寝ているかと思ったら、劇団の連中におだてられて、何をぺらぺらしゃべっているのよ。その口は死んでも直らないの?」

劉紅兵《リュウホンビン》は憶秦娥《イチンオー》に蹴られたところをさすりながらへらへら笑っている。憶秦娥《イチンオー》は武術の鍛錬をしている。この一蹴りはずしんとこたえているはずだ。憶秦娥《イチンオー》でさえ自分の足先に痛みを感じたほどだったから。

劉紅兵《リュウホンビン》は叱られた子どものように、つまらなそうな顔をして黙りこんだ。憶秦娥《イチンオー》は「出てって」と言い、劉紅兵《リュウホンビン》は喉薬の胖大海《はんたいかい》と麦門冬《ばくもんとう》の支度してから、おとなしく彼女の部屋を出た。憶秦娥《イチンオー》は立ち上がると、足のストレッチを始め、渾身の蹴りを数度繰り出した。それから彼女の好きな決め技「朝天蹬《ちょうてんとう》」を始めた。片脚を踏みしめ、もう片方を蹴り上げると、大きく弧を描いて足の裏が天に向く。その勢いは足先が肩を越え耳をかすめて後頭部へ一直線に伸びていく。さらに両手を床について自分の体重を支える倒立を十数分続けた。一息入れると、胖大海《はんたいかい》を飲みながら窓の外の中庭を眺め、「イーイー、ヤーヤー」と喉の調子を確かめた。中庭の宿泊客が驚いて顔を上げ、声の出どころを探し始めたので、稽古をここで打ち切った。

しばらくして、単《ダン》団長と封導《フォンダオ》が一人の男を連れてきた。中央人民放送局の記者で、彼女にインタビューの申し込みだった。劉紅兵《リュウホンビン》もついて入ってきた。記者の質問に彼女はほとんど答えられず、手の甲を口に当てて笑うだけだった。記者の質問は多岐に渡り、主に単《ダン》団長と封導《フォンダオ》が答えた。彼女が困り果てたのは、劉紅兵《リュウホンビン》がしょっちゅう口を差しはさみ、何でも知っているような口ぶりをすることだった。記者はいぶかって、何をなさる方ですか？と尋ねた。劉紅兵《リュウホンビン》が口を開くよりいち早く、憶秦娥《イチンオー》が答えた。

「この人は舞台美術班の運搬係です」

劉紅兵《リュウホンビン》は何か言いたげだったが、憶秦娥《イチンオー》から睨まれて口を閉ざした。この取材は彼女の口数が少ないまま終わりそうだったので、記者は秦腔《チンチアン》の曲調について尋ねてきた。彼女はその代表的な節回しをいくつか歌って聞かせ、記者は大いに満足した。この後、秦腔《チンチアン》について四方山《よもやま》話をして取材は終わった。劉紅兵《リュウホンビン》は憶秦娥《イチンオー》のご機嫌斜めなのに恐れをなし、単《ダン》団長と封導《フォンダオ》が記者を送り出しているすきに、さっと姿を消した。

憶秦娥《イチンオー》は今夜の公演に備えてまた眠った。

この夜の公演は観客が通路にまであふれた。拍手は昨夜より十数回多かった。公演が終わってすぐ連絡が入った。中南海の招待公演が決まったと。

二十

憶秦娥《イチンオー》は後から聞いたことなのだが、中南海の人が夜観劇に来て、見終えるとすぐ舞台に上がって劇団の責任者を呼び出し、明晩の中南海公演の段取りを告げた。ただ、全編の通し公演ではなく、見どころの二場を抜粋した見《み》取《ど》りにしてほしいとのこと。というのも、晋劇《しんげき》（山西省の地方劇）、豫劇《よげき》（河南省の地方劇）も同じ見取公演を行い、三劇団の競演となるからだが、秦腔《チンチアン》の方には他劇団より一場余計に時間が与えられた。ただ、人数の制限があり、楽隊も含めて三十人しか入れず、その上、出場者全員の「政治審査資料」も提出しなければならなくなった。

（注）政治審査資料　個人の履歴（思想的、政治的、職業的行動歴）などを証明するもの。世帯登録が行われている居住地の委員会などで発行される。

中南海公演はありがたく、喜ぶべきことだが、入場制限のため団員の半数が参加できなくなり、選に漏れた者の失望落胆は大きかった。

この夜も終演後、憶秦娥《イチンオー》は嘔吐に襲われた。劇団関係者は閉幕後舞台に押し寄せ、出演者たちと交流を行った。彼らは政治的指導者たちとは違って、すぐに帰ろうとはしなかった。嘔吐の治まった憶秦娥《イチンオー》がメイクを落として出てくるのを辛抱強く待った。〝舞台を降りた〟彼女を見て、誰もが驚きと感嘆を隠さなかった。この女優は「美しすぎる」とみなが口を揃えた。ある者は、確かにメイクの映える女優だが、やはり〝土台〟がよかったんだと言った。また、ある者は彼女の高い鼻梁に驚いて、外国の血が入っているのかと疑い、別の者は彼女が新疆ウイグル族自治区の出身かと尋ねた。憶秦娥《イチンオー》はただ手の甲を唇に当てて微笑みを返すだけだった。

劉紅兵《リュウホンビン》はすっかり感動の面持ちで、せっせと椅子を運んで同業者たちを座らせた。みな椅子に座りこみ、てんでに持ち前のおしゃべりを始めた。まず火吹きについて質問が相次いだ。どんな練習をするのか、火はどんな成分でできているのか、ほかの地方劇には火吹きのような絶技はない、伝統劇必須の芸とされる唱《チャン》（歌）・念《ニエン》（台詞）・做《ツオ》

（所作）・打《ダー》（立ち回り、舞い）の四功《しこう》に加え、このような秘技を身につけたことを口々にほめそやした。

何人かの京劇の師匠格は彼女の歌と節回しに助言を与えた。特に呼吸と息継ぎの方法はすぐにでも役に立つ手ほどきだった。いわゆる「芝居の味」はこの息継ぎの中に隠されていると言う。別な長老格は言った。彼女の演技には無理な力が加わっていると言った。気張らずに肩の力を抜き、もっと楽にして自然に振る舞えば、「水に浮かぶ瓢箪」の軽み、緩急自在の妙味が生まれてくると言う。憶秦娥《イチンオー》はうなずきながら本当にありがたいと思った。このような巨匠から直々の奥義《おうぎ》を授けられる身の果報を思った。劉紅兵《リュウホンビン》はそばにいて一々、頭を下げ、腰を屈め、ご機嫌を取り結んでいる。今日の舞台は同じ演劇人として語り尽くせぬものがあり、日ごろの思いを吐露する久方ぶりの機会となったようだ。ある老大家は単《ダン》団長と封導《フォンダオ》に言った。

「この子は全国でもまれに見る素質を持っている。〝色と芸〟を兼ね備えた〝時分《じぶん》の花〟を久しぶりに見た。大事に育てるんだ」

憶秦娥《イチンオー》は〝色と芸〟という言葉をまた聞いた。彼女はこの言葉がまだ腑に落ちないでいる。これを言う人が次第に増えているが、その都度、顔を覆って笑いを返すしかなかった。みんなは彼女と記念写真を撮り、一人一人連絡先を教え合い、一人一人帰っていった。

ホテルに帰って、憶秦娥《イチンオー》は大浴場で入浴し、出てから気がついた。各階の廊下に人影がない。恐らくみんな街をうろついているのだろう。ホテルへ帰るバスの中で単《ダン》団長は断言した。明日、中南海で公演する人員以外、全員に一日の休暇を与える。首都公演は円満な成功を収め、所期の任務を果たした。中南海の招待公演は錦上花を添えるものだ。諸君は解放された。心置きなく北京を楽しむがいい。

団長はそう言っても、憶秦娥《イチンオー》はまだ肩の荷を降ろすわけにはいかない。いや、かえってその重圧は増している。ホテルに帰り部屋に入ると、劉紅兵《リュウホンビン》が北京ダッグ、巻餅《ジュアンビン》（メキシコ料理のタコスに似た軽食）などを手際よく並べている。憶秦娥《イチンオー》はまた腹を立てて言った。

「いらない」

彼女は劇団から支給された夜食のパン一個、ゆで卵一個、ソーセージ一本を食べながら、また劉紅兵《リュウホンビン》に文句をつけることになった。彼女は劉紅兵《リュウホンビン》が終演後に楽屋で見せた余計な気働き、せっせと椅子を運んだり、これ見よがしのご機嫌取りが気に食わなかったのだ。劉紅兵《リュウホンビン》は言い訳した。

「あんなに多くの老大家が君のために集まってくれたのに、封導《フォンダオ》はもういい年だし団長は足が悪い。俺が椅子を運ばなければ、せっかく来てくれた老人たちを立ちっぱなしにするところだった。それでいいのか？」

憶秦娥《イチンオー》は知っている。劉紅兵《リュウホンビン》を言い負かすことはできない。言うだけ無駄だ。それより今は何よりも休息だ、睡眠だ。彼女は劉紅兵《リュウホンビン》を追い払った。

彼女が恐れていたのは同室の女教師が帰ってからまた大騒ぎされることだった。それより先に眠ってしまわなければならない。早々に消灯して、うつらうつらしてるところに二人が帰ってきた。昨夜より随分早いご帰館だ。ドアを蹴破るように入ってきて、手荒く灯りをつけ、一人が叫んだ。

「秦娥《チンオー》、秦娥《チンオー》、もう寝ちゃったの？　公演は大成功、みんな天安門へ行ったり、王府井へ出かけたり、大騒ぎだよ。あんた、主演女優だろうが。こんなところで寝てる場合か？　眠り虫の生まれ変わりか？」

憶秦娥《イチンオー》は無理に笑顔で迎えてから顔を背け、眠ろうとした。二人はお構いなしにレザーバッグを開き、一点一点、仔細に家計簿をつけ、夫の浪費を叱るような細かい点検を始めた。まず、六必居《リョウビージュイ》の漬け物。大根の甘味噌漬け、キュウリの甘味噌漬け、チョロギの甘味噌漬け、ニンニクの砂糖漬け、どれがうまいか、どれがまずいか、肉夾饃《ロウジャーモー》に合うか合わないか。麺の付け合わせはどうか、どれも圧倒的な言葉の洪水で、しかも話の筋が通っている。誰もかなわない。部屋中に漬け物の臭いが満ち、次は張一元《チャンイーユアン》の茶の吟味に取りかかった。一人が言った。張一元《チャンイーユアン》の茶は随分値上がりした。無茶苦茶よ。前に来たときは二十斤（十キロ）買って十数元だったのが、今度は二十元ちょっとで二百元以上。あっという間の値上がり、ぼったくりよ。もう一人が言った。稲香村《ダオシアンツン》のお菓子だって何倍も値上がりよ。前に八種類買ったときの値段がいくらで、今はいくら、二人は前の値段で論争を始めた。一人は相手が間違っていると言い、もう一人は相手が惚ぼけたと言い返す。次はかちゃかちゃとハサミの試し切りと品評を始めた。一人は王麻子《ワンマーズ》のハサミが長持ちすると言い、もう一人は張小泉《チャンシャオチュアン》のハサミがいいと譲らなかった。一人は王麻子《ワンマーズ》のよさを語り始めた。彼女の少女時代、紅衛兵の大串聯《ダーチュアンリエン》の活動で北京に来たとき、十丁買って帰って家族や親戚に配り、残ったのは自分で使って十数年愛用したが、そのハサミはすべて盗品の転売だったという。

(注)大串聯《ダーチュアンリエン》　文化大革命の初期、毛沢東の大号令によって進められた〝造反有理〟の政治運動。大学生、高校生が北京で毛沢東に謁見したり、各地の紅衛兵と交流して「大串聯《ダーチュアンリエン》＝経験大交流」を行い、毛沢東思想の宣布に務めた。汽車代・船代、宿泊費・食費無料で全国の〝無銭旅行〟ができたが、交通機関や宿泊施設にとっては大きな迷惑だったという。

張小泉《チャンシャオチュアン》のハサミを贔屓《ひいき》する方も負けていない。彼女の兄が杭州で買ってきたハサミは実によく切れ、孫が針金を切っても、切れ味はまだ落ちないという。ついに二人の論争は白熱した。王麻子《ワンマーズ》を推す方は、張小泉《チャンシャオチュアン》のハサミは上品過ぎて、黄河の北では売れていないと言い、張小泉《チャンシャオチュアン》を推す方は、王麻子《ワンマーズ》は品がなくて、長江の南では誰も買わないと主張。どうしてハサミ一つでそんなに口角泡を飛ばして蘊蓄《うんちく》を傾けられるのか、憶秦娥《イチンオー》はさっぱり分からない。秦腔《チンチアン》以外何も知らない自分はやはり馬鹿なのかもしれないと思った。

その後、二人は数十元のために大喧嘩を始めた。「京八件《ジンバージエン》(伝統的な食材と製法作で作った中国菓子)」を買ったとき、誰が支払いをしたかが発端だった。一人は自分が立て替えたと言い、一人は自分の財布からちゃんと支払ったと言い返した。激しい言い争いになって双方一歩も引かず、ついに二人とも押し黙り、聞こえるのはプラスチックケースを床に投げる音、そしてぷちっと室内灯の紐を引く音で、部屋は真っ暗になった。

憶秦娥《イチンオー》は眠れなくなった。以前は羊の数を数えているうちに眠れたが、今、一匹、二匹、三匹とやっているうちに、故郷の九岩溝《ジョウイエンゴウ》の光景がまざまざと脳裏に浮かんできた。

彼女の父が初めて羊を家に引いてきたのは冬のさなかだった。彼女と姉が学校から帰ったとき、母親が父親に向かってありったけの雑言を浴びせていた。よその家の羊を連れてきてどうする。家の者が食うものもろくに食えないでいるのに、どうして他人の羊に食わせられるのかと。父親は言った。

「他人じゃない、親戚の羊だ。六匹飼っていたが、これがいかんということになった。多すぎる。資本主義の道を行くものだとな。三匹までなら許可される。残った三匹を預かってきた。代わりに飼ってやれば、来年には麦一斗、ゴマ一升、トウモロコシ二斗、ラード二斤に豚の内臓もつけてくれる。悪い話じゃない。どうだ、やってみないか？」

　母親は言い返した。

「誰が飼うんだい？　私たちは生産大隊に縛られて身動きできないよ。それ大寨《だいさい》に学べ、やれ工分《ゴンフェン》（労働点数＝報酬。麦や石炭や綿布などの日用品はこの点数に換算されて購入できた）を稼げ。子どもたちは学校だ。ましてこの真冬、どこに草がある。からっ風でも食わせるのか？」

（注）大寨《だいさい》に学べ　大寨は山西省の小村。毛沢東の「自立更生」の路線に鼓舞され、急傾斜の痩せ地に鋤《すき》、鍬《くわ》を振るい、もっこを担いで棚田、段々畑の造成が行われた。農村開発戦略のモデル地区とされ、「農業は大寨に学べ」のスローガンが全国で叫ばれたが、一九七六年、毛沢東の死去にともなってこの活動は停止された。

「冬を乗り切れば、山に草が生える。羊の三匹ぐらい、何とかなるだろう」

「私が言っているのはこの冬のこと、たった今どうするか、たった今、羊に何を食わせるか、何を飲ませるかだよ。私たちは毎日粥をすすって、顔が映るぐらい薄い粥をすすっているというのに、他人の羊の心配なんかしてしていられるか」

　父親と母親が角突き合わせているとき、憶秦娥《イチンオー》（このときは易招弟《イチャオディ》）は地面にしゃがんで大きい一匹と小さい二匹、三匹の羊をなでていた。三匹の羊は思いがけず従順で、彼女が小さな手で羊たちの腹をさすると、彼女の足の下でごろりと横になった。彼女が羊の足を掻いてやると、子羊は足を高く上げて彼女のなすがままになっている。彼女は羊が可愛くてならず、親たちが羊の世話をどうするかで揉め続け思案投げ首のとき、彼女は言った。

「私が飼う！」

　母親は何とも答えなかったが、その日の夜、両親がひそひそ相談しているのを彼女は聞いた。娘二人を学校に通わせるのは大変だ。いずれ一人をやめさせなければならないと。母親は言った。

「女の子は学校を出たところで、どうせ人のものになっちまう。出してやるだけ損だ。来弟《ライディ》（姉）は学校が好きだから続けさせてやろう。招弟《チャオディ》はもともと学校が嫌いだし、九岩溝《ジョウイエンゴウ》の先生は代用教員だから、通ったところで毎日遊んでいるようなものだ。それなら招弟《チャオディ》に羊を見させた方が本人のためにもなる。羊を連れて学校へ行けばいい。勉強の邪魔だとか、村が文句をつけてきたら、もっけの幸い、学校をやめさせちゃおう」

　こういうわけで、三匹の羊は家に留め置かれた。彼女は羊を学校へ連れて行き、授業中は教室の外につないでおいた。羊はしょっちゅう教室の外でめえめえと鳴き、ところ構わず黒い糞をぽろぽろと撒き散らした。腹を立てた教師は、罰として彼女を教室から追い出した。長い時間外に立たせられても彼女平気で、かえって喜んだが、冬はさすがに辛かった。だが、羊たちが察したのか、寄ってきて彼女の足の周りで横になり温めてくれ、教室の中より暖かな感じがした。

　彼女の羊連れの通学は黙認の形になったが、彼女が学校を休むことがあっても教師はほったらかしで家庭訪問もしなくなり、事情を聞くこともしなくなった。彼女は大好きな羊と心置きなく仲よくできることがうれしかった。羊を従えながら道で歌い、谷で歌い、橋の上で歌った。羊たちもめえめえと彼女の歌に和した。このとき、彼女は学校で「理想」という言葉を知った。ほかの生徒たちは汽車の運転士、飛行機のパイロット、人民解放軍への入隊、科学者などの声が相次いだ。彼女は誰からも聞かれなかったが、秘かに思っている理想があった。それはどこかよい嫁入り先を見つけて羊を飼うことだった。それも三頭きりではない。せめて三十頭はほしかった。そこは羊の好きな草がふんだんにあり、山の斜面に川が流れ、いつでも好きなときに歌が歌えるところだった。こんなところで一生を送れたらどんなにか幸せなことだろう。このとき歌っていた歌から、彼女は北京に天安門があることを知り、また北京には「金山」があることも知った。その歌詞は「北京の金山　光が四方を照らす　毛主席はあの金色の太陽　暖かく慈愛に満ちて　農民の心を明るく照らし出す」というものだった。しかし、彼女はそのとき、貧しい羊飼いの娘が北京へ行き、天安門を見て「金山」に登るなど考えてはならないと思い、ただ、ふんふんと鼻歌で歌っていたが、その歌はどれよりもはっきりと脳裏に焼き付いている……いつしか彼女は夢の中に入った。

山いっぱい　野原いっぱいの羊。
彼女は羊を追っている。
まず姉が彼女を助けに来た。
次に母親が手伝いに来た。
その次に来たのは封瀟瀟《フォンシャオシャオ》だ。
またその次に胡彩香《ホーツァイシアン》先生。
またまた次に苟存忠《ゴウツンチョン》師匠。
いつもの黄色い外套の古存孝《グーツンシャオ》老師。
封導《フォンダオ》は羊に鞭を振るっている。
単《ダン》団長もびっこを引き引きやって来て
迷った羊を群れの中に押し返す。

棍棒を振り振り叔父の胡三元《ホーサンユアン》が現れた。真っ黒い顔をしてぷりぷり怒りながら羊を断崖絶壁向かって追い立てようとしている。彼は羊を追いながら彼女に向かって怒鳴る。「このろくでなし、せっかく舞台に立たせてやったのに、羊を飼うだと？　羊を追って何の花実《はなみ》が咲くものか、お前が咲かせる花は舞台にしかないぞ」こう言い残すと、空に舞い上がり、羊たちをみんな崖の下に追い落としてしまった。

何てことするのと叫んだところで彼女は目を覚ました。

部屋を見渡すと、教師の一人が寝言を言ったところだった。

「金をちょろまかしただと？　ふざけんな！」

もう一人はいびきをかき続けている。息を吐いたまましばらく呼吸が止まり、周りの人間を不安に陥れる。まるで崖っぷちに立たされたみたいな。

朝食を食べ終えた後、中南海から人が来た。火吹きの場の引火を心配し、事前に見ておきたいと言う。憶秦娥《イチンオー》は何度か実演し、松ヤニの粉とおが屑を配合した粉末を見せた。封導《フォンダオ》は再三説明した。秦腔《チンチアン》の火吹きの歴史は百年以上、いやそれよりもっと早くから行われ、一度も引火などの事故を起こしたことはないと。だが、その人物は目を怒らせて言った。

「それにどんな科学的な根拠がありますか？　引火や火災を起こさないとあなたは保証できますか？　保証したところで、それが何の役に立ちますか？　もし、何かあったら、首が飛ぶのはあなたですか、それとも私ですか？」

封導《フォンダオ》はぴたりと口を閉ざし、単《ダン》団長は後を引き取った。

「ご懸念でしたら、消火器をいくつか用意しましょう。これまでにも準備したことがありますから」

「余計なことはしないでいただきたい。そんなことより、火吹きに代わる別なやり方はないものかと言うことです。動作はそれらしくしても、実際には火を使わないとかできないものですか？」

封導《フォンダオ》は慌てて口を夾んだ。

「『遊《ゆう》西湖《せいこ》』を見に来る人はみな、この絶技がお目当てなんですよ」

「いずれにしても、いい方法を考えて下さい。私たちも考えますから。この材料は私たちでお預かりします」

その人物は松ヤニとおが屑の粉末一包みを持って立ち去った。姿を消したのを見計らって、封導《フォンダオ》、単《ダン》団長、憶秦娥《イチンオー》は相談した。火吹きに代わる代案などあろうはずがない。四の五の言われたら、『殺生《せっしょう》』の場は演じないまでだ。

午後三時、メイクを始めるようホテルの各室に連絡が入った。憶秦娥《イチンオー》もメイクに取りかかった。

二人の女教師は〝海（中南海）〟へ入ることができず、早起きしてさっさと買い物に出かけていった。しかし、一緒のお出かけではなかった。いつか二人は〝木に竹を接ぐ〟ような関係になっていた。めいめいレザーバッグを持ってそっぽを向き、ぷりぷりしながら足早に出て行った。部屋が途端に静かになった。

憶秦娥《イチンオー》はメイクしながら脳裏に場面を呼び起こしていた。劉紅兵《リュウホンビン》は何度も入ってきて、何かないかと聞いてきたが、彼女は相手にしない。彼は魔法瓶の温水を彼女に運び、窓を開けて換気した後、口笛を吹きながら部屋を出て行った。憶秦娥《イチンオー》は思う。劉紅兵《リュウホンビン》がいかに望もうと、中南海に入るのは無理だろう。出演者や楽隊はみなそれぞれの出番を持ち、それ以外に入域を許されるのは随行者一人だけだった。単《ダン》団長は封導《フォンダオ》を指名した。その理由は団長が足を引きずりながら右往左往するのはみっともない。封導《フォンダオ》に行ってもらって舞台の状況を見てもらい、上演中のあらゆる状況に対応してもらうためだと。

午後五時半、〝海〟からお迎えが来た。

緑色の軍用車が一両、ホテル前に横づけされた。窓は金網で目隠しされている。乗車するとき、一人一人に上演証明書が手渡され、必ず胸の目立つところに止めるよう言い渡された。車に持ちこむ品物は一つ一つ中を改められ、楽器のケースはそれぞれに特異な形をしているので、ジジジと音を出す機械で検査された。憶秦娥《イチンオー》が抱えていた衣装の包みも開かされて念入りに確認された。誰かが窓のカーテンを開こうとしたが、すぐに見咎められ「動くな」と厳しく指さしされた。もう誰も外を見ようとしない。どのくらい走ったのか、あっちに曲がりこっちに曲がりして憶秦娥《イチンオー》が車酔いを感じたとき、やっと車が止まり、「着いた」とのこと。下りるとき、出迎えの係員から繰り返し念押しされたのは、まっすぐ楽屋の休憩所に向かうようにとのことだった。劇場の周囲に警戒線が張られ、何人も楽屋以外の場所へ行ってはならない。楽屋の入り口には歩哨の兵隊が立っており、歩哨兵から三メートルの距離を保って立ち止まることなど、さらに細々とした注意事項が言い渡された。憶秦娥《イチンオー》は車酔いのせいか頭がふらふらして何も覚えていない。車を降りて人々の流れに従った。車は楽屋の入り口に止められ、ほんの数歩で楽屋入りできた。何人かが素早く周囲に目を走らせ、あちこちに歩哨兵がうようよいると、みんなに小声で知らせた。憶秦娥《イチンオー》は目まいを覚えて脇見せずに中へ入った。後になって、中南海はいかがでしたかと人に問われたとき、彼女はただ手の甲を口に当ててほほえむだけだった。彼女は本当に劇場以外何も見ていなかった。

楽屋に入ると、すでにほかの二団の顔ぶれが揃っていた。彼らの二場は秦腔《チンチアン》の前に演じられる。秦腔《チンチアン》は〝とり（最後の締めの公演）〟をつとめるのだ。

憶秦娥《イチンオー》は奥まった一角に腰を下ろし、壁と向き合った。公演前にこの場所を探すのが彼女の楽しみだった。自分の中に閉じこもってぼんやりしていられるし、人と話をせずに済ませられるし、何よりも脳裏で芝居の場面を反芻することができるからだった。このとき、少し水を飲む。飲むと言っても喉を湿《しめ》すだけ。飲み過ぎて舞台で尿意を感じるようなことがあってはならない。彼女がここに座ってややあってから、誰かの大声が聞こえた。

「紅兵《ホンピン》の兄貴が来た！」

「何でだ？ どうやって入ってきたんだ？」

ふり返ると、確かに劉紅兵《リュウホンピン》が立っている。側に立っているのが劉紅兵《リュウホンピン》のために顔を利かせた人物なのだろうか。劉紅兵《リュウホンピン》は団員に近づき、みんなと握手を交わしている。まるで長い時間合っていなかったような親しみをこめている。遠くに座っている団員には、わざと身を乗り出して手を長く伸ばして叫ぶ。

「哥《あに》い、今日はお伴させていただきます」

劉紅兵《リュウホンピン》は秦劇院の全員に〝接見〟したあと、近くにいた山西省、河南省の劇団員たちと次々に握手し、〝直々の接見〟を行った。彼らは全員総立ちになった。劉紅兵《リュウホンピン》をよほどの大物と見たのだろう。これを見て、憶秦娥《イチンオー》は笑うわけにいかず、怒るわけにもいかなかった。劉紅兵《リュウホンピン》が彼女に近づき、大仰な身振りで手を差し出したとき、彼女はコップに半分残っていた水を彼のその手にぶちまけ、さっと身を翻して洗面所に向かった。みんな大喜びで笑い崩れ、楽屋管理人の注意を受けた。

後になって、憶秦娥《イチンオー》は劉紅兵《リュウホンピン》の自慢話を聞かされた。中南海のどこかの部門で元北山《ベイシャン》地区の職員が働いていた。昨年末、西安の出先事務所に転勤になったとき、劉紅兵《リュウホンピン》に名刺を渡していた。劉紅兵《リュウホンピン》が試しに電話を入れてみると、その男は北山《ベイシャン》地区副区長の御曹司を確かに記憶していた。すぐに車を出して劉紅兵《リュウホンピン》を迎え、中南海に案内した。楽屋を自由に出入りし、舞台も客席もロビーも勝手に歩き回れた。仕込み（舞台装置の設営）のスタッフに声をかけたり、ロビーで受け付けの職員から話を聞き出したり、いろいろな情報を集めて楽屋に伝えた。客入れの時間、チケットのもぎりはあるのか、観客はどのくらいいるのか、幹部は誰か、特に今回観に来るのは、口にするのも恐れ多い幹部連だという。

残念なことに、劉紅兵《リュウホンビン》が一番聞かせたかった憶秦娥《イチンオー》の耳には全然入っていなかった。彼女は楽屋の一番奥で畑の瓜のように黙って台詞に集中している。彼女にとって観客が誰であろうと演じることは同じだ。台詞を噛んだり、（とちったり）、歌のきっかけを外したり、「臥魚《がぎょ》」が途中でつぶれたり、吹く火が青い煙になってはならない。どんな大観衆が押し寄せても恐くはないが、彼女にとって一番恐ろしいのは業務課の職員だった。彼らは上演上の〝事故〟をつぶさに記録する。彼女が台詞を言い間違えたとき、〝事故〟となって出演料が減額される。このときは一晩の出演料から二元差し引かれた。彼らは血も涙もない。こちらは血の滲むような稽古と死にもの狂いの演技をしているのに、彼らは「事故ゼロ運動」の先頭に立ち、罰則規定に基づいて機械的に過料をはじき出してくる。彼女がうれしいのは今夜、彼らは誰も来られない。みんな追い払われたというより、〝皆殺しに遭って〟姿を消した。みんな陝西《せんせい》省秦劇院の閑人たちだ。こう考えて、彼女は楽屋の片隅でくすりと笑みを洩らすのだった。

ついに中南海招待公演の幕が上がった。

まず、河南省豫劇《よげき》の『百歳の元帥』と山西省晋劇《しんげき》の『犬を殺して妻を諌《いさ》める』だった。豫劇《よげき》は独特の「山に吠える」と称された雄勁、悲愴感に満ちた唱法で舞台を活気づけ、『犬を殺して妻を諌《いさ》める』はその喜劇的な筋立てが彼女には好ましかった。それよりも彼女を緊張させたのは、袖舞台に消火器が所狭しと並び、少なからぬ操作員が控えていたことだった。まるで大敵に向かうような陣立てだ。あ、そうか、もしかして火元になるのはこの私なのだと合点がいった。鳥肌が立つ思いだったが、舞台に出た途端に忘れてしまった。

最初、彼女はやりにくさを感じた。観客席がざわざわ騒がしい。シーリング（舞台開口部の天井から舞台を照らすスポットライト群）で舞台をすかして見ると、最前列には白髪の老人が多い。その後ろには制服の軍人が威儀を正して座っている。騒ぎの元は老人が連れて来た孫たちで、舞台に飽きてむずかりだしていた。しかし、彼女はすぐにその場を静めることができた。彼女は多くの観客から見られ、また多くの観客を見ている。落ち着かない客席、荒れ始めた舞台を静めるコツは、まず自分を抑えることだ。それができれば雰囲気に呑まれることなく、心技体《しんぎたい》（精神・技術・体力）にも乱れは出ない。彼女は『鬼怨《きおん》』と『殺生《せっしょう》』の場によって自分が包まれ、同時に自分の中がそれによって満たされているのを感じている。いわば一心同体だ。百年以上伝わり、代々歌い継がれ、演じ継がれてきた演目がこうして自分とともに生き、また自分が生かされている。これは縁というものだ。演目との縁、観客との縁、自分がその間にいる。一つの様式、一つの型をおろそかにせず、言葉と音楽を一つのものとして体現していく。これを守れば、舞台が壊れることはないはずだ。

こうして彼女は舞台が『犬を殺して妻を諫《いさ》める』の喜劇的な騒々しさから脱し、これから演じられる悲劇の厳かさ、神々しさに包まれてくるのを感じていた。客席のざわめきが次第に引いていき、水を打ったように静まった。子どもたちもこの雰囲気に染まり、老人たちの体に自分の身を預けて一心に舞台に見入っている。火吹きの場面になって、憶秦娥《イチンオー》は客席を一気に引きつけ、観客は彼女の意のままになった。拍手と「好《ハオ》！」の歓声は絶えることなく、カーテンコールにつながった。

今夜の舞台は彼女にとって会心のできだった。心に一点の曇りもなく、彼女は胸を張ってこう断言できる。業務課のスタッフが今日ここに来て、舞台の両袖から目を皿にして彼女のあら探しをしようとしても、彼女の出演料を減額する理由は見つからなかっただろう。あの〝閑人〟たちが来られなかったのは本当に残念だったと。

二十一

上演時間が普段より短く、鬘《づら》で頭を締めつける時間も短く済んだせいか、みんなが心配した憶秦娥《イチンオー》の吐き気はまだ襲ってこなかった。カーテンコールで指導者たちの接見という〝お勤め〟も難なくやってのけられそうだった。劉紅兵《リュウホンビン》はカメラを取り出してこの場面をせっせと撮影した。後で誰かから聞かれたら、憶秦娥《イチンオー》が〝海〟に呼ばれたからこそ、こうして国家の最高幹部と記念写真の撮影ができたのだと自慢するために。

彼女を悩ませるカーテンコールの吐き気は観客の間でも評判になり、〝一般〟の幹部のときはわざとその〝ふり〟をして楽屋に逃げこむという噂が立っていたが、今日はその必要はなかった。実のところ、彼女は自分が握手した〝超有名〟な国家幹部が一体誰なのか、さっぱり見分けがつかなかったのだ。普段、新聞を読まず、ニュースにも関心がなく、せいぜい女子バレーボールの試合ぐらいにしか関心を示さなかった。劇団の人から幹部を紹介されても、さっぱり聞き取れない。その職務について長々と説明されても、誰がどれだけ偉いのか分からない。それに、みんな言うことが同じだった、演技が素晴らしい、火吹きがすごい、李慧娘《りけいじょう》がみごとだ、秦腔《チンチアン》にもやっと後継者ができた……。彼女は一つ一つうなずきながら感謝の意を表す。やはり気がかりなのは、幹部の話が長くなるといつまた嘔吐に見舞われ、目の前の人にとてつもない災厄をかけるか分からないことだった。幸いなことにどの幹部も話が短く、後ろに続く人も少なくなってきた。だが、忍びこむ風のように喉にこみ上げてくるものがあった。彼女はじりじりしながらまた、握手して話して、やっと最後の人を見送った。

憶秦娥《イチンオー》は辛うじて自分を持ちこたえながら楽屋へ向かい、途中、洗面所に入りたくなった。ところが、どの廊下、どの場所もすでに消灯され、通れなくなっている。我慢するしかない。外に向かって開いている通路をひた走った。嘔楽屋の前の出口を飛び出すと、すぐ緑色の車が目に入り、入り口の階段に足をかけたところで吐いてしまった。飛び散った吐瀉物に驚いた運転手は、顔を背けながら怒り出した。後を追いかけてきた劉紅兵《リュウホンビン》が素早く上着を脱ぎ、吐瀉物を手づかみにしてその中に隠そうとした。つかんでは上着に入れ、またかき集めては上着に移し、さらに車体を拭き終わると、標準語を交えながら運転手に話しかけた。

「きれいになった。きれいでしょう。見て下さい。どこにも汚れはありません」

運転手がやっと車を出そうとしたとき、誰かがまたそっと窓のカーテンを開けて外を見ようとした。そこへ標準語の叱声の声が飛んだ。

「窓を開けるなと言っただろう。外を見るな！」

みんな声もなくうなだれて、座席に体を沈ませた。もう誰も何も見ようとはしない。こうしてみんなは〝海〟から運び出された。

ホテルについて、みんなはほっと安堵のため息をつき、気を取り直したように大声を出しながら車を降りた。単《ダン》団長がホテルの入り口で一行を待ち構えていた。

「どうだった？　うまくいったか？」

封導《フォンダオ》は団長の手をきつく握りしめて言った。

「仰平《ヤンピン》、やったぞ！　俺たちは秦人《しんじん》（始皇帝の末裔）の面目を施した！　大成功！　秦娥《チンオー》のお手柄だ！」

単《ダン》団長は不自由な足を引きずりながら憶秦娥《イチンオー》を迎えに走り、彼女に付き添って階上へ向かった。回りには劇団員たちが勝手なおしゃべりをしている。豫劇《よげき》がどうの、晋劇《しんげき》がどうの、火吹きの拍手が何回だったとか、どの指導者からどんなお褒めの言葉をいただいたかとか、舌足らずなところ、見当違いなところは劉紅兵《リュウホンビン》がすかさず口を挟んで言葉を補った。こんなとき、劉紅兵《リュウホンビン》は水を得た魚のように能弁になる。どの役職の権能がどれほど大きいか、どれほど取るに足らないか、誰が今夜の主役か脇役か、実によく事情に通じ、手に取るように解説して見せる。何にでもしゃしゃり出て、いっぱしの口をききたがる劉紅兵《リュウホンビン》を、憶秦娥《イチンオー》は目の端で捕らえ、睨んでみせるが、こんなときの彼は何も受けず、自分の〝売り込み〟に余念がない。「恥ずかしいことはやめて」と、彼女は彼に文句を言おうと考えていた。しかし、彼女がバスの入り口で吐いてしまったとき、彼は文句一つ言わずに自分の上着を脱ぎ、汚れ物をきれいに始末してくれた。それを思うと言い出しにくく、もし今回、彼が来てくれなかったら、自分はそこに立ちすくんだまま困り果てていただろう。

彼女がメイクを落としているとき、劉紅兵《リュウホンビン》はベッドの縁に腰を下ろし、両足を宙に浮かせながら言った。

「ついにやった。中南海にまで乗りこんだ。国の指導者たちが口を揃えて誉めてくれた。これは大変なことだよ。君は大女優になった。自分の力で人気に火をつけた。でも、俺を捨てないでくれよ。寧州から君を追っかけてとうとう中南海にまで来てしまった。これは君の目というより目力《めぢから》のせいだ。分かるか、目力？　初めて君の舞台を見たとき、君の刺すような目の光がびりびりっと俺の目の中に飛びこんできた。毒針だよ。魔物の目の光だ。一度刺さったら、もう抜けない。全身に毒が回る。分かるか？」

憶秦娥《イチンオー》は返事をするのも億劫で、ただ、メイク落としに専念している。彼女にとって中南海公演がどれほどのものなのか、まだぴんとこないでいる。北山《ベイシャン》や西安公演とどれほどの違いがあるのか、みんなが騒いでいるだけで、新しい土地へ行けば新しい土地の緊張感が彼女の気分を変え、引き締めてくれる、それが役者冥利だと考えている。このとき、彼女は緊張が緩んで快い空腹を感じていた。何かおいしいものをずっしりと腹の中に詰めこんでみたい。今、自分の胃袋は宇宙を呑みこんでもまだ余りある。このところずっと食事を控えめにしてきた。体重を抑えることと、火吹きのとき松明を持って現れる刺客の廖寅《リャオイン》と戦うため身軽になっておかなければならなかった。最も恐れることは胃袋がふくらむと口元が緩む。飢えていなければ立ち回りはできないのだ。今は何も恐れることはない。どこかで心おきなくがつがつと胃袋をいっぱいに満たす快楽を味わってみたい。彼女は本当に飢えていた。しかし、劉紅兵《リュウホンビン》には話したくなかった。一人で出かけ、これまで背負ってきたものを秘かにどっこいしょとおろす。これは誰にも知られたくない。一人だけの時間、一人だけの仕事、いや一人だけの儀式でなければならなかった。劉紅兵《リュウホンビン》には自室に帰ってもらっていた。いくつかの客室から賑やかな声、祭りの日のような笑い声が廊下に漏れてくる。みんな祝い酒に酔いしれている。そのどこかに劉紅兵《リュウホンビン》がいる。彼女は足音を忍ばせて通り過ぎた。

北京に来て四日目になるが、彼女はまだ一人で歩いたことはない。どこへ向かっているのか分からない。もうすぐ夜中の零時になる。ホテルは比較的閑静な場所にあり、この時間になると、ほとんど人通りが絶えていた。彼女は明るいところを目指して歩いた。明るかったところはすぐ暗くなった。彼女は通りがかりの人に尋ねた。

「天安門はどっちですか?」

その人はずっと遠いところだと答えた。彼女はまた尋ねた。

「金山はどっちですか?」

あの歌が耳の底に蘇る。

北京の金山　私を照らず

その人は笑って答えた。北京に香山はあるけれど、金山は聞いたことがないと。彼女は口を押さえ、きまりが悪くなってその場を離れた。

賑やかそうな一角が見えた。酔っ払った声も聞こえる。そちらへ曲がった。小路《こうじ》の奥に焼き肉の屋台が何軒か見え、若い人たちが何人も座っていたが、そこに入る勇気はない。女性の姿が見える屋台もあった。彼女は思い切って空いている席に座った。彼女は焼き肉を三十串注文し、烤餅《カオビン》(焼き饅頭、形は円形で平たい)を追加した。焼けた油の匂いが鼻腔を刺激した。食べ終わったが、まだ食べ足りない。牛筋(牛ももや牛すねから脂身と赤身を除いたもの)を二十串追加注文した。我ながらすごい食欲だった。屋台の客がみな驚いたように彼女の顔を見た。一人の若者が連れの女性からぐいと袖を引っ張られた。女性は不服そうに若者に言う。

「目の玉がつぶれないようにね」

憶秦娥《イーチンオー》は何のことか分からなかったが、屋台の主はそっと彼女にささやいた。

「あんたがあんまりきれいなんで、女の子はみな焼き餅を焼いているのさ」

彼女は恥ずかしくなって俯き、残りの串を平らげると、外に出た。後ろの方で声がした。

「大西北《ダーシーベイ》だ。訛りで分かる。西北の風を食らうってか（空きっ腹をかかえる意）」

別の男が言った。

「西北にあんな美女がいるもんか。みんな胴長のちんちくりんだよ。尻がざるみたいにでかくてよ」

女の声がした。

「ほら、追っかけていきなよ。オードリー・ヘップバーンみたいじゃんか。もっともヘップバーンはあんな田舎臭くないけどね。見て、男たちのいやらしい目つき」

憶秦娥《イチンオー》は急ぎ足で暗い胡同《フートル》へ逃れた。もうこれ以上遠くへ行く気を失った。帰り道が分からなくなっても困る。天安門はどこか遠いところらしいし、金山はもしかして北京のどこにもないのかも知れない。彼女はホテルへ帰ることにした。だが、歩いているうちに腹の具合が悪くなってきた。さっき食べた肉に当たったのか？　ここ四、五日、ろくに食べずに、いきなりたくさんの肉を詰めこんだから、腹の方で驚いたのかも知れない。腹に差しこむような痛みが走り、胸がむかつき、同時に激しい便意に襲われた。周りに公衆便所は見つからない。彼女はこれ以上持ちこたえられないと思った。塀の暗がりに走り込み、人のいないのを見澄まして上下の用を足した。立ち上がるのももどかしく、現場を立ち去ると、ホテルまで走って帰った。それから何年も経って、初めての北京訪問を思い出す。恥ずかしくて一人でこっそり笑うしかない。首都の衛生には大変申しわけないことをしたが、これほどの周章狼狽《しゅうしょうろうばい》は後にも先にもない。

ホテルに帰ると、ほかの部屋ではまだ騒ぎが続いている。酔っ払った劉紅兵《リュウホンビン》はろれつが回らなくなっていた。相変わらずの大口を叩いている。

「君が、君がね。原子爆弾が欲しいと言うんなら、俺さまがいつでも持ってきてやる。先の丸いのがいいか、尖ったのがいいか、お望み次第。どうしても欲しいというんなら、型番号を言ってくれ。俺さまが持ってきてやる。今言ってくれたら、明日の朝一番に運んで、君の家の前に配達させる……」

彼女は部屋に入って彼の足を踏んづけてやろうかと思ったが、腹の方がまた急を告げたので、慌てて廊下のトイレに駆けこんだ。

トイレから出ると、もう劉紅兵《リュウホンビン》のことはどうでもよくなった。この恥知らずな男はちょっと構ってやるとつけ上がり、ほらを吹くとき以外は死んだみたいに精彩がない。

部屋に帰ると、二人の女教師が背中を向け合って荷物の整理をしている。二人の関係はまだ修復していないようだ。彼女が帰ったのを見て、救いの神のように話しかけてきた。一人が言った。

「今晩の公演は大成功だったそうじゃない。おめでとう。お手柄よ」

もう一人が言った。

「秦腔《チンチアン》の未来はあなたにかかっているわ。とにかく、李慧娘《りけいじょう》の役をものにしたんだから、ほかの芝居はもう楽勝、何でもござれよね」

憶秦娥《イチンオー》はただ黙ってうなずいて笑うだけで、何と答えてよいか分からなかった。それに何度も腹を下して気力がなくなり、ただ横になって寝たいだけだった。二人の教師の片方は小さな計算機を取り出してせっせと数字を打ちこんでいる。もう片方はノートにびっしりと書きこんで計算に余念がない。ちょっとまどろんだ憶秦娥《イチンオー》が起きてトイレに行くとき、二人はまだ計算中で、二度目のトイレのときは袋に品物を詰めこんでいた。一人は荷物が入らなくて、トイレから出てきた憶秦娥《イチンオー》を呼び止めて袋を持たせ、口を開かせた中に無理に品物を押しこんだ。そのついでに彼女に尋ねる。水の飲み過ぎて小用が近いのか、それとも腹下しなのかと。憶秦娥《イチンオー》は答えようがなく、袋から解放されると、そのままベッドに倒れこんだ。

憶秦娥《イチンオー》の腹づもりでは翌日早朝、天安門広場の国旗を掲揚する儀仗兵の行進を見に行くつもりだったが、どうしても起き上がれずにいた。劉紅兵《リュウホンビン》が何度も来て具合を聞かれたが、腹の具合が悪いとは言わなかった。十一時前には何が何でも起き出してチェックアウトの手続きをしなければならなかった。二人の教師の荷物が多すぎて持ちきれず、憶秦娥《イチンオー》に手伝わせ、蛇革の袋を持たせせて運ばせた。袋に何が吐いているか知らないが、やたら重たくて持ち上がらず、憶秦娥《イチンオー》は下までやっと引きずっていった。

西安行きの列車の出発は午後五時だった。劇団は正午前にチェックアウトして宿泊費を節約しようとしていた。ホテルを出るとすぐ北京駅へ向かい、出発までたっぷりある時間をめいめいが過ごさなければならない。みんなが駅付近をぶらついているとき、憶秦娥《イチンオー》は一人残って荷物の山の番をすることになった。劉紅兵《リュウホンビン》は憶秦娥《イチンオー》が腹を下しているの気づいて薬を買ってきた。少しはよくなったが、何も食べる気にはならなかった。彼女はこうして慌ただしく帰郷の列車に乗った。

帰路も硬座の一両が連結された。劇団の大部分が一緒に帰ることになった。来たときの興奮は帰るときも増えこそすれ、減ずることはなかった。特に乗車前、『遊西湖《ゆうせいこ》（西湖に遊ぶ）』に上演部門の最優秀賞が授けられたとの一報が入って、みんなは感動のあまり、持っていた荷物を一斉に宙に放り上げたほどだった。単《ダン》団長は封導《フォンダオ》に残って授賞式に出るよう命じた。団長は言った。

「俺の足を見ろ。これで表彰台に上がれるか？　秦人《しんじん》の恥、陝西省《せんせい》三千万人の顔がつぶれる」

封導《フォンダオ》は北京に残ることになった。車中、団員たちの興奮は収まらず、また格別の感慨があった。中でも若者たちは劉紅兵《リュウホンビン》を出しにして、彼を〝いじり〟倒した。劉紅兵《リュウホンビン》もみんなからいじられることを喜んでいた。どうしてそんなことになったのか、劉紅兵《リュウホンビン》のズボンまで剥ぎ取られてしまった。彼は別に怒りもせず、それを楽しんでいるかのようだった。そこだけを隠し、尻を丸出しにして、笑いながらズボンを追いかけて車輌内を駆けめぐった。憶秦娥《イチンオー》は憤然として別の車輌に移った。

彼女は劉紅兵《リュウホンビン》の振る舞いに処置なしの態《てい》だ。もはや打つ手がない。劉紅兵《リュウホンビン》は全世界に向かって自分が憶秦娥《イチンオー》の事実上の夫であることを宣言できないのが極めて遺憾であると劇団内で訴えた。憶秦娥《イチンオー》が西安の劇団に移ってきたころ、劇団の若手の中には憶秦娥《イチンオー》に親しみを示し、彼女を「青春のあこがれ」と奉《たてまつ》ってファンを自認する者もいた。みんな何くれとなく彼女を助け、応援していた。その後、劉紅兵《リュウホンビン》が劇団の至るところに出没し、〝深入り〟してくるにつれ、みんなは彼女に対してそれとなく距離を保つようになっていた。一方、劉紅兵《リュウホンビン》はみんなに気前のよいところを見せつけ、同席した飲み食いの費用は、彼がふくらんだ財布をこれ見よがしに伝票を奪い取り、さっさと支払いを済ました。中国が物資欠乏の計画経済を行っていた時期だから、「供給票」がなければ手に入らない商品があった。カラーテレビ、冷蔵庫、扇風機、洗濯機をはじめ、高級自転車の「永久」「鳳凰」「飛鴿《ひこう》（鳩）」など、高級煙草の「阿詩瑪《あしま》」「大重九《だいちょうきゅう》」、スリム型「金糸猴《きんしこう》」などだ。しかし、これが劉紅兵《リュウホンビン》の手を通ると、手品のように現れる。その功あってか劇団の中に〝劉紅兵《リュウホンビン》シンパ（同調者）〟ができ始めていた。李慧娘《りけいじょう》の役を奪われ、劇団をおん出た皮亮《ピーリアン》・龔麗麗《ゴンリーリー》夫婦もいつしか劉紅兵《リュウホンビン》が手なずけていた。憶秦娥《イチンオー》には恨み骨髄、劉紅兵《リュウホンビン》と生死をかけて争ったはずだったが、彼ら夫婦が音響、家電の店を出してから、劉紅兵《リュウホンビン》は手に入りにくい品物の供給票を融通してやるようになったのだ。当時は「双軌制《そうきせい》」という二重価格が行われていた。

（注）双軌制　計画経済が市場経済に向かう過渡的な二重価格制度。同一の商品が計画経済の固定価格と、市場の需給に応じた自由調整価格が混在していた。高級官僚あるいはその親族が権力を利用してブローカー的な投機、闇売りを行う者も現れた。こうした職権利用の取り引きは一九八九年以降、「打倒官僚ブローカー（官倒《グアンダオ》）」の気運の高まりと共に姿を消した。

行政の要職にある者はメモ一枚で二重価格制度を操ることができ、劉紅兵《リュウホンビン》は随時、皮亮《ピーリアン》・龔麗麗《ゴンリーリー》夫婦にこの便宜を与え、大きな利益をあげさせていたのだった。彼らの劉紅兵《リュウホンビン》、憶秦娥《イチンオー》に対する悪口、恨み節はぴたりと止んだ。龔麗麗《ゴンリーリー》は会う人ごとに憶秦娥《イチンオー》の演技を誉めそやし、若い才能に道を譲ったのだと誇らしげに語った。皮亮《ピーリアン》は憶秦娥《イチンオー》の公演ごとに音響調整卓の操作を買って出て、マイクをこつこつ叩いたり、「ウー、アー」とスピーカーの残響を調整したり、かいがいしく働いた。劉紅兵《リュウホンビン》の姿を見かけると、憶秦娥《イチンオー》が身につけているマイクのバッテリーボックスの装着を気遣って見せる。

「きつくないですか、大丈夫？」「気分悪くないですか？」「動きにくくないですか？」

皮亮《ピーリアン》はことさらな動きを見せ、わざわざバッテリーを一度外してまたつけ直したり、すべて劉紅兵《リュウホンビン》にアピールする動きだった。

皮亮《ピーリアン》の豹変は誰も理解できなかったから、劇団員たちは「皮亮《ピーリアン》が鬼を見た」と陰口した。皮亮《ピーリアン》が酒に酔って、内輪話を打ち明けると、みんなは「紅兵哥《ホンビンあに》いの雅量と手腕」にあらためて心服したのだった。

憶秦娥《イチンオー》は行くところがなく、車輌の連結部分のところにうずくまっていた。劉紅兵《リュウホンビン》は奪い返したズボンをはき直し、彼女を捜し当てたとき、憶秦娥《イチンオー》は顔面蒼白、頭や顔に冷や汗の玉を浮かべていた。彼が軟座（一等車）の寝台車に移ろうと持ちかけても、彼女は頑として聞き入れない。どうしても行けというなら列車から飛び降りると言い張った。このとき、単《ダン》団長が来た。彼女が憔悴し、虚脱状態にあるのを見て、職員を車掌室へやり、寝台車の席を用意させたが、彼女は頑なにそれを拒んだ。団長は職員に命じて彼女の体を支え、座席に戻らせようとしたが、彼女はその手を振り払った。彼女は特別な目で人から見られるのが嫌だった。誰も彼女を構わず、放っておかれる方がよかった。彼女は突然思い出した。寧州の劇団にいたとき、竈番《かまどばん》をしていた彼女に注意を払う者は誰一人いなかった。一人で竈の焚き口にうずくまり、揺らぐ炎を見つめていた日々は何と安寧に満ちていたことか。

彼女が座席に戻ったとき、劉紅兵《リュウホンビン》が車掌（列車長）を連れ、車掌は一人の医者をともなってきた。医者の質問に、彼女は腹をこわしただけでどうともないと答え、劉紅兵《リュウホンビン》を睨みつけた。また、余計なことをしてくれた。医者は脈をとり、舌苔を見ていった。この病人は疲労と衰弱の度が激しい。寝かせて休ませなさいと。しばらくして、軟座の寝台車に席を取った劉紅兵《リュウホンビン》が、彼女を無理に連れ去った。この話は瞬く間に車内に知れ渡った。憶秦娥《イチンオー》が一等寝台に移り、費用は劇団が支払ったと。

翌日の朝、西安駅のホームは大きな横断幕で列車を迎えた。

「熱烈歓迎『遊西湖《ゆうせいこ》』北京公演最優秀賞」

その側には「正調秦腔《チンチアン》の誉れ、京華に満つ」といった垂れ幕が揺れている。さらに秧歌《ヤンゴー》隊が銅鑼と太鼓とチャルメラの鳴り物入りで派手な踊りを繰り広げていた。

憶秦娥《イチンオー》は事務局員の声で目を覚ました。劉紅兵《リュウホンビン》も早く起きて荷物をまとめるようせっついている。陝西省《せんせい》の幹部が直々にホームまで迎えに来たとのこと。憶秦娥《イチンオー》は半開きの目で増結車に駆け戻った。単《ダン》団長は憶秦娥《イチンオー》を先頭にして下りるよう指示を下し、爆買いした土産の山に埋もれている二人の女教師は後回しにされた。

まず省の指導者が憶秦娥《イチンオー》を接見した。彼女はその指導者が誰か分からない。でっぷりと肥え、オールバックの髪をてかてかに固めた男が彼女の手を取って言った。

「お手柄だった。秦腔《チンチアン》の名を全国に広めてくれた。よくやった！」

この人が陝西省で一番偉い人なのだろうと憶秦娥《イチンオー》は思った。子どもたちが次々と花輪を彼女の首にかけ、その行列は果てしがない。彼女は全身から力が抜けていくのを感じた。両足が頼りない。雲の上か綿花の袋の上を歩くみたいにふわふわと足元が覚束《おぼつか》ない。たくさんのカメラが向けられ、フラッシュが相次いで彼女の目を射た。今日の自分は写真写りが最悪だと彼女は知っている。だから、頭を低くしてできるだけ写らないようにした。カメラマンから身を避けようとする側から立ちふさがれ、至近からフラッシュを焚かれる。いきなりマイクが突きつけられ、何か一言と迫られる。彼女の頭の中が真っ白になり、ぶーんと唸り始めた。もともと話すことが苦手な上、今日は一文字も頭に浮かんでこない。彼女はただ手を挙げ、手の甲を口元にあててほほえむだけだった。団長がやっと包囲を解き、彼女は病気だと弁解した。このとき劉紅兵《リュウホンビン》はまるで重要人物を護衛するみたいに先頭に立ち、新聞記者たちを押しのけていた。彼女は次々と押し寄せる人波に揉まれながらもやっと抜け出したところにオープンカーが待っていた。極彩色の幔幕がめぐらされ、赤や緑や黄色の絹布が翻り、花束を満載した車に、彼女は息も絶え絶えになって乗った。

二十二

憶秦娥《イチンオー》が北京公演で大成功を収めたニュースは、彼女が北京から戻ったその日の夜、九岩溝《ジョウイエンゴウ》にも伝えられた。その夜、憶秦娥《イチンオー》の父易茂財《イマオツァイ》は、育てた羊を隣村に運ぶというほまち仕事（臨時の内職）でいい稼ぎになり、勇んで帰って来たところだった。ズボンのポケットから十枚の〝大団結（十元紙幣）〟を取り出し、妻の胡秀英《ホーシュウイン》の前でシワをのばしながら並べている。胡秀英《ホーシュウイン》はサトウキビの酒を温め、卵を炒めた鍋に落花生を柄杓でひとすくい入れたところで夫を呼び、味つけを任せた。自分はその側で紙幣を数えにかかる。十枚といえども骨の折れる仕事で、唾をつけながら三、四回数え直し、数え終わると今度は一枚一枚ランプの灯にかざしてスカシを確認しながら言った。

「こんなうまい話って……あるもんだねえ」

易茂財《イマオツァイ》は言った。

「あるさ、これからもっとある。上がそう決めたんだから。貧乏人を金持ちにするんだとさ。任務のあるところに数字ありだ。この県でも、牧羊事業を発展させろと号令がかかり、南アフリカのボーア種を飼えってよ。上から尻を叩かれ、下は羊の尻を叩く。目標達成のためには数字合わせが必要だからな。連中は目の色変えて羊を増やせとよ。俺ん家《ち》も羊さまさまだ」

二人は声を上げて笑った。胡秀英《ホーシュウイン》は幸せの笑いを笑い過ぎてごほごほとむせ、夫はその背中をさすった。

ちょうどこのとき、彼らの家のラジオが突然放送を始めた。胡秀英《ホーシュウイン》は言った。

「ちょっと聞きなよ。ほら、憶秦娥《イチンオー》とか何とかいうのが、賞を取ったそうだよ」

易茂財《イマオツァイ》は噛んでいた落花生を飲みこもうとしたところだった。噛むのをやめて耳を澄ました。

「……陝西省秦劇院は北京公演を行い、『遊《ゆう》西湖《せいこ》（西湖に遊ぶ）』が全国コンクールの栄えある最優秀作品賞、主演の憶秦娥《イチンオー》は最優秀演技賞を獲得しました……」

「憶秦娥《イチンオー》……」

易茂財《イマオツァイ》はいぶかしそうにその名をつぶやいた。

胡秀英《ホーシュウイン》は、はっと胸をつかれて叫んだ。

「あ、招弟《チャオディ》、うちの子だ。三元《サンユアン》（甥子）が前に言ってた。名前を変えたって」

「あ、そう言えば、憶秦娥《イチンオー》だ。うちの招弟《チャオディ》だ……」

「何てことだ。聞きなよ！」

放送は続いた。

「……『遊西湖《ゆうせいこ》』は秦腔《チンチアン》の伝統的演目であり、古典的名作です。歴代の俳優が心血を注いで芸を磨き、秘伝を守り続けてきました。今回の全国コンクールにおいて、わが陝西省は秦腔《チンチアン》振興の崇高なる使命を担い、精鋭を選りすぐって陣容を一新し、この舞台をかつてない高みに押し上げ、満腔《まんこう》の自信をもって首都の人民に捧げました。練達の技、華麗なる至芸の数々は秦腔《チンチアン》の真髄を遺憾なく発揮して、観客は百回を超える大拍手と歓声をもって応えました。この評判は政府の中枢・中南海をも揺り動かし、×××、×××、×××、×××ら国家指導部の居並ぶ中南海の会場で堂々のアンコール公演を行いました。我が陝西省の誇りである革命の聖地・延安（一九三七年から十年間、共産党の本拠地が置かれた）時代の老幹部も招かれ、この舞台に惜しみない拍手、声援を送りました。秦腔《チンチアン》を讃える声は首都の空に響き、地に満ちるものがありました。まさに秦腔《チンチアン》の復活と全国制覇の春が到来したのです。『遊西湖』は最優秀作品賞を受賞しただけでなく、主演の憶秦娥《イチンオー》が最優秀演技賞を獲得したことは特筆に値します。次に憶秦娥《イチンオー》が熱唱した『遊西湖』の一節をお送りします。皆さん、お聴き下さい！」

ここまで聞くと、易茂財《イマオツァイ》と胡秀英《ホーシュウイン》の涙はもはやとめどなかったが、この絶賛を受けている憶秦娥《イチンオー》が本当に彼らの家の易招弟《イチャオディ》なのか、寧州県劇団の易青娥《イチンオー》で易《イ》家の二番目の娘なのか、まだ確信が持てなかった。

音楽の中で、導入部の声が響いた。

〽苦《クー》──哇《ワー》──。

台詞の最後に声を切なく引っ張り、次の伴奏を誘う聴かせどころだ。胡秀英《ホーシュウイン》はこれが終わらないうちに、わっと泣きだした。

「茂財《マオツァイ》、招弟《チャオディ》だよ、うちの招弟《チャオディ》だよ――！」

易茂財《イマオツァイ》は娘の第一声、「苦《クー》―哇《ワー》――」を心震える思いで聴き、妻が涙を拭くのを手伝った。

怒りの炎《ほむら》は三千

無念の涙　虚空に満ちて

……

二人にとって思いもよらぬことだった。家を出て長年経った招弟《チャオディ》が、いきなりこのような声、このような場面で、このような役割を演ずるということがまだ信じられない。易茂財《イマオツァイ》とて知らぬ世界ではない。かつて影絵芝居の一員として舞台を踏み、秦腔《チンチアン》は勿論、世の名舞台、絶唱は数限りなく聴いている。だが、〝文化大革命〟が始まって影絵芝居の舞台は火中に投じられ、以来、芝居とは無縁の世界に生きてきた。ただ、壁に掛かったお椀ほどの大きさのスピーカーからいくつもの曲が流れ、耳に止まる懐かしい歌はある。招弟《チャオディ》が寧州の劇団にいたときに歌った『白蛇伝』『楊排風《ようはいふう》』もうれしく聴いた。だが、今日のは陝西省《せんせい》人民放送局の番組を県の放送局が中継している。招弟《チャオディ》が省の放送局で歌い、それをわが家のラジオで聴いているのだ！　しかもそれも信じられないぐらい上手《うま》い。信じられない技量で聴く者を泣かせる。だが、彼にとって〝プロ〟の歌を聴いて涙しているのか、ただ娘の声にほだされて泣かされているのか、不思議な感覚だった。

かつての舞台人として易茂財《イマオツァイ》は理解できるのは、この声は明らかにプロとして養成され、訓練されたものだった。養成？　それを言われたら、娘に対して後ろめたいだけだ。自分は親として娘の何を養成したというのか？　ただ、羊飼いとして追い使っただけだ。六、七歳から始まって、十一歳になるまで九岩溝《ジョウイエンゴウ》に留め置いた。そのころ彼が心配したのは、この子はろくな嫁入り先も見つけられないだろうということだった。羊飼いの娘は教育もなければ、手芸一つできず、この先何の見込みもない。親の期待は姉の来弟《ライディ》にかけられていた。来弟《ライディ》は招弟《チャオディ》に比べたら、できのよい子で、勉強が好きで学校をずるけたりしなかった。将来は高校にやって、卒業して家に帰ったら代用教師の口を見つけ、小学校の先生でもさせようかと思っていた。ところが思いもよらぬことに、叔父の胡三元《ホーサンユアン》が下の娘に目をつけ、芝居の道に引き入れようとした。最初は反対した。当たり前のことだが、芝居の修行は生やさしいものではない。だが、ここで娘を外に出すことは、極貧の家で食べる口を一つ減らすことができるという避けることのできない選択肢だった。しかし、思いもよらぬことが起きた。そんな娘が北京の舞台に立ち、あろうことか、中南海に呼ばれて国の指導者のお褒めにあずかっている。そこは昔、紫禁城と呼ばれ、芝居好きで知られたあの西太后が君臨したところだ。世が世なら、そこで芸の披露ができたなら、故郷に祠《ほこら》を立てて先祖に報告し、末代までの語りぐさにしただろう。

　易茂財《イマオツァイ》は考えれば考えるほど、これは容易ならぬことだと思った。まずは墓地に参って先祖に額《ぬか》ずき、紙銭を焼かなければならない。めでたいことが大きすぎると、その後のツキに見放されるというが、それぱかりは願い下げだ。彼の父も彼の祖父も影絵芝居の役者をしていた。京城へ行き、天子の前で歌うということがどんなことかよく知っている。ところが、何も考えない妻はただ泣いている。耳をラジオに貼りつけるようにして泣いているだけだ。聴いては泣き、恨めしそうに泣き言を言う。あのころ、あの子にろくなことをしてやれなかった。六、七歳で羊の世話をさせ、十一歳で劇団に身一つで預けるとき、一銭の金も渡してやれなかった。なのに、あの子は十二歳で里帰りしたとき、親や姉にちゃんと土産を買ってきた。十三歳になったら、毎年家に仕送りをするようになった。五元が十元になり、すぐ二十元になり、三十元、四十元、五十元になり、百元になった……。易茂財《イマオツァイ》は聞くほどに切なくなり、こっそりと涙を拭った。その後、夫婦は連れだって火紙《フオジー》（火種用の紙）を持って先祖の墓に詣で、ことの一部始終を先祖に報告した後、谷間の村一帯に九発の爆竹が響き渡った。

　この日の夜、九岩溝《ジョウイエンゴウ》は憶秦娥《イチンオー》の大事件でもちきりになった。

出た月は特別に丸く明るく、家々は灯りを消して、門口に椅子を出して一家の些細な出来事を話し、男は竹の籠を編み、鋤《すき》を直し、草履を編み、女は布靴の底を繕ったり、針仕事や洗濯に精を出している。見上げると、節句でもないのに易茂財《イマオツァイ》の家の墓地に突然、祭礼の火が灯り、九発の爆竹が鳴り響き、人々を驚かせた。これは易《イ》家にめでたいことがあったからだ。九岩溝《ジョウイエンゴウ》に響き渡れという一家の思いがこもっている。みんなは指を折って数え始めた。近年、九岩溝《ジョウイエンゴウ》から出た大人物と言えば、溝口《ゴウコウ》の張《チャン》家だ。出世して副郷長になった。丘の上の熊《ション》家は県の副局長になった。老母たちをみな県城に呼び寄せて、一族水入らず、悠々と老後を送っている。山の上の象鼻梁《シアンビーリアン》にある賽《サイ》家は北山《ベイシャン》地区の通信員（郵便の配達員）をしている。今回は憶秦娥《イチンオー》が北京に乗り込み、中南海に呼ばれるという途方もない快事を誇り、九岩溝《ジョウイエンゴウ》の開運を谷間の家々に告げていた。どの家もはっきりと覚えている。あの小さな、いたいけな女の子が六つか七つの遊びたい盛りにお人形遊び一つせず、髪はぼさぼさ、真っ黒に日焼けして羊を追いかけていた。それがどこをどう回り回ってか、生産大隊の出面《でめん》仕事（日雇い仕事）に追われる二親を背中に背負い、姉と弟を両脇に抱えて一世一代の大見得《おおみえ》を切った。これで易《イ》家も県城に引っ越し、一家安楽、左うちわの毎日だ。ああ、どんな商売も励めばきっと日の目を拝める日が必ずやって来る。あやかりたいものだ。

三日目の早朝、村の書記が九岩溝《ジョウイエンゴウ》の高地を訪れた。手には陝西《せんせい》省を代表する新聞を持っている。でかでかと載った憶秦娥《イチンオー》の顔写真は、一枚が舞台写真、もう一枚が普段のスナップだった。大きな見出しの文字が踊り、数段に及ぶ記事が憶秦娥《イチンオー》のために割かれている。書記は声を張り上げて易《イ》家の人たち、そして鷹嘴郷《インズイシアン》に属する九岩溝《ジョウイエンゴウ》の村人たちに記事を読み聞かせた。

「憶秦娥《イチンオー》は鷹の羽根を得て九岩溝《ジョウイエンゴウ》を飛び立ち、大空に雄心《ゆうしん》立志《りっし》の才能を開花させた。今後とも九岩溝《ジョウイエンゴウ》の人々と心を一つに、さらなる高みを目指して新しい未来へと勇往邁進してもらいたい」

書記は記事のところどころに赤いボールペンで傍線を引き、声を震わせながら何度も繰り返し、さらにつけ加えた。

「これは大本《おおもと》を忘れるなということだ。いかに遠くへ行こうとも、いかに高く飛ぼうとも、九岩溝《ジョウイエンゴウ》で生を受け、その懐で育ち、またその土に帰るということを肝に銘じなければならん。易《イ》家に生まれた憶秦娥《イチンオー》は省都・西安に出て一躍勇名を馳せた。これは我々の市場経済、商品経済の発展にも大きな貢献を果たすだろう！」

この日の夜は一家の誰もが腰の落ちつかない思いをした。まず、憶秦娥《イチンオー》の弟の存根《ツンゲン》が西安へ行って「招弟《チャオディ》姉さん」に会いたいと駄々をこねた。その本心は見えている。中学三年生になったはいいけれど、学校が嫌い、しょっちゅう喧嘩沙汰を起こして村では有名な暴れん坊、教師を悩ませていた。もうすぐ期末試験が始まる。存根《ツンゲン》はこの機会を利用して、学校を逃げ出したいだけだった。姉の来弟《ライディ》が妹に会いたい気持ちは本当だった。招弟《チャオディ》が西安に行くとき見送ったきりになっている。彼女はすでに結婚していた。夫の高五福《ガオウーフー》は商売をしているが、いっこうに目が出ない。できれば一緒に西安へ行き、手づるを探そうと相談しているところだった。憶秦娥《イチンオー》が有名になったこの機会を逃さず、すぐにでも出かけようと妻をけしかけたのだ。一番招弟《チャオディ》に会いたがっていたのはやはり母親の胡秀英《ホーシュウイン》だった。このところずっと招弟《チャオディ》の夢を見ていた。招弟《チャオディ》が悪い男に騙されて死んだ方がましだと嘆いている。いつもこの悪夢にうなされて泣きながら目を覚まし、その夜は二度と瞼の合わされることがない。娘に会いたい気持ちは誰よりも強かった。自ずと易茂財《イマオツァイ》が留守居役を仰せつかることになった。最近は牧羊が思わぬ金になる。娘を思う気持ちもさることながら、ここは商売を先行させせようと。

翌日の朝一番、一家四人は九岩溝《ジョウイエンゴウ》から村に降り、寧州県城行きのバスに乗った。まず叔父の胡三元《ホーサンユアン》に会って、一緒に行くかどうかを尋ねようと相談がまとまっていた。行きたいというなら、かえって好都合だ。叔父を除いて誰もまだ西安に行ったことがなかったから。

寧州県劇団に着いたとき、胡三元《ホーサンユアン》は思いがけない易《イ》家の訪問を訝《いぶか》り、そして喜んだ。劇団の十数人が翌日西安へ行くことになっていた。〝集団学習〟として『遊《ゆう》西湖《せいこ》』を見るという。

この日の夜、胡三元《ホーサンユアン》は一家を県城一の餃子館へ招待し、みんなにたらふく餃子を振る舞った。胡三元《ホーサンユアン》の興奮と喜びようはひとしおだった。彼に言わせると、秦娥《チンオー》の快挙はここ毎日、鈴を振って触れて回るように県城に広まっている。ラジオは一日中ニュースを流し、寧州県は陝西省秦劇院に祝電を送ったという。

餃子を食べ終わると、胡三元《ホーサンユアン》は一家を連れて寧州県劇団へ向かった。真っ暗な正門の上に大きな横幕がかかっていた。

「熱烈祝賀！　我らが憶秦娥《イチンオー》団員　陝西省秦劇院移籍後全国コンクール最優秀賞受賞！」

胡三元《ホーサンユアン》は言った。

「分かるか？　わざとこう書いたんだ。あの連中は青娥《チンオー》を西安に引っこ抜いて、どでかい賞を取らせ、労せずして全国一になった。元はと言えば、寧州県劇団が卵から雛をかえし、手塩にかけて育てた大事な役者だ。それを上からさっとかっさらって、手前《てめえ》らは楽して名誉の受賞だとよ。どうにも面白くない。全国コンクールだって、本来ならあいつらじゃなく、俺たちが行くべきだったんだ。そうだろう」

胡秀英《ホーシュウイン》は笑って言った。

「何がどうだろうと、招弟《チャオディ》が今日あるは、あの子の叔父さんがあったればこそ。お前のおかげだ、ありがとよ」

この話は胡三元《ホーサンユアン》をとりわけ喜ばせ、彼の二本の犬歯がにゅっとむき出しになった。

「そう言ってくれるのは姉貴だけだ。劇団のみんなが喜んでくれて、俺は胡三元《ホーサンユアン》ではなく、〝名伯楽《はくらく》〟の名がついた」

「何と難しい名前だねえ。何だってのさ？」

来弟《ライディ》が笑って言った。

「伯楽は歴史の有名人よ。馬の善し悪しを一目で見分けるの。ほめ言葉なんだから。伯楽がなまって博労《ばくろう》（牛馬の仲介人）になった」

「それじゃ、招弟《チャオディ》は人じゃなくて、馬ってことかい」

「アイドルを育てたマネジャーも名伯楽と呼ばれてる」

みんなは幸せの笑いを笑った。

胡秀英《ホーシュウイン》の一家四人は翌日、胡三元《ホーサンユアン》の劇団の人たちと一緒に西安へ向かった。劇場に着いたとき、開演までに三十分足らずの時間があった。胡秀英《ホーシュウイン》はすぐにも楽屋へ行って行って会いたかったが、胡三元《ホーサンユアン》に止められた。舞台を見てから会いにいった方がいい。今行ったなら、気持ちが乱れて舞台に影響するからと。

胡秀英《ホーシュウイン》たちのチケットは劇団が手配してくれた。すでに札止めに近い状態になっていたところを、封瀟瀟《フォンシャオシャオ》たちが急に行けなくなったので、その分を回してもらったのだった。胡秀英《ホーシュウイン》たちは劇場に行列している人の群れを見て驚いた。チケットの入手難は一晩の行列が当たり前になっていると聞かされた。

この夜の公演は憶秦娥《イチンオー》の人気をさらにあおり立てるものだった。

憶秦娥《イチンオー》が舞台に出ただけで、待ちきれない客席から拍手が沸き起こった。

芝居の中ほどから歌の一節ごとに拍手が高鳴り、すでに百回を数えた。『鬼怨《きおん》』と『殺生《せっしょう》』の見せ場にかかると、一千人収容の客席は沸騰した。それはさながら数十キロの牛頭を煮る大鍋のような時間の経過だった。薪の火を一気に燃え立たせ、炎の舌が四方八方から大鍋を舐め、湯が地響きを立ててたぎり、煮詰まってゆく……感極まって客席に立ち上がる者、舞台に駆け寄って「憶秦娥《イチンオー》、憶秦娥《イチンオー》、憶秦娥《イチンオー》」を絶叫する者……憶秦娥《イチンオー》の弟存根《ツンゲン》はこの世ならぬものを見た思いだった。九岩溝《ジョウイエンゴウ》で「山に虎がいなければ、猿が大王を称する」お山の大将を決めこんでいた彼は思わず、ズボンの中に失禁した。

二十三

第二場が始まったとき、憶秦娥《イチンオー》の目に客席から思いがけぬものが飛びこんできた。寧州県劇団の人たちがいる。それどころか九岩溝《ジョウイエンゴウ》の母、姉、姉の夫、弟……彼女の心に漲るものがあった。叔父の胡三元《ホーサンユアン》は開演前に家族を会わせぬ配慮をしたが、彼女はすでに自在の心境にあった。今さら凝らす企みはない。ただ、張りつめた心に神気が宿った。親しい者のために「この場をつとめる」そんな気持ちだった。

終演の幕が下りてカーテンコール、そして彼女はこみ上げる吐き気をこらえながらトイレへ走った。客席から大潮のような拍手と歓声が押し寄せてくる。当然、幕がまた上がる。客は立ち去りがたく彼女の登場をせき立てている。しかし、彼女はそれに応えられない。トイレに着く前に、彼女は劉紅兵《リュウホンビン》の背中に吐いてしまった。劉紅兵《リュウホンビン》は、走る彼女の先に立ち、彼女のために通路を開こうと懸命だ。彼女がトイレに駆けこんだとき、何人かの熱烈なファンが舞台に駆け上がり、舞台の係員に詰め寄っていた。

観客がまだ帰らずにいるのに、俳優はなぜ引っこんだまま無視するのか？　礼儀に悖《もと》るのではないか？　ある者はこうも言ってのけた。

「中南海がなんぼのものか知らないが、一般の観客を下に見るのは傲慢無礼というものだ。あなたたちは一体、誰のために歌っているのか？」

単《ダン》団長と封導《フォンダオ》はやむなく弁明しなければならなかった。憶秦娥《イチンオー》は吐き気のためにトイレに担ぎこまれた。嘘だと思うのなら、行って見てほしい。客はなぜだと尋ねた。単《ダン》団長は答える。それは火吹きの後遺症といえる。松ヤニとおが屑が喉を刺激するだけでなく、喉を下って胃にも吸収され、激しい吐き気となって逆流しているのだと。一人の観客が感嘆して言った。

「俳優がそんな辛い仕事だったとは！　でも惜しい！　素晴らしい舞台だった。観客は舞台に釘づけです。つまらない芝居だったら、さっさと見捨てて帰ってますよ。でも、聞いて下さい。観客の声を。客は帰るに帰れないでいるんですよ」

　客席では拍手と歓声が引きも引きやらず、会場を圧している。このとき、急に拍手のリズムが変わった。解放軍の兵士がよくやる整然と一糸乱れぬリズムを刻み始めたのだ。観客は高まる快感に身を委ね、舞台の余韻にひたっている。単《ダン》団長は足を引きずりながらトイレへ行き、憶秦娥《イチンオー》にどうしたものかと尋ねた。観客はまだ帰ろうとせず、秦娥《チンオー》を呼び続けていると。憶秦娥《イチンオー》は姿勢を正し、また舞台に戻った。その目に寧州県劇団の人が映った。叔父がいた。母が、姉が、姉の夫が、そして弟がいた。彼らはみな舞台の最前列に押し寄せて手を打ち、叫び続けている。母は「招弟《チャオディ》、招弟《チャオディ》」と呼び続け、中学生の弟を抱いて揺さぶりながら弟の易存根《イツンゲン》に大声で促している。

「ほら、お前の姉ちゃんだろう。姉ちゃんと呼ぶんだよ。姉ちゃんと」

　憶秦娥《イチンオー》の目を涙の膜が覆った。二度目のカーテンコールの幕が降りた。

　憶秦娥《イチンオー》がメイクを落としている間、寧州県劇団の人と彼女の家族は劇場の正面で待っていた。

　楚嘉禾《チュチアホー》と周玉枝《チョウユイジー》は李慧娘《りけいじょう》の分身役、〝亡霊若干名〟の一人として出演していた。『殺生《せっしょう》』の場の大詰めに出現し、数十秒の時間しか与えられない。鬼火に焼かれて息絶えようとする賈似道《かじどう》が、今はの際に見る幻覚が彼女たちだった。照明が暗く沈む中、鬼火が揺らめき、煙霧がたちこめて、〝若干名〟の顔は定かに見えない。だから、メイクも簡単で、落とすのもすぐ終わった。憶秦娥《イチンオー》がメイクを落とし終えて出てきたとき、楚嘉禾《チュチアホー》と周玉枝《チョウユイジー》はすでにみんなと挨拶を終え、おしゃべりに興じていた。憶秦娥《イチンオー》の姿を認めると、みんな歓声を上げて彼女を取り囲んだ。互いに熱いハグを繰り返すと、男子の同期生たちは彼女の胴上げを始めた。彼女の体が数回中に舞った後、恵芳齢《ホイファンリン》は彼女の頬をぴたぴたと叩いて言った。

「きれいだ、きれい。何てきれいなんだろう。誰があなたにメイクを教えたと思ってるの？　天女もあなたにかなわないわよ」

　最後に彼女を引き寄せ、堅く抱いたのは胡彩香《ホーツァイシアン》先生だった。胡彩香《ホーツァイシアン》先生も思い切り泣いて、あふれる涙を隠そうともしなかった。憶秦娥《イチンオー》の目の奥にも熱くたぎるものがあり、その涙はほとばしるようにしたたった。だが、懐かしい顔の中にただ一人、封瀟瀟《フォンシャオシャオ》が見えなかった。彼女はカーテンコールの舞台から彼の姿を追い求めている自分に気づいていた。そのときは涙で目がかすみ、客席がよく見えなかったのだと思っていたが、今、はっきりと分かった。封瀟瀟《フォンシャオシャオ》は今日、来なかったのだ。彼女は一抹の寂しさをどうすることもできなかった。

劉紅兵《リュウホンビン》は人垣の中を忙しげに飛び回り、誰彼なく挨拶を交わしていた。こんなところで何をしているのか、寧州県劇団の人たちからそんな目で見られたくない彼は、自分の役割を見せつけようとしたのか、必要のない上着を無理に彼女に着せかけようとした。憶秦娥《イチンオー》はすぐそれを振り払うように彼に返し、わざとみんなの前で〝あかんべえ〟をして見せた。戸惑いを隠そうとしただけでなく、もっと深い意味をみんなに見せつけようとした。

寧州県劇団当時、劉紅兵《リュウホンビン》とつるんで遊び回った若い劇団員たちはここぞとばかりに囃したてた。

「紅兵《ホンビン》の哥《あに》い、〝お母上〟がここにいらっしゃる。ご挨拶申し上げろよ」

誰かがすぐ呼応した。

「ほら、お母さま、お母さま！」

憶秦娥《イチンオー》は母親を引っ張ってこの場を離れようとした。ところが、劉紅兵《リュウホンビン》は本当にそれをやらかした。

「お母さまあ！」

歌うような節までつけて、語尾を長く引っ張っている。憶秦娥《イチンオー》の母はおかしそうにえくぼを作って見せた。

憶秦娥《イチンオー》は劉紅兵《リュウホンビン》に蹴りを入れた。だが、この蹴りは劉紅兵《リュウホンビン》に〝合法的な〟立場を与えたようなものだった、かもしれない。

劉紅兵《リュウホンビン》はここに集まったみんなに熱意をこめて〝粗餐の進呈〟を申し出た。老蘭家《ラオランジャー》に一席を設けたという。老蘭家は回民街にあるイスラム料理の老舗で、焼き肉では西安一の誉れが高い。具合のいいことに今日はみんな昼食を食べておらず、彼らの食欲を刺激した。みんなでタクシーに分乗して出かけることになった。憶秦娥《イチンオー》はそこまで考えが回っていなかった。せっかく集まってくれた人たちをもてなさなければならない。でも、どうしたらいいか分からなかった。待ってましたとばかり劉紅兵《リュウホンビン》の出番だった。彼はたちどころに六両のタクシーを呼んで運転手にそれぞれ指示を下し、車列は老蘭家《ラオランジャー》を目指した。

劉紅兵《リュウホンビン》はこの店の常連らしかった。彼が姿を見せると、すぐ店の奥から「紅兵《ホンビン》哥《あに》い」の声がかかり、店の主は二十数人もの客をただちに広い個室へと案内させた。劉紅兵《リュウホンビン》はお客が大好きな子どものようにはしゃぎ、まして憶《イ》秦娥《チンオー》の母親、姉、弟、寧州県劇団の師匠格、同期生たちが顔を揃えたとあって、すっかり舞い上がっていた。彼はいきなり赤身五百串、脂身五百串、モツ五百串、ビール十ケースを注文してみんなを驚かせた。胡彩香《ホーツァイシアン》先生は咎めるように、残したらどうするのと言い、彼は平気な顔で答えた。

「今夜はまたとない日です。秦娥《チンオー》の家族、恩人、知人がこんなにたくさん集まって料理を残すなんて、それじゃ世も末だ。がんがんいきましょう」

憶秦娥《イチンオー》の同期生たちは大喜びで手を叩いた。

今夜は本当にカーニバルのようだった。みんな競うように入れ替わり立ち替わり憶秦娥《イチンオー》の席にやってきて一献を捧げて杯《はい》を上げ、「その名は京華《けいか》（首都）を揺るがし、その声は三秦《さんしん》（陝西省）を震わす」、母親の胡秀英《ホーシュウイン》には「生母は偉大なり、この世に光栄をもたらす」、〝名伯楽〟の胡三元《ホーサンユアン》には「その目に名馬隠れなし、千里を走り天空を駆ける」、胡彩香《ホーツァイシアン》先生には「慈愛の眼差し　人を大成なさしむ」など最大限の祝辞を捧げた。

憶秦娥《イチンオー》は自分にこのような日がめぐってくるとは思ってもいなかった。嬉しさの中で心がゆるゆるとほどけてくるのを感じた。特に恩師や同期生たちが自分の舞台を見て喜び、祝ってくれた。こんなありがたいことはない。だが、一人の人間の不在がさっきから彼女の心をふさいでいる。みんなの話の中にかすかな手がかりを追い求めたが、彼の消息に触れるものはなく、彼女を持ち上げ、舞台の話ばかりだった。勿論、聞いて悪い気はしないし、相手の気遣いも伝わってくる。だが、封瀟瀟《フォンシャオシャオ》が今何をしているのか、気にかかってならない。今回は寧州県劇団あげての〝集団学習〟で西安へ観劇旅行に来ているのだから、劇団の柱である封瀟瀟《フォンシャオシャオ》の姿が見えないはおかしいと思った。そこへ楚嘉禾《チュチアホー》がちょっかいを出した。各テーブルを回って機嫌を取り結んでいる劉紅兵《リュウホンビン》に向かってわざと声をかけたのだ。

「ねえ、瀟瀟《シャオシャオ》が来ないのはどうしてしらね？　今日瀟瀟《シャオシャオ》が来ないでどうするの？　何を置いても駆けつけるべきよ。恋愛ものをやらせたら、この二人にかなうコンビはないんだから」

胡彩香《ホーツァイシアン》先生が言った。

「その通り。秦娥《チンオー》には瀟瀟《シャオシャオ》が一番お似合いよ。今夜の裴瑞卿《はいずいきょう》は、あれ何？　瀟瀟《シャオシャオ》には及びもつかない。水もしたたる貴公子ぶりは瀟瀟《シャオシャオ》の右に出る者はいない。今夜のはかなり年を食ってる。目の下たるませたおっさんの裴瑞卿《はいずいきょう》なんていただけないわよ」

誰かがつけ加えた。

「出っ尻の短足だし……」

劉紅兵《リュウホンビン》が割りこんだ、

「年食ってってもいいんじゃないかな。この芝居は李慧娘《りけいじょう》を目立たせる芝居だから、相手役が若い必要はない」

みんな笑った。周玉枝《チョウユィジー》が話を元に戻した。

「でも、どうして瀟瀟《シャオシャオ》は本当に来ないわけ？　絶対来るべきよ」

誰かが言った。

「瀟瀟《シャオシャオ》は昔の瀟瀟《シャオシャオ》にあらず。今何をしてるか知らないが、毎日飲んだくれて、そのうち郝大錘《ハオダーチュイ》の二の舞いになるだろうって噂だ。あのおっさん、ネズミを捕まえては火あぶりの刑にしていたからな。おお、恐《こわ》」

憶秦娥《イチンオー》は、はっと胸を突かれた。どうしてそんなことになるんだろうか？　もしかして、自分のせいでは？　誰かが話を断ち切るように言った。

「やめよう、瀟瀟《シャオシャオ》の話はもうたくさんだ。人は変わる。次に会ったときには、もう誰か分からない。そんな奴より、秦娥《チンオー》が大事だ。西安に行って、いくらも経たないうちに、秦腔《チンチアン》の皇女《プリンセス》の椅子を手に入れちまった。俺が言ってるんじゃない。新聞にそう書いてあった。何だか手品を見ているような思いだよ。俺たち、同期の者が馬鹿に見えるだろう！」

みんなはまた「何はともあれまずは一献」と、祝いの酒を手に憶秦娥《イチンオー》のテーブルに列をなした。テーブルの皿は劉紅兵《リュウホンビン》が言った通りみるみる平らげられ、胡三元《ホーサンユアン》と胡彩香《ホーツァイシアン》先生は「お開き」を宣言した。みんなが酒を飲んでいる間に、劉紅兵《リュウホンビン》がホテルの予約を済ませてきた。憶秦娥《イチンオー》の母、姉夫婦と弟は憶秦娥《イチンオー》と同じホテル、その他は北山《ベイシャン》地区の西安出先事務所の招待所に泊まることになった。

ホテルの部屋に入って、母と姉はすっかり興奮していた。弟は初めてテレビというものを見て、茫然と見入っている。母と娘三人はベッドで家のことを話し始めた。まず父親のことからだ。母親は言った。

「お前の父ちゃんはすっかり商売人になっちまったよ。何せ、羊が金を生むんだ。最近は村の主任より威張り返って、今日は誰かのお座敷がかかり、明日は誰かのお呼ばれさ」

憶秦娥《イチンオー》はどういうことかと聞いた。

「お前の姉さんに聞きな。私はとても言えないね」

姉は言った。

「今は猫も杓子も商売、商売、金に目の色変えている。土地によってやり方が違うし、指導者によって方針が変わる。寧州県では二、三年前までは葉たばこを栽培しろ、新しく来た指導者はボーア種の羊を飼えという。どこの農家も外国産の羊なんか飼いたくない。しかし、上からノルマを課せられて、しょっちゅう検査が入る。頭数を揃えなくちゃならない。足りなけりゃどうするか。父ちゃんの二十数頭の出番だよ。今日はこっちの村、明日はあっちの村、引っ張りだこの大忙し。こうやって検査を騙して、一頭一日三元。飼い主には飲み食いのご馳走つき」

母親が話を続けた。

「夜は酒の席もあるそうだ」

「父ちゃんは余った酒や食べ物を持ってきて、俺や母ちゃんに食べさせてくれた」

「このおしゃべりめが」

母親はこう言って、弟に平手打ちを一発お見舞いしてまた言った。

「家の羊は毎日大豆ばかり食べてるから、肉づきも毛のつやもいい。お前の父ちゃんはずる賢い。どこの村へ行っても、こう言うんだ。うちの羊は大豆が好きでね。大豆を食べないと、上の人の前で元気が出ない。検査のとき、羊の足がふらついてたら、やっぱり具合が悪いのではないかとね。すると、農家の人は大豆をどっさり持って来て、ほら好きなだけ食えと食わせてくれる。お前の父ちゃんはこうも言った。この羊を招弟《チャオディ》に飼わせたら、きっと可愛がるだろうな、飼わせてやりたいなとね。みんな丸々肥えて背中の肉は指三、四本分あるからね」

母親は笑いすぎて脇腹が痛いと言った。憶秦娥《イチンオー》も姉も一緒に笑った。

父親の次は劉紅兵《リュウホンビン》が話題に上がった。憶秦娥《イチンオー》はしゃべりたくなかったが、〝よさげ〟な人でないかいと母親と姉の興味は尽きない。二人は焼き肉を食べながら、彼の氏素性《うじすじょう》を聞かされていた。何とかいうお偉いさんのお坊ちゃまというではないか！　そのお偉いさんはどのくらい偉いのか、村長より偉いのかと母親は聞いた。姉は言った。牛とカエルほどの違い、はるか先を走っていて背中が見えないと。母親はちっちっちと舌を鳴らして言った。ご先祖さまにどれだけぶっとい線香を焚いたか知らないが、どえらい〝高嶺の花男《はなお》さま〟だ。家柄が高いだけでなく、見た目もいいし、なかなかの才覚の持ち主と見た。おっとりと育ち、礼儀作法もわきまえている。みんなの前で私を〝お母さま〟と呼んでくれた。たとえ冗談でも、あれだけの大家《たいけ》が山出しの、畑のミミズをほっくり返し、羊の囲いと豚小屋で暮らしている婆さんの面子《めんつ》をちゃんと立ててくれたでないか」

しかし、まさにこの点こそ、憶秦娥《イチンオー》が劉紅兵《リュウホンビン》を嫌う理由だった。たくさんの人の面前で恥ずかしげもなく「お母さま」と呼ぶのは、家門を鼻にかけ、わざとおどけているようにしか見えなかった。妻の母を本当に敬い、立てる気があるなら、それなりの筋目を正してもらいたい。それをわざとらしく節をつけ、芝居がかった物言いをするのは、上流の者が下流をいたぶるやり方だ。憶秦娥《イチンオー》は何度も劉紅兵《リュウホンビン》に蹴りを入れたくなった。それなのに母親は気にもかけずに劉紅兵《リュウホンビン》を誉めそやし、さすがお大尽《だいじん》、物に動じない。自由自在の応対だと持ち上げ、これほどの上玉《じょうだま》、逃す手はないとけしかける。姉も声を合わせて言った。

「いいじゃない、いいじゃない。家庭環境は申し分なし。高学歴・高収入・高身長、その上ハンサムで人当たりもいいし、非の打ちどころがない。もし、あんたがこの道に進んで名をなしていなかったら鼻も引っかけられず、結婚どころの騒ぎじゃないわよ。それがあんたにめろめろ、のぼせ上がってるんだから。まるで狐の精に取り憑かれたみたいだよ」

憶秦娥《イチンオー》が何を言おうと、母も姉も憶秦娥《イチンオー》の気位が高すぎると言い、そして、「この村で買い物をしとかないと、ここを過ぎたら、もう店はない」と言った。弟の易存根《イツンゲン》までが口を揃えた。

「二番目の姉ちゃんの旦那は上の姉ちゃんの旦那と違って、テレビに出てくる人みたいだ」

これでは姉の気分を害すると、憶秦娥《イチンオー》は慌てて弟を制して言った。

「自分勝手で、調子がいいだけの人よ」

だが、姉は言った。

「存根《ツンゲン》の言う通りよ。私の旦那は山越え谷越え流して歩く薬売りだものね。吹けば飛ぶような、取るに足りない人よ。あんたには話してなかったけれど、カラーテレビも、冷蔵庫も、扇風機も何もない最低の暮らし。あんたの旦那とは比べようがない。でも、旦那は今日、とっても喜んでいた。こんなに喜ぶのをこれまで見たことがない。俺の一生でこんな偉い人とめぐり会えるとはなって。あんたの旦那は雲の上の人だってさ」

母親は憶秦娥《イチンオー》に言った。

「お前の姉さんは何も気を悪くしていない。お前を羨《うらや》んでも妬《ねた》んでもいない。だって、同じ竃の同じ釜の飯を食べて育ったんだ。どっちが肥って、どっちが痩せたか、比べても始まらない。どっちがどっちでもいいことだよ」

憶秦娥《イチンオー》が何を言っても、一家総がかりで反駁され、論破され、糾弾されて、まるで批判闘争の槍玉に上がったようなものだった。彼女は口をきく元気もなくなり、「寝る」と言った。

母親はまだ気が昂ぶっている。早くお婿さんをもらえ、早く孫を抱きたいを繰り返した。憶秦娥《イチンオー》は怒った素振りで電灯を消した。母親は暗闇の中で笑いながら言った。

「善は急げだ。年末には式をあげておくれよ」

弟の易存根《イツンゲン》は「ドン」と一発、放屁した。母親は彼の尻を蹴って言った。

「またこの子は食い過ぎだ」

二十四

この日の夜、憶秦娥《イチンオー》はどうしても寝つけなかった。封《フォン》瀟《シャオ》瀟《シャオ》の面影が次々と浮かんでくる。彼女が彼を見つめる力があまりにも強かったので、思ってもみなかったさまざまな表情や仕種が彼女の脳裏に刻まれていたのだろう。封《フォン》瀟《シャオ》瀟《シャオ》がネズミの火あぶりをしたり、郝大錘《ハオダーチュイ》みたいな酒浸りの暮らしをしているとは思いたくなかった。封《フォン》瀟《シャオ》瀟《シャオ》の愛、それは山が地中深く湛《たた》え、決して外には洩らさぬ水だ。あるかなきの光が彼の目の中を移ろう。すると、彼はまぶしそうに顔をしかめ、ちょっと笑う。それが彼女を見る眼差しだ。とらえどころがない。もどかしく、もろく、彼女の強い視線を躱《かわ》し、見返す視線を自分の瞳の中にくぐもらせてしまう。寧州を離れるとき、彼女が見たと思った光はこうして消えてしまった。

劉紅兵《リュウホンビン》のやり方は突撃ラッパだ。真っ向から槍をかざし、「投降すれば命は助けてやる」とばかりに正面攻撃をしかけてくる。彼女は突然、封《フォン》瀟《シャオ》瀟《シャオ》のすべてが知りたくなった。しかし、相手構わず尋ねるわけにはいかない。彼女は夜明けを待った。夜が明けたら、叔父の胡三元《ホーサンユアン》に尋ねよう。叔父しかいない。叔父なら聞けないことは何もない。ここ数年で彼女がこれほど眠りを忘れた夜はなかった。彼女は封《フォン》瀟《シャオ》瀟《シャオ》の名前を呼んでみる。もしかして、自分は自分を愛してくれた人に対してむごい仕打ちで報いたのではないか。封《フォン》瀟《シャオ》瀟《シャオ》が郝大錘《ハオダーチュイ》のようになってしまったら、それは自分が悪い。彼女は自責の矢を自分に突き立てるしかなかった。

翌日の朝早く、叔父がやってきた。弟は街に出かけたがって騒ぎだし、家族はみな早々に街の見物や買い物へと出ていった。憶秦娥《イチンオー》は昨夜よく眠れず、今日も出番がある。みんなを送り出した後、彼女は叔父にかまをかけ、それとなく聞き出しにかかった。

彼女が西安に出た後、劇団員の心はまるで心張り棒が外れたみたいにばらばらになってしまった。特に朱継儒《チュジールー》団長の失望、落胆は激しく、団員に当たり散らした。会議の場でも憤懣を洩らした。人を育てるのはこりごりだ。もう二度とするものか。出て行くのは犬の勝手、ロバは黙って臼を引いてりゃいいのさ。無駄骨を折った。人気が出たら、こんな田舎にくすぶっちゃいられない。さっさと西安の檜舞台に鞍替えだ。こんな割に合わない商売はない。頭が変になるよな。そのうち朱《チュ》団長の体の具合までおかしくなった。一日中、悪い咳をして、がっくり老けこんでしまい、胡三元《ホーサンユアン》に面と向かって恨み節をぶちまけた。お前の姪子も恩知らずだ。あの子を引き立てるため、劇団員には相当の皺寄せがいった。劇団の看板に仕立てるための算段だ。寧州県の政治協商会議常任委員にして主席台にも座らせた。副団長にも祭り上げた。あれもこれも無理を承知、ごり押しの人事だったが、あの子の心をつなぎ止めることはできなかったわけだ！　劇団の古い仲間が叔父を責めて言った。朱《チュ》団長は劇団運営によからぬ野心を持っていたわけでもなく、目先の欲に目がくらんだわけでもない。それなのに子飼いの犬に手を噛まれた。秦娥《チンオー》、俺の言っている意味が分かるか？　こんな馬鹿なことは二度と起こすな。だから、お前に話して聞かせているんだ。団長はやる気をなくした。西安のやり方はあまりにも人を踏みつけにするものだ。人の心を平気で切って捨てる。彼らは自分ではろくな俳優養成もできず、陝西省の金看板にもの言わせて、人の劇団から平気で人材をさらっていく。図々しいというより恥知らずにも程があるというものだ。今回、お前は北京で大成功を収めた。朱《チュ》団長だってうれしくないはずがない。だから事務局にあの横幕を作らせたんだ。「熱烈祝賀！　我らが憶秦娥《イチンオー》団員　陝西省秦劇院移籍後全国コンクール最優秀賞受賞！」とな。これは朱《チュ》団長が考えに考えて作った文句だ。劇団員が〝集団学習〟でお前の舞台を見ることも団長は同意した。できれば団長も連れて来たかったが、いやだと言った。見ない方がいいとな。自分の代わりにみんなが行って秦娥《チンオー》に拍手を送り、盛り上げてやるんだ。そうしなければいかん。あの娘は我々寧州県劇団の出身なんだからとな。

　憶秦娥《イチンオー》は聞きながら切なくてならなかった。朱《チュ》団長はこんなにも自分のことを気にかけてくれていたのだ。彼女は朱《チュ》団長を自分の祖父のように思っていた。彼女の祖父は自分が七、八歳のとき亡くなった。彼女が羊を追って山に登っているとき、天気が変わって雨が降り出したりすると、必ず蓑笠、雨合羽《あまがっぱ》を持って上がってきて彼女の身につけてくれた。霜が降りたり、雪が降ったときは、わら縄を運んで彼女の足にしっかりと巻き、雪道の滑り止めにしてくれた。祖父が逝ってから両親は生産大隊の仕事に忙しく、彼女に蓑笠をかぶせ、雨合羽を着せ、足に滑り止めをつけてくれる人はいなくなった。今の心細さ、やるせなさは、そうか、お爺ちゃんのいない寂しさなんだと彼女は思った。今は単仰平《ダンヤンピン》団長が彼女によくしてくれてはいるが、朱継儒《チュジールー》団長が自分の孫に接するような温もりは感じられなかった。

長いこと話して、憶秦娥《イチンオー》はやっと封瀟瀟《フォンシャオシャオ》の話を切り出した。叔父は言った。

「あの子はもう終わりだ。もともと可愛い子で、ゆくゆくはお前と一緒にしてやりたかった。だが、まるで人が変わった。いろいろ意見してみたが、まるで効き目がない。あいつは鬼を見たんだ。一日中飲んだくれて正体がない。目が据わって恐ろしい形相に変わった。もう駄目だ。終わりだよ」

話しながら叔父の顔は血の気が引き、黒ずんで見えた。口を何度もすぼめ、むき出しになった犬歯を隠そうとしている。

憶秦娥《イチンオー》は身を固くして聞いている。重い衝撃を受け止めながら彼女は突然、李慧娘《りけいじょう》が賈似道《かじどう》に向かって放った言葉が蘇った。

「お前の罪業、とくと思い知れ！」

自分は何の罪も知らぬげに生きてきた。

寧州県劇団の人たちは芝居を見終わって一日西安市内をぶらついてからほとんどが帰っていったが、叔父、胡《ホー》彩香《ツァイシアン》先生と数人が残った。銅鑼や太鼓の人たちだった。劉紅兵《リュウホンビン》が憶秦娥《イチンオー》に尋ねた。

「あの胡彩香《ホーツァイシアン》という人は叔父さんの奥さんか？」

憶秦娥《イチンオー》は違うと答え、どうしてと尋ねると、彼はにやりと笑って言った。

「どうってことないけど、すべて人のなせる業《わざ》、なるほどねえ」

憶秦娥《イチンオー》は彼に足蹴りを入れ、どういうことなのよと問い詰めた。彼はしぶしぶ答えた。

「二人が一緒にあれをしているのを招待所の服務員が見てしまった。大丈夫、俺がうまくごまかしておいたから」

この話を近くにいた胡秀英《ホーシュウイン》が聞いていた。かっとなった彼女は頭ごなしに不肖の甥を怒鳴りつけた。

「この恥知らず、ろくでなしが！　悪い病気がまだ治っていないのか？　あれほど言って聞かせただろう。見境なく他人《ひと》さまの女に手を出しちゃならない、早く身を固めるんだよと。たとえ相手が後家さんであろうと、正しい名分が立たない限り、ふしだらは許されない。見たところ、あの女《ひと》はまだ四十を過ぎたばかりだろうに。いいか、悪い虫は抑えるんだよ。ご先祖さまに申しわけが立たないだろう」

　叔父は姉の剣幕にたじたじとなりながら、いつものように話題をするりとかわした。憶秦娥《イチンオー》はこの間に割って入るつもりはなく、ただ、長く続いている叔父と胡彩香《ホーツァイシアン》先生の関係は遅かれ早かれ面倒なことになると思っている。彼女が胡彩香《ホーツァイシアン》先生の口からじかに聞いたところでは、夫の張光栄《チャンゴアンロン》が働いていた国有企業はつぶれてしまい、今は職探しの真っ最中らしい。光栄《ゴアンロン》さんは工場の労働で鍛えられた体をしているから、喧嘩になったら叔父はかなわないだろう。それに胡彩香《ホーツァイシアン》先生は張光栄《チャンゴアンロン》さんをうちの旦那とか、うちの〝宿六〟とか呼んで、離婚の意思はなさそうだ。この二人はこの先ずるずるとどうなってしまうのだろう？

　彼女の叔父たちはさらに二日間西安に滞在を延ばし、買い物をし、彼女の舞台を二回見て帰っていった。帰りしな、叔父は彼女を片隅に引っ張って言った。

「封瀟瀟《フォンシャオシャオ》はもう見込みがない。劉紅兵《リュウホンビン》は以前は気に食わなかったが、今回、見直したよ。悪くない。まあ、自分で決めることだ。だが、ぐずぐずしていると、十六、七歳の女の子に先を越されるぞ。最近の子は手が早いし、すぐ売れ残りになっちまうぞ」

　胡彩香《ホーツァイシアン》先生まで言ってきた。

「劇団の言いなりになっちゃ駄目よ。劇団は恋愛禁止、早婚禁止、子どもは作るなでとことん働かせ、とことん搾り取ろうって腹なんだから。搾り取られた糟《かす》があなたの残りの人生になってしまう。そのときは団長も誰も面倒見てくれないからね。それまで辛抱して、どんな男が残っていると思う？　冷めたスープ、固い肉、寸足らずの背丈、あなたの叔父さんのようなひどいご面相（ここで叔父が口を挟んだ。〝お前さんの顔はまあまだが、尻のでかいこと石臼なみだ〟　〝そんなにお尻が気に入らないなら、見なきゃいいでしょう〟)、貧乏面下げた行き遅れの女なんか、まともな男は洟《はな》も引っかけないよ。この世で一番哀れなのは捨てられた女より忘れられた女さ。くれぐれも団長たちの口車に乗せられないことだね。口から出任せに騙されたら駄目よ。その点、劉紅兵《リュウホンビン》は見ているうちに段々よくなってきた。さっさと決めちゃいなさい。ちょっと与太ったところがあるけれど、あのしつこさ、粘り強さ、大したものよ。人間、要は心よ。真心で尽くしてくれるんなら、あなたも心を許しなさい」

憶秦娥《イチンオー》の母たちはさらに一週間以上滞在を延ばし、毎晩憶秦娥《イチンオー》の舞台を堪能していた。一方、チケットの売れ行きは伸びる一方で、劇団や劇場用に取り分けておく〝余席〟も底を尽きかけ、彼女には一日二枚しか渡されなくなり、団体に全館貸し切りの日には一枚も回ってこない。ところが、劉紅兵《リュウホンビン》はどこかからチケットを掘り出してくる。〝妻の母親〟の前で着々と点数を稼ぎ、〝売り込み〟の台詞も念が言っている。

「いくらチケットが売り切れったって、秦腔《チンチアン》の小皇后《プリンセス》のご母堂にご不自由はかけません。ソファーを特等席の真ん前に置きましょう。そこで横になってごゆっくりご覧ていただきます。何てったって小皇后《プリンセス》のご母堂は皇后さまですよ。皇后がいなければ小皇后《プリンセス》は生まれない。小皇后《プリンセス》がいなければ、『遊《ゆう》西湖《せいこ》(西湖に遊ぶ)』は見られない。『遊《ゆう》東湖《とうこ》』を見るしかない」と。

胡秀英《ホーシュウイン》は何回同じ台詞を聞かされても、この段に来ると笑い転げて涙を流し、日に日に劉紅兵《リュウホンビン》が好ましくなり、結婚を急ぐよう憶秦娥《イチンオー》をせき立てるのだった。

「お前の叔父さんの言う通りだよ。女狐《めぎつね》には用心することった。油断も隙もない。あっという間にかっさらわれてしまうからね」

やっと母親が一隊を率いて家へ帰ることになったとき、今度は劉紅兵《リュウホンビン》が車で送ると言い出した。憶秦娥《イチンオー》は不同意だったが、母親は彼に送らせると譲らない。内輪も同然、何が悪いと言い張る母親に、憶秦娥《イチンオー》は言い返すことができなかった。

母親が帰ったその日の夜、劇場はまた珍客を迎えることになった。その人の名は秦八娃《チンバーワー》。あの年、憶秦娥《イチンオー》が北山《ベイシャン》地区で公演したとき、朱継儒《チュジールー》団長が彼女をともなって訪れたことのある〝怪人物〟で、劇作の名手だと紹介された。

そう言えば、彼女のために〝注文服《オーダーメイド》〟の作品を書き下ろすと約束していた。彼女が驚いたのは、その秦八娃《チンバーワー》が西安の秦劇界の大御所たちから下にも置かぬ出迎えを受け、貴賓席に案内されたことだった。

二十五

そもそも、憶秦娥《イチンオー》の芸名は秦八娃《チンバーワー》が名づけたものだ。

秦八娃《チンバーワー》は当時、この田舎丸出しの少女がやがて大物になるであろう片鱗をすでに見出していた。

この子は「異能」としか言いようのないものをいくつか持っている。例えば、同じ美女という言葉でも、すこぶるつきの「尤物《ゆうぶつ》」と呼びたくなる何か。あの貧村からどうして鼻筋がすっきり通り、眉根涼やか、果汁に満ちて過不足ない輪郭線を持った子が生まれたのか？　外国の映画スターのようだという人もいるが、明らかにこの国の産だ。あの山奥で生まれ、あの山奥で育ち、両親は恐らく一生外国人を見ずに過ごすだろう。だからといって、この国の人間が高い鼻を持った子を産めないわけではなく、憶秦娥《イチンオー》は紛れもなくこの〝秦川《しんせん》八百里〟の子であり、その美しさは化粧してもしなくても変わりなく内に秘めたものであり、いわば含羞《がんしゅう》の美、己を空しくした伝統の美とも言える。これこそ中国の伝統劇が守り育ててきたものではないかと手放しの誉めようだ。何よりも彼女が手の甲で口を覆う仕種が秦八娃《チンバーワー》の印象に強く残っているようだ。こんな何気ない動作が彼女の天性、女形《おんながた》としての天賦の気品と目に見えない感性を秦八娃《チンバーワー》に感じさせたのかもしれない。

秦八娃《チンバーワー》は浮薄な流行を追う人物ではない。北山《ベイシャン》地区で憶秦娥《イチンオー》の公演が行われたとき、朱継儒《チュジールー》から折り入って頼まれて一場を見、それから立て続けに彼女の舞台に通い続けることになった。焼き餅を焼いた彼の妻は、彼が突然「ひきつけ」を起こしたと言った。彼は確かに憶秦娥《イチンオー》の美しさに魅せられていた。いや、その美しさを見定めようとしているだけだった。しかし、豆腐作りをしている彼の妻からは、彼が美人に目がないだの、息子の嫁にほしがっているだの、大道芸に投げ銭して喜んでいるだの、さんざんな言われようをしていたが、確かに彼にとって憶秦娥《イチンオー》は目を離せない存在となっていたようだ。

憶秦娥《イチンオー》の異能は、第二に彼女の体幹の強さと同時に、しなやかさが支えている。その敏捷さ、瞬発力はためらいのない動きとなり、婉然《えんぜん》と宙を舞う。これは北山《ベイシャン》地区の舞台では見たことのないものだった。彼が誰よりも早く言い出した「色芸《しきげい》両全」の見方は、かつて戯楼で用いられた言葉だとはいえ、間違ってはいない。現に北京公演では多くの専門家がこれを口にしている。凄艶な「色芸《しきげい》」のない俳優は表現力を欠いているのではないかと。そして、彼女の演技力の決め手になるのはやはり喉のよさで、これをもって誰しもが彼女の万能の才を認めることになった。

憶秦娥《イチンオー》が西安に移籍したことは、間もなく秦八娃《チンバーワー》の耳に入った。寧州県にとっては恨みの残ることだが、憶秦娥《イチンオー》には喜ぶべきことだと思った。彼は早くから予測していた。彼女は寧州県や北山《ベイシャン》地区に収まっている人材ではない。遅かれ早かれ西安を制する日が必ず来ると。しかし、これがこんなに早く、瞬きする間もなく実現するとは思ってもいなかった。新聞やテレビで「新星現る」の報道が熱を帯び、その姿を見、声を聞くと、それは何と、あの日会った易青娥《イチンオー》だった。しかも、その芸名・憶秦娥《イチンオー》は某秦人《しんじん》の命名と話題を賑わしているではないか。やった！　彼は勝利の号砲を聞いたと思い、達成感に満たされた。何はともあれ西安に出、『遊《ゆう》西湖《せいこ》（西湖に遊ぶ）』をこの目で見て、巷間もてはやされている評判のほどを確かめなければならないと思った。秦八娃《チンバーワー》の行動がこれから時ならぬ騒動を招くことになる。

秦八娃《チンバーワー》が出かけるとき、彼の妻は豆腐にニガリを加えながらどこへ行くのかと尋ねた。西安で会議があると答えると、何の会議か知らないが、また「ひきつけ」を起こしなさんなと言った。ここ数日、夫が憶秦娥《イチンオー》のことを誰彼なく村人たちとしゃべりまくっていることを知っている。妻がいくらぶつぶつ言おうとも、夫が出かけると決めたら、もう誰にも止められないのも知っている。あるとき、秦八娃《チンバーワー》は民謡を収録するため秦嶺《しんれい》山脈に分け入って数県をさまよい、数十日帰らぬことがあった。爺さんどこへ行ったと村人から聞かれると、妻はぷりぷりしながら「死んだ」と答えた。彼が収集した民話、民謡、伝承はおびただしい数に上り、台本となって上演され、物語・説話集となって刊行されて、彼の名を知らぬ人はなく、北山《ベイシャン》地区は勿論、陝西省の大衆演芸界からも「我が方に来たれ」と引く手あまただったが、彼は行雲流水《ぎょううんりゅうすい》の如く自由自在、居を定めようとしない。このことがかえって名声を高めることになった。陝西省文芸界の指導者が北山《ベイシャン》地区に来て集会や活動をするとき、まず秦八娃《チンバーワー》のところに顔を出し、挨拶するのが常だった。妻の監視や管理がいくら厳しくても、彼は行きたいときに行きたいところへ行く。妻はぶつぶつ「死んじまえ！」と悪態をつくだけだった。

秦八娃《チンバーワー》は西安に着くと、まっすぐ劇場へ向かった。チケットは憶秦娥《イーチンオー》を驚かすことなく、立ちん坊の売り屋から手に入れた。S席（甲票）一枚一元二十角のところを三元出すと、望みの好位置が得られた。彼が信じているのは、俳優の表情をつぶさに読み取り、どんな変化も見逃さない席でなければならない、それが芝居を見るということだ。それができなければ、ただの冷やかしか賑やかしの客に過ぎないと。最初の一場を見た後、彼は楽屋へ顔出しすることもなく、近くに個人経営の安宿を見つけて荷を降ろし、観劇後の心覚えをびっしりと書きつけると、またチケットを入手して第二場、第三場を見た。ここで彼はやっと憶秦娥《イーチンオー》に会おうと腹を決めた。

秦八娃《チンバーワー》は終演後、楽屋を訪れた。時代遅れの野暮ったい出で立ちだった。紐ボタンの上着、まるまっちい布靴、頭頂部はすっかり薄くなっている。歩くときは鴨が水をついばむみたいに左右の足が揺れる。楽屋番の若者が彼の行く手を遮り、誰を探しているのかと尋ねられ、憶秦娥《イーチンオー》と答えると、芝居なら明日出直し、観客の楽屋訪問は一律お断りと追い立てを食った。秦八娃《チンバーワー》は自分の名前を名乗ったが、若者は彼の名を知らず、ただ怪しい風体の男が現れたとしか思わなかった。そこへ単《ダン》団長が封導《フォンダオ》が興奮の面持ちで駆けつけた。封導《フォンダオ》が言った。

「秦八娃《チンバーワー》！　一言お声をかけていただければ、こんなご無礼はしなかったのに」

封導《フォンダオ》は楽屋番の若者を叱るように秦八娃《チンバーワー》について語った。こちらは高名な大劇作家で、五〇年代から映画でも大ヒットを飛ばしている。近年は作品の依頼が殺到して、お引受けいただくどころかお会いするのさえ大変なお方だと言い、

「今日はまた御《おん》自らのお出まし、自分から網にかかるとはどういう風の吹き回しですか」

単《ダン》団長は足を引きずって秦八娃《チンバーワー》の前に立つと、その手をしっかりと握った。それはさながら若かった団長が『杜鵑山《とけんざん》』で主役の雷剛《らいごう》を演じたとき（上巻八二ページ参照）、農民自衛軍党代表の柯湘《かしょう》の手を握りしめる場面の再来で、干天の慈雨にめぐり会った感激がこめられていた。

「やっと会えました！」

秦八娃《チンバーワー》はほほえんで言った。

「憶秦娥《イチンオー》の顔を見たくてな」

単《ダン》団長と封導《フォンダオ》は秦八娃《チンバーワー》を憶秦娥《イチンオー》の楽屋へ案内した。

憶秦娥《イチンオー》はすでに多くの出番をこなして、終演後の吐き気に悩まされることはなくなっていた。今は終演後何回でもカーテンコールに応じている。

メイクを落としている憶秦娥《イチンオー》に声をかけた。

「秦娥《チンオー》、珍客のお見えだ！」

憶秦娥《イチンオー》がふり返ると、そこに秦八娃《チンバーワー》の姿があった。彼女はあわてて立ち上がった。

「秦《チン》先生！」

秦八娃《チンバーワー》は言った。

「まずは自分の仕事を片づけなさい。今日は三場とも見せてもらった」

単《ダン》団長は慌てて言った。

「おっしゃっていただければ、お席を用意しましたのに」

「いやいや、天下無禄の痩せ文士。世に憚ってはなりません。見たい芝居は自分の金で見る。いただきもののチケットでは見る目が鈍る。せっかくの舞台に失礼というもの。ただ券、ただ酒、ただ乗りは致さぬ主義で。あっはっは」

秦八娃《チンバーワー》はみんなを笑わせた。封導《フォンダオ》は言った。

「それでは舞台のご審査をいただくということで」

「審査はどこかのお偉い方がなさること。年寄りの冷や水、私の出る幕ではない」と秦八娃《チンバーワー》は手を振った。

単《ダン》団長は言った。

「ご高名な劇作家がお見えになってご覧いただいた。これが何よりのご審査です。実は私は昨日、封導《フォンダオ》とあなたのことを話していたんですよ。北山《ベイシャン》へ行ってご高覧をお願いしようかと。しかし、めったに秦家村《チンジャーツン》をお出にならない方。西安でどんな催しがあってもお運びいただけない。テーブルに名札を立てても、席はいつも空っぽ……」

「陋屋《ろうおく》にお越しいただくなど恐れ多い。もう長年、何も書かず、かくのは恥と頭だけ。人さまの前に出てもお目障りなだけ。とても顔出しなりません」

封導《フォンダオ》は言った。

「私どもとしては、たとえ三回生まれ変わってもお原稿をいただくつもりですが、もし、旧作の中にこれは思われるようなお作があれば、お見せいただけないでしょうか?」

「いや、とてもとても。どれもこれも、古びて使いものになりません。どうかお見捨ておき下さい」

単《ダン》団長は言った。

「秦《チン》先生、今日は憶秦娥《イチンオー》の舞台を見ていただいたわけですが、憶秦娥《イチンオー》のために新作を一本、お書きいただけないでしょうか? この不世出の才能のために、そろそろオリジナルの作品を用意してもよいころではないかと考えまして、さてどなたにお願いしようかとなったとき、秦《チン》先生以外に思い当たる方はおりません。作品の格付けからいっても先生が最もふさわしく、最も確実だと」

「いやあ、是非にと言われてましてもなあ。私はあの世のお呼びに最も近い人間ですからな。あっはっは」

秦八娃《チンバーワー》はまたみんなを笑わせた。

みんなが話している間に、単《ダン》団長は人をやって西大街回民《ムスリム》街の店に夜食を予約させた。秦八娃《チンバーワー》は夜食を食べる習慣はないと固辞したが、劇団員数人が総がかりで秦八娃《チンバーワー》を車に押しこんだ。車の中で単《ダン》団長は『遊《ゆう》西湖《せいこ》(西湖に遊ぶ)』の感想を秦八娃《チンバーワー》に尋ねた。秦八娃《チンバーワー》は黙ったまま口を開かない。憶秦娥《イチンオー》は不安になった。彼女にはこの秦八娃《チンバーワー》という人物が一体どれほどの人なのか見当がつかない。寧州県劇団の朱継儒《チュジールー》団長や古存孝《グーツンシャオ》老師の話の中、そしてこの風采の上がらない老人に対する封導《フォンダオ》や封子《フォンズ》先生の接し方、敬意の払い方から見ると、秦八娃《チンバーワー》は尋常一様の人物でないことが分かる。特に西安で大喝采を博している芝居の感想を聞かれ、劇団長や演出家、主演俳優を前に無視するようなだんまりを決めこむのは相当な神経だ。車の中に白けた空気が流れた。だが、秦八娃《チンバーワー》は話をまぜこぜにしてしまった。

「今、何時ですかな。街はまだきらきらしている。さすが、西安ですな。秦家村《チンジャーツン》は今時分、もう真っ暗で老人たちは眠くて目を開けているのがやっとですよ」

みんなはまた笑った。

回民街に着いた。街はさらに明るく、劇場のロビーのように華やぎ、さんざめいている。劇団事務局は回民街一番の焼き肉店を選んでいた。テーブルに並んだ皿がすごい。近所の有名店から取っておきのメニューを運ばせたようなあり得ないメニューだ。賈三《ジャーサン》包子《バオズ》、麻乃餛飩《マーナイフントゥン》（ワンタン）、劉家焼鶏《リュージャーシャオジー》、小房子粉蒸肉《シャオファンズフェンジョンロウ》（米粉をまぶした肉を蒸したもの）、金家麻醤涼皮《ジンジャーマージャンリアンピー》（涼皮《リアンピー》は小麦粉からタンパク質のうまみであるグルテンを凝縮させ、つるつるの食感を与えたもの）などが積み重なってずらり並んでいた。劉紅兵《リュウホンピン》がいつ来たのかは知らないが、離れたところにしゃきっと立ち、今度は王家餃子《ワンジャージャオズ》を恭しく運んできた。どれも名声天下に鳴り響く逸品だ。秦八娃《チンバーワー》はこれを見て叫んだ。

「私の胃袋は飯桶《めしおけ》じゃない。これ以上はなしにしてくれ。何たる無駄遣いだ」

みんなは食べながら回民街の名菜について論じた。誰も芝居のことは口にしなかったが、最後に秦八娃《チンバーワー》の方から口を開いた。

「さっき、芝居の感想を聞かれたが、確かに見応えはあった。五、六〇年代に見た『遊《ゆう》西湖《せいこ》』をはるかに凌ぐものがある。だが、質朴さに欠ける。舞台が華麗に過ぎる。特に照明は光り過ぎて舞台をまとも見ていられない。火も吹き過ぎる。技巧に走り過ぎる。まるで雑技《サーカス》だ。拍手も多過ぎる。寂しいぐらいの拍手の中でこそ悲劇的な情感は高まり、観客の抑圧された心は一気に解放されるのだ。いや、申しわけない。言葉が過ぎた。しかし、これが私の率直な感想だ。気にしないでくれ。田夫《でんぷ》野人の妄言、野中のかかしの戯言《たわごと》と思って聞き流して下さい。今回の舞台は確かに観客を魅了する。だが、回民街のこの名菜に比べたら、雅味は格段に劣る」

誰も何も言えなくなった。『遊西湖』の初演以来、北京でも、この西安でも浴びせられたことのない酷烈な批判、骨身を一瞬に氷らせる冷水だった。本来ならこの席は、単《ダン》団長と封導《フォンダオ》が夜食に名を借りて秦八娃《チンバーワー》をもてなし、憶《イ》秦娥《チンオー》のために新作の書き下ろしを依頼する腹づもりだった。だが、それも言い出しにくくなった。みんな黙って箸を動かし、黙々と食べ、飲んだ。ここで劉紅兵《リュウホンビン》が場を持たせようと口を挟み、話を混ぜ返さなければ、火が消えるように話が途切れたかも知れない。劉紅兵《リュウホンビン》は秦八娃《チンバーワー》に対して「そこまで言うか」の思いがある。そこでこの爺さんにぎゃふんと言わせ、烈火の舌鋒に水をかけてやろうとした。

「秦《チン》先生、私ををご存じですか？」

「いや、存じ上げない」と秦八娃《チンバーワー》は首を振った。

単《ダン》団長が言った。

「こちらは北山《ベイシャン》副区長のご子息です。お父上は文化方面を担当しています」

「いや、聞いたことがない」と秦八娃《チンバーワー》はまた首を振った。

劉紅兵《リュウホンビン》は顔をつぶされたような気がした。

「豆腐を作っているとうかがいましたが、芝居が分かるのですか？」

憶秦娥《イチンオー》は肘で劉紅兵《リュウホンビン》を制した。秦八娃《チンバーワー》は言った。

「芝居はいわゆる車夫馬丁、水売りの手合いが愛好するものです。最近の芝居が見るに耐えないのは、彼らと思いを通わせるものがなくなっているからだと考えられます。北山《ベイシャン》地区では近年、いい芝居をとんと見なくなりました。時事ネタの街頭芝居（活報劇《フォバオジュイ》。中国の一九二〇年代から流行し。当時のニュースを題材に制作され、〝生きている新聞〟と言われた。上巻八五ページ参照）が、果たして芝居と呼べるか、議論の余地はありますが、それにも見るべき舞台はかつてありました。寧州県劇団の老芸人たちが大いに気を吐きましたよ。古存孝《グーツンシャオ》老師、苟存忠《ゴウツンチョン》老師、周存仁《チョウツンレン》老師、みなここにいる憶秦娥《イチンオー》の師匠です。彼らは芝居というものが分かっており、彼らの働きに負うところが大でした」

劉紅兵《リュウホンビン》はなおも食い下がろうとしたが、憶秦娥《イチンオー》にいやというほど足を踏みつけられて思いとどまった。

夜食はやはり気まずいままお開きになった。

秦八娃《チンバーワー》を送り届けた後、劉紅兵《リュウホンビン》は車の中で鬱憤をぶちまけた。

「ど田舎の文化センター風情がいっぱしの口を叩くじゃないか。秦八娃《チンバーワー》だってよ。何が分かるってんだ。北山《ベイシャン》あたりでくすぶってりゃいいのに、いい調子こいて勝手なご託を並べてやがる。やぶれかぶれの言いたい放題、西安の大劇団が耳を貸すことはないよ」

憶秦娥《イーチンオー》はまた彼の足を思い切り踏んづけようとしたが、今度はかわされてしまった。

その夜、憶秦娥《イーチンオー》はなかなか寝つけなかった。大当たりを取って劇団も主演女優も得意の絶頂にある芝居を、このように冷めた目で見ている人がいる。彼女はもう一度秦八娃《チンバーワー》に会いたいと思った。

翌日の早朝、彼女は秦八娃《チンバーワー》の泊まっている宿を訪ねた。

その宿は城壁の根方にへばりつくようにしてあり、個人経営の旅荘だった。屋根つきの表門は意外に奥行きがあり、その通路は黒ずみ、暗くくすんでいる。入ると天井つきの中庭に出た。部屋は七、八室もあろうか。女性の主が中庭を掃除しながら客を怒鳴っている。

「ガキじゃあるまいし、ちっちゃいチンポコ取り出して、あたり構わず立ち小便《しょんべん》しくさって。手前《てめえ》のお袋のベッドにしゃがれってんだ。おお、臭《くさ》。掃除する身になってみろ。ここをどこだと思ってんだい。天子のお膝元、西の京だよ。あたしんところは、その名も〝下馬陵〟だ。恐れ入ったか。天子さまはじめ文武百官がみなここで下馬したってなぐらい由緒ある土地だ。そこで小便しようってんなら、でっかい小便たれてみろ。ロバなみにでっかいもの出して、この城壁をぶち抜いてみろ」

(注)下馬陵　長安の道政坊という区画にあった地名。漢の董仲舒の墓があり、漢の武帝はここで必ず下馬したところから下馬陵と呼ばれたという。白居易の『琵琶行』には琵琶弾きの女がここに住まいしたと記されている。

憶秦娥《イーチンオー》は女主人の怒りが収まるのを見計らって尋ねた。

「あの、ここに秦八娃《チンバーワー》という人は泊まっていませんか?」

女主人は秦八娃《チンバーワー》を女の名前と勘違いした。

「ここには女は泊まっていない。みんなろくでなしの糞ったれか小便《しょんべん》たれどもだ。ご覧よ。こっちもそっちも、女の小便跡か？　女はこんなに多くない。ああ、気持ち悪くて死にそうだよ。まして、冬だろう。みんな公衆便所まで行くのを嫌がって、ここでやっちゃうのさ。公衆便所だって、ほんの一歩き、ロバが足を折るほど遠くかね」

「宿帳はありますか？　秦《チン》という苗字があるかどうか、見させていただけますか」

憶秦娥《イチンオー》の話が終わらないうちに、二階の一間から秦八娃《チンバーワー》が顔を出して呼んだ。

「秦娥《チンオー》、ここだ、ここだ」

憶秦娥《イチンオー》はすぐ二階へ上った。

秦八娃《チンバーワー》は早起きだった。ベッドの敷布も掛布もきちんと畳まれ、枕元には一冊の本、その傍らにはびっしりと細字で書きこまれたメモ帳が開かれていた。憶秦娥《イチンオー》は尋ねた。

「秦《チン》先生はどうしてこんなところに泊まっているんですか？」

「こういうところが好きなんだ。見た通り、生活のにおいがぷんぷんしている。朝っぱらから女の怒鳴り声、私の田舎とそっくりそのままだ。もっとも、こっちの女は二言目には天子さま、西の京だが、それを除けば、田舎の婆さんと変わらない。ここの婆さんはもしかして、私の田舎から嫁入ったのかもしれないな。さっきの話にやたらと〝ロバ〞が出ただろう。これがないと、同じ怒鳴るにも迫力が出ない」

秦八娃《チンバーワー》の奇癖が憶秦娥《イチンオー》にはおかしかった。彼女は言った。

「ここらはとりわけ賑やかですね。外には朝市が立っています」

「だから、ここに決めたんだ。せっかく西安に出たんだから、一つどんなところか、来て、見て、住んで、初めて分かることがある。今朝も早くから肉売りの喧嘩があった。それが面白くておかしくて」

「このノートに書き留めているんですか？」

「そうさ。土地の言葉を集めている。みんな生きて動いている。地に足が着いている。実《じつ》がある。建前と体面だけで話すと、それは北京語と紋切り型の世界になる。面白くもおかしくもない」

このとき、一階で女主人と旅客の間で口論が始まった。

「俺が小便をしただと？　言いがかりはよしてくれ」

「ちゃんと見た人がいるんだよ」

「誰が見たってんだ。そいつを連れて来いよ」

「連れてくるまでもない」

「それじゃ何で、俺が小便したと言えるんだ？」

「ほら、その靴に書いてある。さっき、壁を石灰で消毒したのさ。その跳ねっ返りがほら、靴に飛び散っている。それでも白《しら》を切ろうってのかい」

「でたらめだ」

「ほら、その顔に書いてある。私でございますと。罰金を払ってもらおうか。払わなきゃここを出さないよ。ここをどこだと思ってるんだい。天子さまのお膝元、西の京だよ。その訛りは、ははー、お前さん、宝鶏《バオジー》（陝西省南西部）の蔡家坡《ツァイジャーポー》あたりの出だね。蔡家坡《ツァイジャーポー》からのこのこ這い出して、でっかい口を叩くんじゃないよ」

「蔡家坡《ツァイジャーポー》で悪かったな。そういうお前は麻家台《マージャータイ》あたりの人間だな。蔡家坡《ツァイジャーポー》が麻家台《マージャータイ》になめられてたまるか」

「そうともさ。逃げも隠れもしない麻家台《マージャータイ》さ。それがどうした。あたしは十八歳で西の京に嫁入った。京の水で磨きをかけたんだ。どんなもんだい」

二人は罵り合いを続け、中庭から通りへ出て派手にやり合っている。しかし、決して先に手を出そうとはしない。手を出したら負けだから。秦八娃《チンバーワー》は笑いながら言った。

「ほら、やっぱり外地から嫁入っているだろう」

「秦《チン》先生って、面白い方なんですね」

「生活だよ、これが生活なんだ。ところで、今日はなんの用かね？」

「先生のお考えが聞きたくて」

「そうか。城壁に登って話そうか」

話しながら二人は外に出た。

出るとすぐ西安南城の城壁で、城壁を打ち抜いた通路と登り口はわずか数歩のところにあった。

早朝のことで、人出は少なかった。憶秦娥《イチンオー》にとって初めての城壁はもの珍しく、登ってみると意外に広い。車が数台横に並んで走れそうだった。感激した彼女は思わず走り出し、くるりと一回りしたい欲求に駆られた。

秦八娃《チンバーワー》は言った。

「どうだ。どっしりとして、びくともしない。我らの芝居もこの城壁、このレンガと同じく古い。私がなぜ『遊西湖《ゆうせいこ》(西湖に遊ぶ)』が当世風に過ぎると言ったか、その意味が分かるか？　この古城の手触りが欠けているからだ。壮大な悲劇の重しが外れ、宙に浮いてしまった。印象に残ったのは、まばゆい照明と火吹きだけだ。これでいいのか？　私はかねて主張してきた。我らの舞台にはほかの芝居にない絶技、特技が必要だと。だが、絶技も特技も作品の構成、筋立てと無関係であっていいはずがない。お前の火は吹き過ぎだ。きれい過ぎる。〝鬼怨《きおん》〟はどこへいった？　己《おの》が身を滅ぼされた恨み、悲しみはどこに置き忘れた？　だから火を吹き過ぎることになる。さらに演出に最大の問題がある。それは芝居の定式《じょうしき》、型を踏み外していることだ。なぜ、全編にわたって舞踊を組み入れなければならないのか？　舞台の美的効果を追求するあまり、ちぐはぐになり統一感が失われてしまった。私がこう言ったからって、この芝居を全否定しているわけではない。総体としてすぐれた舞台だ。テンポもよく、衣装も美しく、俳優の質も高い。だが、芝居の味が薄まった。言ってみれば、この城壁にタイルを嵌めこんだようなものだ。悲劇とは何か？　それは滅びた魂を鎮め、そのありし姿を讃え、この城壁のように後世に残し、語り伝える儀式なのだ……そう言えば、古存孝《グーツンシャオ》先生はお前と同じ秦劇団に移動になったのではないか？　彼はどうしてこの作品に関わらなかったのか？」

「古《グー》先生はおやめになりました」

「どうして？」

「劇団の人と意見が合わず、喧嘩になったんです」

「どこへ行った？」

「分かりません。でも、甘粛か、寧夏か、新疆の方面だと言われています」

「惜しい、惜しい、惜しい」

秦八娃《チンバーワー》は「惜しい」を三度繰り返し、さらに言葉を継いだ。

「芝居をやる人間はこざかしい理屈を言わない。だが、芝居とは何かを知っている！」

「秦《チン》先生、私はどうしたらいいのでしょうか？」

「一度立ち止まって、それから伝統に立ち戻れ。火吹きは技巧のための技巧ではない。役者の逸《はや》る気持ちを抑えるんだ。観客は雑技《サーカス》でも見るように、役者にやらせたがり、熱狂したがる。それに乗せられてはならない。引きずられてはならない。それを抑え、観客を悲劇の崇高な雰囲気で包むのだ。滅びの道を歩む悲劇の主人公と共に歩ませるのだ。それを踏み外すと、楽隊が浮かれる。西洋の芝居と同じように楽隊と俳優が見せ場を競うようになる。我らの芝居は、ことさらな身振りで大声を張り上げることはしない。しかし、何と言っても今回、お前が全国的な賞を取った意義は大きい。お前がこの伝統芸の後継者と見なされたことはお前にとっても、我らの芝居にとっても得難い収穫だった。この賞の金の含有量、純度は高いぞ。全国一の栄誉を得られる者は数えるほどもいない。しかし、お前は冷めた目でこの演劇界を見渡し、芝居の本道に立って精進を続けなければならない」

この日、二人は城壁の上で長いこと話し合った。最後に憶秦娥《イチンオー》はあの話題を秦八娃《チンバーワー》に持ちかけた。

「秦《チン》先生、劇団は先生の作品をほしがっています。書いていただけるかどうかは分かりませんが、単《ダン》団長は昨夜私に念を押しました。今度は私からよく先生にお願いするようにと」

秦八娃《チンバーワー》は城壁のレンガに身をもたせかけ、思いをこめて言った。

「書くよ、書くともさ。書かずにいられるか？　もし、私が書かなければ、この歴史的な出会いを無にするものだ」

「歴史的？」

「憶秦娥《イチンオー》よ、憶秦娥《イチンオー》は待っていて現れる役者ではない。何十年に一人、あるいは百年に一人の逸材だ。劇作家としてこの機会を逃したら、自分に対して申しわけが立たないではないか」

憶秦娥《イチンオー》は突然、鼻の奥がつんとなり、見おろす西安の街がみるみる涙の中に潤んでいった。

二十六

楚嘉禾《チュチアホー》はここのところずっと寝苦しい夜を過ごしている。眠れないまま考える。憶秦娥《イチンオー》は自分の実力で西安の劇団に乗りこんできた。一、二の作品で主役をこなし、精進のほどを見せつけた。それはいい。彼女の芸は確かに筋金入りだ。強い。すごい女だ。しかも舞台では実力以上の凄みを発揮する。しかし、と彼女は思う。憶秦娥《イチンオー》はあっという間に今の地位を手に入れた。初めて北京に行ったその足で中南海に招かれ、帰ってくると、溶鉱炉から走り出る鉄の湯玉のように辺り一面を火の海にして、自分以外のすべてを焼き尽くし、煙と化してしまった。彼女の通り過ぎた後に神秘的な伝説《レジェンド》さえ生まれようとしている。厨房の竈番《かまどばん》をして灰をかぶり、煤だらけになっていた女の子が、あれよあれよという間に人々がなびき伏すアイドルになってしまったと。田舎丸出しの馬鹿面が記者たちの目には〝清純無垢〟、〝静かなること乙女の如し〟と映るらしく、馬鹿馬鹿しくて笑ってしまう。誰が何と言おうと勝手だが、この屑のような女の子が大旋風を起こしたのは間違いない。西安の大小の新聞がどの版のどのページにも飽きもせず彼女の舞台写真やスナップを掲載している。一番下らないのは手の甲を口元にかざしている写真だ。のぼせ上がった記者がその下に「秦娥《チンオー》の一笑、百媚生ず」などと写真説明を入れている。彼らの目には何も見えていない。ソバ粉入りの饅頭をありがたくおしいただき、勝手な美辞麗句を奉っているだけだ。テレビはテレビで憶《イ》秦娥《チンオー》の「特番」を組み、ひっきりなしに彼女の近況を流している。有名人がゲストとなってお世辞たらたら、色目を使っている。ある老齢の劇作家は彼女を天からの授かり物と言い、百年に一度の逸材とほめそやした上、彼女の秦腔《チンチアン》を聴き、火吹きを見られるのは「秦川《しんせん》八百里」に生を受けた者の身の果報とまで言った。彼女はその都度向かっ腹を立てるが、誰に当たっていいものか分からない。一番手近にいるのが周玉枝《チョウユイジー》だったが、彼女はさらりと受け流して「やっぱり憶秦娥《イチンオー》はたいしたものよ」と言った。

こんなとき、楚嘉禾《チュチアホー》は孤独を感じる。街中を歩くときでもファッションパンツをきりりと締め上げて肩で風を切る。人波をかき分けて歩くとき、彼女が感じるのはやはりどうにもならない孤独だった。俳優とはこんなにもしんどいものなのか。くそったれ！　何と因果な商売だろう。

寧州県劇団の連中が〝集団学習〟で『遊西湖《ゆうせいこ》』を見に来たとき、寧州の山奥に置き去りにしたかつての同輩たちがなれなれしく彼女に放った言葉が、彼女の心をぐさりと刺した。みんな口々に憶秦娥《イチンオー》をほめそやし、さも親しげに八百年の旧知か姉妹のように振るまい、楚嘉禾《チュチアホー》に向かってこう言った。

「嘉禾《チアホー》、あなた、しっかりしなくちゃ駄目よ。秦娥《チンオー》は秦腔《チンチアン》界を背負って立ち、秦腔《チンチアン》の皇女《プリンセス》と呼ばれているんだから、せめてあなたも貴妃《きひ》（天子の夫人）か格格《ゴーゴ》（満州族の皇女）ぐらいにならなくちゃね」

てやんだい。憶秦娥《イチンオー》が不遇の時代、飯炊《めした》きと火の番をしていたとき、誰が秦娥《チンオー》に親しくした？　胡彩香《ホーツァイシアン》と胡三《ホーサン》元《ユアン》の二人だけが秘かに彼女をかばい、力になっていた。みんなそっぽを向いて、洟《はな》も引っかけなかったじゃないか。それなのに今度は手の平を返して、まるで嫁いだ娘に対するような親しみとなれなれしさだ。楚嘉禾《チュチアホー》と周玉枝《チョウユイジー》に対しては握手さえしようとしない。君子と小人の差はこんなときに出るのさ。

北京公演のとき、楚嘉禾《チュチアホー》はもっと屈辱の唇を噛みしめていた。中南海の招待公演に楚嘉禾《チュチアホー》と周玉枝《チョウユイジー》の二人は李慧娘《りけいじょう》の「分身」役から外されたのだ。その大勢の「分身」役は〝若干名〟とされ、北京公演は八人の登場となった。しかし、中南海には四人しか行けず、楚嘉禾《チュチアホー》と周玉枝《チョウユイジー》なぜか選から洩れた。メンバーに選ばれた「分身甲」は尻が垂れ、「分身乙」は出っ尻、「分身丙」は奥目、「分身丁」は五頭身だった。これに対して楚嘉禾《チュチアホー》と周玉枝《チョウユイジー》は劇団公認の美女だ。しかし、劇団はこの晴れの舞台から外県《よそ》から来た女優を外した。二人は単《ダン》団長にねじ込んだ。団長は、人選は業務課に任しているから団長としても変え難い。次の機会に穴埋めしようと請け合った。この業界で「次の機会」ほどあてにならないものはない。誰もが知っている言い逃れだ。中南海はね。団長室とはわけが違うんだ。君たちみたいに団長のデスクに尻をのっけて文句をつけられるところか？　どんとデスクを叩けるか？　出演料にケチをつけられるか？

しかし、楚嘉禾《チュチアホー》にとって中南海の舞台に立てなかったことは彼女の肩身を狭くした。みんなが聞いてくる。中南海はどんなだった。毛主席の執務室を見たか。プールはどうだった。彼女はすぐ話題を変えて逃げを打つ。ところが寧州県劇団の田舎者どもはしつこくこの話を蒸し返す。

「憶秦娥《イチンオー》は中南海で歌えても、その〝分身〟ではねえ……。しっかりしなさいよ。あなたと周玉枝《チョウユイジー》が今度出られたら、寧州はお祭り騒ぎやってあげるわよ」

北京からの凱旋公演が十数回行われたころ、楚嘉禾《チュチアホー》の母親が見にやってきた。終演後、母親は娘をホテルに呼び、一夜を語り明かした。母親は言った。

「確かにみごとな舞台だ。さすが省の大劇団、手を替え品を替え、手のこんだことをやって見せてくれる。まるで西洋の舞台みたい。俳優も粒が揃っている。どんな端役でも、一、二分しか出ない下っ端でも堂々たるものよ。寧州県とは比べものにならない。憶秦娥《イチンオー》の演技は寧州県に置いたら寧州県のレベル、省に置いたら省のレベル、空気は人を変える。大化けさせるんだ。楽隊にしてからが、四、五十人の大編成、オーケストラみたい。朱継儒《チュジールー》団長を殺したかったら、刃物はいらない。これを聞かせれば、イチコロよ」

母と娘は今度は憶秦娥《イチンオー》の演技のこき下ろしにかかった。切りがなかったが、母親はやはり言った。

「やっぱり西安で勝負に出るしかない。西安の檜舞台でのし上がるしかないんだよ」

二人は早速、状況の分析にかかった。秦劇院で上を目指すなら、誰を陥《お》とせばいいか。楚嘉禾《チュチアホー》が言った。

「封導《フォンダオ》が役に立ちそう。でも、誰も封導《フォンダオ》の家に近づきたがらない。奥さんが猛烈なんだって。病気で長年家から出ず、誰か来ると追い返す。特に女が来ると、亭主が誘惑されると思って大変なことになるって。付け届けも封導《フォンダオ》には効き目がないって聞いた。憶秦娥《イチンオー》が一度やったら、品物を放り出されたって」

母親が言った。

「ほら、ごらん。憶秦娥《イチンオー》もちゃんと人づきあいができるんだ。たとえ放り出されても、やることはやらなくちゃ。それが世の中ってものだからね」

しかし、彼女の母親は何をやらせても抜かりがない。

「やるからにはとどめを刺さなくちゃね。一番の実力者は誰？」

「単《ダン》団長《びっこ》は役に立たないわね。実権がなさそうだから」

「実権がなくても、一番手には変わりがない。主役を張ろうと思ったら、どこにだって突っこんでいかなきゃ」

母親は劇団のやり手は誰かと尋ね、楚嘉禾《チュチアホー》は丁《ディン》業務課長だと答えた。母親は言った。

「陥《お》とそう。〝あの山を奪取せよ〟だ。全員個別撃破あるのみ」

二人は知恵を絞り、明け方まで話しこんだ。

翌日、二人は早速買い物に出かけ、夜になるのを待って一つ一つ届けることにした。最初の目標はやはり単《ダン》団長だった。

単《ダン》団長の住み処は劇団住宅最東端の棟にあった。楚嘉禾《チュチアホー》と母親は遠くの排水溝に沿ってそっと近づいた。すでに夏だった。劇団員の家族はみな中庭に出て涼んでいる。家族ごとに座り、当たり障りのない世間話をしているが、その目は油断なく動いている。誰がやってきて、誰が出かけていくか、見逃すことなく、話題の槍玉にあげられる。幸いなことに排水溝に沿う道は街灯がなく、二人は誰からも見咎められることなく単仰平《ダンヤンピン》棟の下にたどり着いた。楚《チュ》嘉禾《チアホー》は品物を持って階段を上り、玄関の扉を叩いた。

ドアを開けたのは単《ダン》団長その人だった。中をのぞくと、数人の子どもが団長夫人から二胡（二弦の楽器）を習っているところだった。単《ダン》団長は二胡を教えている部屋のドアを閉めると、楚嘉禾《チュチアホー》を招き入れ座らせた。単《ダン》団長は一歩一歩足を引きずりながら、彼女に茶を淹れようとしている。彼女はそれを押しとどめた。家の中で半ズボンをはいている団長の足を彼女は見た。片方の足が萎えて、もう片方よりひょろりと細く短くなっていた。その中ほどの関節が大きく変形して肉を厚く盛り上げている。どうしたことなのか、彼女には聞く勇気がなかった。だが、彼女の目はためらいつつもその足から離れない。単《ダン》団長が言った。

「この足、お見苦しいものを見せてしまったな」

「いえ、見苦しいなんて、とんでもない」

「無理するな。自分でも見苦しいと思っているんだから。年をとるほど見苦しくなる」

「団長の足は英雄的なお働きの足です」

「何が英雄的なもんか。上演時の単なる事故だよ。みんなもう知っていると思ったがな。『杜鵑山《とけんざん》』（上巻八二ページ参照）の雷剛《レイガン》を演じたときのことだ。農民自衛軍党代表の柯湘《かしょう》を助けようと高台から飛び降りたんだが、下に敷いてあるはずのスポンジのマットがなかった。マットを敷く係の男は劇中で白犬（国民党の軍隊）を演じるのを嫌ったのと、背景の重たい道具を動かすのにも嫌気がさして、とんずらしちまった。それだけでなく、撤去するはずの木の切り株もほったらかして行っちまった。俺はそこへ鷹が羽根を広げて舞い降りるように飛びこんだ。菱形に尖った木の切り株の上にね。大腿骨が三つに折れた。骨接ぎがうまくいかず、またもう一回折れた。そしてご覧の通りのありさまさ」

楚嘉禾《チュチアホー》は舌を鳴らして感嘆しながら言った。

「それが英雄的行為なのです。劇団の人から聞いたんですが、京劇の蓋叫天《ガイジャオティエン》が足を折ったとき、骨接ぎがうまくいかないので、自分の拳で足を叩き折ってから手術をやり直したということです。単《ダン》団長は蓋叫天《がいきょうてん》と同じ英雄だとみんな言ってました。何と勇気ある行為でしょうか！」

（注）蓋叫天《がいきょうてん》　京劇の俳優。一八八八—一九七一。立ち回りの俳優で『水滸伝』の武松などを得意とした。一九三四年、同じ舞台に立った同輩を守るため、自らの足の骨折を招いた。一九六六年、〝文化大革命〟が暴発したとき、紅衛兵のために双方の足を叩き折られている。

「何が勇気なものか。醜いだけだ。まさかびっこになるとは思っていなかった。骨の接合をやり直したとき、骨髄炎をやっちまって、回復が遅れたんだ。まあ、これも運命だ。だから、舞台には〝小事〟というものはないんだ！主役も脇役も、道具方《がた》も運搬方もない。みな重要なことに変わりはない。どれもいい加減なことは許されない。気を抜いたら、〝大事〟が発生する。ある老生《ラオション》（中年以上の人物に扮する俳優）の口癖だが、つまらない役者はいても、つまらない役はないんだ！」

単《ダン》団長はこう言いながら変形した関節をぴしゃぴしゃと叩いた。

楚嘉禾《チュチアホー》は何も言えなくなった。実はこのとき、次の作品の配役のことを持ちかけるつもりだった。彼女は『遊亀山《ゆうきざん》（亀山《きざん》に遊ぶ）』の主役胡鳳蓮《こほうれん》（上巻二四七ページ参照）がやりたかった。ここではもう言い出せない。昨夜母親と相談を繰り返して、この役に的を絞ったのだが、単《ダン》団長は、つまらない役者はいても、つまらない役はないと言い切った。道具方も運搬方もみな同じく重要だと教えられた。自分は稽古では李慧娘《りけいじょう》のC組に割り振られ、実際の舞台では李慧娘の「分身」として、〝その大勢の若干名〟に入れられた。しかし、ここでその不満を言い立ててどうなる？それこそ、身のほど知らずのつまらない役者、木っ端俳優、三文役者になってしまう。彼女は黙りこみ、左手で右手の指の付け根をぎゅっと押さえた。

単《ダン》団長は何の用かと彼女に尋ねた。彼女はただ「いいえ、いいえ」を繰り返し、申し訳なさそうに立ち上がった。

単《ダン》団長は彼女の持ってきた品物を急いで彼女の手の中にもどした。彼女は言った。

「私はただ、団長にお目にかかって、この団に入れていただいたお礼を言いたかっただけです。これからもどうかよろしくお願いします」

単《ダン》団長は彼女の心を読んだかのように答えた、

「団はお前の力を認め、重視している。李慧娘C組に入っただけでも、お前の評価は高いということだ。これは名誉なことだぞ。李慧娘の幕は上がった。上演は続く。お前が努力を続ければ、必ずお前の出番がめぐってくる」

しかし、彼女は内心思う。たとえで番がめぐってきても、それは二番煎じ、誰かの食べた饅頭を蒸かし直しするだけだ。そんなもの、誰が食べたいと思うだろうか？ 憶秦娥《イチンオー》がまだやっていないならまだしも、憶秦娥《イチンオー》のイメージができあがっている。ほかの役者がどう演じようと、もはや受け入れられないだろう。まして憶秦娥《イチンオー》がこれだけの名声を博し、李慧娘は憶秦娥《イチンオー》一色に塗りつぶされている。その風下でどんな李慧娘が演じられるというのか？

しかし、彼女は何も言わず、持ってきた来た品物を下に置いて立ち去ろうとした。単《ダン》団長は不自由な体で先回りしてドアに立ちふさがった。

「嘉禾《チアホー》、これは受け取れない。誰が持ってきても受け取れない。ろくな給金も出していないのに、こんなところに金を使うな。分かってくれ。私はびっこだ。本来なら団長だが、みんなの前で不様《ぶざま》をさらしている。自分の団長が人前に出したくないような団長だったら、劇団員として情けないだろう。その団長がその上、団員からの付け届けを平気で受け取るような団長だったら、それはもはや団長である前に人間ではない。人間のくずだ。団員も団長として認められるか？　私に人間として、団長としての面子を持たせてくれ。それをかろうじて守っていれば、みんなの前で恥じることなく話もできる。頼んだぞ。今、〝分かってくれよ〟が流行らしいな。分かってくれよ、このびっこの団長を！」

（注）分かってくれよ　一九八五年、戦場から帰還した二十二歳の若手将校・劉勇が「辺境防衛に青春を捧げて」の報告を行ったとき、北京の大学生に「理解万歳」の四文字を記念として書に残し、これが全国にひろまって青年たちの共感を呼んだ。彼が求めた「理解」とは〝憐憫〟ではなく、高次元の理解であるとして、当時の青年の心情を代弁するものとなった。中国が改革開放の時代を迎え、未曾有の転換点に立たされた社会が、悩みながら成熟へと向かう時代相を表す言葉として記憶されている。

こう言い終わると、単《ダン》団長は腰を九十度に折り、楚嘉禾《チュチアホー》に向かって頭を下げた。

彼女は何も言えなくなって、荷物を持って階段を降りた。

この後、劇団員たちが単《ダン》団長《びっこ》について議論になったとき、彼女は決まって、付け届けを突っ返されたこと、キャスティングに希望や幻想を持ってはならないことを話した。団長が言うには、俳優は自分中心で、主役は自分でなければならず、自分の名前を売り出すことしか考えていない。もし、みんなの希望を受け入れていたら、一年間で一つの劇団が上演する作品はせいぜい三本として、秦劇団百人以上の団員に主役が回ってくるのは五十年に一度もない。団長が劇団員をなだめるために気を持たせるようなことを言うのは、みなその場しのぎの空約束だ。だから、団長は団員にどんな幻想も抱かせず、どんな言質《げんち》も与えないのだと。

楚嘉禾《チュチアホー》は少し後悔している。単仰平《ダンヤンピン》団長の家へ行くのではなかったと。しかし、彼女が品物を持ち帰ったことについて、母親は失望するどころか満足している。

「気持ちが伝わればいいのさ。受け取るか受け取らないかはあちらの問題だ」

楚嘉禾《チュチアホー》は封導《フォンダオ》の家にも行きたがらなかった。彼の妻が難物と聞かされ、恐れをなしていたからだ。それに単仰平《ダンヤンピン》の家でやんわり断られ、みっちり意見されたことで自信をなくしている。だが、母親はどうしても行けという。

封導《フォンダオ》の妻は口紅の塗り方、眉の描き方、マニキュアの塗り方、いずれも常人とは違って正視に耐えず、一見して病人と分かるという。だから、楚嘉禾《チュチアホー》はわざと化粧を薄くした。よほど近くからしげしげ見ない限り、すっぴんと思われるだろう。化粧しない自分の欠点は自分で分かっているから、それを隠す程度だ。それに封導《フォンダオ》は女優のすっぴんやうじゃけた身なりを嫌っていた。特に年配の女優が〝洗面器の底のような顔〟、〝肉厚の深い皺〟、〝豊満な腹部や臀部〟をさらし、身につけるものを構わずにいると、たとえ家にいるときでもたちまち厳しい批判と叱責の声が飛んでくる。封導《フォンダオ》は言う。君は女優だろう。それとも町内会の風紀係のおばさんか？ 女優たる者、いくつになろうと体形を保ち、通りすがりの者にも美観を与えなければならない。審美眼を磨き続けるのが女優の職業的使命なのだと。

楚嘉禾《チュチアホー》は自分の容貌には自信がある。一定水準の者について論じるなら、憶秦娥《イチンオー》は一種骨感《スレンダー》の美に色黒の強さ《タフネス》を見せる。封導《フォンダオ》はこれを健康美と呼んだ。それなら楚嘉禾《チュチアホー》はどうか。それは華奢《きゃしゃ》の美、色白の美だ。春三月、土から顔をのぞかせる笹タケノコ（日本では主に北海道に自生する笹竹、姫竹の一種）の淡い透き通るような緑。楚嘉禾《チュチアホー》は自分の薄化粧に自信を持っている。寧州にいた時期、厨房で竈《かまど》と格闘していた憶秦娥《イチンオー》は美女のはるか埒外にあった。みな異口同音に楚嘉禾《チュチアホー》の美を讃えた。ところが西安にきてみると、みんなは憶秦娥《イチンオー》を見て「深山から妖狐が現れた」と息を呑んだ。楚嘉禾《チュチアホー》の美貌は衝撃を受けた。特に李慧娘《りけいじょう》を演じてからの憶秦娥《イチンオー》は秦劇団の大黒柱よ、「天下一の美人」よともてはやされ、楚嘉禾《チュチアホー》にとっては明らかに分が悪い。しかし、楚嘉禾《チュチアホー》は挽回の機会をうかがっている。すべてはこれからだ。自分には十分な条件が整っている。憶秦娥《イチンオー》に〝がち〟の勝負を挑むのだと。

楚嘉禾《チュチアホー》は封導《フォンダオ》の家のドアを叩いた。

「誰！」と中から女の尖った声がした。

「私です」

「だから、誰なのよ」

「封導《フォンダオ》にお目にかかりたいんですが」

荒っぽく鎖を揺する音がして、ドアが細めに開かれ、その隙間から洗面器の底のようなむくんだ顔を半分だけ見せ、楚嘉禾《チュチアホー》を上から下まで睨《ね》め回し、かん高い口調で言った。

「何なの？　何なの？　何なのよ」

「私、封導《フォンダオ》の学生です」

「封子《フォンズ》がいつ学生を呼びつけたのかしらね？　聞いてないわよ。封子《フォンズ》、封子《フォンズ》。いらっしゃい！」

彼女は奥へ向かって大声を出した。

封導《フォンダオ》が出てきた。ドアの隙間から外をのぞいたが、妻にドアを開けさせようとせず、妻が不審の声を上げるに任せていた。

「どうして？　どうして？　私、聞いてない。どういうことなの？　いつ女子学生を呼んだのよ？　〝招手停《ジャオショウティン》〟の髪なんかして、香水をぷんぷんさせて、これが学生なの？　あなた、まさか映画の演出でも始めるつもり？　よく見てご覧なさいよ」

（注）招手停《ジャオショウティン》の髪　一九八〇年初頭に流行した髪型。前髪を高くふくらませて額を広く見せ、輸入物のムースで固定させた。招手停《ジャオショウティン》とはマイクロバスのような相乗りのタクシーで、どこでも気軽に手招きで止められた。

「この子は劇団の立派な俳優さんだよ。謙虚に私の学生と言ったんだ」

「この子って。何がこの子よ。あなたに何遍も言ったでしょ。ここにどこの子が来るのよ。どこの子なのよ。背はあなたよりも高い。こんな立派な胸をして、どこがこの子なのよ。あなたはやっぱり病気だ。革命陣営の同志をこの子呼ばわりして、これまでに犯した過ちからあなたは教訓を汲み取ろうとしていない。また同じ失敗を繰り返す。

使い古しの手でまた悪さを働こうとしている。違うかしら？」

封導《フォンダオ》は妻の後ろから手まねで早く立ち去るよう合図している。妻は彼の手をねじって詰め寄った。

「どういうこと？　言ってご覧なさい。あ、また、暗号を送っている。どういう意味？　口をとんがらかして、目を引きつらせて。思わせぶりはやめなさい。また癲癇《てんかん》でも起こしたのかい……」

動顛した楚嘉禾《チュチアホー》は一目散に逃げ帰った。

階段を降りても動悸が収まらない。彼女の母親は娘がまた品物を持ち帰ったのを見て尋ねた。

「まただ。要《い》らないってかい？」

「要らないどころじゃない。命を取られそうになったのよ」

楚嘉禾《チュチアホー》は喘ぎながら顛末を話した。母親は慰め顔で言った。

「上出来だよ。目的は達した。封導《フォンダオ》に負い目を負わせたじゃないか。大丈夫、ママには分かるんだよ」

楚嘉禾《チュチアホー》はこんな恐ろしく恥ずかしい思いをするのはもうこりごりだった。しかし、母親は娘を叱咤激励した。

「東が暗けりゃ西は明るいっていうだろう。それに丁《ディン》業務課長の権限はたいしたもんだって言ったじゃないか。ここを突破したら、きっと道は開ける」

楚嘉禾《チュチアホー》はまだぐずぐずしていたが、やっと意を決して丁《ディン》課長の門を叩いた。品物を差し出すと、課長の妻はあっさりと、いや、喜んで受け取った。妻は夫に命じて氷峰《ひょうほう》（アイス・ピーク）のサイダーの栓を抜かせ、トマトを洗わせ、また、リンゴの皮を剥かせた。彼女は煙草を吹かしながら、貴妃のようにソファーにごろりと横たわっている。貴妃とは言っても肥満で背が低い。彼女も俳優だったという。『水滸伝・孫二娘開店《そんじじょうかいてん》』の場を歌ったことがあるが、喉をひりつかせたようなその声はひどいものだったという。その他大勢役の甲乙丙丁をやったときの台詞は「はい」と「こちらに」の二つだけだったが、調子が合わず、自分は「芝居には向いていない」ことを認めざるを得なかった。以前は他人の顔色を見ながら生きていたが、夫が業務課長になってからは舞台でその他大勢役を務めることもなくなった。公演の時は舞台裏でおしゃべりしながら、さして重要ではない背景や道具を運んだり、舞台監督の助手をしたり、結構器用に仕事をこなすようになったという。

　普段は麻雀に明け暮れ、三日三晩一度も降りずに打ち続けたこともある。最近、劇団の賭博現場数カ所に警察の捜索《がさ》が入り、いち早く察知した彼女たちはアジトの二階から飛び降りて逃げた。だが、彼女は肥満のためズボンが窓の金具に引っかかり、ズボンを引き裂いて落下して足首を捻挫した。この数日はソファーに横たわり、陣頭指揮ならぬ〝枕頭指揮〟で夫の丁業務課長を頤使《いし》しているのだった。

　彼女の話し方は秦劇団の中でも定評がある。一言でずばり急所を突いてくるのだ。

「いい役をやりたい。そうだろ？　憶秦娥《イチンオー》がちやほやされて、居ても立ってもいられない。そうだろ？　まして、あんたらは外県《よそ》からの中途入団組だ。すべて思うに任せない。そうだろ？　何て県だっけ？　寧州、ああ、寧州ね。行ったことがある。小さな町だった。ロバの足の大きさぐらいのね。山だらけで牛の胃袋みたいみっしりとつながっていたよ。せっかくいい家のお嬢ちゃんに生まれたのに、山育ちと一緒にされたら、悔しいよね。それにしても、あんな山の中からあなたや憶秦娥《イチンオー》みたいな美女が出てくるんだから驚きだよ。憶秦娥《イチンオー》がさっさとスターになっちまって、そりゃ焦るよね。世の中に目利きは少ないけれど、比べて見ればよさが分かるはずだ。あたしを見て頂戴ってところだね。分かった、分かったよ。劇団に入って、主役をやりたくない人間がいるものか。私ぐらいなもんだよ、地位だの名誉だのをさらりと捨てて生きているのは。誰だって、目の前に主役がぶら下がれば、たとえ火の中、水の中だ。分かったよ。この一件はあんたの誠意にほだされた。あたしが引き受けた。任しておきなって。悪いようにはしないよ。ちょっと、あんた。楚嘉禾《チュチアホー》にいい芝居を作ってあげなさいよ。この子はいい素質を持ってる。これを見抜かなけりゃ、あんたら業務課の目はそろいもそろって節穴だよ。そりゃ、憶秦娥《イチンオー》は確かにいい。だけど、この子のなよやかさは天生のものだね。〝温泉、水なめらかにして凝脂《ぎょうし》を洗う〟。花旦《ホアダン》（若い女性役）にうってつけだ。何をやりたいのか、この丁《ディン》課長に相談するといい。この人が頼りなければ、すぐ私に言っておいで」

　丁《ディン》課長は笑っているだけで、何も話さなかった。

　丁《ディン》課長も元俳優で、ぱっとしない端役専門だった。少なからぬ笑い話が残っている。文革時代の革命模範劇に移植された『紅灯記』（上巻三三三ページ「李玉和」の項参照）を演じたとき、彼は日本兵に扮した。日本軍憲兵隊の鳩山隊長へ報告を上げる役だった。一回目の台詞は「王連挙《ワンリエンジュイ》が白状しました」、二回目は「李玉和《リユイホー》は白状しません」だった。一回目を終えて楽屋に引っこんだとき、次の出番を忘れてぼんやりしているところを急がされて舞台に飛び出し、鳩山隊長に報告した。「李玉和《リユイホー》が白状しました」

鳩山隊長は驚いた。ありゃ、こいつは困った。李玉和《リユイホー》が白状しちまったら、芝居は終わりだ。どう先をつなぐか？

しかし、鳩山を演じたのは老練な俳優った。目玉をくるりと回すと、彼の襟口をつかんで怒鳴り、追い返した。

「俺は中国共産党の裏も表も知っている。李玉和《リユイホー》ほどの硬骨漢がやすやすと白状するはずがない。訊問をやり直せ！」

このとき、彼もことの重大さに気づいた。舞台袖に引っこむと、工宣隊（文革末期に各学校に派遣された工人毛沢東思想宣伝隊）の指導者が彼に平手打ちを一発お見舞いして言った。

「お前、殺されたいのか！」

怖じ気づいた彼は小便をズボンの中に漏らしてしまった。そこへ封導《フォンダオ》が現れ、窮余の一策を授けた。

「すぐ報告をやり直すんだ。李玉和《リユイホー》はやっぱりうその白状をしていましたとな」

彼は震えながら舞台に上がり、報告をやり直した。悪知恵にたけた鳩山隊長は李玉和《リユイホー》のうそを見破ったのだ。鳩山は鬼のような形相で、さっと腕を振り、命令した。

「李玉和《リユイホー》を連れて来い！」

こうして舞台は進行したが、彼はこれ以後、舞台に立つことはなかった。まず舞台美術に回されたが、業務課に移り、舞台のプロデュースなども手がけて係長となり、副課長となり、課長となった。

丁《ディン》課長の妻は夫が黙っているのを見て、痛くない方の足で彼の尻をしたたかに蹴り上げた。

「聞いてるのかよ。やるのかやらないのか？」

「やるよ、やるよ。やらないわけがない。で、君は何がやりたいの？」

楚嘉禾《チュチアホー》は答えた。

「『遊亀山《ゆうきざん》（亀山《きざん》に遊ぶ）』（上巻二四七ページ参照）がやりたいんです」

丁《ディン》課長の妻はまた夫を蹴飛ばした。

「そいつはいい。胡鳳蓮《こほうれん》はこの子のはまり役だよ。じゃ、それでいいね」

課長はこっくりとうなずいた。

課長の家を出た楚嘉禾《チュチアホー》は思い切り叫びたい衝動に駆られた。彼女は母親の胸に飛びこむと、赤子のように母親の乳房を衣服の上から噛んだ。母親は「アイヨー！」と叫び、「どうしたの！」と尋ねた。

「決まった！」と楚嘉禾《チュチアホー》は言った。母親はさらに尋ねた。

「丁《ディン》課長が『遊亀山』をやるって？」

楚嘉禾《チュチアホー》はうなずいた。母親は喜びのあまり、娘のおでこをぽんと叩き、髪の毛を揉みくちゃにした。

母と娘は夜っぴて知恵を絞った。どんな芝居を作るか？ 演出家とどういい関係を作るか？ 作曲を誰に頼むか？ 歌唱をどう鍛えるか？ 色の白いは七難隠すというが、一声《ひとこえ》百難隠す歌唱法、修行の不足を隠す方法はないものか？ この公演をどう世の中に売り出すか？ 新聞やテレビをどう使うかに至るまで、時を忘れて話しこんだ。しかし、話すほどに邪魔なのが憶秦娥《イチンオー》の存在だった。彼女の今の勢いは向かうところ敵なし、手がつけられない。目の上のたんこぶだ。母親が言った。

「お前の強みを発揮し、短所を隠す。これしかない。功夫《カンフー》や小難しい技《わざ》は避ける。かったるい悲劇はやらない。歌と科《しな》（所作）の文戯《ぶんぎ》（世話物）だよ、お前の取り柄は。武戯《ぶぎ》じゃない。花旦《ホアダン》（若い女性役）もので攻めるっきゃない。やさしく、晴れやかに、小粋に、女っぷりで勝負するのさ。ただ、きれいなだけじゃ芸がない。歌うだけじゃ飽きられる。歌の上手《うま》い女は喜劇的《コミカル》に見せて一人前。芸達者で売り出すんだ。たくさん歌って、たっぷり演じる。これだよ。お前ならやれる。これが今の客に受けるのさ。よく覚えておき」

いわばプロの目で芸の長短を分析し、時代と客の好みまで見通すのは、さすが母親の眼力だった。話は憶秦娥《イチンオー》のこき下ろしに及び、飯炊きをしていた寧州県劇団当時のことを掘り返しているうちに、調理人の廖耀輝《リャオヤオホイ》が憶秦娥《イチンオー》に性的乱暴を働いたことが大スキャンダルになったことを楚嘉禾《チュチアホー》は思い出した。途端に母親は飛び上がり、ベッドの上に座り直して言った。

「どうしてこれに気づかなかったんだろう？　この手があったんだ！　これであの子はぺちゃんこだよ。なまじ有名になったばかりに、新聞もテレビも飛びついて、世の中ひっくり返るような大騒ぎになる。下手すると、これはあの子の命取りになるかもよ」

二十七

『遊西湖《ゆうせいこ》（西湖に遊ぶ）』は一ヵ月の大入りが続いた。西安では奇跡といってもいい。ただ、妙な風体の観客が目立つようになった。テレサ・テンの歌を口ずさみ、手にはカセットデッキ、長髪を風になぶらせ、ベル・ボトム（ラッパズボン）で闊歩し、ブレークダンスをところ構わず繰り広げる、そういった手合いだ。彼らがしおらしく行列してチケットを買い、劇場へ入っていく。今、世の中を騒がせている〝代物〟は一体何なのか見届けてやろうという若者らしい好奇心らしいが、幕が上がった途端、彼らの度肝を抜いたようだ。目のくりっとした小顔の少女がそこにいて、不思議な表現世界を繰り広げる。これまで彼らの生活範疇にないもので、白昼鬼を見るような体験だったようだ。幕が下りると、我勝ちにと楽屋へ詰めかけた。メイクを落とすと、もっと信じられない素顔が現れた。聡明そうな光を宿した目、すっきり通った鼻筋、瓜実顔というが、それにシャープな輪郭を施した小顔。彼らを茫然自失させるに十分だった。この時期、新しい客層が劇場に詰めかけるようになったのだ。

彼らは拍手をせず、代わりに口笛を吹く。憶秦娥《イチンオー》が舞台に姿を現すと、彼らは手を唇に当て、ピーピーと口笛合戦が始まる。危機感を覚えた単《ダン》団長は、長髪族が多そうな日は保安課の職員を呼んで慎重な警備を命じた。客入れが始まると、団長はロビーと楽屋を行ったり来たり、二階席へ上がったり降りたり、気ぜわしい時間を過ごしている。若い観客の増加は願ってもないことだし、彼らが劇場内で抱き合ったり、肩を組んだり、嬌声を発したりの大騒ぎにも〝片目〟をつぶっていた。彼らの中でラップのような、ビートに会わせた囃し文句が流行し始めた

見たか聞いたか李慧娘《りけいじょう》
今評判の美形《びけい》だぜ
見たか聞いたか李慧娘

嫁をもらうのが早すぎた

こんなのもある。

カセットデッキはもう不要
ヒップホップももう止めた
ラッパズボンは切っちまえ
長髪をばっさり切り落とし
李慧娘見ずにはいられない
李慧娘見ずにはいられない

これは恐いもの知らずの劉紅兵《リュウホンビン》にもいささかの脅威を与えた。誰かが言った。

「紅兵《ホンビン》の哥《あに》い、あの街の屑どもには用心した方がいい。哥いの茶碗にかんなくずを放りこまれるぞ」

「やれるものならやってみろ」と劉紅兵《リュウホンビン》は応じる。だが、内心はぞっとする思いだった。憶秦娥《イチンオー》の安全と〝領土保全〟の責任はますます大きく、重くなっている。彼らがつるんで楽屋へ押し寄せてくるのを見ると、全身に冷や汗がにじんでくる。そこで、この時間になると、劉紅兵《リュウホンビン》は彼らに負けないラッパズボンをはき、一尺五寸の裾をこれ見よがしにひけらかした。頭髪が肩まで垂れ、街を歩くと長髪が旗のように顔にかぶさった。鶏がとさかを振り立てるような示威行為だが、何も流行を追おうとしているのではない。毒を以て毒を制する彼なりの流儀だ。腰にはナイフを忍ばせた。いつでも自衛のための〝主権〟を守り、自分の命も捧げると強がりを言っている。

公演が始まって一ヵ月になろうとするころ、疲労と倦怠感が劇団を重く覆い始めた。芝居はどんなに好評でも、みんなあくびを噛み殺し、表情は瘡蓋《かさぶた》のようにこわばっている。上演時間の長いことに不満を言い出す者もあった。毎日、夜になると、体が重く沈み眠気がさして、作業の段取りに体がついていかない。誰かがやけっぱちで叫ぶ。解放前がどんなに悪い社会でも、夏の盛りによ、このくそ暑い最中に劇場を開けるなどということはしなかった。燻製と一緒に陰干しになって、風の吹くところにぶら下がっていたぜ。単《ダン》団長と封導《フォンダオ》はさすがに心配になった。客席の方も胸をはだけ、背中を露わにした若い観客が傍若無人に振る舞っている。劇団の中も客席にも不穏な空気が漂い、単《ダン》団長は秩序維持の手立てを考え始めた。

実際のところ、警察の喬《チャオ》署長は日に一度、劇場周辺の見回りを欠かさず行っていた。最初は制服を着ていたが、毎日のこととなると具合が悪く、平服に替えた。喬《チャオ》署長は以前、芝居というものを見たことがない。数ヵ月前、劉《リュウ》紅兵《ホンビン》と皮亮《ピーリアン》の暴力事件を機に劇団の人間と顔見知りになってから、今回が初めての劇場訪問だった。チケットはすでに憶秦娥《イチンオー》が送っていた。喬《チャオ》署長は憶秦娥《イチンオー》にお愛想のつもりで芝居を見たいと言ったが、ほとんど気にもとめずにいた。『遊西湖《ゆうせいこ》』が大人気になり、憶秦娥《イチンオー》の報道が過熱しても、この芝居がどれほどのものか、あまりが気が動かなかった。加えて、日々の多忙にかまけ、送られたチケットもどこに置いたか忘れていた。

ある夜、劇場の前で突然殴打事件が起こった。署長は部下を伴って現場に出動し、数人の暴徒を取り押さえて留置場へぶちこんだ。引き上げようとしているところへ単《ダン》団長と劉紅兵《リュウホンビン》が来て、有無を言わさずに彼を客席へ連れこんだ。両側から押さえこまれるように舞台を見た署長だが、最初の一場を見終わる前に体が前のめりになっていた。憶秦娥《イチンオー》の面立《おもだ》ちは署長にとって好感のもてるものだったが、それ以上にメイクを施した立ち姿は、この世のものとは思われず、「天女」のようだとしか言葉が浮かばない。本来なら署に戻ってチンピラどもの取り調べに当たらなければならなかったが、席を立とうにも体が言うことを聞かず、座席に縛りつけられていたのだった。副所長を先に帰して自分は最後まで見通した。カーテンコールは三回続いた。署長は感動のあまり全身に震えが走るのを覚え、しきりに口走った。

「芝居とはこういうものか！　え！　香港の功夫《カンフー》映画よりずっといい。え！」

単《ダン》団長と劉紅兵《リュウホンビン》は喬《チャオ》署長を楽屋へ案内し、憶秦娥《イチンオー》に引き合わせた。署長は憶秦娥《イチンオー》を見て、どうしていいかわからずに、彼女に向かって一礼して言った。

「私は犯人を捕まえることしか能がなく、これがこの世で一番の楽しみだと思っていた。ところがどうだ。劇場にこんな大勢が集まって、犯人逮捕より面白いことに耽《ふけ》っている。え？　さっき捕まえた犯人もそうだが、一枚のチケットを争ってレンガで人の頭を殴ったりする。これも芝居のなせる業《わざ》か。罪なことだ！　え！」

これ以後、喬《チャオ》署長は寸暇を縫ってやって来ては客席に身を隠し、全幕を見られなくても『鬼怨《きおん》』あるいは『殺生《せっしょう》』の一場を見、その後楽屋を訪ねて憶秦娥《イチンオー》に一声かけることに、犯人逮捕と同じ楽しみを見出したようだ。単《ダン》団長と劉紅兵《リュウホンピン》は署長の姿を見る度にほっと一安心する。それほど最近の観客の振る舞いは目に余るものがあった。特に観劇後、街の不良たちが先を争って楽屋へ殺到する。あるいは楽屋口にたむろして通行人の顰蹙を買う。みんなメイクを落とした憶秦娥《イチンオー》の姿を見たいがためだが、中には握手を強要したり、抱きつこうとする不届き者さえいる。劉《リュウ》紅兵《ホンピン》はそういう連中の腕を切り落としてやりたい思いに駆られる。彼は単《ダン》団長に言った。

「憶秦娥《イチンオー》は今、滅茶苦茶疲れて、もう限界かもしれません。少し休ませてやれませんか？」

喬《チャオ》署長は言った。

「休養はいいことだ。いかれた連中は芝居を見るより憶秦娥《イチンオー》を見に来ているんだ。美しい女はそれ自体、罪な存在だ。わが派出所でも長い間には奇っ怪な事件が起こる。一昨日《おととい》、一人の女が、これも相当な美女だった。憶秦娥《イチンオー》より劣るがな。唇を血のように塗ったくり、スカートはぎりぎりまで短かった。これが門番の老人の脈拍を狂わせた。ふらふらっと女につかみかかり、ついに犯罪を犯した。この老人が言うには、唇の形がよく、真っ赤でぷりぷりして、思わずしゃぶりつきたくなってしまった、とこうだよ。え？　よく考えろ。普段は善良で、何ごともなければ一日中新聞を読んでいるような老人でも、魔がさすとあっという間に人が変わるんだ。え？」

公演は休演となった。憶秦娥《イチンオー》は確かに疲労の極限だった。毎日の夜公演、昼間は録音や録画、新聞、雑誌、テレビの取材攻勢が引きも切らない。飽きが来るというより、自分を見失い、自分が自分でなくなるような疲れだった。しかし、単《ダン》団長や封導《フォンダオ》はメディアの取材を疎かにしてはならないという。追い風はいつまでも吹かず、松明《たいまつ》は燃やし続けなければまたもとの真っ暗闇に逆戻り、幸運の女神には後ろ髪はない。前髪をつかめとせき立てる。封導《フォンダオ》は言った。この劇団でほぼ半生を過ごして、このような〝盛儀〟を見たことがない。これが夢ならいつまでも覚めないでほしいと。

劉紅兵《リュウホンビン》は行政の上級組織で取材には慣れており、取材の重要性も承知している。こちらから媒体側をを接待することもあれば、媒体側から酒席のもてなしを受けることもしばしばだった。どちらの場合も劉紅兵《リュウホンビン》は政府風を吹かし、〝でかい〟態度に出る。憶秦娥《イチンオー》が取材を受けたがらないときは、出過ぎたことながら身代わりを買って出ることもある。劉紅兵《リュウホンビン》にとってはお安いご用で、取材の内容もいつもと同じことの繰り返しで、すっかり慣れっこになっていた。彼は内心得意だった。憶秦娥《イチンオー》より自分の方がはるかに上手に、記者が喜ぶように面白おかしくしゃべることができる。すべては自分の口先三寸だと。

ある日、「西安故事会」の記者が「お馬鹿憶秦娥《イチンオー》総まくり」のタイトルで特集記事を発表した。これは劉紅兵《リュウホンビン》が個人で取材を受けたものだった。こんな刺激的なキャッチフレーズになるとは劉紅兵《リュウホンビン》自身、思ってもみなかった。しかも「お馬鹿」が特大の文字で踊り、記事の中で何回も繰り返し使われている。彼がこの新聞を手にしたとき、とても憶秦娥《イチンオー》には見せられないと思った。しかし、悪のりした記者は掲載紙をどさっと積み上げるほど劇場に送りつけ、楽屋中に配って得意満面、憶秦娥《イチンオー》のお褒めにあずかろうとした。記事の内容としてはそう悪いものではなかったが、憶秦娥《イチンオー》はこんな取材を受けた覚えはないと記者を問い詰めた。記者は不服そうにあなたのご主人がお受けになったと言う。

憶秦娥《イチンオー》は終演後、劉紅兵《リュウホンビン》を人のいないところに連れ出して、手練の技の回し蹴りを二度、したたかにお見舞いした。彼女の足は美しい弧を描いて彼の下腹部に食いこんだ。劉紅兵《リュウホンビン》は目から涙をほとばしらせ、床で体を丸めて激痛に耐えた。これはあの記事のせいだと劉紅兵《リュウホンビン》は分かっており「悪かった」と謝りながら、彼女を「お馬鹿」などと言うはずがなく、記者の捏造だと弁解した。憶秦娥《イチンオー》は言った。

「あなたが言わなければ、誰が〝お馬鹿〟などと考えつくのよ。あなたがあちこちで言いふらしているから、記者は待ってましたと飛びついた。後は何百行でもでっち上げられる。私はこの新聞で道化のメイクをさせられて、さらし者になったのよ。もう舞台には立てないわ。あたしがお馬鹿なら、あなたのお母さんは大馬鹿ね。こんな馬鹿息子を産んだんだから」

劉紅兵《リュウホンピン》は少しも腹が立たなかった。ナイスガイに痛めつけられて地べたでのたうつギャングの手下のように背中を丸め、下腹部をかかえている。憶秦娥《イチンオー》は一声、出て行ってと言った。彼はよろよろと彼女の後を追っていく。

憶秦娥《イチンオー》は劉紅兵《リュウホンピン》にきつい一発をお見舞いしてから自室に引き上げ、少しやり過ぎたと思った。特に最も痛いとされる下腹部を蹴り上げ、彼を苦痛にのたうち回らせたのは粗暴に過ぎたと。彼女は突然思い出した。秦八娃《チンバーワー》が別れしなに彼女に伝えた言葉を。

「お嬢、久しぶりに会ったら、お前は人気者になっていた。いきなり天国のてっぺんだ。これはいいことでもあり、悪いことでもある。人は誰でも名を上げたいと思う。名を上げたら、それを持ちこたえることに汲々となる。持ちこたえられなくなったとき、名を上げるのではなかったと後悔する」

「どうしてこうなったのか私には分かりません。人に迷惑をかけるばかりですから」

「人はそんなもんだ。名前なんか出てほしくないと思うこともある。しかし、自分ではどうにもならない。しかし、出たからにはそれを守らなければならない」

「どうやって？」

「どうやってだと？　分かりきったこと、名実相伴わなければならない。今起きていることは真実だと思ってはならない。みんな夢幻《ゆめまぼろし》だと思え。みんな心にもないことを言ってくる。中身のないことを言ってくる。誇張し、飾り立てたことを言ってくる。新聞や雑誌は売らなければならない、テレビは視聴者の要望に応えなければならない。連中は騒ぎを仕掛け、騒ぎ立て、煽り立て、読者や視聴者の関心を引こうとする。こういった興味を過熱させて、お前のファンや知人を喜ばせ、面白がらせるんだ。みんな知っている。尻割れズボンの尻当てをめくって見たら、きれいも汚いもない。何のことはない。尻があるだけだ。しかし、人は知っていても見たがるんだ。嫉妬がある、怨念がある、誹謗、中傷、策謀、何でもござれだ。目的はただ一つ、お前をただの人に引きずりおろすことだ。醜態をさらし、尻の毛までのぞかれるのは、名を上げたことの高い代償だ」

憶秦娥《イチンオー》はぞっとして尋ねた。

「私はどうしたらいいのでしょうか?」

「お嬢にはもう方法がない。お嬢の芸、これからの伸び代《しろ》を考えれば、この程度の人気はまだまだだ。これから本当の試練が来る。もっと辛い思いをするだろう」

「私はもう芝居をやりたくないんです。本当に疲れました。今度の舞台で十数斤(五キロ以上)痩せました。何をどれだけ食べても太れないんです」

「もう自分の思う通りにはならない。一つの劇団が一人の名優を生み育てるのは生半可なことではない。お嬢が喉を壊すか。大けがでもしない限り、舞台を降ろしてもらえない」

「それなら、私はどうしたらいいのでしょうか?」

「たった一つだけ方法がある。それは自分を強くすること、新聞やテレビにどれだけ叩かれようが平気でいられることだ。自分のファンや信奉者のほめ言葉の上を行け。自分の実力でダブルキャストのB、C、Dを引き離せ。お前に追いつこうとする連中のはるか先をすいすい行くんだ。そうすれば、どんな妬みや中傷、悪口雑言にもたえられる」

「先を行くなんてもう無理。『楊排風《ようはいふう》』から始まって『白蛇伝』、『遊西湖《ゆうせいこ》』まで、もうぼろぼろです。もう死にそう。芝居なんて、人のすることじゃない。山に帰って羊を飼ってるほうがよっぽどまし」

秦《チン》老師は笑って言った。

「そうか、お嬢の悩みはそんなところか。羊を追うのもいいだろう。だが、ちょっと思い通りにならないと、すぐやめたくなるだろう。芝居をやって壁に突き当たると、また羊さんたちのところへ逃げ帰りたくなるだろう。この世に、最初のひとひねりでいつまでも回り続けるコマは一つもない。コマはひっぱたき続けなければ、すぐ倒れるんだ。お嬢には芝居がある。この世で一番の取り合わせだ。芝居があるから、お嬢の命も若さも輝いていられる。歌おうか歌うまいか、うじうじ考えることはない。歌うんだ。歌ってより高く、歌うからには最高を目指すんだ」

憶秦娥《イチンオー》は聞きながら、ぼんやりと遠くを見る眼差しになった。どう答えていいか分からない。ただぽかんと秦《チン》老師を見つめた。

秦八娃《チンバーワー》続けて語った。

「本当の歌を歌おうと思ったら、自分を変えなければならない。お嬢はまだ世間が狭い。ものを知らなさ過ぎる。お嬢から芝居を取ったら何が残る？　空っぽだ。お嬢の頭の中も空っぽだ。たとえば大家《たいけ》のお嬢さまの役をやるとする。お嬢さまは琴棋書画《きんきしょが》の四芸《しげい》に通じている。ところがお嬢ときたら、目に一丁字《いっていじ》もない。何をしゃべらせても何をやらせても恥をあたりに撒き散らしている。いつまで経っても九岩溝《ジョウイエンゴウ》の山出しだ。猿だ、芋だ。育ちの悪さが舞台にも現れている。李慧娘《りけいじょう》をやって大当たりを取った。ところがお嬢の李慧娘は立ち回りの名人憶秦娥《イチンオー》だ。竈《かまど》の番人、火箸使いの名人楊排風《ようはいふう》だ。峨眉山の山奥から来てまた峨眉山に帰る蛇の化身白娘子《はくじょうし》だ。これで李慧娘をやったつもりか？　深窓のお嬢さまではない。裴瑞卿《はいずいきょう》に対する愛情は何だったのか？　裴瑞卿は国を背負う知性の持ち主だ。彼に対する李慧娘の深い理解と同情心を、お前はどこまで表現できたのか？　分かったか。今のお嬢に何が欠けているかを」

秦八娃《チンバーワー》は言い終わると、紙切れを出した。これを読めと言う。十数冊の書名が列記されていた。この古典から始めて蒙《もう》（無知）を啓《ひら》けと言った。もし、彼が書いた台本《ほん》をやるのなら、この十数冊を読むのが先だと、まるでとどめを刺すようにつけ加えた。彼の要求はこれにとどまらなかった。字を書く練習、琴を弾く練習、絵を描く練習、要するに芝居をやるだのやめるだの四の五の言わず、全身全霊、この古典に打ちこめということだった。これをやってこそ、追随するダブルキャストのB、C、Dをはるかに引き離し、秦腔《チンチアン》の大家になれるだろうと。

秦八娃《チンバーワー》が北山《ベイシャン》に帰った後、憶秦娥《イチンオー》は書店に行って、すべて暗誦するよう命じ命じられた『詩経』『唐詩三百首』『古文観止《こぶんかんし》』（清代の副読本、全六冊）などを買った。こつこつやれば身につくと秦八娃《チンバーワー》は言った。しかし、ページを開いて彼女は呆然とし、思い知らされた。ページの半分は彼女の読めない字だった。辞書をせっせと引いた。この辞書は米蘭《ミーラン》先生が別れしなに憶秦娥《イチンオー》に残してくれた新華字典だった。辞書を引いているうちに頭痛がしてくる。劉《リュウ》紅兵《ホンビン》は『唐都は潘金蓮を生んだ』『唐都ばらばら死体事件』『浴室の銃声』『口紅・太腿・ダンスホール』といったポルノまがいの三文小説を毎日のように買いこんでくる。彼女はそれが目障りでならなかった。こういった本に気を取られていると、本当の馬鹿になり、楊排風《ようはいふう》さえ演じられなくなると秦八娃《チンバーワー》老師は言った。彼女は古典以外の本はすべて自分に禁じ、休演になった期間はほとんど眠ってばかりいた。彼女の体に痼疾《こしつ》のようにへばりついた疲労は、約半月の睡眠で嘘のように消え、さっぱりした朝を迎えられるようになっていた。

　しかし、彼女の満ち足りた眠りは数日で破られ、ある人物からある情報がもたらされた。

「秦娥《チンオー》、どういうことだ？　お前の悪い噂が耳に入った。聞くに耐えない。寧州の劇団にいたとき、飯炊きの男からお前に何をされた？　その男は見るからに薄汚い老人だそうだ。そのとき、お前は十四、五歳だったそうだな。西安に来てから今度は幹部に取り入っただけでなく、長年一緒に寝る仲だった同期生の男を捨てたそうだな。捨てられた男は半狂乱になって、今は廃人同様だとよ」

　憶秦娥《イチンオー》の頭の中がぶーんと唸りだし、爆発しそうになった。

二十八

この知らせを憶秦娥《イチンオー》にもたらしたのは、『遊西湖《ゆうせいこ》（西湖に遊ぶ）』の記録係を務めた男だった。背が低かったので、舞台には上がれず、記録係になった。年は三十を越しているとみんなが言う。華奢《きゃしゃ》な体形で子どものように見える。『遊西湖』の稽古が始まったばかり、憶秦娥《イチンオー》がみんなから白い目で見られていたころ、この記録係は彼女にいろいろな情報を聞かせてくれた。というのも、彼はオードリー・ヘップバーンの大ファンだったから、彼女を一目見たとき「おっ」と冷気を吸いこんだような声を発した。以来、彼女の〝伝書鳩〟〝注進役〟をもって任じ、彼女にはさして興味のない噂話、情報までせっせと運んでいた。彼女は相手をするだけも疲れ、煩わしく思っている男だった。今回も記録係はいそいそとやってきて、思わせぶりに勿体《もったい》をつけて話し出した。この情報はすでに多くの人が知っており、あの「唐城故事会」の記者も探りに来たということだった。彼女は途端に身構えた。記録係は言った。

「その記者が持っていた取材ノートを見ると、君の言ったことがみんな書いてあった。くれた名刺を見ると、あの『唐城は潘金蓮を生んだ』の連載を書いている記者だった。用心した方がいい」

記録係は憶秦娥《イチンオー》にすっかりのぼせているから、彼女を見ただけで瞳孔が開きっぱなしになる。彼女はこれ以上、彼に関わりを持ちたくなかったので、冷静を保ってさりげなく返答した。

「みんなでたらめよ。でも、どうもありがとう！」

記録係を帰した後、彼女はもう横になっていられなくなった。全身にじっとりと冷や汗をかいている。廖耀輝《リャオヤオホイ》のことだ。でも、どうしてまた蒸し返してきたのだろうか？　それにしても、長年一緒に寝る仲だった同期生とは？　恐らく封瀟瀟《フォンシャオシャオ》のことだろうが、あんまりだ。誰が書かせたのだろうか？　まず彼女の脳裏に浮かんだのは楚《チュ》嘉禾《チアホー》、その次に周玉枝《チョウユイジー》だった。省秦腔《チンチアン》劇団でこのことを知っているのはこの二人しかいない。彼女はすぐにも二人に問い質そうとしたが、確信はない。当時はまだ十一、二歳の幼さで同じ班の仲間だった。まさかと思う。しかし、楚嘉禾《チュチアホー》は当時から女王然と振る舞って、いつも主役を独り占めし、心理的にも憶秦娥《イチンオー》を圧倒していた。ことあるごとに彼女に辛く当たっていたのは何かしら不満を持っていたのかもしれない。今となって楚嘉禾《チュチアホー》に対して引け目を感じることはないし、彼女の何を恐れることがあろうか？　喉か？　技か？　歌か？　それとも、こんな苛めを仕掛けてきた彼女自身を恐れているのだろうか？　それとも憶秦娥《イチンオー》が苛め易くできており、標的にされ易いのかもしれない。思いあぐねて、憶秦娥《イチンオー》は楚嘉禾《チュチアホー》のところへ出かけた。

楚嘉禾《チュチアホー》の部屋のドアは閉まっていた。中から話し声が聞こえたので、ノックをし続けて、やっと開けてもらえた。中に入ると、一人の男が向こう向きでジーンズのファスナーをしめ、ベッドの掛布はくしゃくしゃのままだった。きちんと畳む時間がなかったのだろう。

憶秦娥《イチンオー》は固い声で尋ねた。

「嘉禾《チアホー》、私は何かあなたの気に障るようなことをしたかしら？　あなたはあちこちで私のあること、ないこと言いふらしているようだけれど、どういうつもり？」

憶秦娥《イチンオー》は少し冷静を欠いていた。しゃべり出すと余計、言葉がうわずった。

楚嘉禾《チュチアホー》の顔にさっと赤みがさした。しかし、すぐに落ち着きを取り戻し、しらばくれて見せた。

「何のことかしら？　さっぱり分からない。私がいつ、何を言ったというの？」

「あなたの胸に聞いてみなさいよ」

「何を言い出すやら。ねえ、憶秦娥《イチンオー》。あなたが腐れ主演をやろうがやるまいが、この楚嘉禾《チュチアホー》はどうってことないのよ。あなた、何か勘違いしてない？　あなた、何さまだっちゅうの？　こんなところでとち狂ってないで、とっとと行っちまいな」

「私が何さまって、あなたは何さまなのよ？」

「あなたが何さまだったら、私は何さまだっちゅうの？」

このとき、ジーンズの男が話に割って入った。

「どうした、どうした？」

彼は憶秦娥《イチンオー》の顔をぐいと持ち上げようとした。

楚嘉禾《チュチアホー》は男の手を押しとどめて言った。

「あなたには関係ない。座ってて」

楚嘉禾《チュチアホー》は続けて言った。

「憶秦娥《イチンオー》、今日こそはっきり言いなさいよ。私が何を言ったというの？　私が何を言いふらしているというの？」

「何をとぼけているの？」

憶秦娥《イチンオー》は怒りのあまり泣き声になった。

「だから、私が何を言いふらしたというの？」楚嘉禾《チュチアホー》は言った。

「あなたは……勝手な作り話を……寧州県劇団で……」

「あなた、県劇団で何をしたの？」

ここで憶秦娥《イチンオー》は楚嘉禾《チュチアホー》の手に乗せられたことを知った。

「しらばくれないで」

「私が何を知ってるっていうのよ？」

「廖耀輝《リャオヤオホイ》のこと……封瀟瀟《フォンシャオシャオ》のことよ」

「廖耀輝《リャオヤオホイ》のことって何？　封瀟瀟《フォンシャオシャオ》のことって何？」

「どうして知らないふりするの？　廖耀輝《リャオヤオホイ》が乱暴しようとしたでしょう」

「どんな乱暴したの？」

「みんな、あなたが言いふらしておいて、何をとぼけるのよ」

このとき、ジーンズの男がまた立ち上がり、ずばり聞き出そうとした。

「あの男ははあんたに乱暴した。つまり××したんだ！　この際、洗いざらいぶちまけちまえよ。楽になるから」

「あなたは……」

憶秦娥《イチンオー》の回し蹴りが一閃、美しい弧を描いて男の下顎に決まった。男は「アイヨー」と叫び、唇の端から血をしたたらせた。憶秦娥《イチンオー》は楚嘉禾《チュチアホー》と男の鼻先に指を突きつけ問い詰めた。

「あなたたち、ぐるになって何を企んでるの？」

「企んでるだと？　いけしゃあしゃあと、それが劇団の食堂で売春してた女の台詞《せりふ》か？」

男は怒りに任せてテーブルの上の魔法瓶を振り上げ、憶秦娥《イチンオー》に叩きつけようとした。楚嘉禾《チュチアホー》は男にむしゃぶりついてこれを止め、憶秦娥《イチンオー》に言った。

「憶秦娥《イチンオー》、早く行きなさい！」

憶秦娥《イチンオー》は一歩も動かなかった。

「ほら、やってご覧なさい。男でしょ、強いんでしょ。やってご覧なさいよ。ほら」

憶秦娥《イチンオー》は負ける気がしなかった。男は本気で魔法瓶を彼女に投げつけたが、楚嘉禾《チュチアホー》に遮られた。魔法瓶は憶秦娥《イチンオー》をそれて、ぼんと爆発した。

そこへ折よく周玉枝《チョウユイジー》が帰って来た。彼女は素早く憶秦娥《イチンオー》を外に連れ出し、すんでのところでことなきを得た。

周玉枝《チョウユイジー》に引っ張られて、城中村《チョンチョンツン》（都市化政策によって住宅地になった農村地区）を出るとき、憶秦娥《イチンオー》はなおも同じ質問を彼女に突きつけた。

「あなたは楚嘉禾《チュチアホー》と一緒に私のデマを流そうとしたの？」

周玉枝《チョウユイジー》は答えなかった。憶秦娥《イチンオー》はなおも尋ねる。

「答えてよ。何があなたたちの気分を損ねたの？　私は何か悪いことをした？　私をこんな目に遭わせて」

周玉枝《チョウユイジー》はそれでもやはり一言も発しなかった。

「あの男は確かに乱暴しようとした。でも、できなかった。それなのに、あなたたちはどうして、それをあったことにしたいの？　私と封瀟瀟《フォンシャオシャオ》は手さえ握ったことがないのに、どうして……何年も一緒に寝たことになるの？」

周玉枝《チョウユイジー》はついに口を開いた。

「秦娥《チンオー》、私はここ何日もあなたに会おうと思っていた。こんな話がどこをどう回り回ってやって来たのか、どうしてここまであなたを貶《おとし》め、苦しめようとするのか私にも分からない。私が分かるのは、あなたがすごいってこと。寧州県劇団に入ってから、苦労の限りを味わって今やっと日の目がめぐってきた。そこへまた誰かが悪だくみして汚い噂が広まった。ここまで来たら、もう誰を問い詰めても、埒《らち》があかない。だって、誰も本当のことを言わないし、誰も認めようとしないから。私を信じてほしいんだけれど、私も確かにあなたに嫉妬している。でも、いくらなんでもここまではやらない。ねえ、あなた、寧州に行って劇団に証明書を書いてもらいなさいよ。戻ったら単仰平《ダンヤンピン》団長に渡して公の場で読み上げてもらうのよ。早くしないと、噂は噂を呼んでもっとひどいことになる。これからの活動に差し障りがないうちに」

憶秦娥《イチンオー》は周玉枝《チョウユイジー》の助言をもっともだと思い、一人で寧州へ向かった。すると、そこに思いもよらぬ一騒動が待っていた。

彼女が駅を出た途端、どっと人波に囲まれ、珍しい動物が来たかのような大声が飛び交った。

「憶秦娥《イチンオー》が来た、憶秦娥《イチンオー》が帰って来たぞ！」

劇団の中庭に着くと、叔父の胡三元《ホーサンユアン》、胡彩香《ホーツァイシアン》先生、同期生たちが集まって彼女を迎えた。みな自分の家に招いて彼女を休ませようとしたが、まず叔父の家へ向かった。叔父はなぜもっと早く連絡して来なかったかと彼女を詰《なじ》り、彼女は泣きながら経過を話した。叔父はいつもの大砲をぶっ放し、「廖耀輝《リャオヤオホイ》の生皮をひん剥いてやる」と息巻いたが、胡彩香《ホーツァイシアン》先生がきて取り鎮めた。胡彩香《ホーツァイシアン》先生はもはや他人ではない。叔父は憶秦娥《イチンオー》に命じて胡彩香《ホーツァイシアン》先生に事情を詳しく説明させた。胡彩香《ホーツァイシアン》先生は言った。

「ちょっと待って。これはあまり知られない方がいいわね。みんな秦娥《チンオー》の評判を知っているから、これを聞いたら、そら見たことかと手を打って喜ぶわ」

叔父がどうしたらいいのかと叔父が尋ねると、胡彩香《ホーツァイシアン》先生は可愛い姪っ子が醤油の壷に落ちたんだもの、早く助け出して洗ってあげなくちゃと答えた。

「やはり朱《チュ》団長に頼むしかない。団長は口が固い。筋を通す人だから、きっと相談に乗ってくれる」

夜、憶秦娥《イチンオー》は朱《チュ》団長の家を訪ねた。

朱《チュ》団長は憶秦娥《イチンオー》に去られてからというもの、やる気を失い、生気も失って、毎日が砂を噛む思いだった。「わがこと成らず」——劇団という吊り橋の支えが一本、また一本抜けていく。足元が激しく揺さぶられる中、出てくるのは恨み言《ごと》だった。省の劇団は恥知らずにもほどがある。人材の育成を怠り、人の劇団の中に手を突っこみ、後は野となれ山となれだ。いくら全国大会で金賞、銀賞を取ったといっても、自分の足元の金、銀の鉱脈が荒れていくのは身から出た錆《さび》というものだ。朱《チュ》団長は万感をこめて言った。

「秦娥《チンオー》よ。一将功なって万骨枯るだ。お前は志を遂げた。省の秦劇院も思いを遂げた。しかし、寧州県劇団はさんざんだ。ざまはないよ」

憶秦娥《イチンオー》は返す言葉がなかった。しかし、朱《チュ》団長の妻は説教の口調で夫を諌めた。

「あなたはこの子の前途をどうしようっていうの？　思い切り羽ばたかせてやりなさい。省の劇団なんか、もうどうでもいい。放っておきなさいよ。せっかく秦娥《チンオー》が名声を手に入れ、中南海にまで行ったんだ。カラスの鳴かない日はあっても、新聞もテレビも秦娥《チンオー》の出ない日はない。あなたもいい加減、泣き言を言うのはやめになさい」

朱《チュ》団長の妻は言いながら、薬罐に煎じた薬を夫に飲ませようとした。憶秦娥《イチンオー》はどうしたんですかと尋ねた。

「昔からさ。何かあるとすぐ頭痛を起こして、すねる、ふて腐れる、布団をかぶって閉じこもる、性悪《しょうわる》な病気だよ。一時はよくなったんだけれど、あんたが行ってしまってから、この薬罐をしょって歩いてるよ」

憶秦娥《イチンオー》は申しわけない気持ちでいっぱいだ。朱《チュ》団長は口を横に開いて歯をむき出しにし、いかにもまずそうに薬を飲み干して言った。

「秦娥《チンオー》よ。お前がこの山の中から西安に出て行って大成功を収めた。うれしくないはずがない。だが、同時に心配でもある。芝居という稼業は色と欲、成功と名利を争う修羅場でもある。昔からこの世界に身を置いた者に心の安らぎはない。そこは鬼の住み処《か》だからな。私という人間はすぐ動揺して、うろたえ、すぐ顔に出る性分だが、三度の飯より芝居が好きで、好きが高じてこの劇団の団長にまでなった。若いときから役者に胸をときめかし、旅の一座の追いかけをして、泣き笑い、怒りや悲しみ、苦楽を共にしてきた。この気持ちは今も変わらない。心騒ぎ、心乱れ、心かき立てるものがなくて、どうして劇団と言えるか？　修羅場の不安、胸騒ぎ、心逸《はや》るものがなくてどうして芝居と呼べるか。私はお前が芝居を止めるなどと心配していない。お前はこれからも主役を次々と奪い取って行くだろう。お前は自分の手でそれをやり遂げるだろう。ただ、私が心配しているのは、お前が生真面目で、お馬鹿さんだからだ。世の中に疎《うと》いから、自分の生活を壊してしまいかねないからだ」

朱《チュ》団長も憶秦娥《イチンオー》を「お馬鹿」と言ったが、団長が自分の父親か祖父のような心温まるものを感じた。西安で起きたことを話すときだと思い、あのろくでもないできごとを一通り打ち明けた。朱《チュ》団長は言った。

「秦娥《チンオー》よ。天はやはり英才を妬《ねた》む、だな。出る釘は打たれる。これからやりにくく、生きにくくなるだろう。分かった。ここで起きたことは私がはっきりと書く。お前に落ち度はない。それは証明できる。だが、何もなかったと、すべてを洗い流すことはできない。このこと自体、汚くはない。ただ、人の心が汚いんだ」

朱《チュ》団長の家を出てから、団長の言ったことを憶秦娥《イチンオー》は考え続けた。その中に含まれていることを完全に理解したとは言えなかったが、はっきりしているのは朱《チュ》団長が証明書を書き、寧州県劇団の大判を押してくれたことだ。これで世の中の妄言卑語をせきとめられるだろう。その夜、『白蛇伝』の相手役、青蛇を演じた恵芳齢《ホイファンリン》たち同期生が集まり、何が何でもと彼女を夕食に誘い、彼女も喜んでそれに応じた。彼女は心の奥底で封瀟瀟《フォンシャオシャオ》が来ることを念じていた。だが、彼は来なかった。彼女は失望した。今回、寧州に来たのは、証明書をもらうことだけでなく、もしかして封瀟瀟《フォンシャオシャオ》の気持ちを聞けるのではと淡い期待もあったからだった。

ここ数ヵ月、彼女は封瀟瀟《フォンシャオシャオ》のことばかり考えている。劉紅兵《リュウホンビン》が彼女に尽くしてくれればくれるほど、瀟瀟《シャオシャオ》への思いが募った。もし、結婚して生涯を共に過ごすなら、瀟瀟《シャオシャオ》の方がぴったりくるし、安心だと思った。なぜなら、あの醜聞記事で瀟瀟《シャオシャオ》との関係が面白おかしく書かれていたが、廖耀輝《リャオヤオホイ》とのことのような苦痛や嫌悪感が感じられなかったからだ。劉紅兵《リュウホンビン》については、どこがどう気に食わないと言うのではないが、彼女の感覚に不誠実なもの、不真面目なもの、信じきれないものを残していた。そういえば、彼女の醜聞が表沙汰になってから数日、劉《リュウ》紅兵《ホンビン》は姿を見せていない。彼の下腹部をしたたかに蹴り上げたこともあるかもしれないが、彼に蹴りを入れたことは何度もある。これまで断りなしに姿を消したことは一度もなかった。

彼が突然声もなく消えてなくなったことに気づいたのは、彼女が寧州へ向かう途中だった。これは最近のデマ騒ぎと無関係ではあるまい。封瀟瀟《フォンシャオシャオ》はこの手の作り話に動じることはなかった。寧州で『楊排風《ようはいふう》』の人気に火がついたとき、憶秦娥《イチンオー》と廖耀輝《リャオヤオホイ》との風聞がさまざまに取り沙汰され、『白蛇伝』の評判が北山《ベイシャン》地区を席巻したときもこの一件が蒸し返された。しかし、風聞は風聞で、すぐ消えてなくなった。封瀟瀟《フォンシャオシャオ》はこうした雑音には一切耳を貸さず、彼女が本当に困っていたとき、彼女にぴったりと寄り添い、信頼といつくしみの目で見守ってくれた。今思い起こすだけで彼女の心が温まる。普通、『白蛇伝』など一つの作品で男女が主役として共演になるときは、陰に陽にさや当て、角逐《かくちく》が始まるものだ。だが、封瀟瀟《フォンシャオシャオ》は連夜のカーテンコールのときも彼女に花を持たせ、自分は一歩退いていた。千秋楽のカーテンコールでは特に演出家の指示が出て、白娘子《はくじょうし》と許仙《きょせん》が手を取合い、同時に客席へ向かって踏み出すよう求められた。それまで、許仙は白娘子から一歩遅れ、観客に向かって手振りで彼女への拍手を促した後、準主役級の列に引き下がるのが常だった。彼は言う。この芝居の主役は白娘子で、許仙は脇役だ。これまで何本もの大作で主役を演じ、劇団の大黒柱を務める彼がそう言うのだった。

彼女は封瀟瀟《フォンシャオシャオ》に会いたかった。だが、同期生の顔ぶれが揃ったところで、彼の姿はなかった。恵芳齢《ホイファンリン》は左右を見渡して言った。

「今日は瀟瀟《シャオシャオ》は来られない。女出入りがお盛んな、あの某副地区長〝ご子息〟の差し金で劇団を追われ、頭が変になっちゃったのよね」

憶秦娥《イチンオー》は我を忘れて尋ねた。

「どういうこと？」

恵芳齢《ホイファンリン》は真顔で聞き返した。

「あなた、本当に知らないの？」

憶秦娥《イチンオー》は首を振った。

「瀟瀟《シャオシャオ》は西安であなたに会った後、本当におかしくなった。毎日酒を飲み、酔っ払うと、花を見ても、猫や犬を見ても、あなたの名前を呼ぶ。家の人が心配して、結婚相手を見つけ、先週無理無理、婚約式を挙げたのよ。今日この席に彼も呼ぶべきだけれど、とてもねえ。何が起こるか分からないじゃない？」

憶秦娥《イチンオー》は顔から血の気が引く思いをしたが、言うべき言葉が見つからない。誰かが言った。

「彼は一見、しっかりしているけれど、恋煩いで本当の賈宝玉《かほうぎょく》になってしまうとはな」
（注）賈宝玉《かほうぎょく》　『紅楼夢』の主人公、美貌と才能に恵まれているが、特異な性格と奇矯な言動の持ち主。多くの美少女、美女たちと交際するが、ことごとく不幸な結末を見る。
恵芳齢《ホイファンリン》はまた尋ねた。

「ねえ、秦娥《チンオー》。今日はどうしてあのお坊ちゃまを連れて来ないの？」

憶秦娥《イチンオー》はきょとんとし、しばらく経ってから答えた。

「あの人が私の何だっていうの？　意味分からない」

この返事はみんなをひどく驚かせた。

同期会の席で気の置けない仲間が集まったとはいえ、主人格は憶秦娥《イチンオー》だ。やり場のない鬱屈を抱え、冴えない表情で寧州までやってきて、結局、意気が上がらないまま散会となった。

この日の夜、彼女は一人で寧州の街を長いこと歩いた。封瀟瀟《フォンシャオシャオ》が歩いたに違いない通りの方へ足が向いた。ひと目でも彼の顔を見たかった。どんな様子なのか、この目で確認したかった。婚約した相手とはどんな人なのか？　普通の人いうが、どんな風に普通なのか。彼女はすべてを知りたかった。行きつ戻りつしているとき、先の方に劇団員の姿が見え、彼女は慌てて身を隠した。彼女は封瀟瀟《フォンシャオシャオ》以外の誰とも顔を合わせたくなかった。

もうすぐ十一時になろうかという時刻、最も見たくない人物を見かけた。廖耀輝《リャオヤオホイ》だ。

廖耀輝《リャオヤオホイ》と宋《ソン》師匠が小走りで道を急いでいる。宋《ソン》師匠はリヤカーを引き、廖耀輝《リャオヤオホイ》は後ろから押している。リヤカーには豚が結わえつけられ、ふんふん鳴いている。廖耀輝《リャオヤオホイ》が言った。

「こんな夜中に走らなくちゃいけねえのか？　獣医はへそ曲がりだから、呼んでも来やがらねえ」

「だから、言っただろう。豚コレラが流行ってて、獣医は身動きとれない。だから連れて行かなきゃならないのよ。一本注射を打ってもらって、ついでにお前の尻にも一本打ってもらおう」

「尻はご免だね。劇団の豚はほかとは違って栄養がいいから、大丈夫だろう。ほかの豚と一緒にされて病気をうつされちゃたまらないな」

「お前が飼った豚を県委員会や県政府のと比べて見ろ。お前のは貧相で可哀想なぐらいだ」

「ほかの家の豚はみんな往診してもらってるのによ」

「ぐずぐず言ってないで急がねえか」

二人はあたふたと憶秦娥《イチンオー》の前を通り過ぎていった。

憶秦娥《イチンオー》は歯噛みする思いだった。もし廖耀輝《リャオヤオホイ》一人だけだったら、石を拾って投げつけていただろう。この男が彼女を今の苦しみに陥れた豚なのだ。彼女は本当なら宋《ソン》師匠と話をしたかった。しかし、二人は同じ部屋に住んでいる。しかし、彼女は覚えている。廖耀輝《リャオヤオホイ》は外側の部屋にいるから、彼女は二度とその中には入りたくない。そこは汚れた部屋だ。

彼女はあちこち歩きながら、封瀟瀟《フォンシャオシャオ》の姿を待つともなく待った。もう引き上げようと思ったとき、大酔を発した封瀟瀟《フォンシャオシャオ》が突然、遠くからふらふらしながら歩いてきた。彼は一人の背の低い、尻の大きな娘に支えられながら帰ろうとしている。娘はしきりに封瀟瀟《フォンシャオシャオ》に話しかけている。

「瀟瀟《シャオシャオ》、もうこんなに飲まないで。分かった？　ほら、人が見て笑ってるじゃない」

おしゃべりしながら「瀟瀟《シャオシャオ》、瀟瀟《シャオシャオ》」と気安く呼びかけている。

「誰が笑うって？　憶秦娥《イチンオー》か？」

「二言目には憶秦娥《イチンオー》、憶秦娥《イチンオー》。もうやめて。あの人はもうすぐ結婚するんだから。まだ、忘れられないの？」

「俺が忘れられないだって？　俺はお前を忘れない。これでいいだろう。俺が忘れられないだって？　あのお方はお偉い副地区長さまの奥さまだとよ」

憶秦娥《イチンオー》の目にみるみる涙が盛り上がった。

二十九

憶秦娥《イチンオー》は今、九岩溝《ジョウイエンゴウ》にいる。まるまる一夜を爆睡し、目が覚めたら羊の放牧に出た。父親は言った。

「いいところに来てくれた。今日は一日任せたぞ。俺は夜通しこいつらを引っ張って隣の村へ行く」

いくつかの村と話がまとまって、羊の頭数検査が行われる明日正午までに羊を送り届け、数合わせの手助けをするのだ。検査は十数軒の農家で行われるから、十数日かけて連れ回す大キャラバンになる。父親は得意そうに言った。

「今や羊は金の卵を産む鶏だ。もっと買い増しするぞ。牛を飼うより金になるからな。うまいもの食わせて、車に載せて、繻子《しゅす》の帯しめて、赤い花で飾り、一日ウン元の稼ぎになる。ここの奴らみんなうらやましがっている。易《イ》家には悪運がついている。娘は打ち出の小槌で金はざくざく、その上、羊を運んで濡れ手に粟の手間賃稼ぎ、箕《み》で金を運ぶようなものだ。墓地の山に住みついて、茅《かや》の荒れ地でくすぶっていた易《イ》家の羽振りが急によくなったとな」

父親は話しながら笑いが止まらない。母親が出てきて、豚に餌をやる瓢箪の柄杓で父親の背中を叩きながら言った。

「いい加減にしな。勝手なおだ上げて、よく口が疲れないもんだ。いっそのこと、屋根に上がって口に手当てて叫んだらどうだい。村中に聞こえるだろう」

父親は母親を恐がる素振りを見せ、憶秦娥《イチンオー》は笑ってしまった。

この日、憶秦娥《イチンオー》は一人で羊の群れを追って山に登った。木陰に座ってまる一日、羊飼いの少女の気分を心ゆくまで味わった。しかし、羊たちは彼女にあまりなつこうとしない。昔飼った三頭の羊は、寒いと彼女に体をすり寄せ、懐にもぐりこみ、暑いときは彼女と争って水を飲み、寝転がっている彼女の頭や体の上を平気で飛び越えていったものだ。しかし、今の羊たちはどこかよそよそしく、親しみを見せない。それどころか、山に生えている草にもあまり食欲を示さないように感じた。山の傾斜を登りながら一頭また一頭、羊たちを見る。あるものは木陰を探して横たわり、多くは自分の毛をなめたり、かゆいところをこすったりしている。そこへ数匹の野ウサギが跳び出してくる。羊たちのまわりを飛び跳ねるが、羊は物憂そうにちらっと目をやるだけだ。憶秦娥《イチンオー》はこの風景の中にいる自分がとても幸せに思えた。羊や野ウサギはゆったりとしてとらわれるところがない。何の悩みも苦しみもない。人間は生まれたままの快活さをどうして持ち続けられないのだろうか。彼女はそんなことを考えていた。

この日、弟が届けてくれた二度の食事を心して味わい、昔の美しかった思い出にひたっていると、西安の塵埃《じんあい》にまみれ、思い屈する日々がたまらなく疎ましくなってくる。

彼女は夜も安らかな眠りについた。九時を過ぎると、この村では犬を除くすべての生き物は寝についてしまう。憶《イ》秦娥《チンオー》は母親としばらく話をした。彼女は羊のことばかり話したがり、母親は〝お婿さん〟のことを聞きたがった。話が合わないので、憶秦娥《イチンオー》はいびきをかいたふりをしているうちに本当に眠ってしまった。おそらく夜中を過ぎたころ、憶秦娥《イチンオー》は突然、庭に車のエンジン音を聞いたと思った。彼女が夢うつつでいると、誰かが戸を激しく叩き、叫んでいる。

「秦娥《チンオー》、秦娥《チンオー》、空けてくれ。俺だ、劉紅兵《リュウホンピン》だ」

彼がどうしてこんなところを探し当てたのか？

劉紅兵《リュウホンピン》は、昔寧州県劇団で酒を飲んだ仲間を道案内に九岩溝《ジョウイエンゴウ》の急坂を夜通し登ってきたのだった。幌掛けのジープを運転し、車幅のはみ出しそうな道をがむしゃらに走らせた。村役場がつけた谷間の道は手押しのトラクターがやっと通れる幅しかなかった。トラクターが通れるのなら、このジープが通れないわけはないと言って劉紅兵《リュウホンピン》は押し通った。実際、ジープの片側の車輪が空中で空回りすることが何度かあった。憶秦娥《イチンオー》の家の庭にやっとたどり着いたとき、同行した劇団の若者は顔青ざめて頭にびっしりと冷や汗をかき、劉紅兵《リュウホンピン》に言った。

「哥《あに》い、命が惜しくないんですか？」

「命なんて糞だ」

劉紅兵《リュウホンビン》は焦っていた。憶秦娥《イチンオー》に会わずにもう一週間経っていた。これは彼女が西安に来て、互いに顔を見ずに過ごした最も長い時間だ。今度は別に憶秦娥《イチンオー》があの日彼の下腹をしたたかに蹴り上げたせいではない。彼女の踏んだり蹴ったりの実力行使はすでに日常茶飯事だ。その度に憶秦娥《イチンオー》と彼の距離が縮まるような気がする。こういった身体表現は、恋愛関係にある男女が用いるいつもの手で、つついたり、なでたり、さすったり、つねったり、甘噛みするのと大差がないようにも思われる。ただ、憶秦娥《イチンオー》の場合、ときに粗暴な振る舞いに及び、むごい体罰のようにも見える。彼のようなお坊ちゃん育ちには耐えられないことのはずだが、彼はそれを諾々《だくだく》と受け入れている。要するに、彼はこの女性を愛しているとも言えるのだ。

彼はいつも夢見心地で想像する。もし、彼女ともっと前に出会っていたなら、すぐ仲人を立て、嫁入り行列を仕立てていただろう。ウイグル民歌『達坂城《ダーバンチョン》の娘』のように。

お嫁においで　おいらのとこへ
嫁入り道具を山ほど積んで
馬車を飛ばしてやってこい

もしかして、彼はこんな夢見心地の若さ、がむしゃらさをもう失ってしまったのかもしれない。いや、違う。憶《イ》秦娥《チンオー》が人になつかないのだ。飼い慣らされない野生の生き物だから、扱いを間違えると痛い目に遭わされる。まるで童謡の『小毛驢《シャオマオリュイ》（ぼくのロバさん）』そっくりに。

ぼくの可愛いロバさんに
乗って市場へ　さあ行こう
ムチをふるって　さあ走れ

なぜか　なぜかおいらは泥の中

彼女は彼にやさしくない。手綱がきかない。その手は食わない。恋の道を知らない。人に気を遣わない。こんなないないづくしで、猫みたいに逆毛を立て、爪を立てる。しかし、彼はいつの間にかこれに面白みを感じていた。劉《リュウ》紅兵《ホンビン》はいつからこんな忍耐心を身につけたのか？　一日待たされ、一ヵ月じらされ、鶏がらスープはことごと煮立ってぷんぷんといい匂いを放っているのに、味見は勿論、鍋の蓋さえ取ることが許されない。その食べごろを知るのは神さまだけだ。彼は見だけで鍋のまわりをうろうろしている。もし、鍋が煮詰まってしまったら、スープをどうすくえばいいのか。それでも彼はただあてもなく待つだけだ。そして、彼は待った。待つことに得もいえぬ快感を感じていた。

しかし、とうとう彼の辛抱がぷつんと切れた。もう身が保たない。命がいくつあっても足りない。もはやこれまでだ。そう決めたのは、彼が憶秦娥《イチンオー》から下腹をいやというほど痛めつけられた日のことだった。彼は劇団へ行き、数人の閑人たちと気晴らしの酒を飲んだ。ある劇団員が毒をしのばせた短剣で彼の心をぐさりと刺した。

その日、憶秦娥《イチンオー》の醜聞が劇団に知れ渡り、西安全市に広まろうとしていた。誰かが酒の勢いでからんできた。

「哥《あに》い、あんたほどの男が、手もなくやられちまってよう。そりゃ、憶秦娥《イチンオー》はとびきりのいい女だ。しかし、他人のお手つきじゃねえ」

劉紅兵《リュウホンビン》は面白いはずがない。北山《ベイシャン》にいたとき、彼女にまつわる似たような噂を聞いたことがある。彼の母親は北山《ベイシャン》地区文化局の幹部に聞き、その幹部は劇団の指導部に確認して、根も葉もない噂、悪意の中傷だと判断した。封瀟瀟《フォンシャオシャオ》のことは、劉紅兵《リュウホンビン》は意にも介しなかった。彼は劇団を追い出されて廃人同様になっていると聞いた。それは何よりも憶秦娥《イチンオー》に振られたせいで、また振られて当然だと思っている。それにしても、これほどの美貌と名演技、これほどの清純と気品を謳われた女優が飯炊きの老人の思いのままにされるとは、聞くだけでもやりきれない思いがする。彼がこの新しい噂を聞かされたのも、憶秦娥《イチンオー》からきつい一発をお見舞いされた日だった。彼は北山《ベイシャン》の西安出先事務所へ行って数日昼夜ぶっ通しの麻雀を打った。平静を保とうとすればするほど、頭の芯が熱くなった。一度は彼女と別れようと思い、彼女のことを念頭から追い払おうとしていたが、牌を打つ手がぴたと止まった。麻雀の負けがこんでいたこともある。相手の打ち方が遅く、いらいらしていたこともある。加えて憶秦娥《イチンオー》のことで当てつけと嘲弄を受け、彼はついに麻雀卓をひっくり返した。彼はまた憶秦娥《イチンオー》の部屋を尋ねたが、彼女を探し当てることはできなかった。彼はその場にへたり込みそうになった。

このときになって、彼は思い知った。憶秦娥《イチンオー》への感情は心にしっかりと根をおろし、もはや抜きがたいものになっていると。劇団へ行って尋ねると、彼女は休暇をとっているとのこと。次に楚嘉禾《チュチアホー》と周玉枝《チョウユイジー》を訪ねた。楚嘉禾《チュチアホー》は言った。

「さあね。また男と逃げたのかもね。あなたも気をつけた方がいいわよ。あの子は相当な食わせ者なんだから」

彼は楚嘉禾《チュチアホー》を相手にするのをやめた。しかし、周玉枝《チョウユイジー》はこっそり彼に耳打ちした。憶秦娥《イチンオー》は寧州に帰っていると。

彼はすぐ北山《ベイシャン》地区の出先事務所へ行くと、車を出して寧州へひた走った。寧州に着いて、彼女は九岩溝《ジョウイエンゴウ》の実家にいると聞きこんだ。彼はまた夜っぴて九岩溝《ジョウイエンゴウ》を目指した。彼はすでに心に決めている。たとえ彼女があの老人から辱めを受けていようと、それが彼の心にハンマーを打ちこむものであろうと、受け止めるしかない。また、それがどんなにひどい辱めであろうと、彼がどんなに受け入れがたいものであろうと、彼女を失うわけにはいかない。彼女のいない世界は死んだも同然だ。一世一代の大勝負《パフォーマンス》に出よう。

憶秦娥《イチンオー》の母親が起きてきた。目の前に〝お婿さん〟を見ると、連れ合いに「いつまで寝てるんだよ」と叱声を飛ばした。易茂財《イマオツァイ》は劉紅兵《リュウホンビン》にまだ会っていない。妻から耳にたこができるほどその名を聞かされていただけだった。

まだ玄関をくぐっていない劉紅兵《リュウホンビン》に向かって思い切りよく声をかけた。

「駙馬《フーマー》(皇帝の女婿《じょせい》)さまのお成り!」

自分は皇帝ではなく、胡秀英《ホーシュウイン》も皇后ではないが、かつての影絵芝居の役者として、芝居の台詞《せりふ》のような節をつけて、この新来の客を迎え入れた。劉紅兵《リュウホンビン》の第一印象は悪くない。上背があり、眉はきりりと引きしまり、一目でひとかどの人物と見て取れた。

劉紅兵《リュウホンピン》は憶秦娥《イチンオー》の家に入る前に、車から西鳳酒《シーホンジョウ》（陝西省宝鶏特産の白酒。貴州茅台酒《まおたいしゅ》、山西汾酒《ふんしゅ》と並ぶ名酒）の入った木箱を二箱、煙草は人気のスリムサイズの金糸猴《きんしこう》数カートン、豚の肉厚リブロース（あばら肉）、しかも肉屋にずっしり吊り下がっている半身《はんみ》を担いできた。易茂財《イマオツァイ》はこれを見て「できる男だ」と舌を巻いた。ちゃんと礼式にかなっている。娘婿が初めて妻の実家の門をくぐるときは必ず豚肉を持参しなければならない。九岩溝《ジョウイエンゴウ》の風習に従えば、このあばら肉は指二、三本ほどの幅の脂が入った極上肉でなければならない。これを太い竹竿に高々と掲げ、赤く長い垂れ幕を肉に吊して風にひらひらさせ、この家《や》の婿が参上仕《つかま》ったと道行く人、近隣の住人に触れて歩く顔見せの御練《おね》りなのだ。易茂財《イマオツァイ》はこの豪気を初めて見た。娘婿は玄関に通されると、半身の肉を載せる大判のまな板をがらりと置く。劉紅兵《リュウホンピン》の役割はここまでで、肉を受け取って担いで入れるのはこの家《や》の主の仕事だ。なのにお婿さんがまだ担いでいる。胡秀英《ホーシュウイン》はあわてて夫をせっついた。

「茂財《マオツァイ》、何ぼんやりしてるのさ。お婿さんにいつまでも担がせてちゃいけないよ。早く受け取って」

易茂財《イマオツァイ》は子どもの背丈ほどもある半身の肉を素早く自分の肩に引き取った。豚肉から染み出た血がべっとりと易《イ》茂財《マオツァイ》の顔一面に広がり、こうして半身の肉はまな板の上に収まった。胡秀英《ホーシュウイン》は笑いながら言った。

「秦娥《チンオー》、ほら、お前の父さんの顔を見てご覧。あんなに喜んで、関羽さまのように真っ赤だよ」

胡秀英《ホーシュウイン》の喜びと興奮はひとしおだった。ただ、夜が更けて近所は寝静まり、誰も見ていないのが悔しかった。駙《フー》馬《マー》さまが「珠宝携え、衣冠束帯、黄袍《おうほう》（天子の着衣）に威儀を正して輿《こし》に乗り、イーイーイー、イーヤー」と妻の父を拝する場面が人知れず終わってしまうのだ。母親は言い続ける。

「ほら、見てご覧。こんなにたくさんのお品をいただいたよ。分けきれないね」

劉紅兵《リュウホンピン》が言った。

「ご親戚がどれだけいらっしゃるか分からなかったもので。酒は二十四本、煙草は八カートン、そして肉、みなさんでよろしく分けて下さい」

憶秦娥《イチンオー》は喜んでいたわけではない。しかし、こんな夜更け、夜中過ぎて九岩溝《ジョウイエンゴウ》にたどり着く来訪者はありえず、まして彼女の悪い噂があれほどばらまかれているときがときだけに、彼女を驚かすに十分だった。劉紅兵《リュウホンビン》は何も知らずに来たのではない。それにしても相変わらずの取りのぼせようで、しかも鳴り物入りの賑々しさだ。封瀟瀟《フォンシャオシャオ》とはまるで違う。封瀟瀟《フォンシャオシャオ》はロウソクの火をふっと吹き消すように、張りつめた糸をぷつんと断ち切るように、そして煙が吹きちぎられるように消えてしまった。彼女は劉紅兵《リュウホンビン》に対して突然、別な感情が湧いてくるのを覚えた。

母親は彼女にささやき続ける。

「普通、ここまでやるかね。お前は前世でよほどよいことをしたんだ。来弟《ライディ》の旦那が言っていた。紅兵《ホンビン》の父親は、どえらいお方だそうじゃないか。お前はいつまで何をひねくれてるんだか？　いつまで強情を張るんだか？　どんないい肉でも煮崩れたら値打ちがないよ」

憶秦娥《イチンオー》は分かっている。母親は相手の地位と家柄を喜んでいるのだ。大官の息子の輿《こし》に乗ったら、先祖の墓によりましな線香を上げられるというのだ。母親は劉紅兵《リュウホンビン》の外貌も気に入っている。それは人の器量、才徳を表すもので百里、千里離れても自ずと明らかだと言う。加えて彼の人なつっこさ、過度なねつっこさが母親を征服していた。

憶秦娥《イチンオー》は思う。熱に浮かされているのは母親の方だと。彼女はそんな上っ調子、押しつけがましさはあまり好きではない。やはり封瀟瀟《フォンシャオシャオ》のささやくような低いトーンが好きだ。しかし、封瀟瀟《フォンシャオシャオ》は憶秦娥《イチンオー》に、あまりな場面を見せつけた。封瀟瀟《フォンシャオシャオ》は顔色一つ変えず、声一つ荒げず、彼女を捨てたのだ。実は以前、彼女には秘かに心に期していることがあった。それはもし、彼がまだ自分を愛してくれているなら、朱《チュ》団長に頼んで彼を西安の秦劇院に呼び寄せてもらおうと考えていたのだ。いつか二人が同じ舞台に立つ願いは、言わず語らずとも二人の間だけで通じ合っていたはずだった。しかし、その夢は消えてしまい、劉紅兵《リュウホンビン》が最後の選択になってしまった。

確かに劉紅兵《リュウホンビン》には彼らしい率直さがある。大家《たいけ》のお坊ちゃん気取りはまるでなく、朝からまめまめしく立ち働いて姉の来弟《ライディ》をぼやかせたほどだ。彼女の夫は夜更かしの朝寝坊の怠け者だと。しかし、劉紅兵《リュウホンビン》は朝起きるが早いか彼女の父親を手伝って羊の体を洗い、一匹一匹にぺたんとマークのスタンプを押して大きな赤い花をくりつける。羊たちは先を争って体を洗ってもらい、花をつけてもらっているようだ。この赤い花が何のためかと劉紅兵《リュウホンビン》に尋ねられ、易茂財《イマオツァイ》は返答に困ってしまった。憶秦娥《イチンオー》がざっと説明すると、劉紅兵《リュウホンピン》はあははと大笑いして言った。

「僕もやったことがありますよ。でも、父親は見破れませんでした」

母親は慌てて哀願した。

「お帰りになってもどうかご内聞に」

「大丈夫ですよ。要は数字が合っていればいいんです。誰もそんな細かいところに目をつけませんし、たとえ分かったとしても、片目をつぶります」

羊のおめかしが終わったところに、トラクターが上がって来た。父親がその荷台に木の板を二枚斜めに掛け渡すと、羊たちは喜んで自分たちから先を争って登っていく。母親はさりげなく劉紅兵《リュウホンピン》に説明し、劉紅兵《リュウホンピン》を笑わせた。

「羊たちはみな分かってるんですよ。これからお散歩に出かけると、うまいものが食べられるとね。人間よりいい暮らしをしてるんですよ」

憶秦娥《イチンオー》は羊たちと一緒に行くつもりはなく、ただ眠いだけだった。劉紅兵《リュウホンピン》も一緒に残り、車から猟銃をおろしてきた。姉の夫の高五福《ガオウーフー》は劉紅兵《リュウホンピン》を連れて山に登った。二人は一日中山を駆け回り、やっとウサギを一羽ぶら下げて帰って来た。弟の易存根《イツンゲン》はこれを見て笑った。

「何だ、お義兄《にい》さん、たいしたことないな。僕は行李柳《こりやなぎ》の箱で何匹も捕まえている」

劉紅兵《リュウホンピン》は聞き耳を立てて尋ねた。

「存根《ツンゲン》、今僕を何と呼んだ？」

「お義兄《にい》さん」

「誰がそう呼べと？」

「母ちゃんが」

「お姉さんは知っているのか？」

「知らない」

姉の夫の高五福《ガオウーフー》が言った。

「お姉さんが来たら、その前でお義兄《にい》さんと呼べばいい」

「いや、そんなこと言ったら、ひっぱたかれる」

劉紅兵《リュウホンビン》と高五福《ガオウーフー》は笑い、高五福《ガオウーフー》が言った。

「お義兄《にい》さんの言うことをよく聞いて、将来は寧州県の幹部に取り立ててもらうんだな」

易存根《ツンゲン》はあっさりと答えた。

「いやだね」

「じゃ、何になりたいんだ？」

「姉ちゃんみたいな俳優になって主役を取り、北京へ行く」

高五福《ガオウーフー》があきれて言った。

「そんな大それたこと」

劉紅兵《リュウホンビン》が言った。

「そうだ。西安に出てお姉さんのボディガードになるのはどうかな」

この日の夜は北山《ベイシャン》副地区長の息子が来ているという噂を聞きつけた人たちが村や県から大勢で九岩溝《ジョウイエンゴウ》の谷を登って集まってきた。中には劉紅兵《リュウホンビン》に気安い口をきく者もいる。翌日、母親は五回分の食事を用意し、それがなくなっても来客は引きも切らずつめかけてきた。母親は上機嫌だったが、憶秦娥《イチンオー》は心楽しまない。一家の者たちは台所でてんてこ舞いをしながら酒鬼と化した来客の応対に追われている。

憶秦娥《イチンオー》は西安に帰ると言い出した。

劉紅兵《リュウホンビン》は次々と勧められる酒に音を上げて腰を浮かし、憶秦娥《イチンオー》について帰り支度を始めた。

母親は村のみんなに聞こえるように大声で言った。

「さっさと式を挙げるんだよ。分かったかい？　世間に恥ずかしくない式を挙げるんだ。私たちに早く孫の顔を見せておくれよ。あちらのお家も今か今かとお待ちだよ！」

憶秦娥《イチンオー》は腹を立てて母親を睨んだ。劉紅兵《リュウホンビン》は爽快な口調で答える。

「おばさん、分かりました」

県から来た人たちの間から笑い声が湧き起こった。

「おばさんじゃないだろう、お義母《かあ》さまだろう。お義母《かあ》さまと呼べ」

まわりが一斉に囃したてた。

「お義母《かあ》さま！　お義母《かあ》さま！　お義母《かあ》さま！」

お調子者の劉紅兵《リュウホンビン》はすぐこれに応じた。

「お義母《かあ》さま！　ご安心下さい。帰ったらすぐ父親に申し伝えます。僕たちは結婚します。すぐ孫を抱いていただきます。待っていて下さい」

憶秦娥《イチンオー》は彼の背中に一発お見舞いした。

三十

西安に戻った彼女は、寧州から持ち帰った証明書をまず単《ダン》団長に見せた。団長はこれをどうするのかと尋ね、彼女は答えた。

「これを全団の大会で読み上げてもらえませんか？　あの噂は根も葉もないでたらめだということが分かります」

団長はちょっと考えてから言った。

「こんなことをする必要があるだろうか？　それはな、〝ここにへそくりを隠していません〟と看板を出すようなものだぞ。笑われるだけだ。もともと根も葉もない噂に、君の方から騒ぎ立てる必要があるだろうか？　自分から疑って下さいと言うようなものだ」

憶秦娥《イチンオー》はちょっとむっとして言った。

「団長、ほかの人がどんなことを言っているか知っています？」

「とっくに聞いている。しかし、我々は一切、信用していない」

「でも、みんな蔭で勝手なことを言っています。あんまりです」

「みんなって誰だ？　みんなの口に戸を立てられるか？　身の潔白は自ずと明らかになる。言いたい者には勝手に言わせておけ。秦娥《チンオー》、この世界はえてしてこういったものだ。名前の出た者は目の敵にされ、言いたい放題ぼろくそ言われるものだ。気にするな。時が過ぎれば、すべてが解決する。これまでにどれだけの盟友たちがそんな目に遭わされたことか」

憶秦娥《イチンオー》はぽかんとして団長の顔を見た。

「劇団はそんな人の使い方をするんですか？　何があっても見て見ぬふりですか？」

「見て見ぬふりではない。この手のことは、私の経験からすると、放っておけば消えてなくなる。いいか。糞はそれ自体が臭いのではない。ほじくるから臭いのだ。勿論、お前にとって不愉快千万なことなのは分かっている。秦娥《チンオー》、ここは劇団に任せておけ」

単《ダン》団長はさらにいくつか例を引いて話した後、寧州から持ち帰った書類をもう一度彼女に戻し、これは幹部だけが回覧するにとどめようと言った。劇団大会で読み上げるようなことをしたら、悪意のある者にねじ曲げられ、かえってろくでもない話をでっち上げられるだけだと諭し、憶秦娥《イチンオー》もそれも一理あると思った。加えて、団長には普段からよくしてもらっているし、これ以上自説に固執するのは止めにした。しかし、団長室から出ると、彼女はまた悔しく、悲しくなってきた。こんなひどいことがこれだけ大騒ぎされた後、あっさりと放り出される。それ自体不条理なのに、それで何もなかったように消えてなくなるものだろうか？　今、ひどい目に遭わされている者が死ぬか、それともどこかに姿を消さない限り、消えてなくなるとは思えなかった。彼女の心はやはり晴れず、泣きたくなってきた。歩いていると背後にトゲのある視線が突き刺さってくるようで、彼女は走るように自室へ逃げ帰った。

九岩溝《ジョウイエンゴウ》から帰って、劉紅兵《リュウホンビン》との関係は深まったように見えた。劉紅兵《リュウホンビン》は毎食を外で買ってテーブルに並べ、二人で食べた。ときには彼が自分で作ることもある。扯麺《チャーミエン》（手延べの平べったい麺）が得意だった。憶秦娥《イチンオー》も麺料理が好きだったから、二人は毎日のように食べていた。劉紅兵《リュウホンビン》は食事が終わり、遅くなってもぐずぐずして帰りたがらなくなった。彼女がそれとなくほのめかしても腰を上げない。ある夜、彼はビデオテープを持ってきた。芸術作品だという。できがよく、彼女の演技にも役立つだろうというから、彼女も見ることにした。始まると、男女が話している。外国語で翻訳の字幕が出ないから、何を言っているのか分からない。そのうち、二人とも衣服を脱ぎ一対一になった。それは見るに耐えない画面だった。そういえば、叔父の胡三元《ホーサンユアン》と胡彩香《ホーツァイシアン》先生が昔していたことでもある。彼女は顔を覆い、膝に伏せて劉紅兵《リュウホンビン》を罵った。彼は憶秦娥《イチンオー》が恥ずかしがっているのだと思い、彼女に飛びかかって目を覆う手を解こうとし、何と美しい、人生で一番楽しいことだ、舞台の演技よりずっと意味のあることだなどと口走った。

憶秦娥《イチンオー》は彼に蹴りを入れた。彼は手を放そうとせず、彼女の両手を引き離そうとする。ついには廖耀輝《リャオヤオホイ》のような無礼な仕儀《しぎ》に及ぼうとした。憶秦娥《イチンオー》は彼を撥《は》ねのけただけでなく、ベッドのサイドテーブルから電気スタンドを手に取ると、その基部を彼の後頭部目がけて数度振り下ろした。ベッドに伸びてしまった彼を容赦せず、さらに打ちのめした。ベッドは血で真っ赤に染まった。今度という今度は劉紅兵《リュウホンビン》を本気で怒らせたようだ。彼はベッドの上を転がりながらやっと身を起こし、怒鳴り始めた。

「憶秦娥《イチンオー》、ついに本性を現したな。これがお前の正体か。みんなとっくに承知だ。十四、五歳で老人を手玉に取り、若い封瀟瀟《フォンシャオシャオ》を弄び、今度はこの仕打ちか。この淫売婦めが。とうとう化けの皮が剥がれたな。俺がお前に何をした？　お前は俺に殴る、蹴る、さんざん人を痛めつけて辱め、俺が何もしないのをいいことに好き勝手のし放題だ。今度という今度は愛想が尽きた。この阿魔が。臭い芝居しか能がないくせに」

テレビの画面では相変わらず裸の男女が戯れ、恥知らずな舌技の真っ最中だ。彼女は不動明王のような憤怒の形相すさまじく回し蹴り一閃、テレビはドアの外に吹っ飛び、ばらばらになった。ベッドに倒れこんだ彼女は、今度は大声で泣き始めた。

劉紅兵《リュウホンビン》がこんな悪辣無残な表現で彼女を貶《おとし》めるとは思ってもいなかった。着衣をすべて剥かれ、さっきのテレビの画面のようなあられもない姿になって辱められているような気がした。もし、劉紅兵《リュウホンビン》の目にそのように映ったとしたら、ほかの人も同じ目で彼女を見ているのだろうか？　彼女が寧州から持ち帰った証明書は自分の潔白を示すものだが、どうやら実際的な効力を発揮せず、彼女の生身の身体を証明するものにはならなかった。彼女は断じて誰とも〝寝て〟いない。彼女は断じて売春婦ではないのだ。

翌日、憶秦娥《イチンオー》は小さな病院へ行った。これは彼女が考えに考えて下した判断だった。その前を行きつ戻りつし、周りから彼女が女優の憶秦娥《イチンオー》だと気づかれていないのを確認し、意を決して入ったのが産婦人科、迎えたのは善良な面持《おもも》ちをした女性の老医師だった。彼女はもじもじとしてしばらく言い出せず、絞り出すような声で話し始めた。それは彼女に処女膜があるかどうか診てほしいというものだった。老医師はにっこりと笑い、それは彼女の祖母が生きていたとき彼女に見せた温顔そっくりだった。老医師はまず結婚しているかどうかを尋ねた。彼女は首を振った。次に男友達がいるかどうか。彼女はまた首を振った。老医師は些細な診察をした。激しい運動をともなう職業は処女膜を傷つけやすいと聞いたことがあったので、彼女は自分が武術の訓練を受けていることを話した。医師からスポーツ選手なのかと尋ねられ、うなずいて見せた。彼女は自分が不運な傷を負ったスポーツ選手でないことを祈るばかりだった。その緊張と不安に耐えられなくなったとき老医師の診察が終わった。医師は親しみをこめて彼女の尻をぱちんと叩いて言った。

「あなたの処女膜は大丈夫。どこも何ともない」

「本当？」

「嘘を言ってどうします。無傷ですよ」

診察台を降りて衣服を整えた彼女は、老医師に抱きついた。医師は優しく彼女の頭を一回ぽんと叩いた。病院を出た彼女はまた考えこむ。処女膜を損なうようなことが何もなかったのを誰に話したらいいのか？　単《ダン》団長にはとても言えない。楚嘉禾《チュチアホー》や周玉枝《チョウユイジー》にはどうか？　団長が言った〝へそくりの看板〟だと笑うだろうか？　考えあぐねて、これはやはり劉紅兵《リュウホンビン》に知らせるべきだと思い至った。劉紅兵《リュウホンビン》が彼女を〝淫売婦〟と罵ったからだ。劉紅兵《リュウホンビン》のあの晩の剣幕からすると、彼女は廖耀輝《リャオヤオホイ》と封瀟瀟《フォンシャオシャオ》の双方と問題を起こしたと考えている。まず劉紅兵《リュウホンビン》に見せ、彼女は潔白で、完全無欠の処女であることを思い知らせてやろう。だが、どうやって診断書を見せようか？　呼びつけて鼻先に突きつけてやろうか？　診断書には大きな印が押され、「処女膜及び周辺部に損傷なし」と記されている。しかし、劉紅兵《リュウホンビン》は彼女から電気スタンドの基部で頭を痛打されて恥にまみれ、逃げ帰ってから三日、姿を現していない。もしかしたら、もう永遠に来ないかも知れない。永遠に来ないなら、診断書を見せる必要はない。

医師の診察を受けた後、憶秦娥《イチンオー》は急に何かが吹っ切れ、背筋がしゃきっとした。誰に何を言われようと何を思われようと劇団へ行くっきゃない、こう思った。劇団員は顔を出した後、稽古に入る者以外はこっそりエスケープして姿を消す。彼女は芝居の稽古がなくても鍛錬の習慣がついている。とにかく体を動かさないと、あちこちが不調を訴える。鍛錬は彼女にとって三度の食事や睡眠と同じで、それは仕事というより、生きる上で必要不可欠なものだ。誰もいない稽古場はやけに広く見える。彼女はいつも一人で黙々と倒立、踢腿《てきたい》（蹴り技）、鞭、趟馬《とうば》（騎馬の舞踊表現）などの反復訓練を行う。ときには『楊排風《ようはいふう》』や『白蛇伝』の白娘子《はくじょうし》の場を一人で通す。臥魚《がぎょ》の〝のけぞり〟は体にかける負荷の大きい荒技で、通常三分が限度だが、彼女は小一時間やってのける。鍛錬に没入するにつれ、体がこなれてすっと軽くなり、自在に動く感覚が彼女は好きだった。だが、今日はどうにも落ち着かない。誰かが彼女に後ろ指をさしている。こそこそ毒のある会話を言い交わしている。彼女はやはり診断の結果をみんなに知らせようと思った。まず、誰に伝えようか？　個人一人一人に当たるのはよくない。やはり劇団の組織を通してもらおう。団長に頼んで大会を開き、その場で真実を明らかにしよう。

翌日の朝早く、官女は単《ダン》団長に会い、診断書を見てもらった。団長は見終わると、顔を上げ、彼女を見た。

「これはどういう意味だ？」

「この診断書と寧州県劇団の証明書を劇団集会で読み上げていただけないでしょうか」

単《ダン》団長は笑って言った。

「お前ねえ。どうして、こう単細胞のお馬鹿なんだ？　私はどんな顔して読めばいい？　劇団集会は大笑い、みんな腹を抱えて笑い転げるだろう。また、新しい一口話ができあがるぞ。憶秦娥《イチンオー》は処女膜再生の手術を受けたぞとな。お前はどう答える？　お前は酔っ払いの酒の肴になるだけだ。お前は知らないかもしれないが、処女膜はいくらでも簡単に修復、再生できるんだ。お前はどう説明する？　秦娥《チンオー》、劇団はお前を信用している。お前一人でこんな重荷を背負うことはない。ろくでもない噂に惑わされるな。一部の人間はお前を妬み、ためにする噂をばらまく。闇討ち、だまし討ちを仕掛けてくる。劇団は必ずそいつらを取っ捕まえる。それが劇団の人間だったら、直ちに退団を命じる。お前は何も悪くない。青天白日、潔白の身だ。お前はただ、芸の道に精進していればいい。たとえ天が落ちてきても、劇団はお前を守る」

単《ダン》団長は何も具体的な解決策を示さなかったが、彼女の心は柔らかくほどけてきた。ただ、彼女は分からなかった。どうして処女膜が修復できるのだろうか？　新しいものを付け替えるのだろうか？　考えているうちに、単団《ダン》長の言うことはもっともだと思った。みんなの前で公表することは、問題解決のよい方法にならないことも了解、納得した。

ある日、周玉枝《チョウユィジー》が憶秦娥《イチンオー》の部屋に来て、寧州県劇団の証明書があるかと尋ねた。憶秦娥《イチンオー》はそれを広げて見せ、単《ダン》団長は劇団の大会で公表することには同意しなかったと団長の考え方を話した。周玉枝《チョウユィジー》もそれが賢明だと思った。憶秦娥《イチンオー》は処女膜の診断結果を話したくてたまらず、周玉枝《チョウユィジー》に見せた。周玉枝《チョウユィジー》は言った。

「こんなの、人に見せたらもっと駄目よ。年ごろの娘がこんなもの持って人に見せて回り、触れて回り、自分の恥をばらまいて歩くようなものじゃない。こんなもの、恥ずかしげもなく、よく人に読んで聞かせるられるわね。あきれてものも言えない。さっさとしまっておきなさいよ」

憶秦娥《イチンオー》は周玉枝《チョウユィジー》が自分の身になって考えてくれていることを知り、劉紅兵《リュウホンビン》との一件をすべて打ち明けた。彼女を娼婦と罵り、派手な大喧嘩に及んだことを。周玉枝《チョウユィジー》は彼女に言った。この話も人に聞かせるものではないと。これって、のろけ話？　自分がいい家の坊ちゃんと喧嘩するほどのいい仲だと自慢するようなものじゃない。人に焼き餅焼かれるだけよ。だが、周玉枝《チョウユィジー》の口調にはどこか劉紅兵《リュウホンビン》に対する反感のようなものが感じられた。

「劉紅兵《リュウホンビン》のどこがいいの？　目立ちたがり屋で、どこへ行っても自分の売り込みばかり、あちこちに女を作って歩いて、今度はあなたに甘い言葉で言い寄って油断ならないわ。秦娥《チンオー》、あなたのためを思って言っているのよ。彼を叩き出したのは悪いことじゃないけれど、甘く見ちゃ駄目よ。彼は頭の回転が速く、悪知恵がよく回る。それに引き換え、あなたは馬鹿正直ときてるから、とても太刀打ちできないわね」

「私がどうして馬鹿なの？」

「馬鹿じゃない、馬鹿じゃない。ただ、あなたの脳がちょっと湿気《しけ》てて、乾燥剤が入っていないだけなのよね」

憶秦娥《イチンオー》は周玉枝《チョウユィジー》に飛びかかり、ベッドに押し倒すと、彼女の顔を打って言った。

「乾燥剤が入っていないのはどっちなのよ」

劉紅兵《リュウホンビン》が憶秦娥《イチンオー》のもとを去ってから五日後、彼はやっと立ち直った。

その夜、憶秦娥《イチンオー》がベッドで「臥魚《がぎょ》」をやっているとき、誰かがドアを叩いた。誰かと尋ねると、劉紅兵《リュウホンビン》が鼻をつまみ、女の声で答えた。

「私で〜す」

憶秦娥《イチンオー》は劉紅兵《リュウホンビン》の声とすぐ分かり一瞬胸が高鳴ったが、わざと聞き返した。

「どなたですか？　もう眠いので、寝ます」

言いながら彼女が灯りを消すと、劉紅兵《リュウホンビン》はまた声を変え、芝居の節回しで言った。

「ねえ、お前。旦那様のお帰りだ。僕の呼ぶ声聞こえぬか」

「聞こえません。帰って下さい」

劉紅兵《リュウホンビン》はぎごちない地声に戻って言った。

「秦娥《チンオー》、僕だよ、劉紅兵《リュウホンビン》」

「何かご用ですか？」

外で劉紅兵《リュウホンビン》が言い淀んでいる様子が伝わってきた。

「その、品物を取りに」

「品物って？」

「ビデオデッキ」

「壊れてばらばらになりました」

「いずれにしても現物を確認します」

憶秦娥《イチンオー》は仕方なくドアを開けてた。

見ると、劉紅兵《リュウホンビン》は大きな段ボールの箱を担いでいる。何かは分からない。部屋に入るやいなや、窓を取り外すと、手早くルームクーラーを取りつけた。電源を入れると、クーラーが早速、動き出す。

憶秦娥《イチンオー》はバッグと自分の荷物をまとめ、出て行こうとした。

劉紅兵《リュウホンビン》は慌てて憶秦娥《イチンオー》を押しとどめた。

「おっと、ちょっと待った。俺が出て行く、俺が行けばいいんだろう。クーラーと取りつけに来ただけだ。今出るよ」

劉紅兵《リュウホンビン》はそう言いながら本当に出て行こうとした。憶秦娥《イチンオー》は厳しい一声をかけた。

「戻りなさいよ！」

「え？」

「話があるの」

劉紅兵《リュウホンビン》は部屋に戻った。

「話って？」

劉紅兵《リュウホンビン》がクーラーを取りつけている間、憶秦娥《イチンオー》はずっと考え続けていた。機会があったら、彼に話したいことがある。ただ、どう話すか、考えがまとまっていない。しかし、話し終えたら、彼女はこの部屋を出て二度と戻らないつもりだ。

劉紅兵《リュウホンビン》はおずおずと部屋の中ほどに立った。憶秦娥《イチンオー》の話を待ったが、彼女の再度の実力行使に対する身構えも怠っていない。この武芸者風の女の子は、口をきかせるとまるで駄目だが、手足は神が宿ったように俊敏だ。もしかすると、彼に対して全面的な攻撃を仕掛けてくるかもしれない。しかし、彼も人民解放軍でそれなりの経験を積んでいる。危険が及ぶとき身の安全を守るには、それが刃物であっても、できるだけ遠くに距離を保ち、動き回る余地を残しておくのが第一だ。彼は部屋の中央から二歩下がった。安全な位置を確かめてからゆっくりと両足を踏みしめ、口を開いた。

「何だい、言えよ」

「ほら、拾って見ろよ」

言い終わると、憶秦娥《イチンオー》は処女膜診断書と寧州県劇団の証明書をはらりと床に舞わせた。

劉紅兵《リュウホンビン》は一枚一枚拾っては目を通し、見終わると、あはははと大笑いを始めた。

憶秦娥《イチンオー》は何がおかしいと尋ねた。

「お前は本当にお馬鹿だなあ。お馬鹿すぎて、本当に可愛いよ！」

「もう一発お見舞いしようか」

「だって、馬鹿だろう。このためにわざわざ寧州に帰って証明書を書いてもらい、病院で股を開いて検査を受けたのか？　この証明書、診断書、一体誰に見せるんだ？　この世にお前以上に馬鹿な女はいない……」

このとき、本当に憶秦娥《イチンオー》の目がきらりと凶暴な光を宿した。彼女はひらりと身を躍らせるが早いか一声高く叫んだ。

「劉紅兵《リュウホンビン》、思い知れ！」

このときすでに遅く、劉紅兵《リュウホンビン》は鷹に襲われた小鳥のようになすすべもなく、憶秦娥《イチンオー》の前に身をすくませているだけだった。身をかわす閑があらばこそ、拳の乱打が彼の口と言わず花といわず襲いかかり、劉紅兵《リュウホンビン》は目から本当に火花が飛び散るのを見た。歯が一本ぽろりと抜け落ちたのを舌で受け止めると、血の味が喉に伝わった。血はすでに憶秦娥《イチンオー》の拳をべっとりと濡らし、それが彼の額に飛び散り、目に滴った。彼は遠のく意識の中で、このメロンケーキのようにふわふわした女の子の手の中で果てるのだと思った。彼はもがこうとしたが、もう体が言うことを聞かなかった。彼女の手がまるでとどめを刺すかのように彼の喉にかかった。彼は観念して目をつぶった。きっとこの事件が笑い話となり、大地をどよもす哄笑となって西安や北山《ベイシャン》を駆けめぐるだろう。

北山《ベイシャン》地区副地区長の息子が西安市のとあるアパートの一室で李慧娘《りけいじょう》を演じて盛名を馳せた秦腔《チンチアン》の名花憶秦娥《イチンオー》の鉄拳の血祭りに上げられ、その胸はジャムのように押し潰され、憶秦娥《イチンオー》の股の下で息絶えたと。

気の利いた台詞が浮かばない。浮かんだところで何になろう。牡丹の花の下で死ぬならそれも風流、野末の石の下の野垂れ死にするのも風流だ。

彼は思った。もう生きて彼女の顔をみることはないだろう。これが死というものか。死ねと言うなら死にもしようが、これは無念の死だ。無実の死、無辜《むこ》の死ではないか。そうか、俺はこれまで、彼女を分かろうともしなかったし、その気持ちを考えることもなかったが、彼女はこの死を一度、いや二度三度死んでいたのかもしれない。そうだ。これは『竇娥冤《とうがえん》』の死なのだ。

（注）『竇娥冤《とうがえん》（竇娥《とうが》の無実）』元曲最大の悲劇、最高傑作とされている。無実の罪を着せられて処刑される竇娥《とうが》は死に際に叫ぶ。自分が無実であるならば、彼女の血は旗に飛び移り、真夏に雪が降り、この地に三年干ばつが続くだろうと。そして、処刑後にこれらの言葉は現実となった。

劉紅兵《リュウホンビン》は泥のように横たわっている。だが、憶秦娥《イチンオー》はここで突然立ち上がった。と見るや、着衣を脱ぎ捨て、一糸まとわぬ裸体となると、静かに劉紅兵《リュウホンビン》に向かって語りかけた。

「劉紅兵《リュウホンビン》、私は今、お前という畜生に証明してみせる。私は誰からも汚されていない。私は処女だということを。そして私は娼婦ではないということを」

劉紅兵《リュウホンビン》は震えた。

三十一

劉紅兵《リュウホンビン》はビデオで女性の裸を何度となく見ている。また、数え切れない女性の体を経験してきた。しかし、憶秦娥《イチンオー》のように清らかで美しく、鍛えられた均整、固い肌の張り、水を弾きそうな色つやを、これほど誇り高く見せる肉体を見たことがない。電気スタンドの黄金色の光の中で厳かにさえ見えた。この一刹那《せつな》、劉紅兵《リュウホンビン》は現実を忘れた。この世に美というものがあるとすれば、今ここにある。当時入手することがかなわなかった西洋の画集は、きっとこのように女体を描いているはずだ。

彼の瞼はすでに腫れ上がり、糸くずほどの隙間から透かしてみると、憶秦娥《イチンオー》の表情はしんと静まり返っている。ほとんど無表情のように見える平静さだ。彼の身体に戦慄が走った。彼は立ち上がろうとした。自分の体の重さによろめきながら彼は言った。

「憶秦娥《イチンオー》、俺が悪かった。俺は……お前を愛している」

言い終わると劉紅兵《リュウホンビン》は出口へ向かい、ドアの隙間から外に誰もいないのを確かめた。ドアを開ける瞬間に振り向いてベッドの上で一糸もまとわずに眠る彼女を脳裏に焼きつけ、素早く外に出ると、しっかりとドアを閉めた。彼女の姿を誰にも見せたくなかった。それは自分だけのもので、これを見た者は目がつぶれるだろう。

憶秦娥《イチンオー》は劉紅兵《リュウホンビン》のものだ。絶対に！

劉紅兵《リュウホンビン》は北山《ベイシャン》地区の西安出先事務所に戻ると、数日間、傷の養生をした。みんな寄ってきて、どうしたのかと口々に尋ねられた。酒を飲みすぎて滑って転んだと答えたが、欠けた前歯は何か固いものでも嚙ったのかと聞かれると、

「犬の糞を嚙ったんだよ」

黒ずんだ瞼は紫色のサツマイモのように腫れ上がり、垂れ下がっていたが、日一日、何とか見られるさまに回復

した。だが、欠けた前歯は治療が追いつかず、一番目立つところでぽっかりと黒い空洞となっている。まるで半開きになった城門のような締まりの悪さ、頼りなさだ。話す度にすーすーと息が抜け、このご面相はどうにもいただけない。ろくでもない友人にはどうでもいいが、憶秦娥《イチンオー》にはとても恐れ多くて見せられない。しかし、憶秦娥《イチンオー》に会いたい気持ちは募るばかりだった。機は熟したと彼は思っている。あのように極端な場面展開はなかろうが、彼に身を委ねる心づもりはできているだろう。あのように自分から脱がないまでも、最後の防御線は彼の前に開かれるはずだ。抵抗の素振りはするかもしれないが、とにかく彼女は彼のものになってくれるだろう。

　あの夜は一年間歩きづめに歩いてきた到達地がいきなりぱっと消えて、無残な思いで身を引くことになったが、それでよかったのだと今にして思う。目から火花が散り、口の中は血だらけになろうとも、そんなことより大事なことへの「気づき」が訪れたからだ。火の玉となって燃える憶秦娥《イチンオー》の剛直さ、触れれば切れる刀のような犀利《さいり》さに彼はうち震えた。あの夜見たものは何だったのか。それは恐れに似た神々しさだった。そして、あの部屋を出た彼を襲ったのは、まず後悔の念だった。これまで見たことのない美の諸相をもっと見ていられなかったという後悔だ。また見ようとしても、もう二度と見られないかもしれない。彼の目は今、空中に浮かぶクモの糸ほどの薄目しか開けられないが、あそこにもっと長居していたら、今ごろ両目がつぶされていたかもしれない。彼が今思うのは、彼女に会わないまま時を過ごすのは得策ではないということだった。憶秦娥《イチンオー》が目覚めて一人歩きを始めたら、彼の出る幕がなくなってしまい、庇護者ぶっていられなくなる。彼が乗り出して彼女の潔白を証明するせっかくの機会を失い、彼女は彼の前から永遠に遠ざかって行くかもしれないのだ。

　劉紅兵《リュウホンピン》が憶秦娥《イチンオー》に寄せる思いは、深く彼の中に沈潜している。彼女の体を抱くことは大目的中の一つに過ぎない。彼が過去に接してきた女たちとはまるで関わり方が違うのだ。過去の女たちに対する目的は単純明快で、当たるを幸い切っては捨て、切っては捨ての残骸を築いてきた。相手が甘えてくる段階から駄々をこねる段階、わがまま勝手の段階のいずれかで、〝大逃亡作戦〟を決行し、きれいさっぱり、後腐れなく縁を切ってきた。

憶秦娥《イチンオー》に対しては単なる独占欲だけではなく、珍しい動物を見るような好奇心、幼い者をいとおしむ気持ち、保護本能、責任感などさまざまな思いが積み重なり、一生を共にする決心につながった。不意に拳や足蹴りを飛ばす悪い癖に怯えながらも、それを瞬間的に避ける本能的な反応も養ってきた。痛めつけられて逃げ出しても、懲りずに舞い戻って、顔色をうかがい、ご機嫌をとりながら新しい攻撃に身構えている。こういった経験を繰り返しているうち、たとえ彼女に対してむかっ腹を立て、意固地になってふて腐れ、すねていても一週間と保《も》たず、三日ぐらいでいそいそと出かけていく。以前は麻雀が大好きだったが、今は卓を囲んでも尻が落ち着かない。勝っても負けてもどうでもよくなり、ただただ憶秦娥《イチンオー》のところで猫のようにまつわりついていたかった。邪険にされて足蹴りを食らおうと、それがうれしくてたまらなくなった。

彼は顔の腫れが引き、歯の治療を終えるのが待ちきれなかった。そうだ、これをこのまま見せてやるのもいい手だ。この顔をぬっと出せば、もしかして彼女の疚《やま》しい気持ちをかき立て、少しはいい顔をしてくれるかもしれない。彼は鏡の中の自分の顔を仔細に点検してみた。歪んだ瓜、裂けたナツメのたとえがぴったりのひどい顔だ。とても人前にさらせない。口を大きく開けて喉の奥をのぞきこむと、ただれた皮膚の傷痕もまだ癒えていない。満身創痍とはこのことだ。かつては引きしまった甘いマスクで、女の子たちを騒がせ、ある女は彼の高い鼻梁を甘噛みしながら耳元でささやいた。

「紅兵《ホンビン》、あなたの顔は賈《か》宝玉《ほうぎょく》（『紅楼夢』の主人公の一人。賈《か》氏一族の貴公子で美青年。世の中の仕組みに反抗しながら美少女たちと浮き名を流している）の運命をたどる顔ね」

劉紅兵《リュウホンビン》は賈宝玉を引き合いに出されるのは気に食わないが、女性の脂粉の臭いは大好きで、憶秦娥《イチンオー》の前では賈《か》宝玉《ほうぎょく》を演じている。憶秦娥《イチンオー》のふくれっ面をあやし、頤指《いし》に甘んじ、打《ぶ》ち打擲《ちょうちゃく》に耐え、膝下《しっか》にすり寄り、鼻息をうかがい、いつも〝お利口さん〟の顔を作り、素顔の彼とはまったくの別人になりきっていた。これも憶秦娥《イチンオー》への愛ゆえにできること。このためにはどんなに痛めつけられても悔いはない。ただ憶秦娥《イチンオー》を愛し続けることによって自分というものが見えてくる。この愛がなければ、自分は何者でもない。彼は鏡の中で、あかんべえをしてからサングラスをかけて目元の傷を隠し、憶秦娥《イチンオー》のところへ向かった。

今回の目的はひたすら同情を買うことだった。まず緑色のトレーナーを着た。これは北山《ベイシャン》地区出先事務所の作業着で、着古して皺でよれよれになっており、「北山《ベイシャン》牛乳」の文字が入っている。ズボンは花柄のテーパード短パン（腰まわりはゆったりして裾に向かって細くなっている）をはき、足にはぼろサンダルをつっかけた。これは憶秦娥《イチンオー》から殴打を受けた日にはいており、逃げ帰るときに踵が裂け、片方のベルトがちぎれたのをハサミで修理したものだった。憶秦娥《イチンオー》がこれを見たら、必ずあの日の記憶をまざまざと思い起こすであろうことを信じて疑わない。頭をつるつるに剃り上げ、腫れた鼻と瞼はサングラスで隠した。今日の出で立ちはこれで決まりだ。

前歯の抜けたところはわざとそのままにした。憶秦娥《イチンオー》が見たら、驚いて息を呑み、自分の所業を反省し、後悔と共に思い知るだろう。左手に鶏一羽、右手に鴨一羽をぶら下げ、背中には肥った人形を背負った。鶏は西京飯荘の名物料理「瓢箪鶏《ひょうたんどり》」で、黄金色に揚がって皮はさくさく肉は箸で骨から滑り落ちるという評判の一品、鴨は北京人が西安で売り出した北京ダックだ。背負った人形は精緻な作りの縫いぐるみだった。彼女は〝笑点〟が低く、何にでもすぐ笑い転げる。きっと見るなり笑い出すだろう。劉紅兵《リュウホンビン》は大真面目な顔を繕い、抜けた前歯をこれ見よがしに部屋に入った。

「歯をどうしたの？」

「歯を心配してくれるのか？」

「心配よ。どうしたの？」

「君はその手で人民の鮮血をしたたらせ、歯の心配してくれるのか？」

憶秦娥《イチンオー》は手の甲で口を覆って尋ねた。

「だから、どうしたと言うのよ？」

「君は独裁と暴威を振るい、圧政の毒手を下して人民を血祭りに上げようとした。人民の歯の一本や二本、どうってことないんだ」

「本当に私がやったの？」

「まさか病気で抜けるわけないだろう？」

「本当に……ごめんなさい」

劉紅兵《リュウホンビン》の記憶の中で、憶秦娥《イチンオー》に謝られたのはこれが初めてだった。彼はハードルを次第に上げていった。

「謝って済むと思っているのか？」

「どうしろというの？」

「俺の女房になれ」

「出てって！」

いつもの癇性《かんしょう》がまた出たが、声の響きは明らかに柔らかい。その中にはこれまで見せたことのない婉曲な言い回しが含まれているのではないか。彼はもう一押しだと思った。

「どうなのさ。いやなのか？」

「私はあなたが思っているような女じゃないの」

「俺が思っているのって何なのさ？」

「あなたが思っていることを言ってご覧なさいよ」

「君が言ってみろよ。俺が思っていることを」

「私が娼婦なら、あなたのお母さんも娼婦。みんな娼婦なのよ」

劉紅兵《リュウホンビン》は唖然となった。この女はまた同じことを言い立て、いつまでも言い続けるつもりか。彼は口調を改めた。

「あれは、ものの弾み、腹立ちまぎれだよ」

「あなたは、ものの弾みでものを言う人じゃない」

「それじゃ、俺が言ったのは何の話なんだよ」

「あなたは本音《ほんね》を言ったのよ。残念ながら、私はそんな女じゃない」

「俺がそう言ったとしても、君はそうじゃない。その通りだ。たとえ君がそうであっても、俺は君を愛している。

結婚してくれ」

「ほら、とうとう白状した。あなたはやっぱりそう思ってたんだ」

「俺が言ったのは、たとえそれが本当でも嫁に来いと言ったんだ」

「だから、どうしてそれが本当だと言えるの？　どうして私を侮辱できるの？」

「分かった。それは本当じゃない。本当じゃないよ。これでいいだろう」

「その口ぶりは、やっぱり本当だと言ってる」

「俺はそんなこと言ってない！」

「劉紅兵《リュウホンビン》、あなたはそう言ってる。私が分からないとでも思っているの？　あなたはその言葉で私を殺した。私は一度死んだ」

憶秦娥《イチンオー》の怒りに火がついたのを見て、劉紅兵《リュウホンビン》は自分を抑えられなくなり、両手を彼女の両肩に置いた。彼女はその手を振り払おうとしたが、恥ずかしがっているような、かえって引き寄せるような素振りに見えた。彼はまた手を伸ばし、彼女を抱きしめた。彼女はその手の中でもがいたが、まだ彼女の中の〝暴力装置〟は起動していない。彼女の太腿を抱こうする彼に対して、憶秦娥《イチンオー》は身を折って防いだが、彼の胸の中で横ざまに身をさらすことになった。彼女はまだ抵抗をやめず、拳で彼の胸を突いた。しかし、それは彼にとって別に痛くもかゆくもなく、進水式の船首にぶつけられるシャンパンのように快いもので、彼女を畳の上に抱き伏せようとした。

彼は知っている。もし、彼女が本気で反抗に出たら、彼はひとたまりもなく虫けらのようにひねり潰されてしまうだろう。竈番《かまどばん》の少女の手練の技は、一撃で彼の顔面を醤油屋の瓶《かめ》のように破壊し、その鉄拳が三度舞えば、彼は西戎《せいじゅう》（西方の蛮族）のように容赦なく息の根を止められる。彼女が望まなければ、彼女を畳の上に抱き寄せるなど言うも愚か、接吻しようとしただけで悲惨な代償を支払うことになるだろう。しかし、今回、彼女は本気で彼に抱かせようとしている、ようだ。ベッドの上に導かれ、のしかかってくる彼を力ずくで押しのけようとはしない。彼女はただ彼のぶしつけな動き、若者にありがちな性急で粗暴な振る舞いを制しているだけだ。彼はいつものやり方で接吻から始めようとした。しかし、唇を寄せるが早いか、一撃で突き放された。彼は思った。彼女は恐らくこの醜い口元を嫌っているのだ。口の中にぽっかり空いた黒い洞《うろ》、自分が見ても気味悪いのだから、他人が見たらなおさらだろう。彼は接吻を諦めた。まず胸から行こう。彼が手を伸ばすと、みっしりとひしめき小高く聳える二つの肉叢《ししむら》が帯電したように震えたかと思うと、彼の手は遠くへ弾き飛ばされていた。そうか、ここも御法度《ごはっと》か。彼は白い胸乳《むなち》に別れを告げた。彼はいささかの女性遍歴でいっぱいの老手《ろうしゅ》を自認しているから、初心《うぶ》な若者のようなとまどいはない。こうなれば、これまで彼女が頑なに拒み、彼がなす術《すべ》なく手を拱《こまね》いていた禁断の地へと向かうまでだ。彼は彼女の心が読めたと思った。彼が胸の高みから平らに開けた胴体《トルソー》に手を滑らせると、鍛え抜かれた堅肉《かたじし》が冷たい戦《おのの》きを伝えてきた。彼が一度手を止めて、これから最奥《さいおう》の秘所へ向かおうとしたとき、彼女はぴしゃりと彼の手を打った。だが、彼の試みはまだ終わらない。

　彼はまず彼女の靴を脱がそうとした。それは稽古場用の運動靴だった。彼女は意外に抵抗しなかった。彼は彼女の着衣を脱がそうとした。彼女は半袖のブラウスを着ていた。下半身は絹のポプリンのブルマーをはいている。彼は彼女の上半身から脱がそうと考えた。ところが、ブラウスのボタンを外しにかかった手が押しのけられたので、彼の手は方向を変え、彼女の下半身に向かった。今度は抵抗がなく、彼はブルマーを少しずつ足首まで巻き下ろし、続いて白いショーツを剥ぎ取ろうとした。ショーツは彼の手の平ほどの大きさしかなく、雪のように純白だった。彼女の下半身がすべて剥き出しになった。しかし、上半身はしっかりと固められている。彼女は目を閉じ、下唇をやや上向けていた。片手で胸の隆起を守り、もう片方の手で顔を隠している。

　もしかして彼女は待っているのか？　認められなかった検査の結果とその証明を？　劉紅兵《リュウホンビン》は突然思い至った。これはあの日の、あの暴威の続きだ。まだ数日しか経っていない。彼女はあの日の初志を変えていなかったのだ。彼は先へ進むことができなくなった。だが、ここで引っこむのは、あまりにも情けない。彼はかろうじて身を横たえ、ゆっくりと自分の衣服を取り始め、彼女の反応をうかがった。彼女は身じろぎもせず、横たわったまま待っている。彼は彼女の上にゆっくりとかぶさり、静かに身を沈めた。彼の下からぴくっと引きつるような動きが伝わってきた。

彼はゆっくりと身を引き、歯のなくなった彼の口で秘所に接吻したかったのだが、彼女の嫌悪の表情に勝てず、またもとの行為に戻った。憶秦娥《イチンオー》は双方の足を閉じようとした。彼はその美しく伸びた足をそっと押し開こうとする。彼女は渾身の力で戻そうとするのだが、彼を拒もうとしているのではなかった。彼は彼女の中に没入し、彼を駆り立てる力に任せて彼女を攻め立てた。彼女はかすかな一声を洩らすと、ぐったりとなった。身を離した彼が見たものは、白いシーツを染める紅梅色の血の跡だった。「破瓜《はか》」とはこういうことか。こう考えたのは彼にとって初めてのことだった。憶秦娥《イチンオー》は白いシーツの半分をゆっくりと足から頭にかぶせ、その中に閉じこもった。

劉紅兵《リュウホンビン》は突然身を起こし、憶秦娥《イチンオー》に向かって居ずまいを正した。どんと音がしたのは、彼がレザー張りの床にひざまずいたからだ。彼女に聞かせるためでもあった。

「悪かった、秦娥《チンオー》。お前は潔白だった。俺はお前を愛し続ける。二親よりもお前を愛し続ける。一生かけてお前を大事にする。約束する。これからお前が俺をどんなに殴ろうが蹴ろうが、俺は逃げない。好きにしていい。俺はお前のものだ。一生、おまえの言いなりになる……。俺はお前の奴隷だ……」

劉紅兵《リュウホンビン》が何を言っても、憶秦娥《イチンオー》は取り合わなかった。彼女は横になったまま白いシーツで身を包み、丸一日、身じろぎもしなかった。

三十二

憶秦娥《イチンオー》の流す涙は、かぶった白いシーツを濡らし続けた。

今日の証明は、彼女の生き方の〝思想闘争〟だ。それがやっと最終的な決着を見た。彼女は劉紅兵《リュウホンビン》から逃れるに逃れられない状態にあることを感じていた。廖耀輝《リャオヤオホイ》とは何もなかったのに、劉紅兵《リュウホンビン》とはこうなってしまった。封《フォン》瀟瀟《シャオシャオ》とは舞台以外では抱き合ったこともないのに、〝恋多き女〟〝移り気な女〟〝無慈悲な女〟〝魔性の女〟になってしまった。劉紅兵《リュウホンビン》との関係は寧州県、北山《ベイシャン》地区、西安市をあっという間に広まり、もはや知らない者はない。彼と一緒になるつもりはなくても、降りかかる汚水はたとえ黄河の水の量で洗っても、洗い清められることはないだろう。こうなってしまうまで、彼女は全然身に覚えのないことだったから、抵抗もしなければ反撃もしなかった。しかし、今となっていくら抵抗し、反撃しても、もはやどうにもならない。すべてが一人歩きし、巨大な怪物《モンスター》になってしまったのだ。この泥沼から抜け出す活路はもはや劉紅兵《リュウホンビン》しかなかった。しかし、現実には彼女は一介の芸人に過ぎなく、母や姉までがそんな見方をしている。しかし、彼女の心の中には封瀟瀟《フォンシャオシャオ》の面影が今も消せずに残っている。封瀟瀟《フォンシャオシャオ》と共に過ごした劇中の世界、通わせた感情が最も美しくそして真実で、終生思い続けることになるだろう。『白蛇伝』は蛇の化身白娘子《はくじょうし》が人間との恋を企み、許仙《きょせん》と共に紡いだ夢の世界だ。それはこの世の生きとし生けるもの、さらに魔界をも巻きこんだ壮大な戦いとなった。二人は何と自在に心を遊ばせたことだろう。舞台に戯れの花が開き、舞台の外に心の実を結ぶ。それは得も言われぬ恋の試練であり、妙味でもある。しかし、舞台の外に出ると、人生はどうしてこうもままならないものなのだろうか？　彼女にはもう語る言葉も語る相手も語る術《すべ》もない。彼女に今与えられている選択は劉紅兵《リュウホンビン》しかなかったのだ。

幸いなことに、と言おうか、劉紅兵《リュウホンビン》は彼女によくしてくれる。

彼女が処女の身を劉紅兵《リュウホンビン》に委ねて潔白の証しとしたのは、彼女自身の決断だった。彼と結婚するのは、いずれ後悔するだろうが、身の証しを立てることが彼女にとって何よりも急がれ、これなしには自分が自分であることができなかった。他人からどう見られようが、何を言われようが、彼女にはこれ以外の道を考えられず、これが最も確かな方法だったのだ。劉紅兵《リュウホンビン》の目で証明させれば、彼は彼女のために世の中と戦ってでも彼女の潔白を彼らに信じさせるだろう。彼女はすでに疲れ果て、心が折れかかっていた。彼女の本心はこの重荷を下ろして芝居の稽古に戻り、舞台に立ちたかったのだ。体を鍛えて修練を重ね、そして装い、演じる。彼女はこれしか知らず、これしかできない。

あの日、彼女は突然着衣を脱ぎ捨てたとき、劉紅兵《リュウホンビン》はまるで幼児が恐ろしいものを見たかのように一目散に逃げ帰った。これは思いもよらぬことだったが、劉紅兵《リュウホンビン》が見かけの不良っぽさとは違う素直《すぐ》な心を持っているのかもしれない。確かにあの日、彼女は劉紅兵《リュウホンビン》をしたたかに痛めつけた。それは彼女を娼婦呼ばわりしたからで、彼女としてはほんの二、三発、前歯一本ぐらいでとどめる手加減をしていたが、思いもよらぬことと言うのは、あのこれ見よがしの筋肉男が、田んぼのかかしのようにへなへなとなってしまったことだった。自ら着衣を脱ぎ、処女である裸身を誇るかのように見せつけようとしたことには、彼女自身驚いていた。劉紅兵《リュウホンビン》が逃げ帰った後、彼女は光の中で自分の裸身をとくと見た。自分の大胆さ、向こう見ずにも呆れるしかなかった。それは若さの驕《おご》りかもしれないが、一人の屈強な男を手なずけ、ついに従者にしたと思った。劉紅兵《リュウホンビン》が姿を見せなくなって数日間、彼女はさらに決心を固めた。彼がもし来たら、今度こそ彼は己《おの》が身を以て彼女の無辜《むこ》、潔白を知ることになるだろう。すべては遅らせてはならない。劉紅兵《リュウホンビン》は彼女を十字架のように背負って前へ進むことになるだろうと。

彼女は彼が来ることを疑わなかった。彼女の企み通りに彼を打ち鍛えることができれば、彼は終生、彼女を守る戦士となって身を捧げるだろう。

果たして彼は来た。全身を傷だらけにして、それをピエロの衣装のように装い、軽やかな足取りでやって来ると、サーカスの会場のようなお辞儀をした。これが彼女に不思議な感動を与え、寛大な愛隣の情をもって接した彼女は、一人の女として身の潔白を改めて告げる決意を固めた。

ついに劉紅兵《リュウホンビン》に証明のときが来た。憶秦娥《イチンオー》にとって意外だったのは、人がこの上ない悦楽として語ることが、こんなに苦痛に満ちていたことだった。まるで鋭い刃物で体を刺し貫かれるような痛みで、彼女は意識を失いそうだった。彼女が苦しみの中にあるとき、劉紅兵《リュウホンビン》は自らに快楽を禁じた。シーツに紅梅色の印《しるし》を見ると、彼は突然ベッドから床に飛び退《すさ》ってひざまずいた。万感の思いがとめどなく口を突いて出る。彼女はシーツを頭からかぶり、全身に巻きつけて一声も発することなく、彼に及ぼし始めた証明の作用をじっと推し測っている。一方、彼女は思い知る。完全に自分のものだった憶秦娥《イチンオー》という存在がこれで終わり、まったく別の憶秦娥《イチンオー》に変わってしまったことを。

劉紅兵《リュウホンビン》は何度もシーツを彼女から剥がそうとしたが、彼女は頑なに手を離さず、シーツの片端に身をくるんだまま自分の肉体を彼の目に晒そうとしなかった。彼女の涙は九岩溝《ジョウイエンゴウ》の羊たちに降り注ぎ、さらに寧州と西安の劇団で過ごした少女時代に惜しみなく注がれた。劉紅兵《リュウホンビン》は床にひざまずいて彼女の体を愛撫しているが、白いシーツは二人の体をずっと隔離したままだった。

劇団が憶秦娥《イチンオー》に結婚証書を出すことに、単《ダン》団長は渋り続けた。二人の結婚はいくら何でも早すぎるし、劇団の事業展開にも支障をきたす。憶秦娥《イチンオー》はそこに座ったまま動こうとしない。

「結婚できなければ仕事を辞めます」

単《ダン》団長は苛立ちを隠せない。不自由な足を引きずりながら歩き回り、彼女を見やりながら言う。

「何で仕事を辞めるんだ?」

「辞めると言ったら辞めるんです。だから結婚させて下さい」

単《ダン》団長は彼女が〝思想工作〟の理屈が通じる相手ではないこと、彼女は言い出したら自分の理屈を押し通す人物であることにまだ気づいていなかった。劉紅兵《リュウホンビン》が団長室に乗りこんで、ねちねち交渉を始めると、団長はずばり核心に切りこんだ。

「率直に聞くが、彼女とは〝やった〟のか?」

劉紅兵《リュウホンビン》はにこにこ笑い、やったともやらないともいわず、ただ「こうなりました」としか答えなかった。

単《ダン》団長はお手上げとなって、条件闘争に切り換えた。

「そこまで言うのなら、私の方から条件を出す。まず、五年間は子どもを産まないこと。これに違背したら、然るべき措置をとる。憶秦娥《イチンオー》は今が花の盛り、中天の太陽だ。子どもを産んだ途端、人気は真っ逆さま、一巻の終わりだ。劇団はこういった例をいやってほど見てきた。結婚して数年で体がなまる、腕は落ちる、仕事どころではない。喉が開《あ》かなくなる。太り始めて顔はむくみ、尻はザルか箕《みの》、全身が垂れ下がって、往年の美貌は形なしだ。舞台の袖で道具でも担ぐか？」

「それについてはご安心下さい。単《ダン》団、私たちは五年間、子どもは産みません。私たちは結婚を芸の肥やしにして、秦腔《チンチアン》事業の発展と振興に尽くすつもりです」

単《ダン》団長は致し方なく首を傾げながら劇団の証書を発行した。

結婚証書を受け取って、劉紅兵《リュウホンビン》は部屋に戻るなり、待ちきれないとばかりにドアを蹴り開け、彼女を抱きすくめると、ベッドへ運んだ。憶秦娥《イチンオー》はまるで生け簀からまな板に揚げられた魚みたいにばたばた跳ね回る。押さえようとしても押さえきれない。足を押さえると、上半身が跳ねる。上半身を押させると、腹をくねらせ、足をばたつかせる。劉紅兵《リュウホンビン》は叫んだ。

「これは合法的な行為だよ。婚姻の義務ではないか」

「行って！」

憶秦娥《イチンオー》は言いながら彼の怒張し、収まりのつかない部分に蹴りを入れた。劉紅兵《リュウホンビン》は、じっとしていない部分を押さえて痛みに耐え、ぴょんぴょん跳び上がりながら言った。

「何でだよ？　体の具合が悪いわけでなし、蹴ることないだろう」

憶秦娥《イチンオー》は口をすぼめて笑って言った。

「いけない子ね」

「何がいけないんだよ」

「昼日中から何てことするの？」

「何てことって、君は俺の女房だろう。俺に何をするかって？　やりたいことをやりたいときにする。警察行っても無駄だ。法律に守られているんだから」

「不良」

「おい、不良の意味が分かっているのか？」

「こういう人を不良というのよ」

「分かった。そういうことにしておこう。だがな。真面目に聞いてくれ。以後、どこを蹴ってもいいが、ここだけはやめてくれ。ここは命の根源だ。君の命の根源でもある。分かるか？　我々が幸せな暮らしを送り、子どもを産み育てるのもすべてここから始まる。分かるか？　ここ以外だったら、どこでも、好きなところを蹴ってもいいからさ」

憶秦娥《イチンオー》は手の甲で口を押さえて笑った。

「頭を蹴ってもいいの？」

「ああ、いいともさ。思う存分やってくれ」

「書いて」

「書く？　何を」

「規則よ。劇団にも規則はあるし、何ごともけじめは大事だから、家庭にも制度を作るのよ」

「明るい家庭に楽しい制度。みんなで守ろう家庭の規則ってか？」

「そうよ」

「どんな規則だよ？」

憶秦娥《イチンオー》は台本一冊持ち出して、裏の空白に書くよう劉紅兵《リュウホンビン》に命じた。彼女は言った。

「第一条、外出時、私について歩かないこと」

「何でだよ」

「私が出かけるときはついて歩かないということよ」

「ほかの男を連れ歩くためか？」

「ぐずぐず言わない。第二条、誰にでもこれは俺の女房だと言わないこと」

「結婚しているのに言っちゃいけないのか？」

「駄目と言ったら、駄目。人がいるときに言われるのがいやなの」

「分かったよ。人がいるとき言わなきゃいいんだろう」

「第三条、昼間の不良行為はしないこと」

劉紅兵《リュウホンピン》はボールペンを投げ出して言った。

「これは飲めない。絶対、駄目だ。世間はこれを不良行為とは言わない。夫婦生活と言うんだ」

「私の言う通り書いて。書くの書かないの？」

「それじゃ、表現を少し変えよう。昼間は仕事に影響のある行為、夫婦生活に好ましくない行為を慎むこと。これならどうだ？」

「駄目。昼間の不良行為はしないことにして」

「分かったよ。不良行為はしない。しかし、夫婦関係をさらに友好的、さらに仲睦まじくする方向に発展させるためには欠かせないことだ。違うか？　次、行こう」

「第四条、劇団員とは以後飲酒を慎むこと。特に泥酔はもってのほか」

「同意。次」

「第五条、公演時に楽屋や客席、ロビーをうろつかないこと。特に開演時に客席でみだりに好《ハオ》を乱発したり、ほかの客に拍手を強要したりしないこと」

「仰せの通りに。次」

「第六条、ポルノ映画をわが家で再生しないこと。わが家で下品な話、淫らな話は慎むこと」

「夫婦生活にセックスは重要な要素だ。分かるか？　性生活が円滑に営めないと、家庭の安定と団結に影響する」

「下品な話、淫らな話はやめて下さい」

「分かったよ。下品な話、淫らな話をしなければいいんだろう」

「先に書いてて。思い出したら、またつけ加える」

「第六条まで来た。俺がもう一条つけ加えてもいいか？」

「駄目。決めるのは私、守るのはあなた」

「それは独裁だ。俺がどうして決められないんだ？」

「駄目なものは駄目です」

「とにかく聞くだけ聞いてくれ」

「聞くだけよ」

「第七条、家庭内の暴力を禁止する。みだりに人を打ち、歯を折ったり、蹴ったり、特に命の源に対する暴力行為は厳禁する」

憶秦娥《イチンオー》は笑って言った。

「あなたが下品な振る舞いしなければ、私も好んで蹴ったりしないわ」

「いいか、大事なことは我々が結婚しているということだ。俺が君の前で何をしようと、それは下品な行為ではない。それは愛だ。君に何をしようと、それは性愛ということだ」

「また不良行為が始まった」

劉紅兵《リュウホンビン》は泣くも笑うもならずに言った。

「なあ、この可愛い瓜頭《うりあたま》の中で一体何を考えているんだか、さっぱり分からない」

彼はそう言いながら憶秦娥《イチンオー》のすべすべした額を指先でぴんと弾いた。憶秦娥《イチンオー》はすぐさまその手をねじり、口に持っていくと、思うさま噛んだ。劉紅兵《リュウホンビン》は悲鳴を上げた。

「何で人に噛みつくんだ？」

「私の何が〝瓜〟なのよ」

劉紅兵《リュウホンビン》は目の前の玲瓏《れいろう》たる美女を不思議そうに見つめた。これほど人になつかない動物がいるだろうか。つむじ曲がり、偏屈、傲慢、暴力的、没論理《ぼつろんり》、人を人とも思わない。これほど扱いにくい女はざらにはいまい。しかし、彼はただ屈服の苦笑を浮かべるしかなかった。

「かわい子ちゃん、僕の負けです」

「かわい子ちゃんはやめて。聞いただけでぞっとする」

「秦娥《チンオー》同志、この規則集はどこに貼りましょうか？」

「あなたの心に貼って」

「はい、はい、はい、心にしっかり貼りましょう」

言いながら劉紅兵《リュウホンビン》は衣服をめくり、用紙にぺっと唾を吐いて胸に貼りつけた。憶秦娥《イチンオー》が悲鳴を上げた。

「汚い！」

劉紅兵《リュウホンビン》は用紙を持った手で憶秦娥《イチンオー》をぐいと抱き寄せ、むぎゅう、ぶちゅうとキスをした。憶秦娥《イチンオー》はやっと劉紅兵《リュウホンビン》を振り払って言った。

「汚いったらありゃしない」

劉紅兵《リュウホンビン》は一種の達成感に満足している。この調教不能な難物を俺の手で必ず手なずけてみせると、内心自信があった。それにしてもこの女は美しすぎる。それだけやりがいがあるというものだ。彼が見てきた女の中で、やはり憶秦娥《イチンオー》に勝る女はいない。西安は見渡す限り美人だらけというが、鼓楼あたりで道行く人を観察すると、憶秦娥《イチンオー》が断トツで二番手がいない。今この美人が自分のものになった。徹頭徹尾、彼のものだ。これに勝る人生の福はない。この一生分の福を享受しきれるだろうか。まあ、焦ることはない。ゆっくり行こう。とにかく饅頭は蒸籠に入った。蒸し始めたら焦ることはない。ただ、このひねくれ者は、すぐ人に牙をむき、爪にかける。痛いことは痛いが、これも生きている証しだ。受け入れよう。これに勝る人生の調味料があるだろうか。それに、俺には毎夜、最高のディナーが用意されている。これほどの美人を嫁にしたのだから、後は「辛抱」の二字があるのみだ。

結婚披露宴は劉紅兵《リュウホンビン》にとって一世一代の見せ場でなければならなかった。だが、憶秦娥《イチンオー》披露宴には同意したものの、両家の親にも知らせないよう我《が》を張った。劉紅兵《リュウホンビン》は抵抗しきれず、憶秦娥《イチンオー》の言うがままになった。やはり、火は紙で包めないのだ。包もうとすれば、自分の手が火傷する。しかし、劇団はトップスターの披露宴とあって格式にこだわった。劉紅兵《リュウホンビン》をそそのかし、陝西省、西安市、北山《ベイシャン》地区と西安出先事務所などの行政関係者、文芸各界の支持者、後援者、大御所を含め、削るに削れない招待客を次々とリストアップした。劉紅兵《リュウホンビン》は憶秦娥《イチンオー》の知らないうちに来賓のテーブルを大幅に増やして盛大な祝宴を張った。

憶秦娥《イチンオー》は新婚生活に入っても、稽古場優先で押し通した。彼女は家にいたがらなかった。家にいると、劉紅兵《リュウホンビン》がうるさくまつわりついてくる。そのうち妙な気を起こして日中から規律違反の一儀に及ぼうとする。もはや規律などどこ吹く風で彼女を怒らせる。彼はそのことのためにのみ生きているようで、そのためには疲れを知らず、頑是ない子どものようになった。彼女にとっては一日の後先がかき乱されて、うっとうしく、煩わしくもあったし、いや、それ以上に彼女の思い出したくないことが浮かんで、彼女を苦しめることの方が大きかった。廖耀輝《リャオヤオホイ》から無理強いされたこと、不潔で醜悪なこと、さらには叔父と胡彩香《ホーツァイシアン》先生の密会のことまで心の中にまだ引きずっている。

こんなとき、彼女は助けを呼びたくなる。誰の？　寧州県劇団の厨房主任宋光祖《ソングアンズー》師匠が突然現れて廖耀輝《リャオヤオホイ》の不届きを懲らしめたように、椅子を振り上げて劉紅兵《リュウホンビン》の尻を思い切り打ち据えてほしいと心底願う。だが、この部屋には、そんな太くて頑丈な椅子はない……。一方、劉紅兵《リュウホンビン》は彼女がいつまでも行為に集中しないのを見て苛立ち、何を考えているのかと尋ねた。彼女は笑って何も考えていないと答え、「早く終わらせて」と催促した。劉紅兵《リュウホンビン》は興が冷め、そそくさと身を引いた。

憶秦娥《イチンオー》は家にいる時間をできるだけ少なくしていった。稽古場へ行くと、その空間を独り占めできるのがうれしかった。ここ数年、劇団員の個人レッスンはめっきり減り、リハーサルがなければ、稽古場を使うのはほとんど彼女一人になる。彼女にはまだ十分こなし切れていない技《わざ》がある。それは誰よりも自分がよく知っている。足の屈伸に始まって蹴りに至るまで、基本の組み合わせを一連の型としてどう仕上げ、体に覚え込ませていくか、この思案に一時間以上をかける。この後、これまでに覚えた演目の流れをなぞり、演技を隙《すき》なく点検する。『打焦賛《だしょうさん》（焦賛《しょうさん》を打つ）』の楊排風《ようはいふう》から『白蛇伝』の白娘子《はくじょうし》、『遊西湖《ゆうせいこ》（西湖に遊ぶ）』の二場『鬼怨《きおん》』と『殺生《せっしょう》』の李慧娘《りけいじょう》まで全編を再現して数時間が過ぎていく。彼女の心を夜の潮《うしお》のようにひたひたと満たす舞台はやはり『白蛇伝』だった。ここでいつも許仙《きょせん》の幻覚を見る。封瀟瀟《フォンシャオシャオ》の洒脱、天衣無縫の演技が水と乳のように彼女の中で溶け合って一つになる。疲れたら、気分転換に股割きの開脚前傾、臥魚《がぎょ》の仰《の》け反りに数十分を費やす。

　そして何よりも新しい挑戦であり、難関でもあるのは秦八娃《チンバーワー》師匠から命じられた宿題だ。唐詩、宋詞、元曲をまるごと暗誦しなければならない。これがなかなか先へ進まない。読めない字がたくさんあるからだ。ここで彼女の得意の技を発揮する。まず芝居の台詞を覚えるときのように、分かっても分からなくてもえいっとばかりに飲みこむのだ。すると次第に消化され、その中身が滋養となって体にしみてくる。また、股割きや仰け反りなどで長い時間自分の体を苛《いじ》めるときは、詩の暗唱が一挙両得だ。気が紛れ、疲れを忘れさせてくれるだけでなく、難しい言葉が面白いように体の中に入ってくる。こうして彼女はすでに詩百首をものにした。

　中でも李白の『憶秦娥《イチンオー》・簫声咽《しょうせいむせ》ぶ』はさらさらと水が流れるように彼女の中を満たした。秦八娃《チンバーワー》老師は彼女に言った。お嬢はすでに憶秦娥《イチンオー》の芸名を持っている。まずはこの詩を自分のものにしよう。この言葉は使えるぞ。いろいろな思いを呼びこんでくれる。お嬢が将来、『憶秦娥《イチンオー》』についての文章を書くとき、必ず役に立つ。自分の芸名が無駄にならなかったということだ。文章を書く？　彼女は何のことか分からず、ただ手の甲を口に当てて笑うだけだった。

　『憶秦娥《イチンオー》・簫声咽ぶ』の暗誦に取りかかった最初は、別段何の感興も湧かなかった。だが、最近この詩が自然に口を突いて出るようになり、その意味が体に伝わってきたとき、彼女はふと泣きそうになった。

簫声咽《しょうせいむせ》び（玉簫の調べがむせびなき）
秦娥《チンオー》の夢断たれ　秦楼《しんろう》の月（憶秦娥《イチンオー》が夢から覚めると、秦家《しんけ》の楼上に下弦の月）
秦楼《しんろう》の月（リフレイン）
年年　柳色（毎年、灞陵《はりょう》の橋のたもとに柳が芽吹くとき、）
灞陵《はりょう》の傷別（悲傷の別れがやってくる）
楽遊原上　清秋節（楽遊原《らくゆうげん》に零落の清明節＝九月九日の菊の節句）
咸陽《かんよう》の古道に音塵絶え（咸陽《かんよう》の古道に音信絶えて）
音塵絶え（リフレイン）
西風　残照（ただ西の風　殘照に吹き）
漢家の陵闕《りょうけつ》（残るは漢朝の墳墓と廃楼のみ）

どうして泣きそうになるのか、どうして涙が落ちるのか、彼女は分からない。「夢断たれ」「悲傷の別れ」「簫声《しょうせい》咽《むせ》び」「音信絶え」「西風残照」……こんな詩句に心が揺さぶられたのだろうか。秦八娃《チンバーワー》老師はあのとき、この詩の大意を語って聞かせてくれた。泣く泣く別れた人が夢断たれ、便りを待つ甲斐もなく、ただ西の風に吹かれ、夕日に照らされて、滅びた王朝の墓と廃墟を空しく眺めている。尽きぬ嘆きを玉簫に托して歌っている。どうだ、お前は悲しくはないかと尋ねられ、彼女は思った。私にだって分かります。だから、こんなに涙が流れるんですと。

ある日の午後、夕日が影を落とすころ、彼女は『簫声咽《しょうせいむせ》ぶ』の詩を吟じ、涙にくれていた。このとき、劉紅兵《リュウホンピン》が金魚鉢のようなものをぶら下げて帰って来た。

「ほら見ろ、何だと思う？」

彼は意気込んで尋ねるが、彼女はまだ自分を取り戻していない。彼は畳みかけるように言った。

「紅茶キノコだよ。知らなかっただろう。省の上層部はみんな飲んでいる。北山《ベイシャン》の事務所にもやっと十数鉢出回った。家のパパもママも飲んでる。こいつは滋養分が豊富で体にいいだけでなく、喉に効き目があるってよ」

彼女がまだ涙を拭き、目をうるうるさせているのを見て、どうしたと尋ねると、彼女は言葉を濁し、詩の文句を唱えて聞かせた。彼はすぐ彼女にまつわりついてきた。

家では劉紅兵《リュウホンビン》が食事の支度を喜んでする。腕もいい。豚骨スープ、魚香肉絲《ユイシアンロウス》（四川料理。豚肉細切り炒め）などが食卓に並んだ。最近の憶秦娥《イチンオー》は食が細り、帰ってくるなり寝入ってしまうので、劉紅兵《リュウホンビン》はスープなどで滋養を補おうとしている。しかし、憶秦娥《イチンオー》は少し箸をつけただけで疲れたと訴え、入浴もそこそこに布団をかぶって寝てしまう。彼は食卓の後片付けをほったらかし、両足のスリッパをはね飛ばしてベッドに突進してくる。憶秦娥《イチンオー》は言った。

「勘弁して。疲れてるのよ」

「どうして毎日疲れてるんだ？」

「本当に疲れているのよ」

「昨日も早寝して、今夜もまた早寝かよ」

「これって、あなたは食事のように思ってるの？」

「一日三度の飯と同じだよ。だが、昼は食わせてもらえない。規則があるからな。だが、夜は規則に縛られない。そうだろう」

憶秦娥《イチンオー》はシーツの中で思わず笑ってしまった。劉紅兵《リュウホンビン》はますます調子に乗ってくる。

三十三

楚嘉禾《チュチアホー》は、自分の男運は最悪だと思う。西安に出てやっと一年。二人の男と交際して、二人ともぽしゃった。一人は母親の同級生から紹介されて、一ヵ月つき合ったが、ケチな上に優柔不断のぐずだった。西安人が水代わりに飲むアイスピーク（氷峰）サイダーを注文するとき、彼は財布を出そうとしない。小銭が切れているから立て替えてほしいと言った。食事に誘われたが口先だけで一ヵ月が過ぎた。うまいものがないからだという。ある日、大いに迷った挙げ句、有名店に入った。楚嘉禾《チュチアホー》はエビが食べたいと言った。彼はエビは高いからと注文しない。それでも彼女はエビが食べたいと言うと、西安のエビは滅茶苦茶高く、大連の叔父を訪ねて食べたときは安くて新鮮だったとのこと。それも五年前のことというから、叔父さんのお嫁さんからも嫌われているのかもしれず、いつ大連へ行けるか分かったものではない。それでも彼は奮発して三品注文した。そのうちの一つは焼き餃子だった。半分も食べないうちに、今夜の焼き餃子は特にうまいから、いくつかを母親への土産に持ち帰りたいと言って服務員に命じ、皿に残っているものを全部包ませてしまった。ふくれっ面の彼女は店を出ると、そのままバイバイして二度と会っていない。

二度目の男は自分で見つけた。いい男気取りで、連れて歩くのには見栄えがよかったが、つき合って三日後にはうかうかとベッドに連れこまれた。真っ最中のときに別の女が現場に乗りこんできて泣くの喚くの、果ては妊娠中の子どもをおろすのおろさないのと大騒ぎになった。楚嘉禾《チュチアホー》は腹がおさまらず、この男のものをナイフでちょん切ってやりたくなった。これは母親が悪いと彼女は思う。なぜなら、出会ってすぐ〝できて〟しまう世代に生まれたからだ。いい男はみんないい女に持っていかれてしまい、ろくな男が残らない。頭が空っぽで財布も空っぽ、とても手を出す気になれない。劇団は青年団員に対し恋愛禁止だの晩婚奨励だの言うが、そんなことを聞いていたら、一生、よき伴侶にはめぐり会えないだろう。

楚嘉禾《チュチアホー》はとりわけ憶秦娥《イチンオー》の結婚には衝撃を受けていた。竈番《かまどばん》の端女《はしため》が平地に火掻き棒を押っ立てたみたいに人気を取り、あれよあれよと言う間にスターダムにのし上がった。寧州県劇団の白馬の王子封瀟瀟《フォンシャオシャオ》を手玉に取り、自滅に追いこんだ。北山《ベイシャン》副地区長の道楽息子は憶秦娥《イチンオー》にのぼせ上がり、恥も外聞もなく奴隷のようにかしずき、喜々としてご機嫌を取り結んでいる。憶秦娥《イチンオー》も憶秦娥《イチンオー》だ。端女《はしため》のくせして頭《ず》が高く、まるで陝西省の省長のご令嬢みたいに振る舞っている。楚嘉禾《チュチアホー》だけでなく、みんなが思っているのは、劉紅兵《リュウホンビン》は笑わないお后に熱を上げ、国を滅ぼした王さま（西周の幽王。西安の驪山《りざん》の麓で殺された）だ。憶秦娥《イチンオー》は自分一人でこの世の不幸を背負っているつもりか、笑うと損だと思っているのか、愛想のないしけた面《つら》をし、その実、ただの〝お馬鹿〟の間抜け面なのに人は気づかない。何がオードリー・ヘップバーンなものか。農村では〝後家面《ごけづら》〟と呼ばれる悪相だ。骨張って痩せた顔、鼻が尖って高く下顎が細り、要するに夫を克《こく》し、夫を先に死に追いやる凶相だから後家面なのだ。劉紅兵《リュウホンビン》はこれに惑わされ、劇中の演技にほだされ、舞台照明に目をくらまされて、魔界にたぐり寄せられてしまった。みんなが口々に言い交わした。このように人をあざむく世渡りは長続きするものではなく、化けの皮を剥がれたら、さっさとこの世から〝どろん〟するだろうと。このような女を嫁にするなどもってのほか、子孫は絶え、先祖に顔向けのならないことになるのは目に見えている。しかし、それなのに、憶秦娥《イチンオー》は劉紅兵《リュウホンビン》と結婚し、結婚前よりいちゃいちゃしている。世にも奇怪なことが起こるものだ。

楚嘉禾《チュチアホー》は自分をつくづく運のない女だと思う。まず寧州でつまずいた。劇団に入ったとき、この子は将来劇団を背負って立つだろうとみなが口を揃えた。数年で主役を養成する特別の〝飼い葉桶〟が用意されたが、その中に口を突っこんできたロバがいた。竈番《かまどばん》の飯炊き女憶秦娥《イチンオー》だ。突然、妖気を漲らせ、楚嘉禾《チュチアホー》の行く手を遮って彼女の主役を奪い取った。それでも楚嘉禾《チュチアホー》と彼女の母親は、ぽっと出の子が蛮力《ばんりょく》を発揮してせいぜい立ち回りの役でうろちょろする程度と踏み、花旦《ホアダン》（女形）として劇団の屋台骨を支えるのは楚嘉禾《チュチアホー》のものだと思いこんでいた。ところが、思わぬ伏兵が現れた。死に損ないの老芸人がが劇団の指導部を牛耳り、活動を左右するようになったのだ。誰もが俳優生命をかけてやりたがる白娘子《はくじょうし》役を彼女から取り上げ、憶秦娥《イチンオー》に与えた。憶秦娥《イチンオー》の『白蛇伝』は寧州、北山《ベイシャン》全地区を揺るがす大当たりとなり、楚嘉禾《チュチアホー》の演劇人生は暗転する。「蝶よ花よ」の花園にハエが飛び始め、野良犬が吠え始めた。幸いなことに、この時期、陝西省秦劇院が中途入団の劇団員を公募し、彼女の母親が工作し回って寧州の古巣を抜け出すことができた。だが、数ヵ月を待たずして、憶秦娥《イチンオー》が楊門女将《ようもんじょしょう》（宋朝の武門・楊家の女性将軍たちが西夏軍を打ち破る物語）が出征するみたいに西安に乗り込み、秦腔《チンチアン》の〝王冠〟の中で最も光彩を放つ李慧娘《りけいじょう》の役を戦い取った。業界の分析に長《た》けた彼女の母親は、次の策を打ち出す。西安の秦劇院は数百人の劇団員を抱える大組織だから、常時複数の公演団を組織して活動し、主役、花旦《ホアダン》（女形）が群がり立って娟《けん》を競っている。どこかに必ず〝ツボ〟があり、そこを押さえたなら、十方《じっぽう》世界に妙音が鳴り渡り、金を敷き詰めた大道を歩むことができるはずだと。果たして、『遊亀山《ゆうきざん》（亀山《きざん》に遊ぶ）』の濃厚なスープを一碗、せしめることができた。主役の胡鳳蓮《こほうれん》は花旦《ホアダン》の見せ場の多い役だ。楚嘉禾《チュチアホー》の泣き濡れた瞳に新しい希望の光が宿った。生活に張り合いが戻った。

しかし、省の劇団といえども、本格的な大芝居《おおしばい》を立ち上げるのは容易なことではない。丁《ディン》業務課長は裏技、寝技の辣腕でならしているが、所詮は課長であり、団長ではない。すべては下工作の根回しで運ばれる。自分は多くを語らず、人には「みなまで言わせず」、手まね、目配せ、口元の合図、腹と腹の取り引きだ。まるで抗日映画さながらに秘密のトンネルを掘ったり、地雷を埋めたり、伝令の文書に鳥の羽を貼りつけて緊急度を暗示したり（鶏毛信《けいもうしん》）、ゲリラ戦の時代に戻ったかのような手法を駆使する。

しかし、憶秦娥《イチンオー》には裏の手も奥の手もない。大手を振って正道を闊歩するのみだ。団長、演出家直々のお声がかりで、〝役〟の方から彼女にすり寄って行く。彼女は軽くうなずくだけでいい。その実、団長も演出家も彼女の顔色をうかがい、なだめすかすのに大わらわだ。すべてが彼女の意にかなうようにお膳立てされる。演出家から作曲家、舞台美術家、音響・照明・衣装のスタッフ、共演者に至るまで彼女のために生きていて小心翼々、舞台作りの一点一画もゆるがせにしない。そのセンターを占めるのが竈番《かまどばん》出身の憶秦娥《イチンオー》なのだ。

楚嘉禾《チュチアホー》は『遊亀山』公演班を立ち上げるため、先月から忙しい思いをしている。丁《ディン》業務課長と夫人を誘って南院門で胡蘆頭《フールートウ》（豚の腸とちぎった饅頭《マントウ》を白湯《パイタン》に浸したもの。豚の腸が瓢箪に似ている）、北門外で河南人が作った本場牛肉団子の胡辣湯《フーラータン》（トウガラシと黒胡椒の味がきいている）、回民《ムスリム》街で米家《ミージャー》泡饃《パオモ》（地元西安の羊肉を使ったスープに、こしのある角切りのマントウ）、王家餃子《ワンジャージャオズ》、賈三包子（薄い皮の中にはたっぷりの具とスープ）などを食べ歩き、さらに何回か劉家焼鶏《リュウジャーシャオジー》（ローストチキン）、老鉄家牛肉《ラオティエジャーニュウロウ》と臘肉《ラーロウ》（十二月の寒風にさらした漬け干しの燻製）、黄桂稠酒《ホアングイチョウジョウ》（もち米の甘酒。桂花の香りがする）などを買いこんで丁《ディン》業務課長の家に行き、飲みかつ食べながら『遊《ゆう》亀山《きざん》』のキャスティング、スタッフの配置を論じ合った。食べ物、飲み物はすべて丁《ディン》課長夫人が自ら注文した。楚嘉禾《チュチアホー》の懐具合を心配し、海鮮料理は値が張るからやめると言いながら、いずれも観光客が目の色変えて殺到する有名店の有名料理ばかりで、ミーティングの回数が重なれば必ずしも節約にはならない。だが、楚嘉禾《チュチアホー》の母親は鷹揚に構え、娘の遣い放題に任せた。要は娘が主役を取って舞台に立てれば惜しくはない。彼女の両親の収入はそれを補ってあまりある。彼女の父親は銀行の貸付けを管理していた。手許に十分な資金があるようで、楚嘉禾《チュチアホー》は心おきなく散財した。

やっと『遊亀山』公演班が立ち上がり、稽古に入った。しかし、単《ダン》びっこの奴は余計な按配をしてくれた。憶秦娥《イチンオー》が寧州県劇団で演じた『楊排風《ようはいふう》』と『白蛇伝』の再演とを抱き合わせにしたのだ。観客の強い要望に応えて、以後、陝西省秦劇院として再演を続けていくという。観客の要望なんて、くそ食らえだ。もっと腹立たしいのは、封導《フォンダオ》までがこの再演を後押ししていることだった。楚嘉禾《チュチアホー》が封導《フォンダオ》に『遊亀山』の演出を頼みに行ったとき、彼は言を左右にして逃げを打ち、昔『遊亀山』を演じた老俳優を演出に立てた。自分は憶秦娥《イチンオー》の再演に向けて自ら乗り出すという。

憶秦娥《イチンオー》は馬鹿みたいに結婚式の翌日から稽古場に入ってだらだら時間を過ごしている。この間、楚嘉禾《チュチアホー》と母親がぐるになって流した〝三流紙ネタ〟は彼女と劉紅兵《リュウホンビン》の結婚に何の影響も与えず、憶秦娥《イチンオー》自身堪《こた》えた様子もなく平然としている。毎日稽古場に閉じこもっては何を考えているのかさっぱり分からない表情で股割りだ、仰け反りだを繰り返している。楚嘉禾《チュチアホー》が『遊亀山』の稽古に入って間もなく、憶秦娥《イチンオー》がやってきて、下心見え見えのおべっかを言った。何かお手伝いできることがあったら言って頂戴と。楚嘉禾《チュチアホー》は皮肉たっぷりに返事した。

「とてもとても秦腔《チンチアン》の皇女《プリンセス》さまに恐れ多くて、お願いできないわよ。兵隊役や通行人役じゃ、これまた恐れ多いしね」

それから何日かしてまた憶秦娥《イチンオー》がやってきて余計なお節介を始めた。稽古場で読み合わせを聞きながら、いくつかの台詞はこんな風にやるともっとぴったりくるのではないかと口をはさみ、実際にやって見せる。いかにもお為ごかしの親切だ言いたいところだったが、楚嘉禾《チュチアホー》は内心、憶秦娥《イチンオー》の台詞に対する感覚は鋭く、的《まと》を射ていると思った。それでも楚嘉禾《チュチアホー》は取り合わずに言った。

「演出家の言う通りにやっているのよ。あなた、いつの間にか演出家の上を行くようになったのね」

憶秦娥《イチンオー》は言い返しもせずに、いつもの〝お馬鹿〟の表情になった。ある日、憶秦娥《イチンオー》はまた楚嘉禾《チュチアホー》に話しかけた。

「禾姐《ホーねえ》さん！」

寧州にいたとき、同期生たちはみな、こう楚嘉禾《チュチアホー》に呼びかけた。だが、しかし、あのときの彼女にこんななれなれしい呼び方は許されていなかった。

「何かしら？　秦娥《チンオー》」

「『蔵舟《ぞうしゅう》（舟に蔵《かく》う）』のあの場面、もう少し声を抑えたらどうかしら？　夜遅く、外には追っ手の兵士たちが迫り、若様は息をひそめている」

「あなたね、勝手な解釈はやめてくれない？　中身をすり替えるようなものだわよ。この役は私が心魂傾けて練りに練ってきたの。混ぜ返さないで。分かった？」

憶秦娥《イチンオー》は一瞬その場に固まった。のけぞったままの〝臥魚《がぎょ》〟さながらだった。

この後すぐ劇団は『楊排風《ようはいふう》』と『白蛇伝』稽古を始めた。これは憶秦娥《イチンオー》がわざと『遊《ゆう》亀山《きざん》』の邪魔をし、彼女の足を引っ張りに来たと楚嘉禾《チュチアホー》は思いこんだ。

考えてみると、団長が号令を発した『楊排風』と『白蛇伝』はいわば〝正妻〟の嫡出子で、楚嘉禾《チュチアホー》の『遊亀山』は妾腹《しょうふく》の庶出子《しょしゅつし》だ。加えて丁《ディン》業務課長は劇団内に敵が多く、多くの恨みを買っていた。後ろから弾《たま》が飛んできたり、闇夜に向こう脛かっぱらわれるような事態になっている。楚嘉禾《チュチアホー》が丁《ディン》課長に〝枕営業〟〝肉弾接待〟をしたという噂がまことしやかに流され、彼女の喉も演技も「霜の当たった柿――固いだけ」というこきおろしがささやき交わされた、劇団中に広まった。『遊亀山《ゆうきざん》』の稽古は次第に片隅に追われ〝お蔵入り（上演中止）〟が囁かれた。
憶秦娥《イチンオー》がこの雲行きと自分は何の関係もないといった顔をしていることを、楚嘉禾《チュチアホー》は怪しいと思った。もともと憶秦娥《イチンオー》は『楊排風《ようはいふう》』と『白蛇伝』の再演に気が乗らない様子だった。これは劇団の決定であり、『遊亀山』に対して何ら含むところはないという言い訳にはなるが、しかし、憶秦娥《イチンオー》は『遊亀山』が急浮上した裏事情を丁《ディン》課長に何度も問い質《ただ》していた。丁《ディン》課長はその都度、奥歯に物が挟まったような答えだった。

「やりたくてやったことじゃない。はめられたんだ。今は言えない、いつか分かるときが来る」

楚嘉禾《チュチアホー》の主演作品は暗礁に乗り上げた。
楚嘉禾《チュチアホー》は『楊排風』の中で楊排風の身辺を警護する「四人の女兵士」の一人にさせられた。刀を持ち、楊排風に操られる「人形操り」の役だった。彼女は腹に据えかねて丁《ディン》課長を問い詰めた。なぜ「四人の女兵士」なのか。劇団には〝閑こいている〟女優がたくさんいるのに、なぜよりによって自分なのかと。丁《ディン》課長は言った。

「この芝居は男ばかりで色気がない。武張った芸ばかり見せられると観客は飽きが来るからな。演出家は若いぴちぴちした女優をほしがって、最終的な人選は演出家自身がした。業務課長としてはもう変えられないし、下手な口出しもできない。『遊亀山』の主役は色仕掛けだ、情実だ、散々な言われようだからな、なりをひそめているしかない」

丁《ディン》課長は楚嘉禾《チュチアホー》に「呉王勾践《ごおうこうせん》に学べ」「臥薪嘗胆だ」「心の上に刃を置け。忍耐あるのみ」「小《しょう》を忍《しの》ばざれば、すなわち大謀《たいぼう》を乱《みだ》る（小さな我慢が出来ないようでは大きな仕事を仕損じる＝論語・衛霊公第十）」「ならぬ堪忍するが堪忍」と言葉を並べ立てた。楚嘉禾《チュチアホー》は耐えた。稽古が始まると、一日中憶秦娥《イチンオー》の後ろに付き従い、「はーい、ただ今」とか「はーい、お側に」とか「はーい、かしこまりました」とか「はーい、仰せの通り」とかを繰り返し、小半日を立ちつくし、動くときは「人形ぶり」よろしく舞台をぐるぐる回る。楊排風の武勇、聡明の引き立て役に徹するのみだ。楊家の竈番《かまどばん》、飯炊きの端女《はしため》が猛将の焦賛《しょうさん》、孟良《モンリアン》をさんざんに打ち据え、敵の元帥韓延寿《かんえんじゅ》を地に這わせる。まさに役を地で行く図だ。人が前へ行けば道を譲り、人の手柄のため我が身を犠牲にする――それを何とも思わない人もいるだろうが、楚嘉禾《チュチアホー》にとっては自分で自分を侮辱している毎日だった。同期生たちに天地ほどの差をつけ、西安にも先に来ていたはずなのに、今はその他大勢役に身を落として舞台を走っている。自分から逃げている。道化役者のようにすたこらさっさと逃げている。寧州県劇団にいた仲間たちは劇場に来て声援を送ってくれるが、『遊西湖《ゆうせいこ》』の李慧娘《りけいじょう》と兵士役の自分を見比べて、どう思うだろうか？　どんな言葉の刃で滅多やたらに切り刻まれるだろうか？

彼女は考えたくない。考えただけで、後頭部から踵《かかと》まで冷たい戦慄が走る。

彼女と一緒に「四人の女兵士」を務める一人は周玉枝《チョウユィジー》だった。彼女は楚嘉禾《チュチアホー》の美しさを誉め、ほかの人も彼女を映画スターの陳沖《チェンチョン》のようだと持ち上げる。この人たちは西安の秦腔《チンチアン》劇団に入ったことだけで満足している。そんなら勝手にやっていればいい。憶秦娥《イチンオー》に人気が出たら、それはそれまでのこと。彼女たちには関わりのないことなのだ。「四人の女兵士」その一を引き受けたとき、楚嘉禾《チュチアホー》は周玉枝《チョウユィジー》を焚きつけるように言った。

「私たちが西安に出てきたのは主役を取るためよ。喉だって顔だって個体《がたい》だって負けてない。それなのに毎日ただ、槍を担いですたこら舞台を走り回ってる。私たちここでいやと言えなければ、ただ突っ立っているだけの木偶《でく》の坊よ。お仕着せ着せられてへらへら喜んで、乙にすまして、まあ、いいかなんて、それでいいの？」

ここまで言われて周玉枝《チョウユィジー》は何と言うかと思ったら、

「その他大勢でいいじゃないの、面倒くさくなくて。秦娥《チンオー》を見た？　毎回毎回死にもの狂いで、舞台でゲロ吐いて、何でそこまでしなければならないの？　給料が私たちとそう変わるわけじゃない。陝西省秦劇院の看板の下でぬくぬくとその他大勢をやってられるのも幸せってものよ」

何たるふがいなさ、度し難い小人め。とんてんかん、村の鍛冶屋みたいに自分の城を守ってろ。

しかし、彼女は「四人の女兵士」その一をやり通すことはできなかった、ある日、楽隊と〝両結合〟のリハーサルのとき、彼女は突然足を挫いた。彼女は今だと思った。病院へ行って、ニセの診断書を書いてもらった。

「左足踝《くるぶし》骨折。一カ月の休養を要す」

彼女はほっと一息ついた。これで憶秦娥《イチンオー》一座の添え物、付け合わせから逃げ出せる。

『楊排風《ようはいふう》』が開幕して数日後、新聞、ラジオ、テレビはまた大騒ぎを始めた。『楊排風』公演によって秦腔《チンチアン》の皇女《プリンセス》はまた劇界に一大貢献を果たしたなど最大級のほめ言葉を連ね、「大宋《だいそう》の霹靂（宋代に初めて用いられた火砲のたとえ）」や「劇界の霍元甲《フオユアンジャー》（清朝末期の武術家）」などこけおどしの活字が踊り、ついには「秦腔《チンチアン》武戯立ち回りの天后《てんこう》（媽祖《まそ》、海の守り神）」の名を奉られた。そんな馬鹿な。たかが竃番《かまどばん》の飯炊き女ではないか。その技が天上に祭られて、古今東西不世出の天才だと？ 彼女は新聞数紙を片っ端から引き裂いた。『遊《ゆう》西湖《せいこ》（西湖に遊ぶ）』で「秦腔《チンチアン》の皇女《プリンセス》」になり、『楊排風』で「秦腔《チンチアン》武戯の天后」になったら、『白蛇伝』上演の暁には西王母（崑崙山上の天界を支配する最上位の女神）より上の称号しかないが、何と名づけるつもりだろうか？ 新聞、雑誌、テレビの報道界にとぐろを巻いている提灯持ち、太鼓持ちたちに彼女は吐き気を覚えた。確かに役者の世界では旧時代の悪習がまかり通ってきた。しかし、メディアの世界の媚び、へつらい、馴れ合いは何だ。それがこんなにもむごたらしく、おぞましく、淫らで、汚らわしく、しかも暴力的だ。新しく芽ぶくもの、花開くものに大して洗濯棒か麺棒を振り上げて叩きつぶす天下公認の力を持っている。彼女は空恐ろしくなった。挫いた踵はすでに治《なお》っていたが、わざと足を引きずりながら劇場へ通い、舞台を見続けた。

楚嘉禾《チュチアホー》が認めざるを得なかったのは、省クラスの劇団はやはり省クラスだけのことはあるということだった。寧州県劇団より数等上を行っている。照明一つをとっても寧州県劇団が二十数回路なのが、西安の陝西省秦劇院では切り替え装置を含めて二百数十の回路を持ち、変幻自在な場面を作り出す。背景は天波《てんぱ》楊府《ようふ》（宋朝を支えて北方の強国・遼と戦った将軍家楊一族の邸）の豪壮な楼閣、辺境の連山や狼煙《のろし》台などを重層的な奥行きで見せ、戦場の緊迫感をよく伝えるものとなっていた。これを数枚のスライドで間に合わせた寧州県劇団の舞台は数等見劣りする。楽隊は省劇団が中国の民族楽器に西洋の弦楽器、金管楽器などを交えてオーケストラ風の大編成となり、バイオリン八挺《ちょう》、チェロ四挺、ティンパニーにパイプオルガンまで加わってオーケストラボックスをいっぱいに埋めた。これに対して県劇団は総勢十二、三人、楽器は板胡《バンフー》（二弦で秦腔《チンチアン》の主要伴奏楽器）、二胡、洋琴（平らな共鳴胴を持つ打弦楽器）、横笛、哨吶《チャルメラ》などの斉奏で、演奏を指揮しながら劇の進行を引っ張り、盛り上げるのが憶秦娥《イチンオー》の叔父胡三元《ホーサンユアン》の腕一本にかかっていた。一公演で数脚の椅子をつぶす胡三元《ホーサンユアン》の尻の圧力はすでに定評があったが、出演者の陣容では省と県は天と地ほどの開きがあった。県劇団の『楊排風《ようはいふう》』は出演者が二十数人しかおらず、戦闘の場面で宋軍の戦死者がすぐ衣装を着替え、今度は遼軍の兵隊となって登場し、死んでは生き返るのを数回繰り返さなければ、芝居がつながらない。一方、省劇院の出演者は優に六十人を超える。終幕の大会戦で両軍が対峙するとき、県劇団は兵士が四対四、将軍も四対四だったが、省劇院は二十四人の将兵が入り乱れての戦いとなった。宋・遼両軍それぞれに本陣を構え、軍師、旗手、伝令、馬の轡《くつわ》取りを擁していた。進軍ラッパが天に吹き鳴らされると、ティンパニーの低音がどろどろと地をどよもす。両軍数十人の将士が勢揃いする中、三軍を統帥《とうすい》する楊排風が静々と、威風辺《あた》りを払って登場する。この雰囲気は誰が出てもさまになるのは目に見えている。沸き起こる拍手は憶秦娥《イチンオー》に対してではなく、宋の救国軍を鼓舞するものだ。楚嘉禾《チュチアホー》が演じても周玉枝《チョウユイジー》が演じても、いや、どんな大根役者、馬の脚が演じても熱い拍手が送られるだろう。

それに寧州県劇団の衣装ときたら、目も当てられない。新中国が成立してすぐの一九五〇年代に作られたもので、糸がほつれ、袖や裾がすり切れていた。省の劇団はすべて新調で、絹織物の本場・杭州の仕立て下ろしだった。憶《イ》秦娥《チンオー》は四回衣装を替えた。接近戦用の短い衣装、将軍が着る刺繍入りの鎧、そして戦場の腥風《せいふう》にひるがえるマントだった。「四人の女兵士」は演出家が八人に増やしていた。鎧に似せた花柄の衣装と帽子が八種類新調され、八人揃って最初の見得を切ったとき、客席の四方から盛大な拍手が沸き起こった。これは省級の劇団と県級の劇団の明らかな差別だと楚嘉禾《チュチアホー》は思った。憶秦娥《イチンオー》が「立ち回りの天后」になったのも差別だ。

カーテンコールのとき、憶秦娥《イチンオー》は五回も舞台に呼び戻された。何という栄光、何という僥倖《ぎょうこう》、何という見え透いた謙遜、何という隠しきれない得意、野良犬が田舎道で湯気ほかほかのうんちに突然ありついたような浅ましい興奮だ。この胸くその悪さは何だ。楚嘉禾《チュチアホー》はみぞおちのあたりが締めつけられ、胃がぴくぴく不快を訴える。見ると劉紅兵《リュウホンビン》のぼけなすがオーケストラボックスのすぐ後ろに陣取り、両手を頭の上に持ち上げて滅茶苦茶な拍手を送っている。まるで銅鑼か鐃鈸《にょうばち》を連打するような勢いだ。声をからして「好《ハオ》！　好《ハオ》！　好《ハオ》！」を連呼し、喉が破れそうな大声で「アンコール！　アンコール！　アンコール！」を叫び続けている。

楚嘉禾《チュチアホー》はいたたまれずに席を立った。すぐに歩けなくなったが、それ以上劇場にいたら、ロビーの隅の柱の陰で嘔吐しただろう。

三十四

憶秦娥《イチンオー》は芝居がつくづくいやになり、今度こそもうやめると言うつもりだ。どうせ、またいつものわがまま、気まぐれかといなされるだろう。劇団に身を置いて、誰が芝居をやりたくないものか？　芸の思案に身を細らせ、打ち身、生傷は当たり前、『三侠五義』（清代小説）の王朝《おうちょう》、馬漢《ばかん》みたいに権力者の無道な仕打ちに耐え、怒りを腹に収めながらも、一旦、主役の声がかかれば、たとえ火の中、水の中でも飛びこんでいくのが役者の性《さが》なのだと思っている。

だが、彼女は本当に嫌気がさしていた。大概のことは見てしまったような気がする。それもいやってほど。命がけでやったことは一体、何だったのか。立ち回りは体力をすり減らすだけでなく、神経をぼろぼろにする。これが何日も続く。一公演終わる度に彼女は化粧室でメイクを落としながら、ただ茫然と座っている。目は黒い洞《うろ》となり、何も見ていない。身じろぎもせず、心と体を空っぽにして、ひたすら自分の中に沈潜して元の状態、元の自分に戻さなければならない。ときには泣きたくなり、こんな因果な職業を選んだことに自分を呪いたくなる。劇団の中からも外からも非難の矢が飛んでくる。〝濃い粥〟を先に掬《すく》って、何の不足があるのか。スープに浮いた油を全部掬わせて、まだ足りないと文句をつけるのか。極上の牛ハツを食べて、苦いと不服を言うのか。彼女は声を上げるのさえ、もの憂く空しい。黙ってると、また陰の声が聞こえる。「彼女の心は海の底、何を考えているのか分からない」「彼女は狐狸《こり》の精のように人をたぶらかす」「外見は菩薩、中身は夜叉」……。

単《ダン》団長は彼女を気遣い、事務局に命じて、麦乳精《マイルージン》（小麦粉、牛乳、卵、バター、砂糖を顆粒状に加工したもの）、レンコンパウダー、リンゴの缶詰、徳懋功《ドーマオゴン》の水晶餅（パイ生地にフルーツの香りがする透明な餡が隠されている）などの栄養商品を買い与えた。しかし、彼女はこんな特別扱いより、夜はみんなと一緒に槍を担いで舞台の後ろを走ったり、将軍の後ろで何もせず、じっと立っていたりしたかった。そこにいればよいという役、道端の小石のように見捨てられている役に憧れている。舞台で踏ん張ることもなく、苦しまぎれの技を見せることもなく、まるで極楽のようだ。『楊排風《ようはいふう》』公演はまた一ヵ月の長丁場となった。憶秦娥《イチンオー》は以前、老芸人たちから聞いたことがある。役者は一度当たりをとると、ファンはその糞、小便までありがたがると。いやな言い方だが、彼女も一理あると思う。古存孝《グーツンシャオ》老師が言うには、大都市で一発当てると、色紙に一滴墨を垂らしただけでたちまち名画、名筆に早変わり。人気者が一人出たら、劇団はもう食う心配がない。しかし、今そんな話は通用しない。給料はすべて国が払い、劇団経営がスター俳優に依存することなどない。しかし、劇団員は腹の底で思っている。自分たちはどうせ劇団の下積み、日の目を見ることはない。スターたちに養分を吸い上げられ、日本の尿素肥料のように彼らの〝肥やし〟にされていると。

劇団の尻の下で劇団を支え、生かさず殺さず飼い殺しにされて、革命歌劇『白毛女』の楊白労《ようはくろう》ではないが、娘を借金のカタに働かされている農奴のようなものだと。〝罰金制度〟一つとってみても、業務課の〝公演事故〟による締めつけは苛酷なものがあり、何かというと出演料からさっ引かれる。特に立ち回りの舞台は〝事故〟と背中合わせだ。きっかけを外すなどはざら、武器を落としたり、怪我を負ったり負わせたり、憶秦娥《イチンオー》の場合も一ヵ月の出演料がその他大勢の俳優より少なくなることがある。単《ダン》団長が見かねて減額見合いの分を彼女のポケットに返してやらないと、彼女は『白毛女』の楊白労のようににがりを飲んで自殺したかもしれない。

憶秦娥《イチンオー》は大作の主役を張り続けることが次第につまらなくなっていた。『楊排風』が七、八回目を迎えたころ、叔父の胡三元《ホーサンユアン》、胡彩香《ホーツァイシアン》先生、恵芳齢《ホイファンリン》と同期生たちが一緒にやってきて連夜、二回見てくれた。省立の劇団の底力に驚嘆し、寧州県劇団がいくら悔しがろうがごまめの歯ぎしりに過ぎないことを思い知らされたようだ。しかし、プロの目は大劇団の危うさを見逃さなかった。それは金にあかせた派手な舞台とことさらな見せ場作りだ。寧州県劇団には古朴な明るさ、緊密さ、古劇ならではの風趣があった。寧州県劇団で憶秦娥《イチンオー》の相手役を務め、出手《チュウショウ》（刀や槍の投げ合い）を演じた男の同期生は、省の劇団の立ち回りには大事なものが欠けていると言った。それは俳優同士が持つ阿吽《あうん》の呼吸、暗黙の了解であり、相互の安心感、信頼感だった。二回見て、二回とも投げた槍がちゃんと受け止められるか、はらはらして見ていたという。憶秦娥《イチンオー》は言った。

「省の劇団は〝出勤〟して芝居の稽古をし、退勤すると別の世界へ帰っていく。劇団の人間関係を引きずらない。寧州では出勤も退勤もなく、同じ空気の中にどっぷり浸かっていた。出手《チュウショウ》も何百回、いや千回を超える練習を重ね、槍も刀も互いの心に従い、手になじみ、寄り添ってきた……」

ここまで話した憶秦娥《イチンオー》は、この稽古に入るとき、封瀟瀟《フォンシャオシャオ》が率先して脇役に回り、憶秦娥《イチンオー》の相手役を務めてくれたことを思い出した。何人かの若手も連日、ひたすら彼女を相手に投げる呼吸、受ける間合いを一つにし、上演中一度の事故も起こしていない。朱継儒《チュジールー》団長は劇団の集会で「鉄は鍛えられて鋼《はがね》になる」と彼らを讃えた。憶秦娥《イチンオー》は何度、封瀟瀟《フォンシャオシャオ》が今何をしているか、聞こうとしては自分の心を抑えてきた。恵芳齢《ホイファンリン》はそれを察して言った。

「封瀟瀟《フォンシャオシャオ》はもう駄目よ。お婿さんになったんだから。けれど、やる気はまるでなし。槍や刀どころか、お手玉だって受けられないわ」

叔父の胡三元《ホーサンユアン》は話題を元に戻し、鼓手《ドラマー》のこきおろしを始めた。

「かったるい太鼓を叩いてやがる。省の劇団が聞いて呆れたよ。立ち回りを引っ張るのはな、太鼓の腕次第、撥さばき一つで決まるんだ。あれじゃ役者がずっこける。あの太鼓打ち、ちゃんと飯を食ったのか？　聞いててまだるっこしいの何の、俺は冷や汗が出てきたよ」

憶秦娥《イチンオー》は言った。

「叔父ちゃん、天下の太鼓打ちはね、みんな叔父さんと同じ癇癪持ちなんだから、鼻っ柱の強さも負けてない。まして陝西省の看板を背負《しょ》った劇団だから、人のいうことに耳を貸さない。それとも叔父さん、勝負してみる？　きっと言うわよ、太鼓は無闇やたらに叩けばいいってもんじゃない。外県人《よそもの》は引っこんでろって」

叔父は怒りのあまり、顔の半分が黒ずんだ。胡彩香《ホーツァイシアン》先生はいくつか小さな意見を言った。出演者はこの舞台にすっかり慣れて、細部の感覚が薄れてきているのではないかと。胡彩香《ホーツァイシアン》先生が寧州で憶秦娥《イチンオー》の舞台を初めて見たとき、憶秦娥《イチンオー》に〝歌の精〟が乗り移ったかと思ったと言う。それは楊排風《ようはいふう》が焦賛《しょうさん》を散々に打ちのめす場面、飯炊きの少女・楊排風《ようはいふう》がこまっしゃくれた台詞を吐く場面だった。

「焦贊《しょうさん》のおじさま、人は見かけで判断してはいけないと世に申します。それは海の水が桝《ます》で量れないのと同じたとえ。ここに三関元帥の軍令はなけれども、もしあれば、とっくに私めが先陣承り、憎き敵将・韓昌のそっ首、袋から取り出して、いと安々と～ご覧に～いれまする～」

胡彩香《ホーツァイシアン》先生が言うには、この台詞は一見簡単そうだが、いくつかの段階に分かれる。畳みかけるような動作に乗せて緩急自在の抑揚で、起承転結がみごとに組みこまれている。〝おじさん〟相手に喧嘩を売る場面でも高い語気の一本調子ではいけない。特に最初の「人は見かけで判断してはいけないと世に申します。それは海の水が桝《ます》で量れないのと同じたとえ」は低く抑え、「いと安々と～ご覧に～いれまする～」で動作も語気も解き放ち、竈番《かまどばん》の少女の一途な志と少女らしい可愛らしさ――稚気《ちき》が観客の心を揺さぶり、舞台は最高潮へと向かう。この場面は過去は主に「稚気」に満ち、現在はもっぱら「志」に力点が置かれているが、「志」ばかりでは観客は疲れてしまうのだ。

胡彩香《ホーツァイシアン》先生が話し終わると、恵芳齢《ホイファンリン》が真っ先に拍手し、胡彩香《ホーツァイシアン》先生は省の秦劇院の大演出家になれると言った。胡《ホー》先生は言った。

「以前に秦娥《チンオー》がこの場面をやっているのを見て、そうかと思い当たった。技《わざ》を見せるとはこういうことか。技《わざ》とはわざと見せるものだとね」

憶秦娥《イチンオー》は胡《ホー》先生の話が心にしみてうれしく、寧州県劇団の仲間と楽しく過ごした。彼らは西安に三日滞在し、憶《イ》秦娥《チンオー》は重い舞台を抱えて昼間は何よりも休養が大事、これ以上お相手いただくのは無用と帰っていった。だが、恵《ホイ》芳齢《ファンリン》は帰りしな、憶秦娥《イチンオー》の耳元にそっとささやいた。彼女の叔父と胡彩香《ホーツァイシアン》先生の〝関係〟はずっと続いていて、胡《ホー》先生の夫の張光栄《チャンゴアンロン》は胡三元《ホーサンユアン》に何度も殴りかかり、一メートル以上もあるパイレン（パイプ・レンチ）を振りかざして追い回すこともしばしばだと言った。

『楊排風』が千秋楽を迎えた日、単仰平《ダンヤンピン》団長は笑い話に紛らせて、あと数ステージの追加公演はどうかと持ちかけてきた。彼女はぷいとその場から立ち去った。団長は慌てていや、冗談だ、冗談だと、この話をなしにした。

公演中の彼女の生活はすべて劉紅兵《リュウホンビン》に任せきりだった。三十数ステージ、途中で停電があって二度公演が流れたほかはぶっ通しの長丁場だった。憶秦娥《イチンオー》は正直、劉紅兵《リュウホンビン》はすごいと思わざるを得なかった。相変わらず彼女の頼みを聞かない。ほらを吹く。人前で見せつける。特に彼女を見せびらかす。女房がどうした、女房がこうした、彼女が一番言ってほしくないことを吹いて回る。彼女は何度も「止めて」というが止めない。二言目には女房、女房、まるで女房が彼のすべてで、女房の名を念仏のように唱え続ける。幸いなことに、毎日彼と一緒にいる時間は少ない。夜、公演を終えて、舞台の昂ぶりがひりひりと頭の芯を苛《さいな》み、その表情は無感覚な磁器の肌のように静まり、ただぽつねんと座り、そして横になり、目をつぶっても、その目は心の暗闇を見つめている。翌朝九時には劇団に集合し、稽古に入る。昼食をとってまどろみの午睡、午後三時か四時に目覚めて、公演前の小腹を満たし舞台に立つ。食べ過ぎると、体が鈍《なま》り、技の切れが鈍《にぶ》る。少なすぎると、体が動きについてこない。飢えが心を竦《すく》ませる。彼女がいくら心をなだめても体が言うことを聞かないときは黄麻《おうま》の錠剤を飲む。これは苟存忠《ゴウツンチョン》が彼女に教えてくれた。昔の芸人たちは役が重く、体が沈むときは、アヘンを数口吸ったという。今、アヘンは禁じられているから、黄麻で間に合わせているのだという。彼女も数回試したことがあり、効き目は確かだった。だが、体が本当に悲鳴を上げ、積み木のようにばらばらになったときにしか飲まないことにしている。それはクセになることを知っているからだ。五時には楽屋入りしなければならない。二時間かけて、メイクをし包頭《づら》を作り、ゆっくりと芝居の中に体を浸しながら衣装を着ける。そして舞台に立って、二時間半。メイクを落とし、家に帰り着くのは夜中の零時を回っている。夜食をとって眠りにつくが、眠れない夜との戦いが始まる。これが彼女の一日だ。

劉紅兵《リュウホンビン》は新婚気分で彼女につきまとい彼女を求める。夜の舞台でへとへとになっている彼女を見て、彼は一つの提案をした。日中はそれを行わないという規則を変え、一度の〝追加公演〟を行うというものだ。その都度、彼女は子どもを叱るように彼を叱る。それでも彼は頑是ない子どものようにせびる、ねだる。彼女は水のように冷たく動じない。彼は冷水を浴びせられたようにしゅんとなり、すごすごと引き下がる。こうなることは分かっているくせに、彼はいつも自分で自分を窮地に追いこんでいる。勿論、一番間近で彼女を見ているのだから、彼女の精進ぶり、その激しい消耗、疲労に心を痛めている。結婚して初めて分かったこともある。『楊排風《ようはいふう》』の稽古が始まってから公演に至るまで、彼女の体に残された打ち身、生傷の跡に息を呑んだ。全身傷だらけ、〝乙女の柔肌〟はどこにもなかった。すべて槍、刀、棍棒の投げ合いの受け損じから黒や紫のアザとなって残っている。後頭部から首、ふくらはぎまで、無傷のところはない。敵の手から放たれた槍や棍棒を蹴り返し、また背中に負った四本の三角旗でぐいと絡め、逆に弾みをつけて敵へと一直線に向かわせる。観客が見たいのは、正確無比、過つことのない玄妙なプロの技だ。槍や刀がわきへ逸れたり、床に落ちたりしたら、わざと「好《ハオ》！」の声が客席を飛び交う。

劉紅兵《リュウホンビン》は北山《ベイシャン》地区で憶秦娥《イチンオー》の演技を見ている。沈着に落ち着きはらい、しかも機敏に立ち回っていた。刀や槍をいとも軽々と玩具のように操っている。しかし、この境地に至るまで、このような血の滲む艱難辛苦、想像を絶する鍛錬の時期を経ているとは想像もしていなかった。主役は自分の相手役が舞台で醜態を演じないよう自分と同じような練習を要求するのが当然だし、相手役も憶秦娥《イチンオー》を主役として盛りたて、息の合った関係を作り出すのが当たり前だと思いこんでいた。しかし、相手役の失敗は憶秦娥《イチンオー》の責任だと観客は見なしている。観客にとって相手役はどこの誰とも知らぬ相手役だから、目をくれることもなく、そんな相手役を選んだ主役が悪いということになる。憶秦娥《イチンオー》は相手役にやる気を出させ、練習に精を出させるために随分と気を遣い、何度も誘い出しては飲ませたり食わせたりの席を設けていた。劉紅兵《リュウホンビン》はそれに同行して支払い役を担当しているからよく分かる。それでも、彼女の足にも首にも打ち身、生傷が絶えることはなく、至るところ湿布と痛み止めの絆創膏が痛々しい。いくら防いでも傷の上に傷を重ねて満身創痍のありさまだ。これでは彼女が夜の〝お勤め〟に情熱を失っても仕方がない。彼は理解しつつ心を痛め、彼女を見殺しにはできないと考えている。

三十五

ついに千秋楽、最後の一幕となった。劉紅兵《リュウホンビン》には憶秦娥《イチンオー》が楽しそうに見えた。終演後、メイク落としは家に帰ってからにしたらと彼は言った。でも、水が足りないと彼女が言うと、大丈夫、お湯をいくつものポットに入れて、用意してあると劉紅兵《リュウホンビン》。部屋に入ると、彼は待ちかねたように言った。今夜は幸せになろうと。だが、彼女はその気になれない。あなたはそのために生きているのと彼女が聞くと、禁欲の新婚生活はないと劉紅兵《リュウホンビン》。彼女はそれに取り合わず、メイクを落とし始めた。彼はその手を押しとどめて言った。

「秦娥《チンオー》、今夜はメイクを落とさずに行こう」

「メイクを落とさずにって、あなた、どうしたの？」

彼は口ごもりながら言った。

「どうかなっちゃったんだ。君がきれいすぎるから。メイクすると、もっとすごい。舞台はほかの人に見せるだけだから、今夜はおいらが独り占めしたいんだ」

「あなたの頭、ドアに挟まれて、変になったんでしょ」

「家のドアではなく、劇場の非常口だよ。客がみな帰ったとき、頭にぱっとひらめいた。今夜はメイクを落とさせないぞとね」

「なら、どうぞ。お気のすむまでご覧なさいましよ」

「心静かに見させてくれよ。じっくりと」

劉紅兵《リュウホンビン》は言いながら、憶秦娥《イチンオー》をさっと抱きかかえるとベッドに運ぼうとした。

「ちょっと待って、あなた、ヘンよ」

「ああ、ヘンだよ。秦娥《チンオー》、ここ何日、ずっと考えていた。こんな美しい女が何だって、おいらの女房になったんだろうって」

「女房は、やめて」

「分かったよ。言わなきゃいいんだろう。なら娘子《ニャンズ》（『白蛇伝』で許仙が妻の白娘子《はくじょうし》を呼ぶ言葉）はどうだ。娘《ニャン》〜〜子《ズー》〜〜！」

劉紅兵《リュウホンビン》は甲高い芝居の口調を真似て呼びかけた。

彼は彼女をベッドにおろすと、衣装のボタンを外そうとした。

「ちょっと、待って。どうするの？」

「娘子《ニャンズ》、俺たちは、こうやって雲雨《うんう》の情《じょう》を交わすのさ」

劉紅兵《リュウホンビン》はまだ芝居の口調をやめない。

憶秦娥《イチンオー》は立ち回りの要領でさっと身をかわし、起き上がって言った。

「あなた、本当にヘンよ」

彼女はクレンジングクリームで素早くメイクを落とすと、二刷毛《はけ》、三刷毛、楊排風《ようはいふう》の美人顔があっという間に敵役《かたきやく》の隈取《くまど》りに変わった。原色の毒々しく憎々しい表情だ。

劉紅兵《リュウホンビン》はぎょっとして叫んだ。

「な、何だ、化け物だ」

「私、美人？」

「お化けだ！」

「だから、私、美人？」

「君は冷血動物だ。風情というものを解さない」

「あら、メイクを落とさないであなたと寝ると、熱血動物なわけ？　風情を解するわけ？　それならどうして、舞台で寝ようとしないの？　楊排風と寝たいんなら、舞台に来なさいよ」

「ああ……本当にヘンになりそうだ」

「ヘンになることないでしょう」

「化け物が言うか？」

「あなたの方が化け物でしょ」

劉紅兵《リュウホンビン》はいつもこうして言い負かされる。行き場を失った血のたぎりが怒りに向かうのを懸命に抑えた。この強情なロバはとてもかなう相手ではない。彼は彼女を見守ったまま、メイクを落とすに任せた。

メイクを落とした憶秦娥《イチンオー》はやはり楽日《らくび》（千秋楽）の興奮がある。回民街《ムスリム》で焼き肉を食べたいと言い出した。いつもの天の邪鬼がまた顔を出したのだ。劉紅兵《リュウホンビン》は明日にしようと言った。彼はまだ諦めていない。一晩考えに考えた思いつきだった。だが、憶秦娥《イチンオー》は一度言い出したら後に引かない。結局、彼女の思い通りになった。劉紅兵《リュウホンビン》は彼女にコートを着せ、首巻きを巻いてやった。

回民街では焼き肉を食べ、また粉蒸肉《フェンジョンロウ》（米粉まぶし蒸し）を食べた。だって、お腹が空いていたのよと彼女は笑って言った。彼はまた粉蒸肉《フェンジョンロウ》を一人前持ち帰りで注文して言った。明日あっためて食べようと。今は食べているときではない、早く家に帰ってすることをしようと彼は考えている。だが、憶秦娥《イチンオー》は今度はカラオケに行こうと言い出した。ここ二年、西安ではカラオケが大流行で、明け方の三、四時まで店が開いている。憶秦娥《イチンオー》はカラオケにまだ行ったことがなく、人からいろいろ話を聞かされていた。今夜はとことん解放されたいのよと言った。劉紅兵《リュウホンビン》は仕方なくカラオケにお伴したが、ここで一悶着起きた。

劉紅兵《リュウホンビン》が店に入るとすぐ、若い男が寄ってきてささやいた。

「哥《あに》い、何日もどこにふけて（逃げて）たんだよ。女の子が何人も泣いたぜ」

こう言った男は声を抑えたつもりだが、みんな憶秦娥《イチンオー》の耳に入っていた。彼女は身を翻して外に飛び出した。

劉紅兵《リュウホンビン》はその男をにらみつけて言った。

「お前、気をつけてものを言えよ。今度へたなことぬかしたら、その口に一発かっくらわせてやるからな」

劉紅兵《リュウホンビン》はすぐ後を追ったが、憶秦娥《イチンオー》はすでに横丁を曲がっていた。

彼女はタクシーを拾って家に帰った。劉紅兵《リュウホンビン》が部屋に入ったとき、彼女はもう灯りを消していた。彼は灯りをつける勇気はなく、ベッドの端に腰掛けて、彼女を抱いたり、百万言使ってなだめすかしたが、彼女はさっと身をかわし、なおも言い寄ろうとする彼を軽く振り払った次の瞬間、劉紅兵《リュウホンビン》の全身に電撃となって伝わった。

劉紅兵《リュウホンビン》は「アイヨ！」の一声と共にベッドから飛び退《すさ》り、直立した。

「なあ、ここは舞台じゃないんだ。少しは手加減をしてくれよ」

「出てって！」

「出てってって、俺がどうしたと言うんだよ」

憶秦娥《イチンオー》は何も言わず、ベッドに座ったまま凝固している。

「ということは、俺に気があるということなんだ。あの馬鹿な男が妙なことを口走ったけれど、それを真に受けるなんて、馬鹿だな。……あはは、馬鹿だなんて、また、言っちまった。言い間違いです。馬鹿は俺。なあ、あんな奴らがまともなこと、言うと思うか？　カラオケでどこかの女が俺を探していたって、それがどうした？　お前が舞台に立って、歌おうが踊ろうが、俺は腹を立てたりしない。小生《シャオション》（若い男役）と抱き合ったり、愛し合って死ぬの生きるの語り合おうと、鬼になったり蛇の精になろうと、俺はどうってことない。封瀟瀟《フォンシャオシャオ》が西安までお前を訪ねてきたって、俺はびくともしない。カラオケの女が何人束になってかかってきても屁でもない。俺が一日中挽き臼を引くロバのようにお前の周りをぐるぐる回って楽しませ、喜ばせ、嬉しがらせ、お前のご機嫌をとるより大事なことはこの世に何もない。お前が俺を愛してくれさえしたら、カラオケの女であろうが、たとえ天帝の女であろうが、俺は絶対に会わないぞ」

劉紅兵《リュウホンビン》の話は止めどもなく、空回りする車輪のようにくるくると回った。笑点（笑いの沸点）の低い憶秦娥《イチンオー》はおかしくてたまらず、ころころと笑い転げた。調子に乗った劉紅兵《リュウホンビン》は彼女を抱き寄せて接吻しようとした。憶秦娥《イチンオー》は膝頭で劉紅兵《リュウホンビン》をちょっと突き上げると、彼はたまらずに真っ逆さまにベッドから転がり落ちた。これは『遊西湖《ゆうせいこ》（西湖に遊ぶ）』で李慧娘《りけいじょう》に言い寄った賈似道《かじどう》を撃退するために用いた一手だ。劉紅兵《リュウホンビン》は床に腹ばいになって、犬が糞を食べる姿勢になる。

「二度と芝居の手は使わないでくれよ。俺はいやしくも夫だ。合法的な夫だ。悪人の賈似道ではない」

憶秦娥《イチンオー》はほほえむと、黙って掛布をかき上げ、ベッドの一番奥に転がって横になった。劉紅兵《リュウホンビン》はぐずぐずとベッドに這い上がり、力いっぱい掛布を撥ねのけると、そろそろと体を這わせていく。ここで一種の黙契が成立した。憶《イ》秦娥《チンオー》が何の合図を送らなくても、もう武術の一手が用いられることはない。漆《うるし》と膠《にかわ》の関係のように双方が求め合い、融け合い、離れがたい状態になる。

　十数日の休暇明けに、劇団の大発表があった。『白蛇伝』公演に直ちに着手し、春節（旧暦の正月）前に稽古入り、春節に陝西省《せんせい》一円の巡回公演を行うという。足元から鳥が飛び立つような性急さだ。

憶秦娥《イチンオー》は単《ダン》団長に面会を求め、考えを話した。若手に機会を与え、自分は少し楽したいと。単《ダン》団長は言った。お前に楽をさせたら、年内の稽古入りはできなくなると。憶秦娥《イチンオー》は「何よ」と思ったが、気持ちを抑えて尋ねた。

「どうしても年内に稽古入りしなくちゃいけないんですか？」

「みんな一つところに住んでいる仲間同士だ。新年は『白蛇伝』で行くぞと、心を一つに盛り上げていかなければいかん。ぐずぐずしていたら、ほかの劇団に先を越されるからな。幸い、我々には〝白蛇〟という切り札がある。ここでお前が身を引いたら、若手に対抗心をかき立てて劇団はばらばらになりかねないからな」

「私が出ることは構わないんです。ただ、A組には入りたくないんです。若手を見守って演技指導とか、発声や節回し、台詞回しも教えたい。A組に入ると緊張と疲労で押しつぶされそうになるから、むしろ若手を支える形で参加したいんです」

　単《ダン》団長はしばらく彼女の顔を見つめ、お前は本当に馬鹿だと言った。彼女はこの言葉に馴れることができず、誰からも言われたくない。頬を染め、どうして馬鹿なのかと尋ねた。単《ダン》団長は答えた。自分の持ち技、当たり役を、みすみす人に譲る俳優がどこにいる？　役は役者の宝だ。それをわざわざ人にくれてやる俳優がどこにいる？　そんなきれいごとを言っていたら、劇団はやっていけない。これからは市場経済の時代だからな。演劇だってチケットが売れて〝なんぼ〟の世界だ。『白蛇伝』は劇団のいわば〝ドル箱〟なんだ。新しく白蛇を養成している暇はない。だから、憶秦娥《イチンオー》が出るしかないと。彼女にはこれ以上言い返し、団長を言い負かす力はない。団長から力ずくで言いくるめられたような悔しさが彼女の心の中に残った。

団長がどこかから〝鼻薬〟をかがされているという噂も耳に入ってきた。『白蛇伝』という鍋の中には〝おいしい具〟がいっぱい入っている。それを誰それに一つ一つ分け与えるのも〝おいしい仕事〟なのだろう。彼女はこれ以上、この中に頭を突っこむのを止めた。こういった話は昔からいやというほど聞かされている。やると決めたからにはやるしない。雑音には耳を貸さず集中していこう。彼女はそう決めた。

彼女はやはり芝居が好きだ。稽古場の空気はもっと好きだ。一日一日新しい発見があり、毎日が楽しい。家にいて劉紅兵《リュウホンビン》にまつわりつかれる煩わしさからも解放される。この夫は彼女の付き人のようなことを仕事と心得ている節がある。これがまっとうな仕事とは思えず、夫を人前に出すことが憚られてならない。もっと言えば、人前に出せない恥ずかしさがある。廖耀輝《リャオヤオホイ》との忌まわしい記憶や叔父と胡彩香《ホーツァイシアン》先生の秘め事を顔の前にぶら下げて歩いているような気がするのだった。

劇団に思いもよらぬことが起こった。白娘子《はくじょうし》の相手役である許仙《きょせん》の小生《シャオション》（若い男役）を新疆ウイグル自治区から引っ張ってきたのだ。これが稽古場を騒がせ、悶着の種となる。

三十六

この小生《シャオション》は薛桂生《シュエグイション》といった。二十七、八歳、封瀟瀟《フォンシャオシャオ》に似ているが、よく見ると、似ても似つかない。まず、なよなよしている。顔は色白の透き通るような肌、たおやかな腰、足早に歩を進める様は風になびく柳の風情。薄化粧をしているのか、白皙《はくせき》の面《おもて》に紅《べに》が透けている。体の線が浮き立つような衣装をつけ、首には「五四《ごし》運動（一九一九年、北京で起こった抗日、反帝国主義の学生・労働者の愛国運動）」の青年たちに流行したネッカチーフを巻いている。新疆では〝生きている許仙《きょせん》〟と呼ばれていた。話しながら繊細優美な指遣いを見せる。これは梅蘭芳《メイランファン》が編み出したという京劇のジェスチャーで蘭花指《らんかし》と呼ばれ、人物の性格と心の揺れを同時に表現する新しい手法だ。

この人事に劇団内で戸惑いと反撥の声が上がったのも無理はない。劇団には十数人の小生《シャオション》俳優がいる。許仙の役に不自由しているわけではない。わざわざ新疆から掘り出してくる必要があるのか？　それならいっそのことソ連へ行って、『鋼鉄はいかに鍛えられたか』のポール・コチャキン役で大ブレークしたワシリー・ラノボイをスカウトしてくればよかろう。誰が誰からどんな鼻薬をかがされたか知らないが、ある人がくっくっと笑いながら言った。薛桂生《シュエグイション》には同性愛の傾向があると。

（注）ワシリー・ラノボイ　ロシアの有名俳優。『戦争と平和』『アンナカレリーニナ』などに出演。新型コロナに感染して、二〇二一年一月死亡。

憶秦娥《イチンオー》にとって相手役に薛桂生《シュエグイション》が選ばれたことはくすぐったい思いがして、笑い出したくなったが、笑ってもいられなかった。実は薛桂生《シュエグイション》の話が持ち上がったとき、単《ダン》団長に建議しようとしたことがあった。許仙役に外部から人を入れるなら、いっそのこと寧州から封瀟瀟《フォンシャオシャオ》を呼んではどうかと。彼が来たなら、『白蛇伝』の稽古はもっとはかが行くし、いいことずくめだとは思ったが、思うだけで終わった。

瀟瀟《シャオシャオ》はすでに結婚しているし、彼女も結婚した。もし、彼が来たら、もっとややこしいことが起きる予感がする。どんな悪意ある中傷が飛び交うか分からない。それよりも劇団がこれを認めるか？と迷っているうちに新しい許仙《きょせん》役が来た。

たった三日間、彼の台詞を聞いただけで、憶秦娥《イチンオー》は薛桂生《シュエグイション》を見直した。彼は芝居に〝もの狂い〟している。封《フォン》瀟瀟《シャオシャオ》の比ではない。封瀟瀟《フォンシャオシャオ》が許仙を演じたのは、彼女の相手役を自ら買って出て、彼女のために身を挺した、いわば助《すけ》っ人《と》役だった。だが、薛桂生《シュエグイション》に許仙役について語らせると、とどまるところを知らない。人物像の造形から始まり、その心理の依《よ》ってくるところ、その性格の論理的構造を語って倦《う》むところがない。何でも上海戯劇学院、中央戯劇学院で学び、ギリシャ悲劇からシェイクスピア、ロシアのスタニスラフスキー・システムまで叩きこまれているという。

(注) 上海戯劇学院、中央戯劇学院　いずれも演劇の国立総合大学。演技、演出、劇作、演劇評論、舞台美術、映画・テレビ、演劇教育、マネジメントなどの専門学部と大学院、研究所を併設し、二十一世紀に入ってダンス、ミュージカル、オペラ、中国古典劇などの新部門が開設された。京劇、地方劇などの伝統演劇は専門の中国戯曲学院がある。どの学院も留学生寮が完備し、卒業後名をなした日本人も多く見かける。世界の先進国とされている国々には当然のごとく国立の演劇大学が整備されているが、日本にはなぜかまだなく、関係者を切歯扼腕させている。

封導《フォンダオ》も薛桂生《シュエグイション》に一目置き、お説をありがたく拝聴している。梅蘭芳《メイランファン》の蘭花指《らんかし》も劇団員が初めて見るものだった。相手を賛美する「避風《ひふう》」、相手を指弾する「雨潤《うじゅん》」など五十もの型があるという。劇団員は見慣れないものを見る驚きと胡散《うさん》臭さで、みな腹を抱えて笑うしかなかった。だが、薛桂生《シュエグイション》はまったく意に介さない。ひたすら自分の演劇の世界を語り続ける。彼には何かの憑《つ》きものが憑いている。特に愛情を語る場面で彼の身ごなし、台詞運び、所作の一つ一つにこれまでのものとは違った陰影、意味合いがこめられていた。いやらしいものがいやらしくない。醜くかったものが醜くない。美しかったものが、ただ美しいだけでなく、何かしら新しい感覚、別な相貌を帯びて現れてくる。これまでの解釈とは違うところがあったり、慣れ親しんだ感覚に逆らうところがあるが、それを違うとは言い切れない。違うと言ってしまったら、そこに現れた人物像は「許仙」ではなくなってしまうからだ。薛桂生《シュエグイション》それほど時間はかからなかった。彼にはもう一つ大きな人物的魅力と能力があった。それは人に演劇を語ること、役を分析して見せることで、最初はみんなが気味悪がり嫌がっていたが、次第に薛桂生《シュエグイション》ならどう分析するだろうと自分で考えるようになった。憶秦娥《イチンオー》も例外ではなく、いつの間にか彼の話に聞き入り、質問している自分がいた。

　薛桂生《シュエグイション》に対して最もいやらしく、醜いものを感じたのは劉紅兵《リュウホンビン》だった。以前、俳優である憶秦娥《イチンオー》に対する彼の感情は屈折し、陰りを帯びていた。北山《ベイシャン》地区で『白蛇伝』を見たとき、彼は気が気でなかったのだ。男女の俳優が一日中、抱き合い、嘘の涙を流してこの稽古を何度も繰り返す。演出家は二言目には身を入れろ、気持ちをこめろと言い、俳優は嘘を真《まこと》にしようとする。芝居の中で芝居をするということはどういうことなのか、彼は今もって分からない。「惚れた腫れたは当座（新婚）のうち」と言うが、しかし、その結果はどうか。憶秦娥《イチンオー》と許仙《きょせん》の封瀟瀟《フォンシャオシャオ》は何ともややこしい関係になってしまったではないか。今回の『白蛇伝』が始まったとき、新疆から来た薛桂生《シュエグイション》に対して、劉紅兵《リュウホンビン》はほかの劇団員と同じく鼻で笑い飛ばしていた。この〝女の化けそこない〟には賈宝玉《かほうぎょく》でもやらせておけばお似合いだろうよ。へえ、許仙をやるってか。そりゃ見ものだ。大根でニンニクを擂《す》りおろすようなものだろうと。

　ところが、情勢は劉紅兵《リュウホンビン》の思うところをはるかに超えてしまった。この〝男女《おとこおんな》〟に対する公演班メンバーの見方、接し方が変わったというより、好感と信頼感をもって語られるようになったのだ。憶秦娥《イチンオー》まで薛桂生《シュエグイション》の話に本気で耳を傾け、何かを学び取ろうとしている。彼女が家に帰ると、劉紅兵《リュウホンビン》は薛桂生《シュエグイション》を笑い話のつまにして一緒に笑い飛ばしていたが、憶秦娥《イチンオー》はある日突然、手の平を返すように鉾先を劉紅兵《リュウホンビン》に向けた。そんな口は二度ときかないでと。劉紅兵《リュウホンビン》は、ははーんと何かを感じ取り、警戒レベルを高めることにした。

　この〝男女《おとこおんな》〟は単に女っぽさを振りまくというのではなかった。舞台の愛情表現に一つのやり方を見出していた。劉紅兵《リュウホンビン》が足繁く稽古場に姿を現すうちに気がついたことがある。薛桂生《シュエグイション》は花が花に紛れるように女たちのただ中に身を置き、芝居を語りながら俳優の所作を正す。このとき、女優の腕や太腿をやたらにさわる。しかもこの

〝男女《おとこおんな》〟が憶秦娥《イチンオー》に演技をつけるとき、彼女にまで手を出すのだ。劉紅兵《リュウホンビン》はわざと大きな咳払いをする。稽古場の誰もが劉紅兵《リュウホンビン》の〝警戒警報発令〟を聞いて笑った。

薛桂生《シュエグイション》が蘭花指《らんかし》の指をぴんと立てたとき、憶秦娥《イチンオー》の肩に当たった。それでも彼は耐えた。彼を耐えさせたのは、場面が夫婦の愛情と別れの愁嘆場だったからだが、この〝男女《おとこおんな》〟は北山《ベイシャン》地区の公演で封瀟瀟《フォンシャオシャオ》が憶秦娥《イチンオー》を抱いたよりきつく抱きしめている。劉紅兵《リュウホンビン》は封導《フォンダオ》にそれとなくほのめかした。古典劇は秘められた表現、含蓄の美が求められるのではないかと。だが、封導《フォンダオ》は彼の話など相手にもせず、出て行けがしの態度を取った。彼は仕方なく、帰って来た憶秦娥《イチンオー》に繰り返し注意を与えようとした。彼女はそれに取り合わないどころか、稽古場に入りこみ、うろついたりするのは目障りで稽古の邪魔と逆ネジを食わされた。

あるとき、稽古場へ偵察に出かけた劉紅兵《リュウホンビン》が見たのは『端午酒変《たんごしゅへん》』の場だった。この場の話はこうだ。五月五日は端午の節句、白娘子《はくじょうし》は夫の許仙から厄除けの雄黄酒《ゆうこうしゅ》を勧められる。この酒、人間には薬でも妖怪や蛇などの〝異類〟には猛毒となり、命に関わる事態を引き起こす。しかし、白娘子は愛する夫の勧めに抗しきれず、ついに意を決して雄黄酒《ゆうこうしゅ》を飲む。たちまち、彼女の意識は混濁し、蛇の正体を現してしまった。これを見た許仙《きょせん》は気を失い、半死の状態になる……。男女の目配せ、思い迷う女の媚態と思いの丈《たけ》、『白蛇伝』の見せ場の一つだが、劉紅兵《リュウホンビン》には見たくない場面だ。すかさず楚嘉禾《チュチアホー》が横合いから口を出し、彼の耳にささやいた。

「切ない胸の内よね。嘘が真か、真が嘘か。秦娥《チンオー》は思いこみが激しいし、そこへ持ってきて、あの男でしょ。〝女の化けそこない〟の賈宝玉《かほうぎょく》。あの妖しい目力《めぢから》には負けるわね」

劉紅兵《リュウホンビン》は胸をえぐられる思いでこれを聞いた。その日の夜、劉紅兵《リュウホンビン》は再び、憶秦娥《イチンオー》に警告を発した。

「あの〝男女《おとこおんな》〟はどうも妖しい。妖怪がお経を読むようないかがわしさがある。芝居には正しい分別が必要だ。踏み外してはいけない規《のり》がある。まあ、一市民の意見だけどね。心して聞いてくれ」

憶秦娥《イチンオー》はにべもなく言い返した。

「ふん、屁にもならない屁理屈だわね。あなたが芝居を論じるの？　どこを押したら、そんなろくでもない台詞《せりふ》が出てくるのかしら。汚い魂胆が見え見えなんだから。これからは稽古場に出入り禁止。今度姿を現したら回し蹴り、行くわよ」

劉紅兵《リュウホンビン》は抑えきれぬ憤懣のやり場に困った。しかし、それでも稽古場に通った。怒りはすべて腹の中に収めた。

こうして『白蛇伝』は年内のうちにゲネプロ（本番通りの音響、照明、衣装を着けたリハーサル）にこぎ着けた。ゲネプロの夜、劉紅兵《リュウホンビン》は舞台を仔細に吟味した。許仙が白娘子《はくじょうし》の正体を見る場面は見るに耐えなかった。彼の胸が彼女の胸を圧迫して、彼女の盛り上がった乳房がつぶされて変形している。場面は変わって「金山水闘」の場。白娘子の正体をすでに見抜いていた金山寺の和尚法海と、水中の生き物をすべて味方につけた白娘子との壮絶な戦いが始まる。許仙《きょせん》の出番はない。劉紅兵《リュウホンビン》はこの機を捕らえて許仙を呼びつけ、彼の演技論を語った。芝居には正しい分別が必要だ。踏み外してはいけない規《のり》がある……。最初は双方友好的で抑制した話し方をしていたが、次第に険悪になり、怒気を含んだやり取りになった。劉紅兵《リュウホンビン》はすぐ思い知らされた。薛桂生《シュエグイション》に何を言っても、たちまち粉砕され、蹴散らされて憫笑と蔑視が返ってくる。劉紅兵《リュウホンビン》には到底太刀打ちできる相手ではなかった。彼は相手の油断を見澄まし、渾身の力で鉄拳の一発を彼の扁平な胸に沈ませた。〝男女《おとこおんな》〟はぐえっと、まるでカエルが踏みつぶされたよう声を発すると、懸命に顎をしゃくり、甲高い声で劉紅兵《リュウホンビン》を詰《なじ》った。

「何さ、何をするのさ？　このならず者、無頼漢。舞台を何だと思っているの？　神聖な場所よ。野蛮な暴力は止めて。芸術に対する冒涜《ぼうとく》よ、芸術家を馬鹿にしないで」

劉紅兵《リュウホンビン》はさらにもう一発追加して言った。

「何が芸術家だ。この××××××、ならず者はお前だ」

ゲネプロが終わると、この珍事はすぐ単《ダン》団長の耳に達した。薛桂生《シュエグイション》は劉紅兵《リュウホンビン》の謝罪を要求している。単《ダン》団長は不自由な足を引きずり引きずり、劉紅兵《リュウホンビン》に怒鳴り散らした。

「あの〝男女《おとこおんな》〟がお前を何をした？　殴ったか蹴ったか？　お前の金玉をつぶしたか？　それなら俺があいつをのしてやる。レンガでどたまをどついてやる！」

単《ダン》団長は劉紅兵《リュウホンビン》が相手では埒《らち》があかないと見て、憶秦娥《イチンオー》に言った。劉紅兵《リュウホンビン》と薛桂生《シュエグイション》の仲を何とか取り持つように命じ、さもないと、年明けの春節公演はおじゃんになると。

憶秦娥《イチンオー》が舞台から降りるの待ちかねて、薛桂生《シュエグイション》は彼女にくどくどと憤懣を語り続けた。それが独特の抑揚をつけた早口だったので、彼女は何が起きたのかよく聞き取れなかった。ただ、分かったことは劉紅兵《リュウホンビン》が彼を殴り、それも力任せのひどい仕打ちだったという。薛桂生《シュエグイション》は悔しさのあまり今にも泣き出しそうだった。蘭の花に似ているという蘭花指《らんかし》の動きが思い屈して切なく揺れ、震えている。彼は動揺のあまり、衣の着替えも忘れていたが、やっと平服に戻ると、肩を揺すり腰を振り、呪詛の言葉を撒き散らしながら足早に立ち去った。

「これが芸術の殿堂？　ローマの剣闘士《グラディエイター》の巣窟？　ファシストの収容所？……」

劉紅兵《リュウホンビン》は自分が騒ぎを引き起こしたことは承知している。憶秦娥《イチンオー》の前では一応神妙に振る舞おうとしているが、女房の気に障るようなことはしていないとけろっとしていた。すべての原因はあの〝男女《おとこおんな》〟が妻を拐《かどわ》かそうと仕掛けた悪だくみで、自分は妻を魔の手から救ったまでだと思っている。彼は憶秦娥《イチンオー》が薛桂生《シュエグイション》の博識と語り口の巧みさに魅せられているのも気に食わなかった。アラブの諺にあるように「ロバが旅に出たところで馬になって帰ってくるわけではない」――ロバは所詮ロバ、上海や北京で何を勉強しようと身につくものではない。もったいぶり、こけおどしの演技をして人の目をおどかそうとしても騙されない。一発お見舞いするのみと。

劉紅兵《リュウホンビン》が意外だったのは、憶秦娥《イチンオー》が帰ってくるなり、大爆発を起こしたことだった。ものも言わずに足払いをかけるとは、近来絶えてなかったことだった。彼の再三再四に渡る抗議で、彼女の〝家庭内暴力〟はなりをひそめていたのに、今日は〝懐かしの再演〟となった。彼は猛然と腹を立てたが、彼女の怒りはそれを上回った。

「何で人を殴るの？　何で、何で薛桂生《シュエグイション》を殴ったりするのよ？」

問い詰める彼女に彼は答えた。何でって、あいつが君に抱きついたからだよ。そう言ったきり、彼は口をつぐんだ。何であろうと、あの雄か雌か分からないロバが年明けの六日から観衆の面前で自分の妻を抱き、しかも乳房が変形するほど抱かれては、夫の面目が立たない。男の尊厳を力で守るときが来たのだと思ったが、たった一言答えただけだった。

「何でって、あいつはけしからんことをしただからだよ」

「けしからんって？　何が」

「淫らなことをするからだよ」

「淫らって？　何が」

「淫らじゃないのか？　もっとしてもらいたいのか？」

「劉紅兵《リュウホンビン》、これは芝居なんだよ。分からないのか？」

「見りゃ、誰だって分かる。芝居なら、本気で抱くことないだろうって言ってんだよ」

「誰が本気で抱いた？」

「本気でないってか？　どんな風に抱いて抱かれたか、お前なら分かるだろう。昔仲のよかった封瀟瀟《フォンシャオシャオ》だって、あんな抱き方はしなかった」

「馬鹿馬鹿しい」

「ごまかすなよ。二人の男に抱かれて、抱かれ方が分からないのか？　よく平気でいられるな。恥ずかしくないのか」

憶秦娥《イチンオー》は突然、洗面器のお湯を劉紅兵《リュウホンビン》の頭にざぶりとかけた。

「劉紅兵《リュウホンビン》、とっとと出て行きゃがれ」

劉紅兵《リュウホンビン》は怒りに駆られ、ドアを蹴破るように部屋を飛び出した。

年も押し迫って十二月二十八日になっていた。こんなはずではなかった。ゲネプロが終わったら、憶秦娥《イチンオー》を連れ出して北山《ベイシャン》地区へ行き、劉紅兵《リュウホンビン》の両親と年越しをするつもりだった。二人の結婚のことはまだ彼の両親にきちんと話さないまま結婚届を出していた。彼の両親も煮え切らなかった。憶秦娥《イチンオー》の美しさは彼の父親の言によれば絵の中から抜け出たようで、それは文句なしに認めるものの結婚相手が芸人ではやはり家格の釣り合いが取れないことにこだわっていた。劉紅兵《リュウホンビン》はそれに猛反発した。自分は高卒で解放軍退役後ろくな職歴はなく、北山《ベイシャン》地区幹部の運転手でのらくら日を送ってきた。芸人がどうのこうのと人のことを言えた義理か？　アメリカ大統領のレーガンも芸人の出身ではなかったか？　こうして彼の両親は彼のことを構わなくなっていたが、問題はやはり憶秦娥《イチンオー》だった。彼女は彼の家のことなどまったく意に介していないかのようだ。確かに彼女は忙しい。疲れている。自分で自由になる時間もない。しかし、彼女の気持ちが透けて見える。要はどうでもいいのだ。これほどの大事を親に黙っているのは、あまりにも親を蔑《ないがし》ろにしたやり方ではないか。本来なら、年越しに北山《ベイシャン》地区へ行って頭の一つも下げるのが筋ではないか。彼は憶秦娥《イチンオー》の機嫌のいい時を見計らって、それとなくこの話を持ちかけたことがある。彼女は行かないとは言わなかったが、行くとも言わなかった。ただ、疲れている、正月はただ寝ていたいと言っただけだった。だが、それも〝男女《おとこおんな》〟の一件で台なしになってしまった。

憶秦娥《イチンオー》に浴びせられた洗面器のお湯は今は氷ってしまい、氷柱となって彼の胸にぶら下がっている。歩く度にかちかちと音を立てて揺れる。腹の癒えない彼は、道端の棒きれでも拾い、彼女にきつい教訓を与えようかとも思ったが、殴れるものなら彼女からお湯をかけられてときに殴っている。それをせずにじっと絶えたから、彼は今ここにこうしている。彼女とは別れた方がいい。別れなければ、これから先、どんなことが起きるか分からない。だが、彼は分かっている。何が起きようと、最後に馬鹿を見るのは彼の方なのだと。さっき彼が反射的に殴り返さなかったのは彼女がいとおしいからで、もし、手を出していたなら、決して彼のためになる結果は出なかっただろう。あの〝男女《おとこおんな》〟が許せなかったのは、愛があるから強く抱くのか、強く抱くから愛になるのか、抱いているうちに封《フォン》瀟瀟《シャオシャオ》の二の舞いになって、双方にややこしい感情を生み出すのを恐れたからだ。芝居で愛を語るのがどういう結果を招くか、それが〝劇中劇〟ですまない例をあまりにも多く聞いているからでもある。

劉紅兵《リュウホンビン》は幽鬼の如く夜中過ぎまでほっつき歩いた。体が凍えて耐えられなくなり、北山《ベイシャン》地区の出先事務所へ行くしかなくなく、そこで一眠りした。大晦日（三十日）の午後、彼は我慢ができなくなり、惣菜や野菜、果物を買ってまた二人の部屋へ帰った。憶秦娥《イチンオー》は心が広いというのか、肝が据わっているというのか、この一両日ひたすら寝て過ごし、即席ラーメンを食べていたようで、部屋の中はその臭いが漂っていた。彼女は彼が戻ったのをちらと見ると、また布団をかぶって寝てしまった。彼は冷菜を四皿整え、また四皿の炒め物を作り、鯽魚《じぎょ》（フナ）のスープを温め、彼女に食べさせようとした。料理に小半時かかり、彼女を起こすのにまた小半時かかり、また散々手間取って彼女に着物を着せ、やっと食事させた。彼女が食べ終わるのを見計らって、彼は街へ出ようと持ちかけた。爆竹と赤い提灯《ランタン》と師走の人波を二人して揺れて歩こうと。だが、彼女はまるで興味を示さないどころか、爆竹の煙はいがらっぽくて喉に悪い、風邪をひいたら大変とそっぽを向いた。こんな具合で、憶秦娥《イチンオー》は正月の数日間をひたすら寝て過ごした。ベッドを降りて何をするかと思ったら、台所の流しで衣類を洗い、洗い終わるとまた寝た。劉紅兵《リュウホンビン》は彼女に〝眠り虫〟が取りついていると言い、憶秦娥《イチンオー》は彼の相手をするのも億劫な様子だった。劉紅兵《リュウホンビン》は彼女に付き添って眠ることにしたが、彼女と〝新年の事始め〟をすることしか念頭にない。結果として、彼は寝すぎて腰が痛くなり、憶秦娥《イチンオー》はしっかりと掛布にくるまって、どこを引っ張ってもその固い構えを崩すことはできなかった。寝るのにも飽きた彼は北山《ベイシャン》地区の出先事務所へ行き、職員たちと数日間麻雀を打ち通した。

年明けの六日、『白蛇伝』が初日の開幕をした。「運が向くと黄土が飛んできて金《きん》となり、運が去ると、塩を貫目《かんめ》で買ってもウジが湧く」という言い伝えがあるが、憶秦娥《イチンオー》の芝居運はまさに「黄土が金となる」ものだった。初日の幕が開くが早いか人気に火がついて、チケット売り場に買い手が殺到し、売り場のガラス窓が割れる騒ぎとなった。劉紅兵《リュウホンビン》は客席を行ったり来たりして、観客の声に耳を澄ました。女房の絶賛ぶりは耳がこそばゆくて聞いていられない。一方、舞台にも気がかりな視線を送り続け、女房の美しさに今さらながら悦に入りながらも、一抹の不安に胸がどきんと動悸を打つ。ある観客は言う。憶秦娥《イチンオー》は天賦の才に恵まれ、非の打ちどころがない。この満足は〝十分〟というだけでは言葉が足りない、〝十二分〟と言うべきであると。

妻の演技は薛桂生《シュエグイション》の仕掛けに小揺るぎもせず盤石だ。だが、もし、あの〝男女《おとこおんな》〟が出すぎたまねをしたら、応分の見せしめは必要だろう。あの〝薛姐《シュエねえ》さん〟はあれだけ痛い目に遭わされたのにも拘わらず、相も変わらず女房に対する放縦、無礼は度を超えて目に余るものがある。彼は一般観客の名を借りて単《ダン》団長に強硬な抗議文を書いた。

三十七

単《ダン》団長は八日の早朝、「一演劇愛好家」の名による封書を受け取った。厳粛な面持ちで読み進むにつれ、思わず笑ってしまった。これは劉紅兵《リュウホンピン》の口ぶりだ。彼が書かなくても、誰かに命じて書かせたに違いない。団長は封書をわきに置いたままにした。果たせるかな、その日の夜、劉紅兵《リュウホンピン》がやってきた。

「単団《ダントゥアン》、あの〝薛姐《シュエねえ》さん〟の好き勝手、見て見ぬふりですか。観客の抗議をいつまで放っておくつもりですか。ほかのことはいざ知らず、自分の女房のこととなれば座視できない。薛桂生《シュエグイション》の態度が改まらない限り、女房の出演を止めさせざるを得ない」

とうとう脅しの手に出たかと単《ダン》団長は思った。劉紅兵《リュウホンピン》が憶秦娥《イチンオー》に言うことを聞かせられるとは到底思えないが、劉紅兵《リュウホンピン》にごねられ、ことを面倒にするのも本意ではない。団長は封導《フォンダオ》を呼んで相談した。もう少し舞台を何とかならないか、二人の演技をほんの少し、さりげなく以心伝心といかないかと。封導《フォンダオ》はにべもなく撥ねつけた。

「封建時代の大昔じゃあるまいし、夫婦が抱き合おうとして、ぱっと離れるなんてあり得ない。場面は夫婦生き別れ、死に別れの瀬戸際なんですよ。これをどうしろって言うんですか？　観客が納得すると思いますか？」

封導《フォンダオ》は演出を変えるつもりはないと再三繰り返し、鉾先を劉紅兵《リュウホンピン》に向けた。

「劉紅兵《リュウホンピン》も度量の狭い男だな。そんなけちな料簡で女優を女房にするなってんだ。あの男が見る映画は、女優がみな裸になってベッドで悶えてるんだろう。だから、劉紅兵《リュウホンピン》が焼き餅を焼くんだ」

さらに封導《フォンダオ》は議論を断ち切るように言った。

「こっちが遠慮して下手に出ていたら、増長して悪い癖がつく。芸術に縄をかけ、鼻面引き回そうとは太い料簡だ。甘やかすにもほどがある。団長、客席の歓声が聞こえませんか。陝西省《せんせい》秦劇院は連日連夜の大入りだ。我々は秦腔《チンチアン》振興の旗を振り、最先端を走っているんですよ。しっかりして下さい」

封導《フォンダオ》を説得できなかった単《ダン》団長は今度は薛桂生《シュエグイション》に話を持ちかけた。少し控えめにして抱擁《ハグ》程度でもいいのではないかと。しかし、なかなかどうして、薛桂生《シュエグイション》は〝灯油を節約できるランプ〟ではなかった（手間のかかる男だった）。この役を降ろされない限り、自ら芸術を冒涜することはできない。蘭花指《らんかし》がぴんと反り返り、断固否定の「双双《そうそう》」、相手を難詰する「雨潤《うじゅん》」の指遣いが冴え渡った。

「芸術のためなら、私はすべてを犠牲にすることも厭いません。たとえ命であろうとも！」

単《ダン》団長はぐうの音も出なく、引き下がった。

劉紅兵《リュウホンビン》は手紙を書くことも単《ダン》団長に直談判することも功を奏さず、また薛桂生《シュエグイション》を捕まえて談じこもうとした。

〝薛姐《シュエねえ》さん〟はもう負けていなかった。逆に高飛車に出て問答無用、けんもほろろに劉紅兵《リュウホンビン》を追い返した。彼はまた単《ダン》団長、封導《フォンダオ》に話を持っていったが、彼らは所詮、芸術に仕える身で、劉紅兵《リュウホンビン》のために仕える身ではなかった。劉紅兵《リュウホンビン》はまた憶秦娥《イチンオー》と悶着を起こし、修羅場を見るのはもうこりごりだった。彼は心を戦《おのの》かせて舞台を見るしかなく、辛抱し、受け入れ、事態が悪化に向かっているかどうかを見守るほかなかった。彼は自分を責めた。なぜ、女優を職業とする女性を妻にしてしまったのか。毎日舞台で男と恋を語らって寝屋《ねや》に入り、その演出が年々派手になり、羽目を外している。何と因果な職業か。その夫は毎日地獄を見る思いでいる。彼の苦悩は深かった。

考えに考えた劉紅兵《リュウホンビン》はひたすら憶秦娥《イチンオー》に尽くそうとした。よい夫を演じようとした。こうすれば、舞台で抱かれているときに、節目でないところから枝が生えたり、切り株から余計な芽が出たりはしないであろう。彼は憶秦娥《イチンオー》に対して忠実でまめまめしい〝付き人〟に徹しようとした。毎晩メイクを落とすときは彼女が喜ぼうと喜ぶまいと彼女のためにボタンを閉じ、首巻きを巻き、ベルトを締めてやり、人の見ているところではわざと体をすり寄せ、あの〝薛姐《シュエねえ》さん〟の前ではわざと「カチューシャ」の曲を口笛で吹いたりした。ヘナシの花が咲きほころび　河面に霞立ち……。

〝薛姐《シュエねえ》さん〟は舞台から降りても、姿勢を崩さず、人とおしゃべりしたりもしなければ、挨拶を交わしたりもしない。端然と化粧台の前に座ったまま、死人のように目をつぶって長い時間、全身を脱力させている。これはある大芸術家のポーズを真似たものと陰口する人もいる。確かに多くの俳優は演じ終わった後、こうして長い時間かけて頭を空っぽにするのか、脳の回路を巻き直すのか、じっと静まっていると聞いたことがある。

舞台に出る前、〝薛姐《シュエねえ》さん〟は静かな場所を選んで脚を高々と上げて筋を伸ばしたり、両手を両耳にかざして、「イイイ、アアア」と喉の調子を整えている。それから壁に向かって長いこと瞑目してからやっと衣装を替え、舞台に出ていく。封導《フォンダオ》はこれを見て、俳優の鑑《かがみ》と誉めたたえる。薛桂生《シュエグイション》のように精神の集中と統一から正しい役作り、人物造形ができるのだと言う。しかし、劉紅兵《リュウホンビン》の目から見ると、それはわざとらしくしか見えない。それはクモが虚空に虚勢の網を張るようなものだ。現にクモの腹を踏んづけて、何が出てくるか。何も出てこないではないか。

劉紅兵《リュウホンビン》の見るところ、憶秦娥《イチンオー》の人づきあいは広くない。稽古場や舞台上で関わるほか、実生活の中でも数えるほどもいない。薛桂生《シュエグイション》との関係も舞台を降りると、口をきくことはあまりない。許仙《きょせん》という役も薛桂生《シュエグイション》の演技も、身振りは大きいがそれほど重いものには感じられず、バレエの男役のように白娘子《はくじょうし》というお姫さまを介護するだけにしか見えなかった。それに引き換え、憶秦娥《イチンオー》はもうへとへとだ。歌い、語り、とんぼを切り、得物《えもの》（武器）を手に戦い、体力の限り、喉の限りを尽くしている。伝統劇の技は唱《チャン》（歌）・念《ニエン》（台詞）・做《ツオ》（所作）・打《ダー》（立ち回りと舞踊）の四功《しこう》が基本とされているが、彼女はそのどれもがずば抜けている。彼は芝居を見る目ができてくるほどにそれがよく分かり、女房がいとおしくなった。その分、薛桂生《シュエグイション》の演技の気まま、放縦、粗放さが見え透いてきた。その上、平気で〝お触り〟を楽しんでいるのも許せない。

腑に落ちないこともある。舞台で抱き合った二人が本当の涙を満面に流しているのを何回か見たのだ。これはどういうことか。劉紅兵《リュウホンビン》は楽屋と舞台袖に入り浸っているからよく分かるのだが、俳優が舞台で流す涙は化粧品の油だ。しかし、憶秦娥《イチンオー》と薛桂生《シュエグイション》は楽屋に引っこんで油を塗り直す時間はない。本当の涙が筋を引き、スポットライトをを照り返していた。彼の心はこれを見る度に重く沈む。足は鉛の棒のようにずんと重く、その場に立ちすくんでしまうのだった。

何もかも彼女の美しさのなせる業《わざ》だ。美しいだけでなく、あまりに知られ、あまりに注目を集めている。折り曲げたり、畳んだりできない〝取扱い注意〟の貴重品で、これが自分の手中にある。卵のようにいつころころと転がって割れてしまうかもしれない。目を離すことのできない〝危険物〟を抱えて、彼の憶秦娥《イチンオー》に対する執着心は増すばかりだった。だが、自分が彼女の中でどれほどの場所を占め、どれほどの重みで受け止められているのか、彼女の心を慮《おもんぱか》って切ない自問を繰り返すしかなかった。誰かが彼女の心の隙間を埋めてしまうかも知れない。かといって、自分の出る幕がないわけではない。彼にとって最も完美なる女優があの〝薛姐《シュエねえ》さん〟と息の合ったところを見せているのだから、自分もわが家で〝ラブロマンス〟の一場を演じて演じられないことはない。彼はそう考えた。

元宵節（小正月）の夜、劉紅兵《リュウホンビン》はまだ演じたことのない自作自演の一場を演じることになる。

公演が終わると、彼は憶秦娥《イチンオー》にメイクを落とさせず、コートや首巻きでぐるぐる巻きにして一緒に帰る。以前、彼に洗面器の熱湯をかけるなど大立ち回りを演じて以来、彼女は彼に対して妙にやさしい。おとなしい子羊のように従順で、何でも彼の言いなりになる。部屋に入ると、ベッドで一休みするように命じると、彼女はその通りベッドで横になった。慌てず騒がず辛抱強く、手はず通りに劇的場面を実現しなければならない。まずは元宵節の団子を煮るところから始まった。

彼は団子を煮ながら今日の午後、市場で一番の店に行列して団子を買うところから話し始めた。寒さに足踏みしながら一時間半も行列して、猛烈な尿意を催した。だが、行列を離れるわけにはいかない。団子を買い終えたとき、彼はズボンの中にしてしまった。憶秦娥《イチンオー》は笑い出して、私、食べなーいと叫び、臭う、臭うと言い出した。劉紅兵《リュウホンビン》は言った。大丈夫、団子にはかけていないと。団子が煮えて、彼はベッドへ運び、憶秦娥《イチンオー》の口にスプーンを運んだ。彼女はわざと、おしっこの臭いがすると騒ぎ、劉紅兵《リュウホンビン》冗談だよと返した。二十七、八歳にもなった大の大人がおしっこをズボンに洩らすものか。憶秦娥《イチンオー》は劉紅兵《リュウホンビン》の手を払い、自分の手で食べると言い出したが、彼はそうさせなかった。彼はわざと団子ふうふう吹いて冷まし、彼女に食べさせた。味はどうかと尋ねると、彼女は素直にうなずいた。彼は彼女に八個与え、彼女はすべて平らげた。劉紅兵《リュウホンビン》は笑って言った。

「三更（午前零時を夾む二時間）に八個をぺろりとは、鍛冶屋並みの食欲だな」

「役者の方が鍛冶屋より重労働です。鍛冶屋はただ鉄を打てばいい。鉄は怪我しないから。役者は頭を使う。喉も使う。鍛冶屋が八つ食べるんなら、私は十六個食べる」

「分かった。もう八個作ればいいんだな」

「あなたが作れば、食べるわよ」

彼は本当に作り、彼女は本当に食べた。

団子を食べ終えた憶秦娥《イチンオー》は小腹がちょっとふくらんだから、メイクを落とすと言ったが、彼はそうさせず、横になるよう命じた。彼が彼女のためにメイク落としをすると伝えた。

「なら、そうなさい。私は眠い。ちょっと、うとうとするから」

憶秦娥《イチンオー》はそう言いながら本当に目をつぶった。

白娘子《はくじょうし》のメイクをした憶秦娥《イチンオー》をこんな近くから、こんなに長くしげしげと見るのは初めてだった。楽屋にはサイドミラーがあるが、彼は遠くからちらと目を走らせるだけで、彼女の毛穴を間近に見、息づかいを耳元に感じたことはない。広々とした額は貴人の相、すらりと秀でた鼻梁、丹鳳眼《たんほうがん》はきゅっとつり上がり、後代の中国スーパーモデルの目、後代のスーパーカーのヘッドライトだ。まるく玉《ぎょく》のようになめらかな口元、卵形の顔は貼りつけた鬢《びん》が細面《ほそおもて》に見せている。千人に一人、いや万人に一人のこの尤物《ゆうぶつ》（たぐいまれな美女）が李慧娘《りけいじょう》、楊排風《ようはいふう》、白娘子《はくじょうし》を演じて、今不思議なことにこの劉紅兵《リュウホンビン》、自分のものになっている。しかもこのとき、彼のベッドに横たわり、美のすべてを彼に捧げている。

彼は知っている。公演が終わる度、かなりの観客がありとある手立てを講じて楽屋へ行き、彼女と一緒に写真を撮るか、せめて近くから一目見たいと押し寄せてくる。直接話できなければ誰かお付きの人でもいい。話を伝えてほしいと、ときならぬ人気者になる。彼は憶秦娥《イチンオー》という〝神さま〟に成り代わって話も聞いてやるし、写真の撮影にも応じてやる。本当の〝神さま〟はまさにこのとき彼のベッドの中におり、彼が作った団子を食べ、彼から口に運んでもらっている。そして襟をゆるめ、帯を解き、熟寝《うまい》のときがやってくる。しかし、彼は先を急がず、今このときをいとおしみ、彼女の体に見入っている。いつもの彼女なら、とてもこんなことは許してくれない。いやらしい。死んだ魚のような目で見ないで。しかし、今日はこんなにも安らかに静まり、見られるがままになっている。見れど飽かぬ思いの中で彼は気づいた。耳の形が面白い。ふっくらとした福相を見せ、古代の通貨の大元宝が二つ並んでいるようだ。この眺めは油絵の具を塗らなくても、つややかに潤い、二月か三月の芽吹いたばかりの柳条《りゅうじょう》に見える。肉厚の耳たぶはやや固めに反っている。露を含んだような瑞々しさは透き通るような光沢を秘め、新緑の梢に風が渡るようなさわやかさと命の息吹を感じさせる。

彼は息を呑んだ。首を振り、またうなずいた。呼吸が浅くなったので深呼吸し、また息を止めた。だが、呼吸は次第に荒くなり、うめき声が混じる中、灯りを暗くした。彼は雰囲気が大事だと考えた。それは憶秦娥《イチンオー》が自然にかもし出すものだ。彼には反省がある。前回は性急すぎた。猿が煎餅を盗むみたいに、鷹が雛を爪にかけるみたいに、餓狼《がろう》が山を駆け下りるみたいに、匪賊が村を襲うみたいに。これでは駄目だ。やさ心、うまし言葉、夫婦の恩愛は蜜の如し、月影重なり合って、機が熟せば、ことは自ずから成就する。部屋は深紅色に染まった。ベッドの白娘子《はくじょうし》は新婚の夜を迎えて、全身が顔の紅に染まったようだ。彼はそっとズボンのファスナーをおろし、憶秦娥《イチンオー》の衣装のボタンを外しにかかった。彼の体が白娘子の上にかぶさろうとしたとき、場面は『盗仙草《とうせんそう》』（白娘子は夫の命を救うため崑崙山《こんろんさん》の霊芝《れいし》を求めて鹿童《ろくどう》、鶴童《かくどう》と戦う）の場に急展開した。憶秦娥《イチンオー》が繰り出したのは「五竜絞柱《ごりゅうこうちゅう》」の技。竜が柱に絡みつくように劉紅兵《リュウホンビン》を両足で挟み込んでごろごろと回転する。床運動のタンブリングだ。劉紅兵《リュウホンビン》はたまらず悲鳴を上げた。憶秦娥《イチンオー》はあぐらの中に劉紅兵《リュウホンビン》をぎりぎりと締め上げて尋ねた。

「何をする？」

「お前こそ……何をするんだ」

「まだ、病気がなおらないのね」

「病気って、何の病気だよ」

「〝変態〟という病気でしょ」

「どこが変態なんだよ」

「立派な変態です」

「俺は女房と寝ようとしただけだよ」

「私は今、化けてるの。あなたの女房じゃないのよ」

「それじゃ、何だい？」

「白娘子《はくじょうし》よ」

「俺は白娘子と寝る」

「それじゃ、白娘子と寝なさい」

「お前が白娘子だろう」

「私は白娘子ではなく、白娘子を演じている者です」

「立派な白娘子だ。舞台で死ぬの生きるの、嘘か真《まこと》か、涙を川のように流して、俺と熱い濡れ場を演じられないわけがないだろう」

憶秦娥《イチンオー》はまじまじと劉紅兵《リュウホンビン》の顔を眺めて言った。

「やっぱり病気だ」

そう言いながら身を起こし、白娘子のメイクを落とすと、今度は『三国志』の英雄張飛《ちょうひ》の隈取りを始め、黒く太い線を塗り始めた。腹を立てた劉紅兵《リュウホンビン》は、メイク落としの油瓶をつかむと床に叩きつけた。がちゃんと割れたガラス瓶は四散して、破片が憶秦娥《イチンオー》の体や顔にも飛んできた。憶秦娥《イチンオー》とておとなしくされっぱなしになっている女ではない。手近にあった団子スープの茶碗をつかむが早いか劉紅兵《リュウホンビン》の足元に投げつけたつもりが手元が狂い、窓ガラスを直撃してガラスは粉々に崩れ落ちた。小正月の平和で華やいだ夜、灯籠《ランタン》祭りの蠱惑《こわく》的な演出が一転してお定まりの修羅場と化した。

どんな騒ぎになっても、最初に尻尾を巻くのが劉紅兵《リュウホンビン》だった。先に矛を収め、詫びを入れる。これ以上諍《いさか》ってもとくになることは何もないからだ。この性悪女、この妖怪、地獄の迷魂湯《ミーフンタン》（男たらし）、この機関銃、このバズーカ砲、武器を磨いているうちに本気で打ちあいが始まる戦争マシーン。この女と一緒にいると、自分が毛沢東主席の言う〝反動派〟になった気になる。戦っては叩きつぶされ、逆らっては叩きつぶされ、ついに滅びに至る反動派だ。

自分はいつも怪物と鼻つき合わせている。芝居することと稽古することと眠ることしかできず、ほかのことは何も分からず、分かろうともせず、知ろうともしない怪物。正常人の感情、考え方、行動とはまったく相容れない怪物。こうなったら、〝怪物〟の定位置を用意し、そこに祭っておくしかない。かつての名優にもこんな伝説を持つ怪人が多く、一度接触したが最後、こちらの神経がやられてしまう。まさに飛んで火に入る夏の虫であり、首を伸ばして振り下ろされる斧を待つ死刑囚の心境だ。「毒を飲んで渇《かつ》を癒やす」という言葉があるが、毒を飲んででも癒やしたい渇があり、その渇に火をつける妖魔が憶秦娥《イチンオー》であり、離れるに忍びず、捨てるに忍びず、失うに忍びず、執着心のかたまりになってしまった我が身がいとおしい。彼女が去れば死ぬほど恋い焦がれ、戻ってきたら死ぬほど恐れおののくだろう。無明長夜《むみょうじょうや》の苦しみの中で、もしかしてこの命、長くないかもしれない。

『白蛇伝』は西安市内で十六ステージを重ねた。チケット料金は高騰し正価一枚五毛が十倍の五、六元になった。その勢いを見れば、一ヵ月以上のロングランも可能だろう。陝西省全域の巡回公演の日取りも決まり、下郷《シアシアン》（農村巡演）の支度も始まった。

今回の下郷《シアシアン》の任務は各行政部門からの要請がまとまり、①商品観念の涵養②科学教育、衛生観念の育成③法律観念の普及教育だった。同行者も多く、陝西省の上層部が一隊を率いる。劉紅兵《リュウホンピン》も最初はついて行きたがり、台詞の字幕映写の役を買って出たが、憶秦娥《イチンオー》がどうしてもいい顔を見せず、彼が行くなら自分は行かないと言い張った。これが笑い話になって劇団中に伝わり、彼の同行はいつの間にか立ち消えになった。彼女はさらに一ヵ月の上演期間中、どの地点にも彼の顔出しを禁じ、北山《ベイシャン》地区の西安出先事務所に出勤することを約束させた。これで彼女は彼が朝から晩まで屁《へ》ひり虫のようについて歩くことから解放され、旅の荷物を一つ降ろした感じだった。劉紅兵《リュウホンピン》は旅行中の食べ物、飲み物、喉薬などを買い整え彼女に持たせるために奔走した。

北山《ベイシャン》地区出先事務所に劉紅兵《リュウホンビン》のさしたる仕事はなかった。誰も敢えて彼のお相手をしようとしないし、重要な指導者の接待を彼に任せるには心許なかった。いわば彼は有名無実で給料をもらっていることになる。勿論、職場としても彼にふさわしい仕事があったら、やらせることにやぶさかではない。彼は北山《ベイシャン》地区出先事務所という有力な後ろ盾を利用して、自分のため、友人のため、そして世の中のために彼ならではの働きをしようとしている。

憶秦娥《イチンオー》が出発した後、劉紅兵《リュウホンビン》は事務所に顔を出すと、自棄《やけ》になったかのように連日連夜麻雀を打ち続け、その後はダンスホール、カラオケ、ディスコを梯子して酒に流れ、徹夜になった。これまで夜の街を連れ歩いた女たちと一緒にいても少しも楽しくない。それに女たちをとくと見ると、その厚化粧は少し笑っただけではげ落ちそうだった。妻の憶秦娥《イチンオー》と比べたら、鳳凰とキジバトぐらいの差がある。何とか数日間耐えたものの、もう辛抱が続かなかった。妻のことを思いつつ、〝白娘子《はくじょうし》〟が心配だった。特にあの〝薛姐《シュエねえ》さん〟の許仙《きょせん》がいまいましく、目を離してはいられなくなった。

劇団が商山《シャンシャン》地区に着いたという話を聞いたとき、彼はもう矢も楯もたまらず、車を走らせていた。

三十八

憶秦娥《イチンオー》が陝西省秦劇院に移ってからは稽古と公演、その合間に北京の全国大会に出場したりで明け暮れ、いわゆる下郷《かごう》（農村巡業）は数えるほどもない。寧州では旅公演が当たり前の劇団活動だったから、自分で夜具と食器を担ぎ、秦嶺《しんれい》山脈の果てしない奥地へ分け入って村から村へ〝草舞台〟の旅を続けた。しかし、陝西省の看板を背負うと、せいぜい県庁所在地で格好をつけるだけで、農村部まで足を延ばすことはまずない。背嚢《はいのう》を背負うこともなければ床に夜具を敷くことも、農家の一室を借りて寝苦しい夜を過ごすこともない。泊まるのはホテルか招待所（国家機関の宿泊施設）が用意される。寧州で竈《かまど》の番をし、灰神楽をかぶっていたころ、俳優も楽隊も人民公社生産大隊の宿舎や小学校の教室をよく間借りしたものだ。憶秦娥《イチンオー》のいた炊事班はいつも厨房の近くを急ごしらえの寝所とし、そこが安眠の場となった。手ごろな場所がないとき、彼女は竈の前で眠り、夜警から本物の乞食と間違われたこともあった。

それとひきかえ、今度の下郷公演は西安を皮切りとし、カメラの砲列に囲まれながら各地の指導者直々のお出迎えを受けた。公演地につくとまず銅鑼と太鼓の鳴り物入りの歓迎だが、これは劇団員よりも劇団を引率する省の指導者に向けたものであることはみな承知している。誰かが言った。

「月夜の禿げ頭（禿げ頭が光るのは、自分が光るのではなく月光の照り返し）」

まさに宿舎も食事も至れり尽くせり。食卓には酒はもちろん、毎日八涼《バーリアン》（冷菜）から始まって八熱《バールー》の大皿へと続く。鶏や魚が姿のまま、蹄膀《ティーパン》（豚の後ろ足の柔らかいところ）がどさっと並び、包子《バオズ》、水餃子、焼き餃子は食べ放題だった。

憶秦娥《イチンオー》はいつもの習慣で公演に備えて食を控え、瞑想がちに過ごすことを好んでいるが、今回はそれどころではなかった。受け入れ側の指導者は省のお偉方の歓待は勿論として、主演女優が寝足りた上機嫌で愛想よく食べるのを横目でうかがっている。彼女はいつもメイン・テーブルに案内され、指導者たちに囲まれて座る。お歴々の酒宴はいつ果てるともなく、彼女は途中で席を外せない。ときには三、四時間のお相手を強いられる。部屋に帰れば帰ったで誰彼なくご機嫌伺い、陣中見舞いの訪問客が絶えず、彼女が必要とする睡眠の時間がまるで取れなかった。せめてメインテーブルから外してもらえるよう何度も単仰平《ダンヤンピン》団と掛け合ったが、団長は渋い顔を隠さず、今回の旅公演は団長の一存では何も決められないと言う。彼女は意を決し、団長の同意が得られなくても、団長のご機嫌を損ねようと、食事の席には出ないことにした。人に頼んで食堂から幾ばくか食事を運んでもらい、そこそこに食べ終えると、後はひたすら眠った。睡眠は彼女に言わせると何よりも貴重なものだった。

　こんな風に数ヵ所の公演が続いたところで、省の指導者たちのささやきが伝わってきた。憶秦娥《イチンオー》が人間は小さく態度がでかい。ぽっと出の女優が人気を鼻にかけて大物風を吹かしていると。単《ダン》団長は不自由な足を引きずって火消しに走った。今回の公演はこの子一人に過大な負担がかかっており、休養を十分に取らないと夜の舞台をしくじりかねないからと釈明して回り、憶秦娥《イチンオー》にはその場の空気を読むよう話して聞かせた。だが、彼女は取り合わず、食堂に顔を出そうとしなかった。彼女が長い時間食卓に座っていられなかったのは、彼らの話題が聞くに耐えなかったからでもある。誰それが昇進した、誰それが降格した。誰が誰のご機嫌を損ね、誰が誰を裏切った。ある人物は自分がいかに官界の裏に通じているかをひけらかし、一人悦に入っている。部下がひたすら上司のご機嫌を取り結ぶ様は、ファンがスターをほめそやしたり、記者が取材の相手を持ち上げるよりもっといやらしく、ぞっとさせるものがあった。彼女は聞く度にうんざりして、逃げ出したくなる。彼女を話題に取り上げるときは、お決まりの「美人」と「芸達者」の紋切り型、彼女は少しもうれしくなかった。肥満の見本のような地方幹部は足が短くて椅子に座ると爪先が床に届かない。爪先をつけようとすると、つるっと滑り、またつけようとしてまたつるっと滑る。しかし、その目は彼女を見据え、視線を吸盤のように粘りつかせて話しかけてくる。

「キツネの精とはよく言ったもんだ。我らが大女優憶秦娥《イチンオー》はどこかの山里から化けて出た。ただのキツネではない。キツネの中のキツネ……」

　何とか主任といった男がぱっと身を起こして肥満の男に一献捧げ、感に堪えたように言う。

「キツネの極めつけ、これは言い得て妙！」

酒席はたちまち新しい趣向に盛り上がり、杯の応酬が続いた。

憶秦娥《イチンオー》は笑うもならず、泣くもならず、立ち去るもならず、いたたまれぬ思いに寧州時代の下郷公演を懐かしく思い出した。〝竈《かまど》の間〟に寝て飯炊きするより今の方が辛く、やるせない。彼女にできるただ一つの方法は部屋にこもって寝ることだけだった。まる一日眠り、目覚めても部屋を閉め切り、カーテンを開けるのも物憂い中、好きな武技《ぶぎ》のポーズを決める。足の屈伸に始まって、開脚・股割り、そして朝天蹬《ちょうてんとう》の荒技。片脚を蹴り上げ、足の先が肩を越え耳をかすめて後頭部へ一直線、そのまま身じろぎもせず五分間辛抱する。彼女の心の中に何が見えてくるのか。臥魚《がぎょ》のポーズに移る。花の香をかぐように顔を上向け、のけぞり、またのけぞる。彼女の体は錦織りの布のように折り畳まれて床にふわりと置かれ、しんと静まる。寧州県劇団の「竈の間」が見えてくる。がたぴしの門を閉めきると、そこに彼女一人だけの世界が出現した。

秦劇院の多くの団員は、憶秦娥《イチンオー》の奇妙な癖を噂した。彼女は人嫌いなのか？　そんなにまでして一人でいたいのか？

夜になって楽屋入りすると、ファンが引きも切らず押し寄せ、記念写真やサインをせがむ。地方新聞の記者が取材にやってくる。彼女はどれも喜ばない。特にメイクに取りかかると芝居の中に没入し、写真もサインも取材も受けつけない。ぴりぴりと神経を尖らし、険のある表情に恐れをなす人もいれば、名優気取りの悪い癖が出たと反撥する人もいる。

農村巡業は四、五ヵ所の地点を過ぎた。各地で昼の二ステージと夜の三ステージを行う中、夜公演は彼女の『白蛇伝』、『楊排風《ようはいふう》』と『遊西湖《ゆうせいこ》（西湖に遊ぶ）』、昼公演は人気演目の見取り上演で、清唱《アカペラ》、伝統楽器の独奏や合奏が演じられた。憶秦娥《イチンオー》はちょっと顔を出し、見得を切って見せたりして観客を喜ばせ、清唱《アカペラ》を二、三曲やって引っこむと自室で休養をとった。昼公演の日は劇団の会議も行われ、団長の訓示も出された。

秦劇院という大鍋の〝おいしい〟部分はみんな憶秦娥《イチンオー》にかっさらわれた。私たちは残りかすを分け合っているだけよねと楚嘉禾《チュチアホー》がぼやく通り、観客のお目当ては憶秦娥《イチンオー》一人に集中していた。昼の部に彼女が申しわけに顔を出すだけで観客は熱中して喝采がやまず、身動きがとれなくなる。

「憶秦娥《イチンオー》！」

「憶秦娥《イチンオー》！」

「あれが憶秦娥《イチンオー》だ！」

「可愛い！」

「絵から抜け出たみたい！」

「きれいなだけじゃない。歌にこそ真価がある！」

「歌ってよし、語ってよし、演じてよしの三拍子！」

「人間離れしている。もはや怪物の域だ！」

…………

警察の保護と誘導がなければ、劇場の出入りさえできない状態となった。こんな場面に出会《でくわ》した楚嘉禾《チュチアホー》は顔をゆがめて周玉枝《チョウユイジー》に言った。

「羊飼いの、飯炊《めした》きの、成り上がりが何でこうなるのよ。あの家の墓場に鬼が取りついたんだ。陝西省の幹部が劇場入りのときは用心棒みたいのがちょろちょろするだけなのに、憶秦娥《イチンオー》だと警察が警棒を肥桶の柄杓みたいにぶんぶん振り回して、うるさいのなんの。肥桶のハエじゃあるまいし、ぶんぶんうなって、おお臭、臭いったらありゃしない！」

周玉枝《チョウユイジー》は楚嘉禾《チュチアホー》の背中をどんと突いて言った。

「そこまで言うか。あんたの口も相当臭いね」

本当のところ、憶秦娥《イチンオー》は昼公演には出たくなかった。舞台といっても露天の仮設舞台で、吹きすさぶ黄砂に喉がやられる。劇団の指導部は血も涙もないと彼女は思った。人を人と思わず芸をする家畜だとしか考えていないのではないか。一カ所五ステージ出ずっぱりな上、『白蛇伝』、『遊西湖《ゆうせいこ》』『楊排風《ようはいふう》』の通し上演は彼女の骨身にこたえる。せめて三演目の一つでも誰かに肩代わりしてもらえないか、彼女の心も体も悲鳴を上げ始めていた。劇団員の多くも感じ始めている。彼女の過労は限界に来ている、いつ倒れてもおかしくない。彼女の碗に〝濃いめの、実の入った粥〟をよそってやらないと、早晩彼女はばてる。命を劇団に売り渡すことになるだろうと。

『白蛇伝』で許仙《きょせん》を演じる薛桂生《シュエグイション》はしっかりと武装している。毎日マスクで顔を隠し、ネッカチーフで首をぐるぐる巻きにして、人と会ったときは無言のまま目と蘭花指《らんかし》で挨拶を送る。その意は風塵の中でしゃべると喉を痛め、舞台に差しつかえる。昼の休憩時間に野外の空き地で会議を開くときも彼は決して出席しようとしない。会議など芸術家のすることではない。芸術家は舞台でのみ生きるのだからと。

憶秦娥《イチンオー》はとてもそんなことは言えないし、そんな真似をしようとも思わない。ただじっと腹の中に収め、内攻させている。今彼女が我慢ならないのは、目に余る観客の振る舞いだった。客席で叫び声が起こる。「おばあ！」「おじい！」「おばば！」と立て続けに大声で呼び交わし、面食らった彼女は台詞を噛む（とちる）。これが数夜重なった。丁《ディン》業務課長は舞台上の〝事故〟として罰金を加算し、出演料を減額する。一晩で八角（十五、六円）、四、五元になることもある。彼女は劇団に対して思いっきり駄々をこね、客席で猿回しを演じる不届き者を片っ端からつまみ出せ、さもなければ舞台を降りると半ば本気でごねた。真に受けた単《ダン》団長こっそりと彼女のポケットに五元をねじこみ、ついでにサプリメント何種類か買い与えた。まるで坑道《トンネル》戦（日中戦争時、抗日軍が行ったゲリラ作戦）で地雷を仕掛けるみたいに彼女の部屋に品物を運び、これは誰にも言うな、知られたら何を言われるか分からないと彼女に固く口止めをした。

彼女は突然、劉紅兵《リュウホンビン》のことを強く思った。側にいるときは何とも思わないが、一旦離れると存在感を増して迫ってくる。この男は人前ではやたら狂騒的で、恥を連れて歩いているようなものだが、今となってはあの思いこみの烈しさ、はた迷惑な行動が懐かしくさえある。「彼女命《いのち》」の勝手な熱を吹きながら、顔に似合わない気配りの周到さ、手順の緻密さを見せる。執事として置くにはこれ以上の男はいない。今回の農村巡業で彼女が音を上げたのは、やはり食事どきの煩わしさだった。彼女は人の多い食堂で人に合わせながら食事することがどうしてもできない。もし、劉紅兵《リュウホンビン》がいたら、どんな執事ぶりを見せるだろうか。今は最悪だ。お粥が食べたいと思っても、届けられるのは即席カップ麺。彼女はこれに文句をつけることができない。劇団のリーダーはすべて男性だから、彼らはどうしても主演女優と頻繁に接触するのを避けたがる。彼女は主演女優でいることのやりにくさをつくづくと感じさせられた。この世に主演女優ほど扱いにくく、機嫌を取りにくい存在があるだろうか？　彼らはそう言っているに違いない。

劉紅兵《リュウホンビン》はまさにこのとき、彼女のところにやってきた。

その日、彼女は部屋にこもって泣いていた。昨夜『遊西湖《ゆうせいこ》』を演じたとき、やはり疲れのせいだろう、火吹きを無事終えた後、鬘《づら》をばらばらに壊してしまったのだ。大詰めで賈似道《かじどう》の手下《てした》と立ち回りに入ったとき、間合いを誤ってぶつかった鬘《づら》がぐしゃりとつぶれ、簪や花飾り、玉《ぎょく》、貼りつけたもみ上げまでがばらばらになって舞台上から舞台下へ盛大に飛び散った。機転を利かしたスタッフが、すかさず幕をさっとおろし、不様《ぶざま》をさらさなかったからいいようなものの、そうでなかったら舞台は収拾のつかないことになっていただろう。舞台袖や楽屋は久しぶりの大賑わいとなった。

「素敵よ、素敵。何て美しいんだろう。『鬼怨《きおん》』の場が『天女散花《てんにょさんげ》』になっちゃった（梅蘭芳の当たり芸。この世を清める花が雨と降る）」

「ほんと。何と美しい！」

この日の夜、部屋に帰った憶秦娥《イチンオー》は大泣きしただけでなく、主演女優という職業がつくづくうとましく、いやになり、憎悪さえ感じていた。人気を極めた主演女優がやがて腰に肉がつき、芸で不様《ぶざま》をさらしたとき、彼女は人々の痰壷になる。こぞとばかりぺっぺっと痰や唾《つばき》、手鼻の鼻汁が吐きかけられるのだ。舞台の幕引きだって、こんな辱めを受けることはないだろう。

劉紅兵《リュウホンビン》は翌日のお昼にやってきた。

彼は内心びくびくしていた。「家訓」に反すると憶秦娥《イチンオー》の機嫌を損ねるのが恐ろしかった。こそこそと宿舎の前を行きつ戻りつしていたが、薄いカーテンを通して彼の姿は憶秦娥《イチンオー》にまる見えだった。彼女はドアを開ける前に叫んだ。逸《はや》る気持ちが先に立った。

「紅兵《ホンビン》！」

彼女は叫ぶが早いか、ベッドから飛び降りてドアを開けた。劉紅兵《リュウホンビン》はぼんやりと促されるまま中に入った。憶《イ》秦娥《チンオー》は癇癪を起こすどころか、いつもと違って含羞《がんしゅう》の色を浮かべ、子どものようなひたむきさ、懐かしさが伝わってきた。彼女はメリヤス編みの衣装を着て上下ともピンク色で、体にぴったりと貼りついている。突起部分が強烈に盛り上がり、収縮する部分は優美な曲線を描いている。劉紅兵《リュウホンビン》はもう平静ではいられない。ほとんど自制力を失いかけているが、こんなとき、いつも条件反射的に彼の心に怯えの色が差す。耳を覆う間もなく落雷の如き鉄拳、足蹴りが飛んでくるやも知れず、予測不能のところから予測不能な場所を襲われる。天下晴れての夫婦なのに、自分が許されざる犯罪者になったような思いにさせられる。

彼は探りを入れるように妻を抱いた。彼が少年のような恐れで体を震わせたとき、彼女の体はすでに崩れるように開かれ、思いがけない柔らかさで彼の懐にしなだれてきた。彼はそのまま彼女をベッドに抱き上げたが、まだ慎重さを失っていない。昼日中《ひなか》、ことに及ぶのは「家訓」に反する行為だ。これまでにこの明文化された禁止事項に触れ、どれだけ手ひどい仕打ちを受けてきたことか、骨身にしみて知らされている。しかし、その禁区は今日なぜか全面的に開放されている。まるで太陽が西から上がったような思いだが、今は太陽がどこから上がろうが、その是非を問うているときではない。突如目の前に開かれた大道は玉《ぎょく》が敷き詰められてきらきらと光り、坦々として阻むものがない。彼の心もまた青天白日、誰恥じることなく、怖《お》じることもない、毅然として疾駆するのみだ。

劉紅兵《リュウホンビン》は縦横無尽に馬を駆る。初めて得た命の疾走感、幸福感、満足感。そして馬の手綱を引く。「どうどう」と馬の気を静め、柵につなぐと、爆睡に落ちた。

目覚めると、彼はじっと見つめられていた。気づいた劉紅兵《リュウホンビン》に憶秦娥《イチンオー》はほほえみかける。いささかの害意もない。

彼は尋ねた。

「何？　どうした？」

「豚みたい」

「豚がどうしたの？」

「眠ると本性現すのね。死ぬかと思った」

「疲れてたんだよ。死ぬかと思った」

「死んじゃうわよ。お昼に酒飲んだら」

「少しだけだよ。本当はお昼に着いていたんだけれど、休んでいる君を起こしちゃまずいと思って、商山《シャンシャン》の友人と会って飯を食った。それにしても、どうしてだい。あんなに来ちゃいけないって言ってたのに百年ぶりの再会みたいだ。そんなに僕が恋しかったのか」

「勝手にそう思ってなさい」

劉紅兵《リュウホンビン》はまた彼女を抱えこもうとしたが、あっさり肘鉄をくらった。

「真面目になさい」

「それじゃ、何で君の方から家訓を破ったんだい？」

「家訓って何よ？」

「昼間は、やっちゃいけないんだろう」

「こら、こら」

「昼間の追加公演、お疲れさまでした」

憶秦娥《イチンオー》は手の甲を唇に当て、

「いい加減になさい」

「なあ、俺って、なかなかやるだろう」

「怒るわよ」

「分かったよ。冗談だよ。俺たち、夫婦なんだから、もっと仲よくしなくちゃいけないってことだよ」

劉紅兵《リュウホンピン》は言いながら頭を彼女の胸に乗せた。彼女は彼の頭を押しやったが、彼はまたすぐ乗せる。これを繰り返した。彼はつまらなそうな声を出した。

「快楽は短く、苦悩は長い」

このとき、窓ガラスを叩きながら話す声がした。

「紅兵《ホンピン》哥《あに》い、昼公演は一幕きりか？」

「馬鹿言え、通し公演だよ」

憶秦娥《イチンオー》は劉紅兵《リュウホンピン》の背中に張り手をくわした。

窓の外で聞き耳を立てていた男は笑い声を残して走り去った。

憶秦娥《イチンオー》は突然、別な話を切り出した。

「ねえ、どうやったら長い休暇、とれるかしら？」

「どうした？　疲れたのか？　どのくらい休みたいの？」

「長ければ長い方がいい」

「産休、病欠のほかはせいぜい一週間か二週間だな」

「産休はどのくらい休める？」

劉紅兵《リュウホンピン》はむっくと身を起こした。

「子どもがほしいのか？」

「どのくらい休めるの？」

「決まりはないけれど、子どもができたら、どんな口実でもつけられる。何年でもＯＫだ」

憶秦娥《イチンオー》は急に興奮の色を見せた。

「決めた。産休を取る」

このときになって劉紅兵《リュウホンビン》はやっと、ははあと気がついた。憶秦娥《イチンオー》の今日の振る舞いはすべてこのためだったのだ。これまで二人の息が合ってベッドに入ることなど、薬にしたくもない。今日、彼女がまるで待ち構えていたかのように応じたのは、ずっと以前から企んでいたのか、それともとっさの機転なのか、いや、それとも動物的な勘なのだろうか。確かにそのとき、変だなとは思った。いつも虫の居所が悪い彼女が、どういう風の吹き回しか、人が変わったみたいにやさしくなった。知ってびっくりだが、今日の昼に飲んだ酒が悪かったのかもしれない。「闖王《ちんおう》の酔い」という言葉がある。闖王を名乗った李自成は反乱軍を率いて明朝を滅ぼしたが、皇帝の夢もいっときですぐ清《しん》に討伐された。後で利く悪い酒というわけだ。飲まなければよかったが、飲まなければとても彼女に会う勇気が出なかった。まさか産休届けを出すために、夫婦恩愛の一場を共に演じることになろうとは。さすがお見事というか、したたかというか、無茶苦茶というか、いや、ただの馬鹿なのか分からない。彼は彼女の滑っこい額をぽんと叩いて言った。

「君はどうしてこう馬鹿なんだ?」

「馬鹿とは言わないで」

「子どもがほしいんなら、もっと早く言えばいいだろう」

「夕べ思いついたんだから、どうしてあなたに言えるのよ」

「それじゃ、どうして産休がほしいんだい?」

「疲れたのよ。もうやりたくない。休みたい。だから」

「だけど、結婚するときに単団《ダン》長に約束しただろう。五年間は子どもを産まない。芝居に打ちこみますって」

「もうやりたくなくなったの」

「馬鹿だなあ。みんなやりたくてもやれないでいるのに、それがいやだってか」

「やりたくないからやりたくない。だから産休なの」

劉紅兵《リュウホンビン》はまじまじと憶秦娥《イチンオー》の思い詰めた顔を見つめた。虚仮《こけ》の一念か。いとしい笑いがこみ上げて、彼女を抱きしめようとしたが、すぐ押し飛ばされた。彼女はまた繰り返した。

「産休取って、帰って休む」

劉紅兵《リュウホンビン》はまた彼女のおでこをぽんと叩いて言った。

「帰って休むだけで、何の届けがいるって？」

憶秦娥《イチンオー》は恥ずかしそうにうなだれた。

「だから、そうでしょう」

「本当に休みたいんなら、俺の言うことをちゃんと聞くんだな。そのためにはしっかりした準備が必要だろう」

「しっかりしたって何よ？」

「夜の本公演のほか、毎日お昼は追加公演だ。頑張らなくちゃ」

「追加公演って？」

「言ってみろよ。何を追加するんだ？」

「いやだあ」

子どもはどこにできるものなのか、憶秦娥《イチンオー》はよく分かっていないようだと彼は思ったが、彼にとっては水を得た思いでもあった。

三十九

農村巡演が終わって三ヵ月後、憶秦娥《イチンオー》は単《ダン》団長に自身の妊娠を正式に報告した。もう稽古できず、立ち回りや火吹きはなおさらのこと、公演に参加することはできないと、産休を願い出た。

単《ダン》団長は仰天した。歩こうにも足が持ち上がらなかった。

団長は慎重に言葉を選びながら彼女に尋ねた。

「憶秦娥《イチンオー》同志、まさか、冗談じゃないのかね」

「単団《ダントゥアン》、私は団長に冗談を言ったことありません」

単仰平《ダンヤンピン》は大きく息をついて言った。

「それはあまりな仕打ちではないかな？」

「私がどうかしましたか？」

「君は自分の言っている意味が分かっているのか？」

「ほかの人は妊娠し、子どもを産みます。私はいけないんですか？」

「勿論できる。だが、君は主演女優だ。劇団は〝重点対象〟として大事に育ててきた！　洋々たる将来を棒に振るつもりか？」

「私がいつ大事にされましたか？」

「大事でないわけがなかろう。それも分からないのか？　大事でなければ、あの山奥、谷の底から手間暇かけて掘り出してくるか？　大事でなければ大作に次々と出させ、主役を次々と割り振るか？　みな目の色変えてほしがっている大役だ。おいそれとは行かなかったぞ。みんなをなだめすかし、圧力を撥ね返し、義理を欠きながら劇団は君を引っ張り上げてきた。陝西省秦劇院に憶秦娥《イチンオー》あり、掲げた幟旗《のぼりばた》は伊達《だて》じゃないぞ。それを君は自ら引き下ろし、自分の足で踏みにじり、すたこらさっさと尻に帆かけて逃げ出すのか？　卑怯者。申しわけないと思わないか？　ここまで君を育て上げた劇団に対して申しわけない思わないのか？」

単《ダン》団長がこの話を始めたとき、団長室を行ったり来たり歩き回っていたが、そのうち、歩くより飛び回るようになった。不自由な足より手が先に出て膝にかぶさり、かろうじて派手に転んだりはしない。一歩ごとに机の端を叩いてばたばたと音を出した。団長がいささか取り乱しているのに対し、憶秦娥《イチンオー》はおし黙ったまま座っている。団長が語気を荒げ、言い募るに任せて、自分は一言も発しない。意志を強く持って一歩も引かない構えだ。

最初はここで言い出すつもりはなかった。腹は黙っていてもせり出し、次第に目立ってくる。劇団の幹部が気づいてからでも遅くはないと思っていた。だが、劇団がは数日中に次の作品を発表すると聞いた。作品は『穆桂英《ぼくけいえい》大破《たいは》洪州《こうしゅう》（穆桂英洪州《ぼくけいえいこうしゅう》を大破《たいは》する）』、すぐ稽古入りになる。穆桂英《ぼくけいえい》は楊家将《ようかしょう》の女将軍として鎧を着た立ち回りが求められる。自ずと憶秦娥《イチンオー》に割り振られるだろう。そこで彼女が妊娠を告げたら、劇団としてキャスティングの変更は難しかろう。早いうちに団長に打ち明けようと考えたのだった。

単《ダン》団長が何と言おうと、彼女は口をつぐんだままだった。団長は癇癪を破裂させた。

「馬鹿な子だ。まだ分からないのか。それで世の中は通らない。馬鹿者、目を覚ませ！　世界はいざ知らず、中国一の大馬鹿者だ。中国でなければ陝西省一、陝西省でなければ西安一、西安でなければ陝西省秦劇院一の大馬鹿者だ……」

次の「馬鹿者」が出る前に憶秦娥《イチンオー》はぴょんと立ち上がって言った。

「団長こそ大馬鹿者ではありませんか。私が馬鹿だと言うなら、団長は私より百倍、千倍、一万倍馬鹿ではありませんか……」

憶秦娥《イチンオー》は思い切り声を張り上げてドアを蹴破るように団長室を出た。単《ダン》団長の声が彼女に追い討ちをかけた。

「お前では話にならん。劉紅兵《リュウホンビン》を呼びなさい。彼は私と約束をした。誓約書も入れている。お前の頭では無理だ。劉紅兵《リュウホンビン》に話をさせなさい」

憶秦娥《イチンオー》は一度も振り向かずに足音荒くその場を立ち去った。

単仰平《ダンヤンピン》団長はこのときから数ヵ月、劇団の中庭を歩くときに常態を失い、ついにステッキを用いるようになった。

劇団員は陰口をきいた。団長はよほどのことがあったのだろう。そうでなければ、あの乱れ方は尋常でないと。

憶秦娥《イチンオー》が去った後、単《ダン》団長は劉紅兵《リュウホンピン》を何度も探し出し、話をしようとした。劉紅兵《リュウホンピン》はその都度のらりくらりと逃げを打った。だが、団長は辛抱強く待ち、本気で劉紅兵《リュウホンピン》を殴ろうとしていた。

その日、単《ダン》団長は劉紅兵《リュウホンピン》を料理屋に連れ出し、二人はしたたかに酒を飲んだ。団長はついに泣きだして言った。

「このろくでなしめ。今度は私を陥れる算段か。私は劇団の将来をお前の女房に託し、劇団の花形に育て上げた。人気は上々、秦腔《チンチアン》の振興もかなった。だが、お前という最悪の男に引っかかったのがケチのつき始めだ。早婚は認めないとあれほど言ったのに、お前は強引につきまとい、世間知らずの女の子をたぶらかし、ものにしてしまった。だが、お前は結婚するとき、私に約束したな？　もし、五年以内に子どもを作ったら、劇団はお前の睾丸《たま》を抜く。劇団で宦官《かんがん》の役を演じさせるとな。お前は、はいと誓った。誓ったか誓わなかったか？（劉紅兵《リュウホンピン》は引きつった笑い声）そうだ、お前は誓った。ところが一年経たないうちにこの始末だ。憶秦娥《イチンオー》に産休をとらせるってか？　さあ、どうしてくれる。どう落とし前をつけてくれる？　劇団には気の荒い者もいる。それとも、簀巻きにされて渭河《いが》に浮かびたいか？」

「勘弁だ、勘弁。単団《ダントウアン》。わざとじゃない。ほんの出来心だ。俺の睾丸《たま》を抜いて気が済むなら抜いてくれ」

「それで言い抜けるつもりか。今度という今度は洒落や冗談で言ってるんじゃないぞ」

「本当だ。わざとやったんじゃない。信じてくれ」

劉紅兵《リュウホンピン》は懸命に無辜《むこ》の表情を装っている。

「それに、うっかりしていた。ものの弾みだ」

「今度はものの弾みときた。ご免ですむほど世の中甘くないぞ」

「本当にうかつだった。それが大変な結果を招いてしまった。自己批判する。存分に成敗してくれ！」

「この口先男。お前は何もかも憶秦娥《イチンオー》におんぶに抱っこ、憶秦娥《イチンオー》の疫病神だ。みんなお見通しなんだよ。父親の威光を借りた馬鹿息子がのらくら遊び暮らし、毎日劇団に入り浸って女優の紐《ひも》になり下がり、憶秦娥《イチンオー》が商山《シャンシャン》地区の公演に出かけたら、一ヵ月の辛抱もできずに公演先まで追っかけて、矢も楯もたまらず女房を孕ましちまったんだろう。違うか？　あれほど固い約束を違《たが》えるとは見損なっただけでは済まないぞ。劇団の屋台骨を揺るがす事態だ。劇団員がみな路頭に迷ったらどうしてくれる。分かってるのか？」

「それは考えすぎだ」

「考えなくてどうする？　憶秦娥《イチンオー》が子どもを産んだら、『遊《ゆう》西湖《せいこ》』『白蛇伝』『楊排風《ようはいふう》』がみんなぶっ飛んじまう。劇団の有り金叩《はた》いても、お前たちに払う給金はきれいさっぱり消えてなくなる。分かっているのか？」

「分かります。俺のせいだ」

「ここに銃があったら、ぱーん、お前を撃ってる」

「撃って下さい。単団《ダントウアン》、家に猟銃があります。猪なら一発で仕留められます。、ひと思いに僕をやって下さい」

「お前のぺらぺら回る口を黙らせてやりたいが、主役を欠いた劇団はこれからどうなる？」

「お言葉ですが、B班、C班がちゃんと控えているじゃありませんか？」

「気楽なことを言うな。B班、C班に憶秦娥《イチンオー》が勤まるか？　下手を打てば、陝西省秦劇院の名折れだ。当劇団は三大作品の通し上演で名を売り、声望を高めてきた」

「おまえの女房にふけられたら（逃げられたら）、待ってましたとばかりに、ほかの劇団が名乗りを上げる。役者も掘り出してくる。それがプロというものだ。客は新しいものにすぐ飛びつく。それが客というものだ。いいか、真っ赤に燃える炭火があるから、観客は頬ふくらませ、ふうふうと吹く。消えた炭火を誰が吹く？」

「団長、俺が浅はかだった。自己批判する。この通りだ」

「お前の自己批判は屁の突っ張りにもならない！」

単《ダン》団長は酒瓶を力任せに床に叩きつけ、立ち上がって言った。

「これからがお前の働きどころだ。ちゃんと結果を見せてもらおうか」

「結果って、どうすりゃいい？」

「お前が考えるんだ」

「それが分かってりゃ、団長から逃げ回って何日も姿をくらましていない」

単《ダン》団長は料理屋の個室でじっとしていられなくて立ち上がり、不自由な足を忘れて歩き始めた。

「憶秦娥《イチンオー》は馬鹿だが、お前は馬鹿ではないな」

「単団《ダントゥアン》、憶秦娥《イチンオー》は馬鹿だが、それを言っちゃお終いだ。言ったが最後、彼女《あいつ》は荒れ狂って手がつけられない。言うなら、俺に言ってくれ」

「憶秦娥《イチンオー》が馬鹿ではないだと？　立派な馬鹿だよ。堂々たる、押しも押されぬ、馬鹿の骨頂、馬鹿の権化だ。劇団あげて、西安市あげて彼女をお神輿《みこし》に担ごうとしても、飛び降りて逃げ出す。犬を神輿に乗せると吠えるだろう。あれと同じだ」

この話に劉紅兵《リュウホンビン》は笑い転げた。共感して溜飲が下がる思いだった。

一方、単《ダン》団長は怒りが収まらない。何がおかしいと劉紅兵《リュウホンビン》に食ってかかり、劉紅兵《リュウホンビン》は答えた。

「犬がじっとおとなしく神輿に座っていたら、さぞ面白いだろうなと思って」

「俺は真面目に言っている。お前は何か企んでいるな。正直に答えろ」

「どうにもならないんですよ。私も仕事を始めているし、今子どもは要《い》らないんじゃないかと彼女に言ったんですよ。何と答えたと思います？」

「何と答えた？」

「彼女はこう言いました。あなたは生まれるとき、ママに今子どもは要らないんじゃないかと言いましたかと」

「馬鹿な子だ。本当に大馬鹿。こんな馬鹿な子を見たことがない」

「人の嫁だと思って馬鹿、馬鹿、言わないで下さいよ。あの子は馬鹿正直で、いや、融通の利かない子で、こうと決めたら、梃子《てこ》でも動かないんですから」

単《ダン》団長の足取りはさらに荒くなった。

「そんなこと、知ったこっちゃない。とにかくお前は約束した。五年以内に子どもは作らない。さあ、約束を果たしてもらおうか」

「いっそのこと鉄砲で撃って下さいよ。猟銃を持ってきますから。睾丸《たま》を抜いてもいい。ジレットのカミソリを持ってますから、すぐできますよ」

単《ダン》団長は怒りのあまり、半分残っていた西鳳酒《シーフォンジュウ》の酒瓶をがちゃんと床に投げつけると、人指し指を劉紅兵《リュウホンピン》の鼻先に突きつけていった。

「劉紅兵《リュウホンピン》、見下げ果てた男だ！　お前は組織をたぶらかした。この奢侈《しゃし》淫逸《いんいつ》の徒《と》め！　享楽を貪り、身を滅ぼすことになるだろう。こいつめ……どうしてくれようか……とっと消え失せろ、二度と俺の前に姿を現すな！」

四十

劉紅兵《リュウホンビン》は単団《ダン》長からさんざんに罵られて逃げ帰り、憶秦娥《イチンオー》の説得にかかった。彼としてもこんなに早く子どもがほしいと思っていたわけではない。もし、憶秦娥《イチンオー》が望むなら、一生子どもがなくても一向に構わなかった。短い人生で子どもを産み育てる苦労は並大抵ではない。彼の同期生はみな子どもを持っており、子どもが産まれたその日から彼らの青春は終わりを告げる。特に女性は腰回りに肉がつき、足はどっしりと土を踏む。豊満な胸は崩落を始め、顔はむくみ始める。胴はくびれをなくし、尻は鉄鍋を伏せたようになる。憶秦娥《イチンオー》にはこんな風になってほしくない。憶秦娥《イチンオー》の美は彼にとって永遠のもので、それを享受するのは彼の特権だと思っている。それに、彼は要するに子ども嫌いだった。人の子を見て、あやしてやりたい気が起こらない。あるとき、同期生の子を「高い、高い」したとき、首筋に下痢便のおもらしをされ、それ以来人の子を抱かないことにしている。憶秦娥《イチンオー》が若くして子を産み、あたら青春を無駄に過ごし、人生を無為に終わらせたくなかった。

彼が単《ダン》団長と荒れた酒席を過ごして帰宅したとき、憶秦娥《イチンオー》はベッドに横たわってぼんやりしていた。団長から受けたさんざんな仕打ち、言われようをこと細かに語って聞かせた。憶秦娥《イチンオー》は手の甲を口に当てて笑っている。彼は言った。

「おかしいことないだろう。奴《やつ》の手に鉄砲があったら、とっくに撃たれてる」

「撃たれて当然よ」

「当然はないだろう」

「当然だから当然よ」

「俺が死んでもいいのかよ」

彼女は笑いが止まらなくなった。

「何がそんなにおかしいんだい？」

「団長が酒瓶をみんな割っちゃうなんて、笑える」

「笑えるか。もう少しで俺の顔に当たるところだった」

「わざわざ会いに行く方が悪いのよ。劇団の人間でもないのに」

「何度も俺に使いをよこした。会わずにいられるか。それにあいつは人がいい。お前にもよくしてくれている」

「よくしてくれてるって、毎日棒で小突かれながら追い立てられて、牛か馬みたいにこき使われて、そのうち過労死する。いくら甘い言葉をかけられ、ご機嫌をとられても、私が命を売り渡していることに変わりない。遅かれ早かれ、私は舞台で倒れてあの世行きよ」

「いくら疲れたからといって、それは言いすぎだろう」

「勝手に疲れてろって言うの？　本当に死ぬかどうか見てればいい。主演女優って人間のすることじゃないんだから」

「そんなこと言ってないだろう！」

「私がどうだというのよ？」

「お前は自分の幸せに気づいていない。主役を張って名声、名誉をわがものにして……」

彼が言い終わらぬうちに、憶秦娥《イチンオー》は突然ベッドに座り直し、「劉紅兵《リュウホンピン》！」と大声を張り上げた。

「劉紅兵《リュウホンピン》。お前はそんな男か。団長の鼻息うかがって、私がああだ、こうだ、一体どうだと言いたいのさ。明けても暮れてもロバみたいに目隠しされ石臼引かされて、まだ働きが足りないの？　わずかばかりの給金、わずかばかり人より多くもらったって、人より長く舞台に縛られて、寝る暇もなく身を削って栄誉だ、名誉だ、何の腹の足しにもなりゃしない。ただ石臼を引かされて、口もきけないほどへとへとになって、それで何か言うと、生意気だ、つけ上がってと貶《けな》され、叩かれる。主演女優は私にとって何もいいことがない。栄誉や名誉がほしければ、くれてやるからとっとと持っていけ。大事にして抱いて寝ろ。私は何をどうしろって言ってるんじゃない。ただ、〝その他大勢〟の役をやらせて下さいと頼んでいるだけ。少し楽《らく》したい、ちょっとだけ怠けたい、ちょっとだけ遊びたい、それだけ。舞台に立ちながら楽屋で陰口聞かれたり、恨みをかったり、憎まれたり、そんなことに気を取られると、必ず〝舞台事故〟を起こす。主演が舞台でへまするると、みんな寄ってたかって笑いものにする。まるであの人たちが誰よりも劇団を愛し、誰よりも劇団の名誉を守っているみたい。私はどじってばかりで。劇団の足を引っ張る厄介者、へばってゲロ吐いても、わざとやってる、舞台に蔓《づら》飛ばして不様《ぶざま》さらすと、劇団へのいやがらせだ、あてつけだと悪者扱いされるけど、わざとやってるんじゃない、見せびらかしてるんじゃない。それでも私が悪いの？」

劉紅兵《リュウホンビン》はおとなしい猫に突然、爪を立てられたような感じだった。これまで恨み言一つ、弱音一つ吐いたことがない。へとへとなって帰ってくるとバタンキュウで眠りこける。言いたいことをひたすら腹の中にためこんで、たまりにたまったものが一気に噴出した。彼は彼女の腰を支え、マッサージしようとした。しかし、彼女はその手を邪険に振り払って尋ねた。

「単団《ダントゥアン》は私を馬鹿だと言ったでしょう」

「いや……言ってない」

「どうして？　私は馬鹿でしょう。どうして馬鹿と言えないの？　それなら単団《ダントゥアン》の方が馬鹿よ。馬鹿でなければ、私を馬鹿と言えるでしょう。私が本当の馬鹿なら、単団《ダントゥアン》の思いのまま騙されるわよね。でも、私はそんな馬鹿じゃない。違う？」

「分かった、分かった。俺たちは馬鹿じゃないし、馬鹿だったことはない。主役を降りる、そこまでは分かった。だけど、何でそれが子どもを産むことになるんだ？」

「舞台をサボることじゃない？」

「それなら単団《ダントゥアン》に話をつけて、兵隊役でも通行人役でもさせてもらえばいい」

「劇団は新作を出そうとしている。それがなければ、劇団は私のいうことを聞いたかもしれない。だから、私は産休を取る。それしかないのだ！」

憶秦娥《イチンオー》は一旦言い出したら、屁理屈でも何でも押し通そうとする。そうなったら、牛を九頭連れてきても彼女を引き戻せない。劉紅兵《リュウホンビン》はさらに何度か説得を試みたが徒労に終わり、夫婦の間によそよそしい空気が流れた。彼はついにこの問題を投げ出した。

ある日、単仰平《ダンヤンピン》はまた劉紅兵《リュウホンビン》を呼び出し、彼女に仕事を続ける気はあるのかどうか尋ねた。彼は団長の手にステッキが握られているのをちらと見て口ごもった。団長はステッキを置き、怒鳴った。

「お前はガキの使いか？　大の男二人が女の手玉に取られて、情けないとは思わないのか？　こっちは劇団員を食わせていかなければならないんだ」

劉紅兵《リュウホンビン》の返事は煮え切らない。

「言ってはみたんですがね」

劉紅兵《リュウホンビン》は団長がさらに彼を締め上げにかかると身構えた。団長の口ぶりががらりと変わった。

「よし分かった。こうしよう。今話すことを憶秦娥《イチンオー》同志に伝えてもらいたい。劇団は今度新しい劇団住宅を建てることになった。五十五平米の二ＬＤＫ。十四平米の客間にはテレビも置けるし、リクライニングのソファーも置けるぞ。勿論トイレも浴室も洗面所、化粧台までついている。しかし、憶秦娥《イチンオー》はこれに該当しない」

「ちょっと待って下さい。これは劇団の力ではなくて、陝西省が『遊西湖《ゆうせいこ》（西湖に遊ぶ）』の大成功を喜んだご褒美でしょう。憶秦娥《イチンオー》の働きと苦労が認められたからでしょう。どうして彼女は入れないんですか？　彼女は産休届を出し、舞台に立てなくなったからですか？　それが劇団の政策《ポリシー》なんですか？」

「お前に政策などと言われたくない。劇団の政策とはこうだ。結婚は男二十六歳、女は二十四歳、なお、女は二十六歳以前に子どもを産むことはできない。特に主演女優には養成の原価《コスト》がかかっている。子どもが産まれたら、劇団の事業展開に支障が出るだけでなく、俳優個人のプロフィルに悪影響を及ぼす。この理由をこれ以上詳しく説明するまでもなかろう」

「結構です。でも、この政策は劇団独自の既定です。だからといって、劇団員に住居を与えないという理由にはならないでしょう」

「それなら、分からせてやる。この規約には付帯事項もあって、違反者には個人の褒賞、住居、職称において応分の処罰を加えることができるとな」

こう言いながら単《ダン》団長は職務規程のそのページを開いて劉紅兵《リュウホンピン》に見せた。

「ここだ。よく見ろ。ここに二十六歳とある。二十六歳から一年、二年と数えるんだ。憶秦娥《イチンオー》は四年以内だから、〝模範労働者〟として評価されない。昇進できないから肩書きもつかない。そして住宅の配分も受けることができないというわけだ」

劉紅兵《リュウホンピン》は仔細に何度も読み返して言った。

「この規定は苛酷に過ぎませんか？」

「苛酷ではない。一劇団の門は広く開かれている。これは俳優という職業の特性からしてやむを得ず晩婚を奨励し、自ずと子育てにも制約がかかる」

単団《ダントゥアン》は劉紅兵《リュウホンピン》が職務規程に見入っているのに哀れを催しながらさらに一押しした。

「ひとまず帰って、あのお馬鹿ちゃんに聞かせてやれ。子どもが先か二ＬＤＫの家が先か」

劉紅兵《リュウホンピン》はもう何も言わず、職務規程のその一条を写し取り、帰宅して彼女に話した。これはかえって彼女の決意を固めさせた。

「部屋なんか要らない。まず子どもを産む。単仰平《ダンヤンピン》に言ってやりなさいよ。たとえ一生劇団の外に住むことになっても、子どもを産みますって。私は団長に命を売りません。産休届を出しますって」

劉紅兵《リュウホンピン》はこっそりの彼女の叔父の胡三元《ホーサンユアン》に電話した。胡三元《ホーサンユアン》は彼女の仕事を最も気遣い、彼女に対して最も影響力のある人物と見こんだからだ。

胡三元《ホーサンユアン》は電話を受けると、翌日早速、西安にやってきた。叔父の言うことは、よくも悪くも世間智のかたまりだった。羊飼いの女の子が子羊のように世の中をさまよい、一本また一本、作品に恵まれ、一つまた一つ、主役を射止めた。ふらふらしてちゃ駄目だ。おとなしく飼われてろ。北京の檜舞台を踏み、陝西省を股にかけ、テレビにまで出してもらって、こんな幸運は金《かね》の草鞋を履いても探し当てられるものではない。それなのに、今度は選り好みをしようってか？　違うか？　陝西省の看板背負った大劇団に拾われて、お前みたいな山出しは、いわば犬の肉を宴会の膳に出すようなものだ。出しゃばらず、奥の方に引っこんでおれ。今の劇団に何の不足がある？　この村を出たら、この先もう店はない。ここが最後の店と思い定めるんだ！　叔父は言葉を続けた。

「役者という商売は地べたを這い回るような渡世だ。八百元の給金を千元にするためには泥水だってすする。今のお前は勢いに乗って天下を取ったような気になっているが、あっという間に滑り落ちるぞ。上には上がいる。なまじの才能を鼻にかけていると、すぐ出し抜かれるのは目に見えている。こんなところでもたもたしていいのか。お前は目の前のセミを狙っているカマキリだ。だが、後ろから雀に狙われている。子どもを産むのは大事と言えば大事だが、小事と言えば小事だ。だが、身を立て名をあげ、世に打って出ることに比べたら、小さい、小さい、どうでもいいことだ。あの村に生まれてお前の年になると、みな二、三人の子を産んでいる。計画出産なんかどこ吹く風だ。産むのは親の勝手かも知れないが、だが、その子たちはどうなった？　ろくな目に会っていない。それが世の中だ。お前は苦労してここまで来た。それなりの体面を保っている。だが、ここで子を産んだら、役者稼業も危なくなるぞ。引き合うか？　子どもを産んだ女は顔形が変わる。喉の調子も狂う。今の人気を巻き返そうとしても、おいそれとはいかないぞ」

叔父は半日かけて延々と話し続けた。その黒い顔は名判官「包公《バオゴン》」のように黒い隈取りをしたように重々しく見えた。彼は水を飲まない。太鼓叩きが水を飲めるか、小便を我慢して太鼓が叩けるかといつも言う。劉紅兵《リュウホンビン》は冷めたお茶を何度も取り換えたが、叔父はついに手を出さず、滔滔とまくし立てた。劉紅兵《リュウホンビン》は叔父の言葉が一々もっともで、人生の智慧に満ちており、感動的にさえ聞こえた。叔父が声をからして話し終えたとき、唇の両端にトウモロコシのような粒々ができていた。しかし、憶秦娥《イチンオー》は頑として叔父の意見を聞き入れなかった。腹を立てた叔父は席を蹴るように立ち上がり、劉紅兵《リュウホンビン》が引き止める間もなく立ち去ろうとした。ドアを出るとき、憶秦娥《イチンオー》に縁切りのような言葉を投げつけた。

「お前も偉くなったものだ。こんな腐れ叔父はもう眼中にないか。田舎の劇団の太鼓叩きの言うことなど、おかしくて聞けないか。何たって北京へ乗りこんで、中南海のお偉方と握手までして、話までしているんだからな。叔父の言うことなんか屁でもないんだ。大したもんだ。恐れ多くて近寄れないよ」

胡三元《ホーサンユアン》は語気荒く言い捨てると、引き戻そうとする劉紅兵《リュウホンビン》の手を払いのけて姿を消した。

胡三元《ホーサンユアン》が帰った後、今度は寧州県劇団時代の恩師胡彩香《ホーツァイシアン》先生がやってきて数日滞在し、連日遅くまで話しこんだ。胡彩香《ホーツァイシアン》は「女同士の話」だからと彼を閉め出した。劉紅兵《リュウホンビン》は喜んで北山《ベイシャン》地区の出先事務所に出かけ、麻雀で日をつぶした。帰ってみてもまだ話は決着していなかった。帰るとき、叔父ほどに言葉を荒げることなく、きっぱりと言った。

「産みなさい。どうせ産むのなら、若いうち、早く産んで早くけりをつける。それが母体にもいいし、芝居を続けるのにもいいから」

誰も憶秦娥《イチンオー》に指図できない。一見、茫洋として何を考えているか分からないが、芯の強い子だった。人には何一つ相談せず、妊娠するといった妊娠する。産むと言ったら産む。

普通、子どもを産むといったら、大病か大事業のような騒ぎになるが、彼女は産む当日まで逆立ち、跳躍、早歩きなど妊婦らしからぬ日課を続けた。産み月に入って、劉紅兵《リュウホンビン》はついに母親の秀英接《シュウインジエ》を呼んだ。憶秦娥《イチンオー》は反対した。大丈夫、自分でできる。炊事、洗濯、食料品の買い物、体を動かしていた方が楽しいからと。出産予定日が近くなっても、彼女は病院へ行かなかった。入院すると憂鬱になるからと。やってきた母親は妊娠、出産についても医学的な常識がまるでなく、言い続けた。

「子ども産むのに病院の世話になることはない。私の村ではみんな家で産んでいる」

劉紅兵《リュウホンビン》は腹を立てて取り合わなかった。

その日の夜、憶秦娥《イチンオー》は腹の不調を訴えた。憶秦娥《イチンオー》の母親は、ほら来たと言った。劉紅兵《リュウホンビン》はすぐ病院へ行こうとしたが、憶秦娥《イチンオー》の母親も娘同様行きたがらない。しかし、劉紅兵《リュウホンビン》は腹を決め、北山《ベイシャン》地区の西安出先事務所へ車を取りに走った。彼が車を駆って戻ったとき、子どもはすでに自宅のベッドで産まれていた。憶秦娥《イチンオー》の母親はすでに用意してあった産着《うぶぎ》を着せていた。憶秦娥《イチンオー》は手の甲を口に当て、彼に向かっていつもの〝お馬鹿〟の笑いをして見せた。彼は言った。

「こんな早く」

憶秦娥《イチンオー》の母親は言った。

「早くもない。あんたが行ってからこの子はトイレへ行きたいと言ったが、足が動かずに床に降りられない。そのとき、赤ちゃんはもうつるりと産まれていたんだよ。ベッドの縁《ふち》で、私が行かなければ床に落っこちるところだった」

憶秦娥《イチンオー》はまだぼんやりと笑っている。

劉紅兵《リュウホンビン》は憶秦娥《イチンオー》の頭をぽんと叩いて言った。

「本当に馬鹿なんだから」

憶秦娥《イチンオー》の母親は言った。

「聞かないのかい、男か女か」

劉紅兵《リュウホンビン》は、はっと気づいて尋ねた。

「男ですか、女ですか？」

「劉《リュウ》家の福にあやかって、玉のような男の子だ。将来はあんたのお爺さんみたいな地区長さまだ」

劉紅兵《リュウホンビン》は笑いながら子どもに近づき、顔を寄せようとしたが、驚いたような声を出した。

「あ、猿みたい。ちっとも憶秦娥《イチンオー》に似ていない。大きくなったら心配だ」

憶秦娥《イチンオー》の母親は言った。

「秦娥《チンオー》がうまれたときも、みったくない（醜い）女の子だった。私も心配したよ。いいお婿さんが見つからないいんじゃないかってね。でも、大きくなったらやっと目鼻立ちがしっかりしてきた。大丈夫さ。この子も秦娥《チンオー》よりもっと可愛い子になるよ」

憶秦娥《イチンオー》の顔に勝利の笑顔が浮かんだ。

四十一

憶秦娥《イチンオー》妊娠の知らせは陝西省秦劇院上層部に衝撃となって伝わり、さまざまに取り沙汰された。幹部俳優たちの驚きは大きく、「甘やかしすぎるからだ」「憶秦娥《イチンオー》を天まで持ち上げたら、劇団は地獄に落っこちた」など単仰平《ダンヤンピン》団長に非難の鉾先が向かった。団長は平謝りで、これは自分の責任だ。「思想工作」が行き届かず、「対人教育」が甘く、「情況認識」を見誤ったと自己批判した。さらにつけ加えて、一人のスターに依存する危険は事実が繰り返し証明する通りと、上演体制の改革を訴えた。A班、B班の両輪を駆動させ、全団フル回転の強化策を打ち出した。たとえ舞台が見劣りしようと、〝一花独放〟は駄目だ。〝百花斉放〟、これでいくと明言した。

こうして憶秦娥《イチンオー》の妊娠が全団に知れ渡ると、煮えたぎる鍋のような騒ぎとなった。海の物とも山の物ともつかぬ物を寧州の山奥から引っ張り出してきたものの、とんだ旋風児。今度は妊娠、出産、育児だと、ぬけぬけ産休届けを出してきた。ぬくぬく産休取ってる間に、劇団はぽしゃっちまう。子連れの「武旦《ウーダン》(立ち回り役者)」など聞いたことがない。そもそも「武旦《ウーダン》」を何と心得る。襁褓《おしめ》を取り替え取り替え、重たい体を引きずって丁々《ちょうちょう》発止《はっし》の立ち回りが務まるものか。もはやこれまで。団長は大《おお》ぽかやらかし、劇団百人の命を憶秦娥《イチンオー》一人に預け、もののみごとにずっこけた。とんだ世間の笑いものだ。憶秦娥《イチンオー》は金の卵も産まず、ドラゴンの卵も産まず、恥さらしの子を産んだだけだった。その〝お宝〟を後生大事に、劇団はどこへ行こうというのか？　単《ダン》びっこはとんだお荷物背負《しょ》いこんで、ぴょこたんぴょこたん、どこへ行く……。

憶秦娥《イチンオー》に至っては、あまりの言われようだった。人三化七《ひとさんばけしち》（人間三分、化物七分）、あんな可愛い顔をして、その心には鬼が棲《す》む。あんなにばたばたと結婚したのは、おそらく早々と〝弾丸《たま》〟をしこんで腹ぼてになり、高官の息子を結婚に追いこんだからだとか、寧州県劇団時代をほじくり返して厨房の料理人との一件がまたまことしやかに語られたり、憶秦娥《イチンオー》はまったく別人の奇怪な相貌を帯びてきた。

このことは楚嘉禾《チュチアホー》に秘かな喝采を叫ばせずにはおかなかった。最も早くこの情報を彼女にもたらしたのは丁《ディン》業務課長だった。課長は彼女にすぐにも『遊亀山《ゆうきざん》（亀山《きざん》に遊ぶ）』に取りかかる支度をするように命じただけでなく、『遊《ゆう》西湖《せいこ》（西湖に遊ぶ）』と『白蛇伝』のＢ班に指名される可能性をほのめかした。いぶかった楚嘉禾《チュチアホー》がどうしてですかと尋ねると、課長はいずれ分かると思わせぶりに笑った。果たして、課長の話があった翌日、憶秦娥《イチンオー》妊娠の噂がぱっと劇団に広まった。憶秦娥《イチンオー》に対しては何の措置もとられないという。北山《ベイシャン》地区副地区長という〝貴種〟の血筋を宿したからだ。この馬鹿は馬鹿の上塗りだけでなく、馬鹿の一手引き受け、馬鹿の総仕上げをしようとしている。この馬鹿は女優のやめどきを見誤った。今子ども産んでいるときか。一旦、妊娠、出産、哺育、育児に手を取られたら、外した車のギアを入れ直すまで数年かかる。それまでに顔も姿形も心も変わり果て、別人になってしまうだろう。

楚嘉禾《チュチアホー》は心の暗いところに、ふつふつと力が湧いてくるのを感じた。思い切って上を目指そう。いや、目指すのではなく、死にもの狂いで上を取る。ここ数年が目途だ。憶秦娥《イチンオー》が馬鹿面下げて戻ってきたとき、往年の面影は無残に消え失せているだろう。そのとき、一気に勝負を決め、地べたに這いつくばらせてやる。勝敗は明らかだ。〝子連れ武旦《ウーダン》〟に目にもの見せてやる。

劇団はまだ表立った動きは控えている。しかし、指導部の意とするところは明らかだ。待ったなしに新しい〝花〟を世に送り出さなければならない。さもなければ、劇団百人の口が干上がるまでだ。

『遊亀山』がめざましい仕上がりを見せている。数度の稽古を重ね、当然のことながら上層部の覚えもよく、一番に推薦されている。しかし、単《ダン》団長は楚嘉禾《チュチアホー》に言った。

「いいか、『遊亀山』が目的ではない。大事なのは『遊西湖』と『白蛇伝』の作り直し《リニューアル》だ。これが秦腔《チンチアン》の極めつけ、二大傑作だ。観客も喜ぶし、貸し切りの客も多い。わが団もこれで天下に名をあげた。これで憶秦娥《イチンオー》の鼻をあかしてやる。あいつのやられっぱなしにはならん。どうすればいいか。劇団は業務課の意見も入れて、君、楚嘉禾《チュチアホー》を重点的に養成することにした。当然ながら、同時にC組、D組も立ち上げる。君たちは重要な任務を負っている。陝西省秦劇院の面目にかけて秦腔《チンチアン》振興のため、犠牲的精神と勇気を奮ってこの二大作を最上のものに仕上げてもらいたい。全陝西省の観客が見て、秦劇院ここにあり、才能の宝庫よ、人材の輩出は尽きることがないと世に知らしめてくれ。憶秦娥《イチンオー》を見返してやれ。憶秦娥《イチンオー》何するものぞ、陝西省秦劇院の力を思い知れとな」

後で分かったことだが、単《ダン》団長が引き上げようとしたのは彼女一人ではなく、周玉枝《チョウユイジー》とさらに二人の女優がいた。彼女たちに話した内容もほぼ一致しており、短時日のうちに主役を奪い取れということだった。種をばらまき、育ちのいい苗に追肥《ついひ》しようという狙いが見えている。その中でも楚嘉禾《チュチアホー》が最有力であるのは誰の目に明らかで、彼女にもその自信がある。彼女は自分を励ましながら稽古に励んだ。

『遊亀山《ゆうきざん》』が公開された。だが、予期した成果は上げられなかった。ゲネプロ（ドレスリハーサル）後、三ステージ上演されたが、客の入りはまばらだった。観客の評価は次に要約される。

「胡鳳蓮《こほうれん》を演じた女優は美しかったが、花が乏しく、人物造形に不満が残る。美しいだけでは長丁場を持ちこたえられない」

楚嘉禾《チュチアホー》は腹が立ってならなかった。憶秦娥《イチンオー》の美しさがなんだというのだ。一体、何があるというのか？ 丁《ディン》業務課長は言った。

「憶秦娥《イチンオー》は〝色芸《しきげい》（容姿と技芸）両全〟だ。君は〝芸〟がイマイチだからなあ。まあ、『遊亀山』はほんの小手調べ、本ちゃんは『遊西湖《ゆうせいこ》』と『白蛇伝』だ。そこで勝負に出ろ。秦劇団の主演女優《プリマ》になるんだ」

この一時期、楚嘉禾《チュチアホー》は朝から晩まで稽古場に詰めきりになり、意識して憶秦娥《イチンオー》の芸を真似ようとした。遊び友だちがべたべたと側を離れなかったが、〝最後通牒〟を言い渡した。本番まで側に来ないでと。

この時期、日本のテレビドラマ『燃えろアタック』が中国でも人気だった。

（注）『燃えろアタック』　一九七九年―八〇年、テレビ朝日系列で放映。モスクワオリンピック出場を目指してバレーボールに情熱を燃やす少女たちの〝スポ根〟ドラマ。小鹿ジュンに扮する荒木由美子が中国でも絶大な人気を博し、中国での視

聴率は八〇％を超えたという。中国でのタイトルは『排球女将（バレーボールのキャプテン）』主役の小鹿ジュンの頑張りと粘り強さ、小鹿のような敏捷さと可愛らしさ、そして白玉のような純粋さに楚嘉禾《チュチアホー》は夢中になっていた。小鹿ジュンの決め技は「青天の霹靂」で、「電撃のスパイク」の魔球も生み出した。少女たちの不屈の精神は中国の若者世代を魅了し、彼女たちの合い言葉は「オリンピックを目指せ！」だった。

楚嘉禾《チュチアホー》は小鹿ジュンがサーブ、スパイク、ブロックを決めた写真や小鹿ジュンの標語を自室にべたべたと貼っただけでは気が済まず、衣装ダンスの鏡、ドアの後ろ、ベッドのサイドテーブル、机の上にも貼りつけた。毎朝、部屋を出るときは必ず小鹿ジュンのサーブ、スパイク、ブロックのポーズを自ら演じて気合いを入れ、日本の少女たちの甲高い声援「そーれ！」「ファイト！」を声高に唱え、自信満々稽古場へと赴いた。

「苦闘百日『白蛇伝』を戦い取れ！」

これは劇団のスローガンで、中庭や建物の至るところに張り出された。

『遊《ゆう》西湖《せいこ》（西湖に遊ぶ）』の前に『白蛇伝』を上演するのは楚嘉禾《チュチアホー》の要求だった。だが、実のところ、彼女は『遊西湖』が好きになれなかった。とりわけ『殺生《せっしょう》』の火吹きや派手な大立ち回りがいやでたまらない。正直、苦手だし疲れる。火吹きは練習しながら嘔吐に襲われ、胆汁を吐くような苦しみを味わった。それでも憶秦娥《イチンオー》の技には及ばない。もっと我慢がならないのは眉と前髪を焼いてしまい、生えそろうまで数ヵ月もかかったことだった。『白蛇伝』は立ち回りはあっても火吹きよりましだ。丁《ディン》業務課長も彼女の意を汲んで『白蛇伝』を先に持ってきた。

百日後、『白蛇伝』の幕が上がった。観客や劇団内外から期せずしてブーイングの声が相次いだ。

「憶秦娥《イチンオー》に及ばない。はるか、遠く及ばない」

「憶秦娥《イチンオー》の爪の垢でも煎じて飲ませたらどうか」

しかし、劇団はこれにたじろがず、強気に打って出た。毎夜、単《ダン》団長は率先して座席に陣取り、観客の誰よりも早く両手を強打して客席の拍手を促した。幕が下りると、観客を装い、首に青筋立てて「好《ハオ》！」を連呼した。

誰かが団長に聞こえよがしに当てこすりを言った。

「この演技は役を取り違えている。『白蛇伝』の白娘子《はくじょうし》というより『遊亀山《ゆうきざん》（亀山《きざん》に遊ぶ）』の胡鳳蓮《こほうれん》だ。どれも同じ味、ぶかぶか、すかすかの瓜だ」

単《ダン》団長はすかさず言い返し、すごんで見せた。

「馬鹿も休み休み言え。楚嘉禾《チュチアホー》はいい演技を見せてくれる。場面によっては憶秦娥《イチンオー》に勝るとも劣らない。やっと出てきたんだ。憶秦娥《イチンオー》を超える逸材が。お前のろくでもない減らず口、慎んだ方が身のためだ。劇団の足を引っ張る真似はよした方がいい。もの言えば唇寒しというからな」

そう言ってはみたものの、憶秦娥《イチンオー》の舞台を見たときの感動と身が震えるような高揚感はなかった。得意の鼻をうごめかしながら客席とロビー、楽屋を行ったり来たりすることもなくなった。彼はごった返す観客に身を揉まれながら、彼らの評判、反応に耳を澄ますのを楽しみにしていた。何という至福のひとときだったろうか。不自由な自分の足を忘れさせてくれた。しかし、楚嘉禾《チュチアホー》の登場以来、どこへ足を運んでも耳の痛い評語、こきおろしを浴びせられ、観客の前から姿を消した。

『白蛇伝』は五ステージ続いたが、やはり楚嘉禾《チュチアホー》には荷が勝ちすぎた。観客は日に日に減り始め、楽日《らくび》（千秋楽）にはやっと客席の半分にも満たないありさまとなっていた。

許仙《きょせん》を演じた薛桂生《シュエグイション》は単《ダン》団長を捕まえて言った。劇団は芸術に対する責務を果たさず、また、俳優に対する責務も果たしていない。楚嘉禾《チュチアホー》が白娘子《はくじょうし》を演ずるのは「百年早い」。俳優のレベルから言って「その玉《たま》かよ」。薛桂生《シュエグイション》は稽古のときから演出の封子《フォンズ》に何度も苦情を言い立てていた。楚嘉禾《チュチアホー》を看板女優などと言ったら、玄人筋のもの笑いになるだろう。今回の配役は団長と演出家のごり押しか横車で、誰が見ても〝無理筋〟だ。憶秦娥《イチンオー》が「天秤棒を降ろした」のなら、誰かに肩代わりさせなければならないのは分かっている。しかし、選ぶにこと欠いて、楚嘉禾《チュチアホー》とは。この劇団はそれほど人材が払底しているのか。まるで〝お箸の旗〟を立てたような、とんだ〝お子様ランチ〟だ。おまけに、丁《ディン》業務課長まで楚嘉禾《チュチアホー》に〝ご執心〟で熱心に推している。何でも彼女は向上心があり、劇団の配役に素直に従ったまでだとか。ご立派なことだ。芸も人格も見上げたものだと。

『白蛇伝』の公演が終わったとき、劇団内の不満はさらに大きくなった。団長は定見がないだの、非難、放言が集中した。また、『遊西湖《ゆうせいこ》』はやるのかやらないのか、やるとして誰にやらせるのか、団長は一体何を考えているのかと追求が止まない。一方、丁《ディン》業務課長は楚嘉禾《チュチアホー》で行くと腹を決めていた。しかし、演出の封子《フォンズ》はすでにやる気をなくしていた。楚嘉禾《チュチアホー》に白娘子《はくじょうし》をやらせたのは無理を承知だった。修練が不足しているのは明らかだから難しい場面はどんどん端折って何とか乗り切った。しかし、『遊西湖』の『鬼怨《きおん》』と『殺生《せっしょう》』の難易度は『白蛇伝』の比ではない。到底、楚嘉禾《チュチアホー》に耐えられるものではないと。

誰かが周玉枝《チョウユイジー》ではどうかと言い出した。周玉枝《チョウユイジー》はあわてて単《ダン》団長にじかに訴え、自分が李慧娘《りけいじょう》を演じるなんてとんでもないとひたすら逃げを打った。実は彼女の気がかりは別にあって、自分の演技が憶秦娥《イチンオー》にかなわないのは当たり前だが、それより楚嘉禾《チュチアホー》との関係が険悪になりかねないのを恐れていた。楚嘉禾《チュチアホー》の口には針があるだけでなく毒を含む。下手すると、自分がどんな立場に追いやられるか分かったものではない。それに楚嘉禾《チュチアホー》はすでに周《チョウ》玉枝《ユイジー》の耳に毒汁を一滴、二滴したたらせていた。『遊西湖』は劇団が楚嘉禾《チュチアホー》に用意した〝ご褒美〟で、李慧娘《りけいじょう》の役はすでに約束されていると。

しかし、周玉枝《チョウユイジー》はひそかに台詞の暗誦、歌唱の練習、隠れて火吹きの訓練を始めていた。この機会を逃したら、この劇団で一生下積みのまま終わることを感じていたからだが、その一方で、劇団で主役を張れるのは選ばれた一人でしかないことも知っている。周玉枝《チョウユイジー》は楚嘉禾《チュチアホー》が憶秦娥《イチンオー》に仕掛けた企みをじかに見てきただけに、楚嘉禾《チュチアホー》という同期生を敵に回すことが空恐ろしく、同時に俳優という職業の頼りなさ、おぼつかなさを思わずにはいられなかった。

ちょうどこのとき、丁《ディン》業務課長が劇団の副団長に昇進することが決まった。

封導《フォンダオ》はもはや丁《ディン》副団長に抵抗できなかった。

楚嘉禾《チュチアホー》の李慧娘はこうして確定した。

楚嘉禾《チュチアホー》は何が何でも『遊西湖』をやりかったわけではない。だが、それをほかの人間に奪われることが我慢ならなかったからだ。彼女の母親は『白蛇伝』の稽古が始まると、寧州から出てきて彼女の〝ステージママ〟になりきった。『白蛇伝』の幕が上がると、公演ごとに娘の演技を手放しでほめちぎる。母親の言葉は楚嘉禾《チュチアホー》の自己評価に当然影響を与える。もしかしたら、自分は憶秦娥《イチンオー》を超えたかも知れない、たとえ李慧娘《りけいじょう》の役が気に食わなくても、開き直ってやるまでだ。この役は正真正銘、劇団の花形《プリマ》の座を約束してくれるのだから。

公演が始まると、楚嘉禾《チュチアホー》はそれまでのこざかしい打算や思惑から吹っ切れている自分に気づいた。憶秦娥《イチンオー》に対する嫉妬や敵対心はあっても、多くの点を憶秦娥《イチンオー》から学んでいるのは確かだった。普段座るときも憶秦娥《イチンオー》に倣った「臥魚」のポーズをとる。やることがあってもなくても、床に「股割き」のポーズを決めて人の話し相手をしたりする。これが習い性《せい》となったとき、彼女は初めて気づいた。憶秦娥《イチンオー》の芸の素地は何と深いところにあったのだろうと。ただ、楚嘉禾《チュチアホー》の臥魚はせいぜい数分間で身体中の筋がつってくるが、憶秦娥《イチンオー》は数十分以上、一、二時間続けて平気な顔をしていた。すべて寧州県劇団の竈《かまど》の前で灰をかぶりながら身につけた芸だ。人はこれを見て、どこをどうやろうが憶秦娥《イチンオー》には似ても似つかない、憶秦娥《イチンオー》ならこうするはずだと無い物ねだりを始める。また、ある人はいや、楚《チュ》嘉禾《チアホー》はわざと憶秦娥《イチンオー》の型を外しているのだと勝手な評定をする。楚嘉禾《チュチアホー》は言う。

「ふん、豚を殺すにも頭からやるのと尻からやるのがある。芸術ってのは人それぞれなのよ」

楚嘉禾《チュチアホー》は腹の中では、憶秦娥《イチンオー》に似ていようといまいと、それは表面だけのことと腹をくくっている。もともと憶《イ》秦娥《チンオー》の物まねをするつもりなどない。ある日、楚嘉禾《チュチアホー》は果物を買い、休暇中の憶秦娥《イチンオー》を見舞った。火を吹くとき、なかなか発火点に達しない悩みがあって、その助言を乞うつもりだった。憶秦娥《イチンオー》は昔気質《かたぎ》の老芸人と違って自分の芸の出し惜しみをしない。気前よくあっさりと松ヤニとおが屑の配分の方法をすべて語って聞かせた。楚嘉禾《チュチアホー》が帰って試すと、果たせるかな好結果がたちどころに現れた。彼女には憶秦娥《イチンオー》を見くびる気持ちがまだ残っている。憶秦娥《イチンオー》はやっぱりボケナスだと彼女は思った。自分だったら、絶対この秘伝を人に洩らしたりはしない。まして、持参の果物は売れ残りのリンゴやナシを盛り合わせた安物だったのだから。

『遊西湖《ゆうせいこ》』の稽古は遅々として捗《はかど》らなかった。息が合わないというか、足並みが揃わない。理由はあまりに急な主役の交代劇に劇団員たちが白けていることと、楚嘉禾《チュチアホー》に主演女優の〝オーラ〟が感じられないことだった。主演女優という劇団の大黒柱に供え物をするのに、あり合わせの饅頭《マントウ》、包子《バオズ》で間に合わせをするような、そんな投げやりの気分が稽古場に蔓延し、それを単《ダン》団長に見せつけようとしているのは明らかだった。団長が熱誠をこめた激励の弁をふるっても、話し終わると、しんとして拍手一つ起きず、聞こえよがしの当てこすりが投げつけられた。

「憶秦娥《イチンオー》のゼンマイがばらばらになっちゃって、使いものにならなくなったのは単団《ダントウアン》のせいじゃないですか。役者の見分けがつかないくせして、言いわけばっかり……」

もう年の暮れだというのに、演出の封子《フォンズ》自らが認める通り、芝居はまだ七分通りも仕上がっていない。劇団にしこりを抱えたまま年を越すのは明らかにまずい。新年を期して農村の巡業公演が始まり、日程の変更はできないからだ。封導《フォンダオ》は楚嘉禾《チュチアホー》版の『遊《ゆう》西湖《せいこ》』の初演を西安ですることには何が何でも絶対反対、農村公演には「片目をつぶって」よしとすると言う。これをめぐって、丁《ディン》副団長と封導《フォンダオ》は怒鳴り合いの大喧嘩になった。楚嘉禾《チュチアホー》の母親は娘を使って単《ダン》団長に直談判させた。彼女の舞台はなぜ春節の西安で初演できないのか？　主演の穴を埋めるために狩り出され、これだけの苦労をした挙げ句〝どさ回り〟に放り出され、劇団のために稼げということですかと。単団《ダントウアン》は彼女をなだめて言った。劇団は勿論、彼女のためを考えている。農村公演を先にやるのは、まず農村で場数を踏んで演技がこなれるのを待って西安に乗りこむ。西安の檜舞台で一発盛大にぶち上げるんだと。楚嘉禾《チュチアホー》はもう何も言えなくなった。

憶秦娥《イチンオー》が産み月に入ってから数日して、劇団は団員住宅の一戸を彼女に与えることにした。新築の住宅団地は四十八戸あり、これを分配するために劇団は専門の委員会を立ち上げていた。いくつかの分配案を用意して会議を開いたが、劇団案はすべて否決された。

この四十八戸がなければ、陝西省秦劇院は安寧な日々を送れたはずだが、建設が始まってから劇団内部の矛盾が日を追うに従って激烈になった。

この住宅棟は、省指導部が若年層のために建設を認めたものだった。中高年層のためを考えると、六、七十平米の広さが必要になる。だが、建設が進むにつれてみんなの目に明らかになったのは、室内の設計が先進的な設備を持ち、機能的かつ利便性に富んだものだった。単《ダン》団長が苦心しただけあって、工事にも手抜きがないだけでなく、建物全体が富貴の朱色、屋根は〝漢唐古風〟の楼閣風になっている。中高年者はこれを見て目の色を変え、劇団に先住権の上申書を提出した。その言い分は、若年層の多くは外県からの流入者で劇団にさしたる貢献もなく先人の苦労も知らず、奮闘努力の精神もなく安逸を貪るもので、劇団事業の推進を妨げているとした。中高年層は人生の大半を費やして苦難の時代を乗り切ったにも関わらず、いまだに三、四十平米の〝鳩小屋〟暮らしを余儀なくされ、暖房もなく冬は寒さに震えているではないか。これに対して若年層は組織を立ち上げて連帯し、自分たちの権利を力ずくで守ろうとした。連名で省の上層部に嘆願書を送り、居住棟建設の初志に立ち返り、分配を厳正化すべきと訴えた。これが中高年層の耳に入ると、彼らも負けじと連名で嘆願書を送るに至って、省上層部は事態の複雑化を恐れ、単《ダン》団長を呼び出して指示を与えた。すべての中堅幹部に機会を与えよと。当然、優先すべきは青年層の幹部だが、中高年層の気持ちにも寄り添わなけれはならない。詮ずるところ、限られた戸数を合理的に分配するには各人、各方面の要求を顧慮しつつ、ことを穏便に収めるしかないと、これが事態収拾の原則となった。

しかし、ことが簡単であるはずはない。分配委員会は収集案を単《ダン》団長に丸投げした。

〝狼が多くて肉が少ない〟局面を打開するために、単仰平《ダンヤンピン》団長は不自由な足を引きずりながら連日連夜、各方面の要求に耳を傾け、脚を棒にして歩き回った。省の指導部は無責任にもすべての中堅幹部を重視せよと言う。しかし、誰が中堅幹部なのか、その線引きをどうするか、問題はそこにある。劇団で一旗揚げようなどと考えている連中はみな一癖も二癖もあり、「俺が世界で一番」と思っている。劇団の老理髪師でさえ表彰状を七、八通も額に入れて部屋に飾り、「賞」の文字を絵付けした湯飲みや洗面器までいくつも持っている。おまけに劇団の発足当初、蒋介石役を演じた俳優との記念写真まで得意気に見せびらかし、さらに「調髪師」として何とかいう芸術祭で種目別の「部門賞」をもらっている。もっとも、この芸術賞は、欲しければコネを使えばすぐ手に入るという噂で、彼もそれにならってタバコ一カートンをそっと手渡したという。それが役に立ったということより、ここで肝心なのは彼が現役のカミソリ使いで、今なお強面《こわもて》のする敵役、道化役の頭を剃っていることだ。勇気があれば、面と向かって「君は中堅幹部ではない」と言ってみるとよい。彼の手のカミソリがすかさず宙を飛んであなたの鼻先をかすめるだろう。

単団《ダントウアン》は策がないまま委員会を招集し、新しく〝公平な〟提案書を出そうとした。ところが、会議の前に腹案が漏れ、配分にあずかれない七、八人の団員が実力行使に出た。布団をかぶって、単団《ダントウアン》の家のドアの前に虎か竜か大蛇《おろち》のように寝こんでしまったのだ。警備課の職員が追い払おうとしても梃子でも動かない。単《ダン》団長はやむなく部屋の配分を暫時棚上げにした。

憶秦娥《イチンオー》は単《ダン》団長にさんざん逆らい、悪態をついたが、団長の気分は平静で、一番新居に入れてやりたかったのはやはり憶秦娥《イチンオー》だった。そもそもこの劇団住宅建設の認可が下りたのは、憶秦娥《イチンオー》が李慧娘《りけいじょう》の演技で当たりを取った〝お手柄〟だったからだ。だが、現在の情勢は彼女に対する風当たりが強い。団長が分配委員会で憶秦娥《イチンオー》への配慮をほのめかすと、猛烈な反対意見が噴出した。憶秦娥《イチンオー》はこれだけ劇団に迷惑をかけているのに、どの面《つら》下げてそれを言えるのか。一年間謹慎して自分のケツをきれいに拭き、反省の色が十分にうかがえたら考慮しよう。団長は恩情をかけたつもりかも知れないが、それは自分の顔を自分で殴るようなものではないかと。

単仰平《ダンヤンピン》は自分で自分の顔を殴るぐらい屁とも思わないが、長い目で劇団の発展を考えるなら、憶秦娥《イチンオー》の力なしにそれは望めないことを承知している。『白蛇伝』と『遊西湖《ゆうせいこ》』の二大作のリハーサルで楚嘉禾《チュチアホー》の演技を見て、彼女はやはり二番手、三番手の器でしかないことを認めざるを得なかった。楚嘉禾《チュチアホー》だけでなく数人の看板女優《プリマ》候補たちもはるか憶秦娥《イチンオー》に及ばない。団長はひそかに決意を固めていた。憶秦娥《イチンオー》の産休が明けたら、何を置いても彼女の速やかな現場復帰に動こうと。彼女のような〝スーパースター〟がいないと、大劇団の経営は立ちゆかない。興行界は所詮、役者を飯の種にする商売だ。看板女優の一人も育てられないでこの業界を肩で風切って歩けない。ここは万難を排して憶秦娥《イチンオー》に新居を分配しよう。それができなければ、彼女を腐らせるだけだ。何人もの団員が実力行使に出てくれたのをいいことに、団長は分配問題をさっさと棚上げした。団長としての力を、あの〝お馬鹿な〟女の子のために集中することにした。ぐずぐずしていたら、自分がピエロを演じるだけだ。

とは言っても、憶秦娥《イチンオー》のことを考えると、頭痛がする。あの思いこみの烈しさは何とも度し難い。偏屈と屁理屈と片意地の塊《かたまり》と化して立ち向かわれると、こちらも思わずかっとなり、手許の電話機を振り上げて、あの石頭に投げつけたくなる。この馬鹿につける薬はないものか。あのわけの分からない想念の暗闇から彼女を解き放ち、陝西省秦劇院のために一路邁進させる方法はないものか。

単《ダン》団長はいらいらが昂じ、団長室を足音高く歩き回るばかりだった。

四十二

出産を無事終えた憶秦娥《イチンオー》は、憧れ続けた産休を楽しむときを迎えた。

劉紅兵《リュウホンビン》はせっせとフナ、ハト、豚足などを買って帰り、血の道に薬効のある朝鮮人参、当帰芍薬散《とうきしゃくやくさん》、紅《べに》ナツメ、アケビ、ドクダミなどを煎じ、彼女の母親に飲ませてもらった。しかし、彼女はほとんど食べず、薬湯にもあまり口をつけない。肥りたくない一心からだった。寧州県劇団で竃《かまど》の番をしていたころを思い出すと、ぶくぶく肥え太った廖耀輝《リャオヤオホイ》の淫らな顔が浮かんでくる。それだけで胸がむかつき、食欲を失った。

授乳の時期になっても彼女の体形に大きな変化は見られなかった。一方、彼女の母親は娘が残した食事や薬湯を残してはならぬ、捨ててはならぬの習性なのか、せっせと自分の腹の中に収めた。すると、一ヵ月ほどのうちに座るのもやっと、動くのもやっと、ズボンは腰が通らず、シャツはボタンが留まらなくなった。自分でもきまりが悪いのか、冗談口に紛らした。

「自分がお産したみたいだよ。まあ、よく食べてよく飲んだもんだ。九岩溝《ジョウイエンゴウ》に帰ったら、あたしから出るおっぱいは谷川いっぱいにあふれるよ」

憶秦娥《イチンオー》はそんな母親を見て、ただ笑っているだけだった。何がおかしいという母親に、

「帰ったら、父さんが家に置かないって言うかも」

「何でだよ?」

「太り過ぎよ。みっともない」

「あいつにそんな度胸があるもんか。それに、あいつは肥った女が好きなんだよ。村の主任の嫁さんがよく食べる女でね。いや、尻や胸のでかいこと。あんたの父さんはいつもこっそりと見惚れているよ。私が帰ったら、もうよその家のものを見ることはない。自分の家で間に合うんだから」

憶秦娥《イチンオー》は手の甲を口に当てて、くっくっと笑い、笑い終わると、思い出したように体の鍛練を始めた。彼女は別に舞台に早く復帰しようとしてるのではない。村主任の奥さんの出っ尻や、あの廖耀輝《リャオヤオホイ》の塩水にふやけたような白い下腹が目に浮かぶとぞっとして、こうはしていられないと思っただけだ。最近、運動不足がたたって、全身の肌がゆるみ、太腿にも張りがなくなった。劉紅兵《リュウホンビン》が言うことを聞かないときに回し蹴りを一発お見舞いしようとしたら、狙いが逸れて仰向けにひっくり返ったこともある。

劉紅兵《リュウホンビン》は言った。

「君にも困ったものだ。俺たち、新築の部屋に入れそうもないぞ。分配リストから外されたらしい。団長から睨まれているからな。ご機嫌伺いに行こうか?」

「そんな部屋、私は入りたくない」

「入りたくないって、入ったら、馬鹿だなあ」

「馬鹿はそっちよ。敵の思う壺じゃない」

憶秦娥《イチンオー》の母親が何ごとかと話に割りこんできた。

憶秦娥《イチンオー》はこれ以上言いたくなかったが、劉紅兵《リュウホンビン》が勝手に話し始めた。

母親は両手を腰に当て、飛び上がらんばかりに不満を言った。

「何が要《い》らないだよ? この子は秦腔《チンチアン》の小皇女《プリンセス》なんだよ。それなのに住む家もないってかい? それじゃその部屋はどんなお妃《きさき》さまのところへいくんだよ?」

母親の口は回り始めたら、誰にも止められない。本来なら、九岩溝《ジョウイエンゴウ》へ帰って年越しをし、新年を祝いたいところだが、母親としてこの一件を見逃しにできないと、単《ダン》団長のところに乗りこみかねない勢いを見せた。憶秦娥《イチンオー》は母親をなだめ、とりあえず九岩溝《ジョウイエンゴウ》へ帰ってもらうことにした。

母親を帰してから劉紅兵《リュウホンビン》は言った。新住宅への入居問題は騒ぎが大きくなり、当面収まりそうにない。その間、北山《ベイシャン》にある彼の実家で年越しをし、爺婆《じじばば》に孫を抱かせるのはどうかと提案した。

憶秦娥《イチンオー》としては自分の実家にさえ帰らないでいるのに、どうして北山《ベイシャン》に行かなければならないのかの思いが強い。彼女は誰にも会いたくなかった。誰もが彼女の顔を見た途端、聞いてくる。今度いつ舞台に立つの？　舞台復帰が待ち遠しいわ！　考えただけでうんざりする。それに、劉紅兵《リュウホンビン》の両親と顔を合わせたくないというのが彼女の本心だった。北山《ベイシャン》の両親は出産を終えたときに一度見舞いに来たが、上から目線の高飛車な物言いにかちんと来ていた。言葉の端々に隠されたトゲが後になって一々腹立たしく思い起こされた。

「この子の教育は将来の大問題よね。あなたたちみたいに大学にも行かずに世の中に出るなんてことさせたくない。この子のお爺さまだって大学さえ出ていたら、今ごろは陝西省の副省長にもなれたのに……」

この　姑《しゅうとめ》は孫をあやしながらさらに言った。

「私の孫には歌歌いや芸人の真似ごとだけはさせたくないわね。そうでしょう？　違うかしら」

彼らが来たとき、高級なカセットデッキを持ってきた。世界のクラシックの名曲が録音されているという。姑が言った。

「この子にはせっせと聴かせて頂戴。ベートーベン、モーツァルト、チャイコフスキー、幼いときから豊かな情操を養うの。秦腔《チンチアン》は駄目。あんな騒々しいものを聴かせたら、陝西人の悪い性格を植えつけるようなものだから……」

夫の実家とはいえ、こんな家で誰が年越しをしたいと思うだろうか。憶秦娥《イチンオー》は病気という口実で、行かないことにした。

（注）陝西人の性格　原文では一言で「生《せい》・冷《れい》・蹭《そう》・倔《くつ》」という。「生」は「生硬」の意で、話し方がぶっきらぼうで、生活態度も礼儀や慎みを重んじない。「冷《れい》」は「稜」に通じ、きちんとしているが、無遠慮で人物に角《かど》がある。「蹭《そう》」は性格が激しやすく強情。愛憎がはっきりし、嫉妬深い。声高な話しぶりは喧嘩しているように見える。「倔《くつ》」は偏屈で怒りっぽい性格。人と折れ合うことが苦手。総じて純朴な農民気質を持ち、節操を尊び（曲げず）、剛直で不屈の精神を持っているということか。中国の古代文明を育み、陝西省の別称となった「三秦《さんしん》」の大地、そして秦嶺山脈と黄土高原の厳しい自然が形作った性格とも言えようか。

面白いことに、年明けの初日、単《ダン》団長がわざわざ年始の挨拶にやってきた。憶秦娥《イチンオー》は何ともきまりの悪い思いをした。去年は年休を取るために団長と派手なやり合いをし、団長は彼女を世界一の大馬鹿と罵り、彼女は団長を彼女の千倍、万倍の大馬鹿だとやり返した。それからもうすぐ一年になるが、二人はずっと顔を合わせずにいた。元旦に団長が年始に出かけるのは退職した老幹部、ベテランの俳優宅と決まっているから、彼女は驚きもし、不審にも思った。団長の新年行事はちょっとした見もので、不自由な足を引きずっての訪問を受けた側は、老幹部ならずとも感涙にむせぶ場面となる。今日、団長は自らナイロンの網袋に果物、お菓子をぶら下げて道路を越え、居住区を過ぎ、階段を伝って彼女の部屋に姿を現し、彼女はどぎまぎしながら迎え入れた。

新年の口上を述べた団長は、産まれた子どもの顔を見に来たと言った。旧年は劇団の業務が多忙を極め、足を運ぶ余裕がなかったと詫びた。劉紅兵《リュウホンピン》はとっておきの酒の栓を開け、二人はひとしきり杯を交わしたが、舞台の話は一言も出なかった。団長は憶秦娥《イチンオー》によく体を休め、赤子をよく世話し、産休をよく消化するよう話してから、また一歩一歩、難儀な足を運んで帰っていった。劉紅兵《リュウホンピン》は言った。

「団長の幽霊が出たかと思った。いや、イタチが鶏小屋へお年賀に来たようなものだな。内心は焦りまくって、お前を舞台に呼び戻そうって魂胆だ」

「もう代役が決まっているんだから、私の出る幕はないわよ」

「代役は所詮、代役。西安の舞台に立たせられる代物じゃないだろう。とんだ恥さらしになりかねない。団長にはそれが見えているんだろう。だが、口に出して言えないのが辛いところだ」

憶秦娥《イチンオー》はそれ以上何も考えたくなかった。毎日舞台のことを忘れて過ごせるのは何と素晴らしいことだろう。日中は子どもをあやして過ごし、夜は心ゆくまで眠り、一日二十四時間、じりじり鍋で炒《い》られるような悩み、苦しみから解放された。誰も彼女の陰口をきく人間はいない。これが天国のような暮らしというのだろう。

しかし、夢のような日は長く続かなかった。こんなはずでは、と思わせるようなことが彼女を戸惑わせている。まず、劉紅兵《リュウホンピン》が家に居着かなくなった。家を出たら、夜中過ぎまで帰らない。接待だというが、何の接待か分かったものではない。北山《ベイシャン》の西安事務所に何度か電話を入れると、今客を接待中だという返事が判で押したように返ってくるのが、いかにも嘘っぽい。劉紅兵《リュウホンビン》は自分に不満を持っていると彼女は感じた。妊娠してから夜の営みがとんとご無沙汰になった。妊娠四、五ヵ月のころ、劉紅兵《リュウホンビン》は何やらの本を買ってきて、彼女に向かって念入りに読んで聞かせた。この数ヵ月は〝あってよいが、無理強いはいけない、やさしく思いやりをこめたものでなければならない〟とある。彼女にはまるでその気はない。劉紅兵《リュウホンビン》も無理強いすることなく、恐る恐る小手試しのつもりだったが、双方さっぱり感興が湧かず、それっきり沙汰止みになってしまった。加えて、乳飲み子が朝も昼も夜もむずかり、泣きわめく。劉紅兵《リュウホンビン》はいろいろな口実を設けて家を空ける。彼女は家に閉じこもり、子どもをあやして寝かしつけ、一人の時間を過ごす。次第に孤独感が彼女の心を締めつけた。これまでは寝ても寝たりず、くたくたに疲れ、稽古場と舞台の間に束の間の休息があった。今は休息に疲れ、眠るのが苦痛になってきた。

ある日、叔父の胡三元《ホーサンユアン》がひょっこりと訪ねてきた。前回、向かっ腹を立てて帰ったものの、考えに考えてまたやってきたという。叔父の言うことを聞こうと聞くまいと、どうでも聞き分けてもらわねばと、一歩も引かぬ構えだ。

「お前をこの道に引きずりこんだのはこの俺だ。叔父として先達《せんだつ》として、これからもお前の鼻づら取って引き回す。手はゆるめない。中途でつぶしてたまるか」

叔父は一人で来たのではない。姉の胡秀英《ホーシュウイン》（憶秦娥《イチンオー》の母親）まで連れていた。そのわけは、憶秦娥《イチンオー》の子どもの面倒を見させようという魂胆だ。憶秦娥《イチンオー》の手を解き放ち、どんと彼女の背中を押して鈍《なま》った体を鍛え直す。手厳しいことが言えるのは叔父しかいないと考えたのだ。

「産休か何か知らないが、これ以上のほほんとしていたら、本当に家庭婦人になっちまうぞ」

春節が始まってから、憶秦娥《イチンオー》は心が定まらず、焦りにも似た毎日を送っていた。自分は毎日子育てにかかりっきり、劉紅兵《リュウホンビン》は仕事と称して忙しいふり。帰ってくるのは夜中過ぎで、したたかに酔っている。彼女は回し蹴りや拳打ちをお見舞いする。手加減はしても、腹立ちまぎれであることに変わりはない。劉紅兵《リュウホンビン》は夜の夫婦生活はすっかりご無沙汰になり、淡白そのものだ。その分、酒の量が増えたのか、彼女の実力行使に反撃を試み、飛びかかってくるが、彼女にかなうはずはない。彼女の方にも反感が生まれ、二人は別々に寝るようになった。劉紅兵《リュウホンビン》は毎日、死んだ豚のよう寝汚《いぎたな》くソファの上にのびている。彼女は突然、舞台の生活が懐かしくなった。

舞台に立つことの苦しみ、その根深い疲れは自分の命が霞んで見えることとさえある。しかし、そういった疲れは観客の拍手というお返しがある。疲れはしびれるような快感の中で雲散する。彼女は何度も思い返す。一年前に突然下したあの一大決心は一体何だったのか？　二度と主演はやらないと決めたのか？　今にして思うと、それは疲れだったのではないか？　思うに任せない毎日に苛立っていたのではないか？　『白蛇伝』『遊西湖《ゆうせいこ》』『遊亀山《ゆうきざん》』という超大作を三本抱え、、文武の演技を極限まで求められて押しつぶされそうになっていたのではないか？　もう駄目、もう限界と悲鳴を上げ、「助けて」と信号を送っていたのではなかったか？　その上、単《ダン》団長はさらに難物の新作を持ちかけてきた。『穆桂英大破洪州《ぼくけいえいたいはこうしゅう》（穆桂英洪州を大破する《ぼくけいえいこうしゅうをたいはする》）』の名を聞いたときは胆がつぶれる思いだった。これをおとなしく聞いたら、続編の『穆柯寨《ぼくかさい》』、『十二寡婦征西《じゅうにかふせいせい》』が目白押しだ。命がいくつあっても足りない。

（注）穆桂英《ぼくけいえい》　宋朝に使えた楊一族の盛衰を描いた『楊家将演義《ようかしょうえんぎ》』に登場する女将軍・穆桂英は、文武を兼ね備えた魅力的な女傑。中国の数ある歴史小説の中でも一番人気のある人物。『楊排風《ようはいふう》』にも登場する焦賛《しょうさん》や孟良《もうりょう》も彼女にかかったらこてんぱんにやられてしまう。

実際、単《ダン》団長から顔を合わせる度に繰り返し聞かされていた。若いときの苦労は身につくものだ。立ち回りの難技に総当たりしろ。天下無双の女優になれと。そのとき団長がずらずらと挙げた作品は『西遊記・無底洞』の女怪、水滸伝『扈家荘《こかそう》』の扈三娘《こさんじょう》、『説岳全伝・戦金山《せつがくぜんでん・せんきんざん》』の梁紅玉《りょうこうぎょく》、『両狼関《りょうろうかん》』、『白蛇会子・女殺四門《はくじゃかいし・じょさつしもん》』の劉金定《りゅうきんてい》、『薛《せつ》丁山《ていざん》・三請樊梨花《さんせいはんりか》』の樊梨花《はんりか》など、何と途方もない。人を不死身の金剛力士とでも思っているのか。陝西省秦劇院に身も心も捧げてぼろぼろになるまで働けということか。そう言う単《ダン》団長はとことん人の面倒を見て、骨を拾ってくれるというのか。彼女は怒りより目のくらむような恐ろしさで身が震えた。逃げるしかなかった。そのとき、彼女は主役を張るということが何なのかよく見えていなかった。反吐《へど》にまみれて自分の体をいじめ抜き、馬鹿と呼ばれながら人の恨みと妬みを買って、一体、何の得《とく》があるというのか。昼夜自分なりに考え抜き、いわば後ろ足で砂をかけるようにこの世界から足抜きをしたつもりだった。今、ゆっくりと主役を張ることの意味を噛みしめている。

　主演女優とは何だろうか？　主役とは、そこに出現した一つの劇的世界であり、それ自体一つの作品だ。そこにめいめいが生活を持ち、仕事を持ち、喜怒哀楽を織り交ぜた共同体を構成する。その隊伍を自分の腕で抱きしめ、体験を共有し、この世界を維持するために支え合い、折り合いをつけ、依存し合い、一つの光源のもとに照らし出すのが主役の役割なのだ。俳優やスタッフの人格、演技力、仕事ぶりに不満を持っても、それで不機嫌になったり、相手を詰《なじ》ったりしてはならない。自分が気に食わないからといって、稽古や開幕を遅らせたりしてはならない。そこに集う人間にきちんとスポットを当て、フォーカスし、フォローしなければならない。それが主演女優の務めなのかもしれない。

　憶秦娥《イチンオー》に見えてきたことがある。一旦芝居が始まったら全劇団の二百人近い団員がみな自分を中心に回り始める。単《ダン》団長と言えども彼女を座長とする〝一座〟に組みこまれるのだ。彼女が具合が悪いと言うと、団長は足を引きずりながら行ったり来たりして気を揉み、元気づけようとする。彼女が風邪をひいたと言う。単《ダン》団は一緒に咳をしてみせる。そのときの自分や周囲を冷静に見つめる目を持っていたなら、自分がみんなから取り囲まれ、注目され、ちやほやされ、持ち上げられ、ときには警察の護衛がついたりの特別扱いに気がついただろう。それをうざったく、嫌悪感さえ感じていたのは、世間知らずの少女の潔癖感、癇性《かんしょう》のようなものではなかったか。今ならそれをうれしく、ありがたく受け入れられる。

　彼女が最後に地方巡演をしたとき、どこへ行っても押すな押すなの人波に揉みくちゃにされ、食事の席には地位も立場もある人たちに囲まれた。彼女に向ける顔は、みな上気させ、火照《ほて》らせ、すがるような眼差しには甘えと嫉妬の色さえ読み取れる。十重二十重のファンは手をちぎれるほど小旗のように打ち振り、その化粧はまるで一家一族みたいにそっくりそのまま彼女を真似ている。彼女のファッションを食い入るように見つめ、黒か白かピンクか下着の色まで見通そうとするかのようだ。彼女の眠りが妨げられることもしばしばだった。家の前を行ったり来たり、中には窓ガラスに鼻をニンニクのようにすりつけ、彼女が眠っているのか起きて何かをしているのか、薄いカーテンを通して中をうかがっている。

　野外公演のときは、メイクも野外で行ったが、公演が終わっても客は帰らず、間近からメイク落としを見届けようとする。身動きの取れなくなった彼女のために警察が出動し、彼女の手足を担ぎ上げて脱出劇を演じた。ここで彼女が思い起こしたのは、叔父の胡三元《ホーサンユアン》が寧州の公開裁判に引き出され、トラックで街頭を引き回されたときのことだった。全身が犯人みたいに縛《いまし》められ、まるで刑場に運ばれるような恐怖、不吉なものを感じないではいられなかった。彼女は担がれたまま子どもみたいに手足をばたばたさせた。だが、警官たちはここで彼女を振り落としてしまったら、自分まで人流に飲みこまれてしまう。まるで鉗子《かんし》で締めつけるように力をこめて彼女から自由を奪った。そのとき、どうしてやみくもな恐怖に駆られたのか分からない。今は幼いころの記憶を呼びさますような懐かしさ、甘酸っぱさで蘇ってくる。

　主演女優、何と素敵な商売だろう！　誰の目も気にしない今の暮らしはのんびりと天国に遊ぶ心地だが、それは最初のうちだけだった。こんなはずではなかった。このもの足りなさ。新聞に彼女の記事が出ない。テレビに彼女の顔が映らない。彼女の特集番組を作っていたテレビ局からも半年以上声がかからず、彼らは今、楚嘉禾《チュチアホー》を追い回している。あれほど彼女に熱を上げ、毎日リポーターを貼りつけて密着取材していたのに、今は手の平を返したようにそっぽを向いている。その冷たさ。鍛冶屋が真っ赤に焼けた鉄を冷水にじゅっとつけるようなものだ。鉄は青い煙を上げたかと思うと、灰褐色の骸《むくろ》に変わり果てる。煩わしいほど彼女に貼りついてた劉紅兵《リュウホンビン》まであれこれ口実を設けて家を空け、彼女を避けているのだから、他人が彼女に寄りつこうとしないのも無理はない。彼女の叔父は一言で彼女の今を言い当てた。

「お前はあっという間に〝守《も》りっ子〟になるだろう」

　これは寧州県九岩溝《ジョウイエンゴウ》独特の言い方で、西安などの大都市がお手伝いや子守りを探すとき、九岩溝《ジョウイエンゴウ》がその供給地になっていたことを物語る。そこには十四、五歳の少女があり余っているから、住み込みで食事つき、一ヵ月十五元（約二百六十円）、一回の食事代にも満たない劣悪な賃金で雇われる。もし、億秦娥《イチンオー》が寧州県劇団に入っていなければ、同じ運命をたどっただろう。叔父が言いたいのは、せっかく劇団に入れたのに、何が悲しくて〝守《も》りっ子〟になりたいんだいうことだ。

ちょうどこのころ、北山《ベイシャン》の劇作家・秦八娃《チンバーワー》がまた西安に姿を現した。

秦八娃《チンバーワー》は新作『狐仙劫《こせんこう》』を携えていた。

彼はもう長いこと憶秦娥《イチンオー》のニュースに接していなかったが、子どもを産んだという噂を聞いた。憶秦娥《イチンオー》のためには惜しむべきことだった。数十年に一度という天才、秦腔《チンチアン》界の至宝と目された才能がどうして劉紅兵《リュウホンビン》とかいう政府高官のどら息子にたらしこまれ、一緒に住む羽目になったのか？

「人を玩《もてあそ》べば徳を失い、物を玩べば志を喪《うしな》う」というが、憶秦娥《イチンオー》を掌中《しょうちゅう》の珠として血道を上げた不徳喪志《ふとくそうし》の男がいて、その餌食《えじき》になったのだろう。災難なことだが、彼女の将来にとっても、演劇の生命にとっても痛恨の極みだ。女優として花の盛り、芸道の上げ潮に乗ろうとする矢先に子どもを産もうとは、一体、何を考えているのか。特に立ち回りを表芸とする者にとっては何よりも気力、機敏、技の切れ味が身上だ。子どもを産むことで気力が失われるだけでなく、育児に追われているうちに芸の勘、つきから見放され、持ち前の機敏さ、粘り強さもきれいさっぱりなくなってしまうだろう。秦八娃《チンバーワー》がこの噂を聞いたとき、『狐仙劫《こせんこう》』の筆を折るしかないと思った。心血を注ぎ、仕上げを目前にしていたが、憶秦娥《イチンオー》はもはこれを演ずるに値しないと。

しかし、正月三日、省秦劇院の単仰平《ダンヤンピン》団長が突然、不自由な足を引きずって秦八娃《チンバーワー》の家を訪ねてきた。新年の挨拶にかこつけて、本意は台本の催促にあることは見え透いている。劇団長たちが喉から手が出るほど欲しがっているもの、それはよい台本、これに尽きるからだ。

「憶秦娥《イチンオー》にはがっかりだ」

秦八娃《チンバーワー》がこう語り始めると、単仰平《ダンヤンピン》が話題を奪うように身を乗り出し、輪をかけて憶秦娥《イチンオー》のこきおろしを始め、悪口雑言を一渡り並べた上で言った。

「この馬鹿は並みの馬鹿じゃない。馬鹿の二乗、馬鹿の四乗とこれからも一緒にやっていかにゃならんのです。馬鹿は馬鹿なりに可愛いし、これが秦腔《チンチアン》の役柄《キャラクター》にうってつけときた。娘役、立ち回り、二つながら神がかり、金《かね》の草鞋《わらじ》で尋ねても二人といない逸材、わが団の宝物です。馬鹿だから余計、放っておけない。こうなったら一蓮托生、馬鹿と一緒に首くくりと腹を据えました。今回、ここに来たのは、ほかでもない。秦《チン》先生の教えを乞うためです。先生、馬鹿につける薬はないものでしょうか?」

二人はあれこれ知恵を出し合い、秦八娃《チンバーワー》の新作『狐仙劫《こせんこう》』に話が及んだ。憶秦娥《イチンオー》がこの新作に興味を示せば、しめたものだ。また舞台に復帰して〝秦腔《チンチアン》の小皇女《プリンセス》〟の命を永らえさせることができるかもしれない。二人の話は熱を帯びた。秦八娃《チンバーワー》は中断していた原稿に取りかかり、一気呵成に書き上げた。

秦八娃《チンバーワー》はできあがった原稿を妻に読んで聞かせた。人物になりきって情景を生き生きと彷彿させた。妻は大豆をすりつぶす石臼を回しながら何度かそっと涙を拭い、秦八娃《チンバーワー》はこれを盗み見ている。読み終えた夫を、妻は大いに誉めて言った。

「いい芝居だ。笑わせて泣かせる。筋立てもあれこれあって面白い」

妻はそう言いながら、ぴりりとカラシを利かすことも忘れない。

「お前さんは一生、女の芝居を書き続けるつもりかい」

彼は笑って答えた。

「男の芝居は書いてもつまらんし、見ても見栄えがしないからな」

妻はニガリを入れる柄杓で夫の背中を力任せに叩いて言った。

「この老いぼれの色気違い!」

秦八娃《チンバーワー》の想像の中で、憶秦娥《イチンオー》はもうかつての憶秦娥《イチンオー》ではなかった。彼の村に来た少女期のあの好ましさは一も二もなく老人の相好《そうごう》を崩させるものだった。だが、子どもを産んだ女の体の衰えは悪い方にしか思い浮かばない。彼女の家の扉を開いたとき、秦八娃《チンバーワー》はまさかとわが目を疑った。憶秦娥《イチンオー》はしなやかな身ごなしで彼の前にすっくと立っている。白皙《はくせき》の面立ちは幼さを抜け出してきりりと引きしまり、成熟に向かう美しさを帯びている。白い稽古着でぴったりと身を包み、トゥシューズのような赤い靴に髪を束ねる赤いリボンテープ、全身から生命力を発散させている。子どもをベッドで寝かせ、彼女はもう一方の壁に向かって倒立して息を弾ませ、大粒の汗を流している。

彼女が子どもを産んだと言うことを知らなければ、彼女が母親になった憶秦娥《イチンオー》だとは誰も思わないだろう。

秦八娃《チンバーワー》は驚喜に近い感情が湧いてくるのを抑えられなかった。

憶秦娥《イチンオー》は秦八娃《チンバーワー》の姿を認めると望外の喜びを全身で表して言った。

「あらまあ、秦《チン》先生、どうしたんですか?」

「我らが希望の星を見るためにはるばるやってきた」

「何が希望の星ですか。ご覧の通り、舞台を離れて一年以上、一児の母になりました」

秦八娃《チンバーワー》はベッドで眠る子どもを見ながら言った。

「心配していたんだ。せっかくの天分がありながら子どもを持つのは早すぎないかと」

憶秦娥《イチンオー》は子どもをいとしげに見つめていった。

「子どもって可愛いものです。一日中眠っているのを見ると、この世の憂さはみんな吹き飛びます」

「汗びっしょりかいて、修練はやめていないんだな」

「ちょっと体ならしに。閑と言えば閑ですから」

「いつまでも閑にしていることはない。体を鈍らせると、憶秦娥《イチンオー》よ。お前の仕事はお終いだ」

憶秦娥《イチンオー》は笑って答えた。

「そのときはそのとき、私には子どもがいます」

「子どもは誰でも育てられるが、お前には秦腔《チンチアン》に対する責任がある」

憶秦娥《イチンオー》は微笑みを手の甲で隠して言った。

「私は団長でもなければ劇団幹部でもない。陝西省の戯曲学院(古典劇専門の大学)や易俗社(上巻二〇六ページ参照)

の代表でもありません。そんな大きな責任を負う力はありません」

「秦娥《チンオー》よ。秦腔《チンチアン》がお前ほどの人材を得るのは容易なことではない。自分を粗末に扱ってはならんぞ」

このとき、憶秦娥《イチンオー》の母親胡秀英《ホーシュウイン》が市場の買い物を終えて帰ってきた。

憶秦娥《イチンオー》はあわてて秦《チン》老師を紹介した。秦八娃《チンバーワー》は挨拶を返していった。

「これは結構なことだ。お母さんがここで子どもの面倒を見てくれる。君は心おきなく本業に打ちこめる。うん、これでいい」

「そうなんですよ。買い物に行くたびに言われるんです。お宅の娘さんは最近さっぱり見かけないけど、どうしちゃったんだいって。みんなこの子の舞台を見たがってるんです」

憶秦娥《イチンオー》は困ったものだと思っている。どこへ行っても自分は憶秦娥《イチンオー》の母親だと吹いて回る。ここらで憶秦娥《イチンオー》を知らぬものはないから、いっぱしの顔になっている。ネギを買っても、ニンニクを買っても「娘さんに食わせなよ」と小銭を受け取らぬ店もあれば、黙って買い物籠にどさっと入れてくれる店もある。それだけではない。近所の人が「みんな言ってる」と、街の注文も一手に引き受けて帰ってくる。

「あんたの娘さん、どうして舞台にでないんだい。子どもが生まれたからといって、引っこんでちゃいけないよ」

秦八娃《チンバーワー》が来てから十数分後、まるで示し合わせていたかのように単《ダン》団長と封導《フォンダオ》が連れだってやってきた。おまけに豚足の煮浸し、鶏の丸焼き、西凰酒《シーフォンジョウ》までぶら下げて、ここで秦八娃《チンバーワー》の新作の完成祝いをするためだと言い、このとき憶秦娥《イチンオー》は初めて知ったのだが、秦《チン》老師は彼女を主人公に、まるで彼女を採寸したかのような特別誂《あつら》えの作品を書き上げてきたのだと言う。秦八娃《チンバーワー》はこの作品に満足している。酒の勢いで自信のほどを示した。

「私は自分を叱咤激励した。長年志を断ち、筆を折ったままでいたが、一度筆を執るや、江河《こうが》の覆《くつがえ》りし如く、とどまるところを知らず、一気呵成に書き上げた。願わくば、省の秦劇院に二度目の創作を委ねたい。だが、一つだけ申し添える。もし、憶秦娥《イチンオー》がこの舞台に立たぬとあらば、この台本を直ち引き上げ、持ち帰る。私は秦劇院の禄を食《は》む者ではなく、諸君らの僕《しもべ》でもない。ただの田夫《でんぶ》野人《やじん》、村の文化センターの隅でほこりをかぶっている年代物の置物に過ぎない。女房が作る豆腐で日々の糧《かて》を得ておるが、売文《ばいぶん》はせず、諸君らにこの台本を提供する義務もない。特に……諸君らの二流、三流の大根役者の手に渡るのだけはご免蒙る。私は願うのは……ただ一人、憶秦娥《イチンオー》あるのみ……」

酒の酔いに見せかけた秦八娃《チンバーワー》の言葉に、憶秦娥《イチンオー》は涙が止まらなかった。彼女はその台本をおし戴く思いで深々と頭を下げた。

休暇はこれでお終い、劇団に出勤する。

四十三

憶秦娥《イチンオー》の出勤は劇団員たちをぎょっとさせ、多くの憶測を生んだ。どうせ新住宅の分け前にあずかるためだろう、何と変わり身の早いことか。あっという間に子どもを産んで、あっという間の現役復帰。まるで〝妖怪〟じみている。普段はぼうっとしているように見せかけて、いざとなると、こんな〝荒技〟を繰り出してくる。劇団も彼女に対して大甘だから、部屋の分配が終わったら、また産休入りを認めるのではないか……。

そんな取り沙汰にも秦娥《チンオー》はどこ吹く風、稽古場で黙々と汗を流すほか誰とも余計な口をきかない。劇団が新作『狐《こ》仙劫《せんこう》』の公演を発表して、劇団員たちは初めて知った。今年の十月、上海で国家主催の演劇祭が行われることになり、憶秦娥《イチンオー》が帰ってきたのはこれに参加するためだったのだ。みんな内心、面白くないが、上海の大舞台で全国の名優たちの向こうを張れる役者は憶秦娥《イチンオー》以外にいないことも知っている。いつの間にか、憶秦娥《イチンオー》は劇団の中心的位置に返り咲いていた。

憶秦娥《イチンオー》が全国大会の主役を射止めたことに、腹が癒《い》えないのは楚嘉禾《チュチアホー》だった。丁《ディン》副団長の家に駆けこんで大泣きに泣いた。

「そもそも劇団を困らせたのは誰？　急場に狩り出されて身代わりになったのは誰？　なのに何であの子が〝いい子、いい子〟されて、私は使い捨てのスリッパにされちゃうの？　この一年、私は文句一つ言わず歯を食いしばり、命がけでやってきた。なのに団長はまたぞろ山出しの子持ち女を担ぎ出して、お世辞たらたら、主役までやらせるのはどういうこと？　私たち、馬鹿みたい。私の苦労は何だったの？　ドブに捨てたようなものよ」

丁《ディン》副団長は弁解した。この新作の主役は勿論、楚嘉禾《チュチアホー》にと頑張ったが、作者の秦八娃《チンバーワー》に押し切られた。秦八娃《チンバーワー》がこの作品を書いたのは憶秦娥《イチンオー》にやらせるためで、もし、ほかの人間にやらせるなら、台本を引き上げると言われたと。丁《ディン》副団長の妻は夫につかみかからんばかりに激怒した。

「揃いも揃って役立たずの〝だら幹〟どもが雁首並べて、それで劇団の先人に申しわけが立つのかい。何だって、そんなへっぽこ作者の言うなりになるんだよ。その秦八娃《チンバーワー》ってのは何者さ？　聞いただけで田舎臭い、犬の糞みたいな名前だよ。賈平娃《ジャーピンワー》ならまだしも（陝西省の高名な小説家賈平凹《ジャーピンアオ》と混同している）、何が八娃《バーワー》だい、九娃《ジョウワー》にでもすりゃいいじゃないか。八娃《バーワー》か九娃《ジョウワー》か知らないが、そんな作品、衣装箱にも放りこんで、掛け合い漫才でもやればいいだろう」

丁《ディン》副団長は言った。秦八娃《チンバーワー》は大劇作家だ。賈平凹《ジャーピンアオ》より早く名が出て一九五〇年代にはもう人気作家になっていた。彼に執筆を頼むこと自体が難事業なのだと。だが、彼の妻はその話を遮ってまくし立てた。

「だから、言ってるだろう。そんな男に頼んでどうするんだっちゅうの！　お前さんたち、その娃《ワー》（子ども）にからかわれているんだよ。そんな餓鬼、どこへでも行って勝手に遊んでろって！　それにしても、その男、憶秦娥《イチンオー》のために書いたなどと、態度がでかいじゃないか。誰に書かせるか、誰にやらせるかそもそも業務課の仕事じゃないか。お前さんも先祖のおかげでかろうじて副団長になったが、どうやら名ばかりだね。ただ突っ立ってる木偶《でく》の坊じゃないか。何が何でもこの子に主役をやらせな。この子は私の娘同然なんだ。こんな素質のよい子が力を発揮できずに腐らせておくなんて、あんた方幹部どいつもこいつも職務怠慢、みんな首だよ。特にあんたは副団長で業務課長を兼務していて何てざまだい。主役はこの子だと団長の口から言わせれば済む話だろうに。それもできないなんて、ワタのない瓜かぼけなすだよ。

副団長の妻の嵩《かさ》にかかった物言いは実のところ、楚嘉禾《チュチアホー》に見せる演技だった。楚嘉禾《チュチアホー》の『白蛇伝』、『遊西湖《ゆうせいこ》（西湖に遊ぶ）』は憶秦娥《イチンオー》にはるかに及ばない。しかし、この子は毎日のようにやってきて、その都度手土産を忘れず、手ぶらで来たことはない。彼女の母親も三日と空けずにやってきてはおしゃべりし、娘自慢をして帰っていくが、やはり付け届けを忘れない。しかし、副団長の妻は夫に楚嘉禾《チュチアホー》のえこ贔屓《ひいき》になるような見え見えの工作はさせていなかった。それは団長に対して出過ぎたことになるし、それが通用する相手ではないことも承知している。団長は日常の一般的なことについては彼女の夫の意見を受け入れるが、劇団の根幹に関わることには定見を持ち、劇団運営に老成した手腕を見せる。こうと決めたことは誰が何と言おうと、自説を曲げることはなく、劇団員もこれに一目置いている。

「俺たちは舞台芸術を生業《なりわい》としている。つまり、芸を売るのが商売だ。芸の達者な者を人気商品に仕立て、大いに売り出す。カラーテレビや冷蔵庫の会社がよい製品を作るのと同じだ。我らの陝西省秦劇院がどこにも負けない舞台を作り出さなければならないのは議論の余地がない。我々が生き残るためにはこの道しかない。さもなければ、我々二百人の劇団員、食べた米、食べた麺を糞《くそ》に変える手立てはなくなるだろう」

言葉は汚いが、誰も逆らう者はいない。丁《ディン》業務課長が副団長に昇進しても、この大勢に逆らうわけにはいかない。それでも丁《ディン》副団長は楚嘉禾《チュチアホー》に役をあてがうために頑張った。たとえそれが脇役で、台詞が憶秦娥《イチンオー》の五分の一しかなくても、ポスターや上演プログラムには楚嘉禾《チュチアホー》の名前を憶秦娥《イチンオー》より前に出した。なぜなら、役の上では楚嘉禾《チュチアホー》は憶《イ》秦娥《チンオー》の「姉」だったからだ。

『狐仙劫《こせんこう》』が稽古に入った初日、封導《フォンダオ》は特に作者の秦八娃《チンバーワー》を稽古場に招き、挨拶と作品の解説を依頼した。秦八娃《チンバーワー》が稽古場に入った途端、俳優やスタッフたちはどっと笑った。単《ダン》団や封導《フォンダオ》は団員がなんで笑ったのか分からずに、きょとんとしている。秦八娃《チンバーワー》の名を知らぬ者はいない。彼が全国に名を轟かした一九五〇年代から六〇年代はまだ二十数歳だったから、実物がまさかこんな風采の上がらぬ、田舎臭い老爺だとは思わなかったからだ。劇団の人間はいくつになろうと〝見た目〟の勝負だ。誰かが言った。秦八娃《チンバーワー》の見た目は、誰が見てもアニメの『斉天大聖竜宮を騒がす』の亀だった。ある者は恐竜だと言った。またある者は異星人《エイリアン》だと言った。なぜならまん丸の二つの目がとても小さいのに、目と目の間が飛び離れて遠く隔たっており、その二つがばらばらに位置し、勝手な方向を向いているさまは見る者に滑稽感を抱かせずにおかない。道を歩くときは四肢の動きがちぐはぐになる。手が長くて膝を越えるのは、足が短いせいかもしれない。体格は頑健そのもので〝虎の背、熊の腰〟と呼ばれている。稽古場に入ってきたとき、百を越える瞳の注視を意識してか、右手と右足が同時に出る「ナンバ歩き」になっていたが、みんなが笑ったのはこのせいばかりでない。『狐仙劫』には秦八娃《チンバーワー》が憶秦娥《イチンオー》に捧げた熱烈な〝献辞《オマージュ》〟がこめられており、この噂話がさまざまに増幅されて喧伝《けんでん》された上、その最後には必ず「老いた色魔」の一言がつけ加わっていたからだ。彼が稽古場に姿を見せたとき、劇団員たちはその古怪な風体に衝撃を受けただけでなく、さまざまな思いが重なって茫然となり、笑うしかなかったのだった。

秦八娃《チンバーワー》が口を開くや否や、たちまち満場の注意を引きつけた。

「芸術家《アーティスト》諸君、私は皆さんの舞台をいつも遠くから見るだけで、このような至近からご尊顔を拝するのは初めてです。お側にいますと、みなさんの気迫にたじたじとなります。この時代に立ち向かい、大きな貢献をしているお働きを次の二句にまとめて皆さまに捧げます。〝青年客気　驕《おご》りの春の美しきかな〟。それに引き換え、この私の体《てい》たらく、皆さんがご覧になった通りです（拍手と笑声）。諸君は時代に輝きを与え、私は時代に恥をさらす（再び拍手が沸き起こる）」

秦八娃《チンバーワー》は意表を突いた挨拶で劇団員の心を一気につかみ、おもむろに作品について語り始めた。

「この『狐仙劫《こせんこう》』の出所は長く世に伝わる民話です。これを種本として新たに筆を起こしたのは、今こそ語るべき意義があると思ったからです。登場するのは、劫《こう》を経た（長年修行を積み霊力を身につけた）狐たち。清らかな水のほとり、四季折々の花咲く高山に住んでのんびりと畑を耕し、機《はた》を織り、心静かな毎日を送っていた。だが、ある日、金持ちの狐がやってきた。偉そうにふんぞり返って、宝石や金の指輪、腕輪をじゃらじゃらさせ、金の臭いをぷんぷんさせている。この世はすべて金次第、お前たちは畑を耕し、機を織るしか能のない田子作《たごさく》、抜け作揃いだ。この貧乏暮らし、何が面白くて生きている？　仙人の修行をして空でも飛ぶ気か？　金持ち狐は鼻先でせせら笑って言った。無病息災、不老不死とて金で買えないものはない。この世は才覚次第で面白おかしく暮らせるものを、いたずらに身を労するのは愚の骨頂だ……この言葉は狐社会に深刻な動揺と分断をもたらすものだった。この村に九人の美しい娘を持つ狐の大家族があり、貧しさゆえに一家離散の危機にさらされていた。金持ち狐はこの家の娘数匹を金の力で騙し、連れ去って囲いものにした。九番目の末娘は気丈なしっかりものだった。ときに激しい性格を見せ、いつか一家の要《かなめ》となっていた。金で買われた数匹の姉狐を取り返そうと、身につけた霊力を発揮し、獅子奮迅の働きで救出し連れ帰った。だが、姉たちは畑を耕し、機を織るという昔の〝赤貧〟の生活に戻ることはできなかった。一匹、また一匹と金持ち狐の〝快楽の別荘〟へと逃げ出していった。姉狐たちはたとえ富者の慰みものになっても、自分の力で働く意欲を失っていたのだ。かつて貧しくても楽しい生活を送っていたこの村で、九番目の末娘だけがなおも畑を耕し、機を織る暮らしを頑固に守り続けていた。だが、美しいこの娘を狙って多くの金持ち狐、金持ち狸たちが集まり、我が物にしようと競い合っていた。ついに力ずくで捕らえようとする狐の一団がこの娘を襲い、まるで狩りをするように十重二十重に取り囲み、追い立てた。激しい戦いの末、九番目の末娘は高い崖の上から身を投げて自らの命を断ったのだった……。これは悲劇です。この物語が生まれたのは私の隣村で、長く語り継がれてきました。彼女が身を投げた崖は今も「狐仙《こせん》の崖《がけ》」と呼ばれています。私はこの伝説をまず曾《ひい》婆さんから聞かされ、次いで婆さん、そして母親から数限りなく聞かされて今では体の一部になっています。私は民間伝承の収集と整理を職業としてきました。この物語もその一つで、興味深くはあってもそれほどの新味を感じないできました。しかし、ある日私は突然、この物語に新しい意味を見出しました。これから先十年、二十年、いや三十年、この物語はその意味を持ち続ける。それが何か、今はまだ分かっていない。それを明らかにするのは諸君だ、諸君に托したい。芸術家《アーティスト》たる諸君がこの物語に生気を吹きこみ、現代に生き生きと蘇らせていただきたい。くれぐれもよろしく頼みます。ありがとうございました！」

秦八娃《チンバーワー》が話し終えてしばらく、稽古場は何の反応も示さなかった。沈黙を破るように薛桂生《シュエグイション》が手を打ち、劇団員たちがつられるように拍手を始めた。丁《ディン》副団長が秦八娃《チンバーワー》に質問を試みた。

「この芝居では金持ち狐の暴力が過度に描かれており、市場経済の時代にそぐわないという見方もあると思いますが」

秦八娃《チンバーワー》が直ちに答えた。

「金持ちがどうやって金を儲けたか、金と痰壷は溜まるほど汚いと言うが、今は誰も何とも思わなくなった。しかし、中国の伝統劇ではあくどい稼ぎ方や血も涙もないやり方に対して終始批判的で、ときに痛烈にその手口を暴いてきた。これは芸術家《アーティスト》の立場が問われる問題でもあるが、まさか現代の人間の方が昔よりまだましとでもおっしゃりたいのかな？」

薛桂生《シュエグイション》がまた先頭切って拍手を送った。丁《ディン》副団長は顔を紅潮させ、耳の付け根まで赤く染まった。

秦八娃《チンバーワー》は稽古場での挨拶を終えた後、憶秦娥《イチンオー》としばらく話しこんだ。まず芝居と人物造形について、次いで俳優の修業についてだった。秦八娃《チンバーワー》は憶秦娥《イチンオー》という俳優を高く評価し期待も高いだけに、普段の鍛錬にも高いハードルを課していた。彼は家から数冊の本を携え、西安に着いてまた書店で数冊買い足して、彼女の家のテーブルにどさっと積み重ねていた。以前に渡した本はすべて読み終えたかという問いに、彼女は恥ずかしそうに手の甲を口に押し当てた。秦八娃《チンバーワー》はさらに問い詰めた。

「時間がないのか、それとも途中で止まってしまったのかね」

「いえ、ページを広げるとすぐ眠くなって……」

「『千夜一夜』も眠くなるのかね？」

憶秦娥《イチンオー》は笑って答えない。

「『西遊記』もかね？」

「読めない字があって……」

「字典を引けばいいだろう」

「引いたけれど、読めない字が多すぎるから面倒になって……」

「分かった。それではやり方を変えよう。君の記憶力は抜群だから、暗誦に変えよう。どうかな？」

「暗誦って、何を？」

「唐詩、宋詞、元曲、それぞれ百首ずつだ。『白蛇伝』や『遊西湖《ゆうせいこ》（西湖に遊ぶ）』の台詞を暗誦できたんだから、できないことはない。君の記憶力をもってすれば、二、三日で一首、数年かからずにできるだろう。どうだ、やってみるか？」

憶秦娥《イチンオー》はうなずきながら答えた。

「以前にもやったけれど、続かなくて……」

「やり遂げるんだ。これができなければ、私はもう君のために芝居を書かない」

憶秦娥《イチンオー》はまた手の甲を口に押し当てた。

秦八娃《チンバーワー》も笑って言った。

「空っぽの頭で芝居してどうする。頭を使うんだ」

「秦《チン》先生もやっぱり私が馬鹿だと思ってるんですか？　あんまりです。私が本当の馬鹿で、使う頭がなかったら、どうして白娘子《はくじょうし》や李慧娘《りけいじょう》や楊排風《ようはいふう》が演じられますか？」

秦八娃《チンバーワー》は思わず笑い出していった。

「あははは、以前から聞いていたが、君は馬鹿と言われるのが嫌いなようだ。だがね。君に向かって誰かが馬鹿と言ったとき、どんなとき、どんな気持ちだったか、よく考えてご覧。まず、その人は正直で悪気はない。次に君の天性の才能をいうとき、ほかの言葉が見つからなかったとき、そして君が可愛くて言ったときだ」

「でも、先生は今おっしゃった。空っぽの頭で芝居はできない。頭を使えと。私は本当に馬鹿なんですか？」

秦八娃《チンバーワー》は笑い、左右にかけ離れた目がさらに遠ざかるほど笑った。彼はハンカチを取り出して涙を拭いながら考えた。芸道を一途に思い詰める心が童女のようなこだわりを生み出しているのか？　人はこの〝超えた存在《スーパーな》〟に対して〝馬鹿〟の尊称を奉るのだろう。秦八娃《チンバーワー》はこの少女のままの俳優、そして秦腔《チンチアン》稀代の名優がすっかり気に入ってしまった。数十年もラジオで聴き、テレビで見、実際の舞台で見続けた数多《あまた》の俳優の中でこれほどの素質と才能に恵まれた俳優はこれから二度とお目にかかれないだろう。何よりも不屈《タフ》な芸魂はどんな難易度の高い立ち回りでも軽妙洒脱、奔放不羈《ふき》にこなしてしまう。どんな業物《わざもの》（武器）もひょいと持ち上げて自由自在、自分の手足のように扱い、その速さ、力量感は盤石の基礎をうかがわせ、軽やかな身ごなしは神馬《しんめ》か天女のような飛翔感で観客を宙に誘う。立ち回りの役者として非の打ちどころのない逸材だ。単にとんぼを切り、立ち回りをよくし、芸達者を見せるだけなら、その程度の役者はごろごろいる。だが、憶秦娥《イチンオー》に歌わせたら、雲居に響く声量は出さずとも、巧まずに質朴、それは人の心に降り注ぎ、しみ通る天籟《てんらい》（天の響き）だ。ときとして人の肺腑を穿って心痛ましめ、激させずにおかない。

芸の下地と技量、滑舌《かつぜつ》と口跡《こうせき》、ともにすぐれた上に、憶秦娥《イチンオー》が余人の追随を許さぬものに立ち姿の美しさがある。よく「閉月羞花《へいげつしゅうか》、沈魚落雁《ちんぎょらくがん》（美人に圧倒されて月は隠れ、花はしぼみ、魚は沈み、雁は落ちる）」などと言われるが、あまりにも月並み、あまりにも陳腐だ。では、何に喩えればよいのか？　言葉探しは無用かもしれない。彼女はそれにまるで気づいていないからだ。もし、彼女の立ち回りを誉めたなら、彼女はサーカスのアクロバット以上の芸を見せるだろう。もし、彼女の喉のよさを誉めたなら、彼女はストリート・ミュージシャンに勝るテクニシャンぶりを発揮、変幻自在の節回しで観客を翻弄、驚喜させるだろう。もし、彼女の立ち姿、衣装映えを誉めたなら、彼女は手の甲を口に当て、恥ずかしがるだろう。なぜなら彼女の立ち姿は悲劇のヒロインを演じて、その運命を狭い舞台空間から宇宙の大《だい》に映し出すものだからだ。彼女は〝馬鹿〟に見える〝天然〟ぶりに徹し、こざかしい作り物の演技を超える。誰にも真似できないはずだ。だから、秦八娃《チンバーワー》は憶秦娥《イチンオー》を当代一の俳優と称して憚《はばか》らない。

秦八娃《チンバーワー》は『狐仙劫《こせんこう》』の執筆に全身全霊を打ちこんだ。まず妻から逃げ出し、この世との関わりを断った。一緒にいるとすぐ豆腐作りの手伝いに呼びつけられ、やれ石臼で豆を挽け、やれ豆乳を掬え、やれニガリを入れろと人使いが荒い。彼は狐仙崖《こせんがけ》の上の一軒家に身を隠し、書き終えたら女房のどんな悪罵、悪態、酷使にも耐える臍《ほぞ》を固めた。この芝居は彼が長い間温め、考えに考え抜いたものだった。書き出すと堰を切ったように筆が走り、ほぼ一カ月あまりで書き上げた。その間、彼は毎日のように狐たちと対話を交わした。主役の「胡九妹《こくまい》（胡《こ》家九番目の末娘。胡《フー》と狐《フー》は発音が同じ）」は勿論、憶秦娥《イチンオー》が演じる。胡九妹《こくまい》の人物形象を考えることは、とりもなおさず憶秦娥《イチンオー》の人間成長の軌跡をたどることだった。胡九妹《こくまい》を書くというより憶秦娥《イチンオー》の人物像を彫り上げるという作業だった。彼は憶秦娥《イチンオー》のイメージを狐に重ね、狐のイメージを憶秦娥《イチンオー》に合わせた。智慧、善良、志操堅固、自己犠牲、責任感などこの世の美しい徳目のすべてを狐の少女像に投影し、結晶させた。主役の性格と行動は生まれたままの自然児、天真爛漫の自由児であると同時に、広大無辺の愛に生き、大義に身を捧げる英雄でもあった。運命を一身に引き受け、悲劇の主人公として決然と滅びの道をたどる。舞台は悲壮美に満ち、胡九妹《こくまい》が狐仙崖《こせんがけ》の高みから身を躍らせたとき、山は崩れ地は裂ける。世界は暗闇に閉ざされる。ここまで書き進めたとき、秦八娃《チンバーワー》は幻覚を見た。胡九妹は自分だ。この日の夜、彼は滂沱《ぼうだ》と流れる涙の中、月明かりの下に立ち、胡九妹の幻影と共に生き、共に生きることを決意した。

彼は自分の命をこの芝居に賭けた。憶秦娥《イチンオー》がどこまで演じきれるか不安が残る。これまでにない新しい人物造形が求められるが、残念ながら演劇の新しい地平を見通す素養が彼女にはまだない。白娘子《はくじょうし》や李慧娘《りけいじょう》、楊排風《ようはいふう》は繰り返し場数を踏んできたし、秦腔《チンチアン》以外に昆劇、川劇など多数の地方劇や京劇の人気演目でもあるから、そこから演出法や演技法を学んだり、盗み取ることもできる。これらの伝統劇は長い年月をかけて一つの型と様式が練り上げられ、観客もそれに馴染んでいるから勝手な解釈を加えたり、演出を変えたりすると観客の離反を招きかねない。しかし、『狐仙劫《こせんこう》』はどこにもお手本はなく、演出家と俳優が新しい人物像を独自に編み出していかなければならない。多数の劇種（秦腔《チンチアン》もその一つ）が各地で覇を競う中、一人の俳優が一つの劇種の頂点に立つためには、図抜けた独創力を発揮し、自分の足場を固めなければならない。あの梅蘭芳《メイランファン》にしても、斉如山《チールーシャン》という文芸顧問がいなければ、梅《メイ》蘭芳《ランファン》たりえなかっただろう。

（注）斉如山《チールーシャン》　現代中の著名な演劇理論家。一八七五―一九六二。若き梅蘭芳の才能を見抜き、新時代の台本を提供したほか、演技術、演劇理論の面でも彼を支え、梅蘭芳の日本公演やアメリカ公演にも同行した。一九三一年、梅蘭芳らと北平国劇学界と国劇伝習所を創立し、『戯劇叢刊』、『国劇画報』などの演劇雑誌を創刊し、京劇の発展に大きく寄与した。

秦八娃《チンバーワー》は、憶秦娥《イチンオー》が心機一転、再起を期すためには自ら依って立つ独創的な境地を確立しなければならないと考えている。秦八娃《チンバーワー》には自負もある。『狐仙劫』はその役割を十分に果たし、彼女を先導しつつ新しい高みに押し上げていくだろうと。彼は憶秦娥《イチンオー》と封導《フォンダオ》を相手に自分の思いの丈《たけ》を吐露し、これからの構想をぶち上げた。彼はその昂ぶりと同時に一抹の不安を抱えて西安を後にすることになる。

出発の前の日、秦八娃《チンバーワー》は憶秦娥《イチンオー》の家を訪ね、彼女の母親胡秀英《ホーシュウイン》の労をねぎらいつつ憶秦娥《イチンオー》という才能の貴重さを力説した。しかし、胡秀英《ホーシュウイン》は故郷の九岩溝《ジョウイエンゴウ》に里心がつき、駄々をこねるように帰りたいと訴えた。だが、彼女が帰ったら、憶秦娥《イチンオー》の子どもは誰が面倒見るのか。秦八娃《チンバーワー》は言った。

「あなたは秦腔《チンチアン》という陝西省を代表する劇種のために宝物のような女の子を産んだ。別な角度から言えば、あなたは偉大な母親であるということです。私たちはみなあなたに深甚なる敬意を表しています。この才能を守り、さらなる飛躍を期するため、これからもお手助けをお願いしたい」

憶秦娥《イチンオー》の母親はあいまいな微笑を浮かべて言った。

「家ではあの子の父親も腹を空かせ、私の帰りを口を開けて待っているんです。羊たちも養わなければならない。この羊たちは毎日せっせと数十元を稼いでいる。あの子の父親は朝は朝星、夜は夜星、陽の光も拝めず、ろくなものも食べられず働いているありさまですよ」

劉紅兵《リュウホンビン》はどうしているかと秦八娃《チンバーワー》は尋ねると、胡秀英《ホーシュウイン》は不満そうに答えた。

「最近はとんと見かけない。もう家に居着かないんですよ」

秦八娃《チンバーワー》は劉紅兵《リュウホンビン》に会おうとしたが、憶秦娥《イチンオー》に止められた。彼女の顔に劉紅兵《リュウホンビン》に対する不満の陰は少しも感じられなかった。相変わらず微かな微笑みを手の甲で隠している。秦八娃《チンバーワー》は何も言えなくなった。

秦八娃《チンバーワー》は西安を後にした。だが、心の中に重い滓《おり》のようなものが漂っている。秦腔《チンチアン》のために生まれてきたような子がどうして家人たちから大事にされないのか？　もし、彼女が自分の娘だったら、女房の手伝いに豆腐作りなどさせておかない。一家を挙げて〝パンダ〟の世話をするようにかしずくことだろう。

四十四

いつからこうなったのか、劉紅兵《リュウホンビン》自身はっきりしない。次第に憶秦娥《イチンオー》との夜の生活が疎遠になっていた。はっきりしているのは彼女の腹が次第に大きくなってからで、気がつくと近づこうにも近づけなくなっていた。もともとそちらの方は不自由を強いられていたが、今度の彼女は草一本生えず、一粒の種も蒔けない乾いた大地と化して彼を拒んだ。情けの雲はかからず、恵みの雨も降らず、彼は詮方なく外で鬱憤を晴らすことになった。子どもが産まれる前後は「家庭大全」、「夫婦生活」とかの本十数冊買いこんでを繰り返して読み、医者にも話を聞くと、出産後一ヵ月もすれば性生活に差し障りはないとのことだった。しかし、憶秦娥《イチンオー》は三ヵ月経っても、四ヵ月経っても彼を寄せつけない。彼はあの豊饒の大地恋しさに日ごと身を焦がしたが、その思いは深い失望に変わった。どうしたら頑なな妻の心をほぐせるのか、人に懐かない猛禽をどうしたら飼い慣らすことができるのか、書物の知恵や友人の忠告はどれも役に立たなかった。憶秦娥《イチンオー》は長いこと風にさらした小豆《あずき》のような硬い殻をまとい、蒸そうが煮ようが炒めようが、油も塩も砂糖もどんな香辛料も受けつけず、どんな味つけも拒み通す。彼女の母親が来る前、彼は炊事洗濯の家事、子どものおむつ替えに追われて夜中過ぎまで立ち働き、ときには泣いてむずかる子どもをあやして、てんてこ舞いの毎日を過ごしていたが、義母が来てからはこれ幸いと隙を見て家を逃げ出す日が多くなった。

　憶秦娥《イチンオー》が突然舞台を降りると言い出したとき、彼は猛反対をした。誰が何と言おうと、彼は憶秦娥《イチンオー》の舞台姿がたまらなく好きで、特に彼女が舞台にすっくと立ったときに発するオーラに魅入られていた。だが、彼女は産休に名を借りて、舞台生活の何もかも放り出そうとしている。彼はその考え方についていけない。憶秦娥《イチンオー》は何かの想念にとらわれると、自分の殻の中に閉じこもって誰にも一言の相談もしない。自分一人で合点すると、鉄板に鋲《びょう》を打ったみたいに凝り固まり、押しても引いてもびくともしない。舞台と客席を独り占めしていた女優が突然、二十平米にも満たない小部屋に身を縮め、頑是ない赤ん坊を相手にべろべろばあで日を過ごし、公衆の面前から姿を消すという。千里を見晴らす風景がちんまりとした盆景に変わってしまうようなものだ。憶秦娥《イチンオー》は子どもを産んだからといってその体形が崩れたわけではない。透き通るような肌の色つや、身ごなしのしなやかさ、ふくよかさはむしろ増している。その内側からにじみ出る美しさに脂《あぶら》がのり、これからさらにどんな大化けをするか、劉紅兵《リュウホンビン》は自分の目の確かさを疑わず、それをひそかに誇っていた。だが、雲間から落ちた鳥が羽ばたかなくなったとき、その美しさはもはや天上のものではなく、誰もそこに天使の翼を見ようとしない。翼が折れ、巣ごもりを始めた鳥でしかないのだ。その鳥が翼や嘴《くちばし》や鶏冠《とさか》を持っていたら、化粧術の発達した今日、誰にでも真似られる。それは〝出来合い〟の美人にすぎず、明るい光の下でたちまち化けの皮が剥がれてしまうが、幸いなことに、劉紅兵《リュウホンビン》が通う紅灯の巷《ちまた》は、ほの暗い光の中で憶秦娥《イチンオー》に見紛う美女が数多くいた。心が満たされない夜、彼はそこで心の平衡を保ち、束の間の帰宿感、自堕落な安らぎを得ていた。

そこへ憶秦娥《イチンオー》がまた舞台に立つと言い出し、彼の心はまた揺さぶりをかけられた。彼とて、それを心待ちにしていた。多くの知り合いから責められていたからだ。お前の女房はどうして舞台をやめた？　お前が足を引っ張っているのか？　了見の狭い男だな。自分の女房を独り占めしたさに、〝秦腔《チンチアン》の小皇后《プリンセス》〟の将来を鎖してしまうのか？　そんな責任までおっかぶせられてはたまったものではない。それに、憶秦娥《イチンオー》の決断に彼は内心ほくほくするような満足感を感じていた。彼女が舞台に立つ間、楽屋や客席、ロビーをうろつき回るときの愉悦感は彼だけに許された特権だ。だから稽古の初日、彼は浮き浮きして稽古場に顔を出し、顔見知りに挨拶して回り、タバコを配ったりした。その勢いで団長室に入って長々と話しこみ、団長の決断を持ち上げ、大いに囃したてた。それだけではない。巣ごもり中の憶秦娥《イチンオー》の特訓ぶりをことさらに披露した。毎日、臥魚《がぎょ》を小半日、天空蹴り（朝天蹬《ちょうてんとう》）を小半時、逆立ちしながら飯まで食べる鍛錬を怠らないと。

「家《うち》の奴は体を動かすの楽しくて仕方がない。飯を作り、茶碗を洗いながら、子供に芸を見せつけるんですよ。子供が見たって分からないのに。茶碗をぽんと上へ放ったかと思うと、とんぼ返りを打ってぱっと茶碗を受け止める。家に居ながらにして白娘子《はくじょうし》『盗仙草』の一場面ですよ」

単仰平《ダンヤンピン》団長は大喜びで大口を開けて笑い、新住居の割り当てをそれとなくほのめかした。

「部屋の分配作業を止めていたのはなぜか分かるか？　憶秦娥《イチンオー》のこの日あるを待っていた。心配するな。任せておけ」

劉紅兵《リュウホンピン》は内心、こうこなくちゃと思いながらうれしくなって、単《ダン》団長の胸に拳の一撃をかました。

憶秦娥《イチンオー》の母親は九岩溝《ジョウイエンゴウ》の家で揉めごとが起き、毎日がそわそわと気が気でない。憶秦娥《イチンオー》の稽古がもうすぐ始まる。娘を心おきなく舞台に専心させるために一計を講じた。孫を九岩溝《ジョウイエンゴウ》で引き取り、全国公演を終えたらまた連れ戻そうということになった。

息子が行った後、憶秦娥《イチンオー》は稽古入りした。息子が残した品物を見ては大泣きする彼女を見て、劉紅兵《リュウホンピン》は笑いが止まらなかった。ある夜、彼女はむっくと目を覚まして口走った。息子が病気だ。もう芝居の稽古どころではない。行かなくちゃ。仕方なく門衛の詰め所に団長宛ての休暇届を残し、二人は夜っぴて九岩溝《ジョウイエンゴウ》へ急行した。二人が憶秦娥《イチンオー》の実家に着いたとき、九岩溝《ジョウイエンゴウ》の人々が朝の野良に出る時刻だった。息子は病気でも何でもなかった。彼女の母親によれば、ここに来てから息子が泣いたのは三度だけ、それも授乳の時間だけだった。哺乳瓶をあてがうと、すぐに泣き止み、子豚のように貪り飲んだという。憶秦娥《イチンオー》は悲しくてならない。たった四、五ヵ月養っただけで、こうも母性がかき立てられるものなのか。

西安に戻った彼女は、今度こそ本腰を入れて稽古に取り組んだ。

稽古中に新住宅の部屋がついに割り当てになり、劉紅兵《リュウホンピン》はすぐ内装に取りかかった。普通は壁に石膏ボードを取りつけたり、入り口に木製の框《かまち》を構えたり、床にタイルを貼ったりしてすぐ入居する者が多い中、劉紅兵《リュウホンピン》は凝りに凝って宮殿風の内装に仕上げた。〝秦腔《チンチアン》の小皇后《プリンセス》〟をお迎えするに足る住居でなければならないというものだった。見物の女性客がたくさんやってきて、みな羨望の嘆声をもらし、自分の夫のふがいなさに腹を立てていた。憶《イ》秦娥《チンオー》はずっと稽古に追われて見るひまもなく、見たい気持ちもまるでなく、劉紅兵《リュウホンピン》のするがままに任せていた。彼も憶秦娥《イチンオー》を驚かせてやろうと、彼女の目をそらしていた。

内装が仕上がった日、憶秦娥《イチンオー》の機嫌を見計らって新居へと連れ出した。憶秦娥《イチンオー》は玄関を入るなり、思いもよらない光景に驚喜の声を上げた。

「ああ、やっと、西安に家が持てたのね！」

彼女はスプリングの効いたベッドの上で何度も飛び跳ね、トランポリン競技のような空中演技をして見せた。劉《リュウ》紅兵《ホンビン》も一緒に飛び跳ねながら彼女にむしゃぶりついた。彼の体内の灰の中に埋もれていた熾火《おきび》が燃えさかり、ここ数年、忘れかけていた愛を彼女と共に確かめ合うことができた。憶秦娥《イチンオー》は言った。

「西安に来てすぐ部屋が割り当てになっていたら、あなたとはこうなっていなかったわね」

劉紅兵《リュウホンビン》は憶秦娥《イチンオー》を抱いたまま自分の動きを続けながら言った。

「そこがこっちのつけめさ。君が部屋を持っていたら、誰か別の男にさらわれていただろう」

「憎たらしい。死んじゃいな」

「ああ、もうすぐイキそうだよ」

「ねえ、あの牛毛掛けの掘っ立て小屋を覚えている？」

「それはもう言いっこなし」

「ああ、焼けなかったらよかったのになあ」

「気を散らさないでほしいな。〝小皇后《プリンセス》〟様」

「あなたはどうかしてる。考えるのはこのことしかないの？」

「これがこの世で一番のことさ。はい、集中して。我々の新居の〝事始め〟、入居祝いだ。いい思い出になる」

「馬鹿ねえ」

憶秦娥《イチンオー》はくっくっと笑った。

そうは言っても、その日の憶秦娥《イチンオー》は劉《リュウ》紅兵《ホンビン》のどんな無理な求めにも大胆に応じ、感情のすべてを解き放った。劉《リュウ》紅兵《ホンビン》にとってこの新居はいわば憶秦娥《イチンオー》の開かれた女体そのもので、どの一隅にも新奇、豪奢、浪漫の粋《すい》が凝らされ、その奥処《おくが》に導かれるまま歓を尽くす蠱惑《こわく》の館《やかた》となった。

秦八娃《チンバーワー》作『狐仙劫《こせんこう》』の稽古が終わった。

この舞台は西安市民の感情を激発し、開幕後数日を経たずにチケットは奪い合いになった。メディアは競って秦腔《チンチアン》の新作に伝説《レジェンド》が生まれたと喧伝《けんでん》し、どの社もスペースを惜しまず、空前の取材合戦が始まった。普段はテレビや映画のスターを追いかけている媒体だが、憶秦娥《イチンオー》の扱いは別格で、その扱いはスター級をはるかに越えている。消息通はしたり顔に言う。一にも二にも憶秦娥《イチンオー》のおかげと。

ひっきりなしに全ページ全段ぶち抜き、あるいは二ページ見開きの特集記事が組まれ、アップで撮られた憶秦娥《イチンオー》の冴え冴えとした〝無表情〟、冷艶《れいえん》な舞台写真が定番のように掲載されている。評論家は憶秦娥《イチンオー》が秦腔《チンチアン》に時代の耀《かがや》きを与えたと解説し、さらに事情通はつけ加えた。これは憶秦娥《イチンオー》のあくなき執念のサバイバル劇であり、自ら火に焼かれ、灰の中から蘇る不死鳥《フェニックス》の再生劇だと。

劉紅兵《リュウホンビン》は毎日欠かさず新聞雑誌に目を通して憶秦娥《イチンオー》の記事をスクラップし、夜に一つ一つ読んで聞かせる。彼女は聞いているのかいないのか、ぼそっとつぶやく。

「劉憶《リュウイ》は私のことを思っているかしら？」

劉憶《リュウイ》は劉紅兵《リュウホンビン》と憶秦娥《イチンオー》の息子で、二人が何度も相談を重ねてつけた苦心の名前だった。姓は劉《リュウ》、名は憶《イ》。二人の名前が上手にミックスされている。

憶秦娥《イチンオー》は劉紅兵《リュウホンビン》に息子を早く連れてくるようせっついている。だが、劉紅兵《リュウホンビン》は上海公演が終わって西安に戻るまで待てと釘を刺している。その実、劉紅兵《リュウホンビン》は憶秦娥《イチンオー》との二人だけの毎日を楽しんでいるのだった。憶秦娥《イチンオー》が劉《リュウ》憶《イ》を身ごもってから、彼は彼女との絆が頼りなく、ラクダを細縄でつないでおくような危うさを感じていた。息子を何とか九岩溝《ジョウイエンゴウ》に送り出し、表向きは二人だけの暮らしに戻っている。主演女優に復帰した憶秦娥《イチンオー》に対して、思いこみの激しい性格を危険視する声が彼にも聞こえてくる。そこへ爆弾を抱えこむような思いをさせられたのは、憶《イ》秦娥《チンオー》が演じる「狐仙」のメーク師で、その頑固さと扱いにくさは業界の札付きのような人物だった。今回、演出の封子《フォンズ》が特に招いた腕前の持ち主で、狐仙のメークの仕上がりは美しく凄みを帯び、憶秦娥《イチンオー》が舞台に出た途端、観客の度肝を抜き、湧いて出た拍手はしばらく鳴り止まなかった。劉紅兵《リュウホンビン》は鎖された心にいきなり春風が吹きこんだような心地がして、ゆるんだ毛細血管に痒みを感じたほどだった。これが自分の女房か、天性の美貌は〝尤物《ゆうぶつ》〟と呼ぶにふさわしい。夢か幻か、この妖魔が眠るときは自分の腕の中で丸くなって、すやすやと安らかな寝息をたてるのだ。

初日から数日間、単《ダン》団長は作者の秦八娃《チンバーワー》を招き、下にも置かぬもてなしをした。最後列の席で舞台を見ている秦《チン》八娃《バーワー》は、首をぐらぐらさせながら縦に振ったかと思うと横に振り、肉のそげた指で調子を取ったりしている。左右に飛び離れた両の目に、劉紅兵《リュウホンビン》は何度も笑いをこらえた。彼はわざと何度も秦八娃《チンバーワー》の前の席に座り、彼の感想を聞き出そうとした。劉紅兵《リュウホンビン》の目に秦八娃《チンバーワー》は、田舎の文化センターに土亀のようにもぐりこんで首をすくめている老人に過ぎなかった。自作がド派手な演出で西安の大舞台に乗ったのに度肝を抜かれ、さぞや悦に入っているのだろうと思われた。ところが、それはこの老人の見せかけで、秦八娃《チンバーワー》は不満の塊になっていた。この絢爛豪華な舞台は彼に言わせると、一に観客の気を散らせる以外の何ものでもなく、〝こけおどし〟の皮をかぶっているに過ぎない。二に演出家の振りつけが過度で煩瑣に渡り、憶秦娥《イチンオー》の人物造形の妨げになっている。三に演出家は伝統芸の型から自由になろうとしているが、多くの俳優はかえって演技の基本、根っこ《ルーツ》を見失っているというものだった。

（注）型（原語は行当《ハンダン》）　中国の古典劇は役柄による演技と人物造形の分類が行われている。丑《チュウ》（道化役）、浄《ジン》（隈取りをする役）、生《ション》（男の役）、旦《ダン》（女の役）の四種に大別され、それがさらに細分化されている。

秦八娃《チンバーワー》に言わせると、この舞台は伝統劇に見せかけて伝統劇にあらず、鵺《ぬえ》のようなものだと不満を隠さない。それは当たっていないと劉紅兵《リュウホンビン》は反論を試みた。若い観客は古くさい紋切り型の演技、のろくさいテンポに飽きており、劇場から足が遠ざかっている。この舞台は旧弊を打破して新機軸を打ち出し、上海の全国大会に出場して順位を競うことになっていて、北山秦家村《ベイシャンチンジャーツン》の蓆《むしろ》掛けの舞台に立つわけではないと。

秦八娃《チンバーワー》は土亀のような頭を揺らしながらなおも抗弁した。

「芝居はやはり芝居らしくなければいかん」

秦八娃《チンバーワー》の意見はやはり封導《フォンダオ》を動かした。上海の大会に出場する前に演出上の大幅な手直しが行われ、稽古もやり直しになった。稽古場には小さからぬ波風が立ち、憶秦娥《イチンオー》を大いに惑わせた。彼女にとっては伝統劇という窺《うかが》い知れぬ深淵をのぞきこむ初めての体験となった。

ある日の正午過ぎ、作曲家、記録係、劇団事務局の職員たちが昼食に出た後、封導《フォンダオ》は憶秦娥《イチンオー》を残し、彼女の所作に細かい駄目を出し始めた。彼女の腕を取り、一つ一つ振りをつけていると、封導《フォンダオ》の妻がいきなりドアを蹴破るような勢いで入ってきて、金切り声で喚き始めた。封導《フォンダオ》はその場に立ちすくんだきり凍りついた。まさか妻が部屋を出て階下に降りて来ようとは、ここ何年も絶えてなかったことだった。彼女は走りながら靴を脱ぎ飛ばし、憶秦娥《イチンオー》に向かって「この売女《ばいた》！」と罵ると、彼女に平手打ちを浴びせようとした。

たちまち、中庭の劇団員たちが騒ぎを聞きつけ、稽古場の内外《うちそと》に人だかりが始まった。

封導《フォンダオ》の妻が一人でここへ来られるとは考えにくい。誰かが妻を手助けして連れてきたのか。だが、その日は霧雨が濛々と降りこめて視界がきかず、見た者はいない。そもそもどうやって稽古場に当たりをつけたのかも謎だった。

一方、劇団員たちが封導《フォンダオ》の妻に好意あるいは同情心を持ち、彼女の味方をしようとしても、ここまでの手引きをするとは考えにくい。

憶秦娥《イチンオー》に悪罵を浴びせかけ、夫を「この恥知らず」と罵り続け、封導《フォンダオ》の妻の勢いは収まらない。封導《フォンダオ》はひたすら釈明に努め、これは芝居の稽古なんだと繰り返した。

「稽古だって？　何が稽古だ。一人芝居か？　ほかに誰もいないじゃないか。みんな死んじまったのか？」

「みんな昼飯に出かけたんだ」

「昼飯だと？　お前たちは昼飯抜きでくっつき合っているのか。昼飯よりさぞ、うまいことだろうよ」

「稽古の続きだよ。大事なところを忘れないように」

「騙されないぞ、おい、封子《フォンズ》。どこまで女房を騙し続ければ気が済むんだ？　人が何十年、部屋に閉じこもっていようと、劇団のことを何も知らないと思うなよ。芝居にこと寄せて一日中、女を口説くのがいつもの手じゃないか。お前の芝居で女の出ない芝居はない。違うか？　それじゃ、なぜ水滸伝をやらない？　岳飛《がくひ》将軍をやらない？　包公《バオゴン》劇（裁判劇）をやらない？　みんな憶秦娥《イチンオー》をたらしこもうって算段だろう。お見通しなんだよ。このアマは何食わぬ顔してるが、とっくに男の手がついている。知らない人間はいない。子どものとき料理人の爺《じじい》にやられちまってるのさ。それをありがたがって、おしいただいているのかよ」

これまで微笑を含んで妻をいなしていた封導《フォンダオ》の形相が突然変わった。

「あることないこと、いつまでも言ってるんじゃない。お前は病気なんだ。おとなしくしてろ！　さっさと帰りなさい！」

封導《フォンダオ》は言いながら妻を引き立てようした。ところが、彼女はそこに座りこんで泣きわめき、劇団員や家族まで呼び寄せてしまった。

劉紅兵《リュウホンビン》が駆けつけたとき、団長が保安課の職員を動員して封導《フォンダオ》の妻の四肢を持ち上げ、運び出そうとしているところだった。彼女は手足をばたばたさせ、手にした自分の靴を憶秦娥《イチンオー》に向かって投げつけようとしている。このアマッチョに一発お見舞いしてやるのさと。

劉紅兵《リュウホンビン》は憶秦娥《イチンオー》に昼食を届けに来たところだった。稽古場に入ると、詰めかけた人々が一斉に目を向けた。珍しい動物でも見るような視線だった。

彼が憶秦娥《イチンオー》を見ると、稽古場の隅に置かれた舞台道具の椅子に座り、瘧《おこり》につかれたように全身を震わせていた。封導《フォンダオ》は彼女にしきりに詫びを入れている。あの女は病気と言うもおぞましい。どうか人と思わず、取り合ってくれるなと繰り返し、蒼惶《そうこう》とその場を離れた。入り口で彼の妻がまだ悪罵の限りを尽くしている。

単《ダン》団長が封導《フォンダオ》に代わって憶秦娥《イチンオー》をなだめ、慰めにかかった。

劉紅兵《リュウホンビン》はいきさつを周りから聞かされ、すぐ理解したものの、瞬間、得も言われぬ切なさに鼻の奥がつんとした。言われるまでもなく、自分の妻と封導《フォンダオ》の間に何かが起こるはずがない。劉紅兵《リュウホンビン》はこれまで何人かの男に憶秦娥《イチンオー》がらみの嫉妬心を抱いたことがある。だが、その男たちと彼女の間に何ら実質的な関わりはなかった。憶秦娥《イチンオー》は馬鹿だが、筋金入りの馬鹿だ。愛情に関しては白痴としか言いようがない。人の気持ちが読めず、情緒も不安定だ。医者に診せたいぐらいだが、そこまでは言い出せない。その妻は今、そこに一人放り出され、ただ震えている。劉紅兵《リュウホンビン》は彼女を奪い去るように抱きかかえると、出口に向かいながら団長に話した。

「調べて下さい。こんな泥水を浴びせた張本人は一体誰なのか。よほどの悪意か覚悟がない限り、こんなことをしでかせるはずがない。そいつを突き止めて下さい。だって、憶秦娥《イチンオー》は何も悪くない、何の落ち度も罪もない、誰よりも純粋なんだ。馬鹿正直にこの道一筋でやってきた。みんなに言っておく。俺たちが結婚したとき、彼女は処女だった。ちゃんと医者の診断書ももらってある。これ以上、妻に意地悪するのはやめてくれ。頼むから、二度と泥水を飲ませるようなことはしないでくれ！　憶秦娥《イチンオー》は劇団に命をかけた芝居の虫だ、芝居馬鹿なんだ。これ以上傷つけ、踏みつけにして何が面白い。見てくれ。すでに全身傷だらけじゃないか。憶秦娥《イチンオー》は世界の誰よりも純粋で汚れを知らない女だ。俺が守るしかないのか？　こう言う俺自身、彼女と結婚する資格がなかったんだ……」

劉紅兵《リュウホンビン》は稽古場から中庭へ、人だかりの一人一人に叫ぶように訴えた。話すほどに無念の涙がほとばしった。憶秦娥《イチンオー》も泣いている。その顔を濡らしているのは降りしきる霧雨なのか涙なのか分からなかった。彼女は劉紅兵《リュウホンビン》の懐の中に身を隠すかのように身を縮め、震えている。

劉紅兵《リュウホンビン》は憶秦娥《イチンオー》を抱きかかえる腕にさらに力をこめた。

ぞろぞろ集まってきた物見高い劇団員や宿舎の家族たちが見つめる中、劉紅兵《リュウホンビン》は突然身を屈《かが》め、憶秦娥《イチンオー》の慄《わなな》く頬にそっと唇を触れた。

四十五

楚嘉禾《チュチアホー》は自分の目を疑った。あの放蕩息子が公衆の面前でろくでもない愁嘆場を演じている。その日、彼女は見物人に混じって一部始終を見届けていた。封導《フォンダオ》の妻飛び入りの一齣《ひとくさり》は、すべて彼女のお膳立てだった。

楚嘉禾《チュチアホー》をそうさせたのは、封導《フォンダオ》に対する彼女の恨み辛みだった。嫌悪感と言ってもよい。封導《フォンダオ》の目の中にあるのは所詮、憶秦娥《イチンオー》一人だけだった。憶秦娥《イチンオー》が産休をとって楚嘉禾《チュチアホー》が代役に立ったとき、封導《フォンダオ》はすでに情熱を失い、稽古場では嘆き節しか出てこなかった。楚嘉禾《チュチアホー》がどう演じても憶秦娥《イチンオー》ならああもやる、こうもできると、封導《フォンダオ》の彼女を見る目は死んでいた。丁《ディン》副団長から伝わった話によると、封導《フォンダオ》は楚嘉禾《チュチアホー》を見捨てていた。楚嘉禾《チュチアホー》を養成するのは補充要員としてならよかろう、劇団の添え木にはなっても屋台骨にはならないと劇団の幹部会で広言したという。それだけではない。彼女は女優として〝花〟が乏しく、舞台に立ったときのオーラがない。俳優としての素地、天分においても憶秦娥《イチンオー》に一歩譲る。さらに楚嘉禾《チュチアホー》の演技は霊的、精神的なものに昇華されず、爆発力を持たない。愛や憎しみの情動がぎりぎりまで撓《たわ》められ、凝縮され、巨大なエネルギーとなって瞬間的に放出されるのが劇的陶酔の世界だとすれば、憶秦娥《イチンオー》はまさに演劇の申し子だと封導《フォンダオ》は言う。

よくもまあ、歯の浮くようなことをぬけぬけと言ってのけたものだ。楚嘉禾《チュチアホー》は聞きながらそう思った。そもそも憶秦娥《イチンオー》はこんな業界に嫌気がさし、あっさり見切りをつけてさっさと子どもを作り〝専業主婦〟の世界に逃げこんだはずではなかったのか。ところが封導《フォンダオ》と跛《ちんば》の団長におだてられ、口車に乗せられて秦腔《チンチアン》の創作劇にまた舞い戻った。この作品は上海の全国コンクールに参加し、優秀な俳優には「演劇梅花賞」が与えられるという。中国の俳優として望み得るこれ以上の賞はなく、すでに数回開かれて数十人がこの恩恵に浴している。受賞者は全国的な知名度を与えられ、一流の演劇人と目されるのだ。

(注)演劇梅花賞　一九八三年に創設された中国舞台芸術最高の賞。二年ごとに審査があり、舞台芸術で優れた業績を上げた

青壮年の俳優を表彰する。中国文聯（文学芸術会聯合会）と中国戯劇家協会主催。

楚嘉禾《チュチアホー》は丁《ディン》副団長の努力によって『狐仙劫《こせんこう》』の端役を得た。「欲張り姐さん」という悪役だが、出番は三場しかなく、その他大勢であることに違いはない。二十四句しかない歌唱を三回に分けて歌う。どの道、賞の対象になりそうにない。憶秦娥《イチンオー》には二百八句あって、さわりの部分は六十句歌い抜く。作曲も至れり尽くせりの聴かせどころ満載、秦腔《チンチアン》のつぼはすべて抜かりなく押さえてある。初演のとき、その一節だけで二十一回もの拍手が沸き起こった。勿論、彼女の歌唱力、演技力にもよるが、「好《ハオ》」の「かけ声係」「よいしょ係」もちゃんと日参させている。よいしょ係の最たるものが封導《フォンダオ》だというのがもっぱらの噂だ。憶秦娥《イチンオー》の顔を見るが早いか、薄くなった頭髪を振り乱し、てかてかの頭頂部をさらけ出して演技指導に及ぶ。稽古場では毎日執拗な駄目出しが行われ、台詞の一字一句を掘り下げ、所作の一挙手一投足までこだわり抜く。封導《フォンダオ》の妻が稽古場に乗りこんだのも楚嘉禾《チュチアホー》が時間をかけて練った周到な企みだった。封導《フォンダオ》のような男は、一発がつんと教訓を与えなければならない。彼女はこう思い定め、それは一石二鳥、一挙両得の効果を得るものでなければならなかった。まず封導《フォンダオ》に一撃を与え、ついでに憶秦娥《イチンオー》を叩きのめすのだ。「何ぞせざらんや」、彼女はわくわくと胸を躍らせた。

　しかし、彼女は最初から最後まで覆面のまま表に出ることなく、この件は落着を見た。彼女の母親がすべてを仕切ったのだ。封導《フォンダオ》の妻との連絡は西安市内の鐘楼にある電話センターから、その都度情報と指示を送り、彼女の敵愾心に火をつけ、煽り立てたのだった。彼女の母親は電話の中で言った。この醜聞は世界中が知っているのに、知らぬは妻であるあなた一人だけ。あなたの夫がその気がなくても、初老の男はあの札付きの悪女にかかると、手もなくたらしこまれる。封導《フォンダオ》の妻は電話の相手に何度も尋ねた。あなたは一体誰なのかと。しかし、楚嘉禾《チュチアホー》の母は「正義の革命大衆の一人」にして一介の演劇愛好家、道に不義を行う者があれば鉄槌を下す天の使いとのみ答えた。その日、ついに封導《フォンダオ》の妻の怒りが爆発した。楚嘉禾《チュチアホー》の母は沈着冷静に手を打った。まず西安市内で野菜を売っている農婦を十元の報酬で雇った。雨の中、傘を持たせて封導《フォンダオ》の妻を迎えにやった。上階から彼女の体を支えて階段を降り、稽古場まで手引きすると、農婦は十元を受け取って雨の中に姿を消した。

この一件は、単《ダン》団長が劉紅兵《リュウホンビン》に言われるまでもなく警察署に訴え出て、喬《チャオ》署長が直々乗り出して下手人の追跡に乗り出した。数日にわたる懸命の捜査にもかかわらず、犯人は杳《よう》として行方が知れなかった。このまま〝お蔵入り〟するかと思われたこの一件は、人々から忘れ去られる前に、劉紅兵《リュウホンビン》が身を挺して憶秦娥《イチンオー》をかばい、守り通そうとした行動に「男だねえ」と劇団員たちの共感と支持が集まり、憶秦娥《イチンオー》を羨み、同情する声が高まったのだ。憶秦娥《イチンオー》はよい男を伴侶に得た、窮地に陥った彼女を白馬の騎士のように颯爽と助け出し、彼女の面子を守るために男気を見せ、どんな舞台よりかっこよい大見得を切ったと。

『狐仙劫《こせんこう》』の公演団は大挙して上海へ向かった。上海は不安をかき立てる油断ならぬ街だ。北京へ行ったときはこんなにそわそわすることはなかった。そもそも上海人は秦腔《チンチアン》を知らない。耳で聴いてもさっぱり理解できないだろう。一九三〇年代、秦腔《チンチアン》の大御所李正敏は上海の百代公司でレコードの吹き込みをして人気を博し〝秦腔《チンチアン》の宗家〟と呼ばれた。一九九〇年代に入った今、半世紀以上前の蓄音機用のレコードをわざわざ取り出して聴く人がいるとは思えない。東へ向かう列車の中で、単《ダン》団長は居ても立ってもいられず、寝台車の通路を不自由な足で行ったり来たりしている。上海で失敗は許されないのだ。作者の秦八娃《チンバーワー》はどんな成算を胸に秘めているのか、三段ベッドの最下段に座って読書に余念がない。手にした古めかしい書物は糸綴じの線装本。勿論、横書きではなく縦に読む。封導《フォンダオ》が何の本かと尋ねると、『捜神記《そうじんき》』との答え。東晋（四世紀）に流行した怪奇小説集で、猿や狐や鳥、仙人たちが活躍する。単《ダン》団長が半ば呆れたように言った。

「こんな騒がしい中、じっとして本なんか読んでいられますね」

秦八娃《チンバーワー》は涼しい顔で答える。

「じたばたしなさんな。さぞ気の揉めることだろうが、心配することはない。上海人は外国の芝居が大好きで見慣れている。秦腔《チンチアン》が分からないはずがない。この舞台は筋立てが単純だし、字幕もつく。見て分からなければ、そいつはボケナスだ」

これを耳にした楚嘉禾《チュチアホー》は腹の中で笑った。この田舎丸出し、化け物じみた風貌の老人が、何と上海という大都会の雰囲気を読み取り、上海人の気質を言い当てている。劉紅兵《リュウホンビン》は相変わらずへらへらして遊び仲間と雀卓を囲み、酒を飲んでいる。麻雀で金を賭けることは単《ダン》団長から固く禁じられているので、負けた者は見せしめに一回ごとに白い紙テープ状のものを顔に貼りつけて垂らす。負け続ける劉紅兵《リュウホンビン》は、そのひらひらテープが葬儀の行列の先頭に立つ竹竿の幡《ばん》（吹き流しの旗）のように見える。

楚嘉禾《チュチアホー》は列車に乗ってからずっと憶秦娥《イチンオー》から目を放さないでいる。憶秦娥《イチンオー》は最上段のベッドで眠ったきり降りてこない。食事は劉紅兵《リュウホンビン》がせっせと運び、それをさっさと食べ終えるとまた死んだように眠る。小憎らしいほどの肝の据わりようだ。楚嘉禾《チュチアホー》はその流儀を見習いたいと思うが、とても真似できそうにない。少しうとうとしただけで、不安が頭を擡《もた》げ、さまざまな思案が脳裏を駆けめぐる。寝台を下りておしゃべりの輪に加わる気にもなれず、ただ神経をハリネズミのように尖らせて鬱々と時間を過ごしている。この世に何の悩みも屈託もなげな憶秦娥《イチンオー》の様子は一種の怪物としか見えなかった。

楚嘉禾《チュチアホー》は内心、『狐仙劫《こせんこう》』が上海でこけることを願っている。憶秦娥《イチンオー》に群がり、ご機嫌を取り結んでいる連中も一緒にこけ、這いつくばって上海の砂を噛めばいい。そして陝西省秦劇院も面子（麻雀のメンバー）総取っ替えで洗牌《シーパイ》から出直せばいい。

しかし、上海の初演は彼女の意に反して大喝采を博した。終演後、観客は帰ろうとせず、総立ちになって手を打ち続け、声を限りに憶秦娥《イチンオー》の名前を叫んでいる。憶秦娥《イチンオー》は舞台の袖幕から秦八娃《チンバーワー》を引っ張り出した。尻込みするのを一引き一引き亀の歩みさながら舞台中央に引き出された彼は、まるで米つきバッタのようにお辞儀を繰り返す。しかし、拍手は弱まる様子を見せない。封導《フォンダオ》も憶秦娥《イチンオー》に引っ張り出された。頭頂部をふんわりと覆う頭髪はみな崩れ落ちて、禿げ上がった地肌が剥き出しになった。これを見て、後ろに立つ楚嘉禾《チュチアホー》は思いっきり笑ってやった。憶秦娥《イチンオー》は羽根を広げた孔雀のように舞台を舞って、作曲家、舞台美術家たちを引き出した。残る一人は単仰平《ダンヤンピン》団長だが、団長は頑として動こうとしなかった。

「俺はびっこだ。舞台に出てどうする？　せっかくの舞台が台なしだ。陝西省秦劇院の名誉にかけて俺は出ない」

団長の役割は自ら幕引きの役を演じることだった。引き割緞帳の開閉は舞台袖の紐を引いて行われる。団長はその紐に自ら手を伸ばした。

この最中、道化役のようにひょこひょこ飛び回っているのが劉紅兵《リュウホンビン》だった。楚嘉禾《チュチアホー》はその軽薄な動きをじっと見守っている。カーテンコールが始まったとき、彼は客席の最後列の席を立ち、ほかの客と一緒になって舞台に向かって押し寄せた。客の拍手に合わせて拍手し、「好《ハオ》！」のかけ声、「憶秦娥《イチンオー》！」の呼び声に合わせて負けじとばかりに叫び、「胡九妹《ホージョウメイ》（胡《こ》家九番目の末娘）」の声がかかれば「胡九妹《ホージョウメイ》！」と呼ばわる。胸にぶら下げたカメラを構えて熱狂する観客を連写したかと思うと、客席前部の指導部、審査員、評論家、研究家を狙い、隣の客を押しのけるようにしてシャッターを切る。まるでカメラマン気取りだ。指導部の周りの人並みに押されてつんのめり、あわや転びそうになっている。楚嘉禾《チュチアホー》は隣の周玉枝《チョウユイジー》をつつき、劉紅兵《リュウホンビン》の傍目をはばからぬ舞い上がりに顔を顰《ひそ》めて見せた。周《チョウ》玉枝《ユイジー》はあっさりと言ってのけた。

「うらやましいの？　亭主ぶりが板についたじゃない」

延々と続く観客の熱狂を遮るように緞帳が閉じられた。

大会参加演目の審査に関連して上海市の指導部から上海の文芸界に通知があった。市は明晩、研究集会の開催を決定し、秦腔《チンチアン》の豪壮さ、剛毅さ、伝統の精美さについての討論に参加されたしというものだった。

この夜、陝西省秦劇院公演団の百人を超えるメンバーは上海市の外灘《バンド》や南京路の繁華街に得意満面、意気揚々と散っていった。楚嘉禾《チュチアホー》は公演の成功に腹を立て、街に出る気を失っていた。ホテルの電話ボックスから母親に電話を入れ、めそめそと泣いて訴えた。

「憶秦娥《イチンオー》の悪運の強さったら、ありゃしない。上海人までが秦腔《チンチアン》におべっか使って……」

上海のマスコミは秦腔《チンチアン》の上海公演成功をトップ記事で報じた。「狐仙」を演じる憶秦娥《イチンオー》の舞台姿が各紙を飾り、劉紅兵《リュウホンビン》はせっせと全紙を買いあさった。公演団に同行した陝西省の報道陣も一斉に記事を送り、翌日の午後、楚《チュ》嘉禾《チアホー》の母親が電話をよこし、西安はこのニュースで持ちきり、秦腔《チンチアン》と狐狸の精憶秦娥《イチンオー》は全上海を震撼させたということだった。

上海の大会主催者は北京から来た専門家も交えて『狐仙劫《こせんこう》』をテーマとする座談会を開いた。楚嘉禾《チュチアホー》は上演パンフレットの末端に名を連ねる登場人物として参加した。

座談会の冒頭、白髪の老人が憶秦娥《イチンオー》を最前列に座らせようとして一席ぶった。彼女は中国伝統演劇希望の星であり、彼女の出現がなければ、中国四百種の伝統演劇（地方劇）はすべて日没の挽歌になり果てていただろうと。だが、憶秦娥《イチンオー》はもじもじして腰を上げない。すると、周りの専門家たちが口々に彼女を最前列へ促す。楚嘉禾《チュチアホー》は劇界の老人たちにいやらしさを感じた。スター俳優に対して、単にお気に入りというだけでなく、めろめろになっているのを感じ取ったからだ。

スッポンの目をした秦八娃《チンバーワー》はつとに全国的な名声を博していたから、この後、最前列に座るよう促された。丁《ディン》副団長、封導《フォンダオ》、作曲家らは一団となって席を占め、単仰平《ダンヤンピン》団長は一人だけおし黙ったまま最後列の一角に座ってノートを開き、諸家の発言を一言も聞き漏らすまいとメモを取り始めた。

座談会は俄然、熱を帯び、マイクの奪い合いになった。何人もの老大家が延々と握ったマイクを離さず、別の老大家は茶碗の蓋で茶碗の縁を叩いて邪魔をした。司会者は何度も発言時間を一人十分以内に収めるよう懇願したが、誰もが話し出すと止めどがなく、あちこちで茶碗の鳴る音が響いた。

みな口裏を合わせたように憶秦娥《イチンオー》を誉めちぎる。驚天動地、純にして雅、質朴にして大度《たいど》、杳渺凄婉《ようびょうせいえん》、不世出《ふせいしゅつ》の才能。ありったけの言葉が乱舞した。「容色《いろ》も芸のうち」――七、八人の老人がやはり口にした。卑猥になりかねない口ぶりだ。楚嘉禾《チュチアホー》が憶秦娥《イチンオー》に目を走らせると、彼女は俯いて、消え入りそうな風情を見せている。いつもの習慣、お定まりのポーズだ。手の甲で口もとを隠し、寧州の老調理師廖耀輝《リャオヤオホイ》の欲情をそそったあの唇。初心《うぶ》を装ってしおらしく「いやいや」して見せるが、内心は夜叉《やしゃ》、舌なめずりして人をたぶらかそうとしている。したたかな女め。百五、六十人もの人間が数万元費やし、上海にいそいそとやってきて憶秦娥《イチンオー》のご機嫌を取り結んでいる。悦に入っているのは彼女ただ一人だ。くたばれ、くそったれ。

しかし、座談会はその後、別の声が飛び出して、意外な展開を見せた。その発言は西安での初演のとき、丁《ディン》副団長が出したのと同じで、「金持ちの狐」を吊し上げるのはこの時節柄ふさわしくないのではないかというものだった。この意見が出たときから、楚嘉禾《チュチアホー》は丁《ディン》副団長の顔をじっと見ていた。ずっと目を閉じて討論を聴いていた丁《ディン》副団長は突然ぱっと目を開いて発言者を見やり、「その通り」とばかりにうなずくと、会場を見渡して一人一人の反応を確かめているようだった。それからの発言はこれに賛同する者、反対する者、観点が二分して論争が起こり、俄然激しさを増した。丁《ディン》副団長は小声で封導《フォンダオ》にささやいた。

「論争が長引くと厄介だな」

封導《フォンダオ》は答えた。

「悪いことじゃない。望むところだ」

「だが、選考の意見が分かれてしまう」

封導《フォンダオ》は黙りこんでしまったが、楚嘉禾《チュチアホー》はやっと胸のつかえが下りた気分になった。

激論が午後一時近くまで続いたところで、司会者は座談会の終了を告げた。しかし、ここで秦八娃《チンバーワー》が立ち上がり、長い自説を展開した。その核心は、文芸作品の創作は新聞報道やその論調に左右されてはならないということだった。劇作家は自分の筆を信じて時間の流れと歴史の検証に耐える作品を書かなければならない。金儲けのために道義心を失ってはならず、手段を選ばず蓄財に走ったり、良心に悖《もと》る行為は、それがどんな社会、どんな時代であれ、批判を受けるのは必定だろうと主張した。もし、我々は冷めた目で時代を見つめ、警戒を高めなければ、社会はやがて手痛い代償を支払うことになるだろうと。

作者に異論を唱えた数人の専門家は形相険しく秦八娃《チンバーワー》をにらみつけている。秦八娃《チンバーワー》の後列に座っていた作曲家はこれを察して彼の上着をこっそりと引っ張った。その上着は裁ち方がおかしいのか後ろ側が短く、ひどい猫背のせいもあって、ズボンのベルトの上まで引きつったように吊り上がっている。このとき、秦八娃《チンバーワー》の滔々《とうとう》たる懸河《けんが》の弁はもう誰にも止められない。後ろで小うるさくせっつつく作曲家に腹を立て、くるりと向き直ると叱声を浴びせた。

「うるさい、何をする？」

会場は爆笑に包まれ、秦八娃《チンバーワー》も声を枯らし、口角に白い泡をいっぱいにためていた。誰かがまた茶碗の蓋で茶碗をかちゃかちゃ鳴らし、昼食の時間が一時間半も過ぎてしまったと苦情を言い出した。秦八娃《チンバーワー》は両の拳を胸元で上下させて謝罪の意を表し、席に着こうとした。ところが、熱弁の勢いで椅子はどこかに蹴飛ばされ、彼が腰を下ろそうとしたとき、落とし穴に落ちるように尻餅をついてしまった。会場の空気もようやく和んで散会となった。

数日後、審査の結果が発表された。『狐仙劫《こせんこう》』に与えられたのは上演賞のみで、丁《ディン》副団長が危ぶんだ通り、優秀作品賞は逃す結果となった。ただ憶秦娥《イチンオー》だけは〝大満貫〟で、最優秀演技賞に加えて、あの梅花賞にノミネートされ、候補作の中でトップの座を占めた。

座談会では著名研究家の公開講演が行われ、憶秦娥《イチンオー》を梅花賞にふさわしい模範演技と讃えた。中国伝統劇に携わる俳優は憶秦娥《イチンオー》のように堅実な基礎を固め、立ち姿美しく「四功《しこう》（唱《チャン》・念《ニエン》・做《ツォ》・打《ダー》）」のよろしきを得るならば、観客の減少を嘆くことはなくなるであろうと。

この言葉は楚嘉禾《チュチアホー》の心を刃物のように抉った。あの女はほしいものを全部手に入れた。自分がこれ以上続けて何の甲斐があるだろうか？　いくら頑張っても憶秦娥《イチンオー》の下で、その他大勢を演じるだけだ。やればやるほど自分が惨めになる。彼女の心を冷たい風が吹き抜けた。

上海公演が終わって、劇団は一同をねぎらって一日の自由行動日を設けた。楚嘉禾《チュチアホー》は無残な心を抱えてベッドから出られず、部屋に閉じこもっている。ほかの団員には体調がすぐれないからと言い分けしたが、周玉枝《チョウユィジー》だけが体調不良のわけを知っていた。誰もいないとき、周玉枝《チョウユィジー》は楚嘉禾《チュチアホー》に言った。

「嘉禾《チアホー》、今さらじたばたしたって始まらないよ。これが私たちのめぐり合わせ、運命だと思って諦めるんだね」

「余計なお世話。何が運命さ。何を諦めるってのさ？」

楚嘉禾《チュチアホー》の〝お馬鹿な〟友人周玉枝《チョウユィジー》は気楽を決めこんでいる。与えられた上海の休日にご機嫌で飲んで食べて、鼻歌も出る陽気さだったが、それも長くは続かなかった。ふと憶秦娥《イチンオー》のことが頭をかすめると、気分が一気に暗転した。自分は何を浮かれているのか？　飯炊き上がりの憶秦娥が遥か上を行っている。それもちょっとだけではなく、気がつくと目もくらむ差がついていた。周玉枝《チョウユィジー》の全身が震え始め、何もかもいやになって、この一日が台なしになってしまった。

四十六

上海から西安に戻り、秦八娃《チンバーワー》が北山《ベイシャン》へ帰る日、憶秦娥《イチンオー》は秦八娃《チンバーワー》を正式な食事の席に招くつもりでいた。秦八娃《チンバーワー》のこの作品がなければ、彼女がこの大賞を取ることもなかったのに、秦《チン》老師だけが選から洩れてしまった。彼女としてやるかたない思いであることを単《ダン》団長と封導《フォンダオ》に伝えた。団長は、この席は劇団が持つと言ったが、彼女は自分が負担すると言い張った。店は鐘楼にある有名店同盛祥泡饃《トンションシアンパオモ》に決めた。その個室に案内された秦八娃《チンバーワー》は贅沢すぎると言った。食事をするのは街中の小さな店に限る。人が行ったり来たり、その活気が楽しいと。

今回の受賞はそれぞれの胸にわだかまりを残している。『狐仙劫《こせんこう》』は確かに九つの部門賞を受賞した。楽隊の編成、道具立て、衣装など軒並み受賞しているのに、ただ一つ作品賞だけが選から外された。劇団員はみな分かっている。観客の拍手はすぐれた台本に向けられたものであることを。秦《チン》老師の練りに練られた台詞、歌詞はもはや人工の跡をとどめず、典雅、優美な世界を形作っている。ユーモアを散りばめたシーンに観客は膝を打って互いに肩をたたき合い、悲劇の場面は天が覆ったかのような衝撃に打たれ、満座を歔欷《きょき》のさざ波が覆った。狐たちの細々《こまごま》とした日常は慈しみをもって描かれ、酒も女色も金儲けも、情愛の花も瞋恚《しんい》（怒り、憎しみ）の炎《ほむら》もある。劇的な趣向と豊かな含蓄は選考会の席上で多くの評論家から高い評価を得ていたにもかかわらず、何人かの専門家から突然横槍が入った。〝ご時世〟の問題が忖度《そんたく》され、土壇場で「最優秀作品賞」はお預けになってしまったのだ。

みんなの気持ちはともすれば沈みがちだった。

憶秦娥《イチンオー》は立って杯を掲げ、秦《チン》老師に向かった。話したいことは山ほどあったが言葉にならず、ただ二言三言、絞り出すように言った。

「秦《チン》老師、ありがとうございました！　みんな思ってます。本当の受賞者は秦《チン》老師だと……」

秦八娃《チンバーワー》は突然、天を仰いで呵々大笑《かかたいしょう》して言った。

「秦娥《チンオー》、この秦《チン》老師もただの俗物だ。賞をくれると言われたら、ヘソを曲げたりせず、素直にもらう。我が細君は私が賞状やらメダルやらを持って帰ると大喜びで、ところ構わず飾り立てる。豆腐を作りながら得意満面、来る客来る客に亭主自慢さ。賞を持って帰らないと、私としてもちょっと何だ、何だけれども、考えてもみたまえ。棺桶に片脚突っこんだ爺さんが、今さら役職だ、表彰だ、昇進だと騒いだところで始まらんよ。田舎の公民館の館長、文化センターの所長としゃれてみたところで、所詮はネズミのしっぽさ。逆立ちしたって鼻血も出ない。それに、だ。館長さんが大賞を受賞したら、大館長閣下にでもなるのかね」

秦八娃《チンバーワー》はみんなを笑わせた後、さらに言葉を継いだ。

「本当のことを言おう。もし、賞がほしければ、このような作品は書かない。だが、私は真底、この作品が書きたかった。すべては憶秦娥《イチンオー》、お前のために書きたかった。秦腔《チンチアン》からこのような才能が生まれた。得がたい宝だ。何をもってしても、この秦腔《チンチアン》につなぎ止めておきたかった！　狐世界を選んだのは、憶秦娥《イチンオー》の美しさと芸のすべてを発揮できるのはこの題材だからだ。人と妖怪《あやかし》を比較したら、どちらが美しいか。知れたこと、妖怪《あやかし》の方が何倍も美しい。メイク、衣装、振付け、人間にはできないことができる。書きながら台詞、所作のアイデアが次々と湧いて出た。すべて憶秦娥《イチンオー》の立ち姿を引き立て、表現力の限りを尽くすためだ。どうすれば憶秦娥《イチンオー》の内面を充《み》たす美しさ、外面を包む豊かさ、それを花として解き放つことができるか、それを考えるだけで筆は面白いように進んだ。多くの観客や専門家が喝采を送ったのは、私の筆が最も躍った個所、憶秦娥《イチンオー》の才能が極限まで発揮された個所を感じ取ったからに違いない。その部分は私と憶秦娥《イチンオー》が感応し合い、響き合ったところだ。私が劇作家だとすれば、憶秦娥《イチンオー》もまた劇作家の一人ということになる」

憶秦娥《イチンオー》は手の甲を口もとにあて、笑いながら尋ねた。

「私のどこが劇作家なのでしょうか？」

芸術とは呼応、共鳴する神通力だ。文字はそれを伝える手段、道具に過ぎない。北山《ベイシャン》にすごい切り紙細工の芸術家たちがいる。巨匠としか言いようがない。彼らは目に一丁字《いっていじ》もない。しかし、その造形美、構図、イメージの切り取り方はピカソに匹敵する。憶秦娥《イチンオー》、お前は舞台のために生まれてきた精霊だ。舞台に立てば、どんな文字もお前にとってただの道具に過ぎない。上海の記者が私に尋ねた。どうして『狐仙劫《こせんこう》』を書いたのかと。私は答えた。俳優のために書く。すぐれた俳優は舞台の上で芝居を書く。これが劇作家に生まれた身の幸せというものだ。

憶秦娥《イチンオー》は身の置きどころがなくなった。単《ダン》団長はひたすら彼女の酒杯を満たし続け、秦八娃《チンバーワー》は大杯を一気に傾けて痛飲を重ねた。

「金杯《ジンベイ》、銀杯《インベイ》も口碑《コウベイ》（口伝え）にかなわない！　これは芝居のためにあるような言葉だ。芝居は人の口の端《は》にのぼってなんぼの商売だからな。『狐仙劫』は十年、二十年、三十年後、生き残っているか？　もし、煙のように消え失せたら、それは語る値打ちがないからだ。しかし、芝居は上演禁止にならない限り必ず観客がいる。観客がいる限り、三人いれば三人の、百人いれば百人の見方、見立てがある。これが書き手に与えられた最大のご褒美だろうよ。私は足るを知っている。本当だとも！　私は自分の書いたものが十二分に評価され、最大の賞をいただいたと思っている……」

その日、秦八娃《チンバーワー》は大酔《たいすい》を発した。帰途につくとき、数人に担がれながら『狐仙劫』の一節を口ずさんだ。

憶秦娥《イチンオー》『狐仙劫《こせんこう》』

狐仙は咽《むせ》び
断崖に残月の影
残月の影
洞穴に一人歌舞して
都城をしのぶ

都城の調べ絶えて久しく
悲歌切々といや増して
いや増して
忘れがたきは故城の月
影に映せる我が思い

歌い終わると、秦八娃《チンバーワー》は胃の中の羊肉泡饃《ヤンロウパオモ》（羊肉のスープに小さくちぎった焼きパンをひたしたもの）を全部吐き、背負っている単《ダン》団長の背中にぶちまけた。その上、これから鐘楼のてっぺんに登り、一眠りしたいと駄々をこねた。団長から受け取った『狐仙劫《こせんこう》』の原稿料、百元札三十枚の三千元をポケットからつかみ出し、これで一睡の〝所場代《しょばだい》〟にしたいが、足りるかどうかとくだを巻く。幸いなことに鐘楼の門は閉まっていた。とうとう鐘楼前にある郵便局の花壇の縁《へり》にへたりこみ、四時間ほど眠った。目が覚め、酔いも醒めて、つきっきりだった団長や封導《フォンダオ》、憶秦娥《イチンオー》たちに向かって言った。

「一生分の酒を飲んだ。一生分の恥もかいた。天下の鐘楼の前で、恥はかき捨てだ！」

こうして秦八娃《チンバーワー》は北山《ベイシャン》へ帰っていった。

『狐仙劫』はまた西安で二十日以上の連続公演となり、この間に陝西省の上層部は突然、単《ダン》団長に劇団の組織改革の要求を突きつけてきた。「スターシステム」と呼ばれ、劇団に集客の自助努力を促すものだった。

（注）スターシステム　原文は名角挑団制。スター俳優を中心に上演チーム（班）を編成。往事の「梨園」同様、利益も損失も座長たる俳優とその一座のものとなる。中国の劇団はかつて国の援護政策で維持され、観客は国家機関から団体の動員が行われることもあった。しかし、市場経済の中、国家丸抱えの〝大鍋の飯〟――仕事の内容を問わず全員一律の待遇を受ける〝社会主義的平等〟を是正し、劇団経営の自立化を図る狙いがこめられている。

このスターシステムは全国ですでに実行に移され、劇団の将来の発展を方向づける切り札だという。単《ダン》団長は緊急の会議を招集した。上部の意向は劇団内部で穏当な合意を促すため、これまでのやり方を併存させるのもやむなしとしている。何よりも、〝大鍋の飯〟の悪弊を打破する大号令のもと、速やかな行動が求められた。陝西《せんせい》省秦劇院は他の「劇団」より上の格づけで規模も大きかった。分団と再編を視野に、まず「公演隊」を先行させる方式が検討された。これには必ずスター俳優を起用して〝座長〟の〝冠《かんむり》〟をかぶせなければならない。陝西省秦劇院はその規模からして「公演隊」を二隊組織するとして懸念されるのはまず上演の質の低下で、次に現実的な問題としてすぐにもう一つの演目の制作に着手しなければならなかった。もし、単《ダン》団長がこの要請に応じなければ、団長の職務を返上せざる得ないところまで追いこまれるだろう。

単《ダン》団長として憶秦娥《イチンオー》を引っ張り出すしかなく、まず先遣隊の役割を与えることにした。彼女には陝西省上層部の意志であることを伝えてから会議を開き、ある劇団幹部が彼女を呼び捨ての名指しで口火を切った。

「私は憶秦娥《イチンオー》がこの任務にふさわしいと考え、劇団の先頭に立ってもらいたい！」

単《ダン》団長は憶秦娥《イチンオー》に発言を求め、彼女は一言のもとに拒絶した。

憶秦娥《イチンオー》はこの日、稽古場で『狐仙劫《こせんこう》』の「断崖飛狐」の稽古をしていた。全三、三十場の中、高難度の技が求められる場面で、まだ決め切れず、何度か断崖から転げ落ちそうになった。秦八娃《チンバーワー》は彼女に荘子《そうじ》の「腰曲がり爺さん」を見習えと言った。彼女は聞き直した。

「私はいつ腰曲がり爺さんになったんですか？」

秦八娃《チンバーワー》は彼女に現代語訳の『荘子』を買い与え、彼の人生にも大きな影響を与えた本だから、ひまなときに読めと言った。秦《チン》老師が帰った後、開いてみると、易しく面白く書いてある。まず「彼腰曲がり爺さん蝉取り」の逸話（『達生、十九』）を台本の台詞を暗誦するのと同じように繰り返し読み、読むうちに、ぱっと目の前が開けるような気がした。

その内容はこうだ。孔子がその国へ行く途中、林の中を通りかかると、腰の曲がった老人が鳥もちの竿で蝉を面白いように捕っている。「何か極意があるのですか？」と孔子が尋ねると、「あるとも」との答え。まず最初の半年は竿の先に丸い玉を二つ重ねて落ちないように練習する。これで取り損なうことはないが、三つ、五つと修練を積むと、蝉は地面の上のものを拾うように捕まえられるようになった。このとき、老人は自分の気配をも消し去り、蝉は老人を木の切り株か枯れ木と思いこんだらしい。自分の方から次々と飛んできて鳥もちにかかるという。精神集中が入神の域に達すると、その手は心の思うがまま自由自在、思い悩むことなく、力むことなく、技巧を凝らすこともない虚心の境地となる。憶秦娥《イチンオー》はこの世界に入って十数年の修行を続け、苦難を重ねてきた。だが、「断崖飛狐」の絶技にまだ怯《ひる》む気持ちが残っている。この腰曲がり爺さんの一意専心の境地、水準にはまだほど遠いことを思い知らされた。

腰曲がり爺さんは身体に不自由を抱えている。それでも、蝉取りの技にかけては誰にも負けない。孔子は弟子たちに話して聞かせた。「志を用いて分かたざればすなわち神《しん》に凝《こ》る（意志を持ち、気を散らさなければ精神が統一される）」と。憶秦娥《イチンオー》は決めた。外界の雑音、雑事には気を用いない。腰曲がり爺さんのように木の切り株か枯れ木になりきなろう。「断崖飛狐」恐るに足るや？　精神一到、何ごとか成らざらんだ。

今、劇団はスター座長システムの導入で大騒ぎだ。分団だ、先行隊だと議論がかまびすしい。憶秦娥《イチンオー》も〝渦中の人〟となり、誰彼なく「いよいよ〝憶秦娥《イチンオー》劇団〟座長公演の旗揚げ、しっかりね」とか、わざとらしく聞いてくる。彼女は手の甲で微笑みを隠して答える。

「あなた、人に何を言わせる気？　私はたかが役者よ。私の出る幕じゃないわよ。役者がしゃしゃり出てどうするの？」

彼女は聞くのも話すのも億劫だった。だが、彼女は信じているというより、開き直っている。誰が劇団をどうしようと、それは勝手。この憶秦娥《イチンオー》なしに幕が上がるはずはないと。だから、彼女は稽古場に引きこもり、「蝉取り老人」のように自分の気配を消し、木の切り株、枯れ木になりきろうとしている。

だが、単《ダン》団長はついに〝その手〟に出て、切り札を切った。憶秦娥《イチンオー》は思わず笑い出しそうになったが、団長は大真面目だった。これは名指しの〝団長命令〟だとまで言った。彼女は全身したたるような稽古の汗にまみれたまま叫んだ。

「いえいえ、とんでもない。そんなの絶対駄目です」

彼女は自分の荷物を慌ててまとめ、稽古場を飛び出した。

家に帰ると、劉紅兵《リュウホンビン》が薄笑いを浮かべている。何よと彼女が聞くと、彼は答えた。

「これからは憶秦娥《イチンオー》団長とお呼びすればいいのか、それとも憶秦娥《イチンオー》隊長とお呼びしましょうか？」

「どうして知っているの？」

「知らないわけがない。劇団はひっくり返るような大騒ぎだよ。あんたはまだ知らないと思ったが、団長から話しがいったのか？」

「私が受けるはずない」

「あんたが決めることじゃない。上が兵隊を一人一人調べて、あんたに命令が下ったんだ」

「私はご免だわ」

「何で？」

「私は指導者って柄じゃない」

「どうして柄じゃない？」

「これは国際的な恥さらし、大笑いだよ。なれっこない」

「どうして、なれっこない？」

「なれっこないったら、なれっこない。なりたくないの」

「なればなったで、いいことあるさ」

「死んでもなりたくない」

「ならない手はない。ならないのは馬鹿だ。みんなしゃかりきになってなりたがっている。あんたはその気がなくても、鼻水が自然に垂れて口に入るところまで来ている。飲むしかない」

「気持ち悪いこと言わないで」

「気持ち悪いったって、本当のことだ」

憶秦娥《イチンオー》ははっとして劉紅兵《リュウホンピン》の顔を見つめた。

「あなた、もしかして、単《ダン》団長と話ができてるんじゃないの？」

「別にぐるになったわけじゃない。団長が俺に仕事の話があると言ってきた」

「何て答えたの？」

「丁寧にご辞退申し上げたよ、それから、お受けした」

憶秦娥《イチンオー》は汗のタオルを彼に向かって投げつけた。

「あなたが受けたんなら、あなたがなればいい」

「ああ、なるよ。俺が役者だったら、秦腔《チンチアン》の小皇后《プリンセス》だったら、天下の梅花賞を取っていたら、言われなくてもなってやる。なりたくてなれるものじゃないからな。なれよ。文句があるなら、なってから言えよ。思うがままだ。人の言いなりならなくてすむ。舞台に立ちたけりゃ立て、休みたけりゃ気の済むまで休め。全団に休演を言い渡せ、分かったか」

「分からない」

「何を言っても駄目だ。馬鹿につける薬はない」

「なる方がよっぽど馬鹿だわ。まともだからならないのよ。違う？」

「ここまで来たら、もう後に引けないんだよ」

「なるかならないかは、あなたじゃない、私が決める。私はならないの。ならないと言ったら、ならない」

「知らないだろうが、劇団で今、誰がのしてきている思う？」

「そんなの関係ない」

「関係ないと思うか？　楚嘉禾《チュチアホー》がトップに立ったら、どうなる？」

憶秦娥《イチンオー》は笑い飛ばして言った。

「楚嘉禾《チュチアホー》だって私と同じ。指導者になれるはずがない」

「そうかな？　お前がならなかったら、この団は誰がなってもおかしくない。考えてもみろ。楚嘉禾《チュチアホー》は『白蛇伝』や『遊《ゆう》西湖《せいこ》』の主役をやっている。新聞雑誌に顔を売っているし、テレビや映画にも出ている。そこそこのスター、名女優だよ。それに楚嘉禾《チュチアホー》の母親はステージママどころじゃない。業界名うての怪物だ。影響力も半端じゃない。侮ると、痛い目にあわされる。憶秦娥《イチンオー》さん、うかうかしていると、食われてしまうぞ」

憶秦娥《イチンオー》は黙ってしまった。

劉紅兵《リュウホンビン》は続けてまくし立てた。

「劇団では今、猛烈な内部工作、足の引っ張り合いが始まっている。この機にのし上がろうというのが、七、八人いて、みんなお前の出方をじっとうかがっている。お前が受けたら、青年隊のトップは文句なし、お前で決まり。誰もお前の敵じゃない。もし、お前が辞退したら、血を血で洗う血戦だ」

憶秦娥《イチンオー》はしばらく考えこんだが、やはり激しく首を振った。

「いやだ、いやだ。私は絶対受けない。やりたい人にやらせればいい。どうぞ、どうぞ。私には子どもがいる。子ども大事に生きていく」

憶秦娥《イチンオー》は本気で言った。もし、公演ができなくなったら、息子の劉憶《リュウイ》をすぐ呼び戻そうと。彼女は子どものことを考え、平常心を失っていた。

憶秦娥《イチンオー》は決して飼い馴らされることのないロバだ。劉紅兵《リュウホンビン》は何も言えなくなったが、一言だけ言い返した。

「後悔しても遅いぞ。楚嘉禾《チュチアホー》がのし上がったら、お前は泣くに泣けないからな」

ちょうどこのとき、単《ダン》団長と封導《フォンダオ》が二人でやってきた。

この新居には初めての訪問だった。

単《ダン》団長は大げさなお世辞を言った。

「何と美しい！」

劉紅兵《リュウホンピン》は答えた。

「いえ、それほどでは。世界で三番目です」

憶秦娥《イチンオー》は彼の大口に、脚を蹴飛ばすことで報いた。

劉紅兵《リュウホンピン》はこの訪問をどうやら予見していたらしい。すでに牛肉、梆梆肉《バンバンロウ》（ミノ、ホルモン、レバーの燻製を串刺しにした料理）、鶏の脚、アヒルの首、落花生などちゃんと買いこんで、テーブルの上に見栄えのする料理が並び、単《ダン》団長と封導《フォンダオ》が席に着くとすぐに酒の接待が始まった。

この臨時に整えられた酒席で、すべての懸案が決定を見た。

憶秦娥《イチンオー》はさながら〝三顧の礼〟で山を下りた諸葛孔明のように、うまうまとおびき出された。単《ダン》団長は言った。これは国の重大任務《ミッション》だ。国と喧嘩して勝てるか？

単《ダン》団長は周到な手はずを整え、新しく発足させた「青年隊」に封導《フォンダオ》を無理矢理引っ張ってきた。ここに憶秦娥《イチンオー》を迎え、彼女を全面的に支えると確約した。彼女は名前を貸すだけで、隊の実務は見られるときに見ればよく、見られないときは見なくて結構、芝居に打ちこんでいればそれでよいというものだった。団長はさらに言った。

「秦娥《チンオー》、君は寧州にいたとき、確か、副団長をやっていたんじゃなかったか？」

彼女は決まり悪そうに答えた。

「名前だけの副団長です。お飾りですから何もやりません。それに、一ヵ月で西安に来てしまいました」

「ここも名前だけでいい。実務は一切合切、封導《フォンダオ》が引き受ける」

話はこれで方《かた》がついた。憶秦娥《イチンオー》はもう何も話さなかった。話すことが何もなかったからだ。後は劉紅兵《リュウホンピン》が一手に引き受け、鷹揚に構えて二言目には「問題ない」「そんな小さなこと」を連発し、問題は蒸篭《せいろ》の包子《パオズ》を取り出すぐらい造作《ぞうさ》のないことに思われた。

憶秦娥《イチンオー》は、頭を押さえつけられて無理矢理水を飲まされる小牛さながらだった。

四人の酒宴は進み、憶秦娥《イチンオー》は陝西《せんせい》省秦劇院青年隊隊長の就任に同意したことになった。

四十七

公演隊が正式に発足した日、陝西省秦劇院の中庭は満艦飾の旗の下、太鼓や銅鑼の音《ね》が祝祭気分を盛りたてた。少なからぬ陝西省の幹部たちが列席し、メディアもこぞってカメラの砲列を敷いた。劇院二つの公演隊が競い立ち、一つは憶秦娥《イチンオー》、もう一つは黒頭《ヘイトウ》（黒の隈取りをした豪傑役）の人気俳優がそれぞれ座長格を務める。そこへ「なぜ公演隊か」と切り出す指導者がいた。公演団でいいではないか。中高年隊は第二団、青年隊は第一団、簡明直截《ちょくせつ》、第一言い易いではないかと。一同はすぐ「右へ習え」し、憶秦娥《イチンオー》は「団長」となった。彼女は困ってしまい、単《ダン》団長の顔を盗み見た。陝西省秦劇院はどうして「団長」を次々と作り出すのか。しかし、単《ダン》団長は平気な顔で、真っ先に「憶《イ》秦娥《チンオー》団長」と呼び始め、彼女も内心の不安が幾分か拭われた。

初期の高揚気分がおさまると、思いもよらぬ困難に足元を襲われた。まず、上演すべき作品が形をなさない。青年団と中高年団へ大雑把な人員の振り分けが行われたが、みんなどっちを向いているのか、本人でさえ分かっていない。見取り図はあったにしても、それが絵にならない。楚嘉禾《チュチアホー》の場合、彼女は憶秦娥《イチンオー》の第二団への参加を頑として拒んだ。幸い第一団が彼女を必要とした。というのも、第一団は『遊《ゆう》西湖《せいこ》（西湖に遊ぶ）』、『白蛇伝』の再演を予定しており、彼女が入団すれば、まさに主役の人材を確保するだけでなく、第二団の中核として遇することもできるからだ。

第二団は封導《フォンダオ》の支えで当面、ことなきをえているが、やはり憶秦娥《イチンオー》の〝座長〟としての貫禄不足は否めない。顔合わせのときの印象は新鮮だった。結団式の冒頭で、事務局が彼女に議長席に座るよう促した。頬に含羞の色を浮かべて席に着くさまは初々しく、まずまずの好感を与えた。これまでの全団の集会では、彼女はいるのかいないのか分からない片隅に身を隠し、足の屈伸をしたり、「臥魚」のように身を撓《たわ》めたり、開脚訓練を始めたり、人目を意識しない自分の世界に閉じこもっていられた。指導部が何を話そうが、右の耳から左の耳へ抜け、いや、そもそも聞く耳を持っているのか、自分の芝居のことしか念頭にない。唇が動くのは台詞の暗誦か歌のおさらいだ。それに、指導部の話すことといったら、稽古の規律を守れ、遅刻や早退は認めない、演劇の世界は天より広い、お客様は神さまだ……、聞いても聞かなくても、どうということはない。

今、憶秦娥《イチンオー》が口を開く前に、封導《フォンダオ》が先回りして言ってくれる。だが、ある日、封導《フォンダオ》は彼女にどうしても話せと言って自分は口をつぐんだ。彼女は言葉に詰まりながらとにかく話した。

「ことがここまで来てしまったからには、私たちはいい芝居を作るしかありません。いい芝居を作れたら、そんな芝居ができたなら、私たちは稽古場を出て劇場の舞台に立つことができます。だから、私たちはいい加減な稽古はできない。これは私たちの飯《めし》の種なんだから。私が先頭に立って何ができるか、どうか私のやることを見て下さい。そして一緒にやって下さい。一緒に結果を出しましょう。事務局は私たちのためによい食事を作って下さい。お願いします。腹が減っては戦に勝てませんから。以上です」

「よーし、いいぞ！」

封導《フォンダオ》は真っ先に声をかけ、真っ先にぱちぱちと手を叩いて言った。

「いい話だった。余計なことはしゃべらずに急所を突いた」

このとき、彼女は胸にすとんと落ちるものを感じた。これでいいんだ。そうか、こういうことだったんだ、指導者の話というのは。

しばらく経つと、彼女は後ろから小突かれるような焦りを感じ始めた。稽古をし、稽古場を仕切るというのは、何と気骨の折れることか。彼女は『三侠五義』の主人公・王朝《ワンチャオ》と馬漢《マーハン》（農民上がりの武士）のようにしゃかりきに働き、へとへとに疲れていた。だが、いつも空回りだった。彼女の頭の中に、単《ダン》団長が不自由な足を引きずってせかせかと歩き回っている姿が浮かんできた。

すべての作品は稽古を一からやり直さなければならない。封導《フォンダオ》の報告によると、まず『楊排風《ようはいふう》』（上巻二三五～二三六ページ参照）、『白蛇伝』（上巻四三五ページ参照）、『遊西湖《ゆうせいこ》』（上巻二四七ページ参照）、『狐仙劫《こせんこう》』（中巻三九九ページ参照）から始めて、『竇娥冤《とうがえん》』（中巻二八五ページ参照）、『清風亭《せいふうてい》』、『三滴血《さんてきけつ》』、『馬前撥水《ばぜんはっすい》（覆水盆に返らず）』（下巻二八ページ参照）の大作もラインナップに加えられるという。

（注）『三滴血《さんてきけつ》』　秦腔《チンチアン》の伝統演目。山西商人の周仁瑞は陝西省で結婚し、妻は双子の息子を生んだ後病死する。長男の天佑は隣家で扶養され、次子は李三娘に売られて李遇春と名づけられる。仁瑞は商いに失敗し、山西省の実家に帰ろうとするが、弟の仁祥は家の財産を独占しようと、天佑は兄の実子ではないと県の役所に訴え出る。県知事の晋信書は〝血液検査〟で判定しようとするが、当時の検査は肉親同士の血を水中で垂らせば、融け合って固まるという迷信だった。県知事は周仁瑞と天佑は実の親にあらずと断定する。一方、李三娘の養子となった李遇春は三娘の娘・晩春と婚約する。三娘が病死した後、悪少阮という男が婚約証明書を偽造して、晩春の正式な伴侶は自分であると県知事に訴え出る。知事の晋信書はまた血液検査で判定し、李遇春と晩春は実の兄と妹であると認定し、二人の結婚は許されないと裁定する。悪少阮と晩春の結婚式の夜、晩春は逃げ出す。周人瑞と天佑、李遇春、李晩春と晩春乳母たちは出廷して各自証言を行う。知事はまた仁瑞の弟・仁祥と実子・牛娃に出廷を命じて血液検査を行う。すると、この親子の血液は溶け合わず、実の親子ではないことになり、先の判決が覆った。県の法廷はてんやわんやになる。天佑と遇春は従軍して戦功を立て、誤った判決は正される。県知事は免職となり、一家は団らんを取り戻す。

この舞台は現代風に言えば、親子兄弟のＤＮＡ鑑定という〝きわどい〟テーマで、これに〝色と欲〟がからみ、三つの家族の物語が進行する筋立てと構成の巧みさ、生動する人物像、高級官僚の頑迷固陋、旧時代の商家の矛盾、不和、不幸など、無類の面白さで演劇界、政界、メディアの絶賛を博した。

西安易俗社が一九一九年に初演、一九五八年、一部改訂されて再演された。曹禺はシェイクスピアに匹敵する作劇術と評している。

第一、第二公演団に分かれてから俳優、楽隊、舞台美術のメンバーが双方入り乱れての引っ張り合いとなった。すでにレパートリー化している四本を手直しするのにほぼ二カ月かかり、これに加えて数人の俳優が自分の持ち役としている一幕の見取《みど》りが七、八本ある。このラインナップがとりあえず舞台に乗せられそうだった。

秋の演劇シーズンを控え、封導《フォンダオ》はいち早く打って出て、「憶秦娥《イチンオー》座長公演」の名乗りを上げた。予約の申し込みも順調な出足を見せた。劉紅兵《リュウホンビン》が自分の関係者に動員をかけ、彼の父親の人脈もせっせと掘り起こして、その成果は十月から翌年の春節にまで及び、百ステージを超える勢いだった。

しかし、問題も同時に明らかとなった。このラインナップでは通し狂言（全場通しの大芝居《おおしばい》）が少なすぎて長丁場を持ちこたえる演目と場数が足りず、芝居好きの需要を満たしきれないのだ。

関中（西安を中心とする渭河《いが》沿いの文化文物集積地帯）の観劇は独特の美的こだわりと習慣があって、芝居好きは一回見ておしまいではなく、期間中毎公演をせっせと通い詰め、芝居漬けになる。正午の部、午後の部、夜の部一日三公演、これを三日間なら九公演、五日間なら十五公演、さらに夜公演が一回追加になって、各回入れ替わり立ち替わりで打ち抜かなければならない。西安の目が肥えた口うるさい芝居通はここから生まれてきた。一幕の見取《みど》りをいくら数揃えても、その場しのぎにしかならず、日を跨《また》ぐ〝がちがち〟の本格的全幕通し公演でなければとても間が持たないのだ。第一団、第二団の制作者たちがどう融通をつけ合い、やりくりをしても九本の演目を揃えるのがやっとだった。最後は苦しまぎれに素謡《すうたい》（扮装なしの歌唱）を「清唱《チンチャン》の夕べ」と称してまぎれこませ、三日三晩の芝居狂を迎えることができた。

憶秦娥《イチンオー》新団長にとって慣れない仕事に疲れないことはなかったが、やはり稽古の現場で難儀し、神経をすり減らした。これまですべて封導《フォンダオ》が切り盛りしていたが、劇団員の話によると、封導《フォンダオ》は家を出るに出られない状態にあるという。彼の妻は相変わらず家で修羅場を演じ、夫を外に出そうとしない。〝妖狐〟の憶秦娥《イチンオー》に会わせないためだ。とうとう単《ダン》団長が間に入って一計を案じ、封導《フォンダオ》を他劇団の演出に出すという口実を設けた。そこで高額の演出料を得たことにして彼の妻に与え、さらにお手伝いまで雇い、米や小麦、油をふんだんに買い与えた。彼の妻はぶつぶつ言いながらも夫を外に出した。単《ダン》団長は封導《フォンダオ》に何度も念押しした。

「この場は何が何でも憶秦娥《イチンオー》を立て通すしかない。何とかさまになるまで支え切るんだ。頼む」

最も熱く、火の玉になって働いているのは劉紅兵《リュウホンビン》だった。憶秦娥《イチンオー》が団長にならなければ、自分が団長の席を襲いかねない勢いだった。毎日誰か彼か情報を劉紅兵《リュウホンビン》の耳に入れ、彼に妖しげな目配せや投げキッスを送る者もいる。劉紅兵《リュウホンビン》は劇団を出たり入ったりするのがうれしくて仕方なかった。劇団の空気、見聞きするもの、思わせぶりな仕種、それが珍しく、楽しく、何にでも首を突っこみたがった。彼に言わせると「こんな面白い遊び場はほかにない」今回は、彼にも大役を与えられたような気分で足繁く劇団に出入りしている。憶秦娥《イチンオー》は彼に「うろちょろしないでよ」「首を突っこまないでよ」「口を挟まないでよ」と一々うるさく言うが、彼の言い分にも幾分かの理がある。

「俺が見張ってないと、女団長の足を引っ張る奴がいるからな。礼を言われこそすれ、文句を言われる覚えはない」

憶秦娥《イチンオー》が疲れて口をきくのも億劫なときは好きに言わせておく。だが、彼が口先だけでなく、ときにやり手ぶりを発揮することも知っている。特に貸し切り公演の売り込みは座持ちに長《た》け、交渉術に異能を発揮して、相手は気がつくと彼に丸めこまれている。封導《フォンダオ》でさえ劉紅兵《リュウホンビン》の人たらしの巧みさを何度も誉めちぎっている。劇団が地方に行って地元の業者や責任者と交渉になったとき、たちどころに相手をその気にさせ、まとまらない話はない。食事や宿、車の手配、精算など、手抜かりなくやってのけるのだ。当然、憶秦娥《イチンオー》と劉紅兵《リュウホンビン》にはあらぬ話がついて回る。今回の第二団は二人の「パパママショップ」の奮闘ぶりがその一つ。これには別の話もからんでくる。第二団の公演が始まって間もなく、憶秦娥《イチンオー》の叔父の胡三元《ホーサンユアン》が彼女を頼って西安に出てきたからだ。

　彼女が第二団の座長格を引き受けたとき、叔父は一度来て、彼女の力になろうとした。しかし、彼女はこれを受けなかった。劇団の態勢が固まらぬうち、先走って叔父を呼んだら、どんな憶測を呼び、反感を招くか分からなかったからだ。しかし、地方公演が始まってほどなく、劇団の太鼓打ちが次々に脱落していった。一度は幕が上がる直前だった。劇団にはかつて三人の太鼓打ちがいた。今回の分団で、二人が第一団に移った。第二団に残った一人は劇団の足元を見たのか途端に強気になり、独りっ子のような駄々をこね始めた。一本いくらの賃仕事はいやだと、憶《イ》秦娥《チンオー》と同額の給与を要求して揉めまくった。また、毎日舞台に上がって十数時間縛りつけられるのは尻が痛くなってたまらないという。その証拠にと、彼はズボンを脱いで封導《フォンダオ》に見せ、単《ダン》団長にも見てもらいたいと息巻いた。確かに汗疹《あせも》を引っ掻いてとびひのように化膿させていた。これでは座っているのが辛いだろう。さらに図に乗って、バスの座席は揺れの少ない前に移せだの、ホテルの部屋は南向きにしろだの事務局は彼一人に引っかき回されていた。職員はほとほと手を焼き、この処理を任された封導《フォンダオ》は、たった一つ方法があると答えた。それは太鼓叩きをもう一人連れてくることだった。そうすればこの若造、尻尾を巻いて逃げ出すだろうと。こうなったら、叔父の胡三元《ホーサンユアン》に来てもらうしかないと劉紅兵《リュウホンビン》は憶秦娥《イチンオー》に言い、彼女はすぐ叔父に電話した。

胡三元《ホーサンユアン》は寧州の県劇団で出番を失い、腐りきっていた。朱継儒《チュジールー》団長はすでに定年退職し、新団長は寧州県の文化局から出向してきた。元は獣医センターにいたが、笛が吹けるので文化部門に転属になったという。彼は伝統劇や古典芸能にはまったくの門外漢で、秦腔《チンチアン》を聴かされると頭痛がすると言う。寧州県劇団に来てから一ヵ月も経たないうちに、この由緒ある秦腔《チンチアン》専門劇団の看板を下ろし、「春蕾歌舞団」と改称した。楽隊は長髪の若作りになって、エレクトーンや電子ギター、エレキベースの編成となった。リズムを刻むのはサンドハンマー（マラカス）の役割となり、ドラムス（ドラムセット）の登場となる。この玩具に胡三元《ホーサンユアン》は手も足も出ないし、また、誰も彼にやらせようとしない。顔半分黒ずませ、奇怪な風貌の男がどうして舞台の中央に陣取り、首を振り振り楽隊を指揮できるだろうか？　それは当世のおしゃれな若者が同世代の観客をのりのりにさせる仕掛けだった。それに多くの劇団はドラムスに若い美女を起用して人気になっている。春蕾歌舞団でドラムスを叩き、かつ団長の任あるにのは、何とかつて『白蛇伝』で憶秦娥《イチンオー》の相手役の「青蛇」を演じた恵芳齢《ホイファンリン》だった。若く美しく溌溂として脚が長く、すらりとした長身はドラムスにうってつけで、古典劇の殻をみごとに脱ぎ捨てていた。彼女は覚えも早く敏捷で、役を器用にこなす。武旦《ウーダン》（立ち回り役）からドラムスに華麗な転身を遂げた好例だ。一ヵ月足らずの練習で舞台に立ち、満場の喝采を受けた。パーカッションの早業だけではなく、演奏の途中で突然、手のスティックを高々と宙に投げ上げ、ひらりと宙返りをしてスティックを受け止めると、また演奏を続けて見せた。武旦《ウーダン》ならお手のものの技だが、観客はみな息を呑み、目を剥いた。こんな可愛らしい女の子がこんな荒技を見せるとは誰も思っていない。我を忘れて「好《ハオ》！」の叫びと拍手が満場を包んだ。胡三元《ホーサンユアン》がこれを見たとき、「やられた」というより、「俺の時代は終わった」と思った。寧州県劇団から彼に出演の声がかかることもなくなった。陰に日向に胡三元《ホーサンユアン》をかばってきた胡彩香《ホーツァイシアン》も言った。

「あんたのよき日はこれまでだ。商売替えをした方がいい。早く豚や牛の玉抜きでも覚えるんだね」

腹を立てた胡三元《ホーサンユアン》は彼女の尻を叩いた。実は新団長はすでに胡三元《ホーサンユアン》の意向を打診していた。厨房に入って飯炊きをするのはどうか。同意するなら、劇団の旅公演に同行させるという。宋光祖《ソングアンズー》も廖耀輝《リャオヤオホイ》もすでに高齢で地方巡演に同行するのは体力的に無理が来ていた。劇団は一年間の移動公演を予定しており、全国の省市を結ぶ一大事業だった。俺に飯炊きをしろってか。胡三元《ホーサンユアン》は怒りに体が震えるのを覚え、思わず新団長の横面を張り飛ばしたくなった。これじゃまるで〝文革〟の時代に逆戻りだ。また〝吊し上げ〟か。だが、胡三元《ホーサンユアン》はじっと怒りを抑えた。勿論、厨房入りを了承したわけではない。

しかし、胡彩香《ホーツァイシアン》は自ら厨房入りに同意した。劇団の意向に沿って飯炊きでも何でもやると言う。彼女は家に引きこみたくなかった。夫の張光栄《チャンゴアンロン》とは相変わらずの不和が続き、いさかいも絶えない。それもあったが何よりも、こらえ性のない胡三元《ホーサンユアン》が自棄《やけ》を起こすのが心配だった。こんなとき男は女よりもろい。胡彩香《ホーツァイシアン》は胡三元《ホーサンユアン》をなだめ、気を静めることに意を用いた。それに歌舞団は最近儲かっている。行く先々で次々と大当たりを取って鼻息荒く、「春蕾歌舞団は宝の山」とみな悦に入っている。歌舞団が旅公演に出払った後、胡三元《ホーサンユアン》は一ヵ月数十元の生活費を支払われるだけで、やることがない。一日中太鼓を叩いているしかなかった。勿論、彼は知っている。太鼓を叩いてどうなるものでもないことを。しかし、太鼓を叩いていなければ生きていけなかった。毎日、朝から晩まで大音響を中庭にまき散らし、残留組は噂し合った。胡三元《ホーサンユアン》はついにいかれたと。

姪の憶秦娥《イチンオー》が団長になったと聞いて、胡三元《ホーサンユアン》とて彼女に頼りたい気が起きないわけではない。やっとつかんだ晴れ舞台、大組織のれっきとした〝お役人〟さまだ。しかし、面倒をかけたくはなかった。だが、その憶秦娥《イチンオー》から電話が入ろうとは思わなかった。しかも、すぐ来いという。彼女は甘粛省東部の天水で公演中だった。陝西省に隣接し、宝鶏から渭河をさかのぼるとすぐのところで、何とか間に合った。寧州からそう遠くない。彼が行くと、憶秦娥《イチンオー》は仔細を話して聞かせた。胡三元《ホーサンユアン》は言った。

「心配するな。この叔父さん、ほかのことは何もできないが、太鼓にかけては俺の右に出るものはいない。『楊排風《ようはいふう》』『白蛇伝』『遊西湖《ゆうせいこ》』の三本は今すぐにでもやってみせる。『狐仙劫《こせんこう》』は三日くれ。お前に恥をかかせることはない」

憶秦娥《イチンオー》は勿論、叔父の腕前を知っている。しかし、いきなり呼びつけてすぐ舞台に上がってもらうつもりはなかった。少し間を置いて叔父の存在を今の太鼓打ちに見せつけ、その気を削《そ》ごうとする狙いがあった。これは封導《フォンダオ》の意向でもあった。

「叔父ちゃん、まずは舞台を見てちょうだい。実際にやってもらうときがきたら、改めてお願いするから」

彼女はさらに念押しするようにつけ加えた。

「これは省の劇団なんだから、寧州県とは違うのよ。癇癪起こしたりしたら絶対駄目よ。ここじゃその手は通用しないんだから」

胡三元《ホーサンユアン》は何度もうなずきながら言った。

「心配するなって。四十過ぎのいい歳して、誰がみっともない真似をするもんか。これまでさんざん恥をさらして、これ以上恥の上塗りはしないよ。できるはずがない。ましてやここは可愛い姪子の正念場、何があろうと辛抱、辛抱だ」

とは言ったものの、胡三元《ホーサンユアン》はやはり胡三元《ホーサンユアン》だった。ほかのことならいくらでも辛抱できる、無理も聞く。現にこれまで何を食べようが、何を着ようが、どこに住もうが無頓着でやってきた。だが、こと太鼓打ちにかけては絶対に譲れない一線がある。第二団の舞台を見て、まずやはり鼓師《こし》に問題があるのに気づいた。これはひどい。聴くほどに、むらむらとこみ上げてくるものがあった。この男は司鼓《しこ》（指揮者）と呼ぶに値しない。リズムの刻み方に切れがなく生ぬるい。軽重緩急《けいちょうかんきゅう》にしまりがない。要するに技術がなってない。だからスティックのタッチが乱れ、演奏に通底すべき骨太さがない。一口で言えば軟弱極まりない演奏で、聴いているうちに気持ちが悪くなる。この男は太鼓打ちに向いていないのだ。役者の人気度、熟練度によって打ち方を変え、相手を見くびると、途端に投げやり、ぞんざいになる。胡三元《ホーサンユアン》の演奏はまず演技者を包容する。「看客下菜（客を看《み》て料理を出す＝人に合わせて料理を変える）」、「量体裁衣（体《たい》を量《はか》って衣《い》を裁《た》つ）」が極意だ。だから胡三元《ホーサンユアン》は演技者を自由にしてのびのびと歌わせ、舞わせ、気のゆくまで演技させる。だが、この鼓師は演技者を縛り、邪魔をし、その上、難癖をつけている。胡三元《ホーサンユアン》は耐えに耐えた。そのうち顔色が紫色になり、黒ずんできた。口をすぼめ、むき出しになりそうな鬼歯を懸命に隠している。やがてその口からうなり声が洩れ、嘆きの声に変わりそうだった。

舞台の鼓師はすでに客席の異変に気づき、胡三元《ホーサンユアン》に向かって目を怒らせている。しかし、胡三元《ホーサンユアン》は不満を表し続けた。ある晩、胡三元《ホーサンユアン》は怒りを爆発させそうになった。だが、それをしたら、お終いだ。姪子の面子《めんつ》は丸つぶれになり、団長の立場を失わせるだろう。彼はホテルの部屋に帰り、洗面器に満たした水を頭からかぶった。空になったプラスチックの洗面器を額にかぶせ、ぽんぽんぽんと力ませに数十回叩き、額が青ずみ血が滲んだ。それでも気が済まず、部屋の壁に野猪のごとく突進して頭を打ちつけ、また拳で床を叩きつけて深更に及んだ。さらに『狐仙劫《こせんこう》』の譜面を取り出すと、そのお浚《さら》いに取りかかった。いつものやり方でスティックを舞わせながら本に打ちつけるのだ。胡三元《ホーサンユアン》の隠忍自重はいつもこうなる。そしてある夜、『狐仙劫』が上演された舞台で、彼の鬱憤はみごとに晴らされる。

その夜は野外公演で、天気は朝からいやな雲行きを見せ、西北の季節風が吹き荒れた。舞台に張りめぐらされた幕が風にばたばたとはためき、鉄の重しで押さえきれなくなっている。誰かが気の利いた洒落を飛ばした。

「今夜こそ狐の精が霊力を示顕《しげん》するだろう」

開演前の舞台で稽古が始まった。あの鼓師はこの機に乗じ、『狐仙劫』の途中の場面を〝中抜き〟して上演時間をつづめようと言い出した。この〝間引き〟を業界の符丁《ふちょう》（隠語）で「夭戯《ようぎ》（夭は止める意）」といい、いかにも凶凶《まがまが》しい響きがある。鼓師は指揮棒一本で舞台の進行を操ることができるのだ。

胡三元《ホーサンユアン》は『狐仙劫』の舞台をすでに何度も見ている。台本も諳んじるほど読みこみ、太鼓の譜面もこっそり手に入れてほぼ暗譜していた。この〝夭戯《ようぎ》の術〟は素人の観客にはほとんど感づかれないように行われる。その男はこの〝夭術〟を鼓師の腕の見せどころのようにやってのけようとしている。胡三元《ホーサンユアン》は言った。

「この舞台は切ろうたって切れるものじゃない」

鼓師は胡三元《ホーサンユアン》が来てから怒りを腹一杯にためており、かろうじて持ちこたえていた。胡三元《ホーサンユアン》が寧州県劇団の老練な打ち手であることを知っており、憶秦娥《イチンオー》の叔父であることも承知している。秦嶺《しんれい》の山奥からよぼよぼの老体を引きずって西安に出て、田舎流の太鼓で花の都に恥をさらそうってか。犬が豹の胆を食って空元気を出そうとしても犬の遠吠えか、せいぜい、そのロバのような醜い顔で子どもを驚かすのが関の山だろう。しかも公開の席で夭戯《ようぎ》にいちゃもんをつけてきた。夭戯は高度な技術だ。誰にでもできるというものではない。この男が夭戯の何を知っているというのか？　鼓師は胡三元《ホーサンユアン》に尋ねた。

「夭戯をご存じですか？」

胡三元《ホーサンユアン》は答えた。

「これは一種の禁じ手です。無闇にやるものじゃない。一般の観客は見ても分かりませんからね」

「こんな嵐の夜、客が来るかな？　みんな炒めそば食って寝ちまうよ」

「ここの客はもう何年も芝居を見ていない。風が吹こうが槍が降ろうが、誰一人帰りゃしませんよ。みんな財布の底をはたいて劇場を借り切っているんだ。我々も汚い手を使うのはよしたがいい」

「胡三元《ホーサンユアン》、知ってかしらずか、身のほど知らずなことを言ってくれるじゃないか。このちんけな第二団はあんたの姪子が団長を務めているが、れっきとした国営の劇団だ。国営って分かるか？　草芝居の旅の一座じゃあるまいし、憶《イ》家の個人経営じゃないんだよ。憶秦娥《イチンオー》が旦那顔《づら》で小うるさく嘴《くちばし》を入れてくると思ったら、今度は叔父御《おじご》の出番か。たまらないな。後三日もしたら、今度はいとこ、はとこ、一族郎党みんな引きつれて乗りこんでくんじゃないのかねえ」

鼓師が言い終わると、楽隊員たちは一斉にけたたましい笑い声を発した。

だが、胡三元《ホーサンユアン》は慌てず騒がず、落ち着き払って言った。

「必要な人間なら誰であろうと、天下晴れて誰に何の遠慮がいるものか。歌うのも太鼓を叩くのも楽器を弾くのもラッパを吹くのも、うまけりゃ大威張りだ。これが今の〝改革〟ってもんだろう。ところがとんでもないどべたがまぎれこんでいる。あんたのような太鼓叩きは早く改革されて、道具運びか、飯炊きか、幕引きになった方が劇団のためじゃないか、いや、あんたのためだ」

「ほざくなら、胡三元《ホーサンユアン》、大口を叩くなら、やってみろ、さあ、やってみろよ、ほら、来いよ、舞台に上がれ、お手並みを見せてもらおう。それとも、尻尾を巻いて逃げるんなら、足元の明るいうち、とっと出てうせろ！」

司鼓《しこ》（指揮者）はそう叫ぶなり、稽古の途中で演奏台から飛び出した。舞台では狐の精の両軍が対峙して今にも戦端が開かれるところだった。すべての動作、演奏が司鼓の指揮棒の一振りを待っていた。

静まり返った舞台のすべての目が胡三元《ホーサンユアン》に注がれる一方、立ち去ろうとする司鼓に追いすがり、引き止めにかかる男もいた。観客に内輪もめの醜態をさらすわけには行かないからだ。

胡三元《ホーサンユアン》は立ち上がった。火事場の助っ人さながら一足で舞台に飛び上がると、片手にスティックをつかみ、もう片手で司鼓が蹴り倒した椅子を引き寄せた。椅子に腰を下ろしたその刹那《せつな》、彼の手中のスティックが一閃した。兵士に扮した四人の立ち回り役と楽隊のまとめ役がすかさずこれに応じ、銅鑼、鈸《はち》、太鼓、鑔《さつ》（シンバル）の演奏が涌き起こった。楽隊の揉めごとでだらけきっていた俳優たちにも活《かつ》が入り、両軍入り乱れての戦闘の場面が再開された。舞台は何ごともなかったかのように整然と進行している。息詰まる緊張の場が一挙に大団円となった。楽隊の数十人は言い知れぬ感動に襲われ、髪の毛が逆立つような思いだった。めいめいの考えることは同じだった。今夜、『狐仙劫《こせんこう》』が間引きされることなく全段上演されたら、あの司鼓《しこ》はもうここにいられなくなると。

不思議なできごとだった。飛び入りの指揮者がどうしてこの幕を持ちこたえられたのか。どうして演奏者と演技者をつなぎ止め、この場をぐいぐいと引っ張っていけたのか。途中、指揮棒の振り方に迷いがなかった。団員と気持ちの食い違いも起こらなかった。団員の感情を自在にほとばしらせ、緊密に結びつけた。終幕に近づき、立ち回りの場面は太鼓、巨大な銅鑼、シンバル、戦鼓がさらにクライマックスの雰囲気を盛りたてた。胡三元《ホーサンユアン》はここで何を思ったのか、小太鼓のスティックを捨て、長い棒のような撥《ばち》に持ち替えると、櫓太鼓に似た大太鼓に走り寄って打ち鳴らし始めた。直径一メートル八十センチもの大太鼓は腹にずんずんと響くような音響で台座を揺らし、胡三《ホーサン》元《ユアン》の両足はそれに合わせて飛び跳ね、撥にさらに力をこめた。二本の撥が太鼓の中央をどろどろと早打ちする中、突如、巨大なシンバルが空気を断ち切ったとき、幕の係がさっと緞帳を降ろした。
巨大な音場《おんじょう》がしんと静寂に帰り、それが四、五秒続いただろうか、我に返った楽団員が総立ちになり、胡三元《ホーサンユアン》に向かって拍手し始めた。胡三元《ホーサンユアン》は片手で顔を覆い、こそこそとその場を去ろうとした。彼が身をひるがえした瞬間、彼の目から涙が滴っているのを見た者もいた。「憶秦娥《イチンオー》のお荷物」と胡三元《ホーサンユアン》の陰口をたたいていた者はその口を閉じ、今度は「寧州は隠れた才能の宝庫」と口を揃えてほめそやした。「秦腔《チンチアン》界で一、二を争う人物」「彼の演奏は芸術的陶酔」、そして「胡三元《ホーサンユアン》にこそ第二団の舞台に立ってもらおう」という声が出た。

この日の夜、西北の風は一向におさまらない。「子どもは吹き飛ばされる」と気遣われる中、野外の舞台に続々と観衆が集まった。その数は数千を超え、腰を下ろすと、終演まで動こうとしなかった。幕が閉まっても舞台を取り囲んでひしめき合い、幕の裏で俳優のメイク落としや舞台美術班が背景幕を下ろしたり衣装や小道具を箱詰めする作業を珍しそうに眺め、帰ろうとしない。

この夜ほど憶秦娥《イチンオー》を驚かせたことはない。出番の近づいた彼女が舞台へ向かったとき、司鼓《しこ》（指揮者）が血相を変え、演奏台から退場口（舞台に向かって右）へ飛び出すところだった。登場口のところでは俳優たちがその場の陣形を崩して右往左往している。主人公の胡九妹《こくまい》が囚《とら》われの姉たちを取り返す戦いを始める場面だった。演奏台にすでに司鼓《しこ》の姿はなく、指揮者がいなければ舞台を閉めるしかない。封導《フォンダオ》は緞帳を下ろす指示を出している。この危機一髪のとき、胡三元《ホーサンユアン》が舞台に飛び上がって司鼓の席に座った。演奏を始めるとはまさかの展開で、この場を静めただけでなく、楽隊をリードし、俳優たちを演奏の中に巻きこんで、劇の進行と共に精彩の度を加えていった。憶秦娥《イチンオー》自身にとっても司鼓とこんなに息が合い、掛け合いが楽しかったことはなく、久しぶりに「水乳交融《すいにゅうこうゆう》」の気分を味わった。彼女（狐の精）が身を投げようと断崖に立つ場面で大地が悶え、むせび泣き、早鐘《はやがね》のような太鼓の連打がどろどろと大空に満ちたとき、自分は歩んできた実人生の方がこの悲劇的な場面よりもっと激しく、もっと切ないと思った。とうとう彼女の叔父は彼女のために勝利を収めた。『狐仙劫《こせんこう》』のような新作でさえ、叔父の演奏は精彩を放ち、老練の腕前を見せつけた。叔父とって、打てない太鼓、こなせない舞台はないのだろう。彼女は自分が座長に祭り上げられてから一つの重要な難関を突破した僥倖を実感した。彼女はこれまで大作とされる作品の大役をほとんどこなしてきた。座長として恥じることはなく、役作りでは人後に落ちないつもりだ。だが、鼓師でこれほど手を焼き、痛い目に合わされるとは思わなかった。もし、対応を過てば、第二団の命取りになっただろう。

だが、今夜、大反転の攻勢をかけるきっかけを得た。

憶秦娥《イチンオー》は叔父が泣いていたと聞いて、彼女もまた泣いた。メイクを落としてから叔父の部屋を訪ねた。叔父の顔にはまだ涙の跡が残っていた。

「叔父ちゃん、すごい演奏だった。私は大威張りよ。でも、泣くことないでしょう」

「今、お前は大変なときだ。それなのに、この叔父さんはお前の力になってやれない、それが情けなくて泣いた。お前のために泣いたのではなく、自分のふがいなさに泣いたんだ」

「自分のために泣く？」

「俺は一生かけて太鼓叩きをやるつもりだった。だが、未だにものならん。今日も駄目だった、明日も駄目だろう。四十過ぎの屍《かばね》さらして、ざまはない。お前の胡彩香《ホーツァイシアン》先生も俺によくしてくれるが、あの馬鹿亭主は何が何でも別れようとしない。言うことには、へっぽこ太鼓叩きより配管工の方がはるかに実入りがいいからなだと。今は金がもの言う時代になってしまった。みんな小金持ちになると、誰もまともな芝居に見向きもしなくなった。見たがるのは恥も外聞もない尻振りダンスだ。太鼓叩きは時代遅れの商売で、もう飯の種にならんとさ。もし、お前が呼んでくれなかったら、俺は路頭に迷い、野垂れ死にするところだった……」

叔父は話しながらまた涙を拭った。彼女は言った。

「大丈夫。叔父さんの太鼓があるから、私たちの秦腔《チンチアン》があるのよ。秦腔《チンチアン》がある限り、叔父さんが路頭に迷うことはない。今日の叔父さんは私の顔を立ててくれた。大助かりよ。劇団の人がみんな言ってる。叔父さんは奇才だって！本当に奇才よ！　いきなり舞台上がって、どうして『狐仙劫《こせんこう》』が叩けたの？　みんな不思議がってる」

太鼓の話になると、叔父の黒ずんだ顔は俄然、精彩を取り戻す。

「この舞台は数回見ているし、台本も繰り返し読んで、しっかり腹の中におさめた。勝算は我にあり、だ。俺は決めた。ここぞというときにやらなければ、やるときがない。ここ一発で決めてやろうとな。いざとなれば、やる。この叔父さんの腕にかかれば、どんな芝居でも原子爆弾を作るより簡単だ」

憶秦娥《イチンオー》は声を上げて晴々と笑った。

「また始まった、叔父さんのほらが！」

「ほらなものか、まあ、名人の手にかかればざっとこんなもんさ」

胡三元《ホーサンユアン》はその超絶の技で第二団に足場を築くのに時間はかからなかった。土壇場で逃げ出した司鼓は、下手すると自分の首が危ないと、数日布団をかぶって寝こんだ後、尻のとびひが治ったからと勤務の続行を申し出た。封導《フォンダオ》は彼を舞台に上げたが、俳優や楽隊員たちは胡三元《ホーサンユアン》と彼とでは腕前が月とスッポン、雲泥の差と口々に不平を申し立て、重要な演目や大劇場の公演に彼の出番は回ってこなかった。彼につけられたあだ名は「八銭」だった。欲をかいてせっかくの銀貨を八銭銅貨にしてしまった愚か者という意味だ。

胡三元《ホーサンユアン》が第二団にしっかりと根を下ろす一方、劉紅兵《リュウホンビン》は相変わらず劇団に気ままな顔出しを続けていた。これが目に余るという声が劇団員の間に湧き起こり、悪評が次第に大きくなっていった。彼に悪気があるわけではない。ただ、愛妻のもとへ足繁く通っているだけだった。愛妻ために付き人のようにせっせとこまめに用を足し、如才なく劇団員の機嫌も取る。もともと政府高官のお坊ちゃん育ちで押し出しがよく、瀟洒な好男子ぶりに加え日常の振る舞いも鷹揚で屈託がないから、女優たちの受けがいい。加えて憶秦娥《イチンオー》の激務がある。一日数公演、かけ持ちの舞台をこなし、終演後はメイクを落とす気力も残っていない。一場を終えると、倒れこむように爆睡し、次の場開幕の銅鑼がなると、飛び起きて鬘《づら》をつけ、衣装を整え、その間、劉紅兵《リュウホンビン》は愛用のカメラを女優たちに向け、スナップ写真を撮りまくっている。女性だけでなく、男性までひそかに思いを寄せる者まで現れた。自ずと嫉妬心も生まれ、〝妻がいる身でつまみ食い〟だの〝手当たり次第〟だの口さがない噂が飛び交ったが、実際には憶秦娥《イチンオー》の〝金縛り〟のせいか、何の手出しもしていない。だが、この調子のよさ。美女たちと浮かれ、戯れ、馬鹿騒ぎまでしておいて最後の一線は越えていないとはいっても、傍目に面白かろうはずがない。ある者は彼を〝第二皇帝〟と呼んだ。第二団の皇帝という意味も含まれている。

憶秦娥《イチンオー》は目に見えぬ壁に囲まれていた。芝居以外のことには興味を示さないできたものの、この方面では彼女はやはり〝瓜《ゴア》（お馬鹿さん）〟というしかない。投げ文《ぶみ》、告げ口、ご注進に及ぶ者もあり、その煩わしさに彼女はついに腹を立て、劉紅兵《リュウホンビン》を西安に追い返した。

四十八

西安に帰った劉紅兵《リュウホンビン》はただ一人、水に放たれた魚のように自由だった。したたかに酔いを発して足の向くままねぐらを忘れ、暗い虚空をさまようような数日間を過ごした。朦朧とした意識の中で心にかかる雲はなくすべて絶好調、そんなときに彼の母親から電話が入った。彼の父親が定年になり、北山《ベイシャン》副地区長の席を退《ひ》くことになった。憶《イ》秦娥《チンオー》にとくと話して聞かせ、子どもを連れて北山《ベイシャン》で年越しをしてほしいというものだった。父親の機嫌は悪い。劉《リュウ》紅兵《ホンビン》が何年も西安でぶらぶらし、父親の定年さえ忘れているのを腹に据えかねている。劉紅兵《リュウホンビン》としては今さらそんなことを言われても困る。高級幹部に定年はないと思っていたからだ。

もうすぐ年末で、憶秦娥《イチンオー》の第二団も西安に帰ってくる。劉紅兵《リュウホンビン》は一足先に九岩溝《ジョウイエンゴウ》へ行って子どもを連れて帰り、彼女に相談した。北山《ベイシャン》で年越しをと言われて彼女は「いやよ」とにべもなかった。しかし、劉紅兵《リュウホンビン》の父親が定年間近なこと、最近機嫌を損ねていることを聞かされてしぶしぶ同意した。

結婚以来、二人は一回だけ北山《ベイシャン》へ行ったことがある。中秋節のときだった。劉紅兵《リュウホンビン》の母親は息子を溺愛し、父親は役所のことしか念頭になかった。副地区長宅は中秋節のご機嫌伺いが引きも切らず、入れ立ち代わり走馬燈のように場面が変わる。「労駕《ラオジャー》（ようこそ）」「借光《ジエゴアン》（おかげさまで）」「慢走《マンソウ》（もっとゆっくりなさって）」「留歩《リュウブ》（お見送りご無用）」、紋切り型の挨拶と上辺《うわべ》だけの上機嫌、家中がその接待に追われ、憶秦娥《イチンオー》に声がかかったのは深夜になって、ほんの二言三言だった。

劉紅兵《リュウホンビン》の父親が彼女に尋ねたのは、劇団はなぜ「家を興し富をなす」芝居をやらないのかということだった。また、現代が国際貿易、高速道路の延伸、鉱山の開発、都市開発、その勢いは天を突くばかりだというのに、なぜそれをテーマにし、宣伝しないのか。明けても暮れても白娘子《はくじょうし》だ、楊排風《ようはいふう》だ、鬼怨《きおん》だ、殺生《せっしょう》だと、それが時代とどんな関係があるのかと。彼女は答えることができなかった。義父の口ぶりには演劇という仕事に対する尊敬、尊重の念が少しも感じられなかった。彼女は二日間辛抱し、それから飛び出すようにして西安に帰った。

彼女は北山《ベイシャン》には二度と足を向けたくなかった。しかし、劉紅兵《リュウホンビン》は父親の体調は思わしくなく、今年を外せば次の正月まで保つかどうか分からないという彼の言葉に従わないわけにはいかなくなった。

劉紅兵《リュウホンビン》の実家に帰ったのは十二月二十九日だった。彼の父親が癇癪を爆発させているところだった。相手が誰か知らないが、怒りのあまり手をぶるぶる震えている。

「人は去り茶は冷める。去るものは日々に疎《うと》しか。人は権門に媚び、欲に転ぶ。熊皮の尻当てに座った猫は自分を熊だと思う。あさましい限りだ。私の在職時、猫なで声ですり寄ってきた連中はみな手の平を返して去っていく。人情紙の如しとはこのことだ」

劉紅兵《リュウホンビン》と憶秦娥《イチンオー》が来たのに気づいた母親はあわてて夫の話を遮った。父親は口をつぐんだが、孫を抱いても放心の体《てい》だ。孫をあやしながら憶秦娥《イチンオー》のまったく知らなかったことを引っ張り出した。

「北山《ベイシャン》所轄の幼稚園にしてもそうだ。私が設立にかかわり、助成金を交付して建設された。みんな手を合わせて私を拝み、その子どもたちは嬉々として入園した。家《うち》の孫はそこに入れんぞ。あの園長は何といったかな？　梅《メイ》何とかといった。人の世話になっておきながら、もう挨拶にも来ない。私も見限られたものだ。水を飲む者は井戸掘り人を忘れるなと言うがな！」

このとき、憶秦娥《イチンオー》の後ろでいきなり声がした。

「水を飲む者は井戸掘り人を忘れるな！」

びっくりした彼女は首をひねってふり返ると、オウムが鳥かごにとまっている。

「ええっ？　人の声そっくり！」

オウムが人の声色を真似ると聞いていたが、見るのは初めてだった。

「こんなものじゃない。お父さんのはもっとすごい。歌まで歌うんだから。テレビで『渇望』をやってたとき、テレビをつけると、テレビより先にね、『歳月流れて思うのは、あのころの苦労……』なんてやらかすんだから」

「そのオウムが？」

憶秦娥《イチンオー》がせきこんで尋ねると、父親はソファに身を投げ出し、ため息を一つついて母親に言った。

「また、それを言うか。もういい、もう言いっこなし」

みんな黙りこんでしまった。

この話題が終わっても、憶秦娥《イチンオー》は歌うオウムのことが気になってならなかった。できれば自分の子どもに与え、遊び相手にして一緒に歌わせようと思ったのだ。劉紅兵《リュウホンビン》の母親はやっと息子と憶秦娥《イチンオー》にこっそり話した。

「逃げられたのよ。でも、何か変だと思わない？　お父さんが定年になった日の午後、オウムがいなくなった。二羽の送り主はそれぞれ別の人で、どちらもとてもよくしつけられていた。名前はお父さん苦心の命名よ。一羽は両袖《リアンシュウ》、もう一羽は清風《チンフォン》（〝両袖清風〟は両袖に清風だけを入れて〝袖の下〟を受け取らない清廉潔白な官吏のこと）。すっかり気に入って、大事に大事に可愛がっていた。お父さんがお勤めから帰る時間になると、家に着く前から歌い出すの。〝お帰りなさい、両袖清風《リアンシュウチンフォン》、お帰りなさい、両袖清風《リアンシュウチンフォン》〟って。お父さんは喜んでしまって、もっと歌え、もっと大きな声でとあおり立てていたわ。それが定年の日にぷっつりと姿を消した。いなくなったのは両袖《リアンシュウ》の方。影も形もなくなった。これって、変じゃない？　お父さんはもうがっくりよ。毎日ぶつぶつ言って怒り出したり、清風《チンフォン》も人にくれてやれって。両袖《リアンシュウ》がいなくなって、清風《チンフォン》だけでどうするかって。もううるさくって仕方がない。もう誰からも相手にされないからって、八つ当たりもいいとこよ」

この年は家にいても気が滅入るばかりだ。父親は意気消沈して食も進まない。書類の山に埋もれて上申書のようなものを書いている。相変わらずぶつぶつを繰り返し、どうせ何を書いても書くだけ無駄だとかつぶやいている。

劉紅兵《リュウホンビン》は小説本を何冊か買ってきた。粗筋《あらすじ》を話して興味を引き、気晴らしにと薦めたが、数行読んでは居眠りを始める。何とか一冊読み終えると途端に怒り出し、もし自分の秘書がこんな小説を書いたら、その爪を剥がしてやるとか言い出す始末だ。

果ては憶秦娥《イチンオー》の気持ちを逆なでする出来事が起きた。彼らが西安に帰る前の晩、母親はおずおずと切り出した。

「お前たち、気づいてるかい？　劉憶《リュウイ》、あの子、少し変だよ」

劉紅兵《リュウホンビン》が話を引き取って尋ねた。

「変て何だよ？」

「ちょっと知能がさ」

「知能って？」

憶秦娥《イチンオー》は面白くない。祖母たる者が自分の孫のことをこんな風に話すだろうか？　母親はなおも続ける。

「子どもは普通、満一歳になったら話ができるっていうじゃない。言葉が遅れているにしても、この子の様子はおかしいよ。田舎から帰ったばかりで車酔いやら疲れもあるだろうと思ったけれど、何時間も経って、睡眠も十分とった。なのに、こうくたっと、しおれちゃってるんだから……」

母親は話しながら劉憶《リュウイ》の手の平や土踏まずを押したり、さすったりをしている。すると、ちょっとぴくっとするが、反応は鈍い。

「ほら、ご覧。ぼやぼやしてちゃ駄目だよ。どこがどうなのか、そりゃ問題なけりゃいいけれど、早く検査してもらうに越したことはない」

「問題あるなしは別にして、ずっと地方公演で家を留守にしましたから、数ヵ月田舎に預かってもらいました。私の母親も仕事に追われて、子どものしつけどころか何の世話もできず、ほったらかしになっていました。こちらに戻ってまだ生活に慣れずに、ぼうっとしてるんだと思います」

憶秦娥《イチンオー》は不機嫌を隠さずに言った。

「田舎に放っておかれると、ぼんやりな子に育つけれど、ここまでぼんやりだと心配だわね。問題がなけりゃいいけどね」

母親は指先で子どもの頭をつついた。

憶秦娥《イチンオー》はどうにもならない不快さと切なさがこみ上げてきた。九岩溝《ジョウイエンゴウ》では二、三歳になってやっと話し方を覚える。幼児のころから農作業や家事の手伝いを手伝うのが当たり前で、口が遅いからと誰も気にしない。それが田舎の暮らしだ。彼女は心の中で叫んだ。頭に問題ですって？　お宅の息子さんはどなたに似たか存じませんが頭脳明晰、ご聡明でいらっしゃるから、孫の脳に問題があることはないでしょう！

　母親は恐る恐る、しかし曰《いわ》くありげ、思わせぶりな口調で今度は劉紅兵《リュウホンピン》の父親を呼んだ。このおじいちゃん、おばあちゃんの孫を見る目が憶秦娥《イチンオー》には化け物に見えた。憶秦娥《イチンオー》が不機嫌でいるのを気にしながら、それとはなしに孫の知力検査をいろいろ試みているようだった。彼女が手洗いに立った隙《すき》に、ピンセットをとりだして孫の下半身を裸にし、土踏まずや足指の間、太腿、ペニスなどをいじくり、つついている。憶秦娥《イチンオー》が頃合いに出てくると、さすがにそれ以上のことはできず、とりやめになった。彼女はこれ以上我慢がならなかった。本当は正月の二日に秦《チン》八娃《バーワー》老師へ年賀に出かけることになっていたが、それも取りやめになっていた。彼女は諸々の口実を言い立て、子どもを抱えて西安に飛んで帰った。

　正月の六日には公演が始まる。三ヵ月の長期貸し切り公演だ。彼女はいろいろ考えた末、やはり子どもを九岩溝《ジョウイエンゴウ》に預けることにした。気を許せるのはもう実の母親しかなかった。〝知力に問題〟があるなど彼女はまったく思っていない。ただ、母親と一緒にいる時間があまりにも少なく、母親との別れをむずかり、幼心に屈託をためこんだ表情を見せるのが彼女にとって身を切られるより辛かった。彼女の涙は、はらはらと子どもの肩に降りかかる。子どもには本当に申しわけないと心底思う。しかし、ほかに方法がなかった。子どもを実家に預けることには劉紅兵《リュウホンピン》の母親が猛反対している。これを実家の母に伝えると案の定、彼女は烈火の如く怒った。

「あのろくでなしが！　この子は賢い子だ。頭の悪いはずがない。あの祖母《ばあ》さんは鬼だ。この子が憎いんだよ。この子はちゃんと話すし、ちゃんと歩く。ちょっと遅かっただけだ。言うにこと欠いて、あんまりな言いがかりじゃないか。この私はこの通り五体満足、ぴんぴんしている。息子だってぴんぴんしている。どこに問題がある？　それに口が遅くても、あんよが遅くても、遅いなりにいいところがある。お前の姉さんが言っていたが、〝何とかスタイン〟という人は四歳になって初めて口をきいたそうだが、その脳みそは天才的な働きをし、ついには世界的な大偉人になったというじゃないか？」

母はこれを確かめるためにわざわざ姉を呼んだ。〝何とかスタイン〟は本当に四歳まで口をきかなかったのかと。姉は答えた。それはアインシュタインという人物ということで、一座は大笑いになった。

彼女は母親のいうことを信じた。母は三人の子どもを産み、村では助産婦をしていたこともある。その目に狂いはないはずだ。しかし、憶秦娥《イチンオー》は母にも要求した。できるだけ時間を作って劉憶《リュウイ》と遊ぶこと、話しかけること、一緒に村の道を歩くことを。一家全員、口を揃えて約束してくれた。

憶秦娥《イチンオー》は西安へ帰り、正月の六日、一座を率いて出発した。

四十九

憶秦娥《イチンオー》は今回の旅公演に劉紅兵《リュウホンビン》を参加させなかった。理由の一つは、彼が何にでも首を突っこみ、口を挟むこと。劇団内のあることないこと触れて回ること。まるで団長みたいに自分の判断を言い立て、封導《フォンダオ》や業務課、事務室を差し置いて押し通そうとすること。劇団員は彼を冷やかして〝親方〟とか〝支配人〟とか呼ぶようになった。二つ目は女性がきゃあきゃあ群れているところへやたら顔を突っこみたがること、女性の荷物運びや車の乗り降りにやたら手を貸したがること。集団宿舎の麻雀卓やグループが囲んでいるテーブルに割りこみたがること。人の衣服、靴、帽子の取り合わせ口を挟みたがること。人のベルトがゆるんでいたり、イヤリングがずれていたりすると、すぐ目につけて、自分の手でいじくり回したがることなどなど、目に余る行動が一部の顰蹙を買っていたからだ。特に指をくわえてこれを見ている男たちは面白くない。座長たる憶秦娥《イチンオー》に向かってあからさまな当てこすりを言う。紅兵《ホンビン》の哥《あに》いは賈宝玉《かほうぎょく》（『紅楼夢』の主人公で没落貴族の御曹司）の生まれ変わりだとか、いやいや、その精力は猪八戒や沙悟浄そこのけだとか、憶秦娥《イチンオー》を呆れさせ、怒らせる。

彼女は劉紅兵《リュウホンビン》を詰《なじ》った。

「脳天壊了《ノーテンホアイラ》だわ」

劉紅兵《リュウホンビン》が女性を見るとなれなれしく近寄ったり女優の楽屋に入り浸るのをやめさせようとすると、彼は憶秦娥《イチンオー》のために大衆と親密な関係を作ろうとしているなどと言い抜ける。

「大衆との関係が、どうしてみんな女性なわけよ？」

「男とは酒を飲んだり、麻雀や博打をやってる。あんたはあぐらをかけないだろう」

「あんたは女性のところでも一日中麻雀やってるじゃない」

「女はだらだら打たないし、金も賭けない。顔に札を貼るだけだ」

「だからあんたはお札を顔にべたべた貼って〝諸葛亮の弔問〟をやってるの？　みっともないったらありゃしない」

（注）諸葛亮の弔問　『三国志演義』の故事。諸葛孔明は宿敵周瑜《しゅうゆ》の葬儀に出向く。そこに孔明を捕らえる罠が仕掛けられているのは先刻承知だった。周瑜の棺桶には空気抜きの穴がいくつも開けられているのを見破った孔明は声涙ともに下る祭文を読み上げる。列席者を感動させながら、彼はロウソクのろうで空気穴をふさぎ、周瑜を窒息死させる。

「みんなを喜ばせているんだ。みんな座長のために脇役や汚れ役、引き立て役をせっせとやってくれているんだからね」

憶秦娥《イチンオー》はどうしても彼を言い負かせない。この手の話題でこれ以上根掘り葉掘り聞き出す手立てもなかった。しかし、彼女はたかをくくっていた。「あの人は私に首ったけ」——夫が糸の切れたタコみたいにどこかへ飛んでいくはずはない。それは彼女のひそかな自負でもあった。自分の演技、美貌、体への執着ぶりからして、夫が節《ふし》のないところに枝を生やすような、突飛な行動はとらないと思いこんでいる。加えて、旅公演の重圧が彼女を苦しめ、疲労が彼女の体の中に重く澱んでいる。夫の所業のとりとめのない風評に対して、彼女はいつか無感覚になっていた。

劉紅兵《リュウホンビン》を追い詰めているのは憶秦娥《イチンオー》だけではない。今回の年越しで北山《ベイシャン》へいったときのことだった。彼の父親と母親は彼に向かって散々に面罵を加え、妻の面前で面目を失墜させた。こののらくら、その日暮らし、街のクズ、風来坊、女のひも、家の恥、落伍者、負け犬、三十過ぎて学歴なし、地位なし、お先真っ暗、北山《ベイシャン》出先事務所のお荷物、お飾りの課長、劉《リュウ》課長と聞けばもっともらしいが、ただ酒、ただ飯食らいの穀潰し、ゆすり、たかり、ごろつき、ならず者、浮浪人、どこまで恥知らずの生活を続ければ気が済むのか？　彼の母親はとどめを刺すように言った。

「お前のパパは定年になり、オウムには逃げられるし、ただの人になってしまった。いつまでも頼っていられないんだよ。もうかじる脛《すね》がない。これからはよくなろうと悪くなろうと、お前一人の力、才覚で生きていくしかない。パパはお前のためにまだ余光のあるうちにと、ここ数日あちこち頭を下げて回った。北山《ベイシャン》の出先事務所なら副所長としてすぐにも受け入れてもらえる。まずはあそこに入りこんで、後はまた人脈を頼って然るべきところにもぐりこめはいい。どうせお前はそこで一生を終えるつもりはないだろう？　そこで英気を養い志を立てて、そのときを待てばいい。秦娥《チンオー》にも言っておく。紅兵《ホンビン》に好き勝手をさせ、その実、紅兵《ホンビン》の足を引っ張っているのは秦娥《チンオー》だ。紅兵《ホンビン》だっていつまでも劇団で遊び暮らし、秦娥《チンオー》の足手まといになってもいられまい？　秦娥《チンオー》も今は人気があっても、いつまで歌い続けられるわけではない。また子どもができたことだし、紅兵《ホンビン》がひとかどの官職についたなら、ひと思いに役者の足を洗うんだ。劇団には何とでも言いわけは立つ。二人して堅気《かたぎ》の暮らしを始めるんだ。秦娥《チンオー》はタイプライターの仕事を覚えるのもいいだろう。タイプライターは立派な、いい仕事だよ」

憶秦娥《イチンオー》はこんなに心地よく義母の長話を聞いたことがないと思った。彼ら老夫婦が自分たちと一緒に住むつもりがないことを知ってほっとした。しかし、その一方、憶秦娥《イチンオー》も思案を固めていた。劉紅兵《リュウホンビン》を二度と劇団の地方公演に同行させないことだ。彼がどこかの副所長になろうとなるまいと、副所長がどんな代物か、それはどうでもいい、彼自身が決めることだ。ただ、彼女が紅兵《ホンビン》の出世の足を引っ張り、このどら息子の前途を邪魔しているなど、この老夫婦に絶対思わせてなるものかと自分に言い聞かせた。

この後、劉紅兵《リュウホンビン》は憶秦娥《イチンオー》と一悶着を起こした。彼は親の勧める仕事を「眠たいだけ」と一蹴し、自分は金も地位も名誉もいらないと大見得を切った。父親がたとえ北山《ベイシャン》副地区長で幅をきかせようと、それは一時《いっとき》の夢。一夜で表舞台から引きずり下ろされた。権力を失えば、オウムにも逃げられる。何が悲しくてそんな目に遭わなければならないのか？　自分は芝居を愛し、人を愛し、妻を愛し、そして自由をこよなく愛してこれまでやってきた。そんな眠たい、死んだような仕事は真っ平ご免だと。しかし、憶秦娥《イチンオー》は断固として彼の世迷いごとを退けた。そんな怠け者の言い分けを聞きたくないと。そして彼女の本音を語った。どうか正業について家族のために働き、月々の糧《かて》を家に入れてほしいと。

地方公演は九十日の長きに渡った。百七十ステージのうち憶秦娥《イチンオー》は百三十ステージ以上をこなした。途中、劉《リュウ》紅兵《ホンビン》が辛抱しきれずに追いかけてきた。舞台を一度見て、数日ねばったものの、彼女から西安に追い返された。公演は五月一日のメーデーの前日まで続く。劇団員の疲労と辛抱が限界に達するころだ。

劇団の日程は劉紅兵《リュウホンビン》がちゃんと把握していた。西安に戻る一日前の夜、彼は劇団の友人のポケットベルを鳴らし、西安に帰る時間を確認した。その友人は翌日の午後五時ごろ家に着くだろうと答えた。ところがその夜、突然暴雨が公演地を襲い、公演は中止となった。団員たちの間から西安に帰りたいという声が涌き起こり、大合唱となった。帰心矢の如しだ。憶秦娥《イチンオー》は封導《フォンダオ》と相談して団員の要求を入れて夜行バスを仕立て、西安に向かうことにした。

バスが秦劇院の中庭に着いたのは朝の四時ごろだった。憶秦娥《イチンオー》は疲れて立っているのもやっとだったが、家に帰る興奮が気持ちを引き立て、新居へ階段を登る足取りを軽くした。

彼女はドアをノックしなかった。きっと劉紅兵《リュウホンビン》は狂喜するだろう。彼のことだから矢も楯もたまらずにむしゃぶりついてくるだろう。自分はどう受けようか？　へとへとに疲れてはいるけれど、今回は彼を喜ばせてやろう。何せ百日以上もお預けにしていたのだからと考えながら、彼女自身、久しぶりの新婚気分に体が火照る思いがした。ドアの鍵を開けて入ったとき、ぱっと目に入った光景に彼女は立ちすくんだ。

一糸まとわぬ裸の女と、これまた全裸の劉紅兵《リュウホンビン》が蛇のようにからまったまま寝汚《いぎたな》く眠り惚けている。よほど疲れているのだろう。この家の女主人が帰ってきた峻厳な事実にまるで気づかない。

床板に敷かれた掛布、シーツはすでに揉みくちゃになり、まるで戦場のようなありさまだ。パンティ、パンティストッキング、ブラジャー、スカートは部屋一面に飛び散り、ソファーのマットも、もとあった場所から遠くへ投げ飛ばされている。コンドームがいくつも野戦に斃《たお》れた死体のように夜具の周辺にぶら下がっていた。

目を見開いた劉紅兵《リュウホンビン》は一種の条件反射のように叫んだ。

「あ、いや、これは……何でだよ。明日の午後じゃなかったのか？……」

彼は夢にも思わなかったに違いない。彼の得た情報がこれほどの過誤を生むとは。

彼が聞いたのはばたんと閉まるドアの音だけだった。

憶秦娥《イチンオー》は彼が名だたる遊び人だと聞いてはいた。だが、男女の情に対する彼女の経験からすると、彼女なしには夜も日も明けない溺愛、執着ぶりを示していた男が、こうもあっさりと別の女とこんな関係を持てるものかと不可解でならない。見たくもないものを見てしまった嫌悪感が吐き気となって彼女を身震いさせた。初めてこの新居に入ったときから劉紅兵《リュウホンビン》は異様な昂ぶりを見せていた。その中で彼女が気づいたのは、ソファーの脚とフローリングの床が摩擦音のような、嬌声のような軋み音を出すことだった。劉紅兵《リュウホンビン》は憶秦娥《イチンオー》を毛布の中に抱えて応接間に運び、今夜と同じような〝肉弾戦〟に及んだのだった。しかし、彼女は毎夜くたくたに疲れて劇場から帰ってくる。このような戦火は次第に間遠になり、やがて熄《や》んだ。

こんなとき、彼女にはどうしても思い出したくない顔があった。十五歳のとき災難に遭った廖耀輝《リャオヤオホイ》の顔だ。生白《なまじろ》く、毛を刮《こそ》いだ豚のように腹をたるませ、雨上がりの水たまりに浸したような血色のない尻。思い出すだけで全身に悪寒が走る。男女間の喜びの感情も一度に冷めて、不潔で不快、淫らでいかがわしいものに変わる。劉紅兵《リュウホンビン》がいつまでもこのようなことに熱を上げているのか、彼女には口にするのも汚らわしいことだった。

憶秦娥《イチンオー》は別に劉紅兵《リュウホンビン》を嫌っているわけではない。むしろ好いている。陰陽家《いんようか》に「陰錯陽差《いんさくようさ》」という言葉がある。陰陽（万物を形成する一種の気）の乱れがちょっとのこと、ひょんなことで男女の関係に食い違いや変化を生じさせるという。劉紅兵《リュウホンビン》と出会い、結婚したのも陰陽の気の乱れだろうが、こんな放縦な暮らしも始まってみると、まんざら悪くなかった。これも陰陽の気の乱れであれば、世の理《ことわり》、運命と思って受け入れるしかない。これも一生、こんな夫婦もありかなどと脳天気に考えていたら、このありさまだ。突然の痛撃というしかない。彼女は自分の足元が突然崩れていくのを感じた。

通路の階段を駆け下りるとき、何度も転びそうになった。だが、彼女はしゃきっとした姿勢を崩さない。中庭にはまだ多くの劇団員が動き回っている。巡演先でせっせと買いこんだ品物をバスから降ろして自室へ運んでいる。彼女は自分の身の隠し所がなかった。人が散るのを待ちながら中庭を歩くしかなかった。というのも、バスの中で彼女は笑い話の絶好の標的になっていた。紅兵《ホンビン》の哥《あにい》は首を長くして貴妃のご帰還を待っているだろう。また新婚生活の始まりだ。風呂の湯を沸かし、貴妃がご入浴から出るのを待つ気分はいかがなものかと。彼女は突然、人々の注視の中で自分の裸身が剥き出しにされるのを感じた。中庭は暁闇の中、外灯やバス、トラックの灯りで昼のように明るい。憶秦娥《イチンオー》は小暗《おぐら》い茂みの陰に身を置きながら、団員と家族が嬉々として動き回る光景を眺めている。すると、一人の女が目深《まぶか》にかぶった大ぶりな帽子をしっかりと抑えながら階段を駆け下り、正門を小走りに走り去るのが見えた。続いて劉紅兵《リュウホンビン》が駆け下りてきた。誰かが早速、冷やかしの言葉を投げる。

「紅兵《ホンビン》哥は本当に模範亭主だ。夜の明けきらないうちに飛び起きて、お出迎えときた。憶《イ》団長はもう何も考えることはない。ボタンを外しながらお部屋に入るだけでいい」

劉紅兵《リュウホンビン》は言葉を濁しながら切り抜けようとする。

「お、おう。分かった分かった。ちょっと奥方のお口に入れるものを買ってくる」

「まさに模範亭主、国家一級の模範亭主だ！」

憶秦娥《イチンオー》は冬青《そよご》（モチノキの一種）の茂みの奥から出てきた。彼女の手の中には持ち帰った荷物があるが、置き場所がない。

彼女はぼんやりと正門を出た。

すると、意外なことに劉紅兵《リュウホンビン》が正門外の暗がりの中に立っていた。憶秦娥《イチンオー》が出てくると、彼女を抱きしめ、闇の中にうずくまり、ひざまずいて言った。

「秦娥《チンオー》、俺が悪かった。許せ。俺は人でなしだ、畜生だ、頼むから許してくれ。愛しているのはお前だけだ。……あの女は化粧品のセールスだ……」

憶秦娥《イチンオー》は彼を突き放し、そのまま立ち去ろうとした。彼はまた追いすがり、彼女の前でひざまずく。彼女はそれを振り払い、歩を早めようとする。彼は彼女の取りすがり、彼女の太腿に抱きついて哀願した。

「俺を殴ってくれ、気の済むまで。蹴ってくれ、踏みつけてくれ。なあ、そうしてくれ、頼むよ。俺は人でなし、ろくでなしだ」

憶秦娥《イチンオー》はもう彼を打とうとも、蹴ろうとも思わない。罵る値打ちさえない。ただ、すぐに彼を振り切って立ち去りたいだけだ。きれいさっぱり、彼を思い切りたいだけだった。しかし、彼は大通りにまで追いかけ、外灯の下で這いつくばった。

そこは車の往来が激しい十字路だった。省の秦劇院に近く、帰ってきた団員の出入りも必ずここを通る。彼女はこんなところで人に見られたくない。渋滞した車がけたたましくクラクションを鳴らして通り過ぎていく。とても安穏としていられない。追い立てられるように暗い脇道へ進んだ。劉紅兵《リュウホンビン》はなおもひざまずいて涙声で訴えるが、彼女の気持ちは変わらない。劉紅兵《リュウホンビン》は言った。

「ここは何とか、家へ帰ってくれないか。俺が出て行く。お前の家なんだから、お前が外へ出ることはない。それに不用心だ。俺が行く。お前は帰ってくれ。俺は今すぐ出ていく！」

劇団員たちの姿が彼女の目に止まった。こちらに近づいてくる。彼女は劉紅兵《リュウホンビン》に背中を押されるように劇団に戻った。

彼女は二度とその部屋に入りたくなかった。ドアにしがみついた彼女の手を劉紅兵《リュウホンビン》は無理無理引き剥がし、腰を抱くようにしてやっと中に引き入れた。彼女がなおも抗《あらが》っているとき、彼はすでに自ら部屋を出ることを決めていた。ドアを一歩出て、ドアをばたんと閉めたが、その手はノブを握ったまま離れない。だが、中からドアを開ける気配はなく、彼はゆっくりと階段を降り、劇団の正門を出た。

憶秦娥《イチンオー》は部屋の中にしばらくぼんやりと立ちつくしていたが、床に崩れるように倒れ伏し、大声で泣き始めた。

彼女は突然思い当たった。この部屋のものはすべて汚れた手で荒らされてしまった。廖耀輝《リャオヤオホイ》に続いて二度までも辱められ、廖耀輝《リャオヤオホイ》よりもっと手ひどいやり方で貶《おとし》められた。もう誰に合わせる顔もない。

彼女は十数日、部屋に閉じこもった。劉紅兵《リュウホンビン》が数回やってきてドアを叩いた。鍵を数回かちゃかちゃさせていたが、相手にしない。単《ダン》団長もやってきた。長いことドアを叩き続けるので、「体調が悪い」と答えたが、ドアは開けなかった。今度は叔父の胡三元《ホーサンユアン》がやってきた。中に入れたが、何ごともなかったように振る舞った。こればかりは叔父に打ち明けるわけにいかない。叔父が知ったら何をしでかすか空恐ろしい。廖耀輝《リャオヤオホイ》のときは彼を半殺しに打ちのめした。劉紅兵《リュウホンビン》もどんな目に遭わされるか分かったものではない。彼女は引きこもったままハサミを取り出し、毛布、シーツ、枕、タオル、バスタオル、すべて切り刻んだ。家中を洗剤でごしごしと数回こすった。封導《フォンダオ》の癇性な妻のように人が触れた場所、品物はすべて洗剤と消毒液で洗った。洗っても嫌悪感の残るものは打ち壊し、捨てた。ここまでやっても彼女の胃の不快、むかつきはおさまらなかった。最後は買ったばかりのスプリングベッドもクズ拾いに投げ与えた。

今回の旅公演を打ち上げたら九岩溝《ジョウイエンゴウ》に帰り、子どもと遊ぶつもりでいたが、こんな無残な気持ちではとても帰れない。加えて、半月後にはまた大きな公演がある、彼女は九ステージを務め、秦腔《チンチアン》の歌唱と舞踊で賞を競う。彼女は気が進まなかったが、破格のギャラは平常の三倍とあって、契約に応じた。今は舞台立てる状態ではないが、ここでキャンセルしたら劇団に大きな損害を与える。やむなく予定通り出発した。

今回、封導《フォンダオ》は同行できなかった。彼の妻がまた大荒れに荒れて手がつけられなく足止めされたのだ。劇団の内部事情とあって誰にもどうにもならなく、単《ダン》団長が自ら彼女との同行を買って出た。車の中で団長が声をひそめて聞いてきた。

「劉紅兵《リュウホンビン》と何かあったのか?」

「いえ、何も」と彼女は答えた。

「あいつは焦りまくっているぞ。家でよほどのことが起きたのだろうと聞いても答えない。ただ、行って家の様子を見てくれと頼まれた。いるかいないか確かめるだけでいいと泣きついてきた。ど派手な喧嘩、やらかしたんだろう」

「いいえ。地方公演で疲れて、ただ眠りたかっただけです」

「君は本当に眠り虫だなあ。十数日間、眠り続けるのか」

憶秦娥《イチンオー》はうっすらと笑うだけだった。こんなやりきれない気持ちは、とても人に話せたものではない。ざっくりと切りつけられた深手《ふかで》は癒やしようがなく、人に話したところで慰められるものでもない。この痛みはどこかに転移しようも紛らしようもないから、一人で耐えるしかない。だが、劇団員の多くの知るところとなり、耳寄りな珍談奇談、笑い話となってささやき交わされ、あっという間に広まっていった。スキャンダル専門のタブロイド紙よりもっと下品、荒唐無稽な滑稽劇に、みんなやんやの喝采だ。酒席では恰好のおつまみ、興奮剤、ふくらし粉となって話に尾ひれがつくことは、憶秦娥《イチンオー》には分かっている。単《ダン》団長がいくらいい人でも、こうなってしまったら、いくら口を挟んだところで解決のしようがなく、また何の益もないことは明らかだ。彼女はひたすら我慢の子となって言いたいことをどれだけ呑みこんだことか。彼女は身にしみて分かっている。自分の苦痛はひたすら耐え忍び、抑えこみ、なかったことにして隠しこむのが自分にとって最大の防御であり、傷口の最良の治療薬であることを。

五十

今度の公演は渭河《いが》流域最大の地方都市を会場としている。名にし負う「秦川《しんせん》八百里」の沃野、九十九《つづら》折りの黄河古道、古代秦国発祥の地として誇り高い土地柄だ。この地は古くは陝西、甘粛、青海三省のロバ市が開かれて数百年の歴史を持ち、百年前の古籍には「騾馬《らば》（大型家畜）市《いち》に毎回、万の人出を数え、河岸に陣を張ること数十里」の記載がある。今回の大交易会は陝西省をはじめ、西安市、各地区、町村の地方政府も重視しており。その前宣伝、準備状況からしてバイヤーなどの参会者、見物客を含めて十万の人出を見こんでいる。交易の内容は鶏、鴨、兎、犬、豚、馬、牛、羊、ロバ、ラバの大型家畜のほか、テレビ、冷蔵庫、自転車、ミシン、布地、既製服、さらに種子、農機具、トラック、トラクター、ポケットベル、携帯電話まである。この騾馬市は人間が生まれてから死ぬまでのすべての品物がまかなえると古来言われてきた。果たして、黄河古道の一角には分厚い柏の棺桶材や墓石までが並び、墓碑銘は新型の電動ドリルを持った職人がダダダダと猛烈な音で「音容宛在（故人の声や姿が宛然《えんぜん》と浮かぶ）」や「千古流芳（美名を後世に残す）」などの文字を刻んでいる。

交易会は大きく湾曲する黄河古道の内湾部の干潟にあった。毎年の増水期には細流が流れこむが、今はすっかり干上がって馬やロバの蹄《ひづめ》が砂ぼこりを巻き上げている。その中央に参会者を収容する会場が設営された。版築《はんちく》の地固めをしたというが、実はかつてここにあった長大な堤防に赤い絨毯を敷き、急ごしらえの客席にしたものだ。いくつものアドバルーンが空に揺れる下、舞台には極彩色の大天幕が張られ、その両側に幅広の柱が十数本立てられている。柱には極彩色の標語が大書され、「すべてこれ皆商品」とか「商いあって家は富む」とか読める。舞台の前後左右を囲んで、千人もの銅鑼、太鼓の楽人が方陣を組み、鼓手は黄の上着、黄のズボン、黄の靴に赤いターバンと赤いベスト、手には赤い絹布で包んだスティックを持っている。鐃鈸《にょうはち》（シンバル）には赤いリボンがひらひらしている。このシンバルが空中で打ち合わされ、左右に開いたとき、打ち手の手首につながれた数条のリボンが無数の赤い蝶となって空に舞い上がる。『八面来風』の演奏中、広場のあちこちで爆竹が盛大に爆《は》ぜ、旧式の火縄銃が宙に火を吹いた。

来賓たちは胸に花を飾り、顔をてかてかと光らせ、魚のように叢がって登壇する。客席に向かって一列目は主賓クラス、二列目からはそれなりの〝著名人〟が北京中央から省、地区（市と同レベル）、県へと続く。司会者がその名前を読み上げるだけで二十数分かかったが、緊張のあまり読み飛ばしが少なからずあった。係員が絶えず舞台に駆け上がってメモを司会者に渡し、司会者はぺこぺこ謝って〝追加〟の来賓の名前を読み上げた。舞台はさすが元の堤防だけあって横幅が広く、そうでなければ、二、三百人の来賓がずらりと並ぶ壮観、威容を整えることはできなかっただろう。

この広場の南面に、それほど大きくない舞台が組み立てられ、上演が始まっている。顔面ひげだらけの男がサキソフォンを吹き、ミニスカートの外国人の美女たちはタップを踏みながら高々と脚を上げている。これを凝視する眼鏡の老人が隣の老人に議論をふっかけた。

「何とあられもない。恥ずかしくはないのかね？」

一人の老人が答えた。

「あんたみたいのが黄河の〝泥亀〟といわれるんだ。ものを知らないのにもほどがある。歌舞団をご覧な。こんなのはざらだよ」

舞台上にはすでにドラムセットや各種電子楽器が配置されている。最も人の目を引いたのは舞台前面にセットされた四台の巨大なスピーカーだった。農村の人には何だか分からず、どう見ても豆や芋や穀類の貯蔵箱にしか見えない。これなら自宅にもあるが、平らに並べている。ここのは四つとも縦に積んであり、箱の材料は比べものにならない。わが家のものは黒ずんで古びているが、こちらのものはぴかぴか黒光りしている。

広場の北面には本格的な伝統劇の舞台が組み立てられていた。これが陝西省秦劇院第二団に供せられた舞台だった。中央広場ではすでに銅鑼や太鼓の演奏が空に響き、開会の挨拶、テープカットの賑わいが伝わってくる。こちらでは俳優たちがすでにメイクを終え位置についている。司鼓《しこ》（指揮者）の胡三元《ホーサンユアン》は口をすぼめて鬼歯を隠して首をかしげ、スティックを自分の太腿に打ち込みながらウオーミングアップをしている。演奏開始の合図を待つばかりだ。舞台の建造をはじめ、舞台装置や機材の搬入、音響、照明のセッティングなどは劇団が職人を雇って自分たちの手で行った。単《ダン》団長が一人気ぜわしく動き回っている。ただ一つ、団長が情けなく悔しい思いをしたのは、省秦劇院の音響設備が時代遅れになっていることだった。はるか南方の広州からやってきた歌舞団はすでに輸入物のスピーカーを持ちこんでいる。さすが中国で一番早く開けた大都市だけのことはある。賞を競うには、まず観客の耳を奪わなければならない。特に屋外の大会場では俳優の歌唱を生かすも殺すもスピーカーの音質、そして腹に響く音量だ。この上に俳優の演技と演劇的完成度が実現されるのだ。省秦劇院のスピーカーは高音域用のものが演技エリアとは異なった場所に配置されて大小十六個が組み合わされている。しかし、広州歌舞団の大音響は天地を轟かすもので、その高出力、高音質、高音域の性能は団長にとって聴いたことのないものだった。早朝、それぞれの劇団がそれぞれ音響機器の調整をしているとき、広州歌舞団が「目覚めよ我が国人《はらから》　百年の惰眠から覚めよ」と始めたとき、自分の足元から涌き起こってくるような衝撃を感じ、その歌声は自分の心の中から湧き出すような迫力があった。

（注）目覚めよ我が国人《はらから》　一九八二年に放映されたテレビドラマ『大侠霍元甲《かくげんこう》』の主題歌『万里の長城よ永久に』から。二〇一九年の新中国成立七〇周年の名曲百選に選ばれた。

ところが、第二団のスピーカーは、ぶーんといううなり声や雑音が入り、ときとして耳をつんざくような音割れがする。「目覚めよ国人……」の迫力にはほど遠い。単《ダン》団長は覚悟を決めた。今度帰ったら、何が何でも上と掛け合って、第一、第二両団の音響設備を刷新すると。

観客はまず中央会場のメインステージに詰めかけ、千人の鼓手による威風堂々の演奏、「騾馬市《らばいち》」百年史空前の大デモンストレーションを堪能した。開会式終了の後、二つの舞台がほとんど同時にスターとした。広州歌舞団はリムスキー・コルサコフ作曲の『くまんばちの飛行』を人気ピアニスト・マキシム異色の編曲《アレンジ》によってドラムセットとエレキ楽団が琵琶の音色で奏した。

陝西省秦劇院第二団の胡三元《ホーサンユアン》は彼の武楽隊を率いて『秦王破陣楽《じんのうはじんらく》』を秦腔《チンチアン》の曲調で演奏している。単《ダン》団長の懸念は歌舞団の音量に圧倒されることだった。足を引きずりながら舞台中央にやってきた団長は、数本のマイクを演奏隊の側に集めて言った。いいか最初にぶちかませ。客の度肝を抜けと。

メインステージの観客はこの競演がいやでも耳に入ってくる。一つは熊蜂が空を飛ぶ擬音と琵琶の技巧が絶妙の掛け合いを見せた。『秦王破陣楽《じんのうはじんらく》』は唐の太宗が秦王であったころ、劉武周を破った時、陣中で作った舞と伝えられ、勇壮活発、甲冑《かっちゅう》を着け矛《ほこ》を持ち、地を揺るがして舞う武人の姿が彷彿《ほうふつ》とする。地元の祭儀にふさわしい選曲で、双方とも超一級の演奏だ。興奮した観客の流れは北と南に分かれ、くっきりと二つの台風の目を描き出した。若い人は西洋のクラシック音楽の曲調に引かれ、年配者は秦腔《チンチアン》の舞台に押し寄せた。双方とも押し合いへし合いの騒ぎとなったが、みんなお祭り気分を楽しんで互いにあおり立て、わざと雑踏に詰めかけ、人波に割りこんで面白がっている。人混みからはじき出された子どもたちは木に登ったり、枝にぶら下がったりして遊んでいた。

赤い帽子をかぶり、腕章をつけた会場係は子どもが木から落ちるの心配して自分が転び、人にぶつかったりしている。スタッフたちはこれを見越して長い竹の竿を用意していた。果物の実を落とすみたいに子どもをつつくと、彼らはもっと高い方へよじ登り、かえって大人たちを手こずらせている。

両方の舞台とも、観客は前へ前へと詰めかけ、むしろを敷いて座りこんだり、事前に知恵を働かせて腰掛け持参で割りこんでくる。腰掛けもなく座る空きもない観客は、前の人波と後ろから押し寄せる人波に揉まれて渦を巻き、あるいは大きな瘤《こぶ》のようになって舞台の両脇にはみ出していく。そこに長い竿を持ったスタッフが待ち構え、このはみ出し組の渦や瘤をつついたり、叩いたりして、こじ開けようとする。舞台の主役より獅子奮迅の働きだ。後ろに立たされた者は何も見えず、ただ前の人の後頭部を見るだけとなって向かっ腹を立て、土塊《つちくれ》を拾うと前の方で飛び出している後頭部目がけて投げつける。ぶつけられた方はふり返って「何しやがんでい」と怒鳴り、周りをにらみ回した後、また舞台に向き直り、背伸びしながら見入っている。客席の周囲は自転車やリヤカーで駆けつけた者、ロバの背にまたがっている者、トラクターに老人子ども家族全員を乗せてやってきた者……、この交易会の人出は主催者のまとめによると十一万人前後になるという。家畜を引き従えて参加した農民やバイヤー、大会関係者、スタッフは約二万人、この数字には二つの舞台に詰めかけた観客、少しでも高いところへと木の枝に鈴なりになった観客の数は含まれていない。

沈みこみ、冷えきっていた憶秦娥《イチンオー》の気分は、この公演地に来てやや持ち直していた。車から降りると、群れをなして待ち構えていたファンがどっと取り囲み、ホテルに向かう道を追いかけながら仲間と口々に言い交わしている。

「憶秦娥《イチンオー》が来た！」

「素敵！」

「本物よ、テレビから抜け出したみたい！」

「本当だ。あのすらりとした鼻筋、間違いない！」

「憶秦娥《イチンオー》は来たし、騾馬市《らばいち》は大賑わい。誰だ、来ないなんて言った奴は。来なけりゃ、騾馬市は始まらないよ」

「町長は言ってた。秦腔《チンチアン》は憶秦娥《イチンオー》に限る。歌舞は広州の歌舞団に限るって」

「何たって騾馬市《らばいち》百年。憶秦娥《イチンオー》がわざわざ顔見せし、この町に花を持たせてくれた」

憶秦娥《イチンオー》は自分のファンがこんなにも親しげで、まるで身内のように語り合うのを見て、ほくほくとうれしく、地元の客はやはりありがたいと思った。初めて行く公演地では観衆はただ遠巻きに彼女を見ているだけだった。地元の女優に誇りを持ち、親愛の情を示し、女優としての自分に敬意《リスペクト》を払って接してくれる。どん底に這いつくばり押しつぶされそうになっている彼女の胸に灯をともし、活《かつ》を入れられた思いだった。生きる力が萎え、世の中のすべてのことをキャンセルして逃げ出したいと思っていたが、砂ぼこりが舞い立つ黄河古道の干潟に立ち、ひしめき合う人々のむせるような体熱を感じたとき、これまでになかった不思議な力が湧いてくるのを感じた。そうだ、女優としてより人として生きていくんだ。大丈夫、やっていけるかもしれない――そんな思いだった。こんなに多くに人が自分を見知り、必要とし、愛してくれている。これまでは芝居以外のいかなることにも関わるのを避け、嫌悪さえしていたが、今、この道を喜んで歩いている。この道――長いこと歩き続け歩き通し、これからも歩き続けるこの泥道だ。

周囲に人がどんどん増えていく。数十人のカメラマンが我勝ちにとレンズを向け、ついには道端に並んだ肥溜めに落ちるカメラマンも出た。ぼとん、ぼとんと餃子を鍋に落とすみたいに続けざまに足を滑らせ、それでもレンズはしっかりと被写体をとらえ、シャッターの連写音を響かせている。まわりの人波から笑い声が起こり、それが哄笑となって広がっていく。それでも彼女はその場を避けることなく歩いて行く。彼女の向かうところ数百人の人波が彼女を取り巻き、地元政府は彼女のために道を開き、警護する警察、民兵、ガードマンを増員せざるを得なくなった。

単《ダン》団長はあちこちに気を遣い、へとへとになっていたが、憶秦娥《イチンオー》としてやはり気がかりなのは、賞を競う舞台で秦腔《チンチアン》の観客が数の上で位負けしやしないかということだった。広州歌舞団の人気はあなどれない。わざわざ広州から招聘したというだけあって、その舞台は華麗な上に洗練されている。『白蛇伝』開演の銅鑼と太鼓が高らかに打ち鳴らされたとき、客席はすでに彼女お目当ての客で埋まっており、ほっとしながら感動を覚えていた。彼女は全力を傾注した。客席の反応も十分な手応えがあった。観客数、観客の熱狂ぶりは広州歌舞団に及ばなかったが、その評判は口コミであっというまに騾馬市《らばいち》に広まった。目利きの芝居好きが会う人ごとに吹いて回っている。

「憶秦娥《イチンオー》は秦腔《チンチアン》の武旦《ウーダン》（立ち回り）界で五十年に一度の逸材だ」

「憶秦娥《イチンオー》は秦腔《チンチアン》の小皇后《プリンセス》の名に恥じない」

「今回の騾馬市《らばいち》で憶秦娥《イチンオー》は我々始皇帝の末裔たる秦人の面目を大いに施した」

……………

翌日の演目は『狐仙劫《こせんこう》』だった。この作品で憶秦娥《イチンオー》が大賞を受賞したことは知れ渡っているから、観客数は一気に六、七万人に急増した。もっとも、この数字は地元の政府が巻き尺を使って推算したものだったが、当夜は安全のため、地区と県の警察から応援隊を動員することになった。こうなったのはもう一つ理由があった。広州歌舞団の内部で不穏な動きが起こり、激しく言い争う声が外部に漏れていた。それというのも、『狐仙劫《こせんこう》』が開演になった後、広州歌舞団の本体がなぜか姿を消し、後に数えるほどの若い人しか残っていないという。誰かがことの詳細を聞き出してきた。この歌舞団は劇団の体《てい》をなさない、いわば半素人《しろうと》の寄せ集め集団だったことが分かった。まともな歌唱ができるのはほんのわずか三、四人しかおらず、同じ歌を何度も繰り返し歌っている。踊れる者は男女四人ずつ、ほとんどはろくな跳躍もできない。あまりのお粗末ぶりに老人の招待客が腹を立てて舞台に駆け上がり、彼らの衣装を剥ぎ取らんばかりの揉み合いとなった。最後は地元の不良たちとにらみ合い、最後は両者入り乱れての立ち回り劇になるところだったという。

『狐仙劫《こせんこう》』の客足は急激に伸び、さらに増え続けた。会場の整理も手際よく進んだが、誰も想像だにしなかった大惨事が起きた。それは舞台下で少しずつ進行していた。

舞台は木材で組み立てられた。上演中に誰かが舞台下に入りこみ、さほど重要とは思われない筋交いや横木を勝手に抜き取って腰掛けや椅子の脚を作って知り合いに融通したらしい。立ち回りの場面で舞台の支えが重量に耐えず、弱いところからきしみ始め、最後に憶秦娥《イチンオー》の胡九妹《こくまい》をはじめ狐軍団が総出で戦う「救出」の場面でついに舞台全体が崩落したのだ。

これが正常な公演だったら、負傷者は舞台上の出演者だけで済んだはずだ。しかし、今回は客席から閉め出された何人もの子どもたちがこっそりと舞台下にもぐりこんでいた。自分たちで自作自演の芝居ごっこをしたり、俳優の所作を真似たり、板の隙間から上の舞台を覗いたりしていた。舞台が崩れたとき、下に子どもがいるぞと叫ぶ声が上がり、客席は阿鼻叫喚の地獄となった。

倒壊の現場は数十分で片づけられ、三人の子どもの死亡が確認されたほか、重傷七名、軽傷十九名を数えた。最後に搬出された死体は思いもよらぬことに単《ダン》団長その人だった。

単《ダン》団長の姿を見ていた人がいた。一回目の崩落が起きたとき、誰か足の不自由な人が舞台脇から飛び降りて舞台下に飛びこんで行った。二人の子どもを助け出した後二回目、三回目の崩落が起こり、団長は舞台下から二度と帰らぬ人となった。
憶秦娥《イチンオー》も崩落した舞台板に挟まれたまま長時間過ごしたが、救出された後に数人の子どもが死んだこと、そして単《ダン》団長が子どもたちの救出に自ら乗り出して圧死したことを知らされたとき、その場に泥のように頽《くずお》れ、数人がかりでも担ぎ上げることはできなかった。

この日、彼女は尿の失禁症が再発し、身につけていた衣装がすべてびしょびしょになった。

舞台が崩落した一瞬を見ていた人によると、彼女の叔父の胡三元《ホーサンユアン》は演奏台もろとも視界から消え、高く放り上げたスティックと拍板《はくばん》（びんざさら）が目に残り、俳優の見得のポーズに合わせて銅鑼、シンバルを四回激しく連打する「四撃頭《スージートウ》」最後の決めの一打が耳に残ったという。舞台板の隙間から引っ張り上げられた胡三元《ホーサンユアン》がまず口にしたのは憶秦娥《イチンオー》を気遣う声だった。首、腕、太腿が血にまみれたまま、彼は姪子のところに駆けつけ、彼女が担ぎ出されるのを手伝った。憶秦娥《イチンオー》は全身の出血でショック状態にあった。ただ、観客が口々に叫ぶ声を確かに耳にしている。

「憶秦娥《イチンオー》を助けろ！　憶秦娥《イチンオー》を助けるんだ！」

数千の観客は憶秦娥《イチンオー》のために自ら譲って避難路を開《あ》けたが、人波にふさがれると、人々の頭の上を順に手送りして近くの救急車まで運びこんだ……。

契約書には「舞台の建造は陝西省秦劇院第二団が責任持って技術指導する」の一項が明確に記されていた。事後の真相究明、責任追及が進み、多くの当該責任者の処分が行われる中、憶秦娥《イチンオー》は「第二団団長の職を解く」の言い渡しを免れなかった。彼女が団長の地位にあったのはわずか百九十四日間だった。

それから何年も経って、誰かが冗談口を叩いた。憶秦娥《イチンオー》団長の在任期間は袁世凱の「八十三日天下」より百十一日長く、李自成の「四十二日天下」より百五十二日も長いと。

憶秦娥《イチンオー》は再び人々の視界の外に去った。

ある人は彼女が精神を病んでいるらしいと話した。
またある人は彼女が尼僧になったと語った。
それから長い間、陝西省秦劇院の中庭に彼女の姿を見かけることはなかった。

――『主演女優』下巻につづく――

『主演女優』解説

呉義勤
訳・任双双

陳彦《ちんげん》、一九六三年、陝西省南東部の鎮安《ちんあん》市（秦嶺《しんれい》山脈以南、湖北省に隣接）生まれ。著名な劇作家にして小説家。十三歳で地元の劇団に入って各地を巡演、十九歳で独立して小説や劇作に手を染め、特に戯曲《シーチュイ》（中国伝統劇）、現代話劇の分野で頭角を現しました。その後、陝西《せんせい》省の西安にある陝西省戯曲研究院の専属となって劇作に専念して最盛期を迎えます。『遅咲きの薔薇（遅開的玫瑰）』、『大樹西遷《たいじゅせいせん》す（大樹西遷）』、『西京故事』など数十作の小説、劇作を発表、「曹禺戯劇文学賞」、「文華劇作賞」を三度獲得したほか、「国家舞台芸術精品プロジェクト・十大精品劇目」に三度入選、さらにテレビドラマ『大樹小樹』は「飛天賞」、「全国五個一プロジェクト賞」を数度にわたって受賞しています。近年は主に長編小説の創作に力を入れ、代表作は『西京バックステージ仕込み人（原題・装台）』（菱沼彬晁訳、二〇一九年晩成書房刊）、『主演女優（原題・主角）＝本書』と『喜劇』の「舞台三部作」が現代中国文学界で〝雲井《くもい》に抜きん出た〟傑作と異例の高評価を得ています。いずれも伝統的な手法で「中国の物語」を紡ぎ出し、生活に深く根ざして豊潤かつ雄渾な筆致で現実主義《リアリズム》文学の魅力を甦らせたことが中国文学界に衝撃を与え、広範な読者の熱烈な反響と深い共感、高い支持を獲得しました。

「舞台三部作」は、陳彦が多年にわたる演劇界のキャリアと文学的理念に基づき、深い人生経験と卓越した表現技術によって演劇界の人物群像を彫り上げ、人生の愛別離苦《あいべつりく》、怨憎会苦《おんぞうえく》、生離死別《せいりしべつ》を活写した長編小説のシリーズで、いずれも中国の作家出版社から刊行されました。第一部の『西京バックステージ仕込み人』は二〇一五年に出版され、〝裏方〟と呼ばれる舞台装置の仕込み人とその専門家集団の人生に焦点を当て、二〇一八年に出版された第二部の『主演女優（本書）』は舞台の主役にまつわる人生、その生い立ちと心理をクローズアップし、二〇二一年に出版された第三部の『喜劇』は道化役者の実生活と心象風景を描いています。三作の物語は異なりますが、いずれも舞台の内外《うちそと》で起こるできごとから生まれる人間模様です。同じ舞台人としての生き方、演技や表現の苦しみ、感情の移ろいなど互いに呼応するものがあり、時代のめまぐるしい変化、長い推移の中で人々の暮らしや心の持ちようが折々に、さまざまに屈折した光を発します。その中でも『主演女優』は三部作の中で最長、最大のボリュームを持っており、二〇一九年に「茅盾文学賞（中国最高文学賞の一つ）」を受賞しました。

西安ゆかりの文学者は陳彦のほか多士済々です。

柳青《りゅうせい》（一九一六―七八年。陝西省北部の解放区農村の互助運動に参加、方言を駆使して農民の新生を描いた『種穀記』は解放区文学の代表作の一つとされた。文革中に迫害を受け身体を損ねる）、路遥《ろよう》（一九四九―一九九二年。黄土高原の貧しい農家の長男に生まれる。農村の貧困と飢餓の中、青年の野望と挫折を描いて四十二歳という若さで夭折。今なお、若者に読まれ、〝黄土高原の語りべ〟と呼ばれている。茅盾文学賞作家）、陳忠実《ちんちゅうじつ》（一九四二―二〇一六年。代表作は『白鹿原』。辛亥革命から新中国成立までの激動の時代、土地に命をかけて生きる農民三代の壮絶な愛憎劇。北京人民芸術劇院で劇化され、秦腔《チンチアン》の演奏が舞台に轟いた）、賈平凹《かへいおう》（一九五二年―。文革によって中学の半ばで学問の道を閉ざされたが、西北大学中文系に入学。一九九七年『廃都』がフランスフェミナ賞外国文学賞、二〇〇八年『秦腔』が第七回茅盾文学賞）……これら陝西省の申し子たる作家たちと同様に、陳彦は陝西省南部を東西に貫く秦嶺山脈の大山塊を揺籃《ゆりかご》とし、黄土高原の風に吹かれ、三秦《さんしん》（陝西省の別称）の大地から養分を得て育ちました。彼は陝西省の風土について二〇一八年一月十一日付けの「南方週末」紙上で「私は故郷の風景を芝居の背景幕か、大道具の書き割りのように語りたくない」として次のように続けます。

「陝西省の作家には代々受け継がれた心象風景がありますが、それは風土的なものというより、すでに血肉化した大地の恵みそのものです。この土地に生を受けた文学者はみな、司馬遷《しばせん》の十字架を背負って生きています。司馬遷は『史記』を著した歴史の記録者であり、〝天道《てんどう》是《ぜ》か非《ひ》か（天に正義はあるのか）〟の悲痛な問いかけを投げかけた歴史の受難者でもあります。その重みがずっしりと現代の作家の背にのしかかっていますが、それは単に軽重《けいちょう》の問題というより、この土地が本来持っているいわば〝自然の思考〟であり、この土地に立ったときに初めて、はたと体得できるものなのです」……路遥、陳忠実、賈平凹《かへいおう》らは陝西省出身の作家に影響を与え続けてきました。彼らは作家であると同時に陝西省の記録者、語り部でなのです。艾青《がいせい》（一九一〇―一九九六。フランス留学後、上海で美術グループを結成、日中戦争が勃発すると武漢、重慶を経て延安で魯迅文学芸術学院の教員となる）の詞句を借りると、〝なぜ私の目はいつも涙をたたえているのか。それはこの土地を深く愛しているからだ〟……この言葉がぴったりきます。

陝西省出身の作家は、見たところまったく普通の生活人で、日常に継起するありきたりのできごとにかまけ、一喜一憂しています。陳彦も『主演女優』の作中に身を置いて見るもの、聞くもの、心を働かすものはすべて、普段の光景に生起するものです。舞台で観客を魅了する主役でさえ、舞台裏や現実の生活で人に言えない痛みや苦しみを抱えているようにはまったく見えません。陳彦はただ根気よく真っ正直に記録を取っているかのように見えます。せっせと日常生活を掘り起こしながら、その鍬《くわ》は人生の真実という人間味あふれる鉱脈を掘り当て、新しい光を当てるのです。これが陳彦の創作の方法と言えるでしょう。場面は俄然熱気を帯び活況を呈し、濃厚な生活臭が立ちこめて、鬱勃《うつぼつ》たる人の情念まで見せてくれるのです。

陳彦は長年演劇界で経験を積み、多くを会得してきました。特に戯曲《シーチュイ》（伝統劇／地方劇）に対する思いは深く、その中に脈々と受け継がれた民族の知恵、民族文化の精髄と確固たる道徳観は『主演女優』に深い影響を与えています。中国の伝統劇は〝写意《しゃい》〟の芸術と呼ばれる通り、現代小説の〝写実《リアリズム》〟にない表現手段を持っています。写意が求めるものは見せかけの定番化した写実ではなく、観客の想像力をかき立てる象徴的な表現を得意として、豊かな感情表現をも可能にしています。洗練された台詞、歌唱は達意の演劇空間を開きます。

この小説はいわゆる文化大革命が収束する一九七六年から現在までの中国の都市部と農村部の生活状態を作者が観察したまま映し出しています。ほぼ四十年間の長きにわたって陝西省で営まれた人々の生活が中国語で言う「油・塩・醤（味噌）・酢」、つまり日常茶飯事の隅々まで時代を追って洗いざらい、どんな些細な変化も見逃さずに冷徹な筆致で描き出されます。

登場人物の多さ、彼らの騒々しさ、発散する熱量の高さも特筆すべきで、憶秦娥《イチンオー》、秦八娃《チンバーワー》、胡三元《ホーサンユアン》、胡彩香《ホーツァイシアン》、苟存忠《ゴウツンチョン》、古存孝《グーツンシャオ》、劉紅兵《リュウホンビン》、石懐玉《シーホアイユイ》らはみな一癖も二癖もあり、何をしでかそうが悪びれず、懲りることを知らない面々が颯爽と振る舞うさまはかえって小気味よく、作家の現代的感覚とヒューマニズムをうかがわせ、作者はそれを現実と対比させることによって時代に対する批評精神を発揮するのです。

『主演女優』は、憶秦娥《イチンオー》を中心とする秦腔《チンチアン》の役者たちにまつわる物語です。彼らの芸の修行、稽古、公演はさまざまな葛藤、軋轢《あつれき》を引き起こし、特に劇団内部での闘争に多くのページが割《さ》かれます。劇団厨房の料理人二人と管理者の間の矛盾、団長と副団長の微妙な力関係、陝西省省秦劇院内部の〝地方勢力〟と〝省都勢力〟の暗闘、古い芸を伝承する老芸人と近代化を唱える改革派との対立抗争などのほか、秦腔《チンチアン》世界の人材難、後継者不足にも度々触れています。老芸人の苟存忠《ゴウツンチョン》は舞台上で大往生を遂げ、周存仁《チョウツンレン》は地方文化局にスカウトされ、主人公の憶秦娥《イチンオー》は県劇団に在籍当時大ヒットを飛ばして一躍スターダムにのし上がった後、陝西省秦劇院に密猟《ハンティング》されたことによって県劇団は意気阻喪、劇団内の団結も弱く、後継者も失います。古存孝《グーツンシャオ》は省秦劇院で統率力を失った後、旅回りの一座に身を落とし、移動中にトラクターの転落事故で命を落とします。

小説の主人公として、憶秦娥《イチンオー》は「時代」「生活」「感情」「芸術」という四つの部分を結びつける〝ハブ的〟な存在です。特に秦腔《チンチアン》の修行時代から一歩一歩名をなし、出世階段を上る過程の人生経験と内面の心理が克明に細を穿《うが》って描かれ、人間的な成長の跡をたどります。料理人廖耀輝《リャオヤオホイ》が彼女に仕掛けた「風評被害事件」は火のないところに煙を立たせ、下心を持つ人間に利用されて彼女は絶対的な窮地に陥ります。

叔父の胡三元《ホーサンユアン》と胡彩香《ホーツァイシアン》との情事は憶秦娥《イチンオー》をしばしば当惑させ、封瀟瀟《フォンシャオシャオ》との初恋は実らず、最初の結婚相手で政府高官の息子劉紅兵《リュウホンビン》は女出入りが激しく、彼女は破鏡の憂き目を見ます。彼女にはさらに災難が続けざまに襲います。旅公演の舞台の崩落死傷事故、知能障害の息子劉憶《リュウイ》の転落死、二度目の夫石懐玉《シーホアイユイ》の自殺に加えて、ネット上では彼女に対する誹謗が炎上して彼女は火だるまになります。ネットで憶秦娥《イチンオー》の追い落としを謀ったのは、彼女をライバル視する劇団仲間の楚嘉禾《チュチアホー》でした。この小説は憶秦娥《イチンオー》の心象風景を微細に解き明かす一方で楚嘉禾《チュチアホー》の心理状態、感情の変化をも入念にたどります。誇り高く自他共に認める美貌、出たがりで目立ちたがりの性癖から心のバランスを失って嫉妬、憎しみ、復讐に至る楚嘉禾《チュチアホー》の心模様をきめ細かに描きます。ほかの人物は憶秦娥《イチンオー》の母、姉、義兄、さらに劉紅兵《リュウホンビン》、封瀟瀟《フォンシャオシャオ》らも加えて、いずれも憶秦娥《イチンオー》と同じようにお馬鹿でお利口、愛すべきで憎たらしく、悲しむべきで笑うべき存在——矛盾した感情が同時に醸し出されます。この二律背反が一人一人の人生と生き方に対する最も現実的な表現であり、人間関係のあり方を示す最も説得力のある描写となっているのはまさに作者の力量と言えるでしょう。

言い換えれば、『主演女優』は、世界のどこにも似ない中国の現実と生活の種々相に対するこれまでになかった見方を打ち出したものとも思われ、陝西人の独特の気質と生活様式の精髄を見抜き、高度な真実性を与えています。同時に、この膨大な長編小説は膨大な細部《ディテール》からなっており、その細部の種々雑多なこと、猥雑なこと、過剰なことは〝意識の流れ〟にあらず、まさに〝生活の流れ〟です。これら細部の描写は、読者を人間存在の原初、本性へと導きます。細部の一滴一滴は感性のきらめきとなり、木々の葉からしたたり落ちる水滴のように谷川を下って流れ、大海に溶け入りって海という〝遍在《ユビキタス》〟となるのです。

（注）生活の流れ　アメリカの心理学者ウィリアム・ジェイムズが主張し二十世紀モダニズム文学の作家たちが用いた「意識の流れ」に対する言葉。また、フランスの哲学者メルロ・ポンティは、感覚する身体を可感性［sensibilité］としてとらえ、自分の生き方は〝ここ〟と〝今〟に閉ざされるものではなく、広がり行く一つの〝流れ〟、世界への〝流入〟〝流出〟と考えている。

膨大な細部は個々の経験の総体となって小説の世界で再現され、真実性を獲得します。一見ばらばらで、とりとめのないできごとが現実主義《リアリズム》の手法と推論方式の叙述によって美的救済を得たのです。

筋立てから見ると、『主演女優』は卑俗な人間感情のぶつかり合いで進展します。「情」の表出にすぐれた秦腔《チンチアン》の特質をくみ取って母と娘、母と息子、夫婦関係、師弟関係、男女関係、その愛と憎しみ、生と死、罪と罰にまつわるしがらみの中で、登場人物の悲劇がフットライトの逆光の中に浮かび上がります。寧州県劇団を支える小生《シャオション》役（二枚目役）の封瀟瀟《フォンシャオシャオ》は憶秦娥《イチンオー》をひたすら愛しますが、劉紅兵《リュウホンビン》につきまとわれる彼女を誤解してすべての情熱を失い、劇団活動から落後します。北山《ベイシャン》地区の副区長というエリート官僚の息子である劉紅兵《リュウホンビン》は、〝軽薄才子〟の一面、憶秦娥《イチンオー》をを愛することでは一途な気持ちを持っていました。画家として異才を放ち奔放な性格を持つ石懐玉《シーホアイユイ》は、雷雨や稲妻のような激情を憶秦娥《イチンオー》にぶつけます。寧州県劇団の女優胡彩香《ホーツァイシアン》は〝棘《とげ》の口と豆腐の心〟を持ちつつ胡三元《ホーサンユアン》との道ならぬ情事を続けます。同じ県劇団の女優米蘭《ミーラン》は柔軟な心と粘り強さを持ち、女優業の足を洗って渡米し、人生の新局面を開きます。彼女は不遇の憶秦娥《イチンオー》をかばって面倒を見た一人でもあります。憶秦娥《イチンオー》の知能障害の息子への愛、さらに忠孝仁義（苟存忠《ゴウツンチョン》、古存孝《グーツンシャオ》、周《チョウ》存仁《ツンレン》、裘存義《チュウツンイ》——それぞれが「忠孝仁義」の字を持っている）の老芸人と異能の劇作家秦八娃《チンバーワー》らが織りなす濃密な人間関係が作品の隅々まで張りめぐらされています。

『主演女優』を読む面白みの一つは秦腔《チンチアン》を〝劇中劇〟のように利用して実際の舞台さながらの情感を臨場感豊かに高めてくれることです。憶秦娥《イチンオー》と封瀟瀟《フォンシャオシャオ》は『白蛇伝』の稽古をしながらその台詞、歌詞、振り付け通りに演じ、互いの心を伝えます。自分の思いを台詞に託すだけでなく、心の秘密を伝えたり、舞台と現実がさまざまに交錯して、現代小説では描けない効果を生み出しています。

人の情けは、かける方もかけられる方も秦腔《チンチアン》の場面を通ってさらに浄化され高められ、音響や照明の効果に助けられて、夢の舞台から世界の現実に降り注いで、読者は登場人物との一体感をさらに強めます。

寧州県劇団が時代の流れに取り残されて劇団員が塗炭の苦しみをなめているとき、六十代になった胡彩香《ホーツァイシアン》は、屋台で涼皮《リアンピー》（小麦粉からグルテンのうまみを抽出した麺料理）を売ながら秦腔《チンチアン》『艶娘伝《えんじょうでん》』の一節を歌いました。

憎いお方は気随気ままの極楽とんぼ

人の心を踏みつけにして
何とつれない仕打ちよのう
この身のやつれはみなお前ゆえ…

それは劇中の台本でありながら、歌手が自身の思いをそのときの情景に託して読者に伝えようとするものです。作者は憶秦娥《イチンオー》のために地獄の裁判劇という二場の一幕物を書き加えました。一つは巡演先で突然舞台が崩落し、単団長と三人の子供が巻き添えで死亡した後のこと。憶秦娥《イチンオー》は夢の中で牛頭《ごず》と馬頭《めず》に引き立てられ、裁きの場に引き出されます。憶秦娥《イチンオー》は牛頭、馬頭と歌と会話の秦腔《チンチアン》風ジャムセッションを演じます。生活と文学、暗黒と闇、現実と幻想、生と死の境界がここでは曖昧になり、夢幻境で一つの劇的空間が現出します。二つの劇で、苦音《くおん》、歓音《かんおん》、二六板《にろくばん》、二倒板《にとうばん》、双鎚帯板《そうついだいばん》、黄板《こうばん》、散板《さんばん》、清板《せいばん》など（下巻四一〇ページ参照）秦腔《チンチアン》のリズムと歌唱スタイルを用いて、主人公の人生経験、生き方が秦腔《チンチアン》と重なり合い、響き合って読者の情感を高めます。同じ緩徐調でもときにはおおらかで活気に満ち、ときには不安と悲しみを奏で、人の世の紆余曲折と浮き沈みを再現します。小説と秦腔《チンチアン》との〝間奏曲〟のような表現方法は、物語のテンポの急迫と緩和、動と静の緩衝、物語や場面の転換などの役割も果たしています。特に瞬間的な時間の処理、心理の表現は演劇的手法が効果的で、スローモーションやストップモーションはお手のもの、見得を切るのもクローズアップの手法ということができます。

また、『主演女優』は中国伝統劇の倫理観、道徳観を小説の叙述に浸透させることも試み、中国のリアリズム小説が持つ一種の啓蒙、教導の機能を継続させています。とは言っても、過去の素朴で硬直的、機械的な筆法を改めて現代の読者の審美眼にかなうものでなければなりません。〝ポスト文革〟時代をどう生きるか、文革期間中に見失い、市場経済の拝金主義の中で歪められた中国人の倫理観をどう回復するか。『主演女優』は新しい時代の〝自分探し（尋魂）〟の作品と言うこともできます。作者は生活の中から中国人の生き方の規範を見出し、民族的伝統の中から模範となるべき道徳的価値観を伝えようとします。陳彦は社会がどう変わろうと、現代化がどんな進展を見せようと、〝よきこと、美しきもの〟は変わらないはずだと考えます。どんな時代でも、忠誠、孝行、仁愛、道義、誠実といった人間の基本的な価値観が欠けたなら、時代は必ず乱れ、民族の美質は損なわれると考えます。

秦腔《チンチアン》をはじめとする全国各地の戯曲《シーチュイ》(中国伝統劇)は中国人の背骨となる基本的な価値観と秩序を守り続けてきました。その人物造形、舞台表現は激しく悲愴なものがあり「泣いて血を吐くホトトギス」にも例えられました。こうした舞台の高みから民衆を感化する情操教育、審美教育は「高台教化」と呼ばれて現代リアリズム小説に受け継がれましたが、『主演女優』はあえてこの役割を回避しません。善悪、美醜、老若における道徳観、倫理観に基づいた人物像を作り上げました。憶秦娥《イチンオー》、秦八娃《チンバーワー》、忠孝仁義（苟存忠《ゴウツンチョン》、古存孝《グーツンシャオ》、周存仁《チョウツンレン》、裘存義《チュウツンイ》）ら「存字派」の老芸人たちを正面（肯定的）人物として設定し、これとは対照的に楚嘉禾《チュチアホー》、郝大錘《ハオダーチュイ》、黄正大《ホアンチョンダー》、丁至柔《ディンジーロウ》らを反面（否定的）人物として対置して物語を構築しています。

『主演女優』には老子、荘子《そうじ》の〝無為自然〟を尊ぶ道家《どうか》の思想とまた一方、義を重んじて利を軽視する儒家《じゅか》の思想が二つながら貫流し、作者はこの上を自在に飛翔します。作家の信念は道家のごとく自然で、儒家のごとく道理、情義にかなない、これが〝一致した尺度〟となって民族の伝統を体現します。『主演女優』は世道《せどう》人心《じんしん》（社会道徳とそれを守る人の心）を歴史と時代に反映させ、人々の暮らしに民間の道徳律を浸透させます。その日常は何とあっけらかんとして楽観的なことか。苦境にあってへこたれず、仁義に厚く正義感と同情心に富み、底抜けに明るく、飾らず傲《おご》らず、熱い心と涼やかな眼差しを持っています。演劇の舞台には持って来いのキャラクター、うってつけの人物典型です。小説もまた、これをいとも軽々とやってのけ、まるで舞台の主人公さながらにきりりと見得を切るのです。

秦腔《チンチアン》は厳密な形式を持ち、洗練された様式美を持つ舞台芸術です。練り上げられた台詞と歌詞、独特の旋律と歌唱法、北方ならではの感情の激発と急迫のリズムは、草の根の息吹を伝えるだけでなく、文学的な味わいも濃厚です。生命感あふれる舞台芸術は、民族共通の文化として観客の熱い共感を得ています。『主演女優』

もまた、舞台と客席の交感が伝わり、観客の拍手と「好《ハオ》！」のかけ声が聞こえてくるような、そんな読書体験を与えてくれます。

秦腔《チンチアン》は小説『主演女優』で描かれた通り、高度な技術、緻密な技巧が集積した装置《システム》であり、その精緻な体系でもあります。小説は秦腔《チンチアン》の「小史」と「大史」、演じられた土地とその社会、演じた人々とその生活感、演じられた演目とその登場人物などを克明に描き出し、それぞれに丹念に橋を架け渡して時代と文化の壮大な視野を広げます。

人物造形の面から言えば、小説は秦腔《チンチアン》芸人の個人的体験の描写に力を入れ、修行の激しさや厳しさもその限界を乗り越えることによって、ただの芸談義や奮闘記、立志伝だけではなく、その意味するところを明らかにして、秦腔《チンチアン》という伝統芸を全体的な文化価値の体系に組み入れようとします。憶秦娥の善良さ、仁厚《じんこう》（情の深いこと）、欲心のなさ、〝天然キャラ〟ぶりは儒家の「仁《じん》（人を愛すること）」と「恕《じょ》（人を思いやること）」の精神に通じ、道家の「道法自然《どうほうしぜん》（道は自然に従う）」、「大巧若拙《たいこうじゃくせつ》（名人の芸は小細工をしないからかえって拙《つたな》く見える）」の知恵に似ています。また、彼女が芸の精進、修行にかける執着ぶりは儒家の「自強不息《じきょうふそく》（君子は自ら努め励み、怠ることはない）」の教えを思わせます。

憶秦娥の恩師である秦八娃《チンバーワー》に目を転じると、劇作家の彼は博学多識、すでに枯淡の境地にあり、天真爛漫、闊達自在《かったつじざい》に振る舞いますが、老人らしい一徹さで筋目を通します。「外枯中膏《がいこちゅうこう》（外見《そとみ》は枯れても中しっとり）」は蘇東坡が重んじた詩作の美学ですが、「淡味《たんみ》は甘味《かんみ》」「絢爛の極みは平淡《へいたん》の美」、いずれも中国古典の美学としてこの老人にふさわしい言葉です。

『主演女優』にも仏教と禅思想の影響があり、陳彦は秦八娃《チンバーワー》の口を借りて語らせます。

「芸術は霊感だ。文字はそれ表現する道具に過ぎない。北山《ベイシャン》には切り絵のすごい名人がいる。目に一丁字《いっていじ》もないが、その造形美、構図、イメージはある日突然、天から降りてくる。ピカソも顔負けだ」

また、画家の石懐玉《シーホアイユィ》が憶秦娥《イーチンオー》に語って聞かせる言葉があります。

「芸術は体得《たいとく》と妙悟《みょうご》、そして天性だ。だから他山の石を借りてでも自分を磨く必要がある」

中国で流行したある種の〝ライトノベル〟は歴史観にも生命観にも欠け、ただ当世風のファッションを追いかけて切り貼りし、似て非なる風俗画を作ることに熱中していました。また、文革後に発表された「新時期小説」の中で一九八〇年代に出現した民族の〝ルーツ探し〟は、熱狂的に行われたにもかかわらず、それが導いたルーツは不毛の広漠の地でしかなく、民族文化の伝統や文化の〝根っこ〟を掘り当てることなく、ただ政治に背を向けた静止画像でしかありませんでした。

『主演女優』は、こういった風潮とは自ずから異なり、文学と歴史の関係を再構築し、特に文学が創造の糧《かて》とする原質を見出そうとしました。『西京バックステージ仕込み人』の後、陳彦は再び個人の人間的な色彩と生活の質感を兼ね備えただけでなく、芸術的香気を吹きこんだ作品を発表しました。それは同時に中国最古の伝統劇とされる秦腔《チンチアン》の生命と真面目《しんめんぼく》を再認識するものでした。作者は生活の細部に分け入って生命の本源を探り当てたのです。そこを小説の核とし、出発点として秦腔《チンチアン》の〝忍ぶ力〟と戦いは陸離たる光彩を放ち、読者に生きることの厳かさと生きる力、したたかな生きざまを見せてくれます。個々の命の営みはあまりに頼りなく、とりとめのないものですが、幽《かそけ》くも厳かな光の下、生活の隅々まで照らし出すのです。

『主演女優』には重層する生活の重みがあり、そして高い熱量を発する命の燃焼があります。命は文学と演劇を生み出し、文学と演劇は命に源を発し、その命を代々引き続き、永遠の命を得ます。これが命の循環であり、創造という営みの蓄積となります。こうして個人の命と芸術の命は『主演女優』の中で統一され、演劇の「技」と「道」の統一のように見えます。

『主演女優』は作家が伝統と現実に向かう二重の力を示し、原題文学によって秦腔《チンチアン》及びそれに代表される中国の伝統民族文化の豊かな内実を説き明かしました。これからの現代文学の立脚点について一つの考え方を示すと同時に、現代文学が何をいかに表現するかという差し迫った問題に対しても、現実主義文学の新しい範式《パラダイム》を提供しているように思われます。

［解説執筆者］
呉義勤（ご・ぎきん）
1966 年江蘇省海安県生まれ。博士、教授、博士指導教員。
中国作家協会党組成員、副主席、書記処書記、中国作家出版グループ党委員会書記、管理委員会主任、魯迅文学院院長、中国小説学会会長と『中国当代文学研究』編集長を兼任。
主に文芸評論と中国現代文学の研究に従事。魯迅文学賞など中国を代表する文学賞を多数受賞。
主な著書は『中国現代新潮小説論』『中国新時期文学の文化的省察』『長編小説と芸術問題』『文学の現場』『虚偽の形式との決別』『長編小説の冷と熱』ほか。

［解説訳者］
任双双（にん・そうそう）
中国上海生まれ。東京外国語大学大学院卒業。中国社会科学院研究生院の在職博士課程在学中。
世田谷パブリックシアター制作・田沁鑫作『風をおこした男―田漢伝』、豊島区・東京芸術劇場・ITI 国際演劇協会日本センター共同制作中国国家話劇院『リチャード三世』、ITI 国際演劇協会日本センター制作・李健鳴作『隔離』、陳彦作・菱沼彬晁訳・晩成書房刊『西京バックステージ仕込み人（装台）』、『主演女優』（本書）などに翻訳協力。

［訳者］

菱沼彬晁（ひしぬま・よしあき）

1943 年 11 月北海道美瑛町生まれ。

早稲田大学仏文学専修卒業。

翻訳家、（公益社団法人）ITI 国際演劇協会日本センター理事、日中演劇交流・話劇人社事務局長、元日本ペンクラブ理事・財務室長、北京語言大学世界漢学センター日中翻訳センター長

中国演劇の主な訳業および日本公演作品

▶日本文化財団制作・江蘇省昆劇院日本公演：『牡丹亭』、『朱買臣休妻』、『打虎遊街』▶ AUN 制作：孫徳民作『懿貴妃』▶松竹株式会社制作：孫徳民作『西太后』▶新国立劇場制作：過士行作『棋人』、『カエル（青蛙）』▶ ITI 国際演劇協会日本センター制作：莫言作『ボイラーマンの妻』、過士行作『魚人』、李健鳴作『隔離』▶劇団東演制作：沈虹光作『長江乗合船（同船過渡）』、『幸せの日々』、『臨時病室』▶世田谷パブリックシアター制作：田沁鑫作『風を起こした男—田漢伝（狂飆）』▶豊島区・東京芸術劇場・ITI 国際演劇協会日本センター共同制作：シェイクスピア・方重、梁実秋中国語訳『リチャード三世』

中国現代演劇の単行本、演劇誌掲載作品

▶早川書房刊「悲劇喜劇」掲載：郭啓宏作『李白』

▶晩成書房刊『中国現代戯曲集』掲載：任徳耀作『馬蘭花』／高行健作『野人』（共訳）、『彼岸』／過士行作『鳥人』、『ニイハオ・トイレ』、『再見・火葬場』、『遺言』／孟冰作『これが最後の戦いだ』、『白鹿原』、『市民溥儀（公民）』、『皇帝の気に入り（伏生）』

中国現代小説の訳業

▶友梅作『さよなら瀬戸内海』（図書出版）

▶莫言作『牛』『築路』（岩波現代文庫）

▶過士行作『会うための別れ』（晩成書房）

▶陳彦作『西京バックステージ仕込み人（装台）』（晩成書房）

中国演劇評論の訳業

▶季国平著『中国の伝統劇入門』（晩成書房）

2022 年度参加の国際シンポジウム

9 月「北京文学走進日本」研討会（北京・東京）

12 月「桂林国際芸術(演劇)祭」サミット対話オンライン参加（桂林）

受　賞

▶ 2000 年　湯浅芳子賞

▶ 2021 年　第 15 回中華図書特殊貢献賞

▶ 2021 年　中国文化訳研網（CCTSS）特殊貢献賞

[著者]

陳彦（ちん・げん） Chen Yan

1963 年 6 月、陝西省鎮安県生まれ。小説家、劇作家。

中国作家協会副主席、中国戯劇家協会副主席。

『遅咲きの薔薇（遅開的玫瑰）』、『大樹西遷す（大樹西遷）』、『西京故事』など数十篇の小説を発表、中国文聯・中国戯劇家協会の「曹禺戯劇文学賞」を三度獲得。テレビドラマ『大樹小樹（大樹小樹）』は中国国家広電総局の「飛天賞」を受賞。長編小説は『西京故事』、『西京バックステージ仕込み人（装台）＝菱沼彬晁訳、2019 年晩成書房刊』、『主演女優（主角）＝本書』、『喜劇』を刊行。その中で、『装台』は人民文学雑誌社の「呉承恩長編小説賞」を受賞し、国家図書学界の「2015 中国好書」と「新中国 70 年 70 部長編小説典蔵」（中華人民共和国成立 70 周年記念して学習出版社、人民文学出版社などの 8 出版社が共同刊行）に入選。『主角』は「2018 中国好書」に入選し、第 3 回「施耐庵文学賞」、第 10 回「茅盾文学賞」（ともに中国最高の文学賞の一つ）を受賞。

B&R Book Program

主演女優　中

二〇二三年六月二〇日　第一刷印刷
二〇二三年六月三〇日　第一刷発行

著　者　陳彦
訳　者　菱沼彬晁
発行所　株式会社 晩成書房
●郵便番号一〇一―〇〇六四
●東京都千代田区神田猿楽町二―一―一六―一F
●電話〇三―三二九三―八三四八
●FAX〇三―三二九三―八三四九
印刷・製本　美研プリンティング 株式会社

乱丁・落丁はお取り替えします
ISBN978-4-89380-515-7
Printed in Japan

中国の伝統劇入門

季国平演劇評論集

季国平＝著　菱沼彬晁＝訳

古典と現代――演劇観の衝突の中、未来を懸けて継承と発展を模索する中国の伝統劇。
中国戯劇家協会副主席・季国平による現場からの動態報告。

中国伝統劇「戯曲」は悠久の歴史を持ち、独特の様式と上演形態、そして芸術的魅力を備えている。全国的な人気を博している昆劇、京劇、秦腔、川劇、越劇などをはじめ、広大な国土を持つ中国では、その土地に根ざした伝統劇が育ち、その数は百を越え、今なお生きた活動を続けている。
特筆すべきは、それぞれの戯曲芸術が根強い観客の支持を受けながら、継承と発展に努め成果をあげていることだ。『主演女優』に描かれた伝統劇と観客の近しい関係をより理解できる評論集。

●定価＝2800円＋税

晩成書房
http://www.bansei.co.jp

西京バックステージ仕込み人［上］・［下］　全2巻

陳彦＝著　菱沼彬晁＝訳

舞台裏から見た中国現代化の強烈な光と漆黒の影——

華やかな舞台を陰で支える「仕込み人」たちが抱える人間模様の迷宮……。

かつては長安と呼ばれた陝西省の省都・西京（西安）。その劇場の華やかな舞台を支える裏方集団。

時間との闘いで最新の照明器材や華麗な舞台装置を現場で仕込むのは、中国では農村からの出稼ぎ人たちだ。

劇場管理者、演出家、照明家、美術家らの過酷な要求と対峙しつつ、
裏方集団をまとめて幕を開けるリーダーには人並みならぬ度量が求められる。

舞台以上に劇的でシュールでさえあるその生きざまを描く長編小説。

『主演女優』作者による、舞台を支える裏方「仕込み人」たちの輝きと闇の世界の物語。

●定価＝各2700円＋税